LIV TILL VARJE PRIS

KRISTINA SANDBERG

LIV TILL
VARJE PRIS

NORSTEDTS

Av Kristina Sandberg har tidigare utgivits:
I vattnet flyter man, 1997
Insekternas sång, 2000
Ta itu, 2003
Att föda ett barn, 2010
Sörja för de sina, 2012

ISBN 978-91-1-306186-3
© Kristina Sandberg 2014
Norstedts, Stockholm
Pocketutgåva 2015
Omslag: Lotta Kühlhorn
Omslagsbild: Bildrättsinnehavare AB Almquist & Cöster,
Hälsingborg. Förlag: Frånbergs Pappershandel, Örnsköldsvik.
Bildkälla: Örnsköldsviks museum & konsthall.
Tryckt hos ScandBook AB, Falun 2015
www.norstedts.se

*

Norstedts ingår i Norstedts Förlagsgrupp AB,
grundad 1823

[...] Sysselsättning är livsviktigt. Och nu ser jag med viss förtjusning att klockan är sju och jag måste laga mat. Kolja och korv. Jag tror att det är riktigt att man får ett visst grepp om korv och kolja genom att skriva ner dem på papper.

Ack, jag ska besegra detta humör. Det är fråga om att låta saker ske en efter en. Nu ska koljan tillredas.

ur *Ögonblick av frihet, Dagboksblad 1915–1941* av Virginia Woolf, från dagboksanteckningen 8 mars 1941. Övers. Rebecca Alsberg.

JAG VET VAD jag ska säga till henne när jag ringer. Upprepar tyst tanken som slagit mig med full kraft medan signalerna går fram – ändå pratar vi på om annat under samtalet. Hemtjänstpersonalen, flickorna som kommer dagligen är så snälla mot henne, och sedan historierna om hennes väninnor och deras vuxna, åldrande barn… *om inte du och morfar hade träffats hade jag inte funnits till.* Det är kanske banalt. Men bråttom. Hon har varit dålig i vår, åkt in akut till sjukhuset, men är hemma igen. Jag hör inte riktigt på vad hon berättar längre. Väntar på paus, tystnad. Talar snabbt om att jag har tänkt på en sak.

Om inte du och morfar hade träffats hade jag inte funnits.

Hon kraxar, säger att det är så där det blir för henne, att hon inte kan svälja, magmunnen är för trång, eller var det bråck? Jag upprepar det jag nyss sagt. Tystnaden på nytt. Sedan bara ett hest skratt i luren. Eller är det åter hostan?

Stockholm, 1953

VID VILKEN TIDPUNKT efter att en människa har försvunnit, kontaktar man polisen? Maj vet inte. Hon står i det anonyma, prydliga hotellrummet med sina dubbla gardiner – tunga styva i beige blommönstrad kretong och så de fördragna vita storerna – är de lite gulsolkiga av nikotin? *Nu är du änka.* Nej! *Tomas kommer snart.* Ett svagt brus från vattenledningen – någon nattsuddare är fortfarande vaken. Strax före ett. *Gå och lägg dig, Maj. Vila en stund.* Hon kan ju inte somna nu. Inte ens förmå sig att sitta lutad mot sänggaveln. Hör hon sitt hjärta slå? Det klibbiga smackandet från tungan mot gommen. Tänderna. *Drick ett glas vatten.* Det ska hon göra. Spola upp ett kallt glas vatten från kranen i badrummet. Men så hörs knackningen på dörren. En taktfast melodi. Hon skyndar dit, öppnar. Lasse och Anita. Som små barn i pyjamas och nattlinne – de ser så mycket yngre ut än sina elva och nyss fyllda fjorton – har pappa kommit än? Vi kan inte sova... Maj skakar på huvudet. Säger att de får lägga sig här inne. Att hon också är vaken. Hon viker överkastet från dubbelsängen, drar undan de båda täckena och Lasse kan inte låta bli att guppa upp och ner på madrassen så att fjädrarna bågnar – hon såg ändå till att Anita och Lasse gjorde sig i ordning för natten – det var kanske dumt av henne att skicka in dem till deras rum för att somna där. Hon ville bara få allt att verka som vanligt. Ingjuta förtröstan att pappa snart skulle vara tillbaka. *Om han kommer.* Sluta Lasse – och han upphör med hoppandet så fort Anita säger till. Maj sätter sig i fåtöljen – ska hon verkligen låta lampan på skrivbordet vara tänd – sov nu, förmanar hon, tar en cigar-

9

rett, stryker eld mot plånet. *Slösa inte på cigarretterna, vad gör du när de tar slut?* Hon har ju inte ens kontanter till ett paket röka. Med ett hastigt tryck mot askfatet släcker hon, stoppar tillbaka den knappt rökta fimpen. *Tomas har blivit nerslagen. Rånad på plånboken. Ligger skadad någonstans utan att de kan få reda på hans identitet.* Kanske går man bara förbi en misshandlad människa här. Eller? Vad menar han annars med att lämna henne och barnen ensamma på ett hotellrum i huvudstaden?

Först när hon ändrar sitt läge i fåtöljen märker Maj hur hårt hon har pressat ihop sina lår. *Andas. Slappna av.* Skrattar hon till? Lägger på nytt det ena benet över det andra, hakar fast foten bakom vristen. Hon har inte körkort, inte pengar till mat, tågbiljetter... har han sett till att hon ska vara i närheten av sin storasyster – *han har väl inte tagit dem hela vägen till Stockholm för att ta livet av sig på sin femtioårsdag?* Lugna ner dig! Sa hon det högt? Fingertopparna, den fuktiga kölden när hon knäpper händerna i knäet. Nu sover de nog. Båda två. Åtminstone Lasse. Det kan vara så att Anita låtsas. Anita som redan är så rädd för att något ska hända dem! *Gode gud låt Tomas komma tillbaka.* Samtidigt – polisen skulle nog bara skratta om Maj ringde inatt. *Hörru han kanske har tröttnat på're.* Egentligen är det väl först imorgon, på förmiddagen hon kan anmäla honom saknad. Då måste hon kontakta Ragna. Eller be hotellpersonalen om hjälp. De kan säkert ta fram numret till doktor Bjerre. Inte fick han stanna där på hypnos... Om Tomas klivit ut framför en spårvagn... skulle man inte via körkortet kunna ta reda på hans identitet och kontakta släkten i Örnsköldsvik och på den vägen hitta henne här... på hotellet? Maj reser sig – hon fryser så intill kallraset vid fönstret – släcker bordslampan. Så får hon treva sig fram till badrummet. Hon kissar i mörker. Vill inte se sitt uppjagade ansikte i spegeln. Bara en hastig munsköljning med kranvatten, blaska ansiktet i kallt. Hon byter inte om till nattlinne. Men nog är det bättre att ligga ner en stund, maka sig intill Anita fast det blir trångt. Behålla även skorna på? Klockan – snart halv två. Vad kommer Ragna säga när firandet av Tomas inte blir av imorgon? *Han sitter på krogen och dricker. Han ligger drunknad i Strömmen. Han...*

SLUMRAR HON – vaknar – hjärtats snabba dudunk – där är skramlet igen. En nyckel i dörren. Tomas – eller hotellportiern… Sänglampans lysknapp –

Är du vaken än?

Tomas…

Hon drar med händerna över ansiktet, håret. Sätter sig upp, men vågar inte resa sig. Benen – Maj kan nästan se hur de liksom slaknar – *jag var så rädd, Tomas!* Ljuset från vägglampetten räcker inte ända fram till honom, ljuden när han hänger av sig rocken på galgen, sakta framträder hans gestalt, hur han böjer sig fram för att ta av skorna. Cigarretten – nu får hon röka. En hel lustfylld cigarrett – blåsa ut rök, kramp… hon hör hur det skvalar mot porslinet inne på wc, sedan vatten som spolar… Hon är så lättad att han är tillbaka att hon inte förmår sig att bli arg. Fast det är så mycket som hon skulle kunna bli ledsen, upprörd och förbannad över. *Rasande, ursinnig, vred* – nu är han tillbaka, firandet på Skansen blir av. Hur det spända sakta släpper i axlar, nacke, käkar. Blodet tillbaka i händer, fötter. Hon behöver inte kontakta sin syster och Edvin imorgon och be dem hjälpa henne och barnen hem till Örnsköldsvik. Och hon slipper besvära hotellportiern, krångla med pengar – hon vet ju inte ens om Tomas hade betalat för rummet i förväg. *Jag måste inte anmäla dig saknad, försvunnen.* Dörren till badrummet glider upp – Tomas, vad är det som har hänt? Jag trodde… *att du var död.*

Han dröjer i mörkret vid tamburmajoren. Letar han efter något i rockfickan? Ett högt smackande ljud, Lasse slänger ut med armen, sväljer saliv. Men han sover – Anita ligger med ryggen vänd mot henne, alldeles tyst.

Bara öl, säger Tomas sedan. Sluddrigt? Nej, ganska tydligt, men lågt. Fast när han kommer fram till sängen kan hon inte avgöra om han går rakt eller om han måste söka efter balansen med händerna. Han blir stående framför henne, drar suckande efter luft.

Du… Det blev inte så mycket… jag förstår om du inte tror… jag svär, det är säkert.

De fick somna här inne… Tomas nickar. Jag vågade ju inte gå hit när jag väl hade klantat till det. Ville få det… ur blodet. Maj fimpar omsorgsfullt mot askfatet. Så reser hon sig upp. Han luktar öl. Kanske svett, rök. Jag har bara gått omkring, fortsätter han. Götgatan, Ringvägen, Hornsgatan, Västerbron, Kungsholmen, Klara… du skulle se hur vackert Stockholm är i vårskymning! Ändå kommer en flyende grimas över hans ansikte, han tystar sig hastigt genom att hålla handen för munnen. *Vad har du gjort inatt, Tomas?* Men Bjerre – nu skrattar han till – han hade glömt mig, och inga lediga tider… Maj, jag stod där som ett fån… så vart jag så jädra uppjagad att jag inte ville komma till er med det. Jag hade ju behövt Bjerre nu, Maj.

Imorgon får vi tappa upp ett bad, säger hon. Vi tar nya tag då, Tomas. Det är i alla fall din födelsedag.

Sedan gör hon i ordning magnecyl. Både till Tomas och sig själv. Tysta dricker de det vattenutblandade pulvret. Hon torkar mungipan med handens ryggsida.

Fast du får ta barnens rum inatt, jag sover här inne med dem. De är redan rädda nog… Ändå följer hon honom till det andra hotellrummet med hans nattkläder och necessär, upprepar att barnen inte tordes sova själva här… de försökte, men kom in till mig runt ett.

Han sjunker ner på sängen, stryker med fingrarna över pannan, hårfästet. Försöker han säga något mer till henne?

Gå och lägg dig meddetsamma, Tomas. Men ta på dig din pyjamas så jag kan hänga upp och borsta av kostymen… Vi ska bara ta oss igenom femtioårsdagen, sedan åker vi hem så fort vi kan.

Maj – innan hon går säger han lågt hennes namn. Maj – tack ska du ha. Hon nickar. Drar igen dörren efter sig. *Det här ger jag honom. Hur jag ser till att han kommer i säng.*

TOMAS, BLEK, MEN samlad – han har ju inte sovit många timmar – hon ska inte prata om det. Inte idag. Har inte ord nu – fast barnen undrar när de vaknar till i den stora dubbelsängen och ser Tomas sitta i morgonrock och pyjamas i fåtöljen vid fönstret. Pappa, säger Lasse nyvaket men lättat – var har du varit pappa – det hände en grej, ja så måste jag få vara för mig själv, det var dumt, förlåt... Presenterna, de letar fram presenterna och är där en svag skakning över hans händer när han öppnar paketen? Maj ser hur han får kämpa med snören, papper – rösten tjock då han upprepar sitt tack, tack snälla ni för cigarren och den stiliga hatten. Snart knackar det på dörren – de får frukosten på rummet, den förbeställdes till födelsedagen redan när Tomas bokade hotellet. Men när man inte har matlust – varken Maj eller Tomas – gratulationskortet och svenska flaggan i miniatyr på serveringsvagnen – färska franska, äggen inlindade i en servett, marmelad, ost, smör, sill – ingen rör sillen – mörkt bröd, medvurst – ät barn, säger Maj, så står vi oss till middagen på Skansen. *Hade du ändå tänkt lämna oss?* Hon måste äta. Dricka kaffe i alla fall. Men hon kan inte ens tänka sig våffelhjärtan med socker eller sylt – som om hon har kunnat sova inatt, nej – legat vaken intill Anita, man vill vara snygg en dag som den här, kallt vatten kan hjälpa, och gurkskivor, urkramade tepåsar mot ringarna under ögonen. Kanske kan hon ligga med gurkor på ögonlocken en stund innan de går ut...

Hon tar inte de nyinköpta pumpsen, fast hon provade dem när Tomas var borta – för höga klackar, ja det är skor som gjorda bara för korta sträckor – i taxin, ur… Ragna, Edvin och pojkarna ska åka spårvagn ut till Djurgården, men de kommer först till middagen på Solliden, kunde inte se Skansen idag med dem, har ju sitt i Abrahamsberg. Bara inte barnen säger något. Tala inte om för moster Ragna och morbror Edvin att pappa försvann. Anita förstår – varför skulle jag säga det till dom? – men Lasse, Lasse vill inte ge ett löfte – kanske tänker han imponera på Gunnar och Björn – vi tappade bort pappa igår… nej, men det är ju inget att imponera med. Vi promenerar väl, säger Tomas och låter som vanligt igen, det är inte alls långt till Skansen härifrån.

Strandvägen, vattnet, den råa kölden som kommer från våröppet hav – Maj håller tag i Tomas arm, de är knappast de enda turisterna, men inte kan hon känna någon glädje att gå här. Bara en lättnad, att hon inte bor där i paradvåningarna med gräddan, nog har de det bra som har sitt hem i överblickbara Örnsköldsvik. Vill du inte titta in på Svenskt Tenn? Det är elegant skyltat, Maj skakar på huvudet, vi har allt vi behöver, säger hon, vi fick ju så mycket nytt när vi flyttade in i våningen. Och det är ju inte min femtioårsdag utan din. Att ens tänka sig att stå inför en tjusig expedit, som kanske skulle känna att Tomas luktar öl, och hon… det är en smak i munnen, av sömnbrist, magsaft… Nu låter vi barna ha roligt på Skansen – vilken dialekt plötsligt – än är de väl inte för stora för sjölejon och sälar. Ja hon krokar tag och släpper inte, uppför backarna inne på området, nerför – de skiljer sig inte märkbart från de andra huttrande turisterna. Men ingen av dem har klätt sig för friluftsliv. Kaffe och bakelse vid Högloftet för att fira pappa. Värma frusna händer mot koppen. Lasse och Anita som får vispgrädde i sin varma choklad. *Vad ska de prata om när de inte kan berätta hur rädda de blev när Tomas försvann?* Tomas, han skojar, tar in en extra kanna kaffe – ja Maj behöver också, även om de riskerar att få kaffedarren – klara tanken. *Vill Tomas slå en sexa i,* det är hur som helst ingenting han i så fall säger. *Och du då, Maj?*

Äntligen blir det middagsdags – de har beundrat utsikten, sett Slussen och Stadsgårdskajen, Danvikstull, Lasse har tjatat om att gå på Gröna Lund och det är klart att han borde få åka karusell och kasta pil eller vad de nu gör inne på nöjesfältet – har det ens öppnat – till sommaren kanske det blir av, nu är det ju pappas födelsedag och imorgon far vi nog hem... Där kommer äntligen hennes syster, svåger, syskonbarn – ändå tar de inte omkring varandra. Man gör ju inte det. Tomas skakar hand. Björn och Gunnar, långa som sina morbröder – vi går väl in, vi går väl in – välkomna. Man kliver in på restaurangen, Maj och Ragna uppsöker damrummet, en kam genom håret, släta klänningen fin – Edvin i blazer. Ragna har en lite urringad svart klänning med guldbrokad – kort bolero över – det är snyggt, lite vågat, Ragna som brukade beklaga sina stora bröst och ändå alltid framhäva dem. Nu måste Maj vika undan blicken från den djupa ringningen, klyftan... Maj hade ändå väntat sig att Ragna skulle klätt sig strikt – själv har hon den båthalsade prickiga, den som kommer att bli femtiotalets klänning – en härlig klänning tycker Tomas, som annars mest brukar uppskatta när hon är klädd i svart. Man blir visad ett bord, menyn redan beställd – Ragna, Edvin och hon får vin – inte Tomas, inte barnen – nej inte heller Gunnar som är sexton på det sjuttonde – man skulle kunna tänka sig att Tomas plötsligt viskat åt Maj att han klarar det nu, vin och öl, ett par tre glas till den goda maten... vad får de för något? Maj har inte lust på mat. *Tänk om de visste att du drev runt på stan inatt Tomas,* han tar mjölk, ja Ragnas pojkar och barnen – alla vill de dricka iskall mjölk. Vad har Ragna och Edvin med sig till Tomas? En vacker fotobok över huvudstaden som firar storslaget jubileum – det var fint... Tomas blir glad – Tomas som tycker om Stockholm, Stockholm är en tjusig stad säger han ofta. Men den måtte ha varit dyr, när tunna diktböcker kan kosta närmare tjugo kronor.

Nu verkar Björn och Lasse tina upp. De ber att få gå från bordet efter desserten – glass med ananas, chokladsås och spritsad grädde – utforska stället, upptäcktsfärd, den nya extravaganta restaurangen som de alla har berömt under middagen, så stora vackra fönster och utsikten över vattnet, Södermalm – Ragna och Edvin verkar ändå lite stolta över att vara stockholmare nu – svårare för Anita, att språka med Gunnar. Hon har inte glasögonen på vid bordet, de åker av och på ideligen, men före middagen sa hon till Maj att jag behöver dem ju inte när vi sitter och äter, det är ändå närsynt jag är. Och så ovant att höra Gunnars mörka Stockholmsdialekt, varken Ragna eller Edvin talar så, de är ju jämtar och Edvin har gjort sak av att aldrig överge sitt modersmål... *Får vi fara hem nu?* Imorgon. Tomas ska köra, hela vägen till Örnsköldsvik. Fast de kommer att övernatta i Söderhamn. Om de bara kunde sätta sig i bilen, fara från alltihop.

Men så blir det kaffe, Tomas propsar på att Edvin ska ta en cognac och Ragna och Maj måste prova någon trevlig likör – blir Ragna lite fnissig och Edvin vill diskutera fallet Rosenberg med sin svåger. *Jag trodde jag blivit änka inatt Ragna, vad skulle jag ha gjort med mitt liv då?*

DET TUNGA MOTSTÅNDET från porten – sedan den välbekanta lukten i trapphuset, kalkstensgolvet, ledstången i smide och så en sval – trygg – doft av... betong? Lite matos från Wikmans, eller om det är vicevärden högst upp som har pannbiff. Fru Kallander måtte undra varför de kommer tidigare hem. Tomas vill kånka alla kollin, men Maj kan inte fort nog ta trapporna upp och bär sina väskor själv. *Hemma.* Lägenhetens lukt – inte så farlig – lite instängt förstås, för Tomas lät henne inte ha något fönster på glänt ens på baksidan – det kan ju bli frost, kallt, aprilväder vet du – men nu hakar hon av promenadskorna i den skarpt upplysta tamburen – Tomas tycker att glödlampan är för stark, fast Maj vill kunna se här där det inte finns något fönster. Posten, Örnsköldsviks Allehanda, allt det samlar hon ihop till Tomas – det är faktiskt drivor av postogram och gratulationer – *och vi bara smet...* En hastig blick i den förgyllda hallspegeln ovanför tants ädelträbyrå innanför tamburen – skinnhandskar, kappa, hatt – blek – hon går i strumplästen över de mjuka mattorna, småryorna, den äkta mattan i stora rummet, tänder lampetterna på väggen, golvstaken vid Tomas ungkarlsemma intill öppna spisen – så öppnar hon balkongdörren på vid gavel. *Så snyggt du har det här i våningen Maj, trevligt!* Går vidare till lamporna i fönstret i matrummets burspråk, sedan matvråns taklampa, sovrummet – öppnar fönstret där också – luktar det rök? Ändå har hon skålar med ättiksvatten utplacerade för att ta bort den värsta cigarrettröken – tobaksdoften – Tomas pipa... Köket. Hennes arbetskök med sin blanka diskbänk, kylskåpet och skafferi med ventil åt norr. Spisen, skåpen. Hon ska packa upp också – ta av sig kappa och handskar – men först spola vattnet riktigt kallt – dricka. Kommer det unket ur avloppet – nej, inte efter bara några dagars frånvaro – tur att hon kom ihåg att boka tvättkällaren till veckan. I Sundsvall stannade de och handlade frukostmat, ikväll får mannagrynsgröten duga, hon kan kanske koka te och steka några ägg. Lasse ropar att han är utsvulten – lugna dig, jag måste ta rätt på era smutskläder först. Hon öppnar väskorna i tamburen, sorterar plagg efter plagg – hänger ut det som ska vädras – hygienartiklarna tillbaka till badrummet, *jag vill aldrig resa till Stockholm mer,* den tunna huden under ögonen – mörk. Inatt måste hon få sova, om hon så ska behöva ta både brom och veronal.

DET HÄR ÄR svårt. Hur blir hemkomsten för honom? Klart att Tomas inte vill skylta med misslyckandet i Stockholm. Att han har en... *sjuhelvetes ångest.* Det är inte Tomas ord. Inte nykter. Hur han står som ett fån på Bjerres mottagning. I den bilden koncentrerar han den borrande skruven – själva kärnan i känslan. Gång på gång. Hur han vill hålla för öronen, blunda. Och som på långt avstånd kan han höra Maj rumstera om i köket. Han har så mycket att ta tag i! Bara ett par veckor kvar tills han ska arbeta sida vid sida med Karl-Magnus Agrell. Under? *Sida vid sida, Tomas.* Är det verkligen säkert? Så soppar han till det så här. Ligger i sängkammaren med en filt över sig och skyller på illamående. Att han kanske drog på sig influensan under resan. Om förnekelsen ändå var större. Självbedrägeriet. Om han kunde slå bort det – han tog sig några glas för att fira femtio och det gick ju på det stora hela bra. Kan inte Maj vara tyst? Ideligen har hon något på hjärtat och ropar till honom från kök och matvrå. Pratar medan hon hör nyheterna på radio – drar honom ut – upp – där han inte vill vara. Klart att han vet om sin stora skuld – tacksamhetsskulden – hon har inte ens skällt på honom. Nu står hon i dörröppningen, säger att Julia och Tyko målar om på landet, det var Titti som ringde och berättade – Titti vill ju absolut få fira dig – jag sa att det måste vänta tills Agrells har kommit upp – men vad tror du, kan vi ha kalas... Egentligen är det bara en rå känsla. Bortom yttre påverkan. Det matta i benen. Hjärtklappningen – handlingsförlamningen. Magvärken – i huggande attacker – där emellan molande, påträngande. Svetten som plötsligt bryter ut. Kölden. Ömsom tvånget att ligga hop-

kurad under filten, ömsom driften att gå. Få tränga undan to-
nerna, orden, självföraktet…

Kan han resa sig från bordet utan att vänta på att de andra ska bli
färdiga med sina portioner? Han ska bara ner på stan och köpa
en kvällstidning. Är det Majs fel? Att han inte orkar med inten-
siteten i hennes prat. Frågorna – han klarar ju inte av att tänka
på renoveringar nu. Om han inte grejar jobbet med Agrell. *Om
det skiter sig med allt.* Maj ber Lasse skicka tillbringaren och sä-
ger att Titti ska få ett helt nytt kök där ute till sommaren… han
lägger ihop besticken – fan – Georg är ju i byggbranschen. Det
är väl ändå skillnad. Det mest plågsamma – att Anita och Lasse
håller sig undan – *mentalt.* Tystnar när han kommer ut till dem
vid måltiderna – granskar honom tigande. Särskilt Anita. *Hon ser
rakt igenom.*

Att då bara ta sig ut ett tag. Köpa en kvällstidning, en ask cigar-
retter. Gå på bolaget. Det är hur enkelt som helst. *Jag gör det för
att hålla mig levande. Att överleva idag, imorgon.* Bara därför.

NEJ – HAN är inte där. När hon tänder sänglampan ser hon att sängen står orörd, överkastet lika spänt och slätt som när hon just hade bäddat imorse. Sover han på soffan? Kontoret? Klarvaken, och samtidigt så trött. *Du måste se efter.* Ja, fötterna mot ripsmattan mellan deras sängar, instinktivt drar handen ner det upphasade nattlinnet över låren. En klunk vatten från glaset på nattygsbordet. Sedan toaletten, längst bort i korridoren. Inte heller hon kan väl gå på gästtoaletten i tamburen när hon inte vill att Tomas och barnen ska gå dit i onödan. Det tycks som om både Lasse och Anita sover djupt. Fast Lasse sa innan hon släckte hos honom att det tog en himla tid för pappa att köpa cigarretter och Anita bad Maj att väcka henne när pappa var tillbaka – även om det är efter midnatt, mamma. Toalettbesök i natten, ett snabbt sköljande av händerna, hon orkar inte löddra dem i tvål. När ögonen vant sig urskiljer hon att både vardagsrum och matsal vilar öde. Det hon redan visste – Tomas är inte där. Ska hon lägga sig igen? Vid köksbordet blir hon sittande, tänder eld på en tändsticka, cigarretten. Hon brukar inte röka på natten, hon brukar inte det. Borde hon gå ner på stan och leta? Nej. Det vill hon inte. Inte ge sig ut i vårnatten – kanske kommer gryningen om bara någon timme – men ut går hon inte.

Hon har inte riktigt fått veta vad doktor Bjerre sa som gjorde Tomas så upprörd. Han har bara antytt att han gruvar sig en aning för Agrells som kommer upp till sista april. På första maj ska de visst titta på fabriken ordentligt, när inte arbetarna är där. Men att då fara på stan – för inte är han nykter nu. Svedan i ögonen, den torra munnen, känslan av att det inte går. Ändå måste man orka, orka. Nästan alla är tvungna till det. *Även makars spritande?* Vi får väl ordna om något för släkten till midsommar, sa Maj när Tomas gick igenom gratulationer och kort. Nog borde hon kunna få säga det utan att han måste ta till sprit? Nu är hon inte orolig som i Stockholm. Inte för hans liv. *Men för din och barnens framtida tillvaro?* Han kan inte bete sig så här om han ska greja firman tillsammans med Agrell. Och att hålla henne vaken om nätterna – får hon inte sova ordentligt snart blir hon kanske allvarligt sjuk. *Skäll ut honom. Säg åt honom på skarpen.* Hjälper det? *Lämna honom.* Hur skulle det egentligen se ut?

HUR MÅNGA DAGAR av drickande? En vecka. Mer? Kanske tio dagar. Du måste vara spiknykter till Valborgsmäss – snart är Agrells här. Eller ska vi ta dag för dag… För Maj är de här dagarna utsträckta, långa… Men ännu längre för hennes man? Det är en klen tröst att ta till, Maj måste igenom dem likafullt. Tomas har gömställen – tänk att han kan hitta gömställen i Majs hem – det är i alla fall bättre att du håller dig här än rantar ute på stan. Ja, hon har förbjudit honom att gå ut. Han har det han har och när det är slut är det över. Och han följer en egen avtrappningsplan, Maj törs inte slå ut något i slasken. Abstinensen, delirium – hon kan väl inte veta exakt hur mycket man måste ha fått i sig för att ett tvärt avbrott ska förorsaka det. Men hon kan inte passa honom varje ögonblick. Måste ju själv fortsätta vardagen med sina varuinköp, tvättstugetider och matlagningen. Till kafferepen tackar hon nej – skyller på en envis hosta efter vinterns sista förkylning. Anita och Lasse – liksom förstummade. Tack och lov att de får gå iväg till skolan om mornarna. Anita borde hålla sig borta hos kamrater på kvällarna som Lasse. Men hon kommer hem direkt efter skoldagen, frågar Maj lågt om pappa mår bättre. Han blir inte otäck mot dem, om inte det otäcka även kan rymmas i det smetigt sentimentala… hur usel man är. Dålig. Oduglig. Så småningom ord som *vilken jävla loser* – men i en annan tid än Majs. *Tomas! Du har arbete, vi har rymlig bostad, lantställe, båt och bil. Mat på bordet, barnen kan gå snyggt klädda.* Här är inte fråga om något verkligt fall… Bara ett självömkande, om hon slapp höra på hans vädjande fraser – fast kanske förstår Maj. Den där längtan att släppa. *Ska vi falla tillsammans?* Grogga oss genom tillvaron

25

– se allt i dimma, rus. Ja, för Maj kan också känna strupgreppet, jäktet – hinna, hinna, inte låta lättjan, ledan, motståndet ta överhanden – alltid slå tillbaka, kämpa sig upp.

Och så vårljuset på det. Hur där faktiskt är spindelväv i takhörnen i badrummet. Dags att rensa avlopp, rengöra golvbrunnar från hår och avlagrad hud. Tomas håller mest till i sovrummet, med gardinen för. Maj tar inget, inte heller efter en hel dag, när Tomas slutligen snarkande sover. *Inte du också, Maj.* Fast cognacen lockar – bara för att få ro. En del häller en matsked eller två i varm mjölk. Tomas har gjort slut både på bromet och veronalen. Är det så klokt att blanda det med öl? Kanske kommer den här extra kraften att städa – att ta tag i sådant som blivit liggande under åren även för henne – för att det inte går att komma ner i varv på annat vis. Gå igenom receptlådan, sybehörsskrinet, passa på att fästa lösa knappar och hängen i byxor, kappor, blusar, koftor, jackor... skölja upp ylle så att det är riktigt rent inför nästa vinter. Det brukar hon annars ta med ut på landet och ordna om där – det blir så god doft när yllet får torka på strecket mellan rönnarna. Spyr han också? Kanske. Snart är Karl-Magnus här.

Men så en morgon när Lasse och Anita skyndat iväg till skolan vill Tomas ha te och franska. Och om Maj skulle kunna tänka sig att följa honom ut? Inte på stan, bara ner på Villagatan, Backgatan, kanske upp mot Skyttis. Eller en bit ut mot ålderdomshemmet, föredrar du hellre en tur till mejeriet i Kroksta? – ja bara för att träna musklerna, en liten stund varje dag. Men att gå ensam, med de här darrningarna – om du är med Maj känns det nog bättre.

Då måste du raka dig, ta ett ordentligt bad, svarar hon utan att riktigt möta hans vädjande blick. Medan han tänder cigarretten – jo handen skakar – går Maj till badrummet, vrider för fullt på det varma, blandar nästan inget kallt i. Inte för att skålla honom – men hett vatten håller kanske de där... *spasmerna* stilla. *Minns du*

26

hur ni badade på Statt på bröllopsnattens morgon? Jo. Hur otäckt det var med hettan, som ville Anita inte att hon skulle ligga kvar. *Kanske hettades även fostervattnet upp inuti...* Några sekunder av orörlighet, bara blicken fastnaglad i det nerforsande flödet och så räta ut ryggen, borsta tänder, läppstift, svart tusch på fransarna, med ett hastigt streck fylla i ögonbrynen. Eau-de-cologne – morgonens rengöring av sig själv klarade hon av redan innan barnen vaknade.

DET FINNS ALLTID någon som berättar. Som tar ordet i sitt våld. Men vad skulle du valt ut Maj, om du tagit makten över orden? Jag är inte så säker på att du hade lyft fram den tillrättalagda versionen. *Håll dig undan med dina påträngande kommentarer och frågor. Ställ dig i bakgrunden och vänta in hur det går.* För Maj har fullt upp med tillvaron hur som helst. Hinna ha *det goda livet*, eftersom allt ändå när som helst kan vara över. Atombomber, ryssar, ännu ett världskrig. Ja, det är ju Maj och hennes medsystrar som i kontrast till det stora hotfulla ska skapa samhällets minsta cell och trygga idyll. Med hushållsassistenter och dammsugare. Korsetter och tunna strumpor av nylon. Vademecum munvatten och bonvax.

Man måste inte älska dig, Maj. Men låta dig finnas till.

NU ÄR DET *en ny morgon.* Kan Maj få dra sig, bara en minut till? *Låt Tomas laga kaffe, servera barnen frukost, koka gröt.* Eller vaknar du med dagsverkets schema som en pickande hackspett mellan skuldrorna…? Redan igår sorterade hon smutstvätten så att hon skulle kunna vara i tvättstugan tidigt idag, hon la i blöt och in i maskinen innan hon gjorde kväll. *Upp med dig.* Hon reser sig, går fram till fönstret och drar ifrån gardinerna. Ljuset – starkt. Dags att vakna, Tomas. Bäddkappan börjar bli nött, hon tar den över nattlinnet utan att trä de klädda knapparna i hålen – en kvart före sju – skyndar genom våningen och knackar på Anitas och Lasses dörrar innan hon går in i badrummet – Lasse ropar oväntat att han redan är vaken. *Plocka till i barnens rum.* Det gör hon ju varje morgon. När de gått till skolan. Hon sköljer hastigt av ansiktet – nu måste hon få sitt kaffe. Fast först tvättmaskinerna – kan hon gå ner i bara bäddkappa och nattlinne eller borde hon byta till något anständigare? Nej, hon knäpper knapparna och tar på sig riktiga skor, hasar inte i tofflor. Nerför trapporna och så sätter hon igång lakanstvätten fast klockan inte riktigt hunnit bli sju. Wikmans är väl ändå vakna? Och fru Jenny i porten intill har säkert fullt morgonbestyr redan, med Gösta, pojkarna som ska till skolan och lillflickan som fortfarande är hemma. Uppe i lägenheten igen ser hon till att även Anita har vaknat och Tomas kommer nyrakad från badrummet. Bara inte Lasse glömmer sin tandläkartid idag. Ja, hon påminner honom när han kommer ut till frukosten, sovrufsig i håret. Tandläkare Perman har skickat honom vidare till Bergfors för en konsultation angående tandreglering. Hon slår sig ner med kaffekoppen, säger att hon möter honom på skolgården efter frukostrasten så att de kan ha sällskap till Bergfors mottagning. Vilken tid har du rasten idag? Lasse svarar inte, doppar brödskivan så att det rinner smält smör längs med hakan när han ska försöka fånga upp den sladdriga smörgåsen. Hallå? Nu kniper han ihop munnen – Maj räcker honom en servett att torka sig med. Vet du inte när ni har rast? Jo det vet jag väl, men om du hämtar mig på skolgården kommer alla retas! Maj skrattar ofrivilligt till. Vad säger du? Varför skulle klasskamraterna retas för att du ska till tandläkaren – vad är det för barnsligheter. Och innan hon hinner säga något mer reser sig Lasse hastigt – du är så himla... trång i bollen, mamma! Du litar aldrig på mig – jag vet när jag ska vara hos tandläkaren. Jaha – ja... hon tystnar. Borde hon ha tillrättavisat honom hårdare – han ska väl inte ostraffat få kalla henne trång i bollen? Han blir ju tolv till hösten, är det så hemskt att visa sig med sin mamma på stan? Du måste i alla fall be magistern att påminna om tiden! Nu svarar han inte. Det stämmer att hon tvivlar på att han verkligen går dit på egen hand. Inte av illvilja... men hur många tider har han inte glömt och sjabblat med?

Det är så olustigt att skiljas åt som ovänner. Lasse säger inte ens hej då och Maj måste viskande fråga om inte Anita kan gå över till folkskolan och se till att Lasse kommer i tid till tandläkaren. Men hon svarar bara att hon inte kan gå från sin tyskalektion, då får hon kvarsittning. Kan det verkligen stämma? Får man inte gå ifrån för att hjälpa ett yngre syskon... Hon drar igen ytterdörren efter dem, låser vredet.

Vad ful du är. Så känns det när hon står framför badrumsskåpet. Just som hon gnuggar rakskum och tandkrämsspott från spegelglaset får hon syn på sig själv. Med hårrullarna på skulten, glåmig – *ansiktet.* Inte för att man nödvändigtvis är ful vid trettiofem. Men än har det inte varit varmt nog att sitta ute på balkongen för att få färg på kinder och näsa och det här bleka... hon öppnar skåpet, drar läppstiftet ur hylsan och målar munnen röd.

Och varför kontaktar Tomas inte målarmästare Svedin fast Maj påmint honom flera gånger bara nu i veckan? Svedins duktiga pojkar skulle kunna börja meddetsamma, fara ut på landet och skrapa och slipa och måla i det torra, exemplariska vårvädret. Man annonserar om prima linoljefärg i dagens tidning. Hon sitter i matvrån med bladet uppslaget, har bäddat och gjort bort frukostdisken, själv är hon rentvättad, bara papiljotterna att ta ur håret och förmiddagscigarretten har ett ilsket rött avtryck på sig där i askfatet. Den första maskinens lakan är hängda i torkrummet – ganska snabbt gör de stora fläktarna den rena tvätten torr nog att mangla. Men ögna genom tidningen måste hon väl få göra innan hon ska ta rätt på sänglinnet. Ett och annat har hon snappat upp om fasadmålningens ABC. Målning – särskilt med den fetare linoljan – sköter man bäst när smältvattnet helt runnit undan, jorden reder sig och dagstemperaturen håller en bra bit över nollstrecket. Före den tunga och fuktmättade högsommarvärmen, och innan luften är full av frömjöl som far och fastnar i färgen. Tomas har inte tid att sköta målningen själv, *som pappa och bröderna skulle ha gjort.* Nu arbetar Tomas mer än Maj någonsin sett honom göra, särskilt sedan Karl-Magnus för några veckor sedan installerade sig här i Örnsköldsvik som vd. Tomas går hemifrån strax efter sju, och flera kvällar i veckan blir han kvar på kontoret till åtta, nio. Men då ringer han och talar om att hon inte ska vänta hem honom till middagen. Det är rart – att han ringer. För Tomas älsklingssyster Titti har det jobbigt med Georg som sällan kommer ihåg att meddela sig, det har till och med hänt att hon haft middagsgäster där hemma utan att Georg har dykt upp – *tänk vilken tur att du inte är gift med honom.* Det vore ju så roligt om huset var snyggt till sommaren! När Anita ska konfirmeras, och kanske måste de ändå ställa till med något slags mottagning för att fira Tomas femtio med släkten.

Ja, en snabb spänning far över Maj och hon börjar otåligt lossa papiljotterna där hon sitter vid matbordet. *Ska du drälla hårstrån mitt i maten?* Hon har bara en kaffekopp framme och kommer ändå torka bordsskivan nogsamt sedan. Om han kunde ge henne förtroendet att sköta reparationerna själv. På sätt och vis är hon mer lämpad. Beräkningar gör hon ju – i mindre skala – på hushållskostnaderna redan. Och smärre reparationer och ommålning, det ingår liksom i åtagandet att vara husägare. Visst äger även hon huset? Som maka? Men Tomas tycker att det är fel tid för stora utgifter för tillfället – det var ju inte gratis att köpa ut syskonens andelar ur huset, påminde han när hon tog upp frågan. Har vi inte amorterat av den kostnaden snart, frågade Maj då, men Tomas bara skakade på huvudet. Ibland måste man ju våga satsa! Kanske är det oron… rastlösheten som får henne att slå igen tidningen, vika den slät, och genast gå och lägga bort den i tidningsstället vid Tomas fåtölj. *Aldrig låta ligga!* Hämta trasan och torka smulor och hår. Samla ihop papiljotter och hårstickor. Men att underhålla lantstället kan man väl räkna som *investeringar,* inte bara se som kostsamma utgifter. Titti och Georg reparerar för jämnan. Och nu finns ju risken att de bästa målarna bokas upp, frågan är om de inte är alldeles för sent ute redan.

Hon skulle förstås kunna ta en promenad till tandläkare Bergfors mottagning efter lunch och säga att hon bara hade vägarna förbi, några inköp ska väl göras idag också. Vänta på Lasse där utan att bråka på honom när han dyker upp. Men… nej. Inte ge sig av ensam ut på stan. *Som om stan viskar.* Fast ingen vet vad som hände i Stockholm. Inte ens Ragna och Edvin. Tvätten förstås. Den är knappast helt bortgjord till lunch. Stryka, stärka. Och borde hon inte ha färska bullar när Lasse kommer hem? Eller ska hon lova att han kan få de där gabardinbyxorna han pratat om, sådana som både Bernt och Stig-Björn har?

OM MAN KUNDE *drämma till oron med en hammare.* Då ryser hon till – hejdar handen som gnider trasan mot det tomma askfatet i form av en solros. Utanför matsalsfönstret är björkarna på väg att slå ut – hur april helt hastigt har gått en bra bit in i maj. Ändå den där längtan att stänga till, göra helt tätt emot oron. Känslan av att hon förlorar... tappar... *solrosen i kras mot marmorbrädan* – nej, hon ställer tillbaka porslinsfatet så försiktigt. Men hur ljuset gör att varje morgon får en allt tidigare start. Den spröda grönskan, de längre dagarna, kvällarna som tänjer på sig, dröjer kvar. Varför blir inget verkligt vettigt av för henne? *Det är resan till Stockholm och allt efter det.* Jo – hon vet det på sätt och vis. Att det fortfarande är nära inpå... hur hon måste vara beredd, söka efter tecken – inte har det varit så jädra enkelt att Tomas kommit hem sent nästan varje kväll. Klart att hon har misstänkt att han stannat på krogen, inte nekat när Karl-Magnus velat bjuda på ett glas efter gott dagsverke. Och om motboken slopas. Det är bara uppe till diskussion än så länge, varken Maj eller Tomas har kommenterat debatten. För egen del vore det förstås... att inte behöva gå via maken. Men att han... ja det skulle ju göra det ännu enklare för honom att få tag på sprit.

Nu är det dessutom inte långt kvar tills det är dags att flytta ut på landet och hur gärna vill hon inte ordna upp allt som hopas. Som ändå är Tomas ansvar? Fast han vill inte ta det... Och trots att hon har försökt slå fasadmålningen ur hågen så fortsätter hon grubbla medan dammtrasan sveper över fönsterbrädor och prydnadssaker. Julia och Tyko har redan en målarfirma ute hos sig, de började visst rengöra södersidan tidigt i april. Skulle lillebror Jan i Östersund vilja tjäna lite extra? Han som byggt en så rejäl gäststuga åt sig och Anna-Britta i Stugun. Eller skulle det verka... påfluget? Gnidet? Som om Maj försöker få det extra billigt genom att be någon inom familjen. Inte vill Jan fara och arbeta på sin semester. Tre veckor räcker ju inte heller det så där förfärligt långt för en småbarnsfamilj.

Så många tysta, ensamma timmar under en dag. Även om Maj ser till att hålla sig sysselsatt. Anita sköter sina läxor, ofta springer hon på bio. Är hon olyckligt kär? Hur ska Maj kunna veta? Hon vet bara att sommarens konfirmation tas på oväntat stort allvar, hägrar. Vad hägrar för Maj? Åh – det vet hon inte heller. Lunch till barnen behöver hon inte bry sig om, de äter ju i den nybyggda skolbespisningen. Och Tomas kommer hem bara ett par gånger i veckan på frukostrast som han säger, och då har hon en känsla av att han gör det för hennes skull. Ja, särskilt nu, när han sitter i sådana möten med Karl-Magnus. Fast han är glad när han kommer hem sent om kvällarna. Det blir bra det här, säger han, det blir bra. Då borde de väl kunna kosta på att måla om huset?

NEJ, TOMAS HADE inte räknat med den här ihållande tröttheten. Hur han vill… försöker… på alla sätt ska göra sitt bästa – utan att ha ork. Vad säger Karl-Magnus? De sitter intill varandra på Ottos och pappas gamla kontor, med 1949 års bokföring framför sig. Intressant läsning, säger Karl-Magnus och stöter Tomas lätt i sidan, ja Tomas sitter ju så att han ser, värre är det för Kurre som omöjligt kan tyda beräkningarna från sin vinkel. Sedan Otto dog – det har varit hektiska år. Och att nu kavla upp skjortärmarna och *ge järnet* – vad ska han annars.göra? Han måste helt enkelt mana på sig själv, spela fylld av tillförsikt inför Maj, bröderna, Karl-Magnus… Karl-Magnus som så generöst och beredvilligt vill bli tagen i anspråk, sätta sig in i varje detalj av firmans historik. På tu man hand har han sagt till Tomas att de två måste göra allt de kan för att säkra företagets framtid, att Tomas dugliga bröder ska ha ett verkligt erkännande för sina ovärderliga insatser, men nu… ja de är ju trots allt inga ungdomar. Kurre som petar upp läsglasögonen över näsroten – nej Tomas förstår om inte Kurre har extra krafter att sätta in. Så nu är de här med stickprov även från arkiverade årsredovisningar sedan firman startade, och går igenom resultat för resultat. Kurre kan knappast alls ta del av de sirligt skrivna siffrorna, maskinskriften är heller inte så stor. Borde Tomas skaffa starkare läsglasögon? Det var förstås Otto som hade den fulla insynen efter pappa, upprepar Kurre, eller hur Tomas, han var väl inte den som bad om hjälp i onödan, och Ottos död kom ju hastigt och utan förvarning, förklarar han för Karl-Magnus. Jo visst, nickar Karl-Magnus, men vi måste kart-lägga när investeringar – eller snarare uteblivna investeringar –

började inverka negativt på dagens situation. När blev omkostnaderna för hemsömmerskorna orimliga i förhållande till vad de kunde producera? Naturligtvis kan man se att andra delar av företaget har kunnat täcka upp för ökande lönekostnader – men om fabriken har en läcka så måste den täppas helt, inte enbart minska i omfång. Jo, Tomas förstår liknelsen. Men inte kan man säga tack för de goda åren till alla de familjer i byarna som har varit beroende av fabrikens trots allt ringa provisionslöner – inte utan att först försöka med pensionsavgångar, eller andra frivilliga uppsägningar? Det sista säger han inte direkt till Karl-Magnus. För Karl-Magnus vill verkligen ordna upp firmans situation och manar på dem som publiken längs spåret vid Holmenkollen under femmilen – äsch, den var dålig. Och så förlorar sig Tomas i kontorets nötta inredning, att han inte har tänkt på hur slitet det ser ut. Karl-Magnus vill knappast ha det så här. *Idéer, Tomas! Bidra!* Men det enda Tomas kan tänka på just nu är att de borde göra något tidigare kväll. Inte sitta till åtta, nio, tio varje kväll i veckan. De här vackra våraftnarna försvinner bort, utan att de blir så mycket klokare av årsrapporterna. Då och då vill Karl-Magnus sammanfatta: säljsidan måste sätta högre mål, de fasta kostnaderna minska. Men hur ser det ut på lagersidan – finns inte ett alltför kostsamt lager som borde avyttras snarast? Produktionskostnaderna – Karl-Magnus håller med om att de inte är helt lätta att påverka. Han tittar från Kurre till Tomas – kvaliteten ska vi inte pruta på – inte i första taget. Det är ju Berglunds varumärke. Ja, Agrells också – kvalitet och pålitlighet. Men skulle vi kunna föra in… modernitet? Jo, svarar Kurre snabbt, det moderna går ju hem. *Det moderna?* Tomas ser Levi Nilsson framför sig, där på hemstället utanför Skellefteå, och alla de andra som saluför hudar och skinn. De som muttrar om högre omkostnader för djurhållningen, hur även de måste följa konsumentprisindex och inflation.

Ta med Clary och kom på middag en kväll – och du säger åt

Dagny, hör han sig säga vänd mot Kurre, liksom för att få slut på dagens genomgång. Han tackar nej till skjuts in mot stan, säger att han måste tänka på hälsan och ta en promenad.

Kom igen, Tomas. Ja, det mumlar han till sig själv när han går hem genom Örnparken i majkvällen, det är koltrastsång och sommaren ligger inte längre långt borta.

DET ÄR I alla fall snart Mors dag, igen. Med hålsleven tar hon upp de flytande gråaktiga bollarna från den sjudande kitteln och låter dem rinna av – det är de sista kroppkakorna för i år kan hon tro, för nu är vinterpotatisen slut. Lasse och Stig-Björn har redan bänkat sig vid matbordet, ja Stig-Björn är alltid tacksam över att få stanna på mat. Har ni tvättat händerna, frågar hon när hon kommer med de rykande kroppkakorna – nej hon ser på Lasse att han ljuger. Han lommar iväg med sin kamrat, och Maj hämtar det skirade smöret från plattan på spisen. Säg åt Anita att komma också, ropar hon till dem.

Hur många klarar Lasse och Stig-Björn att äta var? Minst fem får hon det till. Men hon har gjort en stor sats, Tomas kan få sina uppstekta om han vill när han kommer. Stig-Björn verkar jämt hungrig, och det är roligt att bjuda den som har aptit. Fast hur det står till där hemma, det vet hon inte riktigt. Lasse är faktiskt hos Stig-Björn på eftermiddagarna ibland, men han brukar inte få middag där. Fem kroppkakor var, ändå delade de på en hel vetelängd när de kom från skolan. Men hon är glad, glad att de tycker om maten. Anita som inte kan låta bli sina kvisslor på kinden, peta inte, förmanar Maj, det blir bara värre. Det verkar inte riktigt hjälpa att sitta intill kvartslampan heller. Om hon kunde trolla bort dem. Att Anita skulle slippa… hon verkar inte bli sur i alla fall, säger tack för maten när Maj tar hennes tallrik och glas. Jag ska träffa Ulla-Britt, fortsätter hon, men när Maj frågar från köket vad de ska hitta på får hon inget svar. Nej, matvrån är tom och tyst. Hon ställer salt- och pepparströarna på fönsterbrädan, viker ihop duken för att skaka den från det öppna köksfönstret.

Vicevärden tycker inte om det, men hon gör det snabbt, och på norrsidan är det ju ändå ingen som går.

Hon väntar med kaffet. Tar det med Tomas senare. Hon har några skjortor att stryka, byxor att pressa. När Tomas visst sitter så nära Karl-Magnus hela dagarna måste han ju alltid ha riktigt rent ombyte. Och Tomas har lovat att uppvakta henne extra i år på Mors dag, ja, för tråkigheterna med hans födelsedag... ändå är det väl egentligen barnen som ska stå för kalaset. *Köpa liljekonvaljer på torget för sparade slantar.* Och Tomas kom faktiskt ihåg hennes namnsdag häromsistens, hade med sig budapestbakelser hem.

Fast så måste alla tankar på Mors dag slås ur hågen för när Tomas kommer från arbetet talar han om att han bjudit in Clary och Karl-Magnus på middag till helgen, högst informellt, utan skriftliga inbjudningsbiljetter och Karl-Magnus tackade ja på stående fot. Och eftersom Kurre satt med i rummet måste jag ju be honom och Dagny dessutom – borde vi höra med Titti och Georg också? Åh – hon vet inte! *Vill inte.* Clary... nej Maj blev ju inte närmare bekant med henne när de var här sist. Vad ska hon bjuda på? Det blev bara fyra över, säger Maj när hon ställer ner Tomas tallrik, Lasse och Stig-Björn åt fem var. Hon slår sig ner på sin plats, säger åt Tomas att han måste låta bli drickat i så fall, Tomas hyssjar men barnen är ute. *De vet redan*, vill hon säga. *Vi har inga hemligheter för dem.* Tomas, du måste ta läxorna med Lasse ikväll, jag tror att Stig-Björn och han fuskade... hon reser sig, dukar ut lingonsylten och resterna av det skirade smöret. Redan i Stockholm sa Tomas att Maj måste kunna dricka som vanligt, ja inte ta hänsyn till hans avhållsamhet, och nu vill han väl inte att Karl-Magnus och Clary ska känna sig stela och obekväma. Och om Titti och Georg kommer – då lättar det upp. Men vad ska Maj hitta på för mat? Borde inte Agrells bjuda hem dem först? Till våningen på Nygatan, där de visst hyr flott. Clary ville inte ha en villa här uppe att sköta om, de har ju den där släktgården söderut.

Och så blir man trött, Maj. Ska det bara börja om med bjudningar, kalasplaner och oro att inte räcka till? För Maj fortsätter ju att vara Maj, med sin ängslan, sin yrsel och jäktet som jagar. Men vi måste vidare. Det tar ju inte slut här, i ett blomstrande femtiotal – ja, än är det inte så blomstrande, Koreakriget har satt skräck i världen och även om det finns arbete så går priserna upp och maten är dyr. Fast Tomas säger att bara han sköter sina kort väl nu så kommer det att ordna sig. Man får räkna med extra arbete när Karl-Magnus är helt ny.

Inte ändrar sig vanorna heller. Kaffet på kvällen i stora rummet – varmt av eftermiddagssolen som legat på – Maj vill slå upp balkongdörren och vädra. Ett par sorters småkakor, sista bitarna av ambrosian – att den kan hålla sig saftig så länge, säger Maj – och så cigarretterna på det. Inte kan Maj neka Tomas att bjuda hem sin chef. Eller är de mer som kompanjoner? Men liksom i förbigående frågar hon om Tomas och bröderna sitter säkert nu efter att ha släppt in Karl-Magnus – ser han verkligen, som affärsman menar jag – till allas bästa? Tomas tuggar sin finska pinne, nickar. Vi har klausuler, avtal. Vi prövar så här, och sedan får vi se. Än äger vi ju merparten, vet du. Och Karl-Magnus har inget att vinna på ett misslyckande. Maj reser sig, tänder golvstaken – mest för trevnaden, kvällen är ljus – men Tomas, vad bjuder vi på?

JA, VAD SKA Maj hitta på för gott? Kan Clary vara en som är svår i maten? Retningar i halsen av fisk, gallkänning av gurka, matsmältningsproblem av rött kött. Kanske går bara fågel. En vårkyckling! Det är flott kalasmat. Knaprigt brynt, men stekt i ugn. Smakrik sky att späda till buljong och sedan koka ihop till sås på tjock grädde. Pressad gurka – har hon åt gallan kan hon ju låta bli den – gelé, kulstekt potatis. Sparris och varmrökt sik med smörstekt franska till förrätt? Kanske är kyckling för... vanligt? Det alla väntar sig till finare bjudningar om våren. Och många karotter att hålla varma och duka fram. Murkelstuvning och kalvfärsbiffar? Små *petits pois* på burk. Ja, gröna ärter. Det tycker Titti sätter piff och färg på det mesta. *Men Maj! Nog grejar du en middag.* Har det i händerna nu. För goda vänner – ja. *Som tycker om min mat.* Som är generösa, förväntansfulla – på det rätta sättet. För fortfarande med fint folk... Märkvärdiga människor. Bättre sortens. Viktiga. Förbannade bättre sort! Örebro är väl knappast märkvärdigare än Örnsköldsvik. Örnsköldsvik med sin massaindustri och Hägglunds som bara expanderar. Livlig handel – fast det är väl stålindustrin och skogen som är löftet nu. *Den norrländska verkstadsindustrin.* Så pratar man kanske i egnahemsbyggena i Sund, i Domsjö, i Gullänget förstås. Lägenheterna blir också moderna. Jordbruket däremot... fast Berglunds har inte så många bekanta bland bönderna. Bara ute i Sillviken och Bylunds tycks än så länge klara det bra. Flyttlassen från inlandet går ju mot stan, och ett torpställe kan man snart bara driva på fritiden, på inkomsterna från industrin.

Så blir Maj rädd – arg – panikslagen. Clary och Karl-Magnus är ju så mycket äldre, erfarna – nyss kanske trettiofem var en åldrande nuna – nu är det barnslig flicksnärta som väl ingen bryr sig något särskilt om. *Håll dig i bakgrunden, Maj. Du kan ju gången nu.* Vispa, smaka av, håll varmt. Servera, bjud runt. Plocka bort, skrapa matrester i slask och ner med tants finporslin i rent vatten. Tack och lov för tants finservis från Gustavsberg! Och damastdukarna, de stärkta servetterna. Om Tomas dessutom kunde tänka sig köpa konvaljer på torget. Grönt, vitt, guld – nysilverbesticken och gnistrande glas. *Det kommer att gå fint, Maj* – och Clary och Karl-Magnus har ju aldrig fått dina päron i ugn med toscasmet.

Du säger inte ett ord till om vad Stig-Björn får! Vad har han för föräldrar som låter honom ränna ute på lördagskvällar? *Elaka unge.* Ja, blixtrande far det genom huvudet att Lasse vill förstöra det här för henne. Kanske hinner hon till och med säga att Anita inte ger henne sådana här bekymmer. *En tjurskalle.* Ja, så ser han ut, med den där mörkblanka luggen ner över pannan, titta på mig, säger hon. Du begriper väl att det inte ser bra ut om du är ute på stan när pappas chef kommer hit för första gången. *Eller är du trång i bollen?* Lasse muttrar något – vad sa du? Dom var väl här på vickning… Märk inte ord! Av alla kvällar i veckan kan du nöta byxbaken några ynka timmar och för en gångs skull gå och lägga dig i tid. Läsa läxor. En lördag? Han tittar upp på henne, och undan. Kanske är det typiskt, men det typiska kan ju i viss mån beskriva något verkligt, kanske sant… Som om Maj inte kan känna Lasses rastlöshet inom sig. Att få vara… på språng. Och middagsbjudningen rymmer ju ingen särskild stillhet för henne. Bara gästerna får slå sig ner vid dukat bord. Titti och Georg hade förstås annat inbokat – Hägglunds – till och med Tomas fnös lite och sa att nu har man kommit sig upp. Men Maj tycker att det ska bli spännande att höra hur Hägglunds har det ute på lantstället i Nötbolandet – att få vara med – utan att behöva delta. Clary och

Karl-Magnus får för all del samma proportioner som Hägglunds eller Kempes just nu, och så den här tjuriga ungen som vägrar vara inne en enda liten lördagskväll. Muta? Om hon mutar med en extra slant, en... äsch, hon kommer inte på något. Nu hör du vad jag säger! Du och Anita sitter med vid middagen och håller er inne sen. Ska jag tala med pappa? Grimaserar han åt henne nu? Det här är ju löjligt. Lasses *likgiltighet* inför tillsägelser... han är snart tolv år, ingen barnunge. Ska hon behöva passa på hans rum, så att han inte smiter ut? Om du inte håller dig hemma blir det aldrig någonsin en sådan där cykel med motor från pappa och mig. Får jag en moped? Hela ansiktet skiner upp – *vad du är vacker när du ler* – får och får, inte än, du är för liten än och då gäller det att sköta sig fram till dess också!

Över – för den här gången. Det låter bekant? Ja, men är det inte så, att tillvaron består av en massa – *så var det över, för den här gången*. En fylla, en flott middagsbjudning, ett bråk med ens barn. Bara man får vila emellanåt? Då går det väl?

Åh så hårt hon har måst hålla om den här ugnsstekta kycklingen för att inte börja svaja. Famla efter exklusivitet, finess, raffine-mang. *Grundregel nummer ett: Bjud på det du behärskar.* Beprö-vade recept. *Har du glömt gäddan?* Nej då. Maj kanske berättar om gäddan ikväll. På ett humoristiskt vis. Får Kurre och Tomas att bryta in, prata om annat – *vad är det för ett sätt att göra sig rolig på vår salig mors bekostnad*... Murkelstuvning till vårkyckling – kom inte och säg att det inte rymmer viss finess.

Fast ett är svårt att ordna – detta att delta i måltiden, *som vär-dinna*. Än ska man springa efter det ena, än det andra. Hon stäl-ler fram en extra snipa med enbart len gräddsås till barnen – ja Karl-Magnus tar av bara farten både gräddsås och murkelstuv-ning – *gör ingen sak av det* – så pikant med två såser, säger Clary och även Dagny verkar lite forcerad, nervös i sammanhanget, och tar minst sagt rikligt av ärtorna. Tomas med sin lingondricka och Maj som måste känna noga mot gommen – blev det förstört av att hälla gräddsåsen på stuvningen? Eller blir gurkan, gelén, kött, potatis och de båda såserna en finstämd symfoni av smaker? Jo då. Och se efter, bjuda runt ett varv till, konversera Karl-Magnus – han är väl okej, *ållrajt*, skaplig, hygglig – kanske ingen matmänniska – men båda makarna Agrell tar om av gurkan, så ingen av dem lär ha åt gallan – *lägg på minnet!* Tomas har också med sitt sätt visat att det var lite extra noga med den här middagen för Agrells, och Maj tänker inte *göra bort sig.*

Nervöst är det att Anita sitter med i stora rummets plyschgrupp hela kvällen. För när bara moccakopparna står på bordet, tillsammans med små glas likör, cognacskupor – Kurre och Karl-Magnus vill förresten ha grogg – brandy och sockerdricka går bra – så kan Maj äntligen – egentligen – slappna av. Om inte Anita höll sina vakande ögon… Både Clary och Dagny dricker likör, och Maj gör dem sällskap fast hon föredrar cognac. *Det går ju fint, Maj.* Karl-Magnus och Clary dröjer faktiskt sig kvar, verkar inte alls ha lust att göra tidig kväll. Det är lättsamt, glatt. Kurre drar vitsar som Maj har hört förr, men de är ju nya för Agrells. Anita, säger hon lågt, ser du om Lasse… ja kan du se om han har somnat? Anita ser frågande på henne, och Maj kan ju inte säga högt inför alla att hon vill att Anita ska kontrollera så att han inte har smitit ut. Han vill kanske ha något, karameller… du vet han blir så arg på mig om jag går dit. Anita reser sig till slut, masar sig iväg. Vad stor hon har blivit halvviskar Dagny och Maj tar likörglaset, ja på min sida är vi långa, svarar hon och Dagny lägger till att det kan ju vara lite besvärligt för en flicka att bli alltför stor och reslig. Skål på er, säger Maj och sveper det sista i glaset.

EN FASAD, MÖJLIGEN två, kan målarfirman som arbetar på Julias och Tykos ställe hinna hos Maj och Tomas före semestrarna. De har ju andra jobb också, som måste gå före. Så glad Maj blir, där hon står och beundrar den solgula fasaden hos svågern och svägerskan ute på landet – egentligen är gult trevligare än grönt på en villa. Men Tomas menar att han inte kan ändra färg på pappas hus, det skulle ses som en *markering*, mot syskonen. Maj invände faktiskt att syskonen har ju sina egna villor här ute. Som de målar och förändrar, *efter behag*. Eva och Johan som bara sålde! Fast det blev ju bra, med Åkerlunds också. Julia och Tyko flyttar inte hit ut förrän huset är helt färdigt, men målarna lovar att komma över till Maj när de tar rast på eftermiddagen. Jag tänkte sidan mot sjön, säger Maj ivrigt, men målarbasen som klättrat ner från byggnadsställningen svarar att de måste undersöka skicket och bedöma själva var det är mest akut. Nej, Maj går inte in i en argumentation om att fasaden mot sjön och solen brukar vara den som slits först – han har väl sin yrkesheder så som hon har sin. Hur är det med fönstren? frågar han lite barskt. Jo, Maj är ganska säker på att karmarna behöver kittas om och oljas in. Det är ju ett betydligt mer omfattande åtagande då. Han kisar under kepsen, och Maj säger att sonen är för liten att klara fönstren på egen hand och maken måste arbeta hela sommaren på firman.

Kanske var det dumt att dra upp det här med Tomas och firman. Hon borde ju förhandla till sig *ett bra pris*. Inte ge sken av att de har bättre ekonomi än de har. Det blåser lite kallt, fast i början av juni brukar det sällan vara någon verklig värme. Hon kan ju inte gena över Åkerlunds nu, även om Lotten inte verkar vara sommarboende där ännu, utan Maj traskar landsvägen fram. Men vad skönt att hon vågade fråga. Ser det lite skräpigt ut här på baksidan när man kommer från vägen? Nja, man har ju fjärden som brer ut sig i blickfånget ändå. De ska väl ha kaffe? Sockerkakan är inte helt färsk, men inte dålig. Hon hinner knappast vispa en ny. De ska ju bara ge en offert. Hallå, ropar hon in i köket, men får inget svar. Lasse har äntligen ledigt – som han lever upp! Göran och han, Maj vet inte riktigt vad de har för sig om dagarna. Men de kommer ganska snällt till måltiderna och Anita har redan cyklat ett par mornar nu under sin sommarferie till Arnäs församlingshem på konfirmationsundervisning. Tomas tar bilen ut om han kommer, hinner inte åka med Express från stan till bryggan. Karl-Magnus har visst skickat hem Clary till släktgården för att vara där över midsommar, och nu driver han på Tomas... Om han dricker när han blir kvar i stan kan Maj inte veta. Hon måste släppa det. För barnens skull kan hon inte vara i våningen med Tomas.

Maj tar trapporna upp till kammaren – även om hon tar en kofta över solklänningen ser det kanske lite slarvigt ut. Hon kan definitivt inte springa baraxlad när målarna kommer fast färgen på axlar och bröst börjar bli fin. En holkärmad blus och kjol. Än är där inget gäddhäng. Lite läppstift – och de korta fransarna har väl lite svart permanentfärg kvar. Ändå... att vara ensam kvinna när det kommer... ja, karlar kan man säga för en viss klang. *Män.* Män i hennes ålder. Det är inte så ofta Maj tänker på män. Visst far Skådespelaren genom huvudet någon gång, särskilt när hans namn figurerar i tidningen, eller om han till och med syns på bild. Tänker hon *Sture Lagerwall* blir det så konkret. Då kommer rodnaden, *verkligheten* – när han bjöd upp henne på Statt och de dansade så såg hon ju egentligen inte hans ansikte. Och på fotografierna – han är inte direkt hennes typ. Men *berömd.* Erik – sällan – men det händer. Ja, som nu när midsommarhelgen närmar sig och det har varit sådant ståhej över att helgen ska flyttas, att den inte längre ska firas över Johannes, utan en viss fredag varje år. Ja, då ser hon för sig midsommaren i Eriks stuga. Den som sticker ut i minnet, bryter av mot det traditionsenliga här. År efter år. Bara hos Erik *tiggde hon om kärlek.* Fy. Är det så farligt, att tigga om kärlek? Maj vet väl inte säkert, bara hur obehaget... man ska vara stolt, och inte krusa. Barbent kan hon väl gå, i sandaletterna? Med rödmålade tår.

Inte bryr sig de här männen om Maj. Som bjuder på kaffe med dopp ute på tomten. De sitter mest och studerar fasaden – nekar inte påtår – men kan inte ge ett direkt pris. Det är ju mycket underarbete, säger den ena, men då är Maj *mentalt beredd* – underarbete känner hon till. Och hon kan flika in att huset i alla stora drag är en kopia av det som de arbetar på nu, hos svågern och svägerskan. En av de yngre pojkarna tar i alla fall glatt om av både sockerkaka och bulle – men Maj är för ung för att retsamt fråga om han inte har någon fjälla som bakar åt honom. Kanske tänker hon inte ens så. Bara en liten, liten besvikelse att de inte är flirtiga alls.

Det blir tomt, om dagarna. Att hålla målare med kaffe för- och eftermiddag, det skulle nog lätta upp.

VAR DAG LIKA tålmodigt ivrig att komma iväg. Hur hon tar det på sådant allvar! Maj ser från norrfönstret i köket hur Anita spejar mot vägen, drar cykeln till vägskälet för att stå så att hon verkligen syns. Gerd hämtar varje läsdag upp henne med sin cykel, sedan trampar de iväg över en mil, närmare två. Maj samlar upp vattnet från diskbänken, vrider trasan över hon. Gnider den blank, sedan rullar hon ihop trasmattan, slänger den över broräcket vid köksingången och sopar smulor från golvet. Hur Maj förvånades över Anitas upprörda min när hon talade om att hon inte är religiös. Ja, inte troende. Helt säker – det kan ju ingen vara. Men varken mamma eller pappa var kyrkliga. Ja, att Maj var så god vän med Margit var nog bara för att de blev bänkkamrater i skolan och att Margit var så in i norden *snäll*. Det var vid frukosten, för ett par veckor sedan. Men Anita, hasplade Maj ur sig då, du måste väl ha märkt att vi inte är kyrkliga, inte pappa heller. Med tårar i ögonen sa Anita, jag kan be för dig mamma. *Jag ska be för din själ.* Tack och lov att hon inte brast ut i ett okontrollerat skratt. Det är ju fint av Anita, och Gerd är en god kamrat. Ändå drabbas Maj allt som oftast av den där otäcka viljan att tala om... att livet är brutalt, oavsett. Ja, med eller utan Gud. Tomas har visst långa resonemang med henne när de promenerar, teologiska spörsmål. Tillrättavisar Maj om att de måste respektera Anitas val. När han kommer upp den här sommarsöndagen – då Maj faktiskt bjuder till sen frukost ute i trädgården, hon har placerat stolar och bord på gaveln dit morgonsolen når – säger han att om vi gör det till en viktig princip blir hon kanske allvarligt religiös i protest. Ja, så där som din vimsiga väninna, på bröllopet. Margit? Maj tar en färdigbredd smörgås, Margit var inte vimsig. Nej, men hon såg liksom… ut att sväva iväg. Margit. Plötsligt blir Maj ledsen. Över att Margit inte bjöd henne till sitt bröllop i Härnösand. Hon påstod att det bara var för närmsta släkten, men det var ju likadant för Maj som ändå bjöd Margit till sitt förmiddagsbröllop i Örnsköldsvik. Hur många år sedan är det nu? *Femton på bröllopsdagen i december.* Femton!

Minns du hur stor man tyckte att man var när man hade gått och läst? Tomas tittar leende på henne och håller handen över ögonbrynen för att skärma av solen. Jo, nickar Maj, det minns hon. Fast man bara var en fluglort, säger han dröjande, stryker sig över hårfästet och rör i ännu en sockerbit. Kaffet i koppen har kallnat, Maj fyller i påtår från kannan. Om Tomas bara ville kunde de gå över till te. Men det blir enklast med samma frukostdryck, eftersom hon ändå måste värma choklad eller mjölk till barnen. En annan var förstås tvungen att ordna det för sig när man hade läst, med arbete… hon tystnar. Tomas påstår plötsligt att han arbetade för sin far med enklare springjobb på loven, ja han var inte gammal. Men Anita, säger Maj då, hon behöver ju inte oroa sig på så vis. Jag säger inte att Gerd är mognare, men det blir väl helt enkelt på ett annat vis när man slipper ansvar. Ja, man har tid att fördjupa sig i det här läsandet, det religiösa. När Tomas inte svarar något blir hon tveksam, *tala är silver, tiga är guld.* Tomas nickar, men säger att det inte är fel att lära sig evangeliet och testamentet i rent allmänbildande syfte. Ska hon ta upp med Tomas att de borde få taket kontrollerat av en kunnig takläggare när de ändå har målare här? Att hon tycker att den där fuktigt, söta doften som finns i huset om vårarna fortfarande är kvar, ja påtagligt, också när hon har vädrat? Eller är det dumt att förstöra den här söndagsfrukosten *i det gröna.*

Tomas ställer sin kopp på assietten och Maj reser sig för att börja plocka undan, duka bort porslinet. Sover Lasse fortfarande?

Tomas tittar kisande upp mot huset och Maj nickar. Ja, det är beundransvärt att Anita utan att knota kliver upp till högmässan, slår hon fast. Sedan går hon in med brickan. Men när hon kommer ut för att hämta frukostduken de ärvt av tant ser hon hur Tomas tar snurran. Ta med Lasse, vill hon skrika, men han kommer inte att höra henne. Åh, så besviken Lasse ska bli.

Och tillbaka inomhus står han morgonrufsig i hallen och frågar om det finns någon frukost. Ja, du får nog gröt idag, vi har redan ätit. Har pappa farit ut? Hon vill inte se hans ansikte, börjar värma vatten till disk, han kommer nog snart, säger hon, sjusovare. Jag vill också åka… Gröt eller smörgås och choklad? Smörgås. Ja, då kokar hon choklad och brer smörgåsar till Lasse också.

Vad blir det idag då? Hon slår sig ner vid köksbordet, Lasse tittar genom fönsterrutan, vilar hakan mot handflatorna, så liten han ser ut, ensam på kökssoffan.

Pappa sa att vi skulle till Ön – jo men Anita blir så glad om hon hinner komma med på eftermiddagen, bryter Maj av, jag tror säkert att både pappa och Anita är hemma till lunch, *se inte så besviken ut Lasse, jag är ju här*. Maj sörplar uppvärmt kaffe, fast Lasse är visst mätt, hon borde ju ha satt sig hos honom redan när han började lassa in, fast nu säger han att Göran skulle bort idag, jag har ingen att vara med, *varför vill du inte stanna hemma Lasse, Henrik är ju alltid tillsammans med Titti och Georg*, mamma, kan inte du följa med ner till sjön?

En sak i taget. Först midsommarfirandet, sedan Anitas konfirmation. Hon kan förbereda festligheterna medan hon ser på när Lasse badar. Att han bad henne! *Mamma, kan inte du vara med vid sjön*. Tomas dröjer. Vad svagt att fara utan Lasse. Nog förstår väl Maj att man kan behöva vara ensam om tankarna ibland, men om han visste vad det betyder för Lasse att få vara med pappa på havet. Anita och Tomas har ju promenaderna. Som om Tomas inte riktigt ser vilken fin pojke Lasse är också, även om han inte

hänger med näsan över böckerna för jämnan. Man är väl olika.
Nog har Lasse ärvt hennes kropps otålighet, att alltid ha något för
händer, att göra… Han verkar ganska nöjd i vattnet i alla fall. Ska
hon bjuda bröderna och Ragna hit upp till konfirmationen? De
kan ju inte härbärgera dem alla. Blir det enklare med enbart To-
mas syskon och barnens kusiner på den sidan? Hon skickade en
silverljusstake till Ragnas Gunnar, fast Edvin var förstås emot att
han läste. *Som du.* Jo. Nej, men Maj har väl inget emot att Anita
går och läser, tvärtom, tycker bara att det blir lite väl inlevelsefullt.
Redan när Maj gick för prästen var det väl endast ett fåtal som
var hängivet troende. När man är ömtålig som Anita… *är hon
så skör?* Tomas kallar Anita och sig för känsliga sorter. Är Maj en
känslig sort? Eller robust som en vindpinad tall i skärgården? Det
vet hon inte.

Jag är hungrig, huttrar Lasse, du som klämde i dig en halv lim-
pa till frukost, grälar hon för syns skull, ska vi gå upp och ta för-
middagskaffet då, så får det bli en senare lunch. Hon vill krama
om Lasse, värma den där blåfrusna kroppen, men istället blir det
att hon ruggar badkappan mot kroppen, aj, säger han och hoppar
undan. Sedan springer han uppför backen så att hon inte har en
chans att hänga med.

NU VET MAJ. På midsommarafton ska hon duka till kaffe för alla som vill komma och fira Tomas. Inte mat, inte sandwichs, men doppa i mängd och enkla gräddtårtor med jordgubbar ovanpå. Napoleon går ju inte för så många, även om det vore lättsamt att beställa hem bakelser till kalaset. Anna och Bertil Sundman ska bjudas in – inget grums för att de inte ville fara till Stockholm för att fira med dem i våras. *Inget grums för att Tomas var förälskad i Anna – är det ännu?* Att inte bjuda – det verkar ju bara som om man har något att dölja. De har elspis med ugn här på landet också, så nog kan hon baka, även om disken blir dryg. Borde hon inte redan nu beställa varor från stan och få utskickat med Express – smör, socker, ägg, mjöl, mandel, choklad. De mest lyckade sorterna kan hon bara upprepa till konfirmationen sedan.

Men inte ska du stå och baka i värmen, suckar Titti när hon kommer över till Maj på en strömmingslunch. Vad heter hon... frun från Bonäset – fråga henne. Hon är inte dyr, men duktig. Att Titti inte kan förstå... Anita som går och läser om dagarna, Tomas är alltid i stan och Lasse... det är ju ingen sak att passa Lasse med mat. Lasse drar inte heller så mycket kläder på sommaren, och blir det smutsigt gör det ju inte lika mycket här ute som när han ska till skolan. Om Maj bakar några sorter om dagen i en vecka – då är det ju ordnat sedan. Så Maj tar en bit strömming och spetsar på gaffeln, säger att i så fall är det mer arbetsamt att stå för maten på midsommar, lax och potatis, kyckling och köttbullar... Inte ska du behöva stå för maten, svarar Titti, fast Titti vet lika väl som Maj hur det brukar bli när de har midsommar för släkten här. Om

52

man får kaffe och dopp *kan man väl nöja sig så*. Det är ju Tittis syskon Maj tänker på det viset om. Som vill göra som man alltid har gjort. *Men Tomas har faktiskt undanbett sig uppvaktning i år.* Jaha. Ibland får man inte sin vilja igenom. *Så är det.* Som om Maj inte vet. Hur man blir skyldig. Har det inte bortgjort. Pikas för att man inte ställde till fest när lill-Tomas fyllde femtio.

De hänger med ännu, Tomas syskon och barnens kusiner. Av Ragna och Edvin har Tomas redan blivit uppvaktad – Maj kan inte begära att hennes bröder ska komma farande från Jämtland för att fira sin avlägsna svåger, nu när de bett om att få vara med på Anitas konfirmation.

Men Tomas syskon och syskonbarn! Nina och Ragnar dyker säkert upp med Lennart, Hedvig och lilla Mona. Far Eva och Johan ut hit från våningen i stan – fast de har sålt sitt hus – jo, men med dottern Gunilla och hennes Tor, de har ju eget på Holmön. Kanske reser Arne inte upp från Märsta med sin familj. Troligen inte. Arne är sällan med på släktträffar, men svärsonen Tor har visst blivit som en son i huset. Men varför ville Tor och Gunilla inte ta över villan här ute? *För att Arne måste köpas ut och krävde bra betalt?* Maj vet inte. Men att ha lantställe på en ö, det måste vara besvärligare. Dagny och Kurre missar sällan en fest, och Mariannes och Hans-Eriks barn är väl så pass stora att de gärna följer med på kaffe. Solveig, Carola och Bertil... var det Carola som läste till sjuksköterska, eller sjukgymnast? Och Bertil, har han fortfarande inte någon flicka? Julia och Tyko är ju redan här ute på landet, de tittar förbi och tar med Rolf, Britt och Ingvor med respektive. Titti och Georg och Henrik förstås, de är självskrivna. Fast Rut och Nisse i Umeå, med Sverker och Sonja... borde Maj höra av sig till dem också? Sylvia vill knappast resa upp hit nu, men kanske Sture och Ellen skulle vilja hälsa på alla sina kusiner. Man tycker att Sylvia hade bråttom att sälja och flytta när Otto gått bort, men Maj kan på sätt och vis förstå att hon inte känner att hon har något här uppe att göra. Tittis nya rapporter om kusinerna når Maj glimtvis under lunchen, Anitas och Lasses alla duktiga kusiner. Maj hör inte riktigt koncentrerat på – hon brukar snappa upp och lägga på minnet, men nu avbryter hon Titti med att sätta på kaffet och undra om hon inte tror att Anita och Gerd skulle kunna servera på midsommarkaffet mot en extra peng. Huset – kommer målarna att hinna? Fönstren tar de inte i år. Men allt det här ska Maj ordna om. Kanske var det inte helt praktiskt att ha målare här just över midsommarhelgen. När Titti och hon sitter ute på tomten med kaffet och cigarretten på maten – då kan Maj konstatera att det inte ser trevligt ut med en avskavd fasad klädd i byggnadsställningar. Men något måste man offra för att få saker gjorda, *ändan ur.* Så är det bara.

Kanske är det en flykt från allvaret. Mördegar, enkla kalljästa smörbullar med sockerglasyr, fest. Känner Maj ett bultande, på-stridigt… motstånd mot att dras ner? Anitas tystnad, Lasses från-varo, Tomas som bara arbetar – kan det inte helt enkelt få vara lite glatt och trevligt den ljusaste stunden på året? Det blir ju mör-kare nu. Ja, redan ikväll kommer Tomas att tänka hur det vänder, snabbt kommer de där augustinätterna som förebådar höst. Men på midsommarkalaset är det klart att Georg när han får se fasa-den flinande frågar om målarna passade på att ta sina tre veckor lagstadgat ledigt över midsommar? Ja, den är inte ens grundmå-lad. Gröna färgrester täcker rabatterna vid husgrunden, verandan har Maj sopat ren, hukande under byggnadsställningen. Man får gå köksingången om man prompt måste in, det säger hon skämt-samt till gästerna.

Men flaggan, havet, midjeslankt, nypermanentat och hattar – ängsblommor i vas. Och så Anita och Gerd som kanske inte skiner som solar i sina vita stärkta förkläden, Maj hittade dem i skänken, efter tants Eivor. *Eivor!* Hjärtinnerligaste Gratulationer till fabrikör Tomas Berglund på 50-Årsdagen. Det kom ett vackert kort från Eivor till Tomas redan i april. Då blev han besviken, att hon inte skrivit en mer personlig hälsning. "Minstingen" eller lill-Tomas, ja något sådant. *Blev även Eivor rädd för dig den där gången du jagade mig med en kniv? Så var du inte lill-Tomas mer, ens för Eivor.* Och nu har Maj inte bjudit in Eivor idag. Hon flyttade ju till Härnösand och vill väl vara med dottern på Murberget en sån här dag. Maj minns kanske inte tiden här ute med Eivor och tant med saknad. Men Eivor och hon arbetade bra ihop när det behövdes.

När Tomas hjälper henne att torka silvret fram på småtimmarna – och även Titti och Georg har gått hem till sig – då suckar han att det är skönt att ha det här bortgjort. Hela femtioårshistorien har nog legat över mig mer än jag velat kännas vid.

Maj måste blunda. Känner hur pumpsen skaver in mot översidan av foten, hon har varit i rörelse hela dagen. *Kunde du inte tacka mig för att jag ordnade det här för dig och din familj, att jag faktiskt ställde upp?*

VAD SKA VI uppvakta Anita med? Du vet du får ju en present när du har gått och läst. Motvilligt går Lasse med på att följa Tomas in till stan. Det är Maj som bussar iväg dem – hon ska storstäda inför Anitas konfirmation och vill inte riskera att Lasse och Göran kommer inrusande med fötterna fulla av gräs, sand och tallbarr. Ja, Tomas känner sig också en smula motvillig. Men Maj är så upprörd över att Agrells vill komma på mottagningen. Det var ju bara en trevlig gest från deras sida – att visa att de också bryr sig om familjeangelägenheter. Och när han nu äntligen har en ledig lördag vill han ju inte fara på stan. Bjud Lasse på korv och glass, gå på matiné – vad som helst men var inte hemma förrän till middagen. Så nu sitter de i bilen, tysta. Lasse är inte så pratsam. Om skolan är det ingen idé att fråga. Tomas vet ju redan att senaste vårterminsbetyget är så där. Men när de närmar sig hamnen ser Tomas att det ligger några fina fartyg där – det är en bra sak att göra tillsammans. Lasse är också förtjust i båtar – helst snabba med motorer, men snygga skepp och skutor går också bra. Klart att han måste ta sig tid att vara med Lasse en lördag – det är varmt – men mulet – fuktigt så att han tar av kavajen, låter den hänga över armen. Tänk att Lasse redan blir tolv till hösten. Han kan passa på och fråga vad Lasse önskar sig i födelsedagspresent. En hund, svarar han genast. Oj – det var oväntat. En valp, lägger han till. Då är det bäst att vi pratar med mamma. Du vet det blir ju hon som... Tomas tror inte att Maj kommer gå med på att ha en valp i våningen. Men när Tomas tänker efter – en hund att promenera med vore inte så tokigt. Han skulle alltid ha ett giltigt skäl för sina promenader. Och Lasse och han – en hund skulle bli

något att samsas kring. Jag ska prata med mamma, lovar han –
man vet ju aldrig.

Lasse står tyst, spejar liksom mot båtarna. Göran säger att rys-
sarna kommer bomba oss, det ska dom väl inte? Tomas lägger
hastigt sina händer om Lasses axlar. Hördu – vad har Göran fått
det ifrån? Jag får inte säga... men hans pappa tänker bygga ett
skyddsrum. Han har sagt att om inte Sverige har egna atombom-
ber så är enda chansen... borde vi också göra ett sånt pappa? Nu
kramar Tomas på nytt Lasse över axlarna, drar honom intill sig.
Du ska nog inte lyssna för mycket på Göran. Men du, skulle det
inte sitta fint med en glass?

Till sist enas de om en reservoarpenna till Anita. Inte den exklu-
sivaste – men av hygglig kvalitet till ett rimligt pris. Lasse får en
kikare – det är ingen billig tröstpresent – men när han så sällan
gör saker på egen hand med Lasse. Lasse blir väldigt glad för ki-
karen, bockar och säger tack flera gånger. Så kan du och Göran
spana från er koja, säger Tomas och rufsar honom i håret. Spio-
nera. Ändå går de sista timmarna långsamt. Lasse har fått både
glasstrut och varmkorv och är inte så sugen på läsk och bakelse
på Sundmans. Tomas tar kaffe och ett wienerbröd. Han vet redan
att Anna inte är där – hon har ledigt på lördagar. Han bryr sig
inte om att fråga flickan som serverar ifall Bertil är här. Bertil har
säkert det han gör i bageriet.

HUR KAN ANITA vara så lugn? Oroar hon sig inte alls för att inte klara utfrågningen av prästen? Något har hänt under sommarens läsmånader, har förstärkts hos hennes dotter, eller är det bara en vuxenhet som liksom skiljt Anita definitivt från barndomen? Maj hämtar den stänkta klänningen, säger åt Anita att hon lovar att stryka den försiktigt, men Anita svarar inte, sitter bara liksom frånvarande på kökssoffan och reder i sitt nytvättade hår. Alldeles nyss stod hon över baljan vid brunnen, *så fin utan glasögon*, men Maj ska inte kommentera hennes utseende alls. Ja, hon måste ju ha glasögonen, annars får hon huvudvärk. Ska Maj behöva påminna Tomas om att hämta Jan, Anna-Britta, Dan och lill-Karin vid stationen? Inga och Stig kommer med Kenneth i egen bil. Båda familjerna stannar några dagar extra efter konfirmationen, det måste de ju få, även om Lasse surar över att det inte är Gunnar och Björn som besöker dem, storkusinerna från Stockholm. Per-Olof och hans Solveig hade redan bokat stugan i Kittelfjäll. Nej, Per-Olof tycker inte om henne, eller Tomas. *Tycker du om honom?* Det här elektriska strykjärnet går ju att reglera, men hon är så rädd att det ska bli för hett för det vita, blanka tyget. Och puffärmarna är svåra, särskilt med strykduken emellan. Klart att hon ska få vara vacker imorgon, Anita! Hon är så solbränd, slankare än i våras – som de har cyklat fram och tillbaka till församlingshemmet varje dag – och Maj beundrar verkligen hennes... hängivenhet. Även om hon inte kan uttrycka det rakt ut.

Du ska veta Maj hur många som vill att du ska föra en rak och tydlig kommunikation med din man och dina barn. Som om du kunde... Du stryker i alla fall, med det slags hängivelse du kan uppbåda. Och bakat, det har du, för sorterna till midsommar tog snabbt slut. Synd bara att Clary och Karl-Magnus ska komma imorgon. Tomas hittar inte bilnycklarna och slår i skåp och lådor på ett sätt han inte brukar, herregud vad det verkar motigt för Tomas att åka och hämta. Och Maj har faktiskt inte sett nyckel-knippan. Båthuset? Tomas tar stora kliv över tomten, är strax till-baka, skakar på huvudet. Till slut hittar Maj dem i hans andra byxor, här säger hon kort och han tar dem utan att tacka. Kanske Tomas känner sig *obekväm* med hennes bröder. Men Maj då? Nog måtte han väl, bara i några dagar, kunna skärpa sig och vara så där trevlig och *tillmötesgående* som han nästan alltid är. Men att Clary och Karl-Magnus ska komma till Anitas konfirmation – det verkar... för familjärt, tycker nog Maj. Eller är det bara *charmant,* trevligt? Agrells var visst snopna över att gå miste om femtio-årsjubilaren till midsommar. Men Tomas ville ju inte... *tjuriga Tomas.* Han ville bara ha en vanlig midsommar, med båttävlingen på fjärden. Lite tungmulet, varmt nu på eftermiddagen. Så där så att håret raknar och makeupen smälter och hamnar överallt utom där den ska göra sitt jobb. Men imorgon är det säkert bättre. Då ska också Maj göra sig riktigt fin.

Både Jan och Stig granskar målarnas arbete ingående. Inga och Anna-Britta har fullt upp med de små, som har sovit på resan och nu är... griniga – *rädda?* Maj har förberett, plockat fram alla Lasses och Anitas leksaker från vinden – så mycket de samlat på sig bara här ute – endast sin egen gamla docka lät hon vara, *den pojkarna hade med till Anita från pappa. Men nog var det mamma som såg till att Anita skulle hinna få dockan innan hon dog.* Har hon någonsin tänkt på mammas död så? Med dockan i handen kom det, alldeles utan förvarning blev det tjockt, svidande i nä-san, *gråt.* Som om mamma och hon någonsin hade en *rak och tydlig kommunikation.* Mamma än mer tränad till tystnad.

Lite besviken att småkusinerna inte börjar leka meddetsamma med allt som Maj har plockat fram. Men Anna-Britta sätter sig på golvet och visar sakerna för lill-Karin, Kaja säger de, Dan är störst och står avvaktande bakom hennes rygg. Vart tog Tomas vägen? Anita och Lasse kommer faktiskt artigt ut och hälsar, även om Anita har understrukit för Maj att hon måste få gå och lägga sig tidigt ikväll. Gästerna kommer knappast störa henne, Jan och Anna-Britta ska få ligga i tants gamla sovrum och åtminstone Stig menar att det går alla tiders att ligga på skullen i båthuset. Maj måste bara komma ihåg att fråga Tomas om han sett till att ordna om något att sätta för den branta stegen ner, Inga är så orolig för vad Kenneth kan ta sig till när det gäller att klättra.

I köket – efter middagen – när Maj ska fylla på kaffe i kopparpannan och Tomas söker efter något i skänken – frågar hon lågt om Tomas inte kan bjuda gästerna på ett glas. Det känns så... stelt. De sitter i tants salong och söker samtalsämnen – och Maj kan inte ta sig in i svägerskornas *förtrolighet* med varandra. Eller sitter Inga och Anna-Britta bara och gäspar? Tomas har visst tänkt plocka fram lite olika cigarrettmärken – bröderna ska få välja efter tycke och smak – men då kan han väl också komma ut med något starkt till dem? Maj tar en handduk och viker runt det heta kopparhandtaget, jag tror att det skulle lätta upp, det spelar ingen roll vad, en brandy eller grogg, likör... Varken bröderna eller svägerskorna är nykterister. Självklart, svarar han, jag ser efter vad jag kan hitta på. Förresten. Han stryker sig över pannan – jag har glömt... Agrells kommer inte imorgon. Jag skulle ju hälsa det. Kommer inte? Varför... Blir hon lättad? Nej, inte nu när hon talat om både för Tomas släktingar och sina egna syskon att firmans nya vd ska närvara vid Anitas konfirmation imorgon. Gjort en sak av det, pratat för mycket. Och enligt Titti har de redan tackat ja till Georgs femtioårskalas i augusti. *Har Tomas ställt till något?* Clary har visst väldigt svår migrän, jag tror det var därför.

VISST ÄR HON... läcker. Med insvängd midja, vita pumps. Själv har han smoking, sitter på verandan och väntar – röker en John Silver. De har talat om att sluta. Både han och Maj. Fast läget måste vara... stabilt om han ska hålla opp med rökningen också. I rakspegeln var han solbränd, inget bakfyllesjukt ansikte, rödsprängda ögon. Hakan – slät. Just har Majs bröder åkt hem så är det femtioårskalas för Georg. Så känns det fast ett par veckor har passerat. Halva stan kommer dit – och Georg snålar ju inte. Tomas fimpar, tar ett anteckningshäfte ur innerfickan – han måste hålla tal. Tal till Georg. Vad ska han säga? Något personligt. Helst roligt, lite underfundigt. Något minne från skoltiden? När han frågade Tomas om han skulle våga fria till Titti? Det var liksom lite festligt att Georg, som var yngre, började gå med Titti. Tomas hade faktiskt ingen aning om att Georg haft den blicken på Titti alla gånger Georg följde med Tomas hem. Och att Titti... det är klart, de var ju lite äldre när de började ha sällskap. Men Georg, som charmör – jo men det var han ju. De hade väl båda framgång hos kvinnor... ja det kan han förstås inte ta upp i talet. Georg var i lag med en väninna till Astrid före Titti. Kan jag verkligen ha den här? Den sandfärgade är kvar i stan. Maj kommer ut på verandan igen, svänger runt. Jag har den ju jämt, suckar hon när Tomas säger att han håller på den prickiga. Jag skulle haft något nytt... jo Tomas hör. Nog kunde hon ha fått en ny – men han kan ju inte veta när hon behöver en klänning. *Du vet väl att kvinnor alltid vill ha klänningar – nya snitt, andra färger, tyger, mönster...* Nja, inte den svenska husmodern. Syr om, ändrar, sätter på en krage, vänder ut och in. Vilken sommar. Tur med vädret måste man säga, att det varken regnar eller blåser. Inte många söndagar har det blivit på landet, båtturer till Ön. Karl-Magnus som gjorde honom besviken genom att bara stanna en vecka i släktgården, sedan var han tillbaka, än mer energisk. Han verkar inte alls lida av bristen på lediga dagar. Tvärtom, släktgården som visst är Clarys gör honom bara rastlös.

Och klart det blev fint, att få huset ommålat. Han hade ju inget val när Maj väl hade tingat målarna för jobbet. Inget överpris säger de som vet – men nog hade Tomas kunnat måla kåken själv. Om det varit lugnare på firman. De har bilat runt i hela distriktet också, och hälsat på leverantörer och kunder – ja ingen kan anklaga Karl-Magnus för att inte gå grundligt tillväga.

Syskonen har gått ihop om en kristallkrona till Georg. Det hade väl inte varit någon sak för Georg att skaffa sig en armatur själv, men något ska de ju ge honom. Var är Maj och barnen nu då? Om man kommer sent blir det så förbannat många att gå runt och hälsa på.

Kräftor. Kräftor till tusen – för tusen. Hur många kilo röda signalkräftor har Georg skaffat till kalaset? Långbord på tomten, och uppläggningsfat på uppläggningsfat med skaldjur. Kylda nunnor och skojiga hattar. Lyktor, elektriska färgade glödlampor över verandan, girlander. Och så mycket folk... Georg i krans – har Titti bundit sin make en krans av rönnbär och blad? Hon ger bara Tomas och Maj en hastig klapp – skakar lätt på huvudet – roa er nu, något sextioårsfirande orkar jag inte – kryddat brännvin, öl och kumminsmakande ost. Lite djärvt med kräftor, viskar Maj, många tål ju inte skaldjur. Fast bättre än surströmming – tänk om Georg bara skulle haft surströmmingsburkar på kalaset!

Av snaps blir alla så glada. Ungdomarna har sitt bord för sig, om han suttit där och sluppit lägga en hand över glaset när nubben bjuds om. *Tänk om jag hade lilla nubben upp på ett snöre i halsen –*

jag skulle dra den upp och ner, så att den kändes som många fler…
Man får inte bli hånfull. Han har väl själv haft hattar och sjungit visor – och grimaserandet efteråt – aahh – man måste unna människan att ha roligt. Man kan bli lättare till mods av ett glas eller två. Det brukar gå bra att låta bli. Men idag… Torsten, Hägglunds – när det ska bröstas utöver det vanliga. Anna och Bertil Sundman – han borde förstås ha sett till att sitta med dem. Som inte heller dricker. Han har lagt märke till att Anna fått grå strån i sitt mörka hår i sommar, kanske kan man se nu att hon är över fyrtio. Fortfarande… en särskild glädje när han får syn på henne. Han är försiktigare – skulle aldrig föreslå något, ge komplimanger… men avvisande är hon inte längre. Kanske tyckte hon bara att han inte borde ha hållit det där talet inför Maj och Bertil, så att alla hörde. Vad sa han egentligen? Sa han verkligen att hon var en ovanligt fin kvinna? *Fan.* En cigarrett, nej han kan inte röka när bordssällskapet slaskar för fullt med kräftor. Men hon vinkar faktiskt till honom nu, från långbordet mitt emot, och han höjer sitt svagdrickaglas mot hennes.

Det skymmer, sorlar, kräftskal trampas ner i gräsmattan – det blir söligt – snart, snart rökpaus, byta sällskap, stiga upp. Tomas skakar hand, presenterar Karl-Magnus för Harjus, Kusoffskys, Skogmans, Westberg-Greens, Bergfors, Ekbergs – men Hägglunds får han greja själv, Tomas är inte den som stegar fram till Pelle Hägglund och låtsas tjenis när han inte är det. Maj klarar sig, har många bekanta här, ja Lotten Åkerlund och hon tar kaffe och tårta nu. Anita kommer fram till honom, viskar bedjande att hon vill gå hem, det är ändå ingen som märker att hon är här – mamma säger att jag är tvungen att stanna för Henrik…

En orkester, dans. Han måste kunna bjuda upp Anna. Hon säger inte nej. Han håller inte hårt – men inte heller slappt så att det känns… hennes doft, om det är håret, eller bara hennes hud, inte skarp parfym eller eau-de-cologne... hon har pudrat sig, men fjällar på näsan – en hastig impuls att stryka undan hudflagan, den måste kittla henne – de skojar lite, om det alltid överdådiga hos Georg – men en dans går så snabbt, han kan inte propsa på en till om inte hon frågar. Ser Bertil bister ut i kanten av den provisoriska dansbanan? Tomas höjer tonläget, ja till en hurtigt kamratlig nivå, men samtalsämnena tryter, Bertil frågar inte honom om något, Sundmans konditori, han kan ju inte alltid fråga om jobbet, och det har också blivit lite känsligt att Bertil och Anna inte har några barn. Och det blir Bertil som först säger att han och Anna ska tacka för sig, leta rätt på jubilaren – det är en dag imorgon också.

Så står Tomas där, serveringspersonalen har fått undan allt rens, händerna känns fortfarande lite kladdiga av skaldjur – var de grisiga när han dansade med Anna – blåsan, pinknödig – svagdrickan och så kaffet på det. Men Georg har avverkat så det är inte lätt att hitta en plats i skymundan – bara berusade män tar fram den i alla lägen – bakom vedboden på baksidan, om han går upp mot vägen, för damerna står i kö till uthuslängan med dass. Fast där – i mörkret på tallbacken – sitter det några. På ljugarbänken, intill uthusets fasad, huggkubben, yxan och staplade vedträn. Låter Georg yxan ligga framme så där slarvigt? Och det är för sent att vända om – *Georg och Maj* – Maj flyger upp, drar klänningens halslinning till rätta, borstar av baksidan på kjolen med handen – *de satt väl bara intill varandra* – Georg tar stöd mot väggen när han reser sig – Tomas, Tomas – vilket tal... bara du Tomas, kan få till orden... han kan ju inte hindra dem från att sitta och prata, men varför här, bakom vedboden? Har du det bra Tomas, mat, dryck, dans... Georg sluddrar lite, har öppnat skjortan, lossat flugan, svettas han i pannan? – femtio år Tomas, nu jäklar... han tystnar, skakar på huvudet och Maj med avbitet läppstift säger bara att det har blivit kyligt, hon måste be att få låna en kofta av Titti – har Anita och Lasse gått hem? Hon ruggar sig på överarmarna – rynkar pannan till en irriterad min. *Skulle de ligga med varandra – här? Georg verkar ju uppvärmd...* Fan. Inte med Georg. Det är ju... ska han bara gå hem nu? Rycka Maj i överarmen, dra med henne bort från Georg... Maj som redan kliver iväg på höga klackar, fortfarande med armarna i kors över bröstet. Georg drar efter andan – säg vad du vill ha Tomas, så bjuder huset. Jag måste pinka, flinar Tomas, dumt.

DET TUNGA, INÅTVÄNDA stannar hos Anita den hösten. Men också ett lugn? Vardagarna i våningen i stan, frukostte, limpsmörgås och jäkta iväg till läroverket det här året när hon går i fyrfemman och redan funderar på vilken linje hon ska välja till gymnasiet. Lasse som bara vill sova, och skriker åt Maj att knacka när hon kliver in på hans rum för att väcka honom på mornarna. Men de har sällskap till skolan, även om Lasse håller till i folkskolan på andra sidan gatan. Han skrek åt henne på sin födelsedag också. Hon märkte ju att han inte lyckades dölja besvikelsen när han öppnade paketen. Fast han fick så mycket fint. Och hon kunde inte låta bli att tala om för honom att när man är så stor som tolv år måste man låtsas bli glad för presenter även om man inte är det. Pappa lovade mig en hund, men vi får förstås inte ha en för dig! En hund? Hon hade aldrig hört talas om att Lasse önskade sig en hund. Och Tomas tog Lasses hand och bad om ursäkt, sa att det helt fallit ur minnet att han lovat att prata med mamma om en hund. De kan ju inte ta på sig att sköta om en valp när Tomas har så mycket... nej Maj vill inte ha hund. En hund mår bäst ute på landet, sa hon därför, man ska inte plåga ett djur genom att ha det inne i stan.

Men i högmässan går Anita visst bara en söndag, för när Maj söndagen därpå undrar om hon inte ska skynda sig till kyrkan svarar Anita att hennes tro inte behöver något kyrkorum – *det är mellan mig och Gud*. Fjorton år! Ja, Maj kan ju inte säga emot. Och när Håkan ringer på dörren senare på dagen – ja då är de inte större än när de rann nerför trapporna när de var åtta. Vilken matiné ska ni se, ropar Maj efter dem, men Håkan bara vinkar hejdå nerifrån trapphuset. De behändiga grannarna Eriksson med sina tre pojkar och lillflickan, och mellansonen Håkan är halva huvudet kortare än Anita och han verkar inte alls förslagen – Maj kan väl inte behöva oroa sig för honom? Att han ska *förföra* Anita? Vid lämpligt tillfälle ska hon fråga Anita om de är mer än vänner. Vet Anita ens hur man blir med barn? Ja, med tanke på alla barnförbjudna filmer hon redan går på – hon har inte Majs tillåtelse, men Tomas tycker inte att det gör något. Anita som har så lätt att förlora sig i berättelserna. Tomas kan väl ta det där med blommor och bin med henne – nej, det får han inte. Det är hennes uppgift. Och polion som går över landet igen, helst skulle Maj vilja behålla dem hemma tills epidemin är över. Men till skolan måste de, i alla väder.

Veckan som kommer bjuder Titti på lunch, bara Maj och hon. Så att vi får vara för oss själva, säger hon i telefon och Maj är tacksam. Tittis bekanta är lite… högfärdiga över lag. Särskilt Ingegerd vill liksom näpsa Maj när hon får chansen, eller ser bara frågande mot Maj när hon pratar på utan att vara helt genomtänkt, mest för att det inte ska bli så tyst runt kaffebordet. *Hur menar Maj då?* Så gör inte Titti. Med Titti kan hon vara sig själv, och Titti öppnar sig allt som oftast för Maj med alla sina små och stora bekymmer. Om Maj bara inte hade sina dagar igen. *Mens.* Det är ett svårt ord. *Blödningar* går bättre. Men Anita säger mens – om hon nu säger det någon gång. Fast de här dagarna i månaden vill Maj helst inte gå bort. Det är så mycket… även om värsta dagen nog är över för den här gången. Och hon vet att hon måste hålla sig hemma när det är som mest. Ja, hon ligger till sängs de svåraste timmarna, med frotté, dubbla bindor. *Gå till doktorn, Maj.* Ja, nog borde hon gå till doktorn, men gynekologbesök… det spelar ingen roll att Titti har någon läkare med privat praktik, blir det inte bara ännu mer obehagligt *intimt?* Men kanske kan hon be om namnet på honom idag, för att bloda ner lakan och bäddmadrasser när man fyllt trettiofem kan ändå inte vara *normalt*. Och hon ser fram emot en lunch hos Titti, Titti som rensat sin garderob och har kläder att ge bort – även om Maj och hon inte har precis samma storlek.

För något måste Maj ta sig för de här ensamma dagarna. Ordnar med kläder och mat till barn och make. Dagligstädning, veckostädning. Hur mycket behöver inte plockas och stökas bort en helt vanlig dag. En sådan här förmiddag får hon extra fart eftersom hon ska vara på lunchen klockan tolv. Illamåendet... det har också börjat följa med månadsblödningarna. Men blodet kan hon inte ta någon hänsyn till, hon låg ju igår när det gjorde som ondast. *Så våldsamt – aggressivt* – ja en kamp de här dagarna, kroppen som vill stiga upp – eller är det hjärnan, *själen* – vara rask, som vanligt. Men de blödande dagarna – som faktiskt inte längre är särskilt regelbundna – då vill kroppen annat. Minsta rörelse – protest. *Lägg dig igen. Sov. Du får sova. Behöver sova. Vila en vecka.* Och vakna upp till ett kaos... Smutsig disk. Tomt skafferi och kylskåp. Solkiga lakan. Grisig toalett. Grus på mattorna. Slut på rena underkläder. Damm... Ingrodda matrester på spis och diskbänk. Lukten... ingen som vädrat, släppt ut det instängda. *Ställ dig i badkaret och duscha rent, ta dubbla bindor och arbeta.* Magnecyl törs hon inte ta nu, fast hon så väl skulle behöva. Det är lätt att tro att det bara är gnäll. Inbillning. Men blodet – ingen kan påstå att blodet inte är en realitet. Och vem kan inte få yrsel och svimma av järnbrist?

Titti, Titti. Som också hon ser lite trött ut – vad ska en kvinna vara, om inte pigg? *Pigg och glad.* Och Titti tycker att Maj är just sådan. Pigg och glad för jämnan. Som nu när Maj har med sig astrar från torget och en burk med kryddiga korintkakor. Som Titti alltid tar om av vid Majs kaffebord – så dem vet verkligen Maj att Titti tycker om. Titti som känner sig *nere*. Är det hösten?

November som står för dörren, och Georg och Henrik är väl aldrig hemma. Titti ser upp på henne vid det vackert dukade lunchbordet, asterbuketten i oktobersol – jo då, Henrik passar måltiderna och kommer ganska ofta med en skolkamrat hem på lunch – så det kan inte vara det. Är det Georg? Han överraskade Maj på kalaset, med sitt påträngande prat om hur svårt det varit för honom att komma som ingift till den här släkten. Och Tomas... kom på dem. Men det var ju inget. Hon har inget att bekänna för Tomas. Inte något fyllprat från Georg om att hon är en så fin kvinna. *En gudomlig kvinna, vars skönhet gör att solen inte orkar stiga upp i gryningen...* absolut inget sånt. *Hade du väntat dig det?* Han malde bara på om hur han alltid måste bevisa att han gör rätt för sig. Och fast hon håller med honom, känner igen sig så väl... vad skulle hon göra av det förtroendet? Nästan som om han ville att Maj skulle tala om det för Titti. Men det får han ta upp själv med sin fru. Maj vill inte såra Titti! Som bjuder Maj att ta mer steksky till fläskkotletten – det blir ju så torrt annars och du vet Georg säger att Tomas och Karl-Magnus gör det in i norden bra, får fart på firman igen. Maj skrattar till, hon vet inte. Har inte insyn, ser bara Tomas krökta rygg när han byter om till pyjamas på kvällarna. Kanske är den inte krökt. Fortfarande rak, reslig. Men Tomas tycks... vad är det man säger nu? *Stressad.* Ja, det kan Maj förstå hur det känns. Han har ofta pappersarbete med sig hem, även när kvällarna är sena.

Hur är hon, Clary, när man blir närmare bekant? Titti kikar nyfiket på Maj – åh, det är inget fel på Clary. Hon intresserar sig mycket för kultur. Tycker att Örnsköldsvik... ja att det kan bli mycket skidåkning och annat. Jaså, svarar Titti lite kort, vad tråkigt det är när man kommer utifrån och bara klagar. Nej, måste Maj invända, Clary klagar inte direkt. Men tydligen brukade hon minst en gång i månaden åka till Stockholm från Örebro för att gå på Dramaten – ja sådana vanor har ju inte vi. Det håller Titti med om, och säger på nytt att Georg tycker att Karl-Magnus är framåt och driftig. Och så ber hon Maj att se till att Tomas inte överanstränger sig. *Men Titti.* Kan man aldrig få ha fordringar på Tomas, utan att det blir *för mycket?* Alla måste ju arbeta, på ett eller annat vis. Varför är Titti nere? Hon vet inte. Var det här allt? Man längtar efter... något roligt. Ja, för Titti tar Majs hand där den vilar på bordsduken, så där som Titti brukar göra – tänk om vi skulle bila till Umeå och hälsa på Rut och Nils? Äta på Sävargården allesammans... jag bjuder.

Vad Titti är otrolig. Påhittig, generös. Utan barn, lägger Titti till – vi far bara du och jag. Du vet Sävargårdens moccatårta – du som inte heller vill att tårtor ska smaka för sött. Tomas och Georg får väl värma någon form i ugn till sig och barna, ja en låda av något slag. Och får jag visa dig vad Georg kom med häromsistens. Maj följer efter Titti in i köket, där en stor cylinder med välvd lucka står på diskbänken – har du sett, en elektrisk diskmaskin, importerad från Amerika!

ATT HAN INTE hinner med promenaderna. En kvart om dan, borde han väl ge sig själv. Armhävningar, magmuskelträning – känns inte en slapp – lös – utbuktning åt bålen till? I sängkammaren, där han inför middagen byter om till en ren skjorta, Maj är noga med sådant, till helgdagsringningen ska de vara ombytta i helgdagskläder oavsett om de är bortbjudna eller inte. Drar han in magen är det väl fast, spänt? Det är inget han tänker göra någon sak av, men han kan inte förneka att den smärta, slanka kroppen har varit en frist – än har inte förfallet gripit honom… Men som det är nu hinner han inte gymnastisera. Fast det överallt talas om motionens hälsosamma effekter. Han orkar inte. När arbetsdagen är över lockar inte alls att raskt ge sig ut på promenad i mörkret. Maj som påstår – med visst fog – att han aldrig är hemma. Även nu på lördagen kom han hem lagom till kvällsmaten. Sent i oktober är mörkret becksvart utanför matvråfönstret vid den här tiden på dygnet. Är hans hår verkligen så där vitt som det träder fram i rutan? Kokt dillkött – det tycker han om. Han tar en till portion. Borde han säga åt Anita att inte peta bland köttbitarna så där demonstrativt? Han vet också att Maj vill ha beröm för maten – och han har inget att klaga på.

Men att då resa sig upp ur fåtöljen och meddela henne att han ska ut på långpromenad – just som hon har placerat kaffebrickan på rumsbordet, det vore inte möjligt. De väntar på Karusellen – klart att de likt andra familjer sitter i samvaro och lyssnar på Hyland en vanlig lördagskväll utan gäster – Anita med benen vikta under sig i plyschfåtöljen – halvliggande – hopkrupen – Maj har virkningen – *var det inte mer än så här…* kaffet, pipan, tidningen, kakfatet – de vackra kvinnorna i hans närhet – tänker Tomas verkligen så? Maj får en bekymmersrynka ovan näsroten när hon koncentrerar sig – men ler då och då åt Hylands kvickhet – Anita bläddrar i en veckotidning. Borde de oroa sig för att hon inte hellre vill träffa kamrater en lördag, komma sig ut? Lasse, Lasse är inte hemma. Som vanligt. Leda är ett förrädiskt ord. Han behöver väl inte mer än det här?

DEN STORA TUNGA pepparkaksdegen – kanske har hon tagit i för mycket och gjort en alltför stor sats. Men pepparkakorna brukar alltid gå åt. Lasse kan knapra i sig… tjugo stycken utan problem. Och själv tycker hon om dem till ett glas mjölk innan läggdags i december, när dagens julstök är avklarat och diskbänken ren. Hon har tants mått, mammas tog nog Ragna med till Abrahamsberg. Men i mammas blommiga kakskrin ska de finaste kakorna förvaras, och sparas till jul. Ska det blåsa upp till orkan igen? Granarna svajar tungt i den sena novemberskymningen – ja de vita björkstammarnas kronor gungar också. Blåst… ljudet viner in i våningen. Det är i alla fall fint att ha degen vilad och klar tills Anita och Lasse kommer från skolan. Maj har letat fram kavlar åt dem alla tre och så ska hon lägga ut bakbordet på en fuktad diskhandduk i matvrån. Någon kan kavla på diskbänken om de inte får plats där ute alla tre. När de var små var det sjåigt – fastnade degen för Lasse blev han alldeles omöjlig. Och båda två åt så mycket deg att de fick våldsamt magknip – och det hände väl att kakorna vart väldigt tjocka. Det är skönt att ha pepparkakorna bortgjorda till första advent. Närmare inpå julhelgen blir det så mycket med stora julbaket, fast först saffransbrödet till lucia. Under bakdukarna på ugnsgallret ligger vanliga vetelängder på svalning. Hon ska strax sätta på kaffe, koka choklad. De är nog frusna när de kommer hem. Alltid hungriga! Du lagar rekordbästa maten, har Lasse sagt, tydligen tycker han inte så mycket om det som serveras i matbespisningen på skolan. Men fria måltider – ja det måste man i alla fall tacka regeringen för. Och barnbidraget – i år har hon faktiskt lagt undan en del av det och har redan köpt några julklappar till barnen. Skönt att de inte skickar klappar till alla kusinerna – Maj firar ändå aldrig med de sina. Ett julkort får hon iväg till Ragna och bröderna och de brukar också telefonera till varandra för att önska Gott slut. Hon tar en bit av degen – nog är kryddningen god? Och hon bakar dem på smör, även om det sägs att margarin gör dem mer hållbara och möra. Det är den där lilla sältan... hon vill ha den i kakor. Vissa bagerier bakar på osaltat smör, men då saknar kakorna *djup*. Eller kanske *botten*. Anita vill fortfarande gärna ha böcker. Men nu är det inte längre enbart de rödryggade – som det bara var att be att få den senaste av i bokhandeln. Är hon inte för ung för de tyngsta vuxenböckerna? Tomas har rekommenderat Selma Lagerlöf och Agnes von Krusenstjerna – kvalitetslitteratur och så kan vi ju alltid sticka dit några Stieg Trenter och Agatha Christie emellan. Maria Lang förstås. Såg inte bokhandelsbiträdet lite underligt på henne när hon frågade efter Krusenstjerna till sin dotter? Fast Tomas borde väl veta. Kläder vill Maj passa på att köpa till dem, och kanske behöver de ny skidutrustning för vinterns skolutflykter. Skridskorna håller än och Anita är ofta ute och åker med den här nya bekantskapen Kerstin. Anita som inte är ett dugg klumpig på isen, tvärtom ser det både trevligt och fartfyllt ut – fast Maj har ju inte så ofta möjlighet att vara med och titta på.

Hallå! ropar Maj så snart hon hör dem stöka runt i tamburen. Hon reser sig, går dem till mötes – kommer inte Lasse också? Anita har illröda kinder, glasögonens imma har just dragit sig undan. Pjäxor, yllebyxor – ja Maj passar på att hänga plaggen på elementet och stoppa tidningspapper i skorna. Vi ska ju baka pepparkakor idag, säger Maj ivrigt – ska vi? svarar Anita och försvinner till badrummet. Har hon fått... *mens?* Fortfarande är Maj inte säker på att Anita verkligen sköter sin hygien de dagarna. Hon blir kvar en lång stund i badrummet. Vad gör hon? Maj står i mörkret utanför. Men det hörs ingenting där inifrån. Anita –

Anita, jag börjar kavla ut degen, kommer du? Hon väntar på svar, kanske dränks det i ljudet från kranar som öppnas, spolande vatten. Maj vänder, går in till matvrån och väntar där.

Kunde inte Lasse göra dig sällskap hem när vi skulle baka? undrar hon uppgivet. Jag har inte sett honom idag, svarar Anita, vi går ju inte i samma skola.

Redan efter två plåtar säger Anita att hon måste plugga. Hon tar några nybakade pepparkakor från brödgallret, går sin väg. Kan man ens se att degklumpen har minskat? Plötsligt blir middagsmaten nästan oöverstiglig. Vad hade Maj tänkt nu då? Falukorv och pepparrotssås. Hon kommer inte hinna färdigt med kakorna idag. Sjutton också. Ja, men då får hon väl fortsätta efter maten. Måste antagligen stå till midnatt innan kakorna finns färdiga där i sina burkar. Har du redan bakat, utbrister Lasse när han kommer insläntrande till middagen – nästan i tid. Så ett par plåtar bakar även han. Sedan – Bernt och Stig-Björn ska spela bandy… Lasse, du måste göra läxorna först. Pappa förhör dig ikväll.

Varför gladdes hon inte när ivriga barnhänder ville rulla kavlar och ta ut mått? För var det inte så att där alltid förr om åren fanns en… brådska? Irritation? När en plåt tog timmar att få färdig för att hon hela tiden måste finnas till hands för att kavla om, knåda ihop kakor som fastnade eller gick sönder. Då var det en lättnad när de tröttnade och hon kunde få undan snabbt. Tänkte hon inte – *nästa år klarar de mer på egen hand* – *då hjälps vi åt allesammans, då tar vi oss tid*. Ja – hur hon såg framför sig Tomas som förste gräddare i köket – med den enda uppgiften att aldrig släppa blicken från plåten. Barnen och hon – i ett huj skulle de leverera kakor för ugnen. *Det blev väl aldrig så?* Nu kavlar hon, tar mått, lägger på plåt. Hinner inte låta plåtarna svalna emellan, blir kakorna blåsiga är det väl inte hela världen. Några bränns vid. Ändå envisas hon med att prova en mörk kaka, får den beskt brända smaken i gommen. Det är omöjligt att passa tiden i ugnen när hon dessutom bakar i matvrån. Fast eftersom hon är ensam kan hon ju lika gärna kavla degen på diskbänken i köket.

DET SER FINT ut Tomas, vi är på banan! Karl-Magnus står plöts-
ligt och stampar snö från pjäxorna på Tomas kontor. Ganska ofta
kommer Karl-Magnus förbi, när han har ärenden på stan och
inte arbetar hela dagen på huvudkontoret vid fabriken. Så Tomas
och Hugo Axelsson måste alltid vara beredda på besök. Nu sing-
lar snön vackert i gatlampans sken ute på gården – ja klockan
är strax fem. Jag är full av tillförsikt inför det nya året, fortsätter
Karl-Magnus och Tomas bryr sig inte om att ta upp sitt senaste
samtal med Levi Nilsson, där han aviserade kraftiga prishöjning-
ar. Kanske borde de söka nya leverantörer. Fast genom åren har
de väl vaskat fram de bästa. Pappa, bröderna och han. Det här
var uppvärmningen, fabrikör Tomas Berglund – nästa år lägger
vi i en växel till! Ska vi ta en matbit på stan, eller väntar Maj med
något gott i grytorna? Ja, det kanske hon gör, men hon är numer
beredd på att Tomas sällan kan garantera att han kommer hem
till middagen. Han hade i och för sig tänkt greja några julklap-
par, det är inte många dagar kvar till julafton nu – men han kan
ju inte tacka nej – ja visst kan vi göra det, svarar han därför och
med Karl-Magnus brukar det inte bli någon stor sak att Tomas
avstår starkt. Karl-Magnus verkar själv måttlig och berättar stolt
att han tagit upp skidåkningen, det är ju utomordentlig motion
för att hålla sig i form. Ja, då måste du fara åt Rutberget, säger
Tomas, häng med en söndag morgon Tomas, fyller Karl-Magnus
entusiastiskt i.

Vid middagen på Stora hotellet vill Karl-Magnus resonera med
Tomas om Kurre – orkar han ett år till? Han har inte verkat sig

riktigt lik, liksom disträ… ja, få se, han blir väl sextiotvå nästa år svarar Tomas – Karl-Magnus nickar hastigt, kamrer Wiklund hur ska jag hantera honom utan att trampa på några ömma tår? Rimmad lax och stuvad potatis, det är kalasmat. Tomas ger så goda råd han kan och när de skiljs åt på torget tar Karl-Magnus honom i hand – det är ovärderligt Tomas att vi kan ta de här förtroliga rådslagen – hur man ska handskas med folk är ju egentligen hela hemligheten med framgångsrikt företagande. Och du har ju öga och blick för människor – det märker man meddetsamma!

Blir han smickrad? Antagligen. Julskyltningen, den ljuddämpande snön – inga fler stormar i sikte och än så länge får snön ligga kvar som fetvadd på träden. Ja, kanske ska han gå omvägen via björkallén på Centralgatan, det är nog grant i snön. Det är knappt ens en senväg, även han måste ju numer tänka på att hålla sig i god vigör. Ska han tala om för Maj vad Karl-Magnus sa? Att han har blick för människor? Kanske inte. Man vet aldrig riktigt hur hon tar det.

För Maj är inte på humör när han kommer hem. Inte för att han var på krogen med Karl-Magnus – han vet ju att hon försöker lukta sig till om han har druckit när hon hjälper honom av med ytterrocken. Men nu är det Lasses betyg. Ja, alla kan ju inte vara Hugo Theorell säger Tomas när han får se dem – Lasse är inte dum, invänder Maj snabbt – han är lat med läsningen. Och jag klarar inte ut att hålla honom på rummet med läxböckerna. Anita, hon har till och med fått ett diplom för särskilt förtjänstfull förmåga i engelska språket. Och Lasse hämnades förstås och sa att hon kan ju sitta där med mossa på skallen och rabbla sina gamla glosor… ja inte vet jag.

Varken Maj eller Tomas vill bestraffa Lasse. Men hur ska vi få den här ungen att förstå att betygen kan höjas nu – sedan är det för sent, suckar Maj. Stig-Björn hade i alla fall sämre, muttrar Lasse – Stig-Björn, utbrister Maj, honom ska du väl ändå inte mäta dig med. Kanske tänker Lasse att tjejer bryr sig i alla fall inget extra om killar med bra betyg, tvärtom. Men vi borde väl belöna Anita, funderar Tomas när han och Maj har slagit sig ner i stora rummet. Det blir ett slags indirekt straff… att Lasse inte får något extra. Då förstår han att det där slarvet inte lönar sig. Fast riktigt bra känns inte det heller. Straff och belöning. Piska och morot. Om han försökte resonera med Lasse? Ansiktet är alldeles sammanbitet där Lasse halvligger i sänglampans sken. Tomas kom ihåg att knacka och Lasse svarade vresigt kom in. Vad vill du syssla med här i livet… sedan? När du är stor? Frågar Tomas så? Eller blir det mest att han sitter på sängkanten en stund. Kanske säger han till och med att morbror Georg aldrig hade några vidare betyg, du brås nog på honom – och jag menar det har ju gått bra för han! Att Georg inte är blodsband bryr sig varken Tomas eller Lasse om att kommentera. Huvudsaken att man gör så gott man kan, avslutar Tomas när han ser Lasses plötsligt sköra pojkansikte. Mer kan man inte begära.

GÅ TILL DOKTORN *och berätta om blodet.* Vintern, våren som är i antågande – hela tiden återkommer de ont blödande dagarna – hur ska hon bli fri från blödningarna – *men är det inte vad en kvinna ska kunna ta och acceptera i sitt liv?* Det är inte meningen att skrämma Anita. Anita som har så fullt upp med skolarbete, kamrater, biobesök – när det ringer på dörren kan det vara Kerstin, Gerd, Ulla-Britt eller Håkan... och Maj får inte klaga, för hon sköter sitt skolarbete som hon ska. Hur många kvällar i veckan blir det bio? Om Maj slapp, då skulle hon ju inte ligga utslagen på sängen den här marseftermiddagen när Anita kommer från skolan och viska att hon är rädd att hon förblöder – snälla hämta handdukar och trasor så jag kan ta mig till badrummet... Nu ringer jag till doktorn, mamma – vänta Anita, tills pappa kommer hem, han får köra mig till lasarettet...

Men när hon sköljt sig ren i badkaret, sett det rödfärgade vattnet spolas bort, tagit dubbla stoppdukar och rena kläder... ja när hon sitter i matvrån och Anita har serverat henne ett glas mjölk och en smörgås med dubbla skivor rökt skinka – då återkommer väl krafterna? Nog är det bara ovanligt besvärliga månadsblödningar? *Får jag gå nu,* säger Anitas ansikte, och kanske hör hon inte ens att Maj frågar vad hon ska se för film på biografen ikväll.

OCH SNART KOMMER *det att vara sommar, Maj!* Den som så många längtar efter, ser fram emot. Inte du? Hon vet inte. Kanske hinner hon tänka att det här är sista sommaren barnen ännu i någon bemärkelse är... små. Snart tretton och femton. Ännu inte riktigt vuxna på allvar. Men små nog att få barnförlamning, scharlakansfeber, smittkoppor...? Är det den ihållande förkylningen, efterdyningarna av vårens influensa som får henne på sådana tankar? Fast nu är hon frisk och ska packa för flytten till landet. Ta fram sommargarderoben och hänga undan vinterkläderna på vindskontoret, gå över garderoberna med medel mot mal. Vara lättsam och glad när Clary och Karl-Magnus bjuder hem dem på kortspel – fast Maj har inte haft tålamod att lära sig bridgen och Clary har skrattande förklarat att den kunskapen kommer med åren och är inte så dum att ha. Lasse verkar ledsen mot slutet av skolåret, men när Maj frågar om det hänt något svarar han lite vrångt – och vad skulle det vara, det är väl bra. Anita sitter ofta och ritar. Vad drömmer hon om när hon plitar så koncentrerat med sina teckningar? *Måtte vi inte bråka i sommar, måtte vi få ha det bra.*

DE HÅLLER SAMMA takt. Tomas behöver inte dröja på stegen eller hastigt kontrollera om hon hänger med och orkar. Lasse föredrog Görans idag, han skulle visst få följa med dem ut till Trysunda med båten. Det är en underbar dag. Bara ett lätt sting av samvetet. Varken han eller Anita tjatade något särskilt för att få Maj att komma med dem ut till Ön. De vet ju att med mamma blir det inga långpromenader, nog kan hon tänka sig att solbada en stund på en strand, men att gå runt hela ön vill hon inte. Så nu blir hon kvar ensam i huset över dagen – ja men en sån här sommardag – hon vet ju om att han och barnen inte har sommar om de inte fått vandra runt ön och testat badtemperaturen i alla väderstreck och vikar. Båten har de förtöjd vid Pettersons sjöbod, och då är det ett par kilometer att gå ner till morgonviken. De är nästan lite sent ute, därför håller han god fart och Anita protesterar inte mot tempot. Inte räknar de med att morgonviken ska vara varmast, för där är det frånlandsvind idag – visserligen mild – men bäst blir det nog i eftermiddag, vid Sandviken, åt väster. Tomas kränger av sig ryggsäcken, skjortan är blöt på ryggen – de badar inte nakna, Anita har hel baddräkt under shortsen, och Tomas är ju inte den som propsar på naturistbad. Och nu – han viker liksom undan med blicken även när hon plumsar i vattnet, plockar fram sin tunnslitna badrock ur ryggsäcken, att svepa om sig ifall vinden är kall när han kommer upp. Anita flyter runt på rygg, hon doppar visst inte huvudet längre – för bara något år sedan var hon som en hundvalp i vattnet – ja i alla fall någon som for upp och ner genom vattenytan och håret dröp i blöta testar efter varje badtillfälle. Nu ska han inte vara feg utan springer i där botten är

hårdpackad sand – det är inte riktigt varmt, kanske sjutton gra-
der – men efter gångmarschen genom skogen känner han inte av
de ömma knäskålarna som numer brukar komma med kalla bad.

Efteråt sitter de på klippan och soltorkar, han tar en cigarrett. Det
här måste vara det bästa som finns, säger Anita. Ha ledigt, vara
på landet, solen skiner – *och mamma är inte med?* Nej, Tomas
fyller inte i det där sista i meningen. Anita packar upp jordgubbs-
saft och vetelängd, räcker en bit åt honom, du borde inte röka
så mycket pappa, säger hon strängt – det är giftpinnar du drar
i dig. Tomas nickar, askar, tar emot muggen med saft också, jag
ska sluta, lovar han, hur länge har han rökt någon form av tobak?
Herregud – fyrtio år snart. Börja inte med sånt, säger han och de
bryter upp.

Inte kan han helt släppa arbetet trots att Karl-Magnus och han
var överens om denna välbehövliga veckovila. Oron… om han
inte orkar hålla igång så här hur länge som helst. Som tar han hela
tiden lite av reservdunken utan att fylla på. Och ibland tänker
han att Karl-Magnus alla goda idéer alltid innebär väldigt mycket
merarbete för hans del. I onödan. Visst blev han… en smula be-
tänksam när Karl-Magnus knappt ens ville ta ledigt för att upp-
leva solförmörkelsen. Vissa tillfällen… kommer faktiskt inte till-
baka. Nej – han ska inte beklaga sig. De har ju fått en riktig skjuts
det här året och Karl-Magnus tror på en rejäl vinst. Nu arbetar de
målinriktat efter den stora planen, ja även om Karl-Magnus gärna
förutom det ger sig ut på sidospår. Men när det ändå är det här
som är… meningen? Trampa tall- och granbarrsstigar, reka efter
blåbär, känna håret torka mot solsvedd hud. Anita som trivs, har
det härligt, inga andra måsten än att vara hemma hos Maj i tid.
Ja, det oroar ju också – att de prompt måste vara hemma en viss
tid. Fast idag har Maj packat med dem en riklig matsäck, så hon
räknar nog med att det kan bli sent för dem.

Blir det inga fler vackra dagar den här sommaren? Kanske kommer regnet i augusti och Maj tycker att de kan passa på att vara tillbaka i stan redan i mitten av månaden. Tomas känner förstås av vad Karl-Magnus kräver, ja när Karl-Magnus kommer upp från Örebro kan han inte gå och dra benen efter sig på lantstället eller ute på Ön.

HON SKAKAR PÅ huvudet så att hästsvansen svänger till. Men vi har ju alltid gått och sett på Barnens Dag-tåget! Varför inte i år? Jag har min första franskadugga på tisdag. Maj plockar upp en ljusblå jumper från golvet, och för den automatiskt mot näsan, smutsig? Hon blir stående med den i famnen, säger att det hindrar väl inte oss från att gå ut en stund idag. Jo! Anita tittar upp från boken. Som hon håller så nära för hon är utan glasögon igen. Du har väl aldrig läst franska. N'est-ce pas? Åh – vad dum hon är. Maj vänder sig vresigt om och går ut ur Anitas rum, nära tårar. Är det det här som är *pubertet?* Kan hon minnas sin egen? Som en sträv viskning. Kroppen som fylldes ut, blev lång, blodet, brösten, allt det *fysiska,* men mest hjärtat som bara klapprade, för pojkar – väninnor också? Ja, men att bli utvald, få höra till. Var det så? Hon var femton när hon började första sommaren i Åre. Maten... den var så dålig. Potatisen med sina grå fläckar, fläsket som skulle anses generöst men oftast hade en skämd bismak, så hungriga hon och flickorna var på kvällarna. Hur hon aldrig berättade för mamma att det bara var turisterna från Stockholm, Sundsvall, Härnösand som fick fin mat. Kökspersonalen... de fick annat, ja åtminstone kökspigorna. Nissa! Holger – han var före Erik. Fast de kramades bara. Holger var fin. Men tafatt.

Du behöver ju inte fara ut och arbeta, säger Maj lågt. Hör Anita ändå? Hon står i korridoren nu, suckar att jag kan väl gå med då, för din skull. *Min skull?* Maj gör väl inte det här för *sin skull?* Du brukar ju tycka om att se hur de är klädda. Jag vet vem som är prinsessa i år, säger Anita, och hon är inte särskilt trevlig. Men hon vet knappast vem jag är. Maj tar fram sitt läppstift, målar och säger ivrigt att alla tyckte jag skulle anmäla dig som tärna när du var liten. Men jag vet inte... hade du velat bli vald? Anita svarar inte. Hon drar ur snodden, borstar håret och fäster alltihop där bak. Kjol, jumper, vita sockor och loafers – *som en amerikansk dröm*. Vill inte alla flickor vara amerikanska *next door dreams?* Eller en prinsessa på vift. Ser Anita åt Frankrike, filmfestivalen och Brigitte Bardot på franska rivieran? Eva Henning, Ingrid Thulin, Margit Carlqvist – drömmer Anita i smyg om att bli filmskådespelerska?

Så vackert väder. Vilken dag, utbrister Maj, sån tur de har, tänk när det ösregnade, minns du, jo då ler Anita, säger att hon kommer ihåg hur pappa kom springande med ett stort svart paraply. Men ju närmare folkmassan de kommer, där de spatserar genom Örnparken, desto mer motvillig tycks Anita bli. Jag är för gammal för tivoli, gnäller hon. Gammal! Femton och ett halvt. Det är ju folkfest, protesterar Maj – och jag vill ha någon som håller mig sällskap. *Om jag skulle få yrsel, svimma...* Så många människor! Minst halva stan. Nästan lika många som vid kungens besök, fast det regnade ju bort. Tidningen är där och fotograferar, och nog kan Maj se att pojkar visst kastar ögon på Anita... eller? Jo, men en lite finnig pojke som är reslig och bredaxlad, han ler och hejar. Fästman, frågar Maj retsamt, sluta mamma, svarar Anita då. Sockervadd, ballonger, blåsorkester. Karuseller, svänggungor, lotteristånd och ställen där man ska kasta bollar, skjuta prick, träffa porslin. Mindre barn som gråter, skriker. *Du är ju mitt barn.* Där är Ulla-Britt och Kerstin! Så du smög dig ut i alla fall, ropar Kerstin glatt, smygare där, och puffar på Anita och Maj säger hastigt, i ett infall, nu bjuder jag er på Sundmans. Det där sättet flickor har att titta på varandra, fnissande, frågande – var det opassande att bjuda dem på kondis, Ester Dahlbergs då – nej men Sundmans verkar falla i god septemberjord, trots allt. *Är det inte som en dröm?* När hon serverade mödrar och döttrar på Kjellins, hur fint det såg ut, att ha en mamma som hade möjlighet

att gå på konditori, kanske hade de gjort inköp i stan dessför-
innan, med kassar och paket, tänkte inte Maj då att det var all-
deles obeskrivligt avlägset att en dag sitta med sin dotter och hen-
nes väninnor på finare sortens kvalitetskonditori. Hör bara hur
de konverserar, flickorna. De är så *belevade*. Blir Maj blyg? Får
tunghäfta? Nej – för nog uppskattar Ulla-Britt och Kerstin Anitas
unga mamma. Kanske kan hon mer otvunget visa de här flickorna
tillgivenhet. Med ansvaret kommer kritiken. Förbannade kritik!
Äter Anita mer och glupskare än de här fågeltunna jäntorna? Fast
det var Ulla-Britt som valde potatisbakelse med smörkräm och
kakaopudrad marsipan. Anita och Kerstin har efter påtryckning
även de valt mäktiga bakelser. *Fast Anita tycker bäst om napoleon,
precis som sin pappa.* Men flickorna väljer varm choklad till. *Än
är de inte vuxna.* Som de berättar om sina lärare, fnittrar och även
Anitas ansikte löses upp, blir ivrigt, öppet, *se på mig så där glatt
och tillgivet någon gång Anita, om du visste hur mycket kärlek jag
behöver,* och du tror att hon inget begriper? Hur svårt är det inte
att ge kärlek när den avkrävs en. Hur svårt.

Men nu mumsar de bakelser och blir uppassade av servitriserna.
Anita har nog rätt i att de börjar bli för stora för den här dagen på
stan och Kerstin säger att pojkar som går ut för att titta på Barnens
Dag-prinsessan ska man nog ändå inte kära ner sig i. Vad tror tant
Maj, åh, funderar Maj, att få invigas i flickornas hemligheter, nej
man ska hitta någon som är snäll och trogen. Man tror att man
kan förvandla de trolösa, men... vad var det Ingrid sa, då för länge
sedan? *Börjar de med andra redan innan bröllopet...* Eller var det
Jenny? *Som aldrig tyckte om mig.* Huvudsaken man är kär, säger
Maj sedan. Anitas pappa var min stora kärlek och det håller i sig än
idag! Nu hettar kinderna, ja servitrisen fyller påtår, hade du någon
innan farbror Tomas, Maj skakar hastigt på huvudet, nej men inget
allvarligt, inte fast sällskap, lite förtjust bara, så där... tittar Anita på
henne? Eller torkar hon grädde från överläppen med sin servett?

ÄR DET DU, Tomas? Majs röst är upprörd i telefonluren – han hör på en gång att det är något som har hänt. Lars-Åkes magister har ringt – Lasse är inblandad i kortspel om pengar! Nu kan han nästan inte höra vad hon säger – åtminstone inte bringa reda i berättelsen. Vem har ringt vem – vilka pojkar handlar det om… Och så Karl-Magnus alldeles intill som kan höra allt. Vi tar det vid middagen, säger han därför – jag sitter oläggligt till.

Men Karl-Magnus är inte den som flinande frågar om Tomas har trubbel med frugan. De fortsätter arbetet, under tystnad, Tomas med stigande otålighet – när ska han få gå hem? Kortspel om pengar. Är det så farligt? *Har du inte bättre stake än så? Moraliskt rättesnöre…* Jo – men om de spelar om några kopparslantar… äntligen får han skynda hem genom oktoberkvällens lövtäcken och allt tidigare skymning.

Maj kommer ut till honom i tamburen – han vet om att han är sen, har missat den gemensamma middagen igen. Det här får du ta, Tomas – mig vägrar han prata med. Han måste hejda Maj från att gå iväg – tala om vad som har hänt. En mamma har upptäckt att sonen har blivit av med nästan hela sparbössan – ja med sparpengarna alltså. Och tydligen är Lasse, Stig-Björn och en pojke som heter Christer huvudmisstänkta. De ska ha spelat poker om pengar – Stig-Björns storebröder du vet, och den här fjärde pojken som har varit med, han som har sparbössan – jag vet inte vad han heter – han kanske är lite efterbliven – han har alltså berättat för mamman om Lasse, Stig-Björn och Christer, det kan ju vara fler inblandade… Tomas får upp rocken på galgen – sa du misstänkta? Så då är skolan inte säker på sin sak i alla fall? Maj knyter plötsligt upp sitt förkläde – pengarna är ju borta och Lasse har inte gjort något för att försvara sig precis. Prata med honom. Får jag äta först? Maj suckar och säger att då är det nog bäst att vi sätter Lasse i låst rumsarrest under tiden – annars kommer han att sticka iväg ut.

Kålsoppa och fläsk. Ostsmörgås till och tunnpannkakor efteråt. Maj och barnen har redan ätit. När Karl-Magnus är på kontoret går man inte förrän han säger att det är dags att göra kväll. Tomas skrattar kraxande, tar en klunk mjölk. Maj svarar inte. Han kan gott tänka sig en pannkaka till, men hon reser sig efter hans tredje och börjar duka ut. Du får kaffe när du har förhört honom. Ska han förhöra honom? Det hade han inte tänkt. Vad brukade han och kamraterna hitta på när han var i Lasses ålder? Nyss fyllda tretton. Inte var de bara mammas pojkar, kunde nog hitta på busstreck tillsammans. Men att spela av en pojke pengar, en som inte har riktigt förstånd...

Mamma säger att magistern har ringt... Lasse tittar upp från serietidningen – är det förbjudet att spela kort när man är ledig från skolan? Ja, svarar Tomas tvekande, för en del människor är kortspel aldrig tillåtet.

Men om vi spelar kort i vår klubb och en springer och tjallar – vem har gjort fel då? Lasse är röd på halsen, rösten bär inte riktigt. Är det målbrottet? Även lill-Lasse blir stor. Jo – jo det så klart. Kan vi rå för att Jonken inte har pokerfejs – han är en bottenspelare men tjatar ju om att få vara med.

Tomas suckar. Förstår han det då – Jonken – att han verkligen spelar om riktiga pengar, förlorar sina pengar – och förresten, hur mycket pengar spelar ni egentligen om?

På det svarar inte Lasse först. Småpengar, muttrar han sedan. Man ska inte spela om pengar, säger Tomas trött. Tack och lov att han aldrig har börjat med det. Aldrig varit lockad av speldjävulen. Hördu Lasse, ni får ju inte spela så att en av er alltid förlorar. Alla vill ju vinna lite grann. Och om han har förlorat sina sparpengar – då måste ni betala tillbaka.

Med vad då? Lasse stirrar ner i tidningen igen. Vi har ju köpt grejer för pengarna.

VAD ÄR DET med Anita när hon inte ens kommer och hejar? Nog vet hon väl vid det här laget att Maj alltid har fikat färdigt på eftermiddagen när hon är hemma från läroverket. Om Maj inte är borta på kaffe. *Om hon inte ligger utslagen i sängkammaren och blöder.* Inköp och andra ärenden ser hon till att göra bort när de är i skolan. Idag har hon ruschat hela dagen på stan. Fast hon inte är riktigt fri från sin förkylning. Anita borde veta att hon också när hon vill kan ta med en kamrat. Maj tycker det är särskilt roligt när Kerstin kommer, Kerstin som berömmer Majs bullar och ber att Maj ska visa sina festklänningar – inte för att Maj har så många – hon vill visst bli modetecknerska när hon blir stor. Men det verkar aldrig som om Kerstin har något emot att Maj sitter med och doppar, tvärtom talar hon om att så här lugnt och skönt får hon aldrig ha det hemma med alla sina bråkiga småsyskon. Det är inget fel på Gerd – det är Ulla-Britt Maj inte riktigt kommer underfund med – men Gerd är mer världsvan och mycket väl utvecklad för sin ålder – Maj misstänker att Gerd kan vilja ta Anita med på… dåligheter. För det skulle inte förvåna Maj om Gerd har pojkvänner i övre tonåren – minst. Kerstin och Anita, däremot, är mer som förvuxna småflickor, till sättet i alla fall. Nu sprang alltså Anita direkt in på rummet. Ska Maj gå dit? Knacka försiktigt? De där betsade blanka björkdörrarna till barnens rum – vad de har fått en märklig laddning. Nog måste hon få knacka på så att det hörs. Men när Anita inte svarar trycker hon ner handtaget – Anita, vad har hänt? Hopkurad på sängen, filten över sig – hon gråter ju. Vad står på, Anita? Han har dött mamma! *Är Lasse död?* Maj håller tag i dörrkarmen, inte yrsel, svimma, inte Lasse, har han lånat en moped, klättrat upp på ett tak... Hon måste sätta sig ner på Anitas skrivbordsstol – snälla, säger hon så stadigt hon kan – tala om vad som har hänt. Vem har dött? Anita mumlar något. Jag hörde inte? Stig! *Stig?* Stig-Björn? *Tack gode gud att det inte är Lasse, Lasse lever...* Nu måste hon skärpa sig, har Anita en skolkamrat som heter Stig? Är Stig en ny kille i klassen, jag tror inte du har berättat för mig om någon Stig... Vem är Stig?

Men Dagerman, mamma, följer du inte med i nyheterna alls? Stig Dagerman!

Stig Dagerman. Nej, hon har inte hunnit bläddra i tidningen idag, hon tog inte ens upp och tittade på förstasidan. Och radion... det är inte alltid hon vill ha radion på när hon arbetar. Hon kan bli stående och lyssna, komma av sig i sysslorna, radion sätter hon på när hon tar paus eller har dagsverket bortgjort. Då förstår jag, säger hon och drar efter andan. Har Stig Dagerman dött. Men han är väl bara i min ålder? Maj har inte läst något av honom, fast hon vet om att han är gift med Anita Björk. Hon som är så tjusig. Han ser lite... barnslig ut på ett vis. Det har Maj tänkt då hon har sett dem tillsammans på fotografier i veckopressen, att de är omaka. *Men Anita... hade du hoppats...?* Bränt barn är den bästa boken jag har läst och nu blir det inga mer böcker – aldrig någonsin för han har gasat ihjäl sig...

Åh. På så vis. Maj säger lamt att hon tänker dricka kaffe nu, Anita får komma om hon vill. Hon hämtar tidningen från stället vid Tomas fåtölj – Anita har förstås svärmat – för inte kan Anita på allvar tro att hon skulle kunna ta den andra Anitas plats? *Minns du hur berörd du blev av Värings bok? Det är väl så det har blivit för Anita, hon har drabbats...* Ändå är Maj så rädd att Anita... hur mår hon egentligen när hon sitter i sängen söndergråten för en död författare? Det är tragiskt – alltid tragiskt när någon dör i förtid. Men i tidningen bekräftas inte säkert att han gjorde det med avsikt. Det kan ha varit en olycka. Ändå blir Maj olustig till mods. *Tänk om Tomas plötsligt skulle gasa ihjäl sig.* Även han har känsliga nerver.

NEJ! ANITA... VAD har du gjort? Maj säger väl ändå inte så när Anita kommer från frissan. Men kanske säger hon först ingenting, stirrar bara. Det långa, ljusbruna håret är avklippt i en kort, *väldigt kort*, frisyr. Pannlugg som knappt döljer pannan. Ja, hon är pojkklippt och håret är lagt på ett sätt så att det är lockat inåt – har du permanentat dig också, får Maj ur sig – inte passar Anita i så där kort hår. Men Maj hejdar sig. Vet ju om att det är kort som gäller nu, kortklippta, lite rufsigt lockiga frisyrer. Näpna luggar, nakna nackar. *Det växer ut igen.* Som Anita håller på med sitt hår! Nu har hon ju sparat och sparat i flera år för att kunna ha sin höga hästsvans. Och så går hon och klipper... vill hon se ut som Anita Björk? Eller varför... Anita låser in sig i badrummet längst bort i korridoren, spolar vatten så att Maj måste ropa till henne att inte låta det stå på och slösa. Ja, Maj håller sig där utanför i dunklet vid linneskåpet, men kan inte höra vad Anita har för sig. Jag har choklad åt dig och Lasse färdigt i matvrån, ropar hon och knackar lätt på badrumsdörren. Och när Anita äntligen kommer – i vått hår, slätkammat runt huvudet nu – frågar Lasse förstås om frisören satte en potta på henne och klippte efter. Idiot, väser Anita, det växer ut försöker Maj släta över, det ser ju rart ut – då lämnar Anita bulle och choklad, går in på sitt rum. Men Lasse, suckar Maj, så där får du inte säga. Stig-Björn och jag tycker att flickor bara kan ha kort hår om dom är riktiga brallisar, som Karin Olsson i vår klass, annars ska dom ha långt som... ja då går det på ett ut. Inte så söt, men fint hår. Stig-Björn och du! *Som om ni vet något om kvinnors skönhet.* Det är modernt, säger Maj lite skarpt, och jag är glad att Anita bryr sig om och hänger med i modet. Så

93

ska hon säga när Anita kommer till middagen. En ung flicka ska ju följa med i det som gäller. Har inte Maj haft synpunkter på att Anita varit för olik sina jämnåriga kamrater? Gått in för det religiösa och liksom gett upp det världsliga ett tag. Varför kunde hon inte säga att det var... *klämmigt? Fräsigt?* För inte heller Tomas ger spontana komplimanger när han kommer hem till middagen. Det är ovant, säger han, man måste vänja sig... som med nya glasögon, ni vet, oj vad man ändrar utseende efter glasögon. Och jag hade ju just vant mig att du hade det långt, med håret ihop där bak, det passade du så bra i.

ÄR VI INTE vanvettigt lyckliga? Lyckligt lottade? Kanske tänker Tomas och Maj någon gång så. När allt stillnar – fryses – i butikerna finns frysdiskar numer – fast Maj handlar ännu helst färskt över disk. Man känner med näsan om maten är bra. Nerfryst – ja så tinar det på diskbänken och skarp ammoniak tränger upp ur fiskblocket. Tomas begrundar nog sällan butikernas frysboxar. Men inför vintern kan han känna lättnad över att sommarhuset inte har indragna vattenledningar som kan frysa sönder. Georg och Titti, som har vattenburet till och med i sommarvillan, måste förstås alltid ha underhållsvärme på för att inte mötas av vattenskador till våren. Ibland är väl gammaldags byggteknik det bästa. Vatten i brunn, ved i spisen. Äsch. Nog är vattenburen värme praktiskt och bekvämt bara man slipper ansvara för underhållet. Vill Tomas älska oftare? Ja… en del av ledan kommer kanske av deras oförmåga att nå fram. Åtrår de inte alls varandra? Maj som verkar tycka det är ännu mer genant nu, om barnen skulle höra dem. *Inte vill de veta något om våra… famntag.*

Jo, för är det inte på sätt och vis lyckliga år. De har vänner, bekanta, tryggad ekonomi. När 1954 övergår i 1955 märks ingen dallrande oro av i det svenska samhället, även om världen står på ett slags vänt. Vad händer efter Korea, alla provbombsprängningar på Bikini, det är ju inte bara en ny skön tid. Och trots tryggheten i våningen tar väl tonårsvardagen över med sin oberäkneliga temperatur. Som senvintern när Anita ska fylla sexton. Hon går med på att ha en bjudning och Maj vill så gärna finnas till hands. Enbart kafferep tänker Anita inte ha. Väninnorna har tydligen inget speciellt emot kakor, men det ska inte vara ett saftkalas, utan mer åt det elegant damiga hållet. Då berättar Maj att Lotten Åkerlund har varit hos en advokatfru i Sundsvall och fått te och arbetade smörgåsar – ja snygga – tillsammans med en påkostad tårta och några extra fina småkakor – och det tycker Anita låter som ett bra förslag. För Maj är inte mindre fyndig än att hon förstår att just Lottens väninna som förebild till en bjudning kan gå hem. Ska det komma pojkar också, frågar Maj i förbifarten – nej – Anita skakar på huvudet – inte ens Håkan? På ditt första kalas var det viktigast att Håkan kom, ni sprang och gömde er på ditt rum... Men mamma. Det ska inte komma så många, säger Anita, bara mina bästa vänner. Håkan och jag kan ses en annan dag. Jo då, Maj förstår vilken typ av fest det ska vara. Och är hon en aning lättad att det inte blir någon hippa med unga pojkar inblandade dessutom?

Om Maj känner av yrseln... mattheten... så är det inget hon bryr sig om. Den långa inköpslistan måste betas av på stan – Anita och hon har följts åt – inte behöver du vara spänd inför det här Anita, det är ju så rara flickor. Hur lätt är det inte att glömma den egna anspänningen när hon ser hur obefogad den är hos sin dotter. Som om Maj inte alltid tänker att det måste bli lyckat, bra, godkänt – varför behöver det vara så, kan det inte bara få duga, vara okej, skapligt... Är Anita vuxen nu? Fyller sexton. I kroppen inte längre ett spår av kalvig barnslighet. Men mogen? Maj får faktiskt hjälpa Anita att förbereda och ordna festen utan att de bråkar i köket. Te, snittar, skinkfyllda petit-chouer och Sans Rival – flickorna är så unga, söta, förväntansfulla – är det Majs tanke? Jo. Det är plötsligt obegripligt för henne hur de dömande självkritiska blickarna kunde härja fritt i ungdomen. *Är jag sötare än hon? Finare figur? Bättre hår? Gladare, kvickare, mer populär?* Och oftast hamna på minussidan i jakten på godkänt. När de fem tonåringarna hos Anita ikväll är så välklädda, artiga, glada – söta. Inte tänker man på kvisslor eller mullig figur. Till och med Anitas kortklippta hår ser så där trevligt, ungdomligt ut nu. För även om de inte är mannekängtyper så är de ju så oförställt *unga*. Och då tror man inte att någon av dem ska åka på smällar i livet. Som vore deras framtid en rak autostrada.

Även Anita skrattar och verkar vara en omtänksam värdinna. Inte ett spår av det buttert inåtvända, enstöriga. För sitter hon inte där som en sann… sällskapsmänniska? Det finaste man kan vara, i mångas ögon. Inte är det introvert avvisande något att stå efter. Fast visst sjutton kan även det vara väl så behagligt emellanåt.

Tack mamma, säger Anita i öppningen in till köket när Maj diskar bort. Luggen lite klädsamt längre än när hon var nyklippt – är ögonen blanka? Tack för att du hjälpte mig att ordna den här bjudningen. Maj sköljer en assiett, staplar den i stället och torkar av händerna på förklädet. Klart att jag ordnar en bjudning för dig, Anita. Det är ju så trevliga flickor. *Nog vet du väl att jag vill göra det för dig?*

SKA HON KLÄ om i det där silkiga nylonnattlinnet ikväll – det fanns i svart också, men svart... hon kunde inte förmå sig att be expediten om hjälp med att få prova de svarta underkläderna. Trosor med spets fanns det, och behåar. Fast det är förstås hennes arbete, och några kvinnor måste inhandla de svartblanka plaggen. Hur hon kom på sig själv att stå och känna på tyget... innan hon fann sig och frågade hur nylonet ska skötas, tål det att tvättas i högre temperaturer? Är hon pryd? Eller är sexualiteten bara... förlorad för henne? Tomas som fortfarande vill. Har... behov. Och när hon går ensam om dagarna kan hon visst låta tankarna komma – kanske inte på Tomas – men på andra, okända... män. Kvinnor? Kanske ser hon framför sig vad männen gör med kvinnorna. För inte ser hon sig själv? I svart spets. Det kommer ju något slags lust. Ibland. Som föder en tanke att ikväll ska jag vara... tillmötesgående. *Vara en varm kvinna.* Herregud. Vara varm, inte kall – men inte heller... het. Lagom. Då rinner det av henne. Ordlöst. Visst finns det kvinnor som skriver om hetta och slag. Att underkasta sig i erotikens tjänst. Där är inte Maj. Hon börjar dessutom bli medelålders. Blir ideligen påmind om att hon inte är någon ungdom längre. Hur hon kan häpna över att schlagersångerskor, skådespelerskor och mannekänger i veckotidningarna oftast bara är några och tjugo. Inte så att erotiska känslor försvinner vid trettiofem, men man kan ha det som ett slags ursäkt. Och då kommer tanken att det kunde ha varit annorlunda om Tomas och hon hade upplevt det där första... då tankarna inte ens hann uppstå. Man var kropp och kropp allena. Nästan. Som någon gång med Erik. Ser Maj sig om i bekantskapskretsen kan hon knappast föreställa sig intimt samliv på något håll. Kanske är det helt enkelt för mycket med annat. Vardagens göromål som aldrig någonsin har en ände. När ska det finnas utrymme att klä om i nylonspetsar? Det är klart Maj förstår att många kvinnor kan uppskatta att klä ut sig i silkiga tyger för att få in lite flärd i vardagen – hon kan också göra det, i fantasin. Men i verkligheten... det är genant. Är hon rädd att Tomas ska börja skratta? Fast han inte är sådan. *Kanske vet hon inte vad hon ska göra av hans lust. Hur hon ska svara på den. Din egen lust då, Maj?* Och Anita är nästan alltid hemma. Vill fortfarande inte sova borta från dem. Har sänglampan tänd, på helgerna till sent på natten. Läser, ritar – *skissar* – är vaken. På vardagarna har inte heller Tomas ork för annat än sömn. Och så blödningarna på det. En känsla att hon inte riktigt är läkt djupt där inuti sedan förlossningarna. Som har det erotiska på ett olyckligt vis kommit att kopplas samman med de ursinniga blödningarna.

Rapporten de skrivit om i tidningarna, är det den som oroar henne? Kartläggningen av amerikanernas *sexualliv*. Kanske är svenskar annorlunda. Och hur skulle det kännas, att få svart på vitt att hon inte är *normal*? En del har hon snappat upp ur innehållet, men att verkligen gå till en bokhandel eller ett bibliotek och be att få låna den... det skulle hon ju aldrig tordas. *Hur förbjuden är den för dig, tanken på att tillfredsställa sig själv? Och om jag gör det, utan att någon vet om det?*

HON SÄGER ATT det är snällt av honom att tänka på hur hon har det. Men att Tomas har tagit upp med Maj att de borde fara ifrån till påsk får henne ändå inte att sitta kvar särskilt länge i stora rummet efter middagen. Kanske tänker han inte medvetet att hon någon gång borde kunna låta kaffekopparna stå. Men en lätt irritation. Hur vill hon ha det? Ska han skynda sig och boka in dem på Järvsöbaden, där Clary och Karl-Magnus tagit in en vintervecka och haft det så bra. För han vill komma ifrån. Bara över påsken, se något annat, ha tid för Maj och barnen. Lasse med några skälvande veckor kvar av folkskolan – sedan är det över för hans del. Medan Tomas stoppar pipan kommer det där stinget tillbaka – att Lasse aldrig kommer att ta realen, än mindre studenten. Visst är Tomas stolt över Anita som har alla förutsättningar att börja i första ring till hösten. Halvklassisk linje, det tycker Tomas är ett klokt val. Kemi, fysik och matematik är inga starka ämnen för någon av dem. De är inte några ingenjörsämnen, fast landet ropar efter kunnigt folk inom teknik och naturvetenskap. För Lasse måste det ju bli någon yrkesskola, kan inte redan gå ut i arbetslivet – han har ännu inte fyllt fjorton år. Först kommer sommaren då han ska gå och läsa, sedan får de se. Nu tänkte alltså Tomas unna dem helpension några dagar – om Maj kan tänka sig följa med på den utflykten.

Det är den här förbannade torrhostan han dragits med hela vintern. Mörklila skuggningar under ögonen, han ser sliten ut, grå. Och leverantörsbesöken och kundkontakterna har kantats av rädslan att börja hosta, en elak, kittlande hosta som också gör det svårt att få luft. Tydligen är det något som går, fast det gör ju inte honom piggare. Men Claes verkar vara en hygglig kille. Han kommer ofta till Tomas och ber om hjälp, ja kanske är han en smula osjälvständig. Classe, säger Karl-Magnus. Det är ju hans systerson som kallats upp hit för att "ta aktiv del i firmans utveckling". Så beskrev väl Karl-Magnus det? Då tycker Tomas nog att de egna syskonbarnen är mer lämpade. Lennart, Sture, Bertil, Rolf... ja någon av dem som har varit med från början – med dem får man ju inte övergångsbesvären att som utomstående trampa i klaveret gång efter annan. Tittis och Georgs Henrik – Henrik som snart har åldern inne. Classe ska leta upp nya marknader – vara offensiv. Han verkar inte riktigt vara den typen. *Tomas, ge honom en ärlig chans.* Kanske kan man inte räkna med att alltid ha roligt i yrkeslivet. Visst fick han en nytändning när Karl-Magnus kom med sin entusiasm, men med tiden har han fått en känsla av att Karl-Magnus faktiskt inte kan delegera. Att han ska vara överallt och lägga sig i – ja till och med kamrer Wiklund har sagt till Tomas att fabrikör Berglund den äldre och hans söner har låtit en sköta sitt och litat till ens förmåga. Ja, så la han till att det ska bli riktigt skönt att få dra sig tillbaka om något år. Kamrer Wiklund, som varit hos dem så länge, att det skulle behöva kännas så för honom de sista åren i arbetslivet.

OM DU INTE vill åka ställer vi in. Han säger det rätt ut till Maj, som sjunkit ner på sängen, ligger på rygg, med armen höjd som skydd för ögonen. De hade ju bestämt att de skulle fara till Hälsingland direkt efter första frukost. Skakar hon på huvudet?

Jag är så torr i munnen, svarar hon lågt, och yr... Långsamt hasar hon sig upp till sittande. Nu har vi ju packat och förberett allt. Jag har gjort rågsmörgåsar och termosar med kaffe och varm mjölkchoklad. Han sträcker sin hand mot Majs, hjälper henne upp. Du tycker ju om att åka bil, säger han uppmuntrande. Hon nickar. Ruskar på sig. Vill hon att han ska be henne gå till lasarettet för kontroll? Det är ju bara över påskhelgen, lägger han till, och blir du sämre far vi hem. För han vill faktiskt komma ifrån. Få ett luftombyte, ny miljö. Och gör han det inte främst för Majs skull? *En annan får inte åka på husmorssemester precis.* Var det inte så hon sa när hon läste den där tidningsartikeln om utarbetade mödrar som fick vistas på något slags internat en sommarvecka eller två? Lite anklagande. Vill du det så, svarade han då. Nu ska ju Maj i alla fall slippa stökandet och disken. *Varför envisas du Tomas? Brukar era semestrar bli bra?* Nja. De har kanske haft lite otur. Men de kortare utflykterna kan ofta vara trevliga. Hälsingland är säkert grant också vid den här småtrista tiden på året. Till och med Lasse har accepterat att hålla sig med familjen över påskdagarna, även det måste ju vara en lättnad för Maj. På Järvsöbaden kan han knappast rymma iväg ut om kvällarna. Tomas tror faktiskt att det är ett lämpligt hotell för hela familjen. Lite klass och stil utan att vara för stort. För Maj har bestämt sagt ifrån om att fara till Stockholm. Han hör henne spola kallvatten i köket, kanske tar hon någon tablett. Måste du oroa barnen, vill han säga. Lägga sordin på stämningen. Men hon låter honom hjälpa henne på med pälskappan, han tar packningen och manar ut sin familj så att han får kontrollera att Maj inte lämnat något fönster på glänt. Vicevärden har på nytt sagt till om det, vid en storm kan fönstret slitas upp och orsaka stora materiella förluster. Och som för att muntra upp dem när de väl är på plats i bilen säger han att man vet aldrig vad budgeten kommer att tillåta framöver – det gäller att passa på när man har kosing. Kosing – Lasse stönar – vad larvig du låter pappa – men Anita frågar genast om firman går dåligt, varför skulle vi inte kunna fara bort… Tomas kastar en blick åt baksätet, säger att allt blir ju dyrare nu för tiden, och jag tänkte mest att vi måste pigga upp oss, det verkar vara så butter stämning. Men det ska bli jättekul pappa, jag lovar, svarar Anita då. Tomas nickar, ja mamma är lite hängig bara. Jag har inte bett om att få den här yrseln, säger Maj kort. Snälla vän, ingen anklagar dig. Nu far vi bara.

DE TROR HENNE inte. Som mardrömmarna hon hade som liten…
Vakna i skräck, inte kunna förklara, berätta… Hon har funderat
på insulin igen, men hjälper det om det verkligen är… *giftstruma?*
Det har etsat sig fast, ja hur Titti kände sig när hon hade över-
gångsbesvär och var övertygad om att det var giftstruman. Så på
pricken lika det som med allt jämnare mellanrum kommer över
henne. Kallsvett, rusande hjärta, ett fysiskt obehag som överman-
nar – och så orka vara glad och tacksam på det. Eller är det blöd-
ningarna som ställer till det? Kanske lider hon brist… ja att något
fattas henne invärtes. Mineraler, järn… Fast väl i bilen – med pläd
över benen, för vid fötterna blir det väldigt kallt – infinner sig ett
lugn. Här sitter hon och kan inget annat göra. Nog är det skönt
att slippa ha påsken på landet och hemma har hon redan tagit in
riset och gjort det fint. Tomas har sagt att Järvsöbaden håller in-
ternationell klass och har ett förnämligt kök, enligt Karl-Magnus
och Clary. Och han säger att det är bra att få förstärkning av den
här Classe som har börjat i firman, släktingen till Karl-Magnus.
Så nöjd och lugn som Tomas ser ut nu var det länge sedan han
var. Han bromsar försiktigt när det behövs, utan att hon måste
ta emot sig i instrumentbrädan eller hålla i sig i kurvor, och ber
dem då och då titta på något särskilt tjusigt längs vägen. De ska
ta kafferast vid Sandöbron, spara smörgåsarna till senare, det ska
visst finnas ett trevligt kafé, med jukebox, talar han om för Anita
och Lasse. Och hastigt, när hon blundar, vill gråten tränga upp.
Varför? Hon vet inte. Att hon inte kan känna större glädje. Att
rädslan för vad som ska hända nu när motboken inte längre… ja
hur hon misstror när han försöker göra gott och ordna om. Järvsö

som ska vara så underbart i vårvintern – sitta i en solbacke och äta apelsiner – och har man lust är man visst hjärtligt välkommen att delta i sällskapslivet om kvällarna.

Skulle det vara trevligt? Att arbeta här på konditoriet vid brofästet? Möta resande av alla sorter? Alla vill väl rasta vid en bro – och ta emot nattgäster mot hyra på övre plan. *Tacka ja till stiliga män som tigger om sällskap till natten.* Hon är liksom charmig, biträdet, men både mot Tomas och Maj, ja det är nog viktigt att inte bara vara inställsam mot männen. Anita och Lasse uppmanar hon att spela på den nya jukeboxen, en massa bra bitar må ni tro, säger hon och ler, och kanske är hon i Majs ålder. Ingen ungdom, men glad, på ett smittande vis. Hon har inte så många gäster, men går runt och bjuder påtår, småpratar. Nog skulle väl Maj kunna vara lättsam mot främlingar? Inte tynga dem med oro. Aldrig personlig. *Aldrig någonsin privat.* Kanske stannar underliga typer till vid ett sådant här ställe. Som berättar allt möjligt om sig själva. Kanske rymmare. Tjyvar. Inte börjar Anita och Lasse att kivas vid jukeboxen? Anita kommer tillbaka till dem, ta lite till Champis säger Maj, och vaniljbullar. Borde hon säga åt henne att inte lägga på så tjockt med pancake? Visst täcker det kvisslorna, men är inte särskilt vackert. Frågan är om inte utslagen bara förvärras av makeup.

Gran, på gran, på gran. Ändå är det ganska dramatiskt. Särskilt här där det är så kuperat och havet klyver kusten med sina vikar. Hon vet inte riktigt varför Tomas tänker ta dem till ett ställe med sällskapsliv och dans. *Kanske vill han att du ska känna dig ung och vacker.* Eller så ska han mota sin övre medelålder med sin fräscha fru.

De ska fara över Ljusdal. Vid andra rasten – då Maj packar upp de bredda råglimpssmörgåsarna i smörpapper – tittar Tomas ideligen på klockan. Det är fortfarande ljust, men vägarna är både slingriga och sliriga i snömodden. Han vill vara framme fem, för halv sju ska de vara ombytta till middag. Ombytta till middag? Är det så flott? Det är inte meningen att låta tvär. Tvärtom skulle hon vilja visa tacksamhet, säga att det ska bli riktigt skojigt att åka bort. *Vart skulle du vilja resa, Maj? Franska rivieran, italienska olivlundar, Hawaii...* Titti och Georg ska ta med Henrik till Hawaii efter Henriks realexamen. Det är inte klokt så gott om pengar de måste ha! Helpension på ett hälsingepensionat är ju inte heller gratis precis. Lasse får den sista medvurstmackan, sedan packar Maj ihop muggar och termosflaskor.

Ljusnans dalgång, kyrkan, järnvägsstationen, bergen – det är inte helt olikt Ångermanland och Örnsköldsvik med sin vindlande Moälv, men det är säkert på sitt sätt nytt och annorlunda. Nu mot slutet av resan pressar Tomas hastighetsmätaren, nog för att Maj inte vill genera dem med att komma inramlande för sent till måltiden i matsalen, men viktigast måste ju ändå vara att de kommer fram. Så där ja, säger Tomas och bromsar lite för hastigt in på gårdsplanen. Det kommer en karl för att hjälpa dem in med bagaget – både Anita och Lasse blir blyga, trycker sig intill Maj fast de är nästan vuxna båda två. De röda gårdarna med inbjudande lampsken i fönstren – vi kommer med snö från Nolaskogs, säger Tomas i något slags försök att skoja, och jo – stora lapphandskar singlar ner över den öppna gårdsplanen. Inte förrän nu på resan ner förstod Maj att de ska följa ett fullt påskprogram, med äggmålning, maskerad och påskbal – hon hörde kanske inte så noga på när Tomas berättade att han hade bokat in dem. Bara att de hade tur som fått plats, en stamgäst från Uppsala hade i sista stund fått förhinder. *Du kommer som fabrikörshustru i pälskappa*, ja det är klart att hon låter vaktmästaren hålla upp dörren. Men det räcker gott att Tomas sköter pratandet och konversationen. Så opålitligt... ja yrseln och de svaga benen kommer alltid överrumplande, vid fel tillfällen. Här om någonstans måste hon behärska konsten att vara sällskapsmänniska. De tar emot så hjärtligt, hotelldirektörn har visst att stå i med lantbruket och jordbrukskassan, men döttrarna i receptionen ska göra allt för att vistelsen ska bli behaglig och trivsam för familjen. *Le du, Maj*, ja, hon skulle vilja sjunka ner i en fåtölj, ska hon svimma här på de mjuka mattorna? *Slå skallen i spiselkransen?* Flickorna är äldre än Anita, men har också de korta, käckt lockiga frisyrer, det ska Maj komma ihåg att säga till Anita, ja att Anita är modern och i takt med sin tid. De här hälsingejäntorna får väl träffa celebert folk – för när Maj ser sig omkring förstår hon ju att stället både är elegant och gediget. Oj, så mycket Tomas har att säga till fröknarna bakom disken, berättar hur han blivit rekommenderad att åka hit av sin affärskompanjon Karl-Magnus Agrell, han och hans hustru gav mycket fina vitsord... – Lasse och Anita har fortfarande inte lämnat sina platser tätt bakom Maj – Tomas får programbladet för påsken, och frun vill väl ha ett eget – tack säger Maj och niger – så fånig hon är – knixandet som kommer i alla möjliga sammanhang – och nu måste ni ju få komma till era rum, här intill finns härliga sällskapsytor, veden sprakar, knäpper, elden... kanske är det därför Maj inte riktigt får luft. Elden slukar syre, och i bilen finns ju heller inte mycket till friskt *oxygen* – var kommer alla orden ifrån? Måste Tomas alltid flina upp sig så där mot kvinnor? Har han aldrig en tanke på hur det känns för... hans barn? Ska han vara så där *charmant* varje tillfälle de går till matsalen... *det blir bra. Lugna dig nu.*

Halv sju serveras middagen, säger värdinnan som följt dem till rummet, och när de stängt om sig skrattar Tomas till, berättar att man visst får förvara egna pluntor i kökets kylskåp eller om de har kallskafferi, för Järvsöbaden har inte fullt utskänkningstillstånd, men mycket diskret förklarade de när han bokade att man kan ordna fram det starka ändå, vid behov. *Du har väl inga behov.* Jaha, svarar Maj, då vet hon att hon blir utan i påsk också. Inte för att hon prompt behöver ha en sup – men visst skulle det underlätta deltagandet i det här påskfirandet. De har två trivsamma rum, och ute singlar snön i skymningen. Vilken lång vinter.

Tänk om hon – omklädd och med snygg makeup – fick presentera sig som – sin egen? Inte bara fru Berglund. Ja som de där duktiga kvinnorna som tog emot dem – nog måste man kunna ett och annat för att förestå ett pensionat av den här digniteten. Tänk så många anekdoter de kan krydda sällskapslivet med, under diskretion naturligtvis, men om alla människor de mött här. *Ändå ska det vara viktigast för en kvinna att vara någons hustru.* Och vemhelst Tomas träffar på så kan han brodera eller stoltsera med att känna till något om platsen de kommer ifrån, yrket de har eller familjenamnet de bär på. Vilket får vederbörande att skina upp och känna sig viktig och utvald på grund av Tomas förtjänst. Med en snaps i blodomloppet kan även Maj konversera *flytande*.

Först halv nio på förmiddagen serveras frukost – man ska väl få ha det bra och inte väckas i ottan, skojade fröknarna, och vad var det de sa om promenaden på långfredagen? Upp till Öjebergets topp, det är väl typiskt Tomas att hitta ett pensionat där bergsbestigning ingår – *skärp dig nu* – att få komma på pensionat, gå på maskerad och bal – och ändå inte bli kvitt känslan av att inte veta hur man ska föra sig. De sitter i var sin fåtölj inne på rummet, Tomas tror att värdinnan eller matmor ska pingla med klockan till middag, man vill nog inte ha gästerna trängandes i sällskapsrummen innan dukningen är helt färdig och maten står på borden. Herregud – Maj har ju inte kontrollerat att Lasse och Anita har tvättat av sig resdammet och klätt om i något snyggt och fräscht. För det inser Maj, att vistelsen på ett pensionat både kan bli privat och intim. Att man är mycket synlig – ser och blir sedd. Anita kan få spraya sig med Majs eau-de-cologne, hon har knappast hunnit tvätta sig riktigt noga. De kan förstås inte gräla på barnen här, eller själva ställa till med ett uppträde. Ja – nu pinglar det! Anita har kjol och blus, ta jerseyjackan till, säger Maj och försöker låta vänlig, och Lasse du får faktiskt sätta på dig en fluga eller slips. Klockan igen – och Tomas sticker in huvudet – jaha, då var det dags att bege sig till bords – måste de börja låta som i en dåligt regisserad film bara för att de tagit in på pensionat. Sill, soppa, fläskkarré, legymer och äpplen i ugn med vaniljsås – Tomas läser menyn innantill, inte illa så här före påskens festligheter och Lasse är den som först noterar att det inte är bordsservering utan buffé, och efter att de har blivit visade sitt bord går Lasse plötsligt morsk mot sillbordet – Tomas hejdar honom, viskar finast först – här är de inte finast – ska de till och med ta maten sist av alla? På Grand hotell i Åre kom personalen sist och sist i staben var nissarna, kökspigorna… Och ändå veta att det i matsalen serverades – och slängdes – ripa, oxkött, kalv och chateaubriand, kall lax med gröna ärter och majonnäs, kräftor och hummer och så fick de sitta med sina sura saltsillar och blåpotatis. *Gud så… proletärt.* Ja men om det var så då. Och Maj och flickorna sprang och sprang. Avdrag på lönen om de tog mer än en bit socker i kaffet. Inte undra på att hon var slank. Och nåde dem om de tog emot dricks. Hos fru Kjellin var det egentligen aldrig otrevligt. Inte fick man förse sig med färskt bröd, men trasigt, alltför välgräddat för att sälja till kund – och alltid fina smörgåsar till personalen. Nu kommer den leende värdinnan och bjuder fabrikör Berglund med familj till buffén – Maj måste hastigt se sig omkring – nog sitter hälften av sällskapen ännu med tomma tallrikar – ja placerar de sig där, någonstans i mitten, den trygga mittfåran, att inte ensam stå vid topp och kanske falla, frysa, inte heller i gyttjan, stretandet, räknandet – skammen. Den hårdnackat stolta skammen att aldrig låta någon få ens vädjande blick – mitten. Ja Majs kläder smälter väl in. En snyggt skuren klänning – mellanklänning? – i det här nya snittet som markerar midja, byst och nyckelben. Den sandfärgade får duga till påskaftonsbalen, och på långfredag en svart sak med rätt snitt, ärvd av Titti som envisas med att köpa konfektion i fel storlek. Klart att Maj noggrant iakttar de andra fruarnas, fröknarnas och unga flickornas klädsel. Männens också – men där är det inte riktigt lika lätt att göra fel. Inte för att det ger några garantier – när det ska firas påsk gäller ju olika för alla dagar under helgen. Sorg på fredag, uppsluppen glädje på lördag, och söndagen... nog går svart även då. Så får flera av herrarna telefon och måste resa sig – nu hämtar de sina kylda drycker, viskar Tomas roat – tycker han inte det är besvärande, fånigt... han som måste avstå. Om de blir närmare bekanta med någon av snapsdrickarna kanske Maj kan ta en liten en till påskafton – ja klientelet verkar vara av den festglada sorten, för redan nu till sillen är ljudnivån sorlande glad – han ska ju vara lika duktig som Georg den här entreprenören och hotell-direktören Pehrson – Tomas berättar att flickorna hans också ar-betar så flitigt i rörelsen – även frun – men när man är spänd tap-par maten i smak. Det kommer nog kännas bättre imorgon, när hon vet hur här går till. Tomas säger att sillen är utsökt, Maj måste hejda det snabba tuggandet – jo, ättikslagen är avgjort bra, med väl avvägda proportioner. Sillens konsistens är fet och fast utan att kännas hård och otäck som den kan göra om den inte fått ligga till sig i lagen. Maj måste egentligen bara hålla reda på det där lite äldre, förnäma paret som går före dem. Ja, liksom vara beredd när de tar sin mat, och varken hänga dem i hasorna eller dröja så att andra gäster undrar vad Berglunds håller på med. Inte rusar Maj upp innan Tomas nickar – den blonde servitören plockar redan fiskassietterna från bordet, han skojar till och med med Lasse, om man inte äter upp sillen får man ingen efterrätt – jag tycker inte om efterrätt, svarar Lasse då – det gör han visst det, ler Maj mot mannen och Lasses hals blir flammande röd. Lill-Lasse, tretton är egentligen bara barnet, nu blir det soppa på fint strimlade sopp-rötter och hönskött – tänk om hon skulle skvimpa ut hela härliga soppan innan hon når deras bord – om bara inte yrseln var så svår just nu – ikväll skulle hon ha behövt bli uppassad vid bordet. *Du skvimpar inte.* Nej, men klackarna är höga.

ÄR MAJ REDAN vaken – ja, sängen intill honom är bäddad slät. Klockan är strax efter sju, somnade de ett, halv två? Han känner sig långt ifrån utsövd. Maskeradbalen ville liksom aldrig ta slut och Maj verkade ha roligt. De umgicks med en Gävlefamilj som trots att de är stamgäster sedan flera år tillbaka ägnade kvällen åt Maj och Tomas istället för andra gamla bekanta. Värdinnan hjälpte dem att klä ut sig och en dam från trakten teatersminkade dem festligt och själve Pehrson bjöd upp till dans.

Sover du inte? Han gnuggar sig över ögonen, och hon skakar på huvudet där hon sitter fullt påklädd i fåtöljen. Jag vaknade av sån hjärtklappning – om jag somnar om skulle jag kanske inte märka... att det stannar. Det sista vet inte Tomas säkert om han hör. Han sjavar sig upp till sittande. Det är inte bara att tro att man kan få ledigt – från känslorna, ångesten, rädslorna som lurar... Själv ser han ju fram emot dagens promenad till Öjebergets topp. Att det finns en kaffeservering där uppe gör det förstås extra trevligt, men mest vill han ta i, låta musklerna arbeta, trötta ut sig, fysiskt. Både Lasse och Anita verkade åtminstone igår kväll ivriga att följa med, även om Lill-värdinnan varnade att det är en ganska strapatsrik vandring. Vill hon att han ska stanna på rummet idag... ska de hålla sig hemma på pensionatet för hennes skull? Han sträcker på sig, säger att han är stel efter resan ner, bilkörningen sätter sig i ländryggen, det ska bli skönt att få sträcka ut idag. Och barnen kommer må gott av att röra på sig, lägger han till. Men hon ser inte riktigt frisk ut. Ovanligt mörk under ögonen – det är inte gallan igen, undrar han och försöker låta omtänksam. Maj ruskar på sig, bleka läppar och på en gång äldre och mer flickaktig där hon sitter uppkrupen i stolen utan makeup. Ja, för hon har ju frågat honom, flera gånger faktiskt, om han föredrar henne med eller utan makeup. Och vad ska han svara på det? Säger han *med* menar hon väl att han inte tycker om henne som hon är skapad, och utan – då hindrar han henne från att göra sig tilltalande och snygg. Är kontrollerande, svartsjuk. Det kan väl vara trevligt med läppstift och lite färg på – äsch. Frågan är om Tomas ens noterar sin hustrus ansikte. Han lägger helt klart märke till att hon är fullt påklädd i kjol och jumperset, röker en cigarrett. Det blir drygt att vänta på första frukost, säger hon och silar ut rök, men Tomas vill inte söka reda på värdinnan och be om en kanna kaffe redan nu. Hela personalstaben snudd på var med och festade igår, de måste också få sova ut. Ja, antagligen är de redan igång med att förbereda i matsalen. Lägg dig och vila, säger han lågt. Bläddra i något – det finns ju veckotidningar och romaner att låna. Hon fimpar, knyter ihop armarna över bröstet – att jag inte tog virkningen med! Tomas vet att det var han som avrådde henne, trodde inte att det skulle bli tid över för hand- arbete här. Nu kan han inte ligga kvar. Ska han be att hon kryper ner hos honom? Du får ligga här – han makar sig åt sidan – bara håll om mig viskar hon, rullar ihop som en kattunge, han stryker sakta hennes överarm. Tysta ligger de så.

MAJ SOM I normala fall har sådan aptit tar inte ens av de nystekta sotarna till frukost. Direktörn, värdinnan och ytterligare en kvinna sitter med i matsalen redan till morgonmålet och Tomas får själv mana på Anita och Lasse att äta ordentligt av allt, så de står sig till toppen av Öjeberget. Men Maj reser sig, går i förväg tillbaka till rummet när Tomas och barnen tar påtår och trugar i sig lite extra. Det är inte meningen att avsiktligt dröja sig kvar vid frukosten, men Tomas måste vara artig mot övriga familjer, skoja lite om gårdagens maskerad – även Tomas kan ju tycka om att bli betraktad som en bra karl, trevlig, kvick och inte oäven att se på. Och så får de förmaningar eller i alla fall påminnelser om tider och lämplig klädsel för dagens utflykt och det blir Anita som viskar att nu är det bäst vi går efter och ser vad det blev av mamma. Så då reser de sig upp.

Har hon klätt om till änka? Det är elakt av honom. Men på nytt när han kommer in i rummet sitter hon i fåtöljen, omklädd i den svarta klänningen, redan nu på förmiddagen. Är du ombytt till middagen, säger han och hon svarar att det ju är långfredag, fortfarande blek, stanna här idag, viskar hon, bara idag… Men lilla vän, Anita och Lasse har redan gått ut på verandan och väntar på mig – sätt dig och sola där, det finns vilstolar – ta på dig pälsen så… Hon sitter tyst. Innan han går klappar han henne hastigt på kinden och säger uppmuntrande att det säkert är fler som står över promenaden.

Fast trycket lättar inte i korridoren utanför den stängda dörren. Lasse och Anita är bra klädda i skidbyxor, ylletröjor och sina nya anoraker, ja Anita har solglasögon – de var förbaskat dyra så det är bra att hon får tillfälle att ha dem på. Vad är det med mamma, viskar Anita och det är kanske inte en medveten vilja att ljuga som gör att Tomas svarar att det är bara fint med mamma, hon ville vila idag, och det är ju henne väl unt att få vara för sig själv.

De är uthålliga, både Lasse och Anita. Har han tröttnat på henne? Vill han gå ifrån? Inte från barnen. *Men Maj?*

DET ÄR INTE enbart Maj som är kvar. När hon går ut i korridoren för att söka efter förmiddagskaffe träffar hon damen från Gävle – visst var det Gull? – som glatt talar om att det bara är att säga till värdinnan om man vill ha en korg med dopp och festa på ute vid verandan. Och sedan måste Maj passa på att få en ansiktsmask lagd, manikyr – ja pedikyr till och med – vi stammisar som hoppar över Öjeberget går alltid på salong istället – mycket skönare än att svettas och frysa i skogen! Vad kallas hon, kvinnan som tar emot dem en och en i ett väldoftande rum – skönhetsexpert, hudterapeut eller bara vårdarinna? Gull lovar att det är mycket prisvärt, där de sitter och väntar på sin tur, kostar inte hälften av vad det går på i stan.

Man är oförberedd. De stilla, mjuka fingrarna som stryker krämer och våtvarma omslag över huden. Men om det rinner tårar kan Maj skylla dem på något medel här inne hon inte tål. Kvinnan tar hennes hand, medan masken ska dra smuts ur Majs porer måste händer och nagelband smörjas, rengöras, oljas. Vi kvinnor som är så mycket med händerna i vatten... ja för idag har ju inte många fruar hjälp med disken – jag ser att fru Berglunds händer behöver omvårdnad, de har visst försummats... hur många gånger per dag blir de smorda? En gång, två... inte kan Maj tala om att hon sällan tar handsalvan – inte heller ansiktet – på kvällen blaskas kinderna och munnen i bästa fall av, så stupar hon i säng. Fast barnen börjar bli stora. Nagelolja, ja det är inte alls enbart en utseendefråga – tvärtom – kan man bara förebygga hudsprickor, skivade naglar som rispar sönder dyra nylonstrumpor... åh säger

Maj plötsligt, jag har en dotter med svår hy, jag vill ju så gärna att min tonårsdotter ska få känna sig vacker, så lägger hon pancake över blemmorna – vad ska jag göra åt det? Det kommer väl inte tårar? Det handlar ju inte om Anitas tonårshud – men allt det andra, det ordlösa, otillräckliga. Kanske vill Maj bara få berätta om Tomas och spriten och om barnen som det inte blev som hon hoppats med – kanske inte så... men att vara mor var så annorlunda, så mycket svårare med kärleken – när barnen vänder sig bort, går till skogs med sin pappa – *tala om för mig varför jag vill gråta när du stryker dina tummar över mina ögonlock.* Finger för finger masseras med handsalva, sedan de tunna bomullshandskarna på – sov gärna med vantar ibland – ja smörj först och så lite extra olja på varje nagel... *det är så underligt att döden alltid jagar mig, jagar den dig? Du som tror på att mota tecknen, förfallet, krämer, mirakelmedel, oljor och väl avvägd kost, gymnastik... vad spelar handkrämen för roll om jag inte lever imorgon?* Man får inte vänja sig vid smärta fru Berglund, att ignorera värk i fingrar och händer – hudsprickor ska egentligen aldrig behöva uppstå. Och halsen – glöm inte att också ta nattkrämen på hals och bröstparti – nu är ju klänningarna så generösa med att visa nyckelben och armar. Sedan de svalt fuktade tussarna som fjärmar masker och rengöringsmjölk – mera hudkräm masseras in – och så vill väl frun att jag lägger en trevlig makeup – på fräsch och rengjord hy behövs bara aningens underlagskräm, rouge, läppstift och en liten gnutta puder. Aldrig för mycket puder i vår ålder – då syns bara rynkorna bättre – plocka ögonbryn kan behövas också på nordiskt tunna. Om hon fick stanna här. Somna. Drömma. Eller helt drömlöst sjunka ner... men nu reser kvinnan vilstolens ryggstöd till upprättstående – viskar leende att hon sätter upp det på makens hotellnota – och glöm nu inte handkrämen, frun – jag lovar att det är för ert bästa.

NEJ, TOMAS KAN inte förneka årsrapportens redovisning av fjol-
årets resultat. Men varför i hela friden har Karl-Magnus hela ti-
den verkat så optimistisk? Nu sitter han och säger att satsning-
arna sedan han tillträdde ännu inte har avsatt tillräckliga vinst-
marginaler. Det borde ha gett tydligare utslag att ha minskat på
de fasta kostnaderna. Han skakar på huvudet, påstår att det inte
handlar om något konkursläge. Men styrelsen måste ge honom
mandat att genomföra ännu större besparingar, på produktions-
sidan. Lönekostnader? Sparka folk, säger Johan, som med ålderns
rätt kan vara rättfram. Karl-Magnus gör något slags grimas, säger
att han inte vill föra någon bakom ljuset med sina önskemål, utan
han vill helt enkelt köpa företaget för att det ens ska finnas en
chans att Arvid Berglund AB ska överleva. Ja i backspegeln borde
de ha sålt sitt aktieinnehav redan 1952, nu är det ju i viss mån
köparens marknad just i sko- och skinnbranschen. Möjligheten
finns förstås att ni köper loss mitt aktieinnehav och går vidare på
egen hand. Karl-Magnus ser allvarligt på dem. Valet är ert.

Middagen på Statt den här ljusa försommarkvällen framskrider
i... ja vad? Tomas kan inte påstå att han är närvarande i sam-
talet. Karl-Magnus Agrell vill köpa firman, men marknaden är
svag. Vad kan han ge för företaget då? De måste ha en utom-
stående värderare, så dumma får de inte vara att de säger ja till
vilket skambud som helst från Karl-Magnus och Classe. Är det
Classe som är så driven? Vill bröderna sälja? De äter, skrattar, rö-
ker. Tomas undviker att möta Karl-Magnus blick. Varför sa han
inget? Det här måste han ha hållit inne med i månader. Utan att

inkludera Tomas i sina planer. Ja, och klart att Tomas begriper att det bara är han som behöver firman i dagsläget – men att driva den ensam, utan Karl-Magnus, bröderna, anställa rätt människor, kamrer Wiklund som snart går i pension, Hugo Axelsson... Nej, han har ingen aptit. Dricka något är uteslutet, i kretsen av bröderna och Agrells. Men han är den förste som bryter upp när Kurre säger att han måste tänka på refrängen. Nog vill Kurre tala ut om det här också, Tomas ber honom i vestibulen att vänta med att beställa en bil, kan de hämta en nypa luft och ventilera det uppkomna läget... jo då, Kurre nickar. Undfallande?

Det var överrumplande, måste jag säga, börjar Tomas. Du vet jag hade inte en aning... Kurre nickar. Men vi måste nog tacka ja. Bara så där? Tomas hör att hans röst inte är riktigt stabil. Kurre har ju fått sig några järn, faller honom i talet, Johan vill absolut få ut sin andel, det är hans privatsak, men jag tycker det har varit trögt de här åren Tomas, jag ville ju egentligen lägga av redan då Agrells kom på tal. Du som är ung kan ju börja om. Ung. Kurre – för tusan! Med vad ska jag börja om? Kurre ser ut över fjärden, säger att han kan ha rätt i att de borde sålt redan för ett par år sedan. *Fan ta dig, Karl-Magnus Agrell.* Kurre vänder sig mot Tomas, klappar honom på armen, hördudu vi tar och sover på saken. Sedan bokar vi bröder in en ny träff, ja vi kan väl ha med jäntorna också, och väga för och emot. Utan Agrells. Men du vet de andra har inte samma intresse när barna deras inte arbetar för oss. Och inget kan rulla för evigt. När far ni ut på landet, blir det till helgen, eller? Får jag med mig Maj så... Det ska bli fint med sommarn, säger Kurre, jag måste ju erkänna att jag inte har Karl-Magnus kapacitet.

Allt samarbete med Karl-Magnus. Planerna för framtidens fabriksproduktion, alla idéer på säljsidan. Och så har karln hela tiden suttit och grunnat på ett sätt att stiga av? Ta sig ur? Har de i själva verket hamnat i ett läge där de måste gå med på att bli uppköpta av en konkurrent? Som liksom oskadliggjort dem inifrån? Spionerat. Affärshemligheter, kommit över alla deras trogna kunder. Nu måste han gå. När Kurre sätter sig i droskan mot Järved travar Tomas efter. Tankarna rusar, slirar, vad fasiken ska han göra med Karl-Magnus, han kan ju inte låtsas som om inget har hänt. Vad har han till exempel för planer för Tomas del?

VI ÄR HEMBJUDNA till Clary och Karl-Magnus nästa lördag, säger han plötsligt. De vill spela canasta med oss. Vi har väl inget giltigt skäl att utebli från dem.

Är ni osams?

Äsch. Tomas reser sig, spanar ut mot sjön. Nej, nej, det är vi inte alls. Men... så tystnar han. Tänker han inte säga något mer? Klart att Maj har märkt att något... är i olag. Det var ett bra tag sedan de sågs.

Ja, Clary är det ju inget fel på, säger han sakta. Hon är... förtjusande. Ska Maj hålla med? Ännu kan hon inte säkert räkna ut vad han menar när han säger så. Man kan inte påstå att Clary har utseendet för sig, inte som Anna som han också är så för, och nu tillägger han att han inte förstår vad hon får ut av Karl-Magnus. Med tanke på att hon är så konstnärligt lagd, och Karl-Magnus... ja, han har inte växt i mina ögon. Det är ingen stor människa. Vi har väl haft det trevligt ihop, invänder Maj, för det har de verkligen, skrattat mycket, och hon vet ju att Clary och Tomas brukar prata om böcker och annat där Maj inte gärna lägger sig i. Och nu säger hon ändå att Karl-Magnus kan ju inte ha tagit Clary för det yttre. Åh, det lät elakt. Men det är inte så himla roligt att få höra hur Tomas tilltalas av de här *intelligenta* kvinnorna heller. Till Maj kan han ändå påpeka brister i klädsel eller om hon misslyckats med sin makeup. Men Clary är ju inte typen som framhäver sig själv, fortsätter han visst, hon skulle väl se bra ut om hon ville. Maj börjar plocka ihop frukostporslinet. Det är inte bara att ändra på kroppstyp och benstomme... Det förstås, svarar Tomas då. *Du har lätt för att ta parti för fruntimren*, nej, det blir enbart en tanke, inte uttalade ord. Hon vet plötsligt inte om det bara är orättvist av henne.

Han vill köpa firman av oss, göra Classe till vd, antar jag.

Vad säger du?

Hela klabbet. Ja, få kontroll över aktieinnehavet. Det är väl kanske lika bra. Ser du vad stilla det är på sjön. Men det var fint att vi fick gallrat i vintras, så slyet inte tog över utsikten.

Men Tomas... vad ska ni göra? Han suckar, vänder sig mot henne. Vi har inte gett något besked. Alla ska ju vara med på det. Men det måste stramas åt. Sverige växer och frodas, sägs det ju, men handeln, jordbruket, det småskaliga... Man måste betala anständiga löner också. Fast nog tror jag att många hemsömmerskor har varit glada åt förtjänsten. Att kunna sköta det arbetet samtidigt som hem och barn.

Nu tar Maj brickan, placerar koppar, fat, kannan med kaffe. Det går åt skogen. *Gaska upp dig!* Sedan Otto dog... men samtidigt, Tomas som alltid säger – nog har vi råd. Särskilt kring barnen, inte heller vid bjudningar måste Maj snåla, ja nu får hon inte ut i överdåd, men var inte Karl-Magnus från Örebro den lyckliga lösningen på... inte för att Maj tyckte att han verkade vara den rätte mannen för Örnsköldsvik. Hon kan inte förklara exakt, men han var redan från början skrytsam på fel sätt. *Du tyckte väl att Karl-Magnus var trevlig.* Jo men det är ju ingen motsättning, Maj tycker visst att man kan få vara stolt över sina gåvor. Men hon förstod att han skulle kunna uppfattas som... lite dryg. Lite för världsvan? *Märkvärdig.* Karl-Magnus har kanske lite för lätt att framhäva sina mer extravaganta vanor. Ja, och så Clary, med sitt teater- och konstintresse som hon visst inte får utlopp för i Örnsköldsvik.

Men varför vill de då se oss på middag? Plötsligt känns handlederna svaga, brickan tung.

Tja, varför bjuder man hem folk i tid och otid? Det är väl så man gör bara.

Om firman säljs. *Har jag något att säga till om?*

TÄNK ATT UNDER all glad yta finns också något annat. Den här trevliga lunchen hos Lotten på landet. Som hon har sett fram emot. *Men måste jag berätta för de andra att firman ska säljas? Kan jag fråga dem vad de tror att det betyder?* Maj i den båtringade klänningen, kjolen med vidd. Snygga pumps och nylonstrumpor, fast det kanske varit trevligare att gå barbent i sommarvärmen. Värmeböljan. Lotten har dukat i skuggan under lärkträdet. Synd bara att de andra väninnorna ter sig så... säkra. *Hon har så säker smak.* Men Gurli och hon finner väl varandra, där de skojar om att de har varandra till bordet. Gurli har en välskräddad blus och kjol och är härligt solbränd i urringningen. Maj lyssnar till en början bara glimtvis på de övrigas samtal – så välformulerade de är – framgångsrika män, glada barn? Hur Maj inte kan låta bli att vara övertygad om att alla hennes bekanta – blir de aldrig mer än bekanta? – har glada, begåvade, lyckliga barn och skötsamma makar. Nog måste barnen redan nu vara lyckliga? Hedra din fader och moder med tacksamhet, prestationer och glädje, bringa dem stolthet och status. Väninnornas makar är skickliga entreprenörer, handelsmän och har sinne för goda affärer. Så tycks det henne. *Inte kommer era män hem och säger att verksamheten ska upphöra, måste säljas?*

Nu vänder sig Gurli mot Edla och Alice. Backhoppningen – gud så less Maj är att höra på om backhoppning. Tar de inte ledigt ens under sommarmånaderna, säger hon med lite... spets. Oh nej! De tränar minst lika mycket då. Intervall och styrka och smidighet. Efter SM här i stan har intresset bara ökat. Lasse sysslar inte med sport. Jo, han sparkade lite boll ett slag, men när

Stig-Björn slutade la även Lasse av. Men han har kusiner som är hemskt engagerade i Friska Viljor. FV är nästan lika populärt att prata om som backhoppning. Men den här Jörgen har sådana framgångar i backhoppning. Inte har Maj velat att Lasse skulle börja med sånt. Ramla och bryta nacken och bli förlamad. Normala människor tycker det är tjusigt och imponerande modigt att kasta sig ut från Paradiskullen. Fan ta de normala! *Kan du inte trösta dig så, Maj?* Hon hankar sig fram i konversationen, lockar till skratt vid någon särskilt drastisk formulering, du kan, du också, men Anita, vet ni, vill hon säga, hon kan så många svåra ord och ska läsa latin på halvklassisk linje, inte grekiskan, den valde hon bort, rena grekiskan, hon får beröm för sin språkkänsla ska ni veta, visst är hon lika känslig som Tomas, men intelligent. Era barn kanske springer och hoppar och skuttar men Anita begriper, kanske är hon inte allra bäst i klassen, men klok ändå, och som hon ritar. Maj vill faktiskt också berömma. Slippa tänka på att firman ska säljas. Att inte veta vad det kommer att betyda för Tomas. För henne.

Och Lotten bjuder inga mängder att dricka, men det svävar ändå iväg och blir lite rusigt, rusigt så Maj kan säga att Anita är så brådmogen. Läser svåra saker, dikt! Vill hon inte, i själva verket, sittande vid Lottens djärvt dukade bord där de fått kall stek – rostbiff? – och legymsallad, sedan krusbärspaj med vaniljsås – ja bland Lotten och hennes härliga väninnor berömma Anita så där alldeles utan hejd. Ropa högt så att Anita kan höra där hon ligger och solar sig i viken på andra sidan vassen. Eller är hon inne och ritar på sitt rum? Ja, men inte kan de väl bara berömma backhoppningen? Hur Lotten lyckats bli bekant med nästan hela stan genom sitt engagemang – fast Maj har hört vissa hårda omdömen, att hon är för elegant och lite ytlig. Anita är djup! *Och du, Maj?* Nej, nu vill också hon ha en cigarrett, det blir tal om reparationerna Lotten har låtit göra här ute på Johans och Evas gamla lantställe – smakfullt – fattas bara annat när man har sysslat med bosättning och dekor. Lottens tvillingar är fortfarande ganska små. Ändå är hon så glad och pigg. Talar de aldrig någonsin om kraven och rädslan att inte göra rätt? Känslan av... brist? Inte vill Maj sitta och analysera sina brister. Som man måste värja sig emot, kämpa med, slåss med knutna nävar. Ja så hör hon ändå sig själv säga vid kaffet – efter att ha berömt krusbärspajen – det är liksom också flott och ovant att få krusbärspaj – att det är synd bara att hon inte kan hjälpa Anita med skolarbetet. *Varför avslöjar du det?* Ja, nej, men hon vill ju inte ha hjälp, man vill ju vara behjälplig... Alice säger att hennes pojkar aldrig har talat om vad de har i hemläxa och Lotten bjuder på likör som hennes man köpt på en bjudresa till Italien. Limoncello. Så exotiskt! Sött. Men nu mina damer, ska vi spela brännboll ute på gräsmattan! Åh, Maj som är så svag med bollar. Hur bär sig alla flickor åt som är fenor på gymnastik? I hemlighet har hon kanske önskat att Anita ska vara en spänstig gasell full av grace och skönhet... Nej – någon frisksportare är Maj inte. Tycker till och med att Tomas överdriver med sina promenader, fast Maj förstås begriper att det är för att ha ett giltigt skäl att komma ut. Får han vara kvar i firman om Agrell tar över? Han kan ju inte bara gå hemma. Det svartnar hastigt när hon reser sig från bordet – hettan är stark även i skuggan och den söta citruslikören kanske starkare än hon trott. *Seså, släpp tankarna på det tråkiga med firman – bollspelet kan säkert lätta upp.* Och hon skrattar mot Gurli som vinkar åt henne att hon ska skynda sig så de kan se till att komma i samma lag.

Gräsmattan är inte riktigt plan, utan svagt sluttande ner mot sjön. Lotten pekar och de räknar ett två i tur och ordning och Maj som blir en etta får ett ljusblått bomullsband runt halsen. Hon följer efter de ljusblåa med ett bollträ i handen, inte ska hon börja? Gurli joggar på stället, nu tar vi dom, säger hon och låtsas se farlig ut, gör miner ut mot damerna på gräsplanen. Lotten är spänstig och slank där hon trycker ner krocketbågarna i grässvålen som improviserade hörn. Dom här ska vi runda, ropar hon och visar medvetet överdrivet genom att själv springa ett långsamt varv med höga knän. Ska Maj verkligen spela i högklackat, jo men hon behöver väl inte springa, kan gå, det är ju lek, skoj, skratta med dem, Maj – alla jublar när Lotten kommer i mål, värdinnan först, hojtar Gurli när Lotten lite lätt andfådd är tillbaka hos dem, ja börja du, fyller Maj i. Lotten slår inget lyrslag, tvärtom studsar tennisbollen snyggt och smattrande ut i gräset så hon nästan hinner varva. Gurli missar första, andra – höjer handen och säger sakta – lugn mina vänner, bara lugn – får fart på bollen i en vid båge på tredje, som Alice ändå missar att fånga, så Gurli tar sig till den andra krocketbågen, men chansar inte till tredje. Att det ska gå så fort. Majs tur redan. Det ropas, lätt upphetsat, hon har solen i ögonen – när hon kisar ser hon Anna-Lisa göra retsamma grimaser ute på plan. *Nu Maj! Heja på dig själv! För tusan! Ta i trä!* Ja, hon drämmer till och får iväg. *Spring Maj, spring!* Vad spelar det för roll? Bollen är slagen, och Maj släpper bollträet, kom igen nu Maj, är det Lotten eller Gurli som ropar? Så kastar hon sig iväg – det är tur att det är vidd i kjolen, ingen snäv och sprucken slitsad sak – trippa på tå, överdriv, spela teater, du måste bjuda på dig själv, hon gör en ansats att vinka – och sedan de hundradels sekundernas fördröjning innan insikten att klacken fastnar i en grästorva, ankeln som vrids, viker undan, höften tar i och även handen försöker ta emot, men hon landar med kinden, hakan mot marken. Smaken av jord – blod? – i munnen. Skriker hon rätt ut av pina? Eller gör en absurd segergest där hon vurpar?

Kanske tuppar hon av när hon fallit inför dem. Vissheten att foten vikt sig, något slitits av, sönder, ledband, brosk. *Hur du singlar genom tillvaron Maj – men det gör ju så förbannat ont, vad är det för fel på mina veka vrister?* Sekunderna när damerna ropar, upp igen! Eller står de redan i en orolig cirkel ovanför henne? Maj, Maj hur gick det? Hon kvider, nej hon spelar inte. Håller armen för ögonen nu, inte solen, blundar hårt, kommer hon kräkas...? Kontrollera hennes fot. Vi måste ju se efter... Hon kan inte hindra dem från att lirka av skon. Skriker hon? Vem kramar hennes hand? Parfym, exklusiv, Chanel? Dior? Åhhh! Någon håller fast hennes ben så att hon inte kan dra det till sig. Jag tror att det är brutet, den ser konstig ut, liksom sned... Och ingen av oss kan ju köra. Ja och jag har ju skickat bort maken för att ha er här. Då måste vi ringa efter en ambulans, är det inte Gurli som säger det, för med den foten... det ser faktiskt brutet ut. Bultandet i vristen. Skarpt. Attackerande. Höft och handled och haka också ömma, men knappast någon bruten lårbenshals redan, Maj flyttar armen en aning, kisar – springa i de där klackarna, säger Anna-Lisa, klart att... hysch, gör Edla, och Alice säger att de måste lägga Maj i framstupa sidoläge. Förlåt, kvider Maj, förlåt – rösterna mumlar om magnecyl men nej, det tunnar ju blodet om det behövs operation, någon ropar att bil är på väg, ja Lotten sätter sig på huk intill henne, håller en filt i famnen, du får inte kylas ner, smärtan när de ska knöla filten under höften och fotleden åter rubbas, gud så uppjagad Lotten ser ut, säg åt Anita att jag far på lasarettet, viskar hon, att jag behöver underkläder och nattlinne, och Tomas... svimmar hon? Bort från den där bågnande pinan, som bara gör så att hon vill vrida sig från sida till sida med armarna slagna om uppdragna knän, fast nu tvingas hon vara blick stilla i det här framstupa sidoläget. Det dröjer så, inte ligger sommarvillorna nästgårds precis, Gurli böjer sig ner över henne, vi kontaktar maken, säger hon, så redig hon är, tack snälla viskar Maj, har hon inte alltid vetat att hennes skelett är bräckligt, opålitligt, inte av rätta virket, det gör så ont, ambulanspojkarna kommer springande med båren, hon orkar inte skämmas, vinkar bara värdigt på nytt, och bärs iväg. Det är en helvetisk smärta.

HON RUSAR – rasar nerför stigen till havet. Ropet! Som trängde upp ur djupet – sedan – barnen som har krokat tag i varandra – i en lång – oändlig – kedja av kroppar. Under vattnet. Långt ut. På djupet där det går trettio meter ner till den iskalla botten. Hur många barn? Hundra! Och så Anita som hakat fast i den närmast simmande flickan framför sig – tagit tag i hennes pendlande fötter. Lasse! *Hör du mig inte?* Han kan inte simma, skriker hon. Han kommer att sjunka! Hör de inte? Anita – Anita som just lärt sig, hon kan inte simma under vatten så länge, *kom hit Anita, släpp taget, du måste upp till ytan…* Få luft. Hon får ju inte luft själv. Och Lasse hinner inte greppa tag i Anitas utsträckta hand – nu sjunker han. Singlar i de ljusa underhavsströmmarna, luftbubblorna – håret, som sjögräs, maneter, de slutna ögonen – kinderna utspända… Hon måste ut till honom, dyka till botten, att det är så ljust – varifrån kommer ljuset? – tusen meter ner i djuphavsgraven – *Lasse, inte dö ifrån mig, inte dö…* Anitas blick – hur hon försvinner bort med det simmande undervattenståget av barn, de drar henne med… *hjälp mig!*

Lasse kan inte simma! Tungan, gommen, läpparna som tjocka… *sniglar,* var är jag? Ensam i ett rum, det är mörkt – inte svart, men ljuset dämpat – *jag fick aldrig tag på honom,* hon hann inte, hann inte… Men… Lasse är inte fyra år? Hur gammal är Lasse? *Jag blev faktiskt tonåring i fjol mamma – fyller fjorton i september.* Han kan väl simma? Nog simmar Lasse… Anita! *Hon följde dem. De främmande barnen.*

MAMMA, MAMMA VAR är jag? En ljusgata, och så ljudet av dörren som öppnas – har du vaknat? Hon måste kisa – Tomas? Är det du, Tomas? Lasse, han bara sjönk – förlåt mig Tomas, jag försökte… Du är på sjukhuset Maj, du föll, foten… du har brutit benet, fått morfin mot smärtan – lever Lasse? Han ligger ute… där mitt på fjärden, och Anita, jag vet inte vart hon tog vägen, de tog henne med sig… Tomas! Hon griper hårt efter hans hand. Skynda dig, de kan inte ha hunnit så långt! *Förstår du inte att Lasse dog framför mina ögon!*

FICK HON EN överdos? Tungan klibbar – skräcken att läpparna har blivit slemmiga sniglar – och korta, liksom ilande smärtsignaler från vristen. Benet är gipsat, fastkrokat i en ställning, själv kan hon inte riktigt häva sig upp för att se efter hur fotleden ser ut. *Anita som simmade sin väg.* Lasse, på botten. Det är visst ett ganska komplicerat benbrott i fotleden, det kommer inte att vara läkt inom en månad, snarare två säger ortopeden. Ja, han la vid morgonronden till att fru Berglund måste räkna med en längre tids konvalescens efter det, då har musklerna försvagats och behöver byggas upp på nytt. Så när hon ligger här i sjukrummet ensam, vaken från morfindimman, då grämer hon sig. Gipsad! I den här hettan. Med flera veckors… frånvaro. *Vem ska sköta allt om inte jag?* De måste ju få hjälp med hushållet. Det skick som hon är i nu – att inte ens kunna greja ett toalettbesök på egen hand. Och så Tomas som har så obeskrivligt mycket att göra på firman för det här med Karl-Magnus – trots sensommarstiltje för övrigt. Är det en lukt? Kan det vara gasbindorna, sårvätska – ska det lukta så där från gipset i flera veckor? Om bara Lasse och Anita kunde komma hit från landet och visa sig. *Om de dör nu när de simmar allt längre ut på fjärden?* Tomas lovade att ta dem med till kvällen. Tydligen var han till och med lite skarp mot Karl-Magnus, sa att han måste vara ledig ett par dagar minst för att ombesörja alltsammans. Och det kom blommor från Karl-Magnus och Clary hit redan idag, han måste ha ordnat om dem så fort Tomas berättade om olyckan. Alldeles innan hon slumrar till igen… *hur kommer benet att se ut sedan?* Vara fult, krokigt, vanskapt.

Fortfarande omtöcknad. *Är det kväll nu?* Och så Tomas som inte kan hålla tillbaka ett skratt – spela brännboll i pumps – ja men inte hade jag gymnastikskor med mig bort på damlunch – barfota Maj, hon skakar på huvudet, tänk jag har alltid tyckt att det varit otäckt med gamla människors nakna fötter. Hur vissa prompt ska gå barfota på badstränder bland folk. Gamla och gamla, säger Tomas och Anita frågar om hon har mycket ont. Ja, nickar Maj, fast hon har fått mer smärtstillande som just för tillfället verkar. Inte morfin. *Jag drömde så otäckt, Anita, det var väl en dröm?* Nu undrar Tomas om de borde höra om Eivor kan rycka in som hjälp eftersom Siv är gift sedan flera år och knappast kan ställa upp med kort varsel. Eller kan de få en hemsyster, samarit? Kan jag ens ringa Eivor, undrar Tomas, hur gammal är Eivor egentligen, säger Maj, ja men inte har hon fyllt sextio? Vad vet de egentligen om Eivors dagar i Härnösand? *Hemsamarit.* Vilket… oroande ord. Lockande, svåråtkomligt. Anita, hur var det egentligen med den barmhärtiga samariten?

De har visst alla skojigt åt att hon spelat brännboll i högklackat. Lotten med väninnor kommer dagen därpå med en stor bukett riddarsporrar och rosor. Men Gurli dröjer sig kvar när de andra fruarna går, tar fram en påse karameller – jag sparade dem för annars måste du bjuda bort allt till gottegrisarna. Jag kan inte hjälpa att jag tycker att vi har skuld i det här, lägger Gurli till med ett skratt. Spela boll på en sluttande, gropig gräsmatta – hur mår du, Maj? Ja de är du med varandra och Gurli säger att hon blir så less på Anna-Lisa som har tjatat om att Maj får skylla sig själv. Du gav ju allt, du – till skillnad från Anna-Lisa som bara fegade. Äsch då, svarar Maj, Tomas och barna grälar också på mig för att jag var dum och sprang i högklackat. Pah! Gurli slår ut med handen – de skulle nog tystna om de hade sett din insats. Du är ju en sann entertainer Maj, som vet hur man underhåller andra.

SÅ FLYTTAR IRMA Larsson ut till Tomas och barnen på landet,
Irma som är hemsamarit – hemsyster – och Tomas tror att hon
kan bli bra. Det blir visst bara kornmjölsgröt och vinbärssylt till
kvällsmat, den lagade maten får de mitt på dan. Och Maj ligger
i det varma sjukrummet och önskar att hon hade lärt upp Anita
mer – hon är ju egentligen stor nog att sköta ett hushåll, skulle
kunna börja som hembiträde om hon var tvungen, nu tjänar hon
mest extra på att passa Lottens tvillingar och Lotten tycker fort-
farande att Anita är så rar. När Maj äntligen kan gå hyggligt på
kryckor får hon fara hem från lasarettet, och väl ute på sommar-
stället kan hon inte bli kvitt känslan att Irma tagit över helt. Ja,
Irma har en lista på sådant som hon har ordnat på ett i sitt tycke
mer praktiskt vis, och Maj törs inte ha några invändningar. Jag är
inget hembiträde, utan hemsamarit – jag utför de sysslor frun är
förhindrad att göra. Kaffebröd, fintvätt, fönstertvätt – allt sådant
får stå tillbaka. Det är något med Irma... andas inte hela Irmas
väsen – kritik? Att Maj är slösaktig, bortskämd. Det kanske hon
är. Hon brukar inte så ofta värma upp gamla kaffeskvättar, och
mögel på bröd skär hon inte bort och bjuder på, även om mamma
gjorde så. Maj har alltid tyckt att mögelsmaken sitter kvar... och
nu är det ju rötmånad. Så Maj berättar vid lunchen om en avlägsen
bekant som blivit matförgiftad i början av augusti, men Irma ver-
kar inte förstå. Men inte heller är Irma riktigt pigg på att låta Maj
utföra allt det hon faktiskt kan. Det finns ju tusentals sysslor som
alldeles utmärkt låter sig göras bara man får hjälp att hämta det
man behöver. Borsta färskpotatis, rensa strömming, torka glas,
bestick och tallrikar, bre smörgåsar till matsäck åt Tomas och bar-

nen när de ska till Ön, till och med skulle Maj i någon mån klara
av att baka vetebröd eller vispa en sockerkaka när nu Irma tycker
det faller utanför ramen för det livsnödvändiga. Småtvätten där-
emot ordnar Irma om till Maj i en låg vid balja som hon ställer
på en pall eller ute på trädgårdsmöblemanget på tomten, så får
Maj sitta och gnugga den där. Andra sysslor hejdar Irma henne
resolut från att gripa sig an – frun är konvalescent. Åh – ska Maj
behöva tigga och be om att få arbeta, Irma har ju själv påpekat att
det är lite tungarbetat här ute, försöker Maj – ja, nickar Irma, nog
tycker jag att skärgården passar sig bäst för fiskarhustrur som är
vana vid hårt slit. Anita och Lasse blir barnsliga och kan inte nog
hitta på öknamn när Irma inte är direkt i närheten. Fast Maj hör
hur Irma kvider till som av smärta ibland på nätterna, för Maj har
ju tvunget behövt flytta in i tants gamla sängkammare på nedre
botten, och Irma har Eivors rum innanför köket. Så när Maj inte
kan somna för att det kliar så förbaskat under gipset, blir svettigt,
instängt – då undrar hon över Irmas tillvaro. Ta hand om gamla,
sjuka, barn – nya ställen och platser för jämnan – men när Maj
försiktigt frågar om det, förvånar Irma henne med att ha både
make och vuxna barn. Maken är förman på Hägglunds och de
bor i Gullänget – praktiskt för maken att ha nära till arbetet. Och
i ett anfall av spontanitet undrar Maj om inte Irma blir less, ja
att vara så mycket borta hos andra. Nej inte alls, svarar Irma, jag
tycker om att vara till nytta och göra en insats för samhället. *Gör
inte Maj det?*

Tillbaka i stan avsäger hon sig Irma ändå. Man blir fiffig på att ta
sig fram på kryckkäppar, och har man bara korgar med generösa
handtag som kan bäras i armvecket kan man komma långt. Man
måste nog vara fostrad på ett visst sätt för att finna nöje i att ha
anställda i sitt hem. Titti, till exempel, har ju inte en tanke på att
avsäga sig Siri, som arbetar kvar hos Georg och henne år efter år.
Maj har inte ens fru Jansson hos sig längre, som väl var alldeles

utsliten när hon gick i pension. Och Maj tyckte ju aldrig att tant Jansson hade någon riktigt rationell teknik när hon städade hos Maj, så det var nog skönt för henne att få sluta.

Om hon bara slapp klådan under gipset. Den blir starkare när hon är i stillhet, ja den pockar och kräver kliande fingrar där Maj inte kan komma åt. Fast en jumpersticka kan man kila ner och röra fram och tillbaka trots att doktorn har sagt att man absolut inte får det med risk för bakterier och annat *elände*. Anita gör så gott hon kan för att hjälpa till där hemma. Lagar enklare maträtter, kokar te. Tar disken, om Maj ber henne.

VAD HAR HON *gjort?* När Maj ska bädda rent inne hos Anita och gri-
maserar över en värkande rörelse i vristen – fortfarande i november
bär foten bara hjälpligt – ser hon att skolfotografiet från gymnasiets
första ring ligger slarvigt bland papper och pennor på skrivbordet.
De ser ut som mallgrodor hela bunten – märkvärdiga för att de blivit
gymnasister i första ring. Kanske rinner en sådan elak tanke hastigt
genom Maj. Eller så noterar hon bara att klasskamraterna överlag
ser trevliga ut. Fast inte heller det hinner hon tänka. När det snarare
är så att hon upptäcker det direkt. På ett ansikte är det ritat över
med bläck. *Anitas ansikte.* Har hon kluddat över sig själv? Maj blir
svag, högen med smutsiga lakan hon håller under armen får fladd-
ra mot mattan – hon sjunker ner på sängen med klassfotot i han-
den. En karikatyr – ja vet man inte om det kan man inte ana Anitas
ansikte där under. Blir hon arg? Förstöra ett dyrbart fotografi på det
där sättet… nej men nog känner också Maj hur… ont det gör. *Att ta*
bort sig själv. Vad ska hon säga? Alla kan ju inte vara sötast på ett så-
dant där förbaskat skolkort. Några flickor gör sig alltid bra på bild,
fast de kanske inte är så charmiga i verkligheten. *Man behöver inte*
vara vackrast Anita, inte vara vacker alls. Jo. Som Maj har tjatat om
att man måste hålla sig ren, lukta gott och ha snygga kläder. Kanske
kommenterar Maj ofta utseendet hos andra och sig själv. Men Maj
har ju bara velat att Anita ska göra det bästa av sina gåvor! Det bör
man, även om man inte av naturen begåvats med tjusig figur och
kvisslefri hy. Och det är klart, när alla släktingar förr om åren alltid
skulle påpeka att Anita var en så söt flicka… Maj fick väl aldrig höra
att hon var söt. Då går griller åt huvudet och man klarar inte av…
att se sig själv på ett misslyckat fotografi.

SÅ FÖLJER EN förvirringens tid. Utåt – i Majs ögon – verkar allt tuffa på som vanligt. Det händer inget särskilt fast firman inte längre är i släktens ägo. Tomas arbetar kvar på sin avdelning med Hugo Axelsson och Maj tänker att hon nästan varit lite borta efter olyckan med foten, så inriktad på att bygga upp och stärka den. Ja, att vardagens bestyr krävt extra av henne och Tomas har inte kommit till henne med några bekymmer. Hon har frågat om de fick bra betalt och Tomas har sagt att det kunde ha varit både bättre och sämre. Men att det kapitalet måste tas tillvara för framtida investeringar. Han uppvaktar henne med hummer på bröllopsdagen i december, men de går inte på Statt, hon får tilllaga den själv. Gud så rädd hon är att det dyrbara skaldjuret ska bli förstört! Lasse som har den mekaniska yrkesskolan och Anita börjar andra terminen i gymnasiets första ring. Maj har inte berättat för Tomas om Anitas klassfotografi. *Han skulle bli arg på mig.* Varför säger hon inget? Det är bara dumt att oroa Tomas. Och nu när motboken slopats. Motståndarna varnar för oanade konsekvenser. Att superiets följder på nytt... ska rasera samhället. Fast många säger att vuxna människor kan ta ansvar för sina handlingar och ja... Maj vet inte hur det kommer att bli. Varken med Tomas, Lasse eller Anita. Känslorna går ju upp och ner i de där åren när man ska bli vuxen, kanske gör Anitas klasskamrater likadant. Målar dit vackrare drag, finare frisyrer.

Hur skönt är det inte att få... tänka på annat. På Gurli som blivit en allt mer uppskattad vän. Gurli är så... rivig. Självsäker på ett smittande vis. De träffas på stan, dricker kaffe och pratar – nej de skvallrar inte mer än männen i sina loger och föreningar – och även om Maj inte berättar för Gurli om sin oro, så blir det stunder att få ha det... bra? Synd bara att Gurli inte har någon dotter. En dotter – det är annorlunda än en son. Maj vill att Anita ska vara... lycklig. Det hoppas hon väl? Att Anita ska få vara ute och roa sig, vara lättsam och glad. Borde hon inte känna sig tacksam över att Anita är så skötsam? Hon har nästan helt slutat med kaffebröd och är ofta med flickorna ute på isen. Eller så skidar de, Kerstin och hon. Ändå kan Maj inte slippa... rädslan. *Mår Anita inte bra? Vet Tomas något han döljer för henne? Varför slutar hon inte att blöda? Kommer Gurli att överge henne om hon upptäcker vem Maj egentligen är?*

DET ÄR JU bara pappas gamla kontor. Den stängda dörren, om Tomas tryckte örat intill skulle han kanske uppfatta röster, tal. Men han sitter på stolen utanför. Man skulle kunna sjösätta båten idag om han inte varit kallad till det här mötet. Ja, det får bli på söndag i alla fall. Han kan höra om Bertil Sundman ska ut på landet, så har han kanske hjälp av honom. Inte Georg? Jo. Klart att han kan fråga Georg.

Sitter herr Berglund här fortfarande?

Fröken Nordin ser deltagande ut, Tomas vill vifta undan den minen, men säger bara att det inte är någon brådska, dröj ett tag fortsätter hon, han nickar, så torr i munnen att han inte kommer sig för att säga något mer, något kvickt, lustigt. Och när hon återkommer nickar hon förtroendeingivande, knackar lätt på Karl-Magnus dörr och säger var så god åt Tomas. Karl-Magnus reser sig hastigt upp – ursäkta att du fick vänta – gamle gosse – jag var tvungen att ta det här samtalet – vill fröken Nordin komma med två kaffe och doppa till – ta tre förresten, jag ska ringa på Classe också – det ska sitta fint med förmiddagskaffe nu. Tomas nickar, lite för ivrigt, han har ju redan druckit och känner att han borde ha besökt den nyinrättade kundtoaletten. Det knackar på dörren igen och Karl-Magnus reser sig på nytt, öppnar – jo han måste ut i korridoren och tala lågmält med... ja vem det nu är, inte Classe tydligen och Tomas vet inte. Med mössan i hand. Så känns det nu. Skrivbordet, bokhyllorna, det mesta är sig likt sedan pappas tid. Fast sittgruppen är ny. Inte ens Otto hade den och när fröken Nordin kommer med kaffebrickan är det där hon placerar koppar och fat, man tackar, säger Tomas, det ska bli härligt med äkta vara, fan vad larvig han låter, fröken Nordin är rar, ganska söt, viskar att hon ska säga till direktörn nu, så att han inte blir kvar i korridoren tills kaffet svalnat. Tomas tar socker i – och nu kommer han tillbaka – ursäkta, det var brådskande, och så slår Karl-Magnus sig ner. Det är kymigt. Fast Karl-Magnus bjuder To- mas att ta för sig från brödfatet, hugger själv in på ett wienerbröd och säger sedan att han sprang på Georg på Statt och han måste säga att han är imponerad av hur han har lyckats på sista tiden, vilken affärsbegåvning, det var ju kärvt ett tag, men nu, det måste vara alla tiders med en sådan svåger – *vad menar han* – för tu- san, svarar Tomas – och bilen, lägger Karl-Magnus till – vilken härlig kärra, det unnar man honom som han har stretat – *har Georg stretat… mer än någon annan* – Tomas nickar, tar koppen till munnen, fan att han fortfarande skakar – jag menar Georgs styrka är ju känslan för tidsandan, inte sant? Det kan man inte träna sig till, man har det, eller… Han avbryter sig, borstar flagor från västen, ler. En annan blir ju så lätt kvar i det förflutna, tror att svaret finns där, när det är framtiden som sitter på sanningen. Jo, jo men visst, håller Tomas med, *beröm Georg du också. Det verkar storsint.* Ja, syrran ser inte mycket av honom, skrattar Tomas till, men hör genast att det inte var riktigt sagt. *Beröm Georg. Erkänn att han är en större begåvning än du. Men inte när det gäller mina värden! Jag lurar ingen, Karl-Magnus. Jag är helt igenom ärlig. Låt- sas inte se brister i kvaliteten om skinnet är prima. Jag betalar vad det är värt. Ibland i överkant.* Och så tar Karl-Magnus servetten till munnen – om vi skulle drista oss till att tala allvar ett slag. Hur ser du själv på din roll i firman numer, Tomas?

Va? vill han lumpet haspla ur sig. Men han börjar istället om- ständligt att redogöra – jag har ju god kännedom om vår lokala marknad, ja jag känner de äldsta leverantörerna sedan barns- ben… Karl-Magnus sitter tyst. Få se nu… du har haft din befatt- ning… är det i praktiken sedan du började i firman?

Jo. Jo. Det kan man väl säga.

Och du har aldrig känt – hur ska jag uttrycka mig – ungefär att nu måste det väl ändå till något nytt? Förstår du vad jag är ute efter? Nya utmaningar så att säga? Du kan verkligen ditt område, men ja...

Jag har ju det ekonomiska ansvaret för... Att han bara avbryter Karl-Magnus. Tomas blir tvungen att svälja, upprepar att han har ansvar för hustru och barn. Nej, han ska åtminstone inte nedlåta sig till falsk intimitet. Vara Maj och Clary med Karl-Magnus.

På så sätt, fortsätter Tomas, tycker jag att det vore direkt oansvarigt att ta stora risker. Som Georg, skulle han kunna lägga till.

Det förstår jag, svarar Karl-Magnus, irriterad? *Han tycker du är den pinsamma kusinen från landet. Som inte har koll på läget. Hur man beter sig.* Hjärtats vilda protest, Tomas känner hur obehaget ålar runt i hela kroppen nu. *Ta Georg, du. Som du smickrar och tror på. Vad han än hittar på, eller?* Sedan svetten, Georg har väl alltid ställt upp. Efter förmåga.

Min tanke, säger Karl-Magnus och lutar sig bakåt i karmstolen, var bara den att du skulle försöka komma dig ut mer. Ta kontakt med folk. Resa. Ligga i framkant.

Jo, jo men visst, Tomas nickar, flera gånger nickar han, visar att han är med, hör på, han ska, det ska han, bara... Karl-Magnus sätter ner kaffekoppen. Classe och jag sliter vårt hår för att få syn på nya möjligheter. Jag hoppas att han har tillfälle att titta in – ja så att du får en chans att själv se hur mycket han satsar i företaget.

När du var ny dög jag som stöd, Karl-Magnus. Då kom du till mig med det mesta. Då var det skönt att gråta ut hos den snälle, inte sant? Och jag berättade allt jag visste för dig och Classe, utan baktanke.

Tiderna förändras, Tomas. Jag om någon skulle önska att vi kunde hålla kvar vid det gamla. Det långsiktiga tänkandet på kvalitet, småskalighet, inflytande över hela kedjan, så att säga. Ja, det din far var så skicklig på. Vet vi ens vilka våra kunder är idag? Vad är framtidens människa beredd att betala för? Kommer kunderna inte till oss och talar om det, måste vi ta oss till dem för att ta reda på det. Tycker du inte?

Om han fick resa sig upp och gå därifrån. Det plågsamma illamåendet, kölden i fötter, fingrar. Och så den hastigt fladdrande fjärilen – *det här gäller inte mig. Jag är större än så.* Men sekundsnabbt, med en duns, ramla rakt ner på karmstolens skinnklädsel, känna sig pissnödig och sugen på en cigg. Att han inte kan spela med. Jo, Karl-Magnus bjuder på röka. Han känner att han borde vara mer engagerad – ja entusiastisk – inför Karl-Magnus bedömning att han har misslyckats. Att han borde visa tacksamhet för att Karl-Magnus vågar ta i det här svåra ämnet.

Om vi säger att du har en plan, eller strategi, för din avdelning till nästa veckoslut. Karl-Magnus ler. Jag är säker på att du och Axelsson ska kunna göra en vettig prioritering.

Jo, det ska jag försöka ta fram. Tomas askar och Karl-Magnus börjar stapla kaffekoppen på assietten, vill visst avsluta mötet nu. *Du har väl andra påläggskalvar att uppmuntra och lyfta fram. Som smickrar dig. Du är väl svår på smicker du också, gamle vän.* Och ja, nu lutar han sig mot honom igen, och säger med oväntat låg röst.

Vi måste tänka nytt, Tomas. Annars har varken du eller jag mat till Maj och Clary och ungarna.

I korridoren utanför kommer Claes småspringande – Tomas, utbrister han och slår ut med armarna, säg inte att jag missade dig nu. Jag ska be fröken Nordin boka in en lunch åt oss till veckan, vi har mycket att dryfta, eller hur.

Inte hem. Inte än. Inte Majs lite påstridiga frågor hur det har gått. Kanske ta Karl-Magnus parti, att hans sits inte är avundsvärd. Det vet han väl! Han måste ju visa resultat, på alla poster. Och kan inte längre luta sig mot pappas och Ottos framgångsår.

Hur starkt är stadsvapnet inpräntat i dig Tomas, när du med underligt matta handleder rattar bilen från Järved in mot Örnskölds-

viks stad? Örnen med sin skyddande sköld. Örnen är viljan och handlingskraften – symbolen för framåtsträvande verksamheter, förändringsvilja och skaparkraft. Den vackra rovfågeln – blir den inte märkligt liten när den ska låna sig till entreprenörsanda och ett aldrig sviktande humör? Och så skölden – självsäkerheten – ja den får man inte lida brist på, om man ska komma någon vart med sig själv. Maningarna till envis vilja och djärv handling. *Hur kan inte själen bågna under sådana imperativ?* Ja. Kanske formulerar Tomas sig just så längst in i tankens vindlingar. För nog kan Nola-skogsandan också nagga på idérikedom och krafter. Eller bara spä på känslan av ett... *misslyckande.* Han parkerar planlöst bilen vid hamnen. Men skulle inte aprilvinden blåsa bort allt obehag? Det gör den inte. Om mamma levt skulle han gå upp till henne. *Det är väl inte riktigt sant. Du skulle gått raka vägen till Statt och tagit en grogg.* Va, elva på förmiddagen? Nej, men tagit båten och farit ut... Ingen kan väl förneka att efter en lång dags arbete få slå sig ner med ett glas... slappna av... frågan är om han inte skulle klara av det idag. Att vara måttfull. Att unna sig... för den här oron tär. Värre än spriten. Det kan inte vara meningen att man ska gå i det här obehaget dag ut och dag in. Borde han kontakta någon ny lä-kare? När Bjerre inte är aktuell. *Du dog för mig på mottagningen i Stockholm. Blir inte levande igen. Borde jag kunna förlåta?* Vad ska han säga till Maj när han kommer hem? Du skämde väl inte ut dig. Skämma ut. Det är värre än allt annat. Att göra sig till åtlöje. *Men jag kröp inte!* Det vore väl värre? Fast Maj tycker inte om att han inte alls drar fördel av sin ställning. Som om alla med infly-tande och möjlighet att påverka deras situation måste skys som pesten. Fjolårslöven på trottoarerna, men mest halkigt, dammigt grus och snart är träden gröna. Kanske kan han och Anita fara på utflykt till helgen, om Maj och Lasse vill vara kvar i stan. De skulle till och med kunna ligga över på landet. Anita kunde sitta där ute och rita och läsa lika väl som i stan. Inte Maj. Hon trivs ju inte vid havet. Nog måste han få fara till kusten ändå?

Han kommer inte hinna tillbaka till Axelsson före lunch. Det är ju ingen idé att arbeta en kvart och sedan gå ut igen... Nu kanske lunchpausen blir i längsta laget. Nog kan man ha förståelse för att han känner sig uppjagad efter ett sånt här möte. Fan också. Karl-Magnus och han hade det inte svårt i början. Olika, klart att de är lite olika. Tomas har väl aldrig känt att han på allvar velat anförtro sig åt Karl-Magnus som Karl-Magnus bitvis gjort inför honom. Men att han var en sådan streber. Att det var så viktigt med... makt. *Någon måste ju ta den. När du inte ville Tomas. När du tackade nej till att bli företagets direktör efter Ottos bortgång.* Så kanske det var. För företagets bästa. Titti, Titti förstod att han inte ville. Georg är inte hemma på lunch än, han kan gå upp till Titti och hon kan säga att han har gjort det bra i alla år.

Titti kommer ut till hallen i bäddjacka över nattlinnet och med spolar i håret.

Är du inte klädd än, säger Tomas, kom in, svarar Titti, ja, jag skulle bara säga hej. Han tackar nej till kaffe, slår sig ner i vardagsrummet med ytterrocken på.

Jag tror att Karl-Magnus vill bli av med mig, säger han med ett skratt – *håll det för dig själv* – vad säger du Tomas, Karl-Magnus? Titti sitter i fåtöljen, säger att hon ska vara hos Cissi på lunch klockan ett och Tomas lägger till att han inte har mycket till övers för mig, det känner jag.

Men Karl-Magnus och du...

Säg inget till Georg, jag vill bara inte oroa Maj och... Det ska väl rationaliseras.

Går det inte bra då, med ekonomin menar jag – det är för smått, avbryter han, det går inte att få ekonomi... Hur kunde han gå till Titti som inte alls behöver oroa sig.

Men Tomas, du är ju den mest begåvade, nog ordnar du det för dig – säg det igen Titti, *jag är den mest begåvade, upprepa det tusen gånger tusen gånger och...* äsch. De röker.

Hur mår Maj?

Bra, svarar han. Bara bra. Har Maj sagt något annat till Titti?

Men foten, är hon helt återställd i den?

Han skrattar till, hejdar sig – nej foten har hon ont i, men det är ju som det är med den.

DET... HÄNDER NÅGOT inuti. När hon ska klä om till Gurlis lunch just som försommaren sprider häggdoft över staden. Kanske är det inte precis då det smäller till. Snarare har det kittlat, varit lätt, pirrigt sedan Gurli och hon sågs sist. Alla de där slitna orden. Hon är ensam i våningen, fönstret mot allmänningens skogsparti öppet. Först vid den här tiden på året märker man de vitblommande buskarna. Och rönnen som kommer med sill-lukt så småningom. Syrenerna står visst i knopp på Gurlis villatomt. Nybadad kropp – ja hon smörjer sina slätvaxade ben. Så märkligt medveten på ett annorlunda vis – om sin kropp – att få vara vacker när hon och Gurli ska träffas över en bit mat. Som är kroppen inte längre bara hennes... borg. Med sina skrymslen, lönnfack, underjordiska gångar. Fängelsehåla? Nej – nu vill hon ut. Förmedla. Förmedla sig till Gurli. Svara på Gurlis generositet. Inte bara det vanliga, det att Gurli storstilat ordnar en flott lunch – utan att Gurli liksom bjuder på sig själv. Ja, så kan Maj utan att skämmas välja en urringad blus. Snäv kjol, med söt jacka till. Ormskinnspumpsen – Maj vet ju att Gurli också kommer att ha gjort sig vacker för henne. Suttit ute för att få lite färg. Tusch på fransarna, plockade ögonbryn. Nej – Maj skrattar bubblande till där framför pigspegeln. Gurli kanske inte är så om sig. Men Maj vet att Gurli uppskattar att Maj väljer klädsel och makeup med omsorg. Gurli är nog inte med yttre mått hänförande vacker. Men så uttrycksfull! De där pigga ögonen, det självlockiga, rufsiga håret – liksom frisk. *Glittrar det inte också i dina ögon, Maj?* Jo – i bilden som möter henne i spegeln där hon sitter i bara bysthållare, trosa och gördel. Att Gurli som är ingenjörsfru och har en så jätteflott villa, att hon vill att Maj ska komma till henne. En lindblomsgrön blus. Ljus kjol. *Är jag inte vacker?*

Det är klart att Maj också kan känna glädje. Även om själva livet är en press. Men att få syn på sig där, permanenten bra, frisk försommarvärme genom fönsteröppningen, ljusa nylonstrumpor, klädd till festligheter. Hon har inte ens oroat sig för presenten. En bukett liljekonvaljer och en stor burk hembakta rullrån. Inte i mammas järn – det tog ju Ragna. Tea, tant Tea lämnade också ett rånjärn efter sig och Gurli får visst inte till sina. Man måste vara snabb! Inte rädd för hetta i fingertopparna. Gurli är nog inte rädd. Har det bara inte i händerna. *Som du.* Till Gurli har Maj glatt sagt att hon gärna gräddar en sats och tar med. Gurli ska bjuda av dem på äldsta sonens studentmottagning, om det var till glassen med rabarberkompott. Maj ska bära dem varligt – bara hela, sköra rån när locket öppnas. Hon har längtat. Nej – inte några hemskt förtroliga samtal brukar det bli – inte från Majs sida. Gurli berättar gärna om sig och sitt. Men de skrattar tillsammans. Åt Gurlis drastiska kommentarer och skämt. Och nästan vad än Maj säger, så tycker Gurli att hon är rolig. Vilken iakttagelseförmåga, människokännare – alla sådana egenskaper som Maj aldrig fått höra att hon har, dem tilldelas hon av Gurli. *Du är min bästa vän.* Och nu ska de njuta av sommaren. Ännu har inte skolloven börjat. De får ha tomten för sig själva, eller om Gurli har dukat på villans altan. Nej, terrassen – så säger ju Gurli, kom Maj så dricker vi kaffe på terrassen. Villan har tolv rum och kök – det är inte klokt – och så himmelens roligt att gå husesyn.

Inget klapprande ilsket hamrande hjärta. Ingen akut rädsla för att lukta svett. Fast hon bär kakburken så försiktigt, är stegen lätta genom stan. Viktoriaesplanaden, Centralgatan, Bergsgatan. Fortfarande kramar det till när hon tänker på Näsman, frun i hyresfastigheten på Bergsgatan, lukten i trapphuset, brådskan upp till rummet med snedtak... ja ännu efter alla år en vilja till försvar om de råkar stöta på varandra på Stora Torget eller i någon butik. Fast fru Näsman är ju gammal nu. Över sjuttio. Ensamheten på vinden. Näsmans snokande ögon. Breven från Erik. Tomas som var där och knackade på. Berusad, sent. Kan hon berätta det för Gurli, hur det kom sig att det blev Tomas och hon? *Inte neråt, bakåt. Bara framåt, uppåt, stiga lätt, lätt...* Det är backigt, lite andfådd blir hon. Onödigt att komma med fuktpärlor i pannan till Gurli. Gurli som står och väntar vid infarten! Lyser upp, öppnar den tunga smidesgrinden, bjuder henne in på den knastrande grusgången. Jag passade på att rycka lite maskrosor, säger hon – så kom jag på att jag var klädd i min nya ljusbeigea dräkt. Hon borstar jord från händerna, tar ett stadigt tag under Majs arm.

Vid terrassens dukade bord. Liljekonvaljerna i en kristallvas, Gurli flyttar resolut undan urnan med syrener. Jag plockade kvistarna så att de skulle slå ut idag – men vad tokigt jag har ställt dem – vi ser ju inte varandra bakom den där busken! Gurlis kinder – mjuka. Liten näsa – hon har sagt att hon avundas Maj för hennes stora näsa – en näsa ger ju ansiktet karaktär. Men stora näsor... det går inte att förutse vad Gurli ska säga. Tänk att få komplimanger som gör det fula vackert, det grått osynliga, alltför välbekanta, blir hänförande på nytt. De får pastejer med murkelstuvning, det är förtjusande gott. Det tyska hembiträdet, Margarethe, Maggie som Gurli kallar henne, har lagat smördegen i förväg – hon är fenomenal på smördeg – ja det är inte klokt så spröd och bladig den är, fast Gurli säger att den duktiga tyskan var ledsen över att inte få servera färsk sparris till. Jag gav henne ledigt nu, vi klarar ju oss, eller hur? Gurlis tre pojkar är på läroverket. Tänk om Lasse ville bli god vän med Gurlis och Unos yngste – *Anita förälskad i storebror?* Det är ju pojkar som har framtiden för sig, men Lasse bryr sig mest om vad eventuella kamrater har för mopeder och vilka konster de kan göra med dem.

Det är fint att titta på henne. Ansiktets alla uttryck. De tunna rynkorna kring ögonen. Ögonbrynen, de korta tuschade fransarna. Händerna som gestikulerar – brösten. Allt ser så mjukt… armarna som blir synliga när Gurli tar av sig dräktjackan, gluggen mellan framtänderna som överraskar – ser Gurli även på Maj så? Uno måste tycka om att kyssa de där läpparna. *Som Tomas en gång kysste mina. Men jag – bara Erik. Bara Erik kysste jag.* Är det vermouthen? Det snurrar lite, lätt. Här i den skyddade stadsträdgården blommar körsbärsträden. Det går så snabbt – impulsen att röra vid Gurlis redan solbrända kind. Maj som inte är mycket för kramar och kroppskontakt. Men Gurli reser sig, de brukar hjälpas åt att duka ut. *Kärleken, den kärleken.* Vem sjöng så? Inte för att Maj kan lita helt på att Gurli är lika bekväm i hennes sällskap. *Jo, visst vet du det?* Ja – hon vet faktiskt att hon är Gurlis bästa vän.

KAN TOMAS PLÖTSLIGT känna att han har talang för det här? Att presentera AB Agrell Berglunds varor för inköpare på säljmöte i Sollefteå – ja allt är ju annars upplagt för förnedring. Rädslan att prata inför folk. Akut skräck. *Att göra bort sig. Inte duga.* Fast nittonhundratalets första hälft faktiskt har velat inkorporera alla i sin dröm om gemenskap och föreningsliv så kan föredrag inför mängder av människor fortfarande få de flesta här på konferensen att darra på rösten. Men Tomas darrar inte. När han märker hur de andra männen lider av att visa upp varor och hitta de rätta orden flyger fan i honom. *Nu jädrar ska jag bevisa för Karl-Magnus Agrell och hans Classe att jag kan branschen.* Att kvalitet och hederlighet är det enda lönsamma i längden. Så nu står han här och drar med vissa dramatiska pauser historien om sin far. Den faderlöse fattige pojken som började på sågen och arbetade sig opp. En berättelse alla vill lyssna till. Identifiera sig med. Drömma om. Hårt arbete – men en framgångssaga. *Tror du själv på drömmen, Tomas?* Glömmer också han hur allt sammanföll där och då, tekniken, produktionsvillkoren, begåvningen, tiden... är det inte fortfarande entreprenörernas guldålder? Ja, ska Tomas gjuta mod i dessa inköpare, handelsresande – ligga på vägarna är väl inget större nöje när också bilen och stadshotellen blir en vana, eller på pensionaten, enklare rum för resande... ska Tomas få dem att tro att de kan börja i det krokiga läge där de står och sedan centimeter för centimeter resa sig upp. Fatta tag i livsdrömmen och förverkliga den! Inte säger Tomas precis så. Men den inspirerade berättelsen om hans far kanske tänder glimmande hopp i den här trötta åhörarskaran. Tomas behöver inte vädja till dem. Men genom sitt framträdande måste de väl se att Tomas är sin fars virke. Inte finare, förmer. *Du skulle blivit en lysande lektor, Tomas! Inte sant?* För är det inte vad de talar om, i andemeningen, när de flockas runt om honom efteråt. De säger att han hade kunnat hålla på längre, man ville ju veta mer. Hur bar han sig åt, far din, för att utveckla firman? Ja sedan ska de äta middag på hotell Appelbergs här i Sollefteå. Det uppvärvade, hettan i kinderna, *du kan Tomas, har ju förmågan!* Tänk vilka storgubbar som gjort affärer på det här flotta hotellet. *Du kan också!*

Ja, så blir det brusigt inombords. De drar historier om original ute i bygderna, inte berättar väl Tomas den om hur han blev uppvaktad av Olssons gammpojk i Kramfors, nej, han tar nog något om Hedlundspojkarna, alla rykten om smuggel under kriget, ja visst tusan håller de på än, jädrar vad sprit de hade upp till Åsele som polisen missa, och det är enkelt att låta servitrisen slå i hans glas också. Hade inte spänningen annars skjutit iväg honom – kulsprutepistol – ratatata – nog fan kan Karl-Magnus och Classe räkna med n'Tomas Berglund. Det hade kunnat gå åt skogen. Hur han stått där med fuktiga handflator och stammat inför auditoriet – men nu blev det inte så. Nog vet han att han kan. Är ju inte *trång i bollen*, ännu ingen uttjänt krake. Än har han krafterna kvar.

SÅ INTRÄDER EN sommar då Maj allt som oftast kommer på sig själv med att fly till sina tankar på Gurli. Maj vet om att Tomas drack i Sollefteå. Ja att det var starten på en ny period. Och medan hon på nytt stod och såg hans... självplågeri, då blev Gurli ett rum att träda in i, ett solbelyst rum – ett leende, äventyrligt utrymme... Titti vet ju också om Tomas bakslag. Med Titti är det vardag, oro. Krav? Ja, Titti vill att Maj ska hjälpa Tomas. Se till att han sköter sig. Hur ska Maj klara av det? Så mycket enklare med det... overkliga. Samtidigt som sommaren bara pågår, på lantstället, med sina återkommande ritualer. Kafferep i det gröna, båtutflykter, bad. Att då lämna det dagliga i tankarna – disken som blir besvärligare när vattnet måste hämtas i brunn, de traditionella släktträffarna och oron för vad Tomas gör i stan – ja att i fantasin resa iväg med Gurli, ta in på pensionat och äta gott, dricka vin, bli lätt berusad... *Du är så fånig!* I praktiken träffar hon inte Gurli på hela sommaren, för hon och sönerna har farit till västkusten på sommarnöje, medan de låter bygga ett – som det sägs i alla fall – tjusigt fritidshus i närheten här. Kanske är det inte verkliga Gurli hon behöver för att dämpa sin oro, men Maj ska i alla fall bjuda hem henne det första hon gör om hösten när de flyttar tillbaka in till lägenheten i stan.

KAMRER WIKLUND. VALDEMAR – han har samma ståtliga res-
ning. Tomas har märkt att kortvuxna män ofta bibehåller sin
hållning ovanligt bra upp i åren. Han kommer själv på att han
måste dra in magen, sträcka på sig. Valdemar envisas med att få
bjuda ut Tomas på Statt. Hörde sig häromdagen för om en tidig
middag – ja lunch – kunde gå för sig, förklarade att sena vanor
blivit allt svårare med åren. För då ligger jag vaken hela natten,
förtydligar han nu när de slår sig ner i matsalen på Stadshotellet.
De äter, pratar om stans utveckling – hur kajen ska rustas och
byggas om, och Själevadsborna som så sturskt vill hållas för sig
själva och inte slås samman med stan. Men Tomas är säker på att
kamrern har ett ärende med lunchen. Varken han eller Tomas är
sällskapsmänniskor i den bemärkelsen att de har svårt att stå ut
med ensamma måltider. Som Georg, Torsten. Och när gott och
väl halva flundran är uppäten kommer det. Den senaste veckan
har jag legat sömnlös trots att det varken varit några utsvävningar
eller extravaganser. Men hur jag än grubblar har jag bara kommit
till den slutsatsen att jag måste tala med n'Tomas Berglund i egen
hög person. Valdemar är uppenbart trängd, besvärad av situatio-
nen. Det ser Tomas. Ja han förstår det också genom att Valdemar
verkar ha avslutat måltiden med så mycket mat kvar på tallriken.
Men kamrer Wiklund hejdar servitrisen när hon vill bära ut deras
tallrikar – vi väntar med kaffet. När hon gått fortsätter han med
lägre röst. Jag har suttit i ett par möten med Karl-Magnus Agrell.
Och jag borde inte springa och skvallra på det här sättet – men
samtidigt… Tomas, han kommer att lägga ner hela verksamheten
i Örnsköldsvik. Flytta allt till hjärtverksamheten – som han kallar

det – i Örebro. Där huvudkontoret finns. Och jag kan inte för-
neka att firman fortfarande brottas med svårigheter – men natur-
ligtvis är en sådan här åtgärd alltför drastisk. Han vill erbjuda de
bästa ur personalen arbeten i Örebro, men resten får gå. Hur han
nu ska ordna om det. Valdemar ser sig omkring, böjer sig fram
över bordet. Han kommer att fråga dig om du vill följa med som
något slags försäljningschef – det verkar som om han tänker att
du ska söka upp nya marknader och resa över både Sverige och
utlandet. Han sjunker tillbaka i stolen. Ärligt talat förstår jag mig
inte på honom.

Det är underligt. Men Valdemars information kommer inte
som en chock. Uteblivna investeringar – även i mindre skala, som
reparationer på kontoren – har fått Tomas att misstänka att Karl-
Magnus inte enbart tänkt sig besparingar, utan även avveckling.
Eller är det en efterhandskonstruktion för att inte tappa ansiktet
inför kamrern? Han tar en klunk lingondricka. *Men kundtoalet-
ten kostade de på.* Valdemar skakar på huvudet. Sedan den här
Classe blev vd efter sommaren har jag väl förstått vartåt det bar-
kade. Han kommer att informera er nästa vecka. Jag kunde inte,
Tomas – inte ge honom möjligheten att få se dig tappa hakan.
För min del är ju arbetslivet över – men du har ju många år kvar.
Hur ser din pension ut förresten, hur påverkas du av den här nya
reformen? Det är ju ett fasligt bråkande – jag vet inte vad man
ska tro. Tomas tar tacksamt emot tråden – nej Ohlin är ju väldigt
skarp i tonen. Valdemar nickar eftertänksamt. De kanske inte ska
gå in på det politiska. Det kan hända – men är långt ifrån säkert
– att Valdemar Wiklund är socialdemokrat. Tomas kan inte på-
stå att han på allvar hänger med i debatten. Hjalmarson, Ohlin,
Erlander, Hedlund – som om han på ett irrationellt vis tänker att
deras argument inte rör honom. Det kanske är dags att tänka till
nu. Om han står utan arbete. Valdemar hejdar servitrisen och be-
ställer in en sexa cognac till kaffet – det förvånar Tomas, kanske
en fyra – sexan avslöjar att det har varit en anspänning att bära

på det här – och när kaffet till sist kommer säger Valdemar att Agrells – både Karl-Magnus och Classe – har lagt sig i allt. Som ledning för ett företag är det naturligtvis det värsta man kan göra – att inte ge förtroende till trotjänarna. Tomas nickar, det är sant. *Du står utan arbete, Tomas.* Kan han tänka sig att flytta med till Örebro? Vad innebär Karl-Magnus erbjudande? *Varför skulle han vilja ha med dig?* Kan Georg ha nytta av honom? Ett visst kapital har ju Tomas – men att redan behöva röra det... Tomas tar socker i kaffet fast han inte brukar, rör med skeden. Ändrar röstens läge, frågar – lätt – vad ska Valdemar göra om dagarna framöver – då han blir ledig? Han ställer ner cognacskupan – nu blir det sången, förstår du – ja Tomas vet ju att jag har sysslat med körsång – och i bästa fall kan jag och hustrun bilsemestra – överhuvudtaget resa mer – du förstår hustrun vill fara till utlandet men jag är inte så pigg på att flyga!

Varför är det inte Tomas som går i pension? En trygg, månatlig summa. Kamrern är så lättad, tycker att Tomas och han gott kan göra det här till en återkommande vana – en gång i månaden äta gott och språka tillsammans. Tack så mycket, säger Tomas innan de skiljs åt. Ska han stanna på Skeppet? Nej. Promenera längs kajen, han tänker inte gå tillbaka till kontoret idag.

NÄR KARL-MAGNUS GÅR igenom avtalet förstår Tomas. Den fasta lönen är löjligt låg. Provisionen – säger han – som duktig säljare dubblas ju ersättningen allra minst – kanske tredubblas... Jag blir mycket besviken om du tackar nej. Ljuger Agrell? Han är för gammal för att ligga ute på vägarna. Så jag ska alltså som chef samtidigt sköta själva försäljningsbiten – Karl-Magnus skrattar till och säger att han tänker sig en organisation som är platt. Långsträckt mer än som en pyramid. På så sätt finns en ansvarig vd som ger ett stort förtroende till alla medarbetare. Jaha... *Ett utejobb skulle ge möjlighet att dricka på kvällarna. I barerna, bakfickorna, på hotellrummen. Det vill jag inte!* Något annat måste gå att ordna. Jag ska tänka på saken, svarar han men undviker Karl-Magnus blick. När vill du ha besked?

Jag kunde ge dig en vecka – men du har redan fattat ditt beslut, Tomas. Det blir en vecka av plåga bara. Så imorgon vill jag ha ditt svar.

HON VILL RINGA till Gurli direkt och tala om att Tomas är utan jobb. Ändå gör hon det inte. Inte vara betungande. *Din sorg är din...* För inte brukar Gurli lasta Maj med verkliga bekymmer. Viss oro för barnen kanske, berätta om hur svärmor kan vara besvärlig... det är svårt att tala om ekonomiska bekymmer med den som har det gott ställt. Maj har faktiskt aldrig haft baktanken att Uno och Gurli ska hjälpa dem på det konkreta sättet, ja med pengar. Uno är ju chefsingenjör – inte ens i samma bransch som Tomas. Tomas måste söka arbete på annat håll. Nej – det är ingen god idé att tala med Gurli. Titti – alltid Titti.

Hon bjuder hem Titti på lunch. Vet att Titti tycker det är skönt att gå bort. Maj unnar dem paradoxalt nog den dyra laxen, men bara en liten bit rimmad som hon lägger i en pudding med potatis, lök och dill. Äggstanning på det och skirat smör att slå över den fär-diggräddade rätten. Äppelkaka sedan, med vaniljsås. Det är nära att såsen skär sig då äggulorna har rörts i – i sista sekund drar hon kastrullen från plattan och vispar som besatt för att få ner kyla i krämen. Måtte inte en liten ton av bränd mjölk ha smugit sig in.

Åh – åh – upprepar Titti. Det trodde jag inte om Karl-Magnus. Nog för att jag vet att man måste modernisera ett företag. Men så utan förvarning... Maj fyller på lite vermouth i Tittis glas. Skulle Tomas kunna arbeta med Georg? Blir Titti besvärad? Kanske en aning. Hon tar en stor klunk vermouth, börjar hosta och säger när hon återfått rösten att Georg naturligtvis kan dra i alla sina kontakter... trådar... men du vet han har ju nyss nyanställt – ett par riktigt duktiga pojkar verkar det som – klart att Maj vet att Tomas inte är någon ungdom. Men det kan väl inte vara allt här i världen? Erfarenhet och människokännedom måste väl också vara en tillgång. Som om Titti kan läsa tankar säger hon att det är självklart att hon och Georg ska göra allt de kan. Men Tomas måste ju också trivas med de uppgifter han tar sig an. Titti torkar mungipan med servetten – att han inte läste vidare och blev lektor i historia. Ja, det är ju för sent nu, säger Maj, *vad tjänar det till att dra upp sånt*. Det är nog inte bara roligt att handskas med obstinata elever, tillägger hon kort – jo men om man är besjälad som Tomas kan man få den otåligaste att brinna som ett levande ljus.

Och Tomas blir ju inte kvar hemmavid om dagarna meddetsamma. Nej – Anita går till läroverket, Lasse har yrkesskolan och Tomas kontoret som förr. Om kvällarna följer de händelseförloppet i Ungern. Tomas hyssjar henne om hon frågar något, vill inte missa ett ord av radiokorrespondentens rapporter. Skulle det vara något för Tomas – att resa runt i världen och berätta vad han ser? *Nu är du naiv.* Maj vet att det inte bara är att sadla om. Men när hon hör honom förklara de båda världspakternas drag och motdrag och dessutom Ungerns historia för Anita så tänker hon att Titti kanske ändå har rätt när det gäller sin bror.

VAD HAN PRATAR! Tomas nickar, hummar, ler, skrattar, skrockar – och under allt det där krypande obehaget av att vara… någon helt annanstans. Hur som helst inte här på hotellet, efter att ha *smörjt kråset*, biff med lök, för det är ju inte fråga om representation, bara en kväll ute, *i glada vänners lag*, men var är han då, Tomas? Georg och Torsten så delaktiga i nuet. Inte sant? Är det inte så där man borde vara? Att blixtsnabbt snappa upp… ja, ta till sig nya tankar, idéer, *ser behov som folk ännu inte fattat att de har*, allt det där nya! Men när det gamla fungerar. Måste man ändå? *Funkar verkligen det gamla, Tomas?* Han vet inte. Tomas har talat om för dem att han klarar att dricka öl nu. De protesterade inte, såg tvärtom lite lättade ut. Att det är alkohol, procent, bara mer utspätt än sprit – varför bry sig om sådant? Ja, de dricker ju grogg, öl, vin – vad som bjuds.

Men att Georg alltid ska ha med Torsten. Torsten är en dryg djävel. Så skulle Tomas aldrig säga, bara tänka. Hur ett utseende kan skapa obehag – ja Torsten är bra på att trycka till. Beundrar Georg det? Huvudsaken att man inte är den tilltryckta. Nu försöker Tomas hänga med, göra inpass. Nyinvesteringar, fastighetsaffärer, intressanta *enterprises*, företagshemligheter, nya planer för staden på lång och kort sikt – varför vill Tomas bara ta båten ut till Ön? Guppa över havet, sedan gå, gå.

Entreprenörerna är väl beundransvärda? De som vill och kan! Alla som vill kan? Alla som kan vill. Felet står annars att finna i karaktären och kan utan tvivel klassificeras som lathet. Jo, men nog har Tomas gått med i sådana resonemang. Han kan ju inte bestrida att Georg alltid har jobbat hårt. Fan vet med Torsten.

Var det här allt? Sitta och gagga med groggar. Att vissa blir så rastlösa i ensamheten. Ska alltid ha någon som ser dem. Inte säkert att hustruns blick räcker till. Tomas som är så bra på att se! Vad roligt! Alla tiders! Gratulerar! Toppen! Vill han leva utan Maj och barnen då? Ibland. Inte på allvar väl? *Men jag grejar det inte. Fabrikens anställda som blev utan jobb. Gjorde jag verkligen allt för att hindra det?* Släckte han nyss cigarretten och tar ändå upp en ny? *Vad du röker Tomas!* Fast alla röker – så röker han visst för mycket.

Småhusbyggandet, säger Torsten. Egnahem. Ja, Tomas anstränger sig för att höra på. Hur småhusbyggandet är som en garant för fortsatt tillväxt, utbyggd infrastruktur, även jobbare vill ha eget, tomt, täppa med bärbuskar så kärringen kan sylta och safta – nya byggmaterial, för småhusbyggande, blåbetong... ja men där kan Tomas inte komma med några idéer. Han som inte kan sköta om sitt eget hus. *Om man börjar riva i det gamla kan hela gården ruttna.* Vem sa så? Det är inte bara att byta ut och ersätta! Komplicerade konstruktioner, uträkningar... Vad kan Tomas komma med? Han hinner inte, Torsten är snabbare, säger att han känner till en hyresfastighet i Sollefteå som Tomas absolut borde slå till på, *varför inte du Torsten*, hyresintäkter, säkra investeringar i fastigheter... man får inte vara för småskalig, säger Torsten och ger honom något slags kamratlig knuff.

Ja, annars slår jag till, skrockar Georg medan Tomas är i tankarna – fastighetsskötare, reparation, underhåll, svårigheter med hyresgäster, krav på obetald hyra – ska han sitta i Örnsköldsvik och sköta om allt? Skulder! Lån!

Åk och titta! Ta med frugan och gör en tur med bilen. Det är ju grant efter älven.

Jo. Det är ju klart att Tomas vet att både sko-, skinn- och konfektionsindustrin förändras, det småskaliga måste riktas in mer på specialistvaror, exklusivitet... firman hade inte kunnat tuffa på i samma spår, det var ju ohållbart i längden. Och de försökte, det gjorde de väl, och sedan gick det som det gick. Men... att dra på sig ett hyreshus med allt vad det innebär av ansvar, arbete och riskera att bli fast med skulder, amorteringar, bara ränteläget...

Har du sålt smöret och tappat pengarna? Du kukar väl inte ur gamle gosse! Torsten skrattar, Georg också – Tomas, *du måste också skratta*... fan. En till öl. Inga-Lill jobbar ikväll. Ser hon strängt på honom när hon kommer med flaskan? Bara en pilsner – *jag kukar ju ur*. Georg blir allvarlig och säger att fastighetsskötare gärna tar svarta pengar. Många jobbare vill ha det så, som extrainkomst, så sossar de är, men med det här jädra skattetrycket... Torsten fyller i att Erlander ser ju bara till jobbarna, men Hjalmarsson måste höja tonen om han ska överrösta – Ohlin litar jag inte på – vi får nog räkna med att slita fram till graven, kan inte räkna med några pensioner... Tomas reser sig bara sedan, efter att ha svept ölen.

Hör ni grabbar, det är en dag imorgon också.

Hälsa Majsan, säger Torsten, men då bryter Georg in, ta hand om Maj nu, säger han, Titti ville se er på middag nästa helg, vi hörs om det, Tomas höjer handen, och så går han. Inte hem. Hur det liksom... sprängs? Det är öppet någon timme till på sjappet vid stationen. Är det där han hör hemma? I baren med de mer trasiga? Förra året var de kanske hela. Förra året hade de familj, bostad, stadig inkomst. Och nu... Pilen är där. Tomas vet inte varför han kallas så. De hejar, Pilen visar med en nick att han kan slå sig ner. Pilen behöver man inte snacka med så mycket. Här tar han in en sexa, pilsner och pytt också. Nu har du tur, köket stänger snart, säger Ulla-Karin. Vad ska hon gå här för? En fin jänta. Fast Ulla-Karin förskräcks inte. Säger ibland att han är för snäll eftersom han ger bra med dricks. Klart att hon ska ha dricks! Springa benen av sig i det här klientelet... Pilen sitter helt tyst. Rullar egen tobak. Pilen är väl i dimman som Tomas sakta... ångest borta. Livet bra? Nej. Bara det att oron ersätts... rus, lugn. Inte självömkan? Inte geggigt tal om Astrid, Maj, barnen, mamma, pappa... så kan det väl också bli. Ska han bara sitta och lalla och

le? Vingla till pissrännan, se i spegeln – stilig! Skitig, ful, feg. Maj!
Maj kommer att skälla, att skrika, att slå? Nej. Bädda täcke, koka
te. Ta av skor, strumpor, byxa, skjorta, slips. Borsta tänder? *Nu går
du hem*. Rakt genom staden. Du nya, sköna stad. Kungens män
kan också supa. Bolagsstyrelser, fondmäklare eller vad tusan de
nu ska heta om femtio år, hundra.

OCH MAJ? VAD vet hon om det här? Hur ekonomins förändring från småskalighet mot större koncerner... teknologins vinning, att trots försprånget Sverige har så... ja inte är det vad Maj grunnar över hemma i våningen. Utan varför Anita inte gick på hippan som Ulla-Britt hade. De är ju fortfarande kamrater! En sak vore väl om det var en mer ytlig bekant. Anita förklarar inget, säger bara att hon inte ville. Ja, något vagt om huvudvärk. Har du mens, frågade Maj, men mamma, svarade hon bara då. Fast Maj vet att hon inte har det, som sysslar med smuts, tvätta och tömma sopor dagligen.

Du vet pappa vägrade låta mig gå på dans, dans var äckligt, sa han, men nu är det ju annat och jag har aldrig sagt att du inte får gå på dans.

Inte vet jag om det är dans, svarar Anita vresigt, de kanske bara spisar skivor, men jag vill inte gå dit. Bli en gammnucka då. Vore det inte bäst egentligen? För även om Maj vill att hon ska gå på dans, så inte vill hon att hon ska bli med barn. Skötsamma skolungdomar! Hon tror väl inte på allvar att det redan förekommer intimt umgänge, nej just därför kan hon helt uppriktigt vilja få iväg Anita. Lasse har Ulf hos sig, hon litar inte riktigt på Ulf, eller är det bara brist på uppfostran? Det är något med Ulfs blick... Bernt som fortfarande bockar och tar i hand! Det ser så rart ut. Men kanske Lasse har kommit ifrån Stig-Björn litegrann trots allt, den här Ulf har han lärt känna på yrkesskolan.

Då kan du väl i alla fall plocka upp på ditt rum.

Anita tittar upp, säger att hon kanske också kan vara slut efter en hel skolvecka i slutet av terminen.

Ändå har du ork att läsa…

Men då det är uttalat vill hon genast säga förlåt, hon menade inte så. Att hon ska ha så lätt för att vara elak! Mot Anita och Tomas. Lasse också? Lasse också, fast han biter väl ifrån? *Se mig, se allt vad jag gör för er.* Om de inte vill? Hon har fula krukväxter. Inte i närheten av Julias grönskande tropik. Begonior, saintpaulior, mönjeliljor eller slingrande porslinsblommor – inget vill sig. Det skrumpnar. Vissnar. Inte för mycket vatten! Hon ska koka te och duka fram havrekex och lite annat gott åt alla ungdomar. Som pojkarna kan äta i den där åldern! Titti bantar och berättar hur många kalorier det är i kakor och bullar i jämförelse med fisk till exempel. Hur mycket kokt torsk går det inte på ett wienerbröd… Men man ska visst inte svälta sig, bara se upp med kalorierna. Socker häpnade Maj lite över, att socker… ja, men hon tänker i alla fall servera marmelad till kexen. Det blir liksom otäckt att äta när de där siffrorna stiger en åt hjärnan, sedan insulinet är Maj inte längre mager, men tjock? Inte i jämförelse med svägerskorna. Anitas söta väninnor kan hon ju inte jämföra sig med. Typiskt att så många av klasskamraterna är nätta. *Jag har aldrig varit nätt Anita. Det får gå ändå.* Mager och kallad flaggstången.

Ska Lasse låta stöddig bara för att imponera på Ulf… hon kan fråga den här killen lite mer om mamman och pappan, Anita ser ut att himla med ögonen, Ulf är inne på sitt fjärde kex, men te verkar han inte vara van vid, tar bit på bit av socker och rör ner i koppen, du behöver inte dricka upp säger Maj leende, vill du ha choklad istället, jo då nickar han, rodnande, och Maj går ut i köket och värmer mjölk.

Vilken tid kommer pappa hem frågar Anita när hon är tillbaka hos dem med den rykande koppen. Han är ute med Georg och Torsten, svarar Maj, det blir nog sent. Är det därför det känns så… uppjagat inombords? Ja, hon känner hur irritationen biter till när hon inte kan svara på när Tomas kommer hem, för han sa ju bara *sitt inte uppe och vänta.*

Fast då hon har diskat bort efter ungdomarna sitter hon ändå uppe och väntar. I nattlinne och bäddkappa. Det är himmelskt att få ta av det där som klämmer åt och till. Ja, nu ska ju korsetter och gördlar vara så väldigt åtsmitande över midjan, hon har inte något i glaset fast det är... är det så underligt att vilja koppla av med ett glas när veckoslutet kommer? Men hon sitter bara helt stilla i fåtöljen med en cigarrett. Fötterna på en pall. Hon är över midnatt. Han kommer inte vara nykter när han dyker upp.

ETT ÅR NÄR Tomas går hemma. Kommer hon någonsin att berätta om dagarna då Tomas oroar sig för att inte ha en inkomst, ett arbete att gå till. Den tysta överenskommelsen att inte lägga börda på barnen. Att inte diskutera ekonomiska bekymmer när de hör på. Vill Maj protestera? De är ju stora! Nästan vuxna. Prata med dina bröder och svågrar, uppmanar Maj. De måste väl hjälpa dig... Som om Tomas vill be om hjälp. Han är varken tilldelad mer eller mindre än någon annan i syskonskaran. Att han är yngst och har många aktiva år kvar till pensionen... det är ju som det är med den saken. Är det så Tomas tänker, eftersom han ändå inte går till syskonen med sin oro? Inte blir det bättre av att hela det här året påminnas om pensionernas framtid och striderna kring det. För Majs del... att lyssna till ältandet när Tomas inte är nykter. *Är det slut med mig nu, Maj?* Att trycka ner den ilskna tanken – *men jag då? Du är ung Maj, många år att arbeta in till en pension om det kniper.* Ändå – inte kan de skylla spriten för allt det här. Att Agrells la om verksamheten i ett försök att hejda nedgången och öka lönsamheten på sikt. Det är inte gott att veta i nuet när maskintekniken och precisionen slår ut hantverksskickligheten vid tillverkningen av en produkt. Ändå är det visst då man tvingas till omstruktureringar – klart att Tomas måste böja sig för sådana analyser. Kanske har Karl-Magnus ett annat slags känsla för det där. Tomas vet inte säkert. När Tomas repar mod och våren går mot sommar – då följer veckoslutens bilturer till de mellannorrländska städerna, de idoga försöken från Tomas sida att finna en ny rörelse att arbeta med. Hur Maj måste hänga med i svängarna – den plötsliga entusiasmen vid möjliga förtjänster;

kanske en hyresfastighet i Härnösand, eller skulle man kunna starta ett garveri i Sollefteå... det tunga missmodet när det visar sig ogenomförbart. Kan inte Maj hålla med om att fastighetsägare är ett osäkert kort? Tomas som inte på det sättet intresserar sig för det praktiska. Att räkna på investeringar och spekulera i stigande priser, lovande marknader. Så kommer ju sommarens respit på lantstället vid kusten – och Tomas upprepar att till hösten ska han ordna det, Maj ska veta att båtturerna och promenaderna runt Ön hjälper honom att komma på lösningen till den här bekymmersamma situationen. Jag ska greja det Maj, det lovar jag.

ÄR HON INTE vacker? Mörk under ögonen, håret platt. Inget babyhull i ansiktet, inga runda kinder, ingen oskuld, *men verklig?*

En gång levde jag. En gång var jag åtrådd i en älskares blick. Så patetiskt. Men nu när hennes allvarliga uppsyn möter henne i tamburspegeln. Hur vecken från näsan mot munnen... accentuerats. Och på översidan av ryggen... har mammas komprimerade nackkotor börjat synas också på henne? Sträck på dig! Just så. Dra in magen, ut med bysten. Och så pluta lite förföriskt. *Gud så fjantigt.* Hon hör Tomas rumstera om i sängkammaren. Vad rart av Ragna att be henne till sig i Stockholm. *Vi ses ju så sällan.* Ska du inte komma och hälsa på oss Maj, så bilar vi ut till stugan, plockar svamp. Tomas och barnen är förstås också välkomna. Fast ändå inte, tycks det som. Och Anita har terminens första skrivningar och Lasse får ju inte heller ledigt från verkstan hur som helst. Måste man inte få komma bort ibland? Se annat, vila? Fast blir det vila hos Ragna? Nog vill Ragna att hon hjälper till, kanske är det Ragna som vill vila från vardagen ett slag – åh just nu känns det gruvsamt. Resfeber! När det skakar så med Tomas. När Tomas inte är att lita på. Men de ska ha sällskap på tåget fram till Sundsvall. Sedan reser hon vidare på egen hand. Nya ostkustbanan söderut – hon är ändå glad att hon slipper resa under natten. Så svårt att sova när tåget kränger, med främmande människor i delad vagn. Tomas, Georg och Torsten ska se på en möjlig affärslokal i Sundsvall, bo över på Knaust. Tomas som fyllt femtiotre. Äldre än mamma var när hon dog. Smärt, och med det vita håret kvar. Ja, hon förhör sig om ifall han har det han behöver, ska väl klä sig representativt ikväll på Knaust, själv har hon en resdräkt i

tweed. Dyr, inhandlad på Gummessons. Fin kvalitet, snyggt sku-
ren. Det är tur att hon har midja, när midjan ska betonas så sär-
skilt markant. Men den snäva kjolen är inte direkt gångvänlig, det
är den inte.

Herregud vad de verkar oppåt där på perrongen! Glammar och
går an. Det blir vingligt i skinnskorna som inte alls är några sta-
diga gångskor utan med ganska hög och smal klack. Ja Tomas blir
genast hejig han också. Som om han tagit sig något. Det kan han
väl inte…? *Hur kan du resa bort när du vet att han är så svag? Inte
klarar av att hålla sig nykter. Stå vid hans sida och se till att han
sköter sig.* Nej! *Är det verkligen mitt ansvar, min uppgift?* Kom-
mer Anita klara sig på egen hand i våningen nu då. Inte tar Anita
upp pojkar på rummet redan? Nej, det gör hon inte, det vet Maj
säkert. Är hon lättad? En liten aning. Samtidigt – kan hon inte
minnas sin egen ungdoms bultande hjärta? Erik – hur kär var hon
inte i Erik. *Och han i mig?* Anita bara läser romaner och går på
bio. Man kan inte leva sitt liv i berättelserna! Man måste också stå
ut med det jordiska. Hur man blir sviken, lämnad, *göra sig hård.*
Har Maj inte varit bra på att göra sig hård? Blödigt. Det får inte bli
för blödigt. Ja, vilken pojke som helst skulle kunna lura av Anita
oskulden. Några komplimanger och vackra ord… sedan lämnar
han henne, *trasig.* Tomas lämnade inte. Tomas är kvar.

Tomas tyckte att de kunde ta med smörgåsar på tåget. Ja, att Maj
skulle göra en rejäl laddning. Öl till. En kaffetermos, Titti ringde
och talade om att hon och Ingegerd skulle skicka med sina gub-
bar kaffe och något gott till. Maj lättar på dräktjackan innan hon
slår sig ner, med Tomas mitt emot henne. Han har ett larvigt flin
i ansiktet. Har Georg och Torsten med sig pluntor som de bjudit
av på perrongen? Eller fick Tomas i sig något redan innan de for
hemifrån. Vilken skönhet, säger Torsten och lutar sig för att se på
kvinnan som är på väg in i kupén intill. Ja, alla tittar de dit, Maj ser

en mörk, lite uppnäst kvinna – i hennes ålder? Med håret uppsatt, makeup, dräkt – ja, hon är kanske tjusig. Tomas vänder sig i alla fall helt oblygt åt kvinnans håll – *det skulle han väl inte göra nykter?* Vilken figur, skrattar Georg. Sitter inte Maj där, ska hon tvingas ta del av deras *snuskiga fantasier?* Kunde inte hon få vara deras kuttersmycke, uppmärksammas för smörgåsar med ägg och rökt kött? *Men männen vill ha nytt, okänt, spännande...* vi kan väl bjuda in henne till oss, hon ser inte ut att tacka nej till en liten cognac. Tomas, du som sitter närmast, gå över och fråga. Torsten nickar allvarligt. Drömmer hon? Reser sig Tomas lydigt – villigt – självmant och knackar på hos den *ensamma skönheten?* Nu flinar de, karlarna i kupén, och Tomas, kan Maj verkligen se hur Tomas är mjuk i ansiktet, leende, inställsam och vädjande – skulle fröken ha lust att göra oss sällskap. Hon ser så ensam ut – ja nu kommer hon till dem, med sin kurviga kropp och nylonstrumpsben, Tomas låter henne gå före, tittar Tomas ner på hennes höfter, stjärt – herregud – vad håller han på med? Ska han förnedra henne inför deras gemensamma vänner – tycker Georg att det här är i sin ordning... nu sträcker hon sin hand mot Maj – Märta Falk, nej men Maj kan inte ställa upp och vara trevlig, inte nu – och Tomas låter Torsten slå cognac också i hans glas, bara en slött avvärjande gest. *Gör något, Maj!* Han kommer väl inte att dricka helt öppet? Maj packar ihop smörgåspaket och kaffetermos – Tomas är inget undantag, hur herrarna lekfullt konverserar Märta Falk, ja nu strider de sinsemellan om vem som kan vara mest charmant – fy fan, det är så hon vill kasta upp – hon måste till toaletten – den tröga dörren – ingen tar notis om att hon går. *Nog måste du fatta att Tomas söker sig till andra när du inte bjuder till.* Men inte framför mina ögon! Samma apatiska känsla som med Ella och Erik. *Ta honom du, Märta Falk.* Stå upp! Stå rak! Det skakar på rälsen så läppstiftet kladdas utanför. Då ser du *billig ut.* Fast dräkten är dyr! Är det mindre i glaset som Tomas ställt ifrån sig på bordet i kupén? Om hon tiger resten av resan till Sundsvall. Låter Tomas förstå att han förlorar henne nu.

Så genomlever hon timmarna på tåget i tystnad. Märker någon? Fan att hon ler ibland, i alla fall. Som kan man skylla på tandvärk, *stackars Maj, som inte kan prata för hon har sådan smärta i munnen*, när det inte alls är så, när det är tomt, *är du så led på mig Tomas,* är det verkligen så? Hämnas han Frans och skådespelaren? Så långt efteråt... *Eller är det bara berusningens upphävande av samvarons lagar, det spelar ingen roll...* Georg är ovanligt dämpad. Sneglar kanske någon gång hastigt på Maj, märker han hennes obehag? Torsten däremot, säger till och med att Märta Falk har så ovanligt vackra örhängen. Ja, Maj kan känna hur hennes egen hand instinktivt skulle ha åkt upp, fingrat lätt på öronclipset, hon skulle skratta, precis som Märta gör, Märta som är ungkarlsflicka, ja nog vill Torsten veta hur det kan komma sig att Märta Falk inte är gift. *Som om äktenskapet är det enda viktiga.* På er pojkar tycks det som om ni alla vill ur det! Tänk om Maj vågade säga så. Se hur länge ni klarar er utan Ingegerd och Titti och mig – *och hur ska vi klara oss utan era pengar?* Hon låter Torsten fylla på mer cognac. Komma spritluktande med huvudvärk till Ragna. Det försvinner ur kroppen innan hon är framme.

Äntligen närmar de sig Sundsvalls station. Torsten skyndar efter Märta för att hjälpa henne på med kappan. Sedan ska de plötsligt uppmärksamma Maj, önska henne fortsatt trevlig resa längs nya banan och hälsa till din syster och huvudstaden, akta dig för ficktjuvar och kravallpojkar, Ragna och Edvin möter mig vid tåget svarar hon, och när Tomas ska ta omkring henne viskar hon att han inte behöver bry sig om att komma hem igen. Rycker han till? Han tar sitt bagage, kliver av. Hon vinkar i alla fall inte. Drar för gardinen. Blundar. Att hjärtat ska rusa och fara. Att det alltid ska vara så.

OM HON KUNDE tala om för Ragna vad Tomas har gjort. Men till Ragna kan hon inte säga något ofördelaktigt om sin man. Tysta fnysningar, jaa du Maj, jag har aldrig begripit varför du gifte dig… Allt sådant måste hon vänta sig att få kastat i knäet. *Som om det var så lätt för Ragna att stå vid sidan om och se på.* Hon har skinnhandskar med, både till Edvin och Ragna. Två par var! Ett finare, och ett par för arbetsbruk. När de ska dra ris och räfsa löv ute i stugan. I sista stund mindes hon att hon måste ha något till Björn och Gunnar också. Något som unga pojkar kan ha glädje av.

De är inte stygga emot henne, där i lägenheten i Abrahamsberg. Men liksom misstänksamma? När Ragna dukar fram köttfärslimpa på en bädd av gröna ärter och morötter säger hon att Maj kanske hade väntat sig filé. Vi äter köttfärs flera gånger i veckan, försäkrar Maj, men då svarar Ragna att de bara har det till fest. Inte äter Maj köttfärs i tid och otid! Inte filé heller. Men med kantarellsåsen till som Ragna har stuvat – det är underbart gott säger Maj – då tittar Edvin och Ragna på varandra – vad menar de? *Tomas bjöd en okänd dam till oss på tåget hit, så nu har jag sådana skakningar…* – nej hon bara tuggar och sväljer fast tågresan förstås fått henne att tappa sin aptit.

Så fånigt att Maj får sängkammaren! Pojkarna ska visst ligga skavfötters i kökssoffan, Ragna och Edvin bäddar åt sig i finrummet. Kan hon be att få telefonera till Knaust? Aldrig i livet. Hörde Tomas vad hon viskade? *Det var elakt av dig.* Jag var förtvivlad! *För att Torsten via honom bjöd en ensam dam att ha lite sällskap med er? Men cognacen, drack han verkligen medan jag var på tå-*

gets toalett? Det blir mycket med bäddningen, jag hade kunnat hyra mig ett rum, säger Maj lamt, men de hör inte. Gunnar och Björn har blivit snygga pojkar! Det har de väl? Liknar sina morbröder, långa, lite magerlagda, men med Edvins höga panna. Är de besvikna över att hon kommer utan Anita och Lasse? Tomas brukar skoja med dem. Spela fotboll på landet där hemma. Ta dem med ut i båten. Allt sådant roligt! När Maj bara har sig själv att komma med.

Klart att hon inte kan sova. De har suttit uppe en stund, druckit kvällskaffe i finrummet, och Edvin har bjudit på punsch, men inga mängder. Bara var sitt litet glas, borde hon haft en flaska med sig till dem? Edvin är så stolt över teveapparaten. Nej, var Maj tvungen att svara, vi har inte någon *televisionsapparat*. Fast Maj kunde inte koncentrera sig på programmet. Bilden är ju så mycket sämre än på bio. Ragna sa att det var synd att de inte sände 10 000-kronorsfrågan, det är visst så spännande att Ragna biter av sig naglarna när det programmet går. De gjorde kväll före klockan tio, eftersom de är överens om att fara ut till stugan tidigt. Så dåligt ställt kan de ju inte ha det, som har teveapparat och stuga! Det är väl ändå inte hennes fel att de har det lite knapert på Edvins lön? Var det inte typiskt Ragna att dra upp det där programmet där man kan vinna en massa pengar. En underliggande kritik... Maj vill tala om att de inte alls vet vad som kommer att hända med Tomas nu. För även om de har fått loss kontanter, måste ju pengarna investeras klokt. Ragnas och Edvins pojkar är visst stora i maten. Ja – de högg för sig av köttfärslimpan, det gjorde de. Men nu ligger Maj och vrider sig i slätmanglade lakan. Ragna är fin på att mangla! Det var hon redan när de var små. Mamma brukade berömma henne. Var hon för hård mot Tomas? Ska inte en hustru stå ut med att maken vilar ögonen på något *grant?* Men så öppet? Demonstrativt? Edvin skulle aldrig göra så mot Ragna. Klart att man kan förstå att Edvin oroar sig för hur

Maj har det med Tomas med tanke på... *varför berättade du att han varit full igen? Tyck om Tomas i alla fall.*

Så Maj arbetar! På morgonen tar hon disken, torkar torrt och ställer i ordning på diskbänken. Bara för Ragna att placera porslinet på rätta hyllorna i skåpen. Bäddar undan, bär sängkläderna från rummet till kammaren. Torkar torrt och blankar tvättstället när hon snyggat till sig inne på toa. Hon ska inte vara till besvär! Behöver du makeup på landet, säger Ragna, när Maj kommer ut därifrån. Behöver... man gör sig snygg så man inte säckar ihop till tant bara för att... *tror hon att jag är ute efter Edvin?* Det är bara av vana, skrattar hon, Anita tycker att jag är så ful utan läppstift. Ragna ser trött ut. Lite gråsprängd redan. Inte mycket, bara vid tinningarna. Hon har blivit klädsamt fyllig också. Det säger Maj, det klär dig med lite hull. Sedan hjälper hon till att bära matkorgar och annan packning till bilen. Det blir lite trångt, eftersom pojkarna ska med. Maj tvingar sig till att sitta bak med dem, skyll dig själv säger Ragna från framsätet. Vaknar Tomas i Märta Falks famn? I sviten på Knaust? *Min fru förstår mig inte.* Ja, det kan tyckas som ett skämt. Men så förbaskat roligt är det inte när det inträffar. Bara man slapp veta! Så annorlunda, men vackert, i Mälardalen.

Den är liten, stugan. Men praktiskt ordnad ändå! Med möjlighet att bygga till fast nu är ju pojkarna snart utflugna. Ska Maj bo i lillstugan? Nej, det är onödigt att värma upp ännu ett hus. Prydligt ordnat på tomten, en stensatt liten uteplats, dasset, och så vedbod och gäststuga i ett. Vad ska de ta sig för här ute tillsammans? Ska de ge sig ut och söka efter svamp eller lingon? *Här finns ingen telefon så du kan tala med Tomas.* Om han tar henne på orden och inte kommer hem mer?

DU BEHÖVER INTE bry dig om att komma tillbaka hem. Var det inte just vad han ville, väcka svartsjuka, ägandebegär, få henne att fatta att... är det luddigare än så? Han vinkar tillsammans med de andra när tåget går. Där på stationen, stationshuset, hösten i luften, det södra berget i ryggen och blicken mot det norra – eller är det bara känslan av att det inte spelar någon större roll? *Så Tomas blir aldrig arg, elak, hatisk?* Vill till och med visa medveten likgiltighet inför Maj? För han har ju hört vad hon viskat, sett att hon gömt sig bakom gardinen i kupén. Och nu står de här i Sundsvall, Märta Falk har valt Torsten, Tomas och Georg går lite i förväg, han hör hur de fnissande skrattar bakom dem. Det är inte långt, lovar Georg, till affärslokalen på Tullgatan. Ett riktigt bra läge! Det är inte Storgatan, inte heller Köpmangatan eller särskilt nära torget. Men liksom längs vägen mellan tågstationen, hamnen och centrala delarna av stan. Georg planerar, det är hederligt gjort – har han skuldkänslor – inte är det Georgs ansvar att Tomas tar kapitalet tillvara. Ja, visst är det ett bra läge med tanke på närheten till Knaust, med sin trappa – denna berömda marmortrappa som man storslaget kan skrida nerför – ja att hotell Knaust bara ligger ett stenkast bort. Allt detta sammantaget borgar för ett affärsläge som utan tvivel drar till sig rätt klientel. Tomas? Georg klappar honom i ryggen. Visst, svarar Tomas och bakom lokalen, som är en smula mörk och unken på ett vis, finns ett rum och kokvrå åt gården till. En grogg och kall öl. Det är så svårt att föreställa sig – vilka varor skulle han erbjuda och skulle han sköta allt ensam eller ha en anställd expedit? Finns det ens möjlighet att ha eget garveri på rimligt avstånd? Knappast. Ja, så timanställer du en söt flicka som får herrarna att slå en extra lov – Georg skrattar, inte är han allvarlig, vet väl att flickor trots allt har en marginell inverkan på skinnförsäljning – skulle det inte sitta fint med en bit mat nu, säger Tomas istället. Jo, Torsten och Märta Falk har ju gått i förväg, vi säger inget till Titti, hummar Georg, då råkar hon bara tala om det för Ingegerd. Inte sant? Tomas tänker inte berätta för Titti. Fast Tomas är inte vidare för Torsten, inte heller för Ingegerd. Tänk va, Tomas – så tar du dina middagar här! Blir stamgäst och är hemma bara om helgerna. Ska vi byta? Georg skrattar igen. Ska Tomas stå i mörkret i affärslokalen och vänta på kunder som inte kommer? Varje månad betala dyrt för hyra och el och värme? Leverantörer och andra försäljare dessutom. Stilla se på hur pengarna går åt till restaurangbesök, resor... *Du behöver inte bry dig om att komma hem.* Blir det skilsmässa igen? Ja, flyttar han hit... så i praktiken, men hur ska han ha råd... lantstället, bilen, båten, våningen, butiken... Du har ju ett bra startkapital, säger Georg allvarligt. Nej men nu ger han fan i allt om han inte får en grogg. Eller en sexa, minst, och kall öl – vad som helst, bara det går fort. Och de får sina sexor till förrätten. Märta... ser hon plötsligt lite besvärad ut? Torsten har lagt sin arm om, eller kanske smeker han hennes knä under bordet. Vill hon verkligen det här? Varför ska just en kvinna vara ovillig till ett hastigt möte, varför ska just hon hoppas på löften om trofasthet? Har Märta inga trevliga väninnor här i stan, säger Georg, för inte är det Tomas, trots fyllan får Tomas ha någon anständighet kvar, fast Tomas vill kanske påskynda fallet... *Maj, Maj, jag är dig inte värdig.* Hur alkoholen gör fult till vackert och kanske också tvärtom. Henrik ska fara över till Amerika, säger Georg, Anita, säger Tomas, ska ta studenten. Hon har läshuvud hon, men det biter inte på Georg, Georg är kvar i att kvinnor inte nödvändigtvis måste vara skarpa. Affära, vill Tomas säga, måtte Anita och Lasse slippa det. Märta har lite lustiga tänder. Det ser ganska rart ut och Tomas ler när han ger henne eld. Så stilig fru du har, säger hon.

Är ni lyckliga? Vilken fråga, avbryter Georg, nu tror jag allt att vi måste vakta anständigheten lite grann, Märta lutar sig bakåt och säger att hon så sällan ser lyckliga äktenskap bara och Torsten hojtar servitrisen till dem – fyra kaffe, nyfiken i en strut säger han och nyper henne i kinden. Tomas sveper slatten – är vi lyckliga… hon bad mig att inte komma hem mer när vi klev av tåget – är Märta Falk lycklig, avbryter Georg, och sedan står kaffet på plats. Och på något sätt får Torsten med sig Märta. Knepig sort, säger Georg, den ska han nog passa sig för.

Georg kan ordna fram annat damsällskap han, han reser sig från bordet, vinkar åt Tomas att sitta kvar, borde han ringa till Ragna, höra om Maj har kommit fram? Han tittar på sitt armbandsur, men siffrorna sprattlar – vad är klockan – över tio i alla fall. Och det är förbannat jädra fint att få sjunka ner i klubbfåtöljerna i Jakt-hyddans bar, luta sig bakåt med en cigarrett, tycka att damernas leenden är vackra, trivsamma, Georgs röst som bara bitvis bryter igenom, de måste förresten inte vara så förbaskat vackra, Anna Sundmans vettskrämda blick när han hävde ur sig att hon var en så fin kvinna, speciell. Den här brunhåriga ser vanlig ut, har pudrat sig, läppstift, en klänning som smiter åt över lite spetsiga bröst, ja men han får ju inte komma hem till Maj, de skrattar mot varandra, Tomas och… vad hette hon? Han har ingen aning, Ge-org tycker att de ska fortsätta på hans rum och när de går uppför den svängda trappan känns det så lätt, att liksom studsa uppför trappstegen, är inte allt ändå förlorat, han flyttar till Sundsvall, på ett rum och kokvrå, anställer den här trevliga kvinnan som kanske inte ens har presenterat sig med namn, hur länge blir de sittande inne hos Georg, hon är förbannat fin den här kvinnan, änka, har en son, det får gå, säger hon, det måste gå ändå, hon bor i en nybyggd lägenhet lite väst på stan, en tvåa för pojkens skull, så han kunde få eget rum, jag ligger i rummet, det går bra, jag har utsikt över hela stan. Vad gör en så fin och klok kvinna – ja vad

säger Tomas egentligen, en plötslig lust att tala om att han är bätt-
re än så här, en gång hotade jag min hustru med kniv, det minns
jag inte, tack och lov för amnesi – *tack och lov kommer jag att
glömma också detta, hur jag smickrar, säger inte en dag över trettio
när du talar om att du är fyrtiofem, hur jag tar dig med till mitt
rum, kysser, drar ner dragkedjan i klänningsryggen, smeker utanpå
korsettens blanka tyg, hon är lika ensam, hungrig, vi är vuxna*, fast
det blir ändå fel, fumligt, Tomas är full, är hon också berusad, hon
har låtit honom klä av och smeka, sträckt sin målade mun mot
hans, men liggande på sängen... stanna över natten, vädjar han,
gå inte hem nu, vi får frukost på rummet imorgon bitti, snälla du,
jag kan bättre än så här, säger han det rätt ut, kanske, för inte skyl-
ler han i smyg på hennes avbitna läppstift, kraftiga lår och bröst
som är oväntat små? Klart att också Tomas ser och granskar. Men
de håller om varandra, han ligger tätt bakom henne, med näsan i
hennes rufsiga hår, den ena handen om hennes bröst.

Tidigt på morgonen älskar de, tafatt, tyst, han är ännu inte nykter,
vill bara vara i den här mjuka kroppen, hon tittar på honom, Maj
som alltid blundar – han kysser henne, vet att han lovar något
med kyssarna, du är så fin, mumlar han, du är så fin.

NÄR DE ÄR tillbaka i Abrahamsberg efter veckoslutet vill Ragna att de ska åka till Vällingby och göra inköp. Att Maj och hon ska gå i affärer, det är visst enkelt att ta tunnelbanan dit – och om Ragna bara visste vilka maror som rider Maj. Fast de borde väl hemsöka Tomas om natten? Bilden av hur han går in till Märta Falk bleknar inte, men blir oskarp – kan hon ha tagit miste? Blev han bussad att gå dit in av Torsten, ja att Georg och Torsten retades med honom – nej, men hon såg ju med egna ögon hur han reste sig och bjöd Märta in till dem. Och att Märta Falk skulle till Sundsvall... varför var hon inte på väg till Stockholm i alla fall. Då skulle de kunnat se kyligt på varandra och med en sval nick skiljas åt på Stockholms central och sedan skulle Maj glömma henne och hela den pinsamma historien. *Vad ville Tomas visa henne?* De promenerar raskt mellan de gula tegelhusen för att hinna med tåget, sa inte Ragna att det går så många turer att man aldrig måste jäkta? Ragna är så stolt över tunnelbanan! Som om det var hon som byggt den. Fast det är skönt att vagnarna inte ska kränga in i underjordiska gångar här utanför stan. *Om Tomas tar mig på orden och jag inte längre har ett hem. Han begär skilsmässa... men Maj, det var inte snyggt gjort av Tomas att dricka på tåget...* Hur ska hon veta vilka känslor hon *har rätt till?* Visst verkar det på sitt sätt trivsamt i Vällingby. Eller kommer att bli. Bostadsområdena, radhusen, flerfamiljslängorna. Ska ni inte ta och flytta hit, säger Ragna, Tomas är ju förtjust i Stockholm och nu när han måste hitta något nytt arbete... Ni får en modern lägenhet i Vällingby eller Blackeberg. *Och om jag måste flytta hit på egen hand. Utan honom. Om han tog mig på orden.* Som om det öppna, blåsiga torget här inte kan ge samma ilande skräck som hemma! De höga hyreshusen – ska hon sitta högt där uppe på ett rum och kök, hänvisad till Ragna, utan Gurli, Titti – och var ska Lasse och Anita bo... Det går runt. De färggranna grönsakerna och frukterna till försäljning nu om hösten – Ragnas röst igen, visst har vi det bra, det är ju ingen sak att fara så här och handla... Jo, men det är inte besvärligare i Örnsköldsvik vill Maj protestera, där allt finns på bekvämt avstånd. Ska hon säga åt Ragna att hon vill boka om biljetten, fara hem med nattåget redan idag?

SÅ SNOPET ATT bara ordna en lite större kaffebjudning. Hur ska hon kunna minnas just den här födelsedagen bland alla andra. Tomas som har fullt upp med den där butikslokalen i Sundsvall och affärsrörelsen han ska börja med till våren. Håret är nog torrt på spolarna, men hon kan låta dem sitta i medan hon dukar fram koppar – alla fina kaffekoppar, moccakopparna också. Hon var inte ens säker på igår kväll att Tomas visste att hon skulle fylla fyrtio. Men imorse uppvaktade han och barnen med kaffe på säng – hon fick ingen present – vi tar den lite senare. Han hade väl glömt att ordna om något. Och nu har han gått ut på stan. *Hur skulle du vilja bli firad?* Åh, det vet hon inte riktigt. Bara att det vore stiligt med ett restaurangbesök, ja kanske en resa till Sundsvall och bo på Knaust. Återerövra Sundsvall efter den där trista historien i höstas. Då Tomas och hon var osams på riktigt. Han bad om ursäkt, sa att det var dumt att bjuda damen på tåget att sitta med dem i kupén och att Torsten alltid lyckas locka fram hans sämsta sidor – vad ser Georg hos Torsten? Och Maj lät bli att påminna om hennes namn – fast Maj är säker på att Tomas kommer ihåg Märta Falk lika väl som hon gör.

Anna Sundman bad henne att inte bry sig om att baka tårtor till idag – låt mig och Bertil stå för dem – vi tar med de bästa vi har! Maj har en nyinköpt, blank, snäv sak att sätta på sig, plommonfärgad och med snyggt sprund bak. Ser hon ut att vara fyrtio? När man minns fyrtio som mammas lite grova granntanter i grå knut. Eller var de över sjuttio? Maj i sina korta ljusbruna lockar – väl bibehållen? Det är dumt att dra åt korsetten för kung och fosterland när man ska doppa mycket under dagen.

Och så ringer det på dörren ett par timmar för tidigt. Lättad tänker hon att det var riktigt av henne att klä sig snygg redan på förmiddagen, och att spolarna är urtagna. Vissa springer ju i städrock in i det sista, eller i underkläder. Vad i... hon öppnar och är tvungen att backa bakåt i tamburen, sjunka ner på pallen. Syskonen! *Hennes syskon.* Ragna, Edvin och pojkarna. Per-Olof och Solveig. Jan och Anna-Britta, till och med lill-Stig och Inga som ganska nyss fått smått där hemma. De sjunger, högt och lite falskt, och Tomas motar in dem i hallen. En stor blomsterkvast och ett litet vackert inslaget paket. Vi har gått ihop, säger Ragna ursäktande – och Maj svarar att det blir första gåvan till hennes presentbord. Vi måste ju passa på att träffas när tillfälle ges, flikar Solveig in och kan Maj redan nu ta reda på var de ska bo – *ska alla bo här hemma* – Tomas skrattar och talar om att han har inkvarterat dem hos hela släkten – ont om sängplatser är det ju inte i stan.

Och fast det blev stelt med Ragna sist blir Maj så glad att hon kommer. Svägerskorna som är finklädda vill genast hjälpa till – det kommer att bli trångt i köket – vi får kanske hålla efter med disken så att assietter och koppar räcker – ikväll bjuder jag på mat på Stora hotellet, bordet står dukat till klockan sju, ropar Tomas och tar med bröderna till vardagsrummet – ja Maj vill varken ha dem i matvrån eller köket – och svägerskorna har med sig var sin sort... kommer man oanmäld så, säger Anna-Britta, hon räcker över mjukt nybakat hällabröd förutom mazarinrutor med glasyr – det är ju så fint att baka en laddning före jul för har man minusgrader går ju hällakakorna att förvara längre. Men låt dom inte ligga, dom smakar bäst färskt. Och Ragna har gjort rullrånen efter mammas recept. Åh! Som om inte Maj vet att svägerskorna kan baka – nog ska det gå bra med släkten här i stan? Både Per-Olof och Jan hade fått högre flikar och kala hjässor som pappa – det gör sitt till, man tänker kanske närmare femtio än ännu under fyrtiofem. Jan inte ens fyrtio! Ragna – vad Ragna ser pigg ut med lite makeup. Anita och Lasse, ta med Gunnar och Björn på något trevligt – nog har vi väl skridskor att låna ut, vi skulle kunna åka skidor, säger Anita, men är det inte lite magstarkt att ge sig ut i skidspåren nyss ankommen till Örnsköldsvik? Maj säger att Anita är snabbare än Sixten snart – det är jättefina skidspår här uppe på Skyttis. Har ni någon snö i Abrahamsberg?

OCH FEMTIO ÅR *senare – då fyller du nittio, Maj.* Hon har haft öppet hus under dagen – gjort sig snygg och bjuder på kaffe och mandelmarängtårta. Smörgåstårta och vin till den som önskar. Har Anita tagit tabletter för att orka? Allt kan inte berättas. Jag förbereder en fiskgryta med saffran och vitt vin till middagen ikväll. Paprika, zucchini, schalottenlök. Maj står intill mig över pannorna – erbjuder sig att röra bland grönsakerna så att det inte bränns vid. Säger att det är gott att smörkoka gul lök på låg värme, att man kan laga en god stuvning om man låter mjukstekt lök koka samman med tjockgrädde under minst en timme. På en ugnsomelett – ingen kan tro sedan att det bara är vanlig lök... Hon har trollat för sina barnbarnsbarn och uppvaktats av kusiner och tremänningar till sina båda barn. Lasse är bortrest – men Anita är här. Nästa år lever jag inte, säger hon i en inandning – hur många gånger har varianter av de orden uttalats? *Om jag får leva till nästa jul. Om det blir någon mer födelsedag. Nästa år slipper ni nog...* Men finns också en nyfiken glädje? Den där fonden på räkskal och vin – det receptet vill hon ha. Det vita brödet, grytan – det här är bra mat för mig, du vet kött fastnar så lätt i halsen. Och när vi har ätit och skålat och hurrat säger hon att servisen ska ni ha flickor. Den var farmors, Tomas mammas, och jag har två dussin av den – men ni har väl inte så ofta middagar för tjugofyra? Den har stigit i värde – men ni får den inte om ni bara tänker sälja den direkt.

I soffan – på kvällen, när gästerna har gått hem. Vi har diskat – nej – Maj har inte ensam tagit rätt på allt porslin efter festen. Är också detta bortgjort nu? Det gick ju bra. Att fylla nittio. Maj i svart kjol, tunna strumpbyxor, en elegant blus. Har hon fortfarande pumpsen på när hon sträcker ut sina ben? Och helt oväntat tystar hon vårt slöa samtal med att brista ut i sång. *Vill ni se en stjärna – se på mig!* Och vi tittar på henne. Lite överrumplade. Då skrattar hon. Och bugar med en liten knyck på nacken.

ATT INTE KOMMA *sig för är farligt.* Den mogna kvinnan och äktenskapet. Det är en uppfordrande bok som Gurli har lånat ut till henne. Men Maj håller ju så innerligt med författarinnan, egentligen. Ändå retar de henne, de där orden. *Att inte komma sig för är farligt.* Vad händer då? Vad skulle kunna hända om man lät bli och allt fick vara lite hipp som happ, hur som haver. Åtminstone ibland. Det är så mycket den mogna kvinnan ska tänka på. *Du är mogen nu, Maj.* Ja, fyrtio år. Det var verkligt överraskande att bröderna och Ragna kom till henne på fyrtioårsdagen. Visst blev festen lyckad? De sa i alla fall att de måste ses oftare. Hon blev firad som om det var femtio. Det vackra breda, liksom vävda guldarmbandet från syskonen. Vad kan det ha kostat? Hon fingrar på det, det är skönt att ha på sig. Skaver inte, gör henne alltid elegant. Att Ragna har så god smak. En televisionsapparat från Tomas! Den sitter barnen och Tomas klistrade framför när de får chansen. *Mogna kvinnor ser sig själva med humor, gräver inte ner sig i sorger, de är lättsamma och toleranta och varken överskattar eller underskattar sin förmåga.* Sitter inte Maj och underskattar sin? Hon kan väl, hon också. Allt möjligt som andra fruar kan. Inte ligger hon i sängen och läser heller, utan sitter fullt påklädd, vid köksbordet i matvrån. Man måste visst också känna sig i stånd att klara de flesta situationer man råkar ut för. Hon... ja men nog klarar hon ut de flesta situationer – men är kravet att hon dessutom ska *känna* att hon klarar dem? Att måla fan på väggen är ju för att det är så... övermodigt att tro att allt ska gå på räls. *Jag tog Anita och sprang ner till Eivor och tant... jag tvekade aldrig att Anita skulle med. Jag höll henne och sprang...* Och äktenskapet

184

– ja boken heter ju Den mogna kvinnan och äktenskapet. Sitt äktenskap kan hon väl se som något hon råkat ut för, och klarat upp.

När husmorshalvtimmen sänds får hon sitta ner och lyssna. Inte utan virkningen, den följer henne till fåtöljen där hon sätter sig, lägger upp den onda foten på en pall. Det här är ju hennes skola – hennes arbete. Inte bara Anita som måste förkovra sig om dagarna, Lasse streta på med att lära sig till ett yrke. Programmet tar upp mycket som hon lägger på minnet – lagrar i sitt *hushållets arkiv* – i händerna och huvudet! Hon skrattar till. Fast det är lite… inte så trevligt att sitta och skratta för sig själv. Intresserar dagens ämne henne – skönhetsmedel och den moderna kvinnan? Nja, inte på allvar. Hon försöker ta hand om sin hud – så där som den vänliga hudterapeuten på Järvsöbaden gjorde så nogsamt – men det är lätt att glömma bort salvor och krämer som ska vara mjukgörande och vårdande på kvällen när man är alltför trött. Lite makeup vill hon inte gärna vara utan om dagarna. Mest för att få lite färg på sina bleka drag. Lotten Åkerlund tycker att det är så vansinnigt spännande att prata om skönhetsprodukter och moderiktiga kläder. Fast radioprogrammet gör det förstås intressant i ett vidare perspektiv – bara i Sverige konsumeras skönhetsmedel för 200 miljoner kronor. Maj måste hejda virknålen – 200 miljoner kronor. Det är så mycket pengar att hon inte kan föreställa sig – och skönhetsexperten och doktorn som uttalar sig är inte helt överens. Läkaren förordar enbart överfettad barntvål till hudens dagliga rengöring – men skölj av tvålen – annars blir den en riktig bakteriehärd. *Åh – inte tvålen också.* Vet Lasse och Tomas att tvålen ska sköljas efter användning? Maj har svårt för den oparfymerade. Lux eller Palmolive – ja lite dofta gott på wc gör ju ingen skada precis. Skönhetsexperten däremot talar bestämt för porsammandragande kamfervatten, fast och löst puder att läggas på med vippor av velour som med jämna mellanrum tvättas rena – och ju äldre vi blir – *jag vet att jag är fyrtio!* – desto större be-

hov av cerat och ett fetare läppstift. *Har du ett fett läppstift, Maj?*
Instinktivt far tungan ut och känner efter, lite fnasigt strävt på
läppen – men det är inte roligt när läppstiftet kladdar och kletar.
På koppar och glas.

Stänger hon av nyheterna om kriget i Algeriet? Nej, inte med-
vetet. Hon skruvar ner radion så snart signaturen till husmors-
halvtimmen klingat ut. Reser sig – egentligen värker vristen mer
efter att hon har suttit ner – linkar ut till badrummet. Sköljer tvål
och tvålkopp både i badrum och på gäst-wc. Passar på att blanka
tvättställ, rengöra toastol. När man gör det i farten är det ingen
sak. Att inte komma sig för är farligt.

HAN SKA ALLTID *få med sig fina matpaket.* Tänker Maj så när det känns motigt att kliva upp i februarimorgonens mörker. Hon skulle kanske kunna ligga kvar någon morgon nu när Tomas är i Sundsvall. Men att låta Lasse arbeta full dag på tom mage... Det är en uppgift lika väl som en annan. Att se till att Lasse inte behöver gå trött och hungrig under arbetsdagen. Det var lite oväntat att han så snabbt fick fast plats i Ekbergs verkstad efter praktiken men han sköter sig hyggligt när det gäller att komma upp på mornarna. Ja, han gör det bra. Och medan hon sätter på kaffet försöker hon påminna sig vilket pålägg han fick igår – hon vill helst se till att det blir variation på smörgåsarna. Medvurst, skinka, stekta ägg och bräckta falukorvsskivor, rester av stek, pannbiff... rejäla smörgåsar, kaffetermos, kanske en flaska mjölk. Kalla tunnpannkakor med strösocker på. Anita äter fortfarande på skolan. Ibland går flickorna hem till varandra, tycker visst att det är skönt att få lite ledigt från sorlet i skolbespisningen. Gerds mamma brukar bjuda dem på stekta ägg. Maj kan också laga något gott åt dem, men hon vill gärna få veta i förväg ifall de tänker komma hem på lunch och för hur många hon ska duka.

Dags att vakna, ropar hon i korridoren utanför Lasses och Anitas rum. Hon ställer fram koppar, bröd och pålägg i matvrån. Tar själv en kopp kaffe, de torra bullskivorna från igår. Teet får henne inte att vakna på riktigt. Men det heta kaffet och sockerbiten... efter det är det inte svårt att göra matsäcken färdig. Saltkött på en smörgås – vill du ha ett stekt ägg idag, Lasse? Han kommer ut till henne i köket, ställer sig intill henne vid diskbänken. Tänk – nu är han bra mycket längre än hon...

Du behöver inte bre på så jäkligt! Hon hejdar handen – ska du inte ha smör på brödet, svarar hon dumt. Lasse öppnar kylskåpet, tar ut mjölken och häller upp i ett glas. Han klunkar det i sig – rapar han också?

Tror du att de andra grabbarna har köttpålägg varje dag? Hon släpper smörkniven, låter de ofärdiga mackorna vara på diskbänken. Men du tycker ju inte om ansjovis – ska jag lägga på sardiner, kaviar...? Äh, får jag matsäcken nu – ja var så god – där får hon till sältan i rösten, eller blir den bara lamt viskande, och så ser hon hur han slarvigt föser ihop limpskivorna, knölar smörpapperet runt.

Hur många timmar blir Anita ute idag? Kommer hem illande röd med vita frysfläckar på kinderna, men först till middagen. Den varma chokladen, teet och vetelängden tar Anita inte längre. *Och mina händer knådar degen alltjämt.* För det gör de ju. Maj står där vid diskbänken, det går mot skymning utanför fönstret – ja i norrfönstret mot bergväggen mörknar det tidigt. Egentligen är det dumt av henne att hålla fast vid veckobaket. Längderna hinner bli torra, till och med mögla nu när Anita står över. Lasse kommer ju heller inte till trekaffet. Vad var det med Lasse imorse? En molande olust, nästan som mensvärk i magtrakten. Hon rullar degen, delar i fyra, danglar över dem till de smorda plåtarna, klipper flikar, viker åt sidan. En jäsduk över. *Du behöver inte bre på så jäkligt!* Han får väl klara sig utan hennes matsäck då. Om det ska vara på det viset. Hon tänker inte truga.

Och Tomas i Sundsvall på det. Vi flyttar dit allihop så snart Anita har tagit studenten. Börjar om... *Lämna Gurli?* Titti, de allt mer åldrande svågrarna och svägerskorna, umgänget, lantstället, våningen... Han har inte tagit upp det på nytt. Han bor där i sitt rum bakom butikslokalen. Anita som bara skidar. Inte enbart i bästa föret, det kan lika gärna vara blötsnö, bakhalt – snart ser du ut som Sixten – Maj sa det bara på skoj. Men en kvinna får ju inte

bli för muskulös, karlar vill ju ha hull, inte seniga, hårda musk-
ler. Inte har hon någon med sig i spåret heller. För något slags
system – Maj har sett anteckningsblocket – det var ren slump att
hon hittade notesblocket i anorakens ficka när hon skulle se efter
om den behövde tvättas upp – tider, före, datum – korta anteck-
ningar: *tungt vid h b, trappträning x 4, v b flyt, öka raksträckan,
obs vätskebrist. Rekord!* Är det sunt – för en gymnasist att gå in
så för skidandet? Hon har frågat både Titti och Gurli, och Gurli
tycker att Maj ska vara stolt – hennes pojkar är visst rätt så slöa.
Men om Kerstin eller Tomas var med henne i skogen hade det
känts bättre. Hon åker ju ofta i skymning och tänk om hon blev
liggande skadad.

Ändå har Maj svårt att låta bli bullskivorna till eftermiddags-
kaffet. Man skulle kunna tänka sig att det inte smakar att doppa
ensam. Men vid tretiden suger det till – då brygger hon sitt kaffe
– Tomas fick ju för sig att han skulle ha det kokt på nytt sedan de
sålt firman, *som Eivor lagade kaffet åt mamma* – Maj dukar med
kopp och assiett på tennbricka i stora rummet. Lyssnar på radion,
tystnaden… Man kan ju inte ordna kafferep varje dag bara för att
få doppa. Tomas lämnar samma hushållspengar som vanligt, fast
så mycket fortsätter att gå upp i pris. Det tar emot att be om mer.
Var det jag som körde iväg honom?

NEJ – RIKTIGT bra känns det inte. Men hur skulle han kunna hejda Maj? Han berättade för Helena att lokalen var dåligt städad och en stund senare sa hon att hon kunde tänka sig att hjälpa till att göra den fin. Han blev så glad! Såg framför sig hur de skulle klä sig slarvigt och skura hyllor och annan butiksinredning – ja även rummet med sängen och köksavdelningen. Ett fönster mot gården – ganska deprimerande – solljuset når inte direkt in, men i praktiken är det ju bara ett övernattningsrum. Att dra för gardinen, knäppa upp knapparna i Helenas skjortblus, behån, har hon på sig långbyxor, jeans… han drar ner dem också, sängen… Klart att han hoppats få tillbringa tid hos Helena på Alliero. Det är en brant backe upp till Repslagarevägen, men hennes lilla lägenhet har härlig utsikt. Och fina promenadvägar mot Norra berget – fast för sonens skull vill hon inte ha herrbesök alltför ofta. Att du kommer som en god vän… men helst vill jag att Christer ska vara borta då, hos någon kamrat. Nu står Tomas på busstationen för att ta emot Maj. Hon skulle till och med packa med sig trasor, sämskskinn till fönstren – det finns säkert grejer kvar i städskrubben, har han protesterat i telefon. Det gör inget, sa Helena när han talade om att deras helg inte kunde bli av. Hon ser glad ut när hon kliver av bussen – jag hade en så rar fru som sällskap ända till Timrå – tiden gick så fort – Tomas tar Majs väska och hör brottstycken av den här fruns livsöde i Majs tolkning – men Sundsvall är verkligen en tjusig stad säger hon glatt när de kommer till Storgatan – Stenstan är något annorlunda – pampig – synd att havet ska ligga på och blåsa – Selångersån är ju trevlig, det saknar vi i Örnsköldsvik, en å med fina broar – har du träffat på… vad hette det där paret vi träffade i Røros? Tomas skakar på huvudet, nej, undrar om jag skulle känna igen dem, bodde de vid Norra berget funderar Maj och Tomas är på vippen att ivrigt säga att Alliero har så flotta villor – Helena har berättat att fastighetsägarna protesterade när moderna hyresbostäder skulle byggas alldeles intill, även de boende på Repslagarevägen, Villagatan… men tänk om Maj skulle fråga vad han har haft för ärenden där, känner han någon? Och när de svänger upp på Tullgatan kommer han på att han naturligtvis kan säga att han ofta promenerar i skogen på Norra berget och passerar Alliero… *fan vad tarvlig du är.*

Maj tycker inte direkt att Tomas ska hjälpa henne. Du har väl att göra, säger hon, prismärka, sortera upp, bokföra, fakturera – men du måste tala om för damen som ska sköta städningen här i affärn att hon ska ta ditt krypin också. Maj sliter liksom bryskt upp hans ganska snygga bäddning, sängkläderna – packar upp nytt linne ur väskan och bäddar rent. Häng ut överkastet på vädring – borde du inte ha något fräschare – det här är väl inte vårt? Han blir stående när han hängt överkastet på piskstället – överallt är Maj med sin trasa men ber förstås då och då om ett verktyg eller rengöringsmedel när det behövs. Kan han bara stanna här ute? Nej, nu ropar Maj på honom. Gud så fönstren sitter hårt – kan du hjälpa mig att få isär bågarna – vi måste ta skyltfönstret också. Sedan säger hon att han ska köpa något gott bröd – så kokar jag kaffe – vill du fortfarande inte ha det bryggt? Han kunde ju inte neka henne att komma hit, de är inte skilda. Butiken är på sätt och vis också hennes angelägenhet. Ja – nog skulle Maj bli en fin butiksföreståndare – hon har lätt att ta folk när det kommer till ytliga kontakter. Och ordningen sedan. Var sak på sin plats! Ändå blir han irriterad. Över hennes sätt att dra i lådor, stuva om, påpeka att allt borde få sig en omgång med skurmedel, beklaga sig över smutsen i elementens skåror. Ölburkarna fick han undan. Ifall Helena… nej Helena är inte en sån som lämnar damspår efter sig på en trång toalett.

TOMAS BLIR STÅENDE – Maj kan förstå att han inte vet var han ska börja. När det är så här dyngigt – ja när allt måste tas från grunden blir det lätt övermäktigt. Ett skyltfönster kan ju inte vara smutsigt! Vad ger det för intryck. Tomas försöker säga något i larmet från dammsugaren – hon stänger av och han artikulerar att fönsterputsen sköts av en professionell putsare – i så fall ger jag inte så mycket för professionell – hon släpper munstycket och går fram till rutan, sträcker sig mot glaset och stryker pekfingret längs med. Titta! Hon skrattar och visar Tomas det dammgrå beviset. Vad var det jag sa? Sedan smeker hon honom hastigt över kinden med handens utsida – hon är på gott humör – vill verkligen hjälpa Tomas att komma i ordning – ger man efter blir det liksom oöverstigligt. Läget på lokalen är inte så charmigt. Eller vad ska man säga. Trånga tvärgator är ju svåra – på sätt och vis måste man ha ett ärende hit för att hitta. Man slinker inte bara förbi som på Storgatan, Köpmangatan – hon har varit på väg att fråga om han vet varför butikslokalen blev ledig. Georg säger att lokalen saknar betydelse för en skicklig entreprenör – *har han inte sagt att läget är allt?* Tomas har verkat mer… uppåt. Inte haft tid att komma hem alla helger, och oftast är han ute på något om hon ringer efter arton. Ikväll har han sagt att han ska bjuda ut henne på Knaust, men de ska ligga över här i butiken. Ja – det går väl bra. Bara hon hinner snygga till i rummet. Det finns en liten köksavdelning, man kan koka kaffe och wc finns också. Imorgon håller han stängt. Han skulle kunna sätta upp fler hyllor och skruva fast krokar – ordna så att butikens utbud blir mer… åskådligt. Det finns fortfarande många ouppackade kartonger och varuprover som inte blivit sorterade. Skinnryggsäckar, handskar, tofflor, skärp... plånböcker också, i kalvskinn?

Men vad du verkar trött! Tomas ser faktiskt lite blek ut, det märker hon när hon ska byta vatten för att ha rent till fönstret ut mot gården. Hördudu, gå och köp något till kaffet! Han frågar inte vad hon vill ha och hon hinner inte föreslå något förrän ytterdörren öppnas och följs av det plingande lätet. Det är lite svårare att behålla entusiasmen ensam. Inte kan det väl komma kunder fast de har stängt? Hon borde ju faktiskt sätta extra fart när han gått. Mota impulsen att lägga sig ner och vila svanken på ungkarlsbädden. Fönstren måste hon hinna klart. Och golven – fast golven är egentligen ingen idé förrän fönster och snickerier är färdiga. Gud så rädd hon blir när det ringer! Med bultande hjärta går hon mot telefonen – hon ska ju inte ta emot samtal från kund. Bättre att de talar med Tomas direkt. Han kommer snart. Här i stan ligger väl konditorierna som på ett pärlband.

Hon borde nog skynda sig med kaffet – pannan i pentryt är oväntat ren. Den håller han visst ordning på! Kanske fikar han mest ute på stan. Som när han var ungkarl och gick på Kjellins. Kaffekopparna i skåpet är enkla – hon känner inte igen dem – inget särskilt märke – men i övrigt är det ont om porslin. Han kunde väl ha fått med sig lite hemifrån. *Vad betyder egentligen den här flytten? Ska han bosätta sig här permanent?*

Skyltfönstret var ju ingen match! Men telefonen ringer med jämna mellanrum. Vem är så ihärdig en lördag eftermiddag? För en stund sedan var hon riktigt kaffesugen – hungrig – nu känns det plötsligt lite olustigt. Vad han dröjer. Har det hänt något? Gick han inte halv två? Nu är den tjugo över. Kanske borde hon svara i alla fall. Säga hallå. För så här kan det ju inte hålla på att ringa. När Tomas bara dröjer.

Är det Maj Berglund?

Ja, det är jag – vem talar jag med?

Men mamma, varför har du inte ringt!

Anita! Alldeles tjock på rösten. Hon lovade ju att ringa till Anita när hon kom fram.

Snälla vän – Maj sjunker ner på en stol – du vet det är så smutsigt här… jag har bara städat. Anita säger att hon har ringt och ringt, varför svarar ni inte, tänk om det skulle hända… Förlåt, jag skulle ju ha ringt – hon kan faktiskt förstå Anitas oro – jag blev så ivrig att sätta igång och nu har jag tappat bort pappa!

OM HAN BARA berättar det. *Maj – jag träffar en kvinna här i stan som jag är mycket fäst vid.* Maj vinkar åt honom när han passerar skyltfönstret – i sista stund får han syn på henne där innanför. Han höjer handen, ja det blir en korrekt hälsning som en militär, polis... ingen slängkyss, jo nu skickar han en slängkyss – *du är en skit* – wienerbröd, det är väl det naturliga att köpa, vill Maj hellre ha en bakelse – tanken på båda delarna gör honom lätt illamående, yr. En stor skummande öl. Han går till Pallas konditori efter att ha övervägt att gå omvägen till hembageriet långt borta på Rådhusgatan, men de stänger tidigt på lördagar. Även om Pallas framför allt hör till hans nya liv här. Att dra in Maj i det... det känns inte bra. Ja Helena och han drack ju kaffe där första gången efter... efter natten på Knaust. Han tog henne på bio, och sedan konditori – ville väl visa att han inte var som Torsten, Georg... Det trevliga paret – han tror att de är ett par – som har Pallas känner igen honom nu, hejar glatt och reagerar om han tar något annat än det vanliga. Det är fint att få sin frukost här. Det har blivit en kär vana, att vara på plats redan sju varje vardag. Man blir ju tokig av att bara kliva mellan rummet och butiken, att inte ens få en fem minuters morgonpromenad. Och han tycker om att Pallas har många resande från järnvägsstationen och riksvägen. På så sätt blir det inte för intimt med de andra stamgästerna. Alltid okända ansikten också. Maj misstycker väl inte om han dröjer en stund? Tar en kopp kaffe och en cigarrett. Medan hon tvättar fönster – för när hon knäskurar golven är han ju ändå bara i vägen. Kanske ägg och ansjovis på rågbröd – nej då kan Maj känna lukten, undra varför han åt så

kraftigt utan henne... något mer neutralt, en ostfralla... Hans
bord är ledigt, men det är ovanligt många ungdomar här. Kom-
mer väl från skolan – kanske ända från läroverket vid kyrkan.
Hoppas att det ska smaka – servitrisen ler på ett sätt som inte
känns mekaniskt professionellt men som väl kanske är det – ost-
frallan tog han mest för syns skull. Har inte matlust. Vid varje
pling – en förhoppning att Helena snart ska bli synlig, speja efter
ett ledigt bord, få syn på honom... Fast hon vet ju att Maj är här
idag. Han hade lovat sig själv att inte prata så mycket om Maj.
Det är att sänka sig... både bedra och beklaga sig. Har han inte
alltid föraktat den typen? Georg talar nog aldrig illa om Titti med
sina älskarinnor. Han delar upp det. En fru, en mor... *en kvinna
att ligga med.* Ändå kommer det fram, något uppdämt – Helena
berättar nästan ingenting om sin döde man. Han har fått för sig
att de inte var riktigt kära på slutet. Önskedröm? Maken byggde
en sommarstuga åt dem på Alnön, men Helena är inte säker på
om hon har råd att ha den kvar. Det är när han druckit han säger
saker om Maj. När det blir för mycket. Helena vet inte... nej, inte
om spriten. Men han har en känsla av att Helena blir lugn av att
han berättar om svårigheterna i äktenskapet. Det är väl inte så
färdigformulerat för honom själv. Men bara att få säga något...
hans drickande gör ju att han ska vara så jädra tacksam över att
Maj står ut. Att hon ställer upp. Om han tar en cigarrett till, och
påtår. Sedan måste han gå. Inte glömma köpa med sig wiener-
bröd – kanske några sorters småkakor. Servitrisen kryssar mel-
lan borden, plockar snabbt undan smutsigt porslin och tomma
kaffekannor, drickaflaskor. Maj på Kjellins konditori – vad var
det han blev förtjust i? Kanske visste han redan då att hon vän-
tade hans barn. Herregud. Tänker han på allvar lämna Maj efter
att hon har burit, fostrat och tagit hand om hans barn? *Ta lätt på
den här affären. Helena är en attraktiv kvinna – inget bombned-
slag som Märta Falk – snarare en fin, varm kvinna och alla kan
vilja känna sig levande på nytt. Men nu måste du avsluta. Helena*

vill ha en ny man och en far till sin son. Har han ens snappat upp rubrikerna i Sundsvalls Tidning? *Gå tillbaka till Maj nu!*

Då ses vi på måndag som vanligt! Hon skrattar mot honom där hon lägger upp nya bredda smörgåsar och bakverk i kyldisken – trevlig helg, svarar han och höjer handen till en hälsning – ute ligger vinden på, lite snål, hård från havet. Vilket samarbete mellan en man och hustru – han i bageriet före gryningen – hon alltid lika tillmötesgående bakom disken eller i konditoriet – borde han inte bjuda in Maj att arbeta tillsammans med honom? Så får de skaffa en lägenhet här – det finns många fina villafastigheter väst på stan som ser ut att vara flerfamiljshus. De kan ju inte bosätta sig på Alliero... om Helena skulle gå med på att fortsätta träffa honom... *fy fan vad du trasslar till det!* Bara för att stadsbacken är trevlig – ja att han redan känner sig hemmastadd där uppåt Norra berget – det går väl lika bra att promenera bort mot Selånger, längs med ån, kanske upp till Sidsjön... *gå hem med dig nu.*

Jaha, då värmer jag på kaffet – det är ju inte gott att få det kallt – Anita ringde och var så orolig – han kan inte avgöra om Maj är sur – jag gick i onödan, fick vända – han ropar in mot rummet – hembageriet som har så gott bröd stänger ju tidigt på lördagar, men så hade de öppet på Pallas som ligger i närheten här – ja det är inget fel på Pallas bröd, tvärtom... Det var verkligen dyngigt, hon slamrar med porslin – vi sitter väl här inne – fönstren kan inte ha varit ordentligt tagna på... flera år tror jag, är du säker på att det kommer en fönsterputsare? Så snyggt du har gjort det, trivsamt! Maj häller upp kaffet – han är väl inte skakig på handen bara för att hjärtat hamrar – men du måste byta lakan varje vecka fast du... ja det kan ju komma lukt in i butiken – du får ha en uppsättning rent här. Om du skulle få dambesök!
    Tystnar de båda?

Dambesök är väl ändå det sista jag har här – hans skratt, vasst.
Maj rör med skeden i sin kaffekopp, wienerbrödet orört.
Men vad är jag då?

MAJ, DU HÅLLER väl tag i *de tre t:na*. När hemarbetet trots allt kan kännas en smula monotont. Hur du tillsammans med dina husmorskollegor ska skapa *trevnad, trygghet och tillväxt* genom det idoga arbetet i *era egna hem*. Eller klarar du dig ändå – det är knappast du som behöver manas på av Husmors Filmer? Fast de ska ju bara hjälpa dig att strukturera, rationalisera, effektivisera. Göra dig till en förnuftig konsument. *Hur kan du tro att din sakkunskap och beprövade erfarenhet räcker?*

Klart att allt blir lite annorlunda av Tomas frånvaro. Att inte kunna be honom gå ärenden, hur han aldrig kan ge henne ett handtag i vardagen. Hon påminns om att han brukar hjälpa henne med att bära hem tunga varor, inköp som hon nu delar upp över fler tillfällen för att det inte ska bli för arbetsamt. Tystnaden… när Anita är hos kamrater, Lasse ute på sitt. Nog för att Maj ser till att bli bortbjuden och själv bjuda hem damer på kaffe och lunch. Men middagsbjudningar – då vill värdinnan oftast försäkra sig om att Tomas är i stan över veckoslutet, så att det blir *jämna par*. Lotten Åkerlund som häromsistens förvånat undrade varför Maj inte flyttar med honom till Sundsvall, Anita och Lasse är ju stora nog att klara sig på egen hand. Frågan har irriterat henne – Lotten kan gott vänta tills hennes egna gullungar blivit ungdomar, *tonåringar*, så får hon se att det inte bara är att lämna dem vind för våg. Tomas har väl också presenterat den här lösningen som ett *provisorium*. Vill för allt i världen inte göra sig av med våningen i Örnsköldsvik.

Valborgsmässoafton, Kristi himmelsfärd och pingst. Tomas telefonerar till henne och säger att han får svårt att komma ifrån. Men över midsommar tänker han i alla fall vara långledig och fira med familjen hemmavid.

DET ÄR OMÖJLIGT. Hon har åkt med Express från lantstället för att tvätta i maskinerna i stan hela dagen – det luktade unket efter vintern om sänglinnet från byrån i sommarhuset och hon ville ha rent till midsommar. Och nu står hon här, i cementdoften, och plockar i vittvätten. Insnärjd i underkläder – undertröjor, Lasses kalsonger och Anitas underbyxor – finns en vitskjorta. När hon först ser läppstiftsmärket på axeln tänker hon att det är Lasses skjorta. Lasse har varit på dans och någon flicka har slarvigt låtit läpparna vila mot hans axel. Men det är inte Lasses skjorta. Det är Tomas. Hon har själv köpt den åt honom. Och det är inte hennes läppstift. Hon har ingen så där otäck kallrosa nyans. Men herregud. Vill han att hon ska upptäcka honom? Konfrontera honom? Nog hade han kunnat lämna skjortan till en kemtvätt? *Är du verkligen säker, Maj? Ja, jag är säker.* Lika säker som när Erik ville ha Ella där i Optand. Tänk att hon minns det än! Den är så banal, den där läppstiftsfläcken. Och inte är det troligt att hon får bort fettet färgen lämnar efter sig. Det är en dyr, skräddarsydd skjorta. Med utmärkt passform, Tomas klär i den. Som i trans arbetar hon med maskinerna. Tar fläckurtagningsmedel på läppstiftet. *Är inte det dumt? Bevismaterial...* Det är också oekonomiskt och slösaktigt att förstöra en skräddarsydd vitskjorta.

Hon måste ligga över i lägenheten, vänta på att lakanen ska torka eftersom fläktarna är ur funktion och reparatörerna verkar ha tagit semester redan. När det ringer på eftermiddagen är det inte Tomas, utan Anita. Kan du inte komma med kvällsbåten mamma, det är inte så roligt att sova här ensam... du kan väl ta med tvätten så får den hänga här på tomten? Jag möter dig så bär vi den tillsammans från bryggan. *Din pappa skickar hem skjortor med läppstiftsfläckar Anita, vad ska jag göra åt dem?* Får jag sänglinnet mangeltorrt försöker jag hinna med båten, svarar hon, men jag kan inget lova. *Är det bara du och jag igen nu, Anita? Lämnar han oss?* Först måste hon ringa det där samtalet. Hon ska fråga honom, rätt ut. Någon tyst kommunikation i form av hitskickade läppstiftsfläckar vill hon inte veta av. Hon sitter ner, är torr i munnen när hon ska telefonera. Tror han att det är den andra, är det därför han svarar?

Är du otrogen, Tomas?

I en kort paus hör hon hans andetag. Sedan säger han Maj, hur kan du bara säga något så dumt. Tror du att det är så jädra roligt att slita här nere varje vecka, och vara borta hemifrån... Och sånt här kan jag inte prata om i butiken, det får vi ta när vi ses. De lägger på. Men hon vet ju! Allting tyder på... Att han är så ofta borta om kvällarna. Att han alltid måste jobba över. Att han har verkat glad... Om han vill skiljas? *Vill du skiljas? Jag vet inte.* Det har gått i ett. Men nu – barnen är stora. Varken Lasse eller Anita behöver henne på allvar, även om Anita inte vill vara ensam ute på landet. I ett hus är det ju så många okända ljud. Håller sig Anita hemma så mycket för att göra Maj sällskap? Följer henne bort till bekanta, på kaffe eller mat. Maj tycker ju om det, att ha sällskap hem i mörker och halka. Men nu är nätterna som ljusast. På fredag är det midsommarafton.

NEJ – HON vägrar ställa sig och ordna om midsommar för släkten som vanligt. Inkokt eller bräckt lax. Kaffe och dignande brödfat. Gräddtårtor med jordgubbar opp på. Och så lite småvarmt på kvällen, köttbullar, Jansson, en nubbe på det. *Aldrig i livet!* Till Titti får hon skylla på blödningarna, ja det är ingen undanflykt, igår låg hon i magsmärtor och vadkramp, just roligt att få blod-fläckar på den rena tvätten. Skjortan lät hon vara kvar i stan. En fysisk motvilja mot att ha den nära sänglinnet och underkläderna. *Det kan inte vara någon ungdom eftersom hon behöver så mycket fett i läppstiftet.* Titti vill förstås inte veta av att Tomas har en an-nan i Sundsvall. Ja, Maj dröjer sig kvar i sängen på midsommar-aftonens morgon. Det regnar så att det rinner längs rutan – hon är säker på att det inte borde rinna på det där viset. Att hängrännorna är felkonstruerade och inte gör sitt jobb. Hon vill inte dansa runt stången, klä sig fin och vara glada lättsamma Maj. *För vad ni än tror är det så jag betraktas.* Träffa Hedvig och Lennart som repa-rerar Ninas och Ragnars villa så fint, och Marianne och Hans-Erik har börjat ge sig på Kurres och Dagnys. Gud vad de repa-rerar! Har de inget annat för sig? Tomas och hon reparerar inte. Låter allt förbli vid det gamla. Tomas har ju inte tid.

Mamma, mamma är du vaken? Anita sticker in huvudet, hur är det, är du sjuk idag också? Ring till Titti är du snäll och säg att jag ställer in... Anita tycker inte heller om telefonen, men hon nickar, motvilligt. Faster Titti känner hon ju. Maj häver sig upp till sittande och säger att faster Titti får kontakta de andra – det är ju inte mina syskon. Ja – det slår henne med full kraft – *det är faktiskt inte mina syskon, utan Tomas.* Hon är arg på Titti också.

På att Titti förväntar sig att få komma hit varje midsommar. Vad man kan bli less på traditioner! Samma, samma. Vill Tomas ha traditioner får han vara här och upprätthålla dem. Men inuti. Hon har inte lyckats få honom att älska henne på allvar. *Snälla Tomas! Kan vi inte försöka igen?* Törs hon kontakta Gurli för att få råd? Men hon kan ju inte prata öppet med henne så att Anita hör. Och vad känner Maj för henne, *kvinnan.* Hon borde väl vara rasande på henne också. Kanske är det inte bara en, utan olika varje natt. Men om det är en, och hon tänker försöka få bort Maj... att hon kommer att ta det Maj har. Få henne att flytta från lägenheten, sommarhuset. Hon vill inte flytta från våningen! Vart ska hon ta vägen? Bostadsbristen, den talar man ju även om i Örnsköldsvik, inte bara i Stockholm. Hyra av Näsman på nytt? Nej, då ryser hon ofrivilligt till, aldrig mera hyrrummet på vinden. Blir det skils-mässa flyttar hon från stan! Bort från Gurli, Anna? Jo. Det blir hon tvungen till. Nog måste det bli bodelning? Något måste hon väl få med sig?

Mamma – vad Lasses röst låter ivrig i luren – mamma går det bra att jag har med mig en... en bekant, ja det är en flicka jag har lärt känna, hon har inget för sig idag och det är ju fint att få vara på landet på midsommar, vi behöver inte ligga över. Vill du ha något från stan?

Det är inte sant. Ska Lasse komma dragandes med en flicka... just idag. När hon lagt på inser hon att hon inte vet hur de ska ta sig hit ut. Ska han skjutsa henne på sin skoter? Eller cyklar de? Vad ska de hit ut och göra i regnet! *Skärp dig.* Hon drar en borste genom håret, sätter på kaffe. Anita kommer in från blötan – har du promenerat i det här vädret – tog bara tidningen, svarar hon och tar av sig regnkappans huva – det öser ner. Det var ingen fara för faster Titti. Hon tyckte vi kunde komma dit redan till lunch och stanna så länge vi vill. Och så frågade hon om du har smärt-stillande, annars kan Henrik komma över med det. Maj slår upp kaffe till Anita också, dukar fram smör, bröd, ost. Skär inte upp av korven – hon orkar inte. *Betydde inte traditionerna mer. Så umbärlig är jag visst.* Maj! Du ville ju inte ha något kalas.

Lasse ska ha en flicka med sig när han kommer. Anita sträcker sig efter smörkniven – är det Ann-Kristin? Ann-Kristin? Visste du om det? Visste och visste, jag träffade på dom utanför Parken – ja då var det ju för sent för dom att gömma sig – du vet han har väl inte varit säker. Men hon verkar vettig. Lite äldre, hon gick en klass över mig ett tag, jag tror inte hon tog realen. Maj sväljer en mun kaffe – är hon tre år äldre? Ja men det är väl bra, att det är en tjej han inte kan härja med hur som helst. Brukar de bo ihop? Maj försöker låta oberörd, fast skälver inte handen igen. Men Anita skakar på huvudet, det tror jag väl inte. Om inte hon har egen lägenhet, hon är säkert inneboende. Jag tänkte – Maj skrattar till – när han ligger över hos den här arbetskamraten… han har ju faktiskt inte fyllt sjutton ens. Anita invänder att han har ju jobb. Så han tycker nog att han är vuxen. Och det är väl roligt om Lasse har blivit kär. Man trodde liksom inte – ja han är inte den typen.

Snygga till dig! Det är midsommarafton. Klänning och fräsch makeup. *Rikligt av oljigt kallrosa läppstift.* Klack på skon, eau-de-cologne. Men borde hon inte tvätta sig med tvål under armarna först? Hon känner en härsken, vresig, förtvivlans svett. *Så Titti tycker att de kan ta lätt på att det är midsommarafton och improvisera.* Värre än så var det inte att ställa in. *Viktigare än så är du inte.* Nu måste hon ju gå dit eftersom Lasse ska ha med sig en flicka. Kommer hon att vilja kräkas när Tomas dyker upp? Ligger han med henne nu – en snabb före avfärd. *Vem?* Lasse? Tomas? Hon måste knacka på hos Anita. Hon sitter och sminkar sig vid pigspegeln i sin kammare – vad trevligt det blir när du har håret så där. Maj ser hur den lilla borsten till ögontuschet darrande stannar ett par sekunder, sedan fortsätter handen sin jämna rörelse. Du har väl ingen… inget sällskap? Och när skulle jag träffa honom, menar du? När du sover på nätterna? Jag tycker det är tråkigt bara, att Lasse inte har berättat... om Ann-Kristin. Ja, att man inte kan lita... åh vad hon vill berätta för Anita att Tomas har en annan. Men det vore att sänka sig. Ann-Kristin. Vad är det nu för en liten fresterska.

Titti har teveapparat även här ute. Så det gör inget att det regnar! Men det är trångt av finklädda – ljust, lätt, glatt, vackert sommarklädda – släktingar i huset. Tomas släktingar. *Varför ska jag ävlas med er? Vad bryr ni er egentligen om mig och mitt liv?* Bara upptagna av hur oerhört fint det måste vara att få tillhöra den här familjen. Stackars Ann-Kristin! Att Lasse är så dum att han drar med henne till alla dessa människor. Ann-Kristin kommer enbart med sin ungdom – men hon har i alla fall inte gjort misstaget att måla sig för mycket. Kanske lät hon bli sminket för att inte se ut att vara äldre än sin unga kavaljer. Hon är mörk, liten, mycket kortare än Lasse. Ja, välkommen då, säger Maj när de kommer och lägger till att vi kunde ju inte sitta och vänta där hemma på er. Vi såg lappen, svarar Lasse lite förläget, Anita skrev visst på ett papper att de hade gått över hit. Till Tomas också. Maj är väl platt i håret och ser ut som en gammal ragata. Snabbt tar någon reda på att Ann-Kristins pappa jobbar på kemin – han är säkert duktig – men här är väl det inget att komma med. *Så har vi det, vi som är ingifta.* Det bara sprider sig, giftet inuti. Det måste ju vara tåga i den här Ann-Kristin som satte tänderna i Lasse. Inte har han modet att uppvakta en äldre flicka. Men Lasse verkar ha blivit *trång i bollen* av förälskelse när han inte ens presenterar flickan för henne och Tomas innan han tar henne med på en stor fest för släkten. *Ni får klara er bäst ni kan.* Klart att Georg ska visa flickan runt! Han ser upplivad ut – ja Henrik bjuder väl inte hem några flickor. Han som har åldern inne och borde göra det. Som om Maj bara kan sitta i rottingmöblemanget och pyra. Nej – hon behövs i köket – alla svägerskor måste hjälpa till. Alla kvinnor. Lägga upp, duka fram, ordna till. Duka bort – diska. Titti rättar hennes placering av porslin i diskmaskinen – herregud – att inte ens kunna diska för hand på landet. *Men Georg ger sin hustru en lyxig och behaglig tillvaro.* Tomas tänker visst inte alls dyka upp till festen.

Hon står inte ut med Mariannes och Hans-Eriks fåniga nojsande! Hur länge har de varit gifta nu. Särskilt efter ett par snapsar till sillsmörgåsbordet före laxen – att Titti kunde trolla fram så mycket lax. Ja, då var det ingen fara att hon ställde in i sista stund. Ska de prata barnspråk med varandra också – *äckligt.* Men Lennarts Hedvig ser trött ut. Barnen är högljudda, klängiga. Tre, sju och nio. Varför skulle hon ha tre? Hedvig skulle nog inte orka ordna midsommarkalas. *Det är svagt att boka av när så många räknar med att få komma. Men hur ska jag orka när Tomas bedrar mig?* Rolf och Cissan, Ingvor och Bernt... Någon har hört att Ellen har träffat en engelsman – det måste vara en lättnad för Sylvia – först Otto, och så Ellen som aldrig blivit stadgad... hon är väl trettio? Men hade hon inte en bra plats på ekonomiavdelningen... Sture har ju blivit byggnadsingenjör – nej men inte har han gått på KTH – han har förstås framtiden för sig. Maj bryter in – var är Arne och Majlis då? Kommer de inte upp i sommar heller? Vad tyst det blir runt kaffe- och avecbordet. Ja men det är ju ett jädra surr om att Tor och Gunilla borde ha tagit över Evas och Johans lantställe och att det var Arne som såg till att det inte kunde bli av – fast inte när Eva och Johan är med förstås – nu svarar Eva – *ser du inte att Eva är en gammal kvinna, snart sjuttio* – att Arne har ju sitt ställe i Märsta. Och eftersom vi bara har våningen i stan kvar tycker Arne och Majlis att det är bättre om vi kommer ner, men det är för långt för Johan att köra.

Åh så lyckliga alla blir när Tomas till sist dyker upp – blek och regnvåt i håret. Vi får prata sedan viskar han till Maj när han lägger en hand på hennes axel – *ta bort den!* Hon har inget att säga om inte han. Inte om *det*. Har du hälsat på Lasses flicka? Tomas ser häpen ut – oj – var är dom – *dom ligger väl med varandra i något sovrum på övervåningen, ja som Olof och Ingrid gjorde när vi träffades* – ungdomarna tittar på teve där uppe. Du vet det är mycket som händer när du är i Sundsvall. Nej – Maj vill verkligen inte se till att Tomas ska få något i sig. Hon gör det inte heller. Titti får resa sig. Titti får gå ut i köket och plocka ihop en midsommar-tallrik åt sin älskade lillebror. Måste Dagny luta sig mot Maj och påfluget fråga vad Ann-Kristin är för någon, ska hon verkligen fylla tjugo? *Jag vet att Lasse är en pojkvasker. Men han är snygg, har jobb och moped. Vad ska jag göra åt det?*

ÄNTLIGEN BJUDER GURLI hem henne. Märkligt nog är lantstället inte så flott. Nybyggt, i ett plan – ja mycket mindre än man skulle kunna vänta sig. Små sovalkover snarare än sängkammare, men med stora fönster mot sjön i storstugan. Inte heller här vill Gurli sitta inne, just i storstugan som hon säger. Hon har dukat på soldäck – här är det bästa, säger hon och skrattar – ja den stora altanen är fin för den som tycker om blåst. Stugan är för all del byggd i vinkel för att få skydd mot nordan, sikten fri mot havet. Var har du Uno och pojkarna? Uno tog båten över till Hägglunds – de sitter väl och dividerar på groggverandan – groggar de så här dags på dagen? Gurli skrattar – jag har ingen aning, nu är det sommar och de får göra som de vill. Skål och välkommen! Pojkarna tältar – vid Stubbsand! Så någon lång camping har de inte farit iväg på. Du förstår Maj att här ute ska vi bara ha det skönt. Margarethe har ledigt – det är första gången på flera år hon far hem till Tyskland – hon gruvade sig tror jag, men jag hoppas verkligen hon kommer tillbaka. Gurli har kokat varmkorv. Är det inte skönt att vara lättsam på sommaren? Nog för att Maj tycker om korv… man kan alltså även från finare håll bjuda på en korv. Det ska hon lägga på minnet. Eller är det för att Gurlis man är hög på MoDo som hon kan… Till efterrätt blir det nyskördade jordgubbar och grädde – en kaka till. Gurli är så brun! Men först till kaffet talar Maj om det här med att Tomas har en annan och hur hon fick reda på det. Då tänder Gurli en cigarrett och säger att karlarnas behov går ju aldrig över. Jag har inte så värst… hon suckar lite, låter askpelaren landa i det glaserade lerfatet. Fast vill man… bara så där att han ska uträtta behoven med en annan då? Och bli kär? De har fått vin till korven – det passade inte så värst bra – och nu har Gurli bjudit på klosterlikör. Var jag yngre skulle jag ha bråkat, men idag skulle jag ha låtit det bero. Jag menar, tar han hand om det han ska så... åh, vi var många som tyckte att Tomas Berglund var en riktig... *Va?* Han var så tjusig. Lite filmstjärna. *Va? Men spriten?* Väldigt trevlig. Charmig. Georg var ju mer av en hjärtekrossare, Tomas alltid en gentleman.

Vad är det för kvinnor som bara accepterar? Maj tappar orden, vet inte vad hon ska säga. *Har Gurli varit i lag med Tomas?* För oss som var yngre var Tomas ouppnåelig, lägger Gurli lugnande till. Det här med behoven – jag menar vill man inte ställa upp själv – ja jag har tröttnat. Då får väl någon annan... Se inte så chockad ut! Du förstår, när jag inte ville ha fler barn – inte en pojke till – ja då blev det där alltid förknippat med en risk. Uno vill inte med preventivmedel. Gummin. Nej men nu går nästan Gurli för långt. Vill Maj veta det här om Uno? Som hon tycker är lite korrekt, näs- tan trist. Och Gurli fortsätter att nu är hon kanske inte så... tänd på Uno längre. Men jag vill då inte skilja mig. Det är bra som det är och jag tror inte Uno har någon. Vi gör det väl ibland, men... Och skulle jag bli upp över öronen förälskad så får vi väl se! De sitter i var sin solstol nu, en sådan som inte är så lätt att varken ta sig i eller ur. Gurli sträcker ut sina brunbrända ben – jag tycker att jag har det så rasande bra. Med väninnor – med dig, Maj – poj- karna börjar klara sig själva. Men det är dåligt av Tomas att inte sköta det så att du slipper detaljer. Sa du kallrosa läppstift? På en märkesskjorta? Och kallrosa som är en så svår färg.

Gurli blundar, och Maj prövar att göra likadant. Här i lä är det varmt. Är hon lättad? Arg? Tänd på Tomas? Är hon tänd på nå- gon annan? Fortfarande kan hon bli... oroad av Georg. Ja, kanske – så här efter lite vin – kan hon tänka att hon vill att Georg ska tycka att hon är en *attraktiv kvinna.* Men inte mer än så. Och annars... Uno tycker hon inget särskilt om. Unga snygga pojkar bryr sig ju inte om Maj. Och är hon inte allra mest *sig själv* tillsammans med en väninna som Gurli? Gurli har aldrig verkat tycka att hon är *knäpp*. Och när Maj ändå – av något slags anständighet – måste tacka för sig och gå hem och laga middag säger Gurli att tiden alltid går för fort när vi träffas. Åh vad vi har roligt. Kom snart tillbaka! Maj vet ju att det är Gurli som har mest ikring sig. Alla bjudningar och representationer. Ja, som Titti ungefär. Men till skillnad från Titti – Titti vill väl egentligen inte leva det där livet? Hon ställer upp för Georg. Alltid ställer hon upp. Men Georg tar ju över. Inte får Titti glänsa intill honom. Och alla kan väl få behöva glimma till, åtminstone ibland. Har hon verkligen tackat Titti för att hon ställde upp så fint på midsommarafton?

GLÖMMER HON HANS otrohet helt utan vidare? Det är underligt hur enkelt det är att *bedra sig själv*. Tro på honom när han säger att han har så fullt upp med butiken och leverantörer att han stupar i säng så fort han gjort kväll i affären. Fast han sällan svarar i telefon. Hon ringer inte längre. Det är dumt att plåga sig själv. Han måste ju få äta kvällsmat på stan. Det kan hon inte neka honom.

Längtar hon någonsin efter ett eget rum? När våningen ekar öde och tom om dagarna, kvällarna – Anita spelar musik ibland, radio – Maj sätter också på den, som sällskap – men sedan Tomas flyttade… kan hon väl inte påstå att hon har något direkt behov av ett eget krypin. Förut kunde hon längta efter ett sovrum att ha för sig själv. Att stänga dörren, klä av sig naken, peta näsan, klippa tånaglar, kanske göra gymnastik – utan att behöva ta hänsyn. Hon som till femton års ålder bodde på ett rum och kök, sju personer. Sådant kan Tomas inte förstå. Anita och Lasse – har inte en aning. Anita är ju så känslig för det som stör. Då kan hon inte läsa läxor. Lasse som inte vill anpassa sig till fasta mattider, eller komma hem på avtalad tid om kvällarna – nätterna. Gud så ilsk pappa skulle blivit om Maj och Ragna lät bli att komma på avtalad tid! Men Lasse gör som han vill och är med Ann-Kristin utan att berätta för Maj i förväg om de båda ska ha middag här eller om de äter hos henne. Kanske bjuder han ut henne på mjölkbarer, konditorier?

Det kan kännas ödsligt i lägenheten på dagarna den här hösten. Oftast – när alla hushållsgöromål är avklarade – sitter hon och virkar i stora rummet. Där från plyschfåtöljen har hon överblick. Hör om någon går i tamburen. Det är en underbar våning. Stor, med många rum att städa. Titti har redan virkat tre överkast – två till enkelsängar och ett dubbel. Det är inget litet arbete. Och Maj ska – ett åt Anita, ett åt Lasse och Ann-Kristin – tänk om det verkligen blir allvar mellan dem – och så ett till Tomas och... hon skrattar till. Lite galet, så där i ensamheten. Ska hon virka ett överkast åt Tomas och kvinnan i Sundsvall? Det är ju inget vidare, överkastet han bäddar med bakom butikslokalen. Gurli har låtit inreda åt sig ett *fruns sovrum*. Ljusgula väggar och blommigt överkast. Kanske en smula amerikanskt – filmstjärneaktigt. Gurli har liksom Titti anammat mycket av den amerikanska inredningsstilen, ja det amerikanska överhuvudtaget. Maj säger inte att hon oftast tycker att de överdriver. Filmstjärnorna i veckotidningarnas inredningsreportage. Det är ju inte snyggt med för mycket rysch och pysch – Gurli har till och med ett par guldsandaletter!

DET ÄR GENERÖST av dem att bjuda med honom till köpmännens årliga höstmiddag på flott lokal här i Sundsvall. Fast Tomas vet att det är för att Georg har kontakter, bland annat med Rönnes, som i sin tur antagligen förmedlat uppgifter om Tomas till den här köpmannaföreningen. Ja, och så finns ju Odd Fellow även i Sundsvall och andra loger för stadens män. Inte var det för att börja om på nytt med sådant som han flyttade till Sundsvall. *Varför flyttade du?* Det var ju att gripa efter ett halmstrå, eller fånga tillfället i flykten. Något ditåt. Men skulle Örnsköldsviks köpmän på ett så här tidigt stadium ta med en utifrån? Gåsamiddag, till och med. Och ett slags storslagen inledning på julhandeln, med planering av skyltsöndagen och strategier för att öka försäljningen i årets julklappsrusch. Nog är man optimistisk överlag runt bordet? För med folks ökade inkomster går konsumtionen framåt förstås. Men hoten finns för just det här gänget lik förbannat. Butiksägare och näringsidkare i centrala stan, visst har man farhågor kring att de billigare varuhusen kommer att breda ut sig, stjäla kunder från Dahlmans – Tempo, Epa – sådana varuhus kan ju ha en helt annan central lagerhållning, göra stora inköp och besparingar på en rad poster där den enskilda butiksägaren måste ta betalt för kvalitet, expertis – service. Ja, efter att det fyllts på i glasen – Tomas gör sig inte omaket att be om alkoholfritt eller avvärjande täcka över glaset – så skräds inte orden om hur regeringen och storfinansen försummar småföretagaren, den småskaliga entreprenören. SCA, Ortvikens nya pappersmaskin – överallt där man skriker efter arbetskraft görs undantag – men vi ska beskattas så att vi inte kan ha en anställd! Sossarna i Örnsköldsvik sitter väl i

knäet på MoDo och Hägglunds – Tomas nickar, jo en anställning
där är nog förmånlig idag med löneläget och egnahemslånen…
vad vet han egentligen om det. Lasse fick arbete, ingen talar om
arbetslöshet längre, bara bostadsbrist och avfolkningen på lands-
bygden. Ja, nu ska ju politikerna råda bot på det också, alla män-
niskor ska stoppas in i hyreskaserner som man smäller upp och
byggbranschen jublar… fast får folk bättre löner kan de ju konsu-
mera mer. I butikerna på Storgatan. Man verkar överens och kan-
ske blir det extra brösttoner för att Tomas är med. Och i Sundsvall
finns politiker som över partigränserna värnar stadskärnan, ska
Stenstan behålla sitt rykte måste ju alla dessa butiker finnas kvar.
Julskyltningen bör enligt seden varje år överträffa föregående år,
det är ju inledningen till julhandeln och vid bordet kan man re-
kommendera Tomas en utmärkt fristående butiksdekoratör – ja
snygg är hon dessutom, men efter en runda i sällskapet visar det
sig att de flesta har konstnärligt lagda hustrur eller butiksbiträden
med talang att göra fint i skyltfönstren. Hon är inte billig, dekora-
trisen, och det är framför allt på materialsidan det springer iväg,
med allt elektriskt… Så blir det äppelkaka, punsch, kaffe… sedan
bluddras det väl på, älgjakten, fisket, travet…

Det är Sundsvall en kväll i november. De lovar att när julbelys-
ningen kommer upp över Storgatan tänds hoppet igen, då har
man klarat den värsta tiden på året och Tomas har ärligt talat inte
hunnit märka av så värst mycket ruskig höst. Han viger faktiskt
sitt liv åt arbetet med butiken, stärkt av en uppgång i dagskassan
sedan september – det är arbetshandskarna för skogsbruk och
vedhantering – från byarna kommer man in till stan och vill ha
dem – fler än en muttrande tjurgubbe visar sig ha köpt prima
pjäxor och lappskor i forntiden från Tomas fars firma. Och de
svarta våtblanka kvällarna går åt till räkenskaper, inventering,
kvitton, skyltning, prismärkning, ja en förberedelse för nästa
dag… visst har han en känsla av att arbetet fortfarande kan ef-

fektiviseras, att han inte fördelar arbetsuppgifterna på bästa sätt. Alltför sällan livgivande kvällar med Helena. Även om Helena ganska snart började tumma på regeln att Christer inte skulle behöva träffa herrbekanta till sin mor. Har du flera, frågade Tomas en gång, då skrattade hon. Men visst är den här tillvaron ohållbar. Med Maj och barnen kvar i Örnsköldsvik. Han har sagt till Maj att de måste ha uppnått en viss vinstmarginal innan de säljer våningen och flyttar hit för gott. Och Maj har överraskat honom med att vara oväntat fäst vid Örnsköldsvik. Hur ska vi få tag på en så här tjusig våning i Sundsvall? Och jag har ju mitt umgänge här. Jo – det kan Tomas förstå. Och nu har han inte alls hängt med i samtalet – säkert har han skrattat vid rätt tillfällen – men vad har de pratat om? Om han har någon självbevarelsebedrift ska han inte bli kvar här vid bordet – efter kaffet återstår ju bara grogg på grogg på grogg… Men han får inte bli för full. För han vill förbaskat gärna vara tillsammans med Helena inatt. Hon kokar gott te. Men han vet att han inte ska komma oanmäld. Så om han tar omvägen förbi telefonkiosken vid busstation.

Föreningsvärden som han glömt förnamnet på följer honom till kapprummet – ja han har visst också goda minnen av Otto även om han personligen aldrig träffade Tomas far. Så det är med uppriktig glädje jag hälsar herr Berglund välkommen… kan han inte få gå nu? Det blir en liten omväg om han ska ringa från kiosken. Och november är mörk. Ingen snö som stannat ännu, bara våtsvart Selångerså, gatlyktornas speglingar däri, Norrmalm och de kala pilträden bortåt Badhusparken. Han kan ju inte chansa och gå upp till Alliero utan att ha pratat med henne. Men att gå raka spåret till rummet… nej. Fan att han inte ordnat om blommor eller praliner eller ett smycke… han får inte ta henne för given. Det är Christer som svarar. Han blir alltid lite besvärad när han ska prata med sonen. Ska han vara jovialisk, respektingivande, kamratlig, ungdomlig – och nu när han dessutom är lite på lyset, bara lite påverkad, ska han be att få tala med mamma eller

Helena – Helena – mamma är att ställa sig in, bli intim, förljugen, larvig. Nä, hon är ute med en väninna. Ute med en väninna? *Du träffade henne ute med en väninna.* Har hon talat om för honom att hon skulle ut med en väninna? Vet du var de skulle träffas, hasplar han ur sig. Nä. Klart att han inte. Tomas kan förstå att tonåringar inte vill veta något om mödrars kärleksaffärer. Tack ska du ha, godkväll. Han avslutar så. Och sedan står han där, i telefonkiosken. Fortfarande känns idén att gå hem och lägga sig befängd. Inte skulle han kunna somna nu. Så många ställen för damer att träffas på kan väl inte finnas i stan. Knaust, Wivex eller dricker de kanske kaffe på Metropol?

VARFÖR STÄLLER DU upp så fort han kallar? *Kanske vill man vara oumbärlig i någons liv.* Hon ser det inte riktigt som om Tomas kallar på henne en sen kväll i november, men blir liksom glad när han berättar att han inte vet hur han ska greja julskyltningen i affären på egen hand. Att det visst är noga att det ser riktigt snyggt ut, men hutlöst dyrt att ta in någon dekoratör eller reklamare utifrån. Vad säger du om att komma ner så gör vi ett försök att få till något ihop? Ibland behöver man bara en riktning. Hållpunkter för att hinna färdigt sådant som hopar sig. *Vad är det som hopar sig, Maj?* Advent, julen… ja till att börja med ska hon ordna så snyggt här hemma så att Anita och Lasse kan ha första advent även om hon åker ner till julskyltningen i Sundsvall. Det går lite lättare! Att blanka möbler, gå upp på vindskontoret efter jullådan. Putsa mässingsstaken, sätta i fyra ljus. Och så stjärnan som ska lysa i fönstret.

NOG MÅSTE ÄVEN Tomas kunna röras av att Maj hjälper honom att ordna om inför skyltsöndagen? Hon kommer ner på lördag förmiddag och hela dagen arbetar de utan att ta paus. Maj sitter i rummet och förbereder medan Tomas tar hand om kunderna i butiken. När han kommer in till henne håller hon på att fästa vackra band runt hudar och fårskinn, till skyltfönstret har hon fetvadd, små tomtar, kottar, kvistar av enris, klippris – vi kan behöva göra om det ifall riset barrar redan till Lucia – de elektriska ljusslingorna. De funderade på en annonstext ihop över telefon strax efter gåsamiddagen – att kosta på en reklamare vore förstås fint men när Tomas hörde sig för tyckte han att det var en kostnad de borde kunna undvara. Det är ju bara en enklare tidningsannons, några julklappserbjudanden – Helena ska stå i ett torgstånd på skyltsöndagen som Christers klass har för att tjäna ihop pengar till en skolresa, en viss del ska gå till krigsoffren i Algeriet. Man har vittnat om ett ohyggligt lidande, tortyr... Borde inte Tomas ta en viss procent till välgörenhet, ja om han har gått med vinst vid det här årets bokslut. Helena – sedan den där kvällen han sökte upp henne med väninnan har det väl inte känts riktigt bra... och nu har han ju Maj här.

KÄNNS DET INTE… lite bättre? När hon går här i decembers bleka solsken – ändå ljust nog att se att fönstren i vardagsrummet har förargliga ränder och påminnas om hur dammet trots allt aldrig upphör att singla, samlas på möbler, lister, lampor… Men att Tomas vid ett par tillfällen när de talat i telefon har berömt hennes julskyltning och paketinslagning i affären i Sundsvall… hon är ju egentligen inte konstnärlig. Inte som Alice som gör så utsökta broderier, både korsstygn, hålsöm och plattsöm, till och med Anundsjösömmen behärskar hon. Ja, hon väver löpare, syr kaffedukar, prydnadskuddar – allt sådant. Men med övning. Övning ger färdighet. Och överkasten – det är lätt att bli besatt av virkningen. Bara en ruta till av det krokanliknande mönstret. Det kommer att bli tungt, stadigt, lätt att bädda snyggt med trots att bomullsgarnet är så fint – inte alls grovt. Nu inför julen har hon inte tid att virka. Hon följer sitt schema – tar sig an dagsverket så fort Anita försvunnit iväg till läroverket. Idag är det den vanliga underhållsstädningen, dammtorkning, golven… Att vristen ska krångla! Det hugger till, och den är svullen, varm – hon har stått i köket många timmar i december utan att bry sig om den bultande fotleden. Anita verkar i alla fall inte lika less på skolan som i fjol vid samma tid. Då skulle hon plötsligt hoppa av, fara som barnflicka till England eller Frankrike. Pratade om Amerika. Sa att man inte lär sig språk i böckerna utan genom att leva i landet lång tid. Tomas och Maj har tagit upp att Anita kanske kan få åka tåg till Frankrike efter studentexamen, om någon väninna kan följa henne och bekosta sin resa – Maj måste erkänna för sig själv att Anita då kommer att vara lika gammal som Maj var när hon for till Örnsköldsvik. Och vid det laget hade hon ju känt sig vuxen i flera år.

Det här är väl en bra tid på året? Inte behöver hon ha Tomas i stan för att ordna om en jul. Hon måste förstås handla i omgångar, han är bra på att bära hem det som är tungt. Men hur ska hon få fatt i en gran? Kan hon dra den på barnens gamla kälke… Om Georg…? Ja – hon ska fråga Titti. Om Georg kan ta en extra julgran i år, åt Maj. Han som har stor bil. Nog kan hon trivas med alla julförberedelser – tillfredsställelsen om kvällen – jag hinner, det och det och det är färdigt – men i år… *Är det verkligen någon som bryr sig om ifall det blir jul eller inte? Ska vi bara glida isär, vittra, Anita går helt in i filmens värld, fiktionen på den vita duken och Lasse har bara ögon för sin Ann-Kristin, är färdig med sin ursprungliga familj… Tomas, vilken dag som helst kan Tomas tala om att han blir kvar i Sundsvall för gott, utan mig.* Känner du smaken av frihet, Maj? Hon hejdar handen, dammvippan som smeker porslinsmadonnan på marmorfönsterbrädan – Tomas hade henne när hon flyttade in – det utslagna vågiga håret, klänningen. Hon påminner om trettiotalets filmstjärnor, har den typen av hår, klädsel… *Om hon har gått i bitar när han kommer hem nästa gång? Råkade fara i golvet av misstag…* Det finns en naken statyett också, benvit, bystig. Fast hon står i burspråket. Borde väl också dammas av. Alla tingen som samlar damm. Men den stora julstädningen har Maj bortgjord, var färdig redan till första advent. Sedan blir det ju bara mer av ett underhåll – en vanlig fredagsstädning, som nu. Dammvippa, dammsugning och torka av golvet. Fläckar på karmar och lister. Lite silver-, koppar- och mässingsputs. Och köksgolvet och rumsparketten tar hon extra noga när allt är färdigt den 23. Efter att omeletten lagats, skinkan kokts, alla paket inslagna, julgransprydnaderna på plats – då torkar hon golven en sista gång – *kommer du hem så att du hinner smaka av skinkan? Den ser fin ut i år!* Han kanske ändå inte har *henne* längre… Borde hon ha bråkat mer i somras? Klart att hon borde ha bråkat. Men så länge Tomas inte överger henne på allvar så är det kanske inte så… dumt ordnat? Maj vrider ur en trasa för att få bort några rostbruna fläckar från marmorbänken – det finns väl inte bara ett sätt för makar att ordna sitt samliv. Vad man upplever i fantasin är inte nödvändigtvis möjligt att realisera. *Vad fantiserar du om, Maj?* Det har hon inte tid att tänka på inför julen.

HAN HADE INTE föreställt sig denna *rusch* i december. Han skulle behövt någon att slå in paket. Det går långsamt för honom – han har inte expeditens flinka fingrar. Ibland blir det kö – jäktade människor måste otåligt vänta på att bli expedierade av honom. Tomas – alltid trevlig. Fast gudarna ska veta att det tar på krafterna. Hur bra hade han det inte med Hugo Axelsson på kontoret. Inte som nu – ständigt exponerad. Kanske måste man vara mer av estradör, posör, narcissist… Sur mot kund går ju inte. Service – *service minded*. Inte är han som Georg. Men han klarar sig hyggligt. Och med det här kassaflödet måste räkenskaperna bli fina den här månaden. Maj får beröm för skyltningen. Att den är trevlig, inte för bjärt, utan ger associationer till skog, snö, behovet av fina skinnvaror. Maj. Varje dag får han rapporter. Idag la jag lutfisken i blöt. Vattnade ur skinkan. Gick på ljusstöpning hos Anna. Gurli hade adventskaffe. Jag har bakat en sats havrekex – ska släkten få var sin burk i år också? Nu är halva pepparkaksdegen utbakad. Ordnar du om att köpa snaps till släkten, gör vi egen vinglögg? Kalvsylta, pressylta, strömming, sill, köttbullar. Karameller. Prinsessornas skära. Mammas, du vet. Det var ju det enda Tea fick i sig på slutet. Chokladkola är ju Lasse så för, Anita tycker inte att vi kan vara utan knäck. När kommer du hem? Han hämtar andan, svarar.

Jag måste hålla öppet den 23. Jag far direkt efter stängning.

SÅ FORT ANITA kommer ut från badrummet är tanken där. Vad är det när hon lägger så mycket svart runt ögonen för en vanlig biokväll på stan? *Du måste unna henne lite ledigt så hon orkar med studentskrivningarna i vår.* Jo. Maj vet inte riktigt hur mycket Anita pluggar, ganska ofta sover hon på eftermiddagarna när hon är hemma från läroverket, sedan snyggar hon till sig efter kvälls-maten och far ut med väninnorna på kondis eller går ensam för att titta på en film. Duffeln – Tomas hade gått och beställt en beige engelsk ylleduffel från NK åt Anita i julklapp – hon blev så lycklig över den att Maj nästan aldrig har sett henne så glad. Nu knäp-per Anita den tunga rocken – jo man kan se att det är ett riktigt gott hantverk, läderstropparna, fodret... Grimaserar mot spe-gelbilden, torkar läppstift från mungiporna. Sitt inte uppe ikväll, mamma, jag ska åka med Gerd och hennes brorsa till Umeå, vi ska gå och lyssna på Armstrong. Vad säger du? Utan att fråga... du kan väl inte bara? Anita drar på sig ett par handskar och låter bli att titta på henne. Det är redan bestämt och han ska skjutsa hem oss efteråt. Men det blir nog sent. Så går hon. Slår igen dör-ren. Utan att Maj hinner hejda henne. *Om Tomas var hemma!* Då kunde han ha farit efter dem i bilen. *Anita fyller snart tjugo.* Men Umeå. Har Gerd en bror? Hon har inte hört talas om någon bror. En whisky. Gurli kan bjuda på en whisky redan på eftermiddagen och nu är klockan över sex. *Är du inte glad att Anita ska spisa jazz i Umeå?* Hon vet inte. Inte heller när hon svalt den skarpa drinken kan hon bringa ordning i vad hon känner för det här. Gerd och hennes bror. Det låter inte så farligt. Fast vad kan den där brodern ha för bil – duffeln är säkert varm, men hur klädde sig Anita på fötterna? De kan ju förfrysa sig i det här januariföret. Tomas... jo men han svarar faktiskt. Är det kornettisten, säger han och inte heller det kan Maj svara på. Umeå har visst blivit ett riktigt jazzfäste, lägger han till, och det är ju roligt med internationella storheter så pass långt uppe i norr.

Klart att det flimrar tankar på att den här brodern kan ha bekanta som också åker med. Samtidigt – som storebror har man väl något slags ansvar för sin syster också. Hon kommer inte att kunna sova. Men hon måste lita på att det kan gå bra. Låta Anita få stila i sin engelska duffel. Bara inte brodern tar med dem på någon sämre sorts bar i midvinternatten.

VILKEN FÅNIG DRÖM. *Varför bara en dröm?* Klockan är ännu inte fem. Fast ute är det redan ljust. *Ta mig tillbaka.* Han var så… snäll. Glad. Hade en fru, men ändå ville han stanna hos henne över natten. Bara han fick avsluta sitt arbete skulle de älska. Hela drömmen – förväntan att älska. Varför var arbetet så viktigt? Ritningar, offerter… nej, hon minns inte. Var det bara undanflykter? Nej, Erik ville verkligen älska med henne. De var inte barn längre. Hans hår grått. De var vuxna. Kloka? Hon skulle säga att hon förlät honom. Eller bad han henne om förlåtelse? Det var väl inte Tomas hon drömde om? Nej, en mogen, liksom mild Erik. Han arbetade och arbetade vid sitt skrivbord, hon låg och väntade i sängen. Men de hann aldrig älska. Han blev inte färdig.

Åh. Blundar hon kommer han ändå inte till henne. Varför hann de inte älska med varandra? Är det ett omen? Att hon ska kontakta Erik… söka reda på honom i Östersund. Om han bor kvar… Hans mamma i alla fall, hon har knappast flyttat. Borde närma sig sjuttio. Det är tjugo år sedan. Tjugo år! Han har kanske stora barn, en sliten fru. Har lagt på sig, tappat håret. Vad vill hon säga till honom? Bara minnas tillsammans. *Vi var så unga, Erik. Varför kunde du inte älska mig? Varför är det så svårt att leva?* Här ligger hon, i sovrummet, Tomas i Sundsvall. Inte en vän, bekant, knappt ens släktingarna kvar från Östersundstiden. Bara Tomas familj. Alltid Tomas. *Jag vet inget om min ungdoms kamrater. Vad blev det av er?* Borde hon inte fara till Stig och Inga, eller Jan och Anna-Britta – de har väl mycket med småbarnen, men hon kan ju hjälpa svägerskorna i hushållet. Vara en tillgång. *Söka reda på Erik. Jag är fortfarande möjlig att åtrå, Erik.* Av en simpel dröm.

Skulle hon inte känna sig hämmad och osäker även inför Erik?
Inte i drömmen…

Hela dagen är Erik där. Om hon bara inte vaknat hade de hunnit älska. Han var ju nästan färdig med sitt arbete, vände sig då och då om vid skrivbordet och log mot henne. Det skulle bli helt, vackert. *Jag är inte kall! Frigid.* Tänk om Erik är död. Om han kom till henne inatt för att ta avsked. Hon ryser till – så här larvig blir man visst av att gå så mycket ensam i våningen.

REDAN PÅSK! MAJ torkar av sulorna ordentligt på hallmattan, lägger ifrån sig riset. Hon har inte frågat vicevärden om lov, men vad gör det om hon tar in några kvistar björk från skogsdungen här bakom? Kartongen med påskpynt är inte särskilt stor, hon har den till och med i en av garderoberna, inte på vindskontoret. Nu borde väl Anita ha läst färdigt för dagen? April – nyss har Anita fyllt tjugo, Tomas femtiosex. Fast Tomas var inte hemma på födelsedagen, så Maj kan inte på allvar påstå att de har firat den. Nog tycker väl barnen fortfarande det är viktigt att få uppvakta pappa? Ja, Anita blev upprörd över att Tomas inte kom hem. Sa oväntat vresigt att hon inte kan räkna med pappa alls längre. Nej – det har hon på sätt och vis rätt i. Men samtidigt hade Tomas inget val, firman såldes, Karl-Magnus la ner verksamheten i Örnsköldsvik. De skickar inte ens julkort till Agrells, fast från Clary och Karl-Magnus fick de en sådan där hopplöst opersonlig hälsning på en trycksak i julas.

Vill du vara med och sätta fjädrar i riset?

Anita tittar upp där hon sitter hopkurad i sängen, med en bok vilande mot låren.

Jag hinner inte – gör det du.

Maj suckar, blir stående ute i korridoren. Plötsligt känns det lite larvigt att pynta till påsk, fast hon tycker om porslinshönorna med sina små, ljusgula kycklingar. Att ta fram tants ärvda äggkoppar och byta vinterns gardiner i matvrån mot något småmönstrat, lätt. Det är som fulast ute just nu. Snön for tidigt i år, med lervälling och avloppslukt som följd. Skor som ständigt måste torkas av, fettas in. Lerstänk på byxben, strumpbyxor och kappfållar.

Hon vänder tillbaka mot Anitas rum. Men visst kommer du med till landet? Anita nickar avvärjande utan att lyfta blicken den här gången – om jag hinner mamma.

Tomas har glatt sig – är snön bara smält kan de fira påsken på lantstället. Han håller inte ens öppet på skärtorsdagen – har visst hört sig för med andra näringsidkare i Stenstan om att det är i sin ordning att ha så många dagar stängt över påskhelgen.

En god skinklåda ska hon laga i förväg och ta med ditut. Några sillinläggningar har hon redan gjort – och hennes köttbullar vill ingen vara utan när det är något som ska högtidlighållas eller firas. Till och med Lasse ska vara med och kommer ut på långfredagen – och Ann-Kristin. Nog för att Maj tycker det är lite märkligt att flickan inte är med sina egna över storhelgen. Ja att hon ska fira tillsammans med dem. Hon var ju med på midsommar också. Kanske firar inte familjen? Jo, men... det måste vara hemskt ovanligt att inte fira storhelger familjevis. Georg och Titti kommer, tar säkert Henrik med. Det är hennes tur att ställa till kalas, men Titti har redan frågat om de inte ska ha påskdagen hemma hos dem. Och Tomas kommer hem ikväll. Det överraskade Maj, att han bestämt sig för att köra från Sundsvall direkt efter stängning. Så fort Anita slutat skolan imorgon far de, Maj vill gärna vara framme i dagsljus för det är alltid en hel del att ordna om. Gummistövlar finns där ute och oljerockarna hänger i sjöboden över vintern. Maj skulle kunna räfsa ris och bränna fjolårets kvarlämnade löv. Det känns fint att få samlas så här. De är ju annars en familj i... förskingring. Kanske kan hon duka fram ett litet smörgåsbord redan ikväll. När Tomas kommer. Hon tar den uppkokade mjölken från plattan – nu måste den förstås svalna. På balkongen? Hon vill pröva och göra likadant med skinklådan som när hon lagar ugnsomeletten till jul. Även om det inte står i receptet. Om lådan då får särskilt fin konsistens. Och så ska hon lägga till lite finhackad lök, som hon långsamt låter smälta i smöret. Mjukna. Kallpotatisen tärnar hon smått – och låter dem svettas en stund med löken. Skinkan är fin. Hon tog ingen stor bit – hon måste helt enkelt hushålla med matkostnaderna – det kändes snopet när Tomas började dra av för sina måltidskostnader i Sundsvall från hennes hushållsbudget. När priserna bara går upp! Men det behövs inte så mycket kött, för röksmaken är ganska kraftig. Tomas tycker ju så mycket om stuvade makaroner – ska hon inte laga det till middag? Hon har trillat köttbullar på ett helt kilo färs. Alltid en lättnad – när hon kommit på den rätta middagsmaten. Använda upp det som redan finns hemma, inte i onödan springa ut och köpa nytt. Fast hon kör inte med gammal mat. Där går gränsen. Om något surnat, härsknat eller skurit sig kastar hon genast. Bort med det. Häller ut. Men som idag, när de överblivna potatisarna blev en god grund till skinklådan som är morgondagens middag – då känner hon sig nöjd. Mat är egentligen så mycket roligare än pynt! Plötsligt tänker hon så – pyntet har hon inte i händerna som köttbullar och skinklådor. Pyntet hör mer till det konstnärliga i tillvaron. Även om hon på sitt vis lägger ner sin själ i matlagningen – ett slags vardagskonst? Bara en strömmingsinläggning har det blivit, för hon hoppas att Petterson säljer den pinfärsk på landet. Kanske är det slut nu då, med henne, eftersom Tomas far hem så fort. Eller är hon bara bortrest över påsken? Tomas har inte tagit upp Järvsöbaden på nytt. Det var ju rasande flott att fira påsken där, men... kanske passar Maj inte för att bo tätt inpå främlingar så lång tid. Att ständigt ge akt på sig själv. Och mot slutet längtade hon efter att själv få hacka, bryna och smaka av. *Nu får du inte klaga över att det är kallt och rått vid kusten.* Nej, det ska hon undvika. Hon måste göra sitt allra bästa för att det ska bli en trivsam påsk.

DET ÄR MUSLORT. Hon vet ju det – allt som oftast har de gått in i huset över vintern och lämnat sina tråkiga spår. Fast Tomas sätter ut gift. Muslorten är inget vidare att mötas av, det kan ingen påstå. *Men det är ingen sak för dig att klara av, Maj.* Städade de verkligen inte bättre före stängningen i höstas? Utan tant har ingen orkat hålla kvar vid Mårten gås-traditionen på allvar. Att de ska räfsa, elda och sedan äta svartsoppa och gås. Nu sköter var och en igenbommandet av sitt ställe, och sedan kan det bli gåsamiddag i november om någon av syskonen har lust – borde Maj ordna om den i år? Hon som aldrig har lagat gås eller svartsoppa – fast det är ju först om ett halvår. Här gäller det att sätta fart. Kylskåpet måste torkas ur och sättas på – vad synd att Lasse inte ville komma med dem redan idag, då kunde han ha pumpat upp ett par hinkar vatten. Men det här är ändå ett arbete som syns. Sopa muslort, torka fönsterbrädor rena från flugor och spindelväv – ja lister, golv. Och elda för värme och björkvedsdoft – hon ska be Tomas tända både i köksspisen och övervåningens kamin. Anita – bäddar du rent i sängkamrarna, jag har med mig sänglinne från stan. Maj måste ta rätt på smutsen i alla skåpen, även titta om mössen gjort åverkan på tyger – bara inte i bäddarna...

Mamma – mamma kan du komma? Anita låter... ja hennes tonfall får Maj att avbryta torkandet, släppa trasan och skynda upp. Hon står i hallen med ett par lakan i famnen – ser alldeles handfallen ut – mamma kom får du se... Åh nej! I den minsta sängkammaren med snedtak syns en stor brun fuktfläck på det pappspända taket. Mer än en ros – snarare en världskarta. Och golvet – ja även det är ju fläckat. Var är vi? Är det rakt ovanför förrådet till köket, Maj kan inte riktigt se rummen där nere framför sig – spring efter pappa – Anita lägger lakanen på sängen, säger att nu blir han orolig, räkna med det. Lukten går ju heller inte att missa. Hur länge har det pågått? Att tegelpannorna inte håller tätt? *Sa inte pappa att plåttak var det bästa, att plåttak alltid håller bra.*

Fan! Det är Tomas som svär. Nu upprepar han svordomen – Maj tycker nästan att han överdriver – men han säger att de måste söka av hela huset, läckor kan ju ha uppstått på fler ställen än det här. Jag måste upp på taket, om jag tar stegen från balkongen – men om både pappen och pannan är trasig, undertaket kan ju vara helt murket – fan! Ska Tomas verkligen klänga sig upp på taket. Fyllda femtiosex och utan vidare erfarenhet att halka runt på tegelpannor. Kan vi inte ta hit någon, ber Maj – Tomas suckar, vem tror du vill ut och klättra just lagom till påsk?

Nu kan Maj inte längre propsa på att Tomas ska tända i spisen. Då allt måste undersökas och huset få sin dom. Tomas letar efter verktyg, säger att han borde fästa någon form av linor, men extra pannor finns bakom vedboden – han hejdar sig – la verkligen inte pappa om taket? Äsch, han dog ju -23 så det kan han ju inte ha hunnit göra. Och varken mamma eller jag... ska inte takhelvetet hålla i fyrtio år... fan att jag inte kollade pannorna i höstas. Djävlar, ropar han högt så att Maj hoppar till, lugn säger hon skarpt, nu lugnar du ner dig.

MEN DU KAN väl komma Maj – det blir bara trevliga människor! *Om det var bara du och jag...* Fast hon tycker om Gurli är det svårt att säga nej. Vara frank, uppriktig. *Vet du Gurli, jag orkar inte gå bort just nu.* Hon har ju Anitas student, Tomas i Sundsvall. Sommarhusets läckande tak. Titti som tappat gnistan och vill att Maj ska komma och sitta bort en stund hos henne. Telefonen är kletig. Borde torkas med spritlösning och blankas upp. Men vad fint Maj, då ses vi på torsdag! Hela torsdagen. Åh. Var det inte på torsdag Anitas studentdräkt skulle provas ut hos systrarna Sundin? *Kunde du verkligen inte komma på en ursäkt?* Vill hon grina när hon ringer av? Gurli som har så många bekanta. Men som kallar Maj sin bästa vän. Gör det verkligen någon skillnad om Maj är där? Hon hämtar faktiskt en fuktad trasa till telefonen. Gnuggar, gnider. En del av Gurlis bekanta är ju flotta också, konstnärsfruar och doktorinnor. Eller tandläkarfruar. Hon är på väg att öppna – för ett stort skrik. *Kräv inte mer av mig!* Hur ska hon kunna hjälpa att hon inte klarar mer än så här. Tomas borta i veckorna. Jo, hon vet att han fortfarande har den andra. *Har henne.* Eller är det flera? Kommer med smutskläder – åh vad hon kväljs när hon ska packa upp hans smutsiga kalsonger och strumpor. *Kan inte damen i Sundsvall hantera tvättpulver och hetvatten? Rädd att förstöra manikyren?* Öppna för vrede, öppna för sömn.

Tänk om Anita inte klarar sig. Får gå bakvägen, som Ingegerds och Torstens Ingvar för några år sedan. De vill aldrig prata om det – nej det är ju inget att prata om – men så förargligt, snöpligt... Och Anita, med nerverna utanpå. Muntan sägs vara särskilt svår.

Ja, Maj skulle ju aldrig ha klarat det. Som inte ens kan säga nej när en väninna bjuder till vårlunch. *Just nu hinner jag bara med mig och mitt.* Nog säger väl väninnorna nej till Majs bjudningar när de har förhinder. Plötsligt kan hon inte se att någon väninna brukar ta särskild hänsyn till Maj. *Bara Gurli.* Och Titti. På sitt sätt. Även om Tittis eget lätt tar över. Inte tänker Titti på att Maj kan tycka det är jobbigt när Titti pratar på om alla sina resor till Rivieran och Hawaii. Den där Hawaiiresan var Henriks present efter realexamen – de bara for och var borta länge. Man kan vilja hamra och slå. Lägga sig ner och bara vägra. Fast alla måste. Alla måste kravla sig upp, ordna om vårstädningen, studentskivan, smutstvätten, middagsmaten. Vill hon bli sedd av en karl? Hon har ju fyllt fyrtio. Kanske har hon blivit lite kraftigare över midja och stuss. Ja, liksom av fnöske i hår och hud. På handryggen en och annan leverfläck. Om man tittar efter. Ordentligt.

GURLI HAR INTE tid med henne. Vad var det hon visste! Det är dukat till långbord på terrassen nu – är det inte egentligen för kallt för att sitta ute så här tidigt i maj – de är tio fruar med Gurli. Det är inget fel på dem, men just i stunden kan hon inte riktigt... vara mottaglig. Eller *öppen*. Fast det är ju mest samma gamla... ja Lotten Åkerlund, Anna-Lisa, Iris, Edla, Alice... och så några flotta MoDo-fruar – att Gurli prompt ska dra på sig en så här stor lunch. Hon har ju sagt till Maj att representationen kan bli betungande. I välkomsttalet slår hon ut med handen och säger att hon är så glad över att få samla sina allra bästa vänner så här – utan gubbarna! Maj ser sig hastigt omkring på alla leende, sommarklädda damer – *är det inte sant att jag är din bästa vän?* Nog för att Maj kan föra sig i sällskapet. Och nu har hon lärt sig att man ska skryta om barnen – Maj tänker inte sticka under stol med att Anita ska ta studenten. Hur kunde hon vara så dum att tro att Anita skulle bli kuggad? Anita kommer att klara sig – snart står hon student i vit mössa. Bakvägen, den är för andra. Inte hennes Anita. Sedan de där påstridiga tankarna om att Anita inte skulle klara sig har en stark och tydlig röst sagt att det visst kommer att gå vägen. Så nu är Maj fast övertygad om Anitas förmåga att göra bruk av sitt förstånd. Till läsning och tankeverksamhet. Maj skulle aldrig klara det. *Men Anita är en annan.* Maj har väl hört Tomas och Anita resonera kring tidningsnyheterna till exempel. Och så fick ju Anita stipendium för latinet i fjol. Latin! Anita har bara sagt att hon oroar sig för tyskan. *Hon kommer att lämna mig. Har aldrig varit nära.*

Vad får de hos Gurli? En sparrisentré med lättrökt skinka, smörstekt franska. Ett tyskt vin – Margarethe är en pärla och har till och med rekommenderat familjen tyska viner som man inte utan vidare skulle våga sig på. Uno har visst fått specialbeställa dem, och alla damer berömmer den ljusgula drycken. Det blir väl inte laxaladåb till huvudrätt? Nej – men geléöverdragen kall lax med majonnäs och legymer. Potatis, kuvertbröd. Det ser trevligt och generöst ut. Förutom hembiträdet hjälper ytterligare en dam till – haltar hon? Jo men Maj tycker att hon ser ut att gå lite illa – ingenting kan få benen att värka mer än att springa i servisen en hel dag. Det minns Maj. Fast hon var så ung och stark. Långbent. Ställ upp i Fröken Vackra Ben vet ja – fast Erik skrattade när han sa det. Det var i Åre, något av ett jippo. Flickorna skulle gå i baddräkt, men bakom ett skynke så inte ett fult ansikte eller oproportionerlig överkropp kunde dra ner intrycket av benen. Tre manliga domare och en kvinna, skulle man göra reklam för skor, eller silkesstrumpor? *Så sväller benen, blir stockar, vedträn...* Oh så gott, säger hon till Iris som sitter intill henne. Ja, jag brukar inte tycka om laxen kall, men den är fin. Ska hon lägga det på minnet om Iris skulle komma hem till Maj någon gång – ingen kall fisk till Iris. Men så fånigt! Smörgåsar, sandwichs, petit-chouer – dem kan man ju inte servera med varm lax på en mottagning. Just sådant som Maj tänkt ha på Anitas studentbjudning. Små fina smörgåsar är hon bra på, kan smaksätta i sömnen. Nästan. Hoppa inte i galen tunna och stå och laga något helt nytt. En god tårta, Tomas har lovat att de kan köpa från Sundmans, även om hembakt inte skulle bli lika dyrt. Åh – själv var hon ju vuxen när hon var som Anita är nu. Gick med Erik. *Låg med Erik.* Herregud. Det går inte ihop. Att hon var vuxen redan vid femton, sexton – och Anita som fyllt tjugo är fortfarande ett barn. Eller – är hon inte längre en liten flicka? Lasse skulle kunna flytta hemifrån – fast inte klara ett hushåll. Hon har varit nere i vår, Anita. Maj har inte velat göra någon sak av det. Somt går över av sig självt. *Din sorg är din och den ska du ensam bära.* Något ditåt. Klart att Maj skulle vilja veta.

Så säger plötsligt Lotten – först lutar hon sig över bordet och viskar sedan – jag såg att Anita och kulturredaktören – vad heter han nu då – är de väldigt nära vänner?

Den kalla laxens mjälla kött. Vitvinseléns dallrande syra. Majonnäsens skarpa sting av senap. *Säg något, Maj.* Är de mycket nära vänner? *Hur ska jag kunna veta det, Lotten?* Vem är han? *Tänker han trycka kuken i henne* – vinet – det vita halvtorra från Tyskland – fast kanske hade öl med beska varit väl så gott. Vichyvatten med en pikant skiva citron. Ja, han är ju gift med en konstnärsdotter från Skelleftetrakten, jag tror att hon målar själv, du förstår jag fick syn på dem i Örnparken, Anita såg så glad och söt och förtjust ut att hon inte märkte mig. Har inte han sådant där bokprat, eller… *Glad och söt och kåt?* Lotten, Lotten. Ja hon går ju på bibliotekets och bokhandelns program, svarar Maj – fråga mig inte hur hon hinner när skolarbetet på den halvklassiska är så krävande. Ett skratt på det – för att understryka att Lottens påstående *saknar betydelse.* Ändå – ett bultande raseri. En gift man. En ung flicka. Tror han att Anita är en sådan man roar sig med? Ligger med i fuktluktande lokaler? Att Anita inte är en flicka som man gifter sig med? Som man strör smicker över – vilka fasta bröst, mjuka lår – nej inte så grovt – *du har så vackra ögon…* Gå inte på det, Anita! *Du var en sådan som man övade på. För Erik.* Inte Tomas. Tomas övade inte! Tomas tog hennes hand och höll den så. *Tomas – Tomas kom tillbaka.* Gå till den gifte kulturredaktörn och slå honom. Hårt! Citronfromage, tjockgrädde och fjolårets inkokta klarbär. Bjuds finska pinnar till? De där blodiga underbyxorna, var det inte månadsblödningen utan mödomshinnan… En gift karl med sur andedräkt flåsande – Anita som bara vill bli älskad! Likör – hon hejdar inte den halta kvinnan med handen. Ingen ser att hon tömmer sitt glas i två snabba klunkar. Lovar han att lämna frun? Barnen? Är han i Majs ålder? Hon måste ta servetten till munnen. Majonnäsflott, lax och nu fromage, grädde, rött körsbärsspad... Lotten skrattar med Anna-Lisa. Maj skrattar inte längre. Maj vill spy upp! Det är fel i huvet på dem. Karlarna. *Min fru förstår mig inte. Jag trodde du var äldre... Dig skulle jag aldrig bedra.* Om han gör henne med barn. Nu måste hon störta upp. Nej – hon störtar inte. Skjuter belevat ut stolen – ursäktar sig. Går stadigt från den vackra terrassen – hon vet mycket väl att wc finns i villans generösa hall på nedre botten. Tyska Margarethe frågar oroligt – Frau Maj, mår ni bra? Hon spyr inte upp, det händer bara i böcker och på film. Men hon mår illa. Kanske blev majonnäsen, laxen och grädden på tok för mycket för gallan. Pressgurkan uppå! Hur han kysser och slafsar. Men Anita kan ju få en chock. Bara att se den... Oh. Fy. Det kan inte vara en gentleman som stämmer möte i Örnparken med en tafatt studentska i tjocka glasögonbågar. En som inte har framgång hos damer i sin egen ålder. En som inte vågar, klarar... *Är det samma åldersskillnad som Tomas och du?* Men Tomas var skild! Inte gift. Om Tomas varit gift hade hon väl aldrig gått upp till hans lägenhet, ungkarlslyan, pilsnerflaskorna, cigarretterna... Hon kan inte skölja sig med kallvatten. Då rinner smink i en salig sörja. Måla läppstift, pudra. Låtsas inte om!

Hjälp mig, Gurli! Gurli som har pojkar. Får pojkar höra att de inte ska göra flickor med barn? Vad säger mödrarna till sina kåta söner... Det går runt. Likör, vin... *Vad säger du till Lasse?* Som flickorna flockats runt sedan han var pojke. Gullige Lasse. Snygge Lasse. Tränar han sin överkropp i smyg? Ja herregud – hon måste tala med Lasse så han inte hinner göra Ann-Kristin med barn! Fast skolan ska sköta undervisningen om sånt. Stammande magistrar eller fröknar. Inte ryter de i att man får hålla på sig och inte *knulla runt.* Som om det där ordet letat sig in och bara retar henne. Ett så fult, äckligt, vidrigt ord. Älska med. Ligga samman med. Maj vet inte. Vill ju inte. Vill bli tröstad av Gurli. Låt henne hållas – det minns du väl hur spännande det var att bli uppvaktad av en karl. Tomas... Nej – inte så. Erik – hon var bergtagen av Erik. Hur kunde hon annars följa honom till det där rummet efter den hemska midsommarfesten – *det var bara du som tilllät honom... och i brist på annat... Åh – han var kär i mig också! Bara ung och dum och utan ordning på känslor och sig själv. Men han var i min ålder. Har jag bara älskat i fantasin?* Aldrig i verkligheten? Äntligen kan de röka, få starkt kaffe. Men än kan hon inte bryta upp, skynda sig hem. *Anita får inte bara bli kropp och inte älskad på allvar. Jag klarar det, jag kommer över. Stänger av, stänger in. Men Anita. Då dör hon.*

Hemma igen i den tomma våningen. Hur ser hon egentligen ut? Ungefär som vanligt. Läppstiftet har en för kall nyans. Men rött – inte rosa. Tomas i Sundsvall. Så långt från framfusiga, påträngande ivriga redaktörer. Som kommer med ord. De som kommer med ord är värre än de tysta kropparna. De tysta kropparna utger sig inte för att vara annat än. De med ord är så mycket skickligare på att såra... Hon ska bara ta en liten whisky ur bjudflaskan. Bjudflaskan! Inte vet hon om Tomas tullar hur som helst ur den där. Byter ut den vid strategiska tillfällen. Pågår ett kallt krig? Man kommer till en punkt där man vet att ens ansträngningar på ett mer grundläggande vis är verkningslösa. Om Maj förbjuder whiskyflaskor – fast det har hon inte gjort – hittar Tomas något annat. Anita är kanske hos Kerstin, eller Gerd. Och inte får hon några klara besked om vem Anita ska gå med på studentbalen! Kulturredaktörn? En gift man kan väl göra en avstickare en kväll och lotsa unga flickor i vuxenblivandets labyrint. *Hon har fyllt tjugo.* Varför får hon inte den där kommunistens kuk ur huvudet. Whisky har en bismak av kräk. Fadd. Det rökiga kan inte ta bort... rafsa fram en cigarrett. Ja, hon är inte hungrig. Fast kvällsmat ska stå på bordet klockan sex. Anita som numer oftast fått något hos kamraterna – ja särskilt om hon varit hos Gerd – Gerds mamma lagar visst toppenmat. Det är kört med de gifta. *Men om Anita bara vill pröva, öva? Sätta trötta kulturredaktörers hjärtan i brand?* Kanske inte Anita ändå.

Vem ska du gå med på studentbalen? Det är inte riktigt meningen att ropa det rätt ut i våningen så fort Anita kommer genom dörren. Hon hör på sättet att dra igen dörren att det inte är Lasse. Men när det är så outhärdligt att se framför sig hur redaktörn kliver in där med Anita, bland alla ännu finniga, målbrottssturska ynglingar som just fått på sig den vita mössan. Anitas välartade klasskamrater. Hon kommer inte in till Maj där hon sitter i stora rummet. Sedan Tomas flyttade hamnar Maj allt oftare i en av plyschfåtöljerna. Soffan – den drunknar hon i. Men det är ju ett vackert rum. Kvällsljuset faller in, utsikten över stan. Sitta i mörkret i matvrån! Nu reser hon sig – det var väl ingen stor whisky hon tog? Går rakt genom rummen. *Eller vinglar du till?* Öppnar Anitas dörr. Ska du ta med dig kulturredaktörn på balen? Anitas ansikte. Avsky? Rodnad? Ett belåtet litet leende?

Vad pratar du om, mamma?

Lotten såg dig vänslas med redaktörn i Örnparken häromdagen. Jag är mycket tacksam att jag får rapporter eftersom du inte tycker att din mamma ska lägga sig i.

Vänslas! Han brukar visa mig nya böcker, det var en norsk författare här och han ville bara be mig komma dit med mina litteraturintresserade kamrater så inte författaren behövde stå där utan publik... Maj fnyser. Vad de hittar på för att få tafsa... Men sluta mamma! Han tafsar inte... Spela inte oskyldig. Jag vet vad han tänker på – då kan han vara hur mycket redaktör han vill. Och om du lägger ut dig för den där – han kommer inte gifta sig med dig. Så ser hon hur Anita håller för öronen. Och när Maj häpet tystnar säger hon sakta, kan du förstå mamma att ingen är kär i mig och jag har inte någon förbannad kavaljer till balen. No ball for Anita – understand? Tala svenska! Så infernaliskt. Hjärtat som bultar. Har hon ingen kavaljer? Alla pojkar från trevliga familjer.

Gråter hon? Ja, nu börjar det rinna tårar ur Majs ögon också. *Du får inte låta dom lura dig Anita. Dom är så förbannat bra på att luras.*

Hur ska hon klara av att laga middag? Med dunkande huvudvärk – hjärtat i uppror – håret spretigt sedan lockarna raknat – har Anita ingen att gå med? Hennes begåvade dotter. Som ska ta studenten. Som ska stråla ut i livet som vårsolen, den smälta majsen, junigrönskans bedårande hänryckning… Klänningen kommer ju bli så söt. Även om Anita inte får tappa mer nu. Skulderbladen, midjan – herregud vilken smal midja hon fått och nackkotan, ryggraden… Det där magra är inte snyggt. Tack och lov att snön har töat så du inte kan skida bort ännu mer av dig själv skojade Maj inför sömmerskorna som behövde ta in måtten lite till. Karlar är inte allt! Din tid kommer! Det är väl typiskt, de jämnåriga kavaljererna är barnsliga och vågar inte närma sig en mogen skönhet… Bara kulturredaktörn. Vita bönor i tomatsås och tunnskivad falukorv. Det är inte gourmet. Men när händerna skakar.

HON HAR INTE sovit många timmar. I tanken luskammat bekant-skapskretsen på möjliga kavaljerer. Många går bort. Alla som po-tentiellt skulle locka Anita till en fuktluktande lokal efter balen – baksäten i bilar – det är väl mest i amerikansk film? – unga män som skulle genera henne. Alltför stiliga män, idrottsmän… någon dryg fotbollsspelare från FV – Anita skulle inte ha modet att gå på balen med Gurlis självsäkra söner. Men så kommer hon på det självklara. Erikssons Håkan! Jennys och Göstas pojke här i huset intill. Grannpojken. De är ju som bror och syster. Har känt varandra i alla tider. Samtidigt säger Jenny att Håkan har blivit en eftertraktad kille. Så fort Anita gett sig av till skolan – måtte hon inte vara rödgråten och svullen – så ska hon gå över till Jenny. Hon får lägga fram det så att Jenny inte kan säga nej. Att Anita är så blyg inför alla utom Håkan. Och fru Jenny och Maj har alltid kommit bra överens.

Maj är så ivrig att hon ställer frågan direkt när Jenny öppnar. I det ekande trapphuset. Kom in säger Jenny lågt och drar igen dörren om dem.

Anita har ju inte tänkt på det där att hon ska ha sällskap till balen – du vet hon bara läser… Jenny nickar. Maj – jag kan tyvärr inte be Håkan om det. Han har redan bestämt med en flicka i sin klass som han ska gå med. *Varför kunde du inte räkna ut det?* Maj står tyst. Vad roligt för honom, säger hon sedan. Jenny nickar, säger att hon skulle bjuda in Maj på kaffe om hon inte hade tvätt-stugan idag. Och just som Maj ska vända tillbaka till sig kommer hon på – Håkans storebror, ett kort ögonblick tappar hon nam-net… Östen! Skulle Östen kunna gå på balen med Anita? Jenny fuktar sina läppar, vickar hastigt på huvudet. Hon torkar sig i mungiporna, gör en grimas. Du vet, han har inte kommit över... *hur dum får du vara.* Självklart, svarar Maj hastigt – jag tänkte inte... *hur kunde du glömma att även Östen fick gå bakvägen häromåret... blev kuggad...* Jag kom bara att tänka på Håkan eftersom Anita alltid varit så förtjust i honom, det var inte meningen att dra in Östen... Jenny nickar – blev hon ändå sur?

Uppe i lägenheten igen tänder Maj en cigarrett. Det är klibbigt hett under armhålorna – klart att Jenny inte vill tvinga Östen att gå. *Varför kan inte Anita ordna om det här själv!* Kanske har hon inte uppmuntrat... eller lärt Anita hur man umgås med män. Konsten att vara *charmant utan att bli förförisk.* Och så springer hon rätt i armarna på en äldre gift man. Henrik! Henrik måste kunna gå på balen med sin kusin. Hon askar, tar telefonen. Bussiga Titti. Klart att Titti vill hjälpa till. Det tänker Maj medan signalerna går fram.

Men riktigt entusiastisk låter hon inte, svägerskan. Säger först att hon inte längre kan Henriks tider och scheman, visserligen bor han hemma, men jobbar ju med Georg och de är ute och far på allt möjligt. Och sakta kryper det fram att hon inte vill utsätta sin son för att gå på studentbal... det kan kännas lite genant för en som bara har realen. Bara realen! Det är väl inte bara, protesterar Maj. Jag ska höra med honom, avslutar Titti samtalet. Men jag vågar inget lova på förhand.

VAD ÄR DET egentligen för känslor i svang när Anita ska ta sin student? Tomas vet att han är lite senare hemma än beräknat. Hade lovat att köra upp direkt klockan ett. Men han kom inte iväg från Sundsvall förrän tre, ja halv fyra. Han ringde, sa att han blivit upptagen med en kund. I över två timmar! Kanske trodde inte Maj på honom, men hon svarade bara att hon inte skulle vänta med middagen, hade hon vetat att han skulle bli sen skulle hon tackat ja till Dagnys invitation – Kurre hade visst erbjudit sig att hämta henne till en middagstillställning i Järved. Hellre ett gäng pensionärer än sitta ensam en lördagskväll. Och Helena tyckte att han borde ha stannat, sa att hans uppbrott för att ha sina söndagar i Örnsköldsvik bara blir värre för varje gång.

Han hittar Maj liksom hopsjunken vid matbordet. Vad ska han säga? Till veckan är Anitas student. Är du hungrig, frågar hon och tänder en cigarrett. Ett tomt glas står på bordet – ja han kan ju inte hindra henne från att ta sig något en lördag. Är barna ute, frågar han och hon nickar. Det finns pannbiff och potatis att vär-ma – kastrullen står i kylskåpet. Ja… jag behöver egentligen bara något litet… Du gör som du vill, svarar hon.

I både kylskåp och skafferi står mängder av karotter, skålar, burkar, lådor… nog måste det vara den lilla kastrullen i kylskåpet? Vad mycket mat, säger han och försöker skratta och Maj svarar att de har en studentmottagning till veckan – hade han tänkt att hon skulle laga allt dagen före? Rör i kastrullen så att det inte bränns vid – jag har ingen lust att stå med vidbränd disk hela natten. Sky, lök, potatis. Snart doftar det gott och under illamåendet kommer något som liknar hunger. Tallrik, bestick… han vet faktiskt inte säkert i vilka lådor och skåp matservis och glas är placerade – jo men så pass känner han väl till kökets skatter. Han har ju torkat silvret och lagt i översta lådan intill spisen i alla år. Ja, det riktiga matsilvret förvarar de i matsalen – vad är det för tröga, dumma tankar som liksom hakar upp sig – han vill inte gå ut i matvrån och sätta sig med Maj.

Längst in är potatisen fortfarande kall. Han talar i alla fall om att det smakar bra, att det var gott att få hemlagad mat.

Jag vet inte om det är förgäves, säger Maj plötsligt. Hon är mörk under ögonen, läpparna bleka. Jag trodde att Anita ville – ja att vi skulle fira hennes student. Nu tänker hon inte gå på festen, bryr sig inte om att vi har mottagning... tycker precis som du att jag har lagat alldeles för mycket mat. Men vad tror du att Dagny och Kurre säger – ja Titti och Georg – om det inte finns mat när de kommer... Kurre som alltid ska ha en varm korv innan han går hem.

Det är väl nerverna, prövar Tomas. Du vet hon är ju den första i vår familj som tar studenten... och så Torstens och Ingegerds grabb som körde på det. Östen också! Maj gnider händerna med någon salva – ställer tillbaka den blå burken på fönsterbrädan. Sedan slutar hon, knäpper händerna i stillhet. Ser på honom.

Jag hade önskat att du var hemma. Att vi delade det här. Det har kostat på att ordna om allt ensam.

Vad ska han svara? Att butiken krävt... Nog hade han kunnat hålla sig mer hemma. Eller? Någon verklig fart på affärerna är det ju inte, inte så att han skulle kunna bekosta att hålla sig med någon anställd. Varför har du inte sagt något, säger han. Hon skrattar till. Man ska ha tur om du svarar när man ringer, säger hon lågt.

Han sträcker sin hand mot hennes ännu kladdiga. Det är ett ögonblicks verk. Maj, Maj nu är det så här... Maj, jag har länge tänkt... Nej. Det går inte. Inte dagarna före Anitas student. Hon kan ju klappa igenom, bryta ihop.

Jag kan väl få kompensera dig. Vi reser någonstans, till Stockholm, kanske kan vi kombinera arbete och fritid på en resa till Sydtyskland, ja så att du får bo på hotell.

Maj reser sig, tar hans tallrik.

JAG KÄNNER MIG *belägrad, omgärdad, utnyttjad.* Kan Maj verkligen höra det här inom sig? En annan kvinnas röst, som nertecknar orden i sin dagbok. Kanske skulle de kunna vara hennes egna. Men mest skrämmer henne den matta oviljan att genomföra Anitas student. Det hjälper inte att Tomas dyker upp i sista stund och lovar henne bilresor till Europa. Vid frukosten dagen innan mottagningen säger Lasse med ett skratt att det ska bli skönt när syrran har fått sin mössa så man kan andas här hemma igen. Då går Maj bara därifrån. In i sängkammaren, drar igen dörren. Har hon magvärk? Hon är ledsen. Går det så lätt att få tag i känslan – *jag är ledsen.* Det var ju snarare ilskan som fick henne att stänga dörren hit in. Om hon bara skulle låta bli? Att förbereda snittar, tårtor, kaffebröd.

MÅTTE DET VARA över snart.

Ska han låtsas att han inte hör vad Maj säger vid strykbrädan i matvrån? Han vet ju att det är dumt att han har lämnat henne med alla förberedelser. *Att han fortfarande ligger med Helena i Sundsvall.* Det är inte så! Helena är en nära vän. Ja, mer än en vän. Maj menar att Anita har varit i uppror. Tjurat. Inte talat om hur hon vill ha det med något alls. Det är ju pressen! Om hon skulle köra idag... Tomas blir hastigt illamående. Har vi vichyvatten hemma? Vad tror du – vi ska ha över fyrtio personer här senare idag, det är väl klart vi har sodavatten. Han höjer avvärjande handen, tränger sig förbi strykbrädan in i köket. Där i kallskafferiet står två fulla drickabackar. Han slår i ett glas, *du kan ju inte dricka nu Tomas, det begriper du väl.* Hela släkten som kommer att stå och vänta på att ungdomarna ska springa ut i sina vita mössor – Anita måste klara det! Klart att nerverna kan kollapsa. Som för Östen häromåret. Tomas har alltid betraktat Östen som en skärpt kille. Allmänbildad, nyfiken. Fast han kanske inte har Anitas och Håkans förmåga till läshastighet, uthållighet, koncentration. Ingegerds och Torstens grabb har väl aldrig utmärkt sig som något riktigt snille.

Maj stänker vitskjortan på strykbrädan så att några droppar träffar Tomas.

Tänk om Henrik inte hämtar henne till balen. Du förstår att Titti tycker visst att det är så besvärligt för honom att gå med eftersom han inte är student. Som om en annan inte fått ställa upp i sällskap där man inte varit värd vatten...

Ska han ställa ifrån sig seltersglaset och ta omkring henne?

Hon är kanske utarbetad igen. Det där hon sa häromdagen, att Anita är i lag med kulturredaktören... det är klart att det är svårt för en mor att se sin dotter bli stor. Och en far? Men han svarar bara att det kommer att bli så bra – låt oss vara stolta och glada idag.

Och nu har jag drivit igenom den här mottagningen för dina syskon utan att Anita vill delta.

Hon vill, Maj – bara hon blir godkänd. Du ska se vad lycklig och lättad hon kommer att vara. Maj räcker Tomas den nystrukna skjortan, ber honom säga till Lasse att hans skjorta också är klar.

Om Lasse velat vara i Anitas ställe så är det ingenting han visar. Han har muttrat på morgonen över att be om ledigt från verkstan – ja att syrran ska ta studenten ger kanske inga pluspoäng bland grabbarna. Nu står han i bar överkropp på sitt rum – klappar de slätrakade kinderna med rakvatten – ordnar till den där tjusarlocken i pannan – är det verkstadsjobbet som gjort honom så där vuxen – eller är det flickan – kommer Ann-Kristin också, frågar Tomas. Lasse skakar på huvudet, öppnar inte för att Tomas ska fråga mer.

Mamma har skjortan åt dig – hördudu, vad säger du om att snart börja öva bilkörning?

Menar du det, pappa? Vad han ser glad ut – bara en liten pojke igen. Inte längre några drag av kravallpojkarna – Lasse har väl aldrig liknat de typerna, men nog har Tomas märkt dragningen... den intensiva viljan att något ska hända...

Anita får ju fara till Rivieran. Klart att du ska få lära dig köra bil. Är Tomas nöjd med sig själv nu? Ja – att han har kommit på det här med att han och Lasse kan dela bilintresset – även om de inte kan köpa en bil till Lasse som ekonomin ser ut nu. Men han kommer ju inte ha några som helst problem att lära sig köra – frågan är om han inte redan har tränat en hel del i smyg.

När de tre travar finklädda mot läroverket måste han hejda sig
för att inte ropa till människorna de möter att idag tar min dot-
ter sin student. Att hålla det inom sig – utan att ha fått dämpa
sig med sprit – *det är ju inte du som ska gå upp i muntan* – där
är Titti och Georg, Nina och Ragnar, Marianne och Hans-Erik,
Hedvig och Lennart – Tomas har ringt alla syskonen i stan och
hört sig för hur många de blir från varje familj – *hon kan inte köra
nu, Nita kommer snart att springa ut!* Ballonger, blommor, plakat,
skir grönska – där kommer Odd Fellows stormäster och säger att
det är alla tiders att se Tomas Berglund i stan igen, han har visst
en systerson i Anitas parallellklass. Kan det vara bra att jaga upp
sig så här? Kan inte en hutt ha en fysiologiskt lugnande inverkan
– han har ju för tusan kommit till den åldern då man kan få en
hjärtattack eller propp.

Nu blir hon väl så märkvärdig att man inte törs prata med 'na!
Måste Kurre och Dagny vara lite syrliga, Tomas kommer inte på
något att säga, klart att han vet att Marianne inte tog studenten,
men för den skull borde väl Tomas få lov att vara stolt en dag som
den här? Där är Anna – inte Bertil? – Maj och Anna börjar genast
prata, Bertil måste visst själv gå in i bageriet och hjälpa till med
att få alla vårbeställningar färdiga – förste konditorn la sig sjuk
så oläglig – Tomas tränger sig inte på. Saknar han stunderna då
Anna sken upp av hans åsyn?

HON TÄNKER INTE släppa Tomas ur sikte. Nu får han lov att bära henne genom det här. Ja han förstod att han måste ta över situationen eftersom Maj höll på att brista när Lasse varken ville ha slips eller fluga. Vilka idéer. Om Tomas bara kunde vara tyst där de går intill varandra. Han kommenterar allt han ser och hejar så överdrivet glatt på alla de möter. *Låt honom hållas.* Måtte Tittis Siri hitta i hennes kök. Det mesta är ändå gjort. Fast potatisen kan ju inte kokas i förväg, bara skalas. Motvilligt fick hon ihop komihåglappen Siri bad om. Vad som återstod att göra. Tänk om hon fått ta studenten som Anita! Då skulle meddelanden på lappar inte ge minsta huvudbry. *Om du haft huvud.* Läshuvud. Så mycket mindre rädd? Att säga fel. Göra fel. Alla självsäkra med kunskapens makt och talets gåva. Eller tigandets tysta utfrysning om man råkar häva ur sig något dumt. Åslög flyttade från stan. Fast hon hade en trevlig liten lägenhet där i Stockholmshuset som de passerar. Maj söker i fasadens fönsterrader – vilken lägenhet hade Åslög? *Vera.* Vera som skulle bli sjukgymnast – åh idag skulle hon behövt Veras kunskaper om hur hon ska stärka sin värkande fot.

Så mycket folk på skolgården, lämna mig inte, viskar hon, utan att veta om Tomas hör. Alla släktingar och bekanta – ja hon måste släppa Tomas för att hälsa på Anna, genast är Tomas försvunnen, bara Lasse morsar världsvant på sina äldre kusiner, det är inte många minuter kvar tills de ska springa ut. Är hon nervös? Eller är hon bortom… Plötsligt kommer Anitas latinlärarinna – lektor? Gud vad är det hon heter nu igen – hon trycker Majs hand och säger att det är ovanligt med ungdomar idag som har en sådan fallenhet – ja hängivenhet – för latinet. Ett dött språk på sätt och vis – men med en skönhet som är evigt levande... Vad fru Berglund måste vara stolt! Maj rodnar, nickar, säger ja jag har ju inget läshuvud, som lektorn, hon tystnar, *men jag skulle kunna undervisa i ett skolkök eller på en lanthushållsskola, ja även i mangling, städning. Städar lektorn? Eller lejer hon bort, försjunken i Horatius, Catullus...* Har hon klarat sig eller varför kommer lektorn och talar om latinet med Maj nu?

DÄR – DÄR är hon! Tomas kramar Majs hand men släpper hastigt
när hon viskar aj och stöter honom i sidan. Den andra handen
far upp i luften och vinkar, kan hon upptäcka dem från trappan
eller har hon solen bländande i ögonen? – Anita är lika rödblossig
som de andra ungdomarna – de vita mössorna – klart att Anitas
skarpt formade kattglasögon sticker av, men hon är inte den enda
nyblivna studenten i glasögon. Flera unga män i runda brillor
eller smalt rektangulära – och några flickor. Vad bryr sig Tomas
om glasögonen – han låter sig pressas fram, sjunger med, hurrar,
jublar – *hon grejade det* – åh han måste krama om Maj, Lasse –
hon är då för otrolig säger Nina – tack ska du ha Nina, svarar
Tomas uppriktigt, ja jag sa till Ragnar vid lunchen att man måste
ha nerver av stål för att klara muntan. Han klappar sin äldsta
syster på axeln – hennes helt vita hår, så lik mamma – tänk om
pappa levt! Om mamma levt! Nu – nu springer de nerför trap-
pan, väller in i folkmassan – Tomas måste se sig hastigt omkring,
har han med sig släkten, är de samlade alla när blommor ska
överräckas och studentskan ska flyga i luften – Lennart, Hans-
Erik, Rolf – ja även Georg vill vara med – Henrik ser så glad ut
– hur kan Maj tro att Henrik skulle strunta i att eskortera Anita
till balen? Hurra – hurra – hurra – hurra!

Var är Maj? Så starkt känner Tomas plötsligt att detta kan inte
han och Helena förenas i. Det kan han bara dela med Maj. Anitas
mamma. Det där lilla knytet som kom till världen – nu är hon
vuxen – har klarat skolgången med den äran – vad som än händer
har hon kommit i mål – här ligger världen öppen. *Som den aldrig*

gjorde för mig. Du vågade inte – fast du kunde gått vidare i skolan.
Hur ska man tro sig klara – när ingen annan trampat stigen före?
Fast Anita klarade. Lasse med sin snaggade nacke, luggen i våg –
tänk om han hade tagit realen. På nytt snörps det åt inuti – kunde
han ha gjort annorlunda för att hjälpa Lasse med läsningen och
hemläxorna? De där åren han gav Karl-Magnus allt han hade och
nästan aldrig var hemma om kvällarna. Klart att Lasse har fått en
bra plats, men de vidare möjligheterna hade ju ökat med en riktig
examen. Han klappar honom på axeln, Lasse, vart tog mamma
vägen? Jag tror hon fick skjuts av Rolf för att förbereda hemma –
for hon bara? – Tomas skrattar till, säger att det är klart att vi blir
ju några stycken som väller in i våningen om en stund. Och av
alla gratulationer som även riktas till honom kan han åter känna
adrenalinet, pulsen – det är så overkligt – hon grejade det – ja han
blir varse hur elakt tvivlen gnagt det senaste dygnet, Majs trött-
het, misstro, de återkommande tankarna på Östen. Och Ingvar.
Han ser sig hastigt omkring men Torsten och Ingegerd har inte
dykt upp med blommor till Anita – nog kunde de fira Anita även
om Ingvar fick gå bakvägen – *inte min dotter!* Snart måste han få
sätta sig, i alla fall tända en lugnande cigarrett.

KAN HON VERKLIGEN i ögonvrån uppfatta mannen som står i utkanten av folksamlingen? När hon vänder sig om ser hon en blond karl i linnekostym och stråhatt. I sådan mundering kan man räkna med att bli sedd! Något gammaldags och excentriskt på samma gång. *Det är kulturredaktören.* Ja – det måste det vara. Hur har han mage! Maj måste dra in så mycket luft hon kan, ändå saknar hon syre. Han har en bukett i handen – något blått. *Varför inte vitt – oskuldens och dödens färg?* Kan hon hålla tag i någon? Tomas som pratar med Nina och Ragnar – upptagen förstås – Maj kan ju inte avbryta nu och säga att horbocken står och väntar på sitt offer – gud vilka galna tankar som kommer. Känner Tomas hela stan? Nu är några nya ansikten där och gratulerar Tomas – plötsligt blir Maj arg, det här har nog Anita fått klara ut helt på egen hand. Tack och lov tränger sig Gurli med Uno i släptåg fram till Maj – hurra ropar Gurli ohämmat högt – vilken dotter du har Maj, vad du måste vara mallig! Är hon mallig? Eller... *avund-sjuk?* Som om kraften rinner av henne precis här, precis nu. Hon kan inte hindra den där linneklädda mannen från att ge Anita sin anemonbukett. Nog är det längtans blåa blomma? Ändå ska hon orka mottagningen om en stund. Visst är Siri där hemma och dukar fram, men Maj måste alldeles strax skynda hem och hjälpa henne. Herregud. Vilken vår. Tomas... Lasse... Anita... *och så jag, Maj.* Hon vill i alla fall hinna överlämna buketterna till Kerstin och Gerd personligen. Utan dem hade inte Anita gjort det så här bra. Att de tre har hållit ihop, det tror Maj har räddat henne. Hon banar sig fram – ja Kerstins sällskap står nästan intill Anitas – och Kerstin är alldeles rödgråten – hon kramar oväntat om Maj och säger att hon var bergis på att hon skulle köra – sedan fladdrar hon vidare, där är mostrar från Sidensjö, en gammelfaster från Docksta… Gratulerar Maj verkligen Kerstin före Anita? Det är ju inte meningen. Men när alla trängde sig förbi henne då Anita skulle kastas upp mot skyn. *Än så länge kostar han på dig blå anemoner.* Nu kommer Rolf fram till henne och säger att han tyvärr måste åka – och innan hon hinner tänka efter får hon ur sig – åh tror du att du skulle kunna skjutsa mig hem?

VAD KOMMER MAJ att minnas från Anitas student – är det bara Anitas ovilja att gå på bal, hennes otacksamhet över klänningen, hennes obegripliga upptagenhet av att inte ha något på balen att göra... Den där berättelsen vi så lätt tröttnar på – om osäkra, självföraktande flickor – när flickor borde vara stolta och ta för sig, vara valkyrior, jägarinnor, nattens drottningar... Eller något ditåt. Men för Maj – att få en snygg klänning och biljett till de bildades bal. Kan man känna annat än glädje? Kanske väcker Anitas studentdag mer än så. Hur ambivalensens strid pågår – stoltheten, glädjen – mindervärdet, avunden... en kall aning om att den vita mössan kommer att ta Anita än längre ifrån henne.

Fortfarande femtio år senare. På väg till docenten med hustru på julkalas i Enskedes villastad – ännu är Maj välklädd, ringarna, guldarmbandet, lite makeup som ger färg och nylagt hår – grå starr, gula fläcken – jag måste få hålla dig under armen Anita, du vet jag ser inte om det är dunkelt ljus hos dem – men hörseln är ännu bra. Vad spelar hörseln för roll om hon inte förstår vad de pratar om? Anita, du håller väl i mig – Anita som borstar håret framför hallspegeln och målar läppstift medan Maj väntar redo att åka till middagen hos Lisens pojkväns föräldrar. Och det bara kommer, den desperata vädjan – låt mig stanna hemma Anita, snälla, säg att jag är sjuk – *Anita, du kan ju i alla fall föra dig med bildade människor och begriper vad dom säger!*

BLIR DE ALDRIG osams? Anita har med sig Kerstin och Gerd hem några dagar efter deras examen – de har alla tre sina vita mössor. Vad hade hänt om en av dem kört? Då kanske de inte hade låtit lika uppåt. Och alla tre ska fara till Rivieran med tåget om ett par veckor. Det är fina flickor, trevliga kamrater. Glada – skojfriska. När Anita är tillsammans med dem blir hon en annan. Maj hör hennes skratt lika högt och spontant som de båda andras. Och hon har aldrig antytt eller sagt rent ut att Maj inte får lov att sitta med i matvrån när de dricker te. *Varför var Anita så avig på sin examen?* Maj har nygräddade vetetekakor – och med smör och marmelad, kanske en ostskiva, så är de faktiskt himmelska till te. Var så goda!

Vad har tant nu hittat på att skämma bort oss med? Kerstin tittar in till henne i köket – slår ut med armarna och suckar att det här ska jag berätta för mamma! Att hos tant Maj får vi nybakat till fikat. Mamma bara går på kurser.

Åh, dom är så lättbakade, svarar Maj. Du klarar dom även om du inte är så van bagerska.

Ganska ofta är flickorna i köket och vispar ihop något. Anita brukar baka en sort gaffelkakor av ett-två-tre-deg, eller havre med korint. Nu är ju Maj glad att hon doppar. Allt far av henne. Ja, nästan så att Maj undrar om det kan stämma när hon säger att hon proppat i sig ett halvt dussin nybakade vaniljbullar hemma hos Gerds mamma.

Men tant Maj, ska du inte följa med och lyssna på Little Gerhard? Vad skulle Kerstin svara om hon sa ja, det kan jag väl göra! Han är lika bra som Elvis, lägger Kerstin till. Nä du, protesterar

Anita och Gerd, ingen slår Elvis – ja men jag tror i alla fall att tant Maj skulle gilla att rocka till Little Gerhard, skrattar Kerstin.

Åh då skulle mina tantbekanta svimma! Om de fick se mig svänga runt och åma mig. Maj ler och fyller på te i flickornas koppar. Om Anita blir besvärad så visar hon det inte.

Och när de ger sig av ser de så rara ut. Så tokigt är det inte med snäva långbyxor när man är ung och smärt – fast Gerd är ganska kraftig över låren – de har alla tre lockat, kortklippt hår, åtsmitande jumprar eller koftor över blusarna – så blir våningen helt tyst på nytt. Öde. Hon står och tittar efter dem från balkongen. Gerd stannar till, fiskar upp en cigarrett – Anita har inte talat om att Gerd röker. Kerstin tar ett bloss också! Giftpinnar, som man kallar dem numer, men varken hon eller Tomas har klarat av att sluta. Det är visst inte så ofarligt att lugna sig – roa sig – trösta sig med en cigarrett. Ja, hon vill ha en i denna stund, här ute i försommarskymningen. Hon ser massor av ungdomar som är på väg till Folkets park. Synd att det ska vara så mycket kring det sexuella. I musiken. En sak är väl om flickorna trånar lite, men pojkarna får idéer de kan vilja förverkliga. Gerd är nog ganska brådmogen, har visst haft en kille till sällskap. Inte Kerstin. Ja, egentligen vore det bäst om Anita for till Rivieran enbart med Kerstin.

Nej, hon har disk att ta rätt på, och färska tekakor. Hon askar, fimpar, låter balkongdörren stå öppen. Det är skönt med den här tiden på året, att hon kan få vädra hur mycket som helst. Och i stan behöver hon ju inte vara rädd för myggen. Vissa bröd är fortfarande ljumma. Om Lasse kom hem kunde han få en stor laddning – Lasse tycker så mycket om nybakat bröd. Vill helst bara ha färskt. Fast han ligger väl över hos den här arbetskamraten ikväll igen. Ann-Kristin och han träffas visst inte mer. Han har inte sagt att han ska gå på konserten, men de hänger säkert där utanför. Han är ju på sitt artonde år. Att Kerstin verkligen uppskattar hennes fika så mycket. Det gör henne barnsligt glad. Det är så roligt att ha någon att baka till. Nu när Anita nästan slutat med sött och Lasse aldrig är hemma. Och Tomas... ja är han hos dem i Örnsköldsvik en söndag vill han förstås ha. Skulle hon inte kunna fråga Kerstin rätt ut om Anita går med den där gifta karlsloken? Gerd – Gerd är mer förslagen. Absolut inte, skulle hon troskyldigt svara, och Maj skulle stå där, bortgjord.

Är det oron över Anitas kommande resa ut i Europa? Ja, det går runt i huvudet när hon tänker på fransmän och italienare. Casanovor. Hur ska hon förklara för Anita att de... ja sedan barnsben tränas de här pojkarna till förförare. Men man ska ju inte tro att fransyskorna låter sig luras. Ändå verkar man tycka att pojkarna ska få öva sig... lätta på trycket... på oskyldigt blonda. Flickor från Skandinavien, eller lättfotade flickor. Ja så får fina svenska flickor dåligt rykte. Hon måste tala om för Anita att hon inte ska gå i den fällan. Svenska flickor måste vara extra ordentliga. *Hur roligt är det att resa ut i Europa utan att flirta?* Tack och lov är både Kerstin och Gerd betydligt blondare än Anita. Anita skulle lätt kunna tas för fransyska... synd bara att hon har blå ögon. Det blir dom väl som tokiga i.

Så hugger det till i magtrakten – hon måste skynda sig till wc. *Kan du inte bara släppa? Låta flickorna få göra sina egna erfarenheter?* Som om samhället var så inrättat... som om inte mödrarna måste bära skuld till det mesta som går snett. *För Anita, det är inte roligt att bli med barn när det inte var tänkt att bli... det är så mycket du måste gå igenom. Är han gift så sitter du ensam sen. Och vem vill gifta sig med dig då, med en annans unge på halsen?* Och Tomas. Förbannade Tomas. Han tror henne inte. Att Anita och den här gifte mannen har någon affär. Nej men de träffas som lärare och elev ungefär, påstår Tomas. Du vet det finns inte så många kulturintresserade i den här stan där idrotten är allt, så en ung flicka som läser Sartre, Camus och Sagan är väl som en dröm att

diskutera med. *Diskutera!* Som en dröm att köra kuken i… Nej
– något sådant säger hon inte ens till sin man. Med tankar är det
annorlunda. De gör som de vill. Men nog borde väl Anita hellre
satsa på någon stilig ung atlet att ha sällskap med.

så UNDERLIGT TOMT att fara ut på landet bara de två. I det här grå blåsvädret dessutom. Mörkt som i november! Ska de vara nykära nu? *Älska ohämmat på kohudar framför öppna spisen, mata varandra med jordgubbar och bada i champagne?* Maj kommer ju mest att vara ensam – Tomas i Sundsvall hela juni, bara ett kort besök över midsommar – och sedan semesterstänger han butiken i juli. Först hade han tänkt arbeta en bra bit in i juli, men Maj talade om att hon vägrar vara hela sommaren ensam på landet. Anita kommer förstås hem igen om en månad. Att lämna flickorna på tågstationen – Gerds mamma grät och Kerstins bara vinkade och vinkade. Maj vinkade också – Anita grät inte, var den första av flickorna som drog in sitt huvud från det öppna kupéfönstret. Det är förståndiga, fina studentskor vi har sa Kerstins mamma och klappade om Gerds rödgråtna mor. Era döttrar är så mogna, underbara flickor, sa Maj till dem. Och nu står Maj här och packar specerier och konserver i sockerlådor. Kläderna har hon gjort färdigt, de ömtåliga krukväxterna – att bara bomma igen våningen – veta att Lasse kan härja runt som han vill nu när han är ensam i stan. Är det oansvarigt av Maj att låta Lasse klara sig själv? Han verkar inte vilja ha henne i våningen precis. Klarar Lasse ansvaret, frågar Maj Tomas när han kommer tillbaka upp efter att ha lastat en resväska i bilen. Du får väl fara emellan, båten går ju, svarar Tomas. Fara emellan! Ja, så får det väl bli då.

De äter matjessill och potatis till middag på lantstället, och Maj serverar som vanligt kaffet i tants salong. Tomas har sagt att de aldrig har kallat stora rummet salongen, det är något Maj har fått för sig. Salen möjligtvis. Det är ju inget att bråka om, salong är väl ett trevligt ord, hon har tagit med sig flera kakskrin och har bullat upp efter den lättare kvällsmåltiden. Medan Maj krasar en lite för hård prinsesskorpa mot gommen säger hon att Anita borde hjälpa dig i affären efter sommaren mot mat och husrum. Jag tror inte det kommer att vara bra för henne att gå i lägenheten om dagarna... Hon har laddat för det här, att säga det, känt en oro, ett obehag – att Tomas bara ska bli ilsken, sätta sig emot. Och när hon sköljer ner skorpan med lite för svagt kaffe svarar Tomas mycket riktigt att han ju inte har tillräckligt med arbete för att det ska löna sig med en anställd... och Maj måste bryta in, hejda honom, förklara att Anita inte ska avlönas, hon ska läras upp i familjeföretaget mot mat och husrum. Som Henrik, Lennart... ja Lasse har ju redan en bra plats och kanske inte riktigt är butikstypen. Men Anita... om hon tar över den dagliga skötseln kan ju du lägga krutet på att öka omsättningen – det är då alltid mycket som har samlats på hög när jag kommer på besök. Men att frigöra tid till annonsering, kampanjer, mässbesök – Georg är ju ute och far för jämnan. Tomas skrattar till. Men Georg – hans firma är ju något helt annat. Och frågan är om inte skinnmarknaden i Sundsvall är mättad. Maj måste sucka. Säga att det handlar om att göra sig ett namn. Som Gummessons, Bergströms, Dahlbergs, Sundmans – man går dit för att butikerna har renommé. Och man kan inte ligga på rummet och läsa och rita ett helt år när man är tjugo.

Men inte tusan vill Anita vara i Sundsvall med mig? Hur hade du tänkt att vi ska bo? Maj skälver på handen när hon ska hälla i påtår.

Jag bodde på ett rum och kök, vi var sju vuxna personer. Det handlar inte om bekvämlighet, det är som det är. Vilka drömmare de är, de där två! Inte kan det vara så svårt att göra ett försök. För Maj kan ju inte själv gå in i rörelsen eftersom ingen kan ersätta henne i hemmet. Inte skulle Anita vilja stå för mat, inköp, tvätt, städning. Annars skulle hon gå in… Man måste förstås kunna sina varor. Inget är mer avskräckande än loja och okunniga expediter. Vissa ungdomar vet ju inte ens skillnad på bomulls- och linneväv. Har väl ingen aning om vad lärft är.

Maj tänder en cigarrett. Du har ju alltid sagt att du fick fara på brädgårn när du var tretton…

Vi får tänka på saken. Tomas vecklar ut tidningen – åh detta blad som män kan gömma sig bakom, försjunka i… Maj röker långsamt färdigt sin cigarrett – ser hur vinden river och sliter i slyet på tomten. Äsch, de har fina uppvuxna rönnar, björkar och tallar dessutom. Men de måste få taket ordentligt omlagt senast nästa år, det ser ut som svartmögel på vinden. Hur länge ska de tiga nu då? Tomas bara läser, spaltmeter efter spaltmeter. Lusläser han annonserna också? Maj fimpar, tar upp sin virkning som hon packade i en egen kasse. Tur att hon inte glömde den i stan!

Vad tror du om att köpa en ny spis hit ut, bryter hon tystnaden med. Ja nog för att den gamla fungerar – fast propparna går ju i ett, och var inte den här modellen en av de första elspisarna som tillverkades?

Jo, ja vi får se halvårsresultatet för butiken, revisorn har alla papper. Han tillägger att de där räknenissarna är inte billiga heller. Och då svarar Maj entusiastiskt att om Anita står i butiken kan Tomas säkert sköta bokföringen själv. Du som är så… intelligent, lägger hon till. Det är ingen lögn. Hon är övertygad om att Anita och Tomas har en särskild sorts intelligens. Man kan bli rädd för den. Lasse och hon har det i händerna, ja nog för att Lasse har huvudet med sig, men inte tålamod att traggla med böcker. Otålig. På språng. Men Maj drömmer om en ny spis hit ut. Det är jobbigt när proppen går just som man har något i ugnen. Eivor sa ofta att det var fint att få arbeta med elektrisk spis även sommartid – en vedspis gör ju sommarköket så olidligt varmt. I stan däremot tyckte Eivor att vedspisen var en utmärkt värmekälla och att det var bort i tok att ta ut den när de bytte till elektrisk. Blev den inte kvar? Åh vad hon saknar Eivor plötsligt! Eivor och hon skulle ha det trevligt här ute. Det skulle inte spela så stor roll då att Lasse arbetar i stan, Tomas är i Sundsvall, Anita på Rivieran...

Kanske är det den otrivsamma blåsten. Vita gässen på sjön, åskblå molnskyar – ska vi inte ta och elda i öppna spisen? Tomas tittar upp, nickar, men fortsätter att läsa. Eldningen är hans uppgift. Hon vill inte behöva fara i vedbon och göra misstaget att försöka få fyr på sur ved. Och glömma spjället och... det känns som höst. I början av juni. Regnet kommer väl när som helst – hon reser sig, hämtar en kofta, tar på sig stickade tossor i sängkammaren på övervåningen. När hon kommer tillbaka har Tomas börjat stapla veden – Maj försöker låta berömmande när hon säger att man måste dra vinterfukten ur huset för att få den rätta trivseln – och när eldens lågor slår upp reser han sig, säger att han går en sväng. Du vet, jag sover så mycket bättre efter en kvällspromenad.

HAN KAN INTE bestämma om han ska gå längs vägen bort mot Killingsnäs eller ut till Stubbsand. Det blåser hårt – men kommer inte vindarna med en fuktig, ljum värme? Vill Maj skicka Anita att spionera på honom? Vad är egentligen tanken med att Anita ska stå i butiken? Det är väl inget arbete för Anita. Han drar upp dragkedjan i anoraken, går i riktning mot vinden. Nog för att Anita skulle klara av det, men hon ska ju läsa vidare, bli en bildad människa. En bokhandel vore ett fint extraknäck. Anita har ju inte visat intresse för firman – för skor, skinnvaror, hudar. Inte Lasse heller. Vad ska han ta sig till om Maj genomdriver det här?

Jag vill inte gå här och vänta, sa Helena sist. Nu får det antingen bli allvar eller vara slut. Han blev överraskande kylig i stunden – *nej men Tomas får inte ta över den här berättelsen.* Om han blev varm eller kall, förtvivlad eller... men inflätade är de, Maj och Tomas, fast Maj vet inget om hur nära Tomas är att försvinna ur hennes liv. Att han går där i blåsten för att dämpa oron – väger för och emot, också det allra mest banala – Helena kan nog laga mat, men inte som Maj – han är – har varit? – förälskad i henne, kär... men de har aldrig levt tillsammans, delat vardagen, och Christer, det är svårt med Christer – är han rädd för pojken – ja på ett diffust, dunkelt vis.

Det är svårt att dröja berättelsen hos Maj nu. Vad gör hon egentligen om dagarna? Hur mår hon? Blöder det lika mycket, fasar hon fortfarande för sjukdom, död... Kan hon inte låta Anita vara på Rivieran och få söka efter sig själv, bli uppvaktad på ett sätt där Örnsköldsvikspojkarna ligger i lä, man behöver väl inte gifta sig bara för att man ger varandra komplimanger... Och Tomas, borde han inte fullt ut få älska och leva med Helena? Tomas som inte vill ha Anita i butiken och på rummet i Sundsvall. Inför henne skulle otroheten bara bli sjaskig på ett vis som... skulle få Tomas att vilja kräkas över sig själv.

ATT FÅ BRUNA ben? Är det lyckan i livet? Maj har inte ro att sola baksidan av låren någon lång stund. Vem ska förresten titta på henne där? Anita har sin nya franska bikini. Från Rivieran. Maj kan inte låta bli att tycka att den är oanständig. Så mycket sol-kysst hud, nästan så att könshåret syns och brösten med när hon solar framsidan – det lämnar inte mycket över åt fantasin. Fast alla unga flickor har bikini i sommar. Och Lotten Åkerlund. En tvåbarnsmor! Maj kan ju inte tvinga Anita att gå i baddräkt, eller i en mer rejäl tvådelad stickad sak. Men varför ska man kämpa för att få bruna ben när huset och tomten propsar på så mycket. Var ska hon börja? Bestämde de inte att fönsterbågarna på den utsatta sydvästsidan skulle tas i sommar? Det är svårt att sätta igång att skrapa och kitta och måla på egen hand. Att haka loss karmarna stående på en ranglig stege… någon gymnast har hon ju aldrig varit. Och nu är faktiskt Tomas här hos dem. Butiken har semesterstängt i juli och Tomas får vara på sitt älskade land. Han halvsitter lutad mot en klippa – hans brunbrända bröst, den ännu platta magen, överarmarnas muskler, ådrorna på underarmar-na… *jag vill faktiskt älska dig.* Hon sjunker ner med huvudet mot filten igen, blundar, den lätt svala brisen som rinner över hennes rygg, suset i asparna. En kaffekorg – hon kan gå upp till köket och blanda saft, sätta på kaffekannan, skära bullbitar och ta med kex – skulle det bli en överraskning eller enbart vara det förväntade, för givet tagna… *Se där kommer mamma äntligen med fikakorgen.* Hon vänder sig om, häver sig upp till sittande – varken Tomas eller Anita tar någon notis om henne, inte när hon reser sig, drar på solklänningen, sandaler. *Har vi inte underbara dagar?* Så blir man gammal, över fyrtio – tänk att imorse tyckte hon ändå spegelbilden var vänlig – lite fräsch färg, solblekta slingor... Och inga överraskande störtblödningar har hon haft på ett tag så hon lider knappast av järnbrist längre.

Det är oväntat rått i köket. Värmen från morgonsolen har försvunnit. Vant bottnar hon korgen med en kökshandduk, sedan glas, saft, kaffekoppar, bröd. Väntar på att kaffet ska klarna sittande vid köksbordet – nog sov hon åtta timmar inatt? Borde inte vara trött nu. Men är trött. Hypnotiskt trött. *Hypnotiskt rädd?* Hon håller hårt i korgen och kaffepannans handtag, vill inte snava på stigen ner mot sjön. Foten – vid ett snedsteg kan det hugga till, ja foten vill vika sig, inte bära. Sjukgymnasten hon kontaktade före semestern sa något om nerver, att de kan ha kommit i kläm – eller var det i fel läge? – efter operationen. Hur kan de så avslappnat njuta? Tomas bakom boken – Anita ser ut att sova, solen som kan vara lömsk om man somnar, förlorar Maj sig i vågskvalpet gungar det till, hon blir yr... det är solblänket, de skarpa ljusreflexerna, hon borde ha haft en hatt, Anita också – det är dumt att gå barhuvad i det här gassandet, nu är det kaffe säger hon, börjar packa upp, duka fram. Härligt, svarar Tomas – jag ska bara ta ett kvickt dopp – då vaknar Anita till – jag följer med – nej Maj räknar väl inte med att de ska fråga om hon vill bada med dem – men att åter igen duka upp, duka fram... De slänger sig i, simmar några tag, och kommer sedan drypande upp till filten.

Vad vi har det bra, säger Maj när Tomas och Anita svept badkappor om sig. Tänk på Lasse som sliter i verkstan i värmen – ingen svarar, först efter en stund säger Anita att hon söker efter möjliga platser varje dag i tidningen, men lägger till att alla lektorer tyckte att de skulle vila upp sig ordentligt efter studentexamen. Maj menade inte exakt så. Mer bara att de har det bra, skönt, härligt, ledigt. Och Tomas svarar att apropå det så borde han åka ner till Sundsvall, det blev en del liggande som han måste ta tag i. Maj sköljer ner det torra kexet med kaffe – vad säger du Anita, ska vi inte ta och följa med pappa? Flanera på stan, gå på kondis... Göra oss lite snygga! Tomas säger inte att det är en bra idé. Bara att han måste ju få undan. Vad då? *Vad måste Tomas få undan?* Men vi klarar oss på egen hand. Eller hur Anita? Jo men... Ja, vi får se. Han vill visst åka ensam till Sundsvall. För att dricka? *Träffa henne?* För så är det väl. Och Maj kan inte låta bli att muttrande undra när de ska göra fönstren. Tomas sträcker sig efter en bullskiva och svarar att de får lyssna till väderleksrapporten. Det måste ju vara ett stabilt högtryck om vi ska sätta igång med något sånt. Jaha. Man talar om varmaste sommaren i mannaminne, åtminstone sedan -55. Ändå inte bra nog att måla fönster. Ljummet kaffe är inget vidare. Hon går efter en cigarrett, sätter sig en bit ifrån dem. Det är ingen dum idé att göra en utflykt till Sundsvall i sommar, säger Tomas åt hennes håll, men då vill ju inte jag gå och tänka på jobb – och om jag far ner över några dagar så...

Jag stannar gärna här. Jag måste hinna läsa ut några låneböcker. Anita ser ut över havet, slår armarna om sina knän. Och är det så här fint väder är det ju skönast vid vattnet.

Det var bara ett förslag. Jag kan höra med Titti... eller Gurli. Vi kan ta bussen.

Ja, varför ska hon vänta på att Tomas och Anita vill och har lust. Om inte Tomas. Om Tomas föredrar *henne*. Gurli skulle uppskatta en utflykt till Sundsvall. Alla gånger!

Tomas kommer bort till Maj och tänder en cigarrett han också. Jag vill ju inte att ni ska behöva sitta och vänta på mig. Om jag far ner måste jag bli färdig och kanske hålla på till mitt i natten. Och då är det väl inget nöje för er? Maj skrattar till. *Och du tror inte att jag har vant mig vid att vänta?*

MÅSTE DET BERÄTTAS om Ingo och Floyd? Hade Maj ens tid att sitta ner och lyssna på radiosändningarna den här sommaren? Ratta mellanvågor i juninatten. Och nu är det redan slut på industrisemestern och augusti. Sommaren är ruschigare än terminerna. Måltider, kaffe, och så städningen på det när man inte har indraget vatten. Man får starka armar av att hämta från brunn. Förra året följde de fotbolls-VM på teve hos Georg och Titti. Pelé – jo men Maj tyckte också att han var charmig. Hon kanske inte kunde bedöma hans bollsinne, men alla sa att han var extraordinär. Fast Maj vill inte minnas förra året. Det var en tråkig sommar. Tigande. Var det fel eller rätt av Tomas att inte tala om… sanningen. Och så Lasse som var så kär i Ann-Kristin. Han skulle jämt ha matsäck till sig och Ann-Kristin, så for de med ekan. Anita spelade musik ute på tomten. Ja, det blir att man jämför när sommaren går mot sitt slut. Hur var det ifjol, hur blev det i år. Det var tomt på försommaren med Anita på Rivieran. Och kanske saknade hon lite att packa de där smörgåspaketen åt Lasse och Anki. Just som hon började få lite kläm på vad Anki var för flicka blev det slut. I år har han inte haft någon med sig hit ut. Stannat över desto oftare i stan. Och nu är det lunchmat, igen. Det är svårt att variera sig sommartid. Tomas är lättsam och kan tänka sig fisk i alla dess former, men Anita tycker snabbt det blir för mycket. Inte strömming igen! Tur att hon äter gröt och ägg – fast mjölken surnar så fort i augusti. Nätterna! Det är så hett att Maj vrider sig i fuktiga lakan trots myggnätet. Och just har man fått undan frukostdisken så är det lunchdags. När Anita kommer in till dem i köket – hon har då tålamod att sola sig – har hon ett konstigt, spänt drag över ansiktet.

Vad är det, säger Maj och ställer fram spisbröd och smör – jag har kommit in på universitetet och jag flyttar till Lund om tre veckor.

Men vad säger du Anita? Grattis – Tomas släpper sin bok och reser sig, tar omkring Anita – men Majs ben, som förlamade, tunga, utan blod, syre…

Varför har du inte sagt något?

Jag var ju inte säker på att jag skulle få en plats. Ja, jag sökte till Uppsala också, men där fick jag nej på mitt förstahandsval.

Vi kommer ju inte att kunna hälsa på dig…

Jag har tagit reda på allt jag måste veta tror jag, och jag har löfte från banken – ja pappa står ju som garant. *Visste Tomas om det här? Står som garant…* Men… Maj öser upp klibbig havregrynsgröt – hon vill inte ha, inte nu. Skulle du inte vila efter examen… säger hon lamt.

Över sommaren ja, men nu har jag ju hämtat mig. Anitas solbränna är mörk, solglasögonen håller luggen från pannan. Maj måste gå ut. Det övermannar henne – men hon vet inte vad. Bara att hon reser sig, kanske säger hon automatiskt ursäkta – det är något kyligt – nej varmt, svidande, andnöd. Hon gråter ju. Dass – var ska hon annars kunna låsa om sig? Inlåst i lukten. *De bara går!* Frågar inte ens – hur blir det här för dig, mamma, hur blir det här för dig, Maj – *du ville ju att Anita skulle till Sundsvall…* Det var inte för att få bort henne hemifrån, det var för hennes eget bästa. Lära sig ett yrke. Vara en tillgång för en affärsman – att som hustru ha butiksvana, kontorskunskap. Det är så overkligt! Klart att hon vet att Anita är stor… men så snabbt. Är det kulturredaktören som har satt griller i huvudet på henne? Eller har han övergivit henne och det är Anitas sätt att fly – *du flyttade till Örnsköldsvik för att komma bort från Erik. Borde du inte vara stolt över att din dotter ska läsa på ett universitet?* I Lund, av alla ställen. Hon snyter sig, torkar sig. Blod. Inte igen. Syns det att hon har gråtit?

Nu far vi på Statt och firar! Vi ringer till Lasse och ber honom komma dit – vi tar motorbåten. Har de inte ens märkt att hon har varit borta? Att hon försvann. Tomas har plockat fram champis ur drickabacken, finglas, vill skåla.

Maj tar sitt glas, smuttar på läsken. Men var ska du bo, det är ju inte bara att komma till Lund med sitt pick och pack... Anita ler, säger att hon har svarat på en annons och fått första tjing som inackorderad ganska centralt i stan. Hos en änka – jag ringde till henne, och hon har en väldigt speciell dialekt!

HÖSTEN 1959. INGEN kan påstå att allt drar igång som vanligt. För ingenting är som vanligt. Fast Maj borde vara utvilad efter en lång, varm sommar. Kanske lycklig. Det har ju gått så bra! Lasse och Tomas har arbeten, Anita klarade studenten och får läsa på sitt universitet. Men Maj är inte lycklig. Vad ska hon ta sig till i alla dessa stora rum när ingen drar ner, stökar till? Knappt ens Lasse hinner längre skapa oreda, eftersom han så sällan syns till. Bara vid middagarna, ibland. Eller om det visas något särskilt på teve. Jag kan ha lagad lunchmat åt dig mitt på dagen, har hon talat om, men han kortar visst frukostrasten för att kunna gå tidigare hem. Du kommer ju inte hem tidigare... ja men vi går på kafé, tittar på folk... Lasse och Tomas lämnar sin smutstvätt med jämna mellanrum. Och Tomas för inte längre på tal att Maj borde flytta till honom i Sundsvall. Säger att HSB-lägenheten också är en trygghet att vara rädd om.

Då får man glädjas åt grannarna. Möten i mjölkbutiken, vetskapen att hon inte helt kan gå under jord. *Hade du tänkt det?* Men om hon skulle ligga avsvimmad... då skulle Jenny Eriksson sakna henne, fru Kallander, kanske till och med stränge vicevärden och mor och dotter Wikman... Dem hjälper hon med manglingen, ja de råkades i tvättstugan och gamla fru Wikman hade så tungt med mangeln. Och så få lakan och dukar som de har! Nog kan Maj mangla. Inte lika slätt som Ragna, men hyggligt. Och nu handlar hon lite åt Wikmans på stan någon gång, eller från mjölkbutiken en extra liter mjölk och ett mått grädde, färska franska. Kanske är det något med dottern, ja att hon inte törs vara bland folk. Det kan Maj känna igen. Skräcken att vara bland folk. Hur den kan övermanna på Stora Torget. Hon kan ju inte tala om att det som ofta tvingar henne ut är rädslan att bli som hon... dottern. Fångad i sitt hem? Lite konstig blekgul färg i hyn. Varje dag måste Maj gå utanför dörren. Och nog bjuds hon på kaffe lika ofta som förr. Men hon går också och hjälper faster Eva – *du var elak som drog upp Arne och Majlis den där midsommaren* – ja det ångrar hon än. Eva tar så tacksamt emot hjälp. Att Arne inte kan masa sig upp till mamma och pappa oftare! Det är botten. Han har väl så bra betalt att han kan kosta på sig resorna norrut.

Ja, den här hösten slår det henne att Anita och hon småpratade mycket mer än hon tänkte på då. Om ditt och datt. För Maj berättade om Gurli och andra fruar, om grannarna, allt som Jenny sa om Håkan och Östen – nu ringer de bara en gång i veckan till varandra. Tanten Anita hyr av ogillar telefonprat – särskilt rikssamtal – trots att antingen Anita eller Tomas betalar varje öre för samtalen. Hon säger mest att allt bara är bra.

ÄR DU KVINNOMARTYREN, husmorstyrannen, Maj? Som tynger din omgivning med olust, trötthet, en förlamande känsla av otillräcklighet medan du springer från syssla till syssla?

Vad ska man göra åt kvinnorna i hemmen som envisas med att inte må bra. Ja, hur radioprogrammet vill ringa in och hjälpa *de lidande husmödrarna* att återfå kraften att verka effektivt i sina hushåll. Men aldrig uttala underordningen, orättvisorna, bristande reell makt. Inte påstå att kvinnornas ansvar kan bli övermäktigt – att de saknar befogenheter för att på allvar kunna påverka sin situation. Nej, är inte den rätta lösningen att de besvärliga kvinnorna ständigt måste bli lyhörda för nya arbetsuppgifter? *Och en av våra viktigaste just nu är att komma underfund med oss själva.* Hur svårt blir det inte att ta sig an ett dagsverket med den devisen. *Det är upp till dig Maj, om du vill må dåligt eller bra.*

DET ÄR SÄKRAST att ringa en stund innan butiken öppnar. Då är han oftast på plats och svarar. Eller direkt efter stängning. Fast då har ju Maj sitt med matlagning och disk. Tomas svarade inte igår, varken på morgonen eller kvällen. Hon telefonerade förstås först en kvart över sju, så han kan ju ha hunnit ut. Lasse blev kvar ovanligt länge efter middagen, de tittade på teve en stund tillsammans. Kanske borde hon påpeka – om Tomas inte har tänkt på det själv redan – att måltider ute på stan har en helt – verkligen helt – annan prisbild jämfört med hemlagade maträtter. Hemlagat – hur påkostat man än lagar – är oftast billigare än restaurangernas menyer. Och är det riktigt av Tomas att själv äta ute och samtidigt be Maj snåla på inköpen? Det är alltid lite… snopet att inte få svar. *Han är där – men vill inte prata med mig.* Och det är lätt att få på hjärnan att ringa på nytt och på nytt. Nej – gå och gör något annat. Inköpslistan, till exempel. Vad har hon hemma och vad fattas. Både ifråga om specerier och färskt. Men hon vill inte! *Vad vill du, Maj?* Ta en cognac och somna. Usch, det kommer så spontant. När hon borde ha svarat resa, träffa spännande människor, se nya platser, utvecklas som människa – och som *personlighet.* Den där utvecklingen – ja att liksom vikas upp och plattas ut som en vacker servettbrytning innan det blankstärkta linnetyget läggs i ditt knä…

Våningen – som numer visar spår av liv, slitage. Hur länge har de bott här nu? Bara tretton år. Lasse har haft dille på att riva tapetflagor om skarvarna lossnat lite. Ja, på hans rum och vid hans säng ser det inte riktigt snyggt ut. Karmar och dörrfoder har fått sina törnar. När hon rycker i dammsugarslangen för att få maskinen att följa henne – då händer det att den stöter i och gör fult. *Längtar du efter förändring?* Kanske. Kanske något nytt, oväntat. Kanske några nya tavlor. Kanske andra kuddar till soffgruppen i stora rummet. Om hon skulle bjuda hem Gurli och ett par fruar till på lunch. Att rikta tankarna, göra upp planer.

Bäst vore förstås om hon gjorde bort inköpen på förmiddagen. Bara för att det är höst och lite ruggigt ute kan hon inte strunta i att gå ut. Hon måste handla, helt enkelt. Mannagryn om hon ska ha hönssoppa och mannagrynspudding och saftsås till middag imorgon. Och idag höns och ris och curry. Eller blir det för lika två dagar på rad? Då kan de skjuta fram soppan en dag. *Jag vill inte koka en höna i eftermiddag.* Det vill du visst! Men när det inte ens är säkert att Lasse är hemma till middagen? Han kommer sällan två dagar i rad. Kappan, promenadskorna med klack. En snygg scarf i halsen, handskar. Hatt. Måste hon ha hatt? Väska, portmonnä, nycklar. Så går hon, då. Det är verkligen kulet ute. Mulen höst, regn i luften. Ska hon titta förbi hos Titti? Ofta när Tomas... ja när det är något med Tomas som inte är riktigt som det ska... då dras hon till Titti. Som om Titti kan rå för att inte Tomas svarar när Maj ringer.

Fast nu har hon ju gått ut för att göra inköp. Borde hon pröva färdiga fiskpinnar istället? Eller fiskbullar på burk? *Håll du fast vid hönan.* Ja hönan brukar hon kunna koka mör med lök, morot och lagerblad. Hela vitpepparkorn, salt och sedan kan hon laga både soppa och sås på buljongen. Grädde och äggula till redning om det ska vara riktigt fint. *Jag vill ju inte!* Vad spelar det för roll om hon står i timmar vid spisen med en seg höna. *Nu är du ute på farliga vatten.* Jo. Hon känner det. Hur andfådd hon blir när hon ska bära varorna hem. Nästan illamående. Och så motigt att packa upp på köksbänken. Det är dags för lunch. Lite kålpudding sedan i söndags – hon har ätit det till lunch i flera dagar nu. Även Tomas borde kunna laga så att han har måltider på lut i kylskåpet. Fast han har ingen ugn i pentryt och han kan ju inte laga mat. Det smakar inte alls – puddingen på färs och vitkål. En halv potatis och lite brynt lök åker i slasken innan hon diskar. En smörgås hade gott räckt. *Så blir du som Tea, lever på kaffe, vetebröd och karameller.*

Nu kan hon prova att ringa igen. Han borde kunna svara fast butiken är öppen. Man kan säga – ursäkta jag är upptagen, kan jag be att få återkomma? Hur var namn och nummer? Så måste man kunna svara i luren om man är upptagen med kund. Om han har fått ett slaganfall. Ligger där bakom disken. Fast borde inte någon vänlig själ upptäcka honom, kalla på hjälp?

Vad kan hon göra annat än att lägga sig ner? Gå in i sängkammaren, haka av sig skorna, dråsa ner på sidan på sängen. På överkastet, filten över sig, aldrig ligga i sänglinnet med kläder på. Inte ens nu. Har han sagt något om en affärsresa eller kurs? Den där föreningen för enskilda näringsidkare ordnar en del matnyttigt har hon förstått. Men Tomas har väl inte tid och möjlighet att följa med på sånt.

Vad är klockan när hon vaknar? Inte mer än halv två. Nog måste hon kunna ringa igen. *Om du låg död och ingen saknade dig.* Borde hon till och med slå larm, kontakta polisen? Få fatt i både Anita och Lasse – det var väl i söndags hon pratade med Tomas senast – då han oväntat var hemma när hon ringde strax efter åtta. Först måste hon gå på toaletten, sedan dricka lite vatten. Det är inte trevligt att tala i telefon med torr mun – nu prövar hon på nytt. Inget svar. Vad ska telefonisterna tro? *De får tro vad de vill.* En höna kokas inte mör på en timme. Här kan hon inte bli stående med luren i hand.

Herregud – plötsligt ringer det ilsket – är signalen verkligen så där skrällande hög? Hon har just sköljt hönan, klappat den torr.

Löklukt om fingrarna, är där också fett från det plockade skinnet? Med slaka ben går hon till telefonen. *Är det så här det är att få ett dödsbesked?* Ja hallå? Jag och grabbarna ska på en grej nu så jag hinner inte äta hemma – jaha, tack för att du ringde, svarar hon Lasse, nästan glatt. Plötsligt känns det förbluffande enkelt att ringa till Tomas – som om den döda luren på ett magiskt sätt blivit levande och åter är möjlig att förmedla Tomas röst igenom… fast nej. Inget svar.

Även om Lasse inte kommer till middagen måste ju Maj äta mat. Höns och ris och curry. *Ja, ja!* Det smakar väl bra. Len grädde, mild curry och finstämd buljong. Ändå är det inte så roligt att äta för sig själv i matvrån. Efter middagen ringer hon nästan som i trans en gång i kvarten. Har han bosatt sig hos den där kvinnan? Gett upp affären… nej, men så kan han ju ändå inte göra.

Med lätt darrande hand telefonerar hon till Anita. Damens gnekande, liksom slöa skånska – jeaaa… – Maj brukar få höra att hon talar snygg rikssvenska. Inget mål. Ingen jämtska.

Äntligen Anitas röst – jag får inte tag på pappa! Visst förstår Maj att hon oroar Anita med de orden – men hon måste få rådgöra – kan något allvarligt ha inträffat? Varken Anita eller Maj kan komma på vem de borde kontakta i Sundsvall. De har ingen släkt där, inga bekanta. Lustigt nog har ingen av Anitas tremänningar eller kusiner flyttat till Sundsvall heller. Om han inte svarar imorgon måste du åka dit mamma. Kan Titti köra dig? Eller Gurli?

Anita har rätt. Hon måste åka till Sundsvall och se efter så att inte Tomas ligger död i butiken. *Han har väl inte skjutit sig?* Ja – hon tänker på Kreuger och andra affärsmän även om Tomas inte kan jämföra sig med dem. Och Maj har inte hört annat än att butiken går hyggligt. Lite lugnare blir hon av samtalet med Anita. Hon måste helt enkelt reda ut det här.

Fast Titti har inte möjlighet att köra henne. Låter osäker på rösten, säger att Georg brukar förstås svara när jag ringer – och för mig är det ju ingen sak att bara springa förbi på firman – borde du tala med polisen? Maj – jag pratar med Georg och så återkommer jag till dig.

Svalnad soppsky, urbenad höna. Hon orkar inte ta rätt på fettklumparna i buljongen nu. Paketerar hönan, ställer den skvimpande kitteln i kylen. Att den får plats! Hon har dessutom currysås till minst tre mål mat.

Georg tycker absolut att det är för tidigt att kontakta polisen – att inte svara i telefon är inte brottsligt. Och troligast är han hos leverantörer eller på kurs. Att Maj ska komma farande – risken är stor att Tomas kommer tycka att det är bra stolligt. Det är Titti som håller luren och vidarebefordrar Georgs mening. Men om han är sjuk... död? Det blir tyst – sedan harklar sig Georg – tar han luren från Titti? – och säger att Maj för säkerhets skull kan fara ner. Men nog borde någon där i Sundsvall ha upptäckt honom och i så fall kontaktat... Pröva ringa igen! De lägger på. Nej – hon får inget svar nu heller. Vad måste hon packa med sig när hon ska åka?

ÖSTRANDS MASSAFABRIK – då är det inte så långt kvar. Men för tidigt att resa sig upp, ta på kappan. Tänk så märkligt ovetande de andra är om hennes uppdrag. För dem skumpar bussen oberört fram genom det vackra oktoberlandskapet, ännu några gula löv kvar, särskilt lysande mot granarnas dova grönska. De röda, vita och gula gårdarna. Brunplöjda åkrar, grått vatten. Och så staden, dalgången klämd mellan de två bergen, de hukande husen på norrsidan av ån och mot torget så pampiga fasader att man kunde tro sig vara i Stockholm – Paris! Fast Maj har aldrig varit i Paris. Hon har unikaboxar med höns och ris och curry i en bärkasse av tyg. Väl inpackade. Ombyte, rent sänglinne och toalettartiklar i väskan. Vetelängd och några småkakor. Varför tog hon med sig så mycket mat? Det vet hon inte. Men om läget är akut – då har hon inte tid att springa i mataffärer. Vängåvans park – därifrån ska hon hålla mot järnvägen och havet. Sundsvall är en så stor stad. Inte behändig som Örnsköldsvik. Fabrikerna kommer liksom närmare inpå och om det inte vore för Alnön skulle det vara helt öppet hav. Borde hon fara och se var mamma bodde som liten? Mamma som älskade havets horisont och hamnade i Östersund bland fjällen. *Mamma – kan du hjälpa mig att klara ut det här?* Man får inte sjåpa sig. Nej – det har man inget för. Fastän Maj vet att hon hittar till Tomas butik blir hon osäker. Vilken av tvärgatorna? Längre ner mot hamnen än man tror. Tänk om hon kommer på dem mitt i… *nu är du dum.* Ja. Men att Titti inte kunde följa. Nu känns inte Sundsvall som en trevlig stad. Om hon skulle råka ut för raggare, fast inte mitt på dagen – hon håller hårt i sin packning. Det blåser, löv virvlar upp. Så blir hon andfådd

– hon slarvar med motionen. Går aldrig på husmorsgymnastik eller skidar. Inte skridskor heller sedan foten vek sig – *du skred väl inte fram på isen innan dess* – sjukgymnasten har ju sagt åt henne att hon måste bygga upp övrig benmuskulatur.

Om han inte är där? Ja – då får hon ta första bästa buss tillbaka. Det har hon redan räknat ut. *Du är förberedd.* Ändå är det svårt att mötas av skylten *Stängt,* hängande alldeles rakt och prydligt. Inget *På grund av* eller tillagt *Öppnar inom kort.* Bara *Stängt.* Hon måste knacka på. Om han är där inne på kontoret. Om han var sjuk... död... skulle han väl inte hänga Stängt-skylten så prydligt. Jo – om det är något han automatiskt ordnar om innan han gör kväll i affären. Lät det inte något där inifrån? Genom skyltfönster och dörr kan hon inte uppfatta någon rörelse. Gården. Hur kommer hon in på bakgården? Villrådigt ser hon sig omkring – det är helt folktomt på den här tvärgatan. Är det inte svårare än så? En öppen portal – man behöver inte passera något port- eller trapphus. Det är helt öppet för alla att vistas på baksidan av byggnaden. Vad otäckt att Tomas bor så där att vem som helst... det har hon inte tänkt på förut. *Då går jag dit. Det måste jag.* Hon vet ju vilket fönster och vilken dörr som är Tomas.

Han kommer och öppnar. I bara kalsonger, orakad. Vänder genast om, lägger sig på sängen. Flaskorna, disken, soporna... Här har det festats. Säger hon så? Nej, men hon frågar om han är ensam. Han nickar. Jag har inget.

Jag ser det. Cigarrettfimpar, kläder – för inte ens Tomas kan hålla ordning på fyllan. Dricka med stil och finess. *Har hon gjort slut med dig?* Men Maj orkar inte vara utstuderad. Hon sätter in matlådorna i kylen. Den är nästan tom, ren. Bara smör, ingen mjölk. Senap, inlagda rödbetor. Har du ätit? Han mumlar till svar, det låter som nej. Tomas – så här kan du inte ha det.

Om det fanns något mot ångesten... vad som helst...

Blir hon rädd? Tänker hon på delirium? Inte just nu. Du måste äta något, säger hon. Kan du tänka dig te och vetebröd till att börja med? Jag har höns och ris och curry till senare. Hur ska hon ta sig an allt? Skakar hon kläder på måfå och lägger dem över en stol – toaletten är inte trevlig – hon måste fösa ihop flaskor och ta ut mattan. Ja bana väg för att börja med den stinkande disken. Hon kan inte dricka kaffe eller te som det ser ut här nu. Sätt dig i fåtöljen så får jag bädda rent – kan du byta kalsonger och ta på dig en pyjamas – om du... åh hur ska hon organisera det här? Tomas behöver hjälp till fåtöljen. Är lakanen bruna? Hon vill inte se, bara byta. Om hon får in honom på toa – vänta – en frotté- handduk i fåtöljen så får hon ta det värsta på wc och sedan baxa in honom dit så att han sköljer av sig. Rent i sängen, ren pyjamas. Hon har med sig en sådan också. Det är mest av en slump, när hon packade sitt nattlinne kom tanken för henne att han kanske inte hade rena nattkläder hos sig i Sundsvall. Men först toan – det är egentligen ett jobb för flera dagar. Hon måste ju själv kunna gå dit utan att spy upp. Ett skurpulver – han har ju städgrejer här – det vet hon. Handskar i gummi – med dem kan hon gå till attack. Finns det några gamla trasor hon kan slänga på direkten? Annars får hon ta nya och göra likadant. Låta varmvattnet rinna, skölja tills toan är ren. Känslan att hon bara smetar ut... han bru- kar inte missa toastolen. Hon vet att vissa karlar lätt gör det. Inte Tomas. Fast nu... Hur ska hon rengöra golvet? Det gråmålade betonggolvet. Tack och lov finns där en golvbrunn. Då får hon hälla en hink – skura – skölja rent vatten på nytt. Jämrar han sig? Jag är snart klar, ropar hon. Urinstanken... när hon skrubbar lös- gör den sig från toastol och golv. Tränger genom Fenomlukten. Hon ska slänga rotborsten också. Det får Tomas kosta på nytt. Hon hämtar honom – varför är du så snäll emot mig Maj – kom nu, säger hon bestämt – hon måste blaska av honom. Tomas som aldrig brukar lukta illa i vanliga fall. Bara när... ja, när han är full. Så starkt av gammal svett. Tobaken – andedräkten. Borsta tänderna så tar jag en tvättlapp. *Könet får du ta själv.* Hon kan inte. *Det är för din skull också!* Gurgla munvatten – han gör det, lydigt. Om han gjort motstånd hade hon släppt allt och sprungit. Minsta nej… han måste finna sig. I att hon rengör honom – fötterna borde även de… Vänta säger hon. Om han gått i kisspölarna… hon tar skurhinken, sköljer den och fyller med varmt vatten. Lite såpa, skurpulvret är kanske alltför frätande starkt. Sitt en stund och låt huden mjukas upp. Hon måste torka golvet här i rummet. Ja hon har inte tagit av sig sina skor. Var har han strumpor? I byrån. Där är det prydligt. Bara hon kan få surlukten från sängen. Är det bruna märken från fimpar på täcket, snus eller… Himmelska doft av ett slätmanglat lakan. Får han på sig pyjamasen utan hjälp? Nej, han har ju fötterna i hinken. Hon tar handduken, torkar, sätter på strumpor. Drar på byxorna, knäpper jackan. Håret – han borde tvätta håret med schampo. Och raka sig. Senare får hon hjälpa honom med det. Nu är hon för skärrad för en rakhyvel. Lägg dig och vila – han gömmer ansiktet under armbågen.

Hela tiden hittar hon nya fimpar och askfat – det blir mycket sopor att gå ut med. Hon låter det stå öppet nu när Tomas är nerbäddad. *Vad skulle du gjort om han varit berusad och aggressiv?*

Hur ska hon få hem Tomas till Örnsköldsvik? De kan ju inte fara på en buss i det här skicket. Titti eller Georg. De måste helt enkelt. Titti kan ta bussen senare i veckan och köra hem dem i Tomas bil. Här kan de ju inte stanna. *Varför Tomas, varför nu igen?* Han var ju så sprudlande stolt när Anita for till Lund. *Du tål ju inte sprit. Det vet vi ju.* Inte vet Maj om bullskivor är det bästa – men det borde vara lättsmält, bara att skölja ner. Kan du sätta dig upp – ja han hasar sig till sittande. Dricker en mun te, men tar inget av bullen. En tugga Tomas. Det är farligt att inte äta. Jo – då gör han det. Hela skivan. Hon tog mycket socker i teet. Kanske dumt när han äntligen borstat tänderna. Nu kan du lägga dig igen. Fast hon kan omöjligt sova på den där resesängen mer än någon enstaka natt. Gud så illa hon sov sist. Ska hon spara sömnmedlet till natten? Inte ge det till Tomas meddetsamma. Får han det nu kanske han är uppe och vakar inatt. Hon har mer att städa. Diska, sopa, skura golv.

Sedan sätter hon sig i fåtöljen, med te och bullar. Egentligen är hon hungrig på mat. När han sover lite djupare ska hon tala med Titti. Han är grå, blöt av svett. Men märkligt nog är hans ansikte ovanligt vackert.

ALDRIG MER. ALDRIG mer utsätta... någon för det här. Ingen tröst – men ett konstaterande – det måste vara värst för honom själv. Hur vidrigt det än är för Maj, så är hans ångest – allt det rent fysiska – ett straff värre än... Skakande händer, illamåendet, mattheten... Att hon orkar! En kvinna som dricker har sällan en ängel vid sin sida. Men när hon kom till honom i Sundsvall sa han åt henne att lämna honom, det är han säker på att han gjorde. Gå ifrån mig Maj och ta rätt på ditt liv. Svarade hon att det här blev mitt liv? Nej, hon städade, gav honom mat. Här hemma i våningen säger hon vid upprepade tillfällen att han har klarat upp det förr och han klarar det igen. Han kan inte koncentrera sig på tidningsartiklar eller andra texter. Radion går lite bättre, men bäst är kvällarna framför teven. Att försjunka... liksom lura ångesten en kort stund. Det blir bättre. Dag för dag får han påminna sig att det var ännu värre igår. Och långsamt återkommer det inre tvånget att ta tag i situationen. Inte kan han sitta här uppe i Örnsköldsvik och låta affären gå till spillo. De har blivit kvar vid köksbordet efter lunchen – noterar han ens att Maj har hunnit diska bort – och när han oroar sig för vad kunderna i Sundsvall ska tro försäkrar Maj honom på nytt att skylten tydligt deklarerar att butiken är stängd på grund av sjukdom. Men vilken sjukdom? Något måste vi komma på, säger Maj och tänder en cigarrett. Helst något utom tvivel fysiologiskt. Inte cancer, lägger hon till. Absolut inte något med nerver. Utarbetad? försöker Tomas. Nja, tycker Maj. Tomas sträcker sig efter cigarrettasken, tänder tankfullt. Men kanske någon typ av ovanlig invärtes febersjukdom, som inte smittar? Du fick så stora utslag..., säger Maj dröjande – som bölder – nej, nej invänder Tomas, inte utslag eller bölder, de skulle lämnat ärr efter sig… Maj nickar. Askar. Men ryckningar vid näsborrarna, säger hon – väldigt ovanliga återkommande näsryckningar och så hög feber… Han är inte säker på om Maj skämtar eller är allvarlig förrän han ser på hennes blick att hon skojar. Plötsligt börjar de skratta båda två. De skrattar så att tårar tränger fram. Luften tar slut. Nu kan de inte sluta komma på mystiska sjukdomar. Den ena värre än den andra. Till sist sitter de tysta, andfådda, röker båda två. Varför hittar de inte oftare fram till det här? Nu måste han avsluta helt med Helena och börja om på nytt med Maj. Om inte självföraktet spiller över även på henne… nej – han är tacksam. Hur Maj trots sin värkande vrist har vandrat runt med honom i utkanterna av Örnsköldsvik. Fått det att låta som om även hon behöver bygga upp ork och kondition. Avstår från bjudningar för att se till att han tillfriskar. *Att du inte dricker.* Jo. Fast båda vet ju någonstans att det är helt upp till Tomas. Åh – ändå måste han pressa undan tankarna på Helena. Skulden att han bara låter bli att höra av sig… också ett sätt att förstöra… men visst borde han få iväg ett brev, eller ett vykort?

Nästa dag talar han om för Maj att han ska åka ner till Sundsvall. Är du verkligen stark nog för att fara, undrar Maj. Jag måste, svarar han, det går inte annars. Far han ner kan han i alla fall undersöka vad som går att rädda. Vi har ju snart julskyltningen och julhandeln igen – vi får väl se om vi kan öka omsättningen från fjolåret, och då måste vi lägga ordentligt krut på julklapparna. Men för den skull inte missa resten av oktober, november. Kanske annonsera – göra klart för alla att butiken öppnar på nytt. Ett trevligt – oemotståndligt – erbjudande som gör att folk verkligen letar upp affären… Bra Tomas – vi får lära oss av Georg – Maj är rödblommig, men i Tomas blir det åter… inte Georg. Georg är i en helt annan bransch. En uppåtgående, eftertraktad – vara i byggbranschen i bostadsbristens Sverige – inte inom småskalig hantverksproduktion och handel... Som om Maj ser att han tvekar igen säger hon att de hur som helst måste ta igen det de har tappat på Tomas frånvaro. I bästa fall är det något man talar om på stan, att det har väckt nyfikenhet och på sitt bakvända vis ger publicitet. Vi skulle ha haft två napoleon till kaffet, fortsätter Maj ivrigt och han nickar – jag ordnar det, det gör jag.

MÅSTE HAN REDAN åka? Dagarna har gått så fort – hon har knappt hunnit tänka på de återkommande huggen i magen – promenaderna utåt Järved, Kroksta eller upp på Skyttis har faktiskt gjort även henne gott. Det är klart att hon vill att han ska sköta om affären. Få ordning på allt. Men det är så… ömtåligt. Hur de skrattade i matvrån – en himmelsk, hemsk aning om något… något möjligt. Far han nu så är det alltför lätt att vända tillbaka. Se framför sig alla hans tillfällen att dricka på nytt. *Men klarar du verkligen att känna tilliten, Maj?* Hon vill inte tänka efter. Känna efter! Hon vill att de ska äta tillsammans, dricka kaffe tillsammans, planera julskyltning och affärsstrategier – ja till och med – till och med tänka över om de skulle kunna bo i Sundsvall tillsammans. *Men Maj, vad har du i Sundsvall?* Hon vet inte. Hon borde vara ilsken och arg. Avkräva löften om evig avhållsamhet. Men hon är väl mer rutinerad än så. Det är annat som står på spel. Stanna – eller gå. Är det verkligen så enkelt?

Tro om Tomas vill ha dillkött på kalv eller kanske pepparrotskött. Det finns både fin dill och färsk pepparrot i handeln nu. Hon har plitor på käkbenet hon inte kan låta bli att fingra på – är det dags för… menstruationen igen? Det där besvärliga ordet. Men inte var det mer än någon vecka sedan sist? Hon ska hjälpa honom att packa – både nya städgrejer, rena lakan och kläder. Faktiskt skicka matlådor så att han har den första tiden.

Tänk om du skulle kunna få möjlighet att komma hem oftare över veckosluten – hon vänder sig om i köket och ställer sig i öppningen mot matvrån – Tomas mumlar något till svar, skriver han på en lista? – sedan tittar han upp, säger att han ska försöka.

Om det går vägen nu – Maj har en så stark känsla av att... ja men då kan det ordna sig. *Den klara morgonens flämtande ljus!* Var får hon det ifrån?

Tomas tar gärna pepparrotskött – och Maj kan ju koka dubbel sats och även göra dillkött i portioner. Men ska hon koka i hel bit eller bryna i mindre stycken? Högreven kanske är väl grov för dillsåsen – till dillen är ju kalven finast. Det är hur som helst roligare att laga mat till fler än sig själv. Så är det bara.

När Tomas går ut på stan – han ska bara köpa cigarretter – jag måste ju klara av att gå utan min ledsagarinna – passar Maj på att göra sig fin. En trevlig klänning – lite extra makeup. Ska hon till och med ha fyrtioårsklänningen – går hon i den – magen känns liksom spänd, svullen – men tar hon nya gördeln ska det väl gå bra. Snygga strumpor, skor.

Hur mycket hinner hon inte när hon bestämmer sig och sätter fart? *Men gör du något annat, Maj?* Klämmer till och med på Tomas kalsonger med strykjärnet så att de håller sig släta i res-väskan. Skjortorna – men dem får han packa separat i en rese-garderob. Det hade varit festligt att dricka något annat än mjölk till maten. Vilken dum tanke. Och Tomas har ingenting emot den hälsosamma mjölken. Men tänk – hon vill faktiskt inte att Lasse ska komma hem till middagen idag – nej att Tomas och hon ska få ha den på tu man hand. En festlig dessert... kanske fromage, en katrinplommonsufflé... Eller så räcker det gott att vispa en sockerkakssmet och lägga kanelpudrade äppelklyftor i formen. Servera vispgrädde till.

Ska hon duka i matvrån eller matsalen? Allt säger henne att köket är trevligare – mer lättsamt – men då är risken stor att det blir vardag, inte fest. Nog måste hon visa att de liksom firar av Tomas ikväll? Göra det till en gemensam minnesvärd afton. Lägga på en snygg duk över matsalsbordet – men kanske inte en stor och tung damastduk. Den randiga? Ja, hon stryker med handen över det enklare bomullstyget för att släta till ett veck – hon ska inte säga nej om han vill ligga med henne ikväll. Ska hon själv föreslå? Kanske inte med ord – men på något sätt förmedla... det var så länge sedan.

Och Tomas kommer faktiskt från stan med en bukett elegans-nejlikor i blekt gult. Ett stort knippe – jag vet ju att du tycker att nejlikorna står längre än rosor – oj, tack ska du ha, svarar hon och sätter dem i vatten. Maten är klar, ropar hon från köket och Tomas ser undrande på det tomma köksbordet – jag tänkte att vi kunde äta lite extra gott i matsalen...

Kanske blir kvällen ändå lite påverkad av ansträngningen. Tomas försvinner bort – blir sittande tyst i tankar. Upprepar att det är gott, säger flera gånger att det smakar bra. Fyller på mjölk i sitt glas och Maj blir ideligen påmind om att den trånga gördeln är obekväm. Ingenting går snett – ändå är... det otvungna, spontana borta. Fast om de tar kaffet i stora rummet skulle hon kunna sätta sig bredvid honom i soffan. Hon vill kanske inte ligga med huvu-det i hans knä. Men om hon får ta av sig pumpsen och han kan massera lite på hennes svullna vrist. Så får de se om något händer. Vad tror du, säger Tomas, är det snart dags för Aktuellt?

DET KÄNNS INTE bra att Helena kommer till honom. Hon sitter på dagbädden i hyresrummet och snörvlar. Hos henne – i hennes trevliga tvårumslägenhet – när Christer är borta – där finns inget som stör. Här kan telefonen ringa, kunder komma. Och med hennes ögon kan han se att rummet är... så simpelt.

Det är klart att jag är ledsen... arg. Att du bara är borta i över fjorton dagar... och inte ett ord.

Hon tar näsduken och snyter sig. Var han onykter skulle han ha sluddrat att hon måste gå ifrån honom. Men han är spiknykter, och kan inte säga något till sitt försvar.

Maj kom ner och hämtade mig. Det går inte längre. Jag får inte... Han vill vara uppriktig mot Helena. På allvar. Så mycket lättare om han kunde reta sig på – äcklas av – Helenas hopsjunkna gestalt. Hon ursäktade sin influensa när hon kom – snyter sig gång på gång med ett fräsande läte.

Det blir bara fel... han söker efter orden, får inte tag i dem.

Men varför går du inte ifrån henne? Ger din... fru en möjlighet att börja om. Jag kan inte. Du får inte behandla mig så här! Jag vill inte att vi träffas förrän du har fattat ditt beslut. Förstår du inte att jag missar... jag kan väl fortfarande träffa någon som tycker om mig på riktigt. Som faktiskt vill vara Christers far.

Nu är det inte bara förkylningen. Hon gråter.

Du har ju rätt, Helena, svarar han. Och jag vill inte dra ner dig...

Sån makt har du inte, snäser hon – jag är här av fri vilja och går av samma fria val. Och nu går jag. Hon reser sig hastigt, vinglar till. Instinktivt hejdar han henne innan hon når fram till dörren. Drar henne intill sig. Hon får inte försvinna. Inte nu.

Knäppskalle, säger hon när de röker i den smala sängen efteråt. Jag hade lovat mig själv. Vad gör du med mig? Han blåser ut rök. Vad gör du med mig, svarar han och stryker med sin fria hand bort en hårslinga som fastnat i hennes mungipa. Hon suckar, tittar på den tickande väckarklockan – jag måste skynda mig hem till Christer. Men Tomas – det här ändrar inget av det jag sa... Han nickar. Du är bra, Helena. Det vet du va, att du är en väldigt särskild person.

Säg inte så där – det låter som ett avsked.

Innan hon går mumlar han att han ska prata med Maj. Nästa gång jag far hem ska jag berätta för Maj om dig och mig, Helena.

DET ÄR SÅ... dumt. Att hon blir liggande på golvet i matvrån. Med blodet... Frottéhanddukar, gamla slitna lakan, trasor – på något sätt hann hon tänka att hon måste ha något som skulle vara lätt att tvätta upp. *Om jag överlever.* Det här är verkligt. Det är blod. Inte inbillning. Från underlivet. Yrseln, illamåendet, och så detta... blodbad. Om någon var hemma. Om någon hade kunnat ta telefonen. Och ringa efter en ambulans. Detta märkliga lugn. Det som blöder måste blöda färdigt... *för jag har ingen ork.* Hon ska. Hon ska kravla till tamburen. Utan att få blodfläckar på alla mattorna... alla hennes mjuka mattor... Hon kan sina mattor... mönstren... dammsugarmunstycket... varje dag... varje dag rasslar det i röret... smulor... grus... *du måste... om du somnar... svimmar... förblöder... nu...* Ta lakanet, frottén... knyt runt... kryp... det droppar inte... de klarar sig... *mattorna mina.*

HON FÅR BLOD. Nytt blod! Man tappar, får nytt. Törstig... om hon fick dricka. Får hon vatten? Eller bara dropp? *De har inte trott... barnen, maken... när jag har klagat...* Ni borde ha sökt tidigare, fru Berglund. *Men doktorn måste förstå, att man drar sig... gynekologiska undersökningar... man tänker i det längsta att allt är i sin ordning.* Men det var det inte nu. Nej inte nu – inte den här gången.

Långsamt återvänder det verkliga. Att hon är på sjukhus, maken är på väg. Doktorn slår sig till och med ner på en stol intill henne. Är det inte ovanligt? De brukar stå, som hökar, man känner sig liten, utlämnad. Nu säger han att han har en fråga som han vill att fru Berglund ska besvara så uppriktigt som möjligt.

Har frun någon gång tänkt på ett sladdbarn?

Ett sladdbarn? Är hon gravid? Nej – det måste vara fysiskt omöjligt, så länge sedan... hon skakar på huvudet – inte tydligt, bryskt, men spontant – kanske någon gång när hon mött en baby – som Dan, eller lill-Karin – fast inte ens då – mera *jag har mitt gjort – två barn – en pojke och en flicka* – måste hon få ännu ett barn för att bli frisk?

Doktorn säger ganska långsamt att den behandling vi i dagsläget kan vidta är att avlägsna livmodern – det är den som orsakar blödningarna. Och efter ingreppet kvarstår inte möjligheten att bli gravid. Inte för att fru Berglund rent fysiologiskt har så många år kvar – men just i er ålder vill några kvinnor gärna på nytt – få en liten. Men komplikationerna efter det ingrepp vi har att tillgå brukar bli lindrigare – utifrån det själsliga perspektivet – om man inte tänkt sig fler barn.

Maj nickar. *Vad är en livmoder? Hur ser den ut?* Är den stor som hela magen eller liten som en njure? Hur kan den orsaka dessa furiösa blödningar – *foster bor i livmodern*, men vad gör den när inga barn är där?

Jag är ensam, säger hon. *Varför säger hon så?* Hon kanske menar att hon inte har något foster hos sig. Är det enda sättet att stoppa blödningarna? Jag var ensam hemma när störtblödningarna kom. Jag trodde... jag trodde ett tag att jag skulle förblöda. Doktorn nickar, säger ni har förlorat en ansenlig mängd blod. Kan maken ombesörja att någon tar rätt på... ni ska inte behöva komma hem... det är inte en helt ovanlig åkomma. Hur länge har frun haft besvären?

Egentligen alltid, svarar hon. Hon kan plötsligt minnas år av fläckade lakan, underkläder, oviljan att vara bland folk första dagarna... och har det inte kommit oftare än en gång i månaden?

Att avlägsna livmodern, äggstockarna, är ett förhållandevis allvarligt ingrepp. Man öppnar buken, med risk för infektioner. Men efter läkning är prognosen god. Så säger han, den vänlige doktorn. Han verkar lida med Maj? *Doktorn ska inte oroa sig.* Vad vet man om hormonerna, östrogenet, lusten... Man är mycket för att avlägsna. Ja – det som orsakar blödningarna är det mest uppenbara att ta bort. Och vad gör en livmoder när den inte är en behållare för barn?

EFTER OPERATIONEN... NEJ hon mår inte bra. Man måste ha tålamod, säger doktorn – *ja Maj, imorgon är en ny dag.* Övergångsbesvären kommer visst koncentrerat i ett huj när äggproduktionen upphör. Varför vill hon bara få bort? Bort med livmodern också. Men det var väl inte hennes val? Kvinnors blod... varje månad... att alltid riskera att skylta... hon rår ju inte för det. Uttömde hon verkligen alla möjliga alternativ? Kan man bara ta bort... äggstockarna också... utan komplikationer?

Hon behöver inte ligga på delad sal. Tomas kostar på halvprivat – men kanske är det dumt av henne att ligga här inne ensam om dagarna? Drömmarna när hon slumrar... fast just som hon ska fånga dem i uppvaknandet försvinner de bort. Oron. Hon vill inte titta på såret. Inte se när sköterskorna kommer för att badda och lägga om. Krampar med fingrarna hårt runt den stålkantade sängen. Slappna av, fru Berglund... andas. Hur kan man glömma bort att andas? Med medvetandet blir det bara svårare, in genom näsan, ut via munnen... bli tung, bli stilla... *Spricker såret på buken? Håller stygnen verkligen tätt?* Vakna tidigt, vänta på kaffe – det är svagt, tunt... Nog borde man kunna unna patienterna starkt och gott kaffe? Att bara ligga... hur mycket håller man inte i schack av vanlig vardaglig rörelse? Veckotidningarna, karamellerna, kanske kommer hon öka väldigt i vikt om hon inte hejdar sig från att äta de söta sakerna. Maten smakar inte riktigt, bara karamellerna. Ligga och längta efter att Lasse ska komma upp till henne, men han har inte tålamod att stanna någon lång stund.

VÅGEN AV VÄRME. Kommer den från armhålorna och pressar sig upp? Som om huden på halsen, i ansiktet och i hårbotten panikslaget öppnar sig av hettan som väller fram – och så fukten, svetten som bara kyler någon sekund – sedan är där en våt värme... *Ge mig blödningarna tillbaka! Äggstockarna! Jag vill inte det här...* Man måste vara stark och härda ut när kroppen går igenom sin omställning. Övergångsbesvär. Men att dessutom vara opererad i buken – förbjuden att göra tunga lyft, ordinerad stillsam vila. Svårigheten att kissa, ärret på magen. Var de tvungna att ta äggstockarna också? Vad vet man om riskerna med sängläge, att man ska upp och gå för att undvika blodproppar, benskörhet... Och måste verkligen Irma Larsson komma tillbaka? För första tiden hemma kan Maj inte klara ut på egen hand. Hon har inte ens övervägt möjligheten att Tomas ska komma farande från Sundsvall efter incidenten tidigare i höst. Anita – helst vill hon att Anita ska ta hand om henne. Men Anita är i Lund och säger att hon aldrig kommer klara sina tentamina om hon inte går på föreläsningar – ja hon är säker på att det ändå inte kommer att gå vägen...

Om hon bara inte kände sig så konstig. Matt, trött, utan att kunna vila sig till ny kraft och ork. Irma är ju ingen matmänniska, kokar sin tjatiga kornmjölsgröt, steker strömming. När Maj ändå inte har någon matlust. Längtar hon efter paltbröd, fläsk och vitsås? Ja! Tänk om Irma kunde laga det – om frun propsar – men det är ju omöjligt att laga till bara för ett mål – då får nog frun äta det i flera dagar.

Men en morgon kommer en ny hemsamarit. Ingen ungdom – kanske strax över femtio – och hon har en så behaglig röst. Maj vill säga att hon inte alls behöver ursäkta att Irma Larsson måste rycka in på ett annat ställe... Och vilken lycka att den här systern – samariten – har gått igenom nästan samma operation som Maj. Hon börjar med att bädda torrt och säger att det blir bättre om nätterna så småningom. Låt fönstret stå öppet fast hösten är här. En dag är man liksom bra igen – så säger Laila – ja även namnet gör Maj glad. Med Irma ville hon inte sitta och doppa, men så fort Maj frågar om Laila dricker kaffe med henne får hon ett glatt jakande svar. Maj ska göra sitt bästa för att bättra sig. Även om tillfrisknandet betyder att Laila försvinner fortare bort.

Det är inte alla som passar att vara hemsyster så bra som Laila, säger Maj redan efter ett par dagar. Det är inte alla som är så lätt-samma att vara hos som fru Maj heller! Åh – det kommer hon att leva länge på. Det tar henne genom svedan när hon kissar och nätternas värmeutbrott. Och även om Laila också kokar gröt, så frågar hon i alla fall först om Maj vill ha det.

I smyg virkar Maj ett par runda, röda pannlappar med vit kant. Kanske är det en fånig present – kanske är Laila en hejare på att virka. Men pannlappar kan man väl inte ha för många av? Och visst är det roligt att byta vardagens pannlappar till jul mot nya, tomteröda eller skogsgröna. Hon vet att Laila måste sluta. Att det här är Lailas arbete, hennes försörjning eftersom hon lever ensam sedan hon skiljt sig från sin karl. Hon har inte avslöjat detaljer, bara sagt att nu på äldre dar har jag det bra. Ja att hon inte alls känner sig gammal, trots att hon har vuxna barn.

SENHÖSTEN, JULEN SOM stundar. Anita kommer att fara hem från Lund, vilja att allt ska vara som vanligt. Maj orkar inte. Hon vill ställa in hela rasket. Kan inte hjälpa Tomas med julskyltningen, inte ta stora julstädningen till första advent. Tom? Ja. Tom. *Totom, totom, totom.* Så hör hon sitt hjärta. Att klara det dagliga. När barnen är stora får man inte behålla hemsystern så länge. Men vem ska komma till henne och hjälpa när Laila har slutat? Gurli, Titti, Anna... Fast Anna bara en gång, Anna har så mycket med konditoriet, bästa konditorn sa upp sig – nu söker vi folk... Gurli kommer, men inte dagligen. Dagligen kan ingen begära. *Totom, totom, totom.* Vad är en livmoder? När den gjort sitt? *Totom, totom.*

MEN ANITA, DU är ju ännu magrare än när du for!

Förut tyckte du att jag var för kraftig och nu… hon skrattar till. Hänger av sig den beigea duffeln – Maj försöker hinna hjälpa med en galge – den är så tung… Hur mår du mamma? Maj suckar lite. Det är som det är. Det blir väl bättre. Jag har dåligt med ork.

Anita tar in resväskan på sitt rum – här har jag då städat, säger Maj. Men om man är slut är det väl bra att vila, mamma. Och efter operationen… Alla bara säger att man ska vila! Som om allt låter sig göras ändå. När bara det dagliga är ansträngande nog att klara av.

Hon har gräddat tunnpannkakor som hon vet att Anita tycker så mycket om. Grädde och sylt. Till jul blir det ju så mycket sovel – det kanske verkar fattigt med mjölmat, men hennes smörstekta tunntunna är riktigt goda. Med köttsoppa före – det är förstås inte Anitas bästa. Kan du laga mat på rummet – nej jag får egentligen inte äta alls där. Och det är jobbigt att låna köket för då kommer tanten och tittar på – ja precis som Näsman, avbryter Maj. Jag tycker man ska ha ordnat ordentliga kokmöjligheter om man ska hyra ut. Man måste väl begripa att studenter och ungdomar inte kan klara sig utan lagad mat. Anita tar ännu en pannkaka. Maj har räknat att hon ätit minst fem.

Det finns billiga matserveringar också, jag äter oftast något lagat mitt på dagen.

Du måste äta, säger Maj och frågar om de ska ta kaffet i stora rummet.

Tur att hon har många sorter att duka fram – men besviket ser hon att Anita krupit ihop i soffhörnet med en damtidning. Du skulle se vad det blödde om mig – men jag tror att jag klarade mattorna utan någon fläck. Jag vet inte hur mycket blod doktorn sa att jag tappat, men det var riktigt bråttom, hade jag inte tvingat mig att krypa till telefonen så... det är inte meningen att låta triumferande. Men kan inte Anita lägga veckotidningen åt sidan? Oj då, säger hon klädsamt utan att titta upp. När Maj nästan har dött. Gör det henne ingenting?

Vad bra att du äntligen har fått reda på vad det är med dig då. Så behöver du inte oroa dig mer. *Är det så hon ser det?* Ändå kan Maj inte låta bli att säga att felet på livmodern är ju ingen säkerhet mot att inte andra sjukdomar ska följa på det.

Ja men nu kan vi väl glädjas över att du är botad för stunden. Är Anita arg på henne? Maj tar en dröm, säger att Lasse blev ganska spak när han fick se mig efter operationen. Sköterskan sa att pojkar i hans ålder är de allra harigaste.

Anita ler lite. Maj suckar – du hjälper väl till och ordnar jul? Jag har varit så dålig. Anita höjer blicken, ser sig nästan lite övertydligt omkring. Det är väl jul här? Åh – Maj skakar på huvudet – det är mycket kvar att göra. Jag har inte kokat knäck. Och vi var hos Marianne och Hans-Erik på lilla julafton – du skulle se Marianne, hon hade helt färdigt på Annadagen. Gud vilken mat! Värre än Dagny. Jag tror att Dagny hade gjort det mesta... de ville så veta hur du har det i Lund, och jag kunde ju bara svara bra. Fast jag gick hem tidigt. Pappa kom inte upp från Sundsvall.

När kommer han?

Du kan väl ringa och fråga. Han kommer nog fortare om det är du som ber honom.

DE FÅR VÄL gå hem till Titti och Georg på julafton i alla fall. Fast Maj inte orkar med. Eva och Johan ska visst sitta för sig själva. Borde de inte hellre gå dit?

Ändå står hon i köket hos Titti på julaftonskvällen. Det kommer ju inte på fråga att Titti skulle klara ut allt på egen hand. Siri har ledigt över juldagarna – men när Titti säger att de kan låta disken vara tills Siri är tillbaka blir Maj upprörd. Det är ju rent äckligt. Och finporslinet måste ju tas för hand, går inte i maskinen. Förresten tycker Maj inte att maskinen diskar rent. Matsilvret likadant – blir förstört i apparaten.

Du ser trött ut Maj, säger Titti omtänksamt. Maj svarar att hon är slut efter operationen. *Men man räknar alltid med att Maj ska göra en insats.* Dagny tar aldrig disken borta – Dagny tycker väl att hon har haft jular så att det räcker – Maj som ännu är ung kan ju springa. Marianne då? Varför retar hon sig på Marianne? Det är något bortskämt, självgott. Har inte Marianne alltid... ända sedan Maj var nygift – *sett ner på henne?* Så känns det. Och denne fjantige Hans-Erik.

Jag har fått bra tabletter, säger Titti när hon kommer ut i köket med fler uppläggningsfat – Maj har sagt åt Titti att hon får ta rätt på resterna själv och ställa dem i kylskåpet så diskar Maj bort – det är något nytt, lite lugnande för sömnen, vänta – Titti går iväg igen. Diskstället är snart fullt, Maj tar en diskhandduk och torkar porslinet. Här – de hjälper faktiskt. Ta och prova så att du får sova. Maj tackar inte nej. Inget är värre än sömnbrist. Titti klappar henne på ryggen. Att de skulle ta livmodern för dig. Maj sköljer kristallglasen. Jag slipper ju blödningarna, så för det får jag vara glad. Hon tittar hastigt på tabletterna och stoppar ner neurosedynet i handväskan.

Hur fort går inte de här veckorna över julen? Direkt efter nyåret åker Tomas tillbaka till Sundsvall. Knappt har Anita kommit hem så ska hon fara igen. Inte har de hunnit med så mycket heller, mest varit bortbjudna och Anita har skidat. Och vilka besvärliga resor det blir för henne! Nattåg till Stockholm och sedan hela dagen vidare ner till Lund. Blir du inte tokig av att bara sitta på tåget? Ja att bara sitta still. Maj har packat ner kakor, smörgåsar, juläpplen, knäck, termoskaffe, julmust – allt hon har kunnat komma på. Och så kostar hon på dem droska ner till stationen – aldrig att vi går i mörkret och halkan. Är pappa inte hemma och kör oss får han stå för en bil.

På perrongen ser hon att Anita inte kan hålla tårarna tillbaka. Vad är det, frågar Maj, Anita snyter sig, skakar på huvudet – jag är så trött bara, och har inte hunnit läsa – det är så mycket att läsa. Det blir nog bra att vila på tåget, och imorgon kan jag plugga hela resan. Bara jag slipper dela kupé med en pratkvarn. Tror du pappa dricker hemskt mycket i Sundsvall?

Maj står kvar på plattformen – nu dröjer Anita i fönsteröppningen. Hon borde kanske inte kyla ner hela kupén, fast det kan vara skönt att få vädra ordentligt. *Du behöver inte studera Anita, hitta ett trevligt kontorsarbete här, en skaplig lön, så gifter du dig, får fina barn...* Borde hon ha gett Anita några av Tittis tabletter. När man jagar upp sig över skrivningar är det förstås omöjligt att sova. Och sömnbrist tar på nerverna – kan få den mest stabila att börja gråta. Det kan inte kosta något att skicka dem med posten. De går väl ner i ett vanligt kuvert.

VILKET VÅRREGN! IDAG som hon ska till Ragnar. Lasse – ta ett paraply! Hon ropar efter honom i trapphuset, men får inget svar. Och fast hon skyndar sig ut på balkongen höjer bara Lasse avvärjande på handen och drar upp rocken mot öronen och småspringer iväg. Maj stänger igen balkongdörren – tro om Tomas tagit tag i takomläggningen, det måste ju göras nu under sommaren allra helst. Tänk om det står och droppar på landet igen. Han borde vara vaken – eller så väntar hon till åtta med att ringa. Stökar undan frukosten först. Bläddrar i Allehanda. Vad tänker hon om att Örnsköldsvik ska få landets första kvinnliga präst? Kyrkoherden har försäkrat att hon ska få samma uppgifter som motsvarande man under missivet, ja Maj avundas henne inte. Det måste vara bra nervöst att komma som kvinna... Och hon har visst läst i Lund och Maj har hört sig för om Anita har träffat på den här Ingrid Persson, men då svarade Anita bara att Lund är inte som Örnsköldsvik, det är massor av studenter. Hos Anita har krokusen blommat över och påskliljorna är i full gång. Men det här skyfallet får nog den sista smutsiga snön att försvinna. Förra årets sommar var ju så torr och varm att ingen av dem tänkte på taket sedan snickaren väl lagat pappen och lagt på nya pannor på det trasiga stället. Ingenting garanterar ju att årets sommar blir likadan. Den kan mycket väl komma med upprepade skyfall. Borde hon för att vara behjälplig skriva en lista på sådant de måste få åtgärdat och gjort under året? Tak, fönster, hängrännor, reparera kallskafferi och byta spis i köket... Det är så oroligt att det inte blir gjort! Halv åtta får hon ringa, Tomas kan ju mycket väl ha varit vaken sedan fem. Så fort han svarar skyndar hon sig att fråga om inte Hamréns byggservice skulle lägga om hela taket i år, det de gjorde förra året var väl bara en provisorisk lösning... Fan också, svarar han, det har jag glömt att ta tag i. Jag ska höra med Georg vilka som är de bästa takläggarna i stan – Georg vet ju vilka som har verkligt bra gubbar. De lägger på.

Lite lugnad blir hon. Ja mer än att påpeka förfallet kan hon inte åstadkomma. Kanske oroar hon sig inför sommaren i största allmänhet, eftersom hon fortfarande inte mår riktigt bra efter operationen. Doktorn har försäkrat henne att operationssåret på buken har läkt till full belåtenhet, värdena är fina, så obehaget hon känner har snarare med övergångsbesvären att göra. *Jag var inte redo!* Visst är det skönt att slippa blodet, men till priset av... bokstavligt blöta nätter, mera yrsel, en olustig känsla... *Är det inte skönt, en befrielse att komma ut på andra sidan? Inte längre tvingas delta i fåfänga försök att öka attraktionskraften...* Som om Maj bara kan strunta i det vid fyrtiotvå års ålder. Hon vill väl både inför andra och sig själv göra sig fin. Släpper man går det åt skogen. Man hasar runt med nertrampade bakkappor och stripigt hår. Svarta hårstrån i näsan, hopväxta ögonbryn. Fast Majs bryn är så tunna att de snarare verkar försvinna. Så här vid fyrtiotvå skulle hon gott och väl kunnat få ett barn. Hur gammal var Tea när hon gick med Tomas? Närmare fyrtio i alla fall. *Det är ju för sent!* Det vet hon. Och Lasse blir mest bara less på henne. Knappt kan hon öppna mun utan att han fräser av irritation. Ändå är hon glad att han fortfarande vill bo hemma och han låter sig ju villigt serveras frukost om mornarna. Och hon kommer upp i tid – går aldrig och lägger sig igen när Lasse väl har kommit iväg till arbetet. Klockan ett har hon lovat vara på plats hos Nina och Ragnar, nu när Nina inte törs lämna honom ensam hemma efter hjärnblödningen. Klart att Nina måste få komma ut på ett kafferep, Maj kan ju lika gärna sitta där och virka som här. Middagen får hon förbereda på förmiddagen – hon har lovat Lasse fläskpannkaka med lingon. Och hon kan både vispa smeten så att den får svälla och steka fläsket färdigt. Men vänta med gräddningen tills de ska äta. Ibland blir ju gamla gubbar lite påflugna – men Nina skulle nog inte vilja att Maj kom dit ifall Ragnar blivit ful i mun. Hon har bara sagt att han plötsligt och oväntat kan börja grina.

Tack och lov har regnet upphört när hon ska gå. Lite lättare känner hon sig – *Maj kan man lita på, Maj ställer upp*. Och när Nina öppnar – men vad det verkar ovädrat i våningen – så slås Maj av att Nina faktiskt har blivit sötare på äldre dar. Det kritvita vågiga håret och hon har krympt ihop så att hon inte längre är så skräckinjagande ståtlig. Kanske liknar hon Tea – men Maj är inte rädd för henne. Det konstaterar hon när hon kliver in i Ninas röriga tambur – här borde det röjas upp! Så många ytterplagg som hänger framme, skor... Nina hade nog varken fått undan sommar- eller höstgarderoben innan vinterkläderna kom fram. Och när hon följer efter Nina in i lägenheten ser hon hur svårstädat det måste vara – Nina som annars har det så ljust och fint, inte egentligen övermöblerat och tungt i inredningen. Inte undra på att Nina blir utmattad – alla högar som ligger framme. Inramade akvareller och litografier som ska dammas av – ja Maj har lärt sig vad vattenfärgsteckningarna heter. Om bara Ragnar håller sig lugn när Nina är borta kan Maj försöka snygga till – åtminstone i köket. Tänk om Tomas plötsligt... skulle få en hjärnblödning. Ragnar sitter i en fåtölj på kontoret, som Nina säger, och han ser glad ut när Maj kommer in – hej, hej – säger han – och Nina talar tydligt om att Maj ska vara hos honom under eftermiddagen – nu och några timmar framåt – men jag är tillbaka till middagen. Hej, hej, säger han igen – herregud – sitter han så där i fåtöljen hela dagarna? Det går inte att undgå lukten av urin. Känner inte Nina av den? Han har bättre och sämre dagar, säger Nina och tar med Maj till köket – och Maj kan inte låta bli att säga att Ragnar som var så pigg på Anitas student! Ja, allt kom ju efter hjärnblödningen, svarar Nina – tack snälla du att du kunde komma. Jag vill ju inte sätta honom på ålderdomshemmet, så länge jag orkar får han vara hemma här. *Men du orkar ju inte?* Nina som alltid varit så… noga. Nu har blusen en fläck – borde Maj påpeka att Nina kanske ska byta den innan bjudningen? Men tar hon en jacka över så syns den inte. Nina skrattar till. Det är ju typiskt att han har en dålig dag idag, vissa dagar tycker jag nästan att han är som vanligt. Men Lennart blir så nervös av att se pappa så där och Hedvig har ju fullt upp med sina rustibussar… om jag kunde vara där oftare och hjälpa dem.

Åh – om Maj fick vara här i fjorton dagar skulle det kanske bli riktigt snyggt. Krukväxter som borde planteras om, smutsiga fönster, till och med julpynt kvar på spiselkransen, högarna med papper… Hallå? Hallå? Nina? Nina? Maj måste gå in till Ragnar – ska hon sitta där i kisslukten och virka? Hon har inte riktigt tänkt på vad hon ska ta sig till om han inte klarar toalettbesöken själv. Nina har bara gått ut en liten stund – hon kommer strax! Vi ska få kaffe – men det är inte färdigt än. Jaså. Jaha. Han tittar lite misstänksamt på henne. Kanske hörde han bara att hon förställde rösten. Ska jag sätta på radion? Neej! Maj måste hejda handen – är alla högar Ragnars papper? Tänk om Maj kunde få öppna och vädra. Men i ett korsdrag skulle allt hamna ännu mer huller om buller. I stora rummet har Nina det fortfarande vackert – men de ljusa mattorna och prydnadskuddarna borde tvättas. Hon kan inte koka kaffe förrän spis och diskbänk är avtorkade – tro var Nina har rena diskdukar? Den här trasan har en obestämd färg och luktar ganska unket. Och att torka med en unken trasa – som hon försökt lära Anita att hon aldrig får torka bord med en trasa som är sur! För det är klart att tant Tea städade ju inte på egen hand. Kanske lärde hon aldrig sina döttrar hur man gör rent praktiskt. Titti är ju inte heller så effektiv när det kommer till ordning.

Nina? Nina? Håller han på så här hela dagarna? Maj släpper kaffepettern i diskhon – den bör nog sköljas ordentligt innan hon kokar kaffe åt dem – men nu är inte Ragnar kvar i fåtöljen. Var är han? Har han smitit ut för att söka efter Nina? Han är över åttio. *Pappa fick inte ens fylla femtio!* Tänk vilken tur att hjärnblödningen inte tog så illa att han blev förlamad. Men det är klart att Nina inte hinner något om Ragnar far efter henne så här. Maj måste gå genom lägenheten in mot sovrummen – hon har aldrig varit i Ragnars och Ninas sängkammare! Där är han ju – tack och lov att han inte satt på wc – står rätt upp och ner i rummet, det är obäddat – kom, säger Maj, och rösten blir åter oavsiktligt som om hon lockade på en katt, hund, ett barn… Han skakar på huvudet. Men Ragnar, Nina kommer snart. Vi ska ju få kaffe och Ninas goda kakor. Blir hon rädd för Ragnar? Ja – lite grann. Tror han kanske att hon är någon helt annan? Misstanken i blicken – Nina är borta på kafferep och vi ska få doppa här hemma. Tomas hälsar till dig – du vet han har ju affären i Sundsvall. Men Ragnar vill inte prata. Han som alltid har varit… ja hur Ragnar var när hon träffade honom första gången minns hon inte. La väl mer märke till Nina som var så lik Tea till sättet. Och nu är Nina så… liten.

Det är nog bäst att de sitter i köket, där bordet har en vaxduk. Inte kan Nina bli sur om Maj nyper bruna blad från saintpauliorna? I stora rummet är blommorna inte heller fina. Pelargonerna verkar ha fått stå framme över vintern och växt sig taniga och blekgröna. Borde Maj be Julia att gå hem till Nina och sköta om krukväxterna någon dag? Plantera om dem och beskära. Ja för Maj har det inte i händerna. Vill gärna skvätta på vatten utan att känna efter om jorden är torr även djupare ner i krukan. Men misskötta krukväxter skämmer ju så! Ja på den vitmålade piedestalen har novemberkaktusen skrumpnat… fast här kan hon inte bli stående. Ragnar väntar ju på att få kaffe. Är det redan två år sedan han fyllde åttio? Nina sjuttiofem. Nina är ju helt klar –

men verkar alldeles slut. Undra på det. Måtte inte kakorna vara härskna. Det måste hon säga till Anita – låt mig aldrig bjuda på härskna kakor! Det var visst Nina som fick ärva tant Teas kina-mönstrade koppar. De är tunna och goda att dricka ur. Men kla-rar Ragnar dem, eller är han darrhänt? Hon hämtar honom från sovrummet och han låter sig ledas till köket. Det är inget fel på kakorna – de smakar bra. Sockerkakan är kanske i torraste laget, men Ragnar doppar också. Vilka goda kakor Nina har, säger Maj glatt, bakar hon själv eller kommer någon till henne? *Maj, du är ännu ung och frisk. Den blödande livmodern borta... Ta vara på ditt liv!* Hon måste dra in ett djupt andetag luft. Ragnar, vill du ha en cigarrett efter kaffet?

ÅH VAD SKÖNT att vara här igen, säger Anita och slår sig ner i kökssoffan ute på landet. Hon ser inte blek och förläst ut, tvärtom har hon redan lite frisk färg i ansiktet. I Skåne är ju syrenerna till och med överblommade. Nog måtte hon trivas ganska bra i Lund när hon ser så där glad ut? Maj vill ju så gärna veta. Kaffe eller te? Choklad? Kaffe, svarar hon – ja nu är hon utan tvivel stor. Och när de dricker första frukost tillsammans berättar Anita att hon hellre vill tänka på annat än plugg nu när hon äntligen har ledigt, för det enda hon gör i Lund är att läsa, läsa, läsa. Går på föreläsningar, sover. I bästa fall får jag in lite bra musik på transistorn – i Skåne har de en fenomenal musikkanal – men då finns alltid risken att fru Möller säger åt mig att jag måste sänka volymen eller stänga av. Hon har tydligen väldigt bra hörsel för sin ålder. Ibland går jag och några kurskamrater på kondis – om vi har råd… fast spettekaka är sådär tycker jag, det har fru Möller bjudit på… och så är det fint att promenera i Dalby hage. Hon sträcker sig efter en smörgås till – ser inte handlederna lite tunna ut? – och så har man hela tiden dåligt samvete över att man inte läser jämt och ständigt, eller tar flera kurser samtidigt. En del är så himla ambitiösa! Pojkar då? *Tyst med dig, Maj.* Varför fråga det nu när Anita är så öppenhjärtig? Anita svarar inte – förstås – säger bara att hon, Kerstin och Gerd har planerat en campingsemester på cykel. Uppåt Skagshamn till att börja med, men om vädret håller i sig cyklar de vidare norrut. Man tycker liksom det är ännu finare här när man har varit borta – ja Lund är fint, men man saknar ju havet…

Vad synd att jag blev sjuk och att pappa har haft så mycket, annars skulle vi ju ha hälsat på dig över påsken. Du vet farbror Ragnar har blivit så dålig, jag passar honom ibland för att faster Nina ska få komma ut... hon blir säkert jätteglad om du hjälper henne i sommar. Anita skiner väl inte direkt upp av entusiasm, men nog har hon mognat under året? Och det måste vara bra gjort att klara alla tentamina. Vågar hon fråga vad det ska bli av Anitas studier? Hon kan inte komma på vad ämnet heter. Var det fornnordiska språk? Eller skulle hon på allvar satsa på latinet? Tomas tror att hon ska bli lektor, men som lektor måste man väl ha fallenhet för att prata inför folk? Både Anita och Lasse är snarare blyga. Kanske får man lära sig sådant också.

Men när hon blir ensam med disken pockar tankarna på det uttjänta taket på igen. Tomas har inte bokat någon byggfirma, påstår att det är ett jobb som också kan göras tidig höst. Lasse vill inte lägga om tak när han har ledigt tre veckor i juli. Att huset ska vara så högt, det brutna mansardtaket brant! Ramlar man ner är man dödens.

DET ÄR FINFINA dyningar i Stubbsand idag. Vi tänkte... Anita och Tomas står i dörröppningen in till köket, Anita i shorts och solliv, Tomas har arbetsbyxor och bar överkropp. *Börjar du inte bli för gammal för att gå så där... halvnaken.* Inte var det kanske helt nödvändigt att sätta bulldegen just nu. Men hon står där vid bakbordet med kletiga fingrar när de pliktskyldigt frågar om hon ska följa dem ut och bada. Vi är utan kaffebröd svarar hon, så jag var tvungen... de nickar allvarligt – kommer de snart att le lättat i hemligt samförstånd? *– för Maj, hade det inte varit skönt att sjunka ner i den varma sanden vid Stubbsand, den lena, där sandkornen är så små, som finstött pudersocker – att bara vräka sig ner på rygg, vika en dagstidning över ansiktet till skugga, eller häva upp en arm... sedan slumra, drömma. Barnens skrik – lek – i vattnet avlägset, inte längre din uppgift att följa deras minsta rörelser i vågskvalpet, fri att somna, tumla runt på mage, låta skuldror, axlar, rygg få färg – baksidan av låren...*

Längder, småbullar. Nej, nog var det synd att sätta degen en dag som den här. Tjugosex grader, sol, och så denna vind som kommer från rätt håll för gungande vågor vid Stubbsand. Men när de var utan. Så hon talar om att det inte finns något att ta med, ja ni får väl komma hem till kaffet och få färskt... Anita svarar att de kan ta med saft, kex, kanske bre någon smörgås, och Tomas lägger till att det inte är så noga...

Inte så noga. Var utan bullar i sommar då. Sitt där med kexsmulor som retar i halsen, kletar ihop och smakar just ingenting. Ja så blir det ett sjå med saften och kaffet och limpsmörgåsarna de ändå ska ha med sig. De tränger sig liksom mellan henne och arbetsbänken och Tomas frågar efter osthyvel, skärbräda och smörkniv så att hon får lov att karva bort mjöliga degrester från fingrarna – diskvattnet i baljan är ljummet, flottigt – tänk vad skönt Titti har det som har rinnande varmvatten på landet säger hon och Tomas svarar meddetsamma att det är en stor investering att dra in vatten i ett sommarhus, och frågan är om det är värt det för några veckor varje år. Jaha. Kan du hämta in en hink från brunn – ja kaffet får ju bättre smak om det är kokt på friskt vatten.

Sedan ger de sig av. Och när bullarna är satta på jäsning känner Maj värmen ute på tomten. Hon borde väl kunna slå sig ner i en solstol. Fast hemmavid får man syn på allt. Som hur det sticker upp grässtrån – kvickrot – under rosbusken, den där blekrosa som tant var så rädd om. *Jungfrurosen?* Julia har ju talat om att gräs – ja vanlig gräsmatta – kan kväva rosorna. Ta död på dem. Och där tänker Maj sitta i solen och bara låta det ske. Hon tycker faktiskt inte att rosen är ful. Tvärtom blir hon glad varje år hon ser den blomma. *Är det sista året jag får vara med om dig?* Som om märkliga, mörka skuggor plötsligt kastat sig över tomten. Skuggan av ett stridsflygplan, rovfåglar... *Jag kunde ha dött av mitt blödande inre. Men jag överlevde.*

Hon hämtar en renshacka, griper sig an kvickroten. Rötterna revar sig in under jordytan, tjocka, vita – men så går de av, sitter liksom fast en bit ner i den torra jorden. Hur som helst är det snyggare om inte strån spretar upp ur rosen. Om jordytan under den är jämn, bar. Stekt strömming. Vad ska hon annars ha till middag?

ANITA ÄR INTE rädd för att gå. Hon följer villigt med – de ska ta stigen över Reveludden, stanna vid Stubbsand, kanske gå vidare till Tennviken – de har faktiskt pratat om att gå ända bort till Skeppsmaln och tillbaka någon gång i sommar. Fast det är en redig dagstur. Och det är ju bitvis lite oländig terräng. Tomas går före och bär matsäcken i den gamla ränseln, han stannar till på hällarna längs stigen mot udden – ah, känn doften av skvattram – det här är sommar! De solheta granithällarna, tallarna, ängsullen i sankare skrevor. Blåbären är mogna. På tillbakavägen plockar vi med oss till mamma – Anita nickar, ivrigt. Så gnistrande ligger havet för dem. Udden som höjer sig oväntat högt över havsytan. I ett slag blir synen av horisonten det enda viktiga. Att han har stått och sett havet härifrån Reveludden även denna sommar – överrumplats av bromsen – men de kan ju inte äta matsäcken redan. Fast de har hällarna för sig själva. Om han kunde ta Helena hit. Bre ut filten, duka. Här är ännu vackrare än vid den lilla stranden i Galtström, fast de var helt överens om att där var ett paradis. Hopkurade i blåsten. De lovade att åka tillbaka i juli för att bada. Men hon har ju haft Christer hemma i sommar, får honom inte att gå ut om dagarna…

Åh vad det är fint här! Anita sträcker ansiktet mot solen – stackars mamma som inte får uppleva det. Tomas kränger av sig ränseln, slår sig ner, fiskar fram en cigarrett. Det blir fler tillfällen, säger han. De har spått ett stabilt högtryck här över och imorgon ska hon väl knappast baka.

Vad är det som jagar honom vidare? När man kan tänka om, att de bara blir kvar på hällarna, åtminstone en stund, tills de får lust att bada… driften att hinna med, uppleva. Kanske skulle även Anita vilja ligga här i lä med en bok. Ändå vänder de, går vidare mot stranden, badet i dyningarna.

Anna och Bertil. Visst är det Sundmans? Ja väl nere i badviken får han syn på dem på en filt – inte har de sett honom? Han orkar inte, orkar inte gå fram och prata – Anna i mörkblå baddräkt, Bertil i badbyxor, solhatt – han ska be Maj att de bjuder över Sundmans senare i sommar – på kaffe eller en bit mat – men nu sätter han målmedvetet kurs mot andra sidan stranden, tack och lov tycker inte Anita att de ska stanna till här, Sundmans viskar han på säkert avstånd, hon nickar, börjar inte misstänkt snegla efter dem – hon har tydligen inte heller lust att prata. Klart att han ska växla några ord med dem! På vägen tillbaka. Då han samvetsgrant kan säga att de har bråttom hem till middagsmaten.

VAKNADE FEM, TAR en tur med båten. Tomas

Nej – hon hörde inte att han steg upp så tidigt. Klockan är inte mer än halv åtta och han kan ju ha givit sig av redan strax efter sex. Lagt lappen på köksbordet. Hon går ut till hallen, öppnar dörren till verandan. Ja – havet är blankt, stilla. Och värmen håller i sig. Men vad tokigt av honom att inte väcka Anita och ta henne med. Hon vänder tillbaka till köket – han har inte diskat efter sig, men verkar ha gjort så pass mycket matsäck att han tänkt vara ute över lunchen minst. Smörkniv, brödsmulor, en kastrull med vatten i slasken… Tagit med kokta ägg? Alla kan förstås behöva vara ensamma ibland. Borde hon skura köksmattorna på bryggan idag? Kanske är det aningen för fuktig värme – det ska ju helst blåsa friskt för att få bästa torkresultatet. Eivor och hon brukade ta trasmattorna lite senare i augusti. Eivor som hade släkt i Vasa – i Finland är de hejare på att skura trasmattor. Kanske Anita och hon kan göra det ihop? Ja, det ska hon föreslå. Egentligen behöver ingen dag gå till spillo.

Morgonkaffet – hon blir sittande med koppen vid köksbordet fast hon borde passa på att njuta frukosten utomhus. Men bromsen – om det är på gång att bli samma getingsommar som i fjol… det är skönt att sitta här inne också. Det är faktiskt ett bra sommarkök, blir inte så hett och instängt. Hon kan inte helt bortse från värken i foten när hon stått och arbetat i många timmar. Kanske har det inte läkt ihop som det skulle. Men att bara ligga på stranden… Någon timme eller två, sedan pickar otåligheten igång – ja hon skulle vilja hinna med att röja på tomten, snygga till planteringarna, beskära vresrosor – men det är roligare om

318

man är två. I trädgården – äsch de säger väl aldrig annat än tomten – är det så lätt att stöta på hinder *där en mans svällande överarmar behövs.* Nog för att hon och Gurli skulle kunna klara ut en hel del. Hon hjälpte Gurli att öppna en rödbetsburk och Gurli häpnade över hur stark Maj var i nyporna. Har hon fått vatten i kroppen? Vigselringen trycker så hårt runt fingret, huden på handen är torr.

Men – nu har Tomas givit sig av i båten. Då får hon och Anita tvätta mattor. Tomas som inte ens tog sig tid att hämta Allehandan imorse. Så hon ska klä sig och ta en tur till brevlådorna. Anita sover ju än. Ungdomar och deras gudomliga förmåga att sova... Den småmönstrade bomullsklänningen, skinnsandalerna, scarfen över håret. Lite läppstift. I sista stund krafsar hon ner att hon hämtar tidningen, om Anita vaknar och undrar vart de tagit vägen. Så länge hon var rädd att de skulle försvinna. Är hon det än?

Genast från vägen ser hon Anna vid brevlådorna. I jeans och holkärmad blus, en scarf – ska Anna verkligen gå klädd i jeans som en ung flicka... Det stinger till – vad är det som har hänt med Anna och Bertil? Vänder sig Anna demonstrativt med ryggen mot henne... nej, Maj vill inte misstänka sin vän. Som skiner upp när hon får syn på henne alldeles intill brevlådorna, säger vilken sommar vi har fått – ja nickar Maj, nästan så att man blir yr i värmen, men hur har ni det? Anna vrider sig bort från solen, suckar, vi har haft så mycket folk boende här i sommar, och varje dag säger vi till varandra att vi måste träffa Maj och Tomas, vi har ju inte setts alls i juli. När ska vi hinna sitta ner – vad säger du om att vi tar surströmmingen ihop? Nu ska vi fara bort... Gråter Anna? Hon tystnar, håller sig för munnen. Maj – jag skulle inte säga något, men de har upptäckt en knöl i bröstet, ja jag har ju känt... nu blir det operation till veckan – jag är så ledsen Maj, för Tomas och Anita var ju i Stubbsand häromdagen och det var så dumt av mig att gå dit – du vet den där ljuvliga dagen – men jag tänkte... och så när jag fick se dem ville jag inte prata, var rädd att...

Om Maj kunde klara att ge spontana kramar och omfamningar. Men Anna, säger hon bara, Anna. Anna som aldrig beklagar sig. Som lever sunt trots eget konditori och färska bakverk – visst har hon lagt på sig lite sedan de lärde känna varandra men är inte alls *fet*... säg om jag kan göra något för dig, Bertil... Åh Bertil har svårt att... ja han håller fast vid att knölen är godartad och så är det bra med det.

Du borde ha brytt dig mer om Anna i sommar. Varit pålitlig, osjälvisk. Ja, att det ska vara de osjälviska man håller mest av. När det är så svårt att inte vara självisk. Du som ser så pigg ut, häver Maj ur sig – solbrännan – de ljusare skrattrynkorna vid ögonen...

Det blir operation till veckan, upprepar Anna – men nog ska jag väl bättra mig så pass att vi kan ta surströmmingspremiären ihop? Ja, flikar Maj hastigt in, är vi inte här ute så tar vi den på balkongen hos oss och klämmer ihop oss alla fyra, *Tomas dricker igen Anna, och han har en kvinna i Sundsvall, vill ni ändå umgås med oss*... Jag kommer till dig på lasarettet Anna, det lovar jag. Är inte Anna och Bertil de verkligt trofasta vännerna? Som inte bryr sig om att Tomas inte har firman kvar.

Anna har cancer. Maj måste gå upp till Anita genast och berätta. Anita trevar efter glasögonen på sängbordet, blinkar mot henne som för att ställa skärpan och drar upp täcket till hakan – fast myggfönstret sitter i så det är en frisk, sval luft i hennes rum – Anna har cancer. Anna Sundman? Maj nickar, drar ut skrivbordsstolen och sjunker ner. Jag stötte på henne vid brevlådorna, hon hade inte tänkt berätta, men hon opereras till veckan. Och så bad hon om ursäkt att hon inte pratade med er på Stubbsand – hon hade just fått beskedet. Men det var pappa som – Anita hejdar sig. *Vad var det pappa gjorde?* Åh – vad spelar det för roll om Anna ändå går och dör ifrån dem. Anita häver sig upp till sittande. Vet pappa? Maj skakar på huvudet. Han har farit ut med båten. Jag tyckte att han kunde ha väntat på dig. Vi får skura trasmattorna på bryggan istället. Anita sjunker tillbaka ner på kudden. Vill du ha kaffe eller te till smörgåsen?

Hur snabbt kommer dimman? Det nästan klibbigt varma, soliga ena stunden – i den andra det kalla, råa – ja medan de står på knä och skurar köksmattorna med tvättsåpa kommer dimman drypande. Och ganska snart råmar Skagsoxen sitt hotfulla – nej tröstande – läte – hoo hoo hoo. Vem ska först yppa oron för Tomas? *Är han inte klok som inte kommer hem?* Tomas som kan vindar, dyningar, moln och andra vädertecken på sina fem fingrar. Hur kan han låta bli att komma hem?

Klappas, sköljas, hon måste gripa tag i den otympliga våta mattan med fingrarna för att den inte ska halka ner i sjön, dra den upp på bryggan – Maj pratar på, hur gott de kommer att dofta, så synd med dimman, men efter regn kommer sol, *har de verkligen varnat för dimma på väderleks- och sjörapporten?* Ändå stannar Anita vid bryggan med henne tills de är helt klara. Maj säger att Eivor var så duktig att tvätta mattor, minns du Eivor Anita, det är klart svarar hon, jag var ju stor när hon var hos farmor, *vad minns du mer Anita*, Maj skrattar till, pappa ville att hon skulle fortsätta hos oss, men hon ville inte… De hänger de tunga mattorna på tvättlinan – så svårt att verkligen vrida ur vattnet och i den här fukten kommer de ju inte att torka – ändå blåser det upp – sa inte mamma alltid att man ska göra allt i rätt ordning, inte skura golv före tak, inte baka i värmebölja, inte tvätta i regn, inte… Anita vänder sig mot havet och sedan tillbaka mot Maj. Bara inte pappa ger sig ut på sjön nu!

Visst måste vi få oss en kopp kaffe, svarar Maj, *Anna som har en knöl i sitt bröst, Tomas*… det var en så vacker morgon, säger hon när hon dukar kaffekoppar och bröd på verandan, sockerkaka, små kardemummaskorpor, kanelbullar, herregud, man ser ju inte ens ner till båthuset, knappt flaggstången, Ön anar man inte ens

– pappa kan väl inte vara så dum att han tar båten i dimman! Maj häller kaffe i Anitas kopp, vad roligt att du lärt dig dricka kaffe – men mamma, tänk om det kommer fartyg som inte ser pappas eka, Maj drar efter andan, du vet de tutar hela tiden, och pappa kan havet, *inte vill han ätas av havet, slukas av havet, försvinna in i dimman*… Vi ska vara glada att Skagsoxen råmar! Och att vi inte sitter i sjön.

Vad ska Maj göra? Titti och Georg är hos goda vänner ända nere i Torekov, men Åkerlunds – jag går över till Lotten – det är inte längre väder att sitta ute i, knappt femton grader, imorse tjugofyra – vi borde elda i öppna spisen. Maj kan fortfarande inte gena över tomtgränsen, Lotten brukar solbada väldigt lättklädd och har antytt att det är så bra med grus på infarten för då hör man när någon kommer, ja Maj knastrar med skosulorna, men idag sitter de i stora rummet, Lotten och tvillingarna spelar Fia med knuff. Maj hör faktiskt att de kivas när hon ropar hallå, förlåt att jag kommer och stör, men Tomas tog båten imorse, tidigt, herr Åkerlund kommer nerför trappan, inte varnade de för dimma igår kväll, frågar Lotten honom, Maj ska inte oroa sig, säger han, Tomas söker skydd, inte är han så oförnuftig att han är ute på öppet hav i dimman – nej Tomas är klokare än så, instämmer Maj och tillägger att han nog har tillräckligt med matsäck, usch att hon, hans hustru, inte vet hur mycket mat Tomas packade med sig – var det ett förklätt avskedsbrev – *lugna dig* – oro är så försmädligt – när tankarna rusar måste så mycket till för att dämpa, vända, för ser inte Åkerlund uppjagad ut – säger dröjande att nog sjutton kan Tomas alla grynnor, grund och skär – han har ju för tusan varit här sen barnsben, inte far han ut på Nötbolandet – *men i dimman kan erfarnaste sjöman förlora sig, tjockan skonar ingen*, och så Skagsfyrens tjut – kommer inte signalerna ännu tätare nu? Ring oss när han är tillbaka eller kom förbi! Hela familjen Åkerlund vinkar av henne från förstubron, och det är knappt hon ser bort till sig. Tack och lov att han inte tog Anita med sig! *Då hade jag förlorat er båda.*

Anita är på sitt rum, skriver i ett vaxdukshäfte, andras dagböcker som är så obehagliga, behållare för aggressioner, oro, tungsinne eller förljugna skönskrivningar, torra väderrapporter, hur som helst ett blivande tidsdokument förklätt i subjektets äkta röst – men Maj är ju bara rädd för vad Anita skriver om henne i den. Om hon skriver. Vad skriver Anita idag? *Gode gud, lämna mig inte ensam med mamma.* Hon ser orolig ut, Maj måste ju tala om att det tätnar ännu mer – men Åkerlunds var säkra på att pappa har tagit skydd på Ön, pappa känner ju alla människor och har gått hem till någon på kaffe. Anita lägger ihop boken, men pappa skrev inte på lappen att han skulle till Ön, bara att han for med båten. Förbannade båtar! Har inte Maj alltid känt att båtar är ett tveeggat svärd – att för nöjes skull fara i båt – en sak om man är fiskare, öbo, behöver båten som färdmedel och till uppehälle, men att bara till lust guppa iväg och försätta andra i denna infernaliska oro. Och inte heller torkar trasmattorna i det här skitvädret.

ETT MYCKET ALLVARLIGARE underskott än väntat. Inte tillgångar nog att betala leverantörer. Det ringer i huvudet, han försöker vara så tyst han kan i köket. Kaffe, smörgås, kokt ägg. Han tar vetebröd och skorpor också. Maj bara vände sig på sidan när han klev upp, snarkade lätt. Det är inte bara han som snarkar! Tobak, tändstickor, burkarna har han i båthuset. Och så den där jädra revisorn som har mage att påstå att han flaggat för det här vid flera tillfällen – fast nästan genast ersätts tanken med en förgörande känsla av... bortgjordhet. *Hur kunde du missa... har du inte märkt på kassaflödet under våren, julförsäljningen var ju inte bra nog att täcka upp för resten av året.* Fan! Bara han slipper möta Maj och Anita till frukosten. Varför i hela friden installerade de telefon på landet. För att tvingas ta emot såna här samtal. Det är också ett sätt att ringa mitt i semestern... ja att nitiskt påskina att han minsann suttit med balansräkningar värmeböljan igenom, medan Tomas bara... flyr. Han skjuter försiktigt igen köksdörren, det är en gudomlig morgon. Varm, daggvåt, helt stilla. Han ska sätta sig i ekan, ro. Av knattret från motorbåten kan huset vakna. Burkarna finns i gamla isskåpet, han flyttade ut det hit till sjöboden när de köpte kylskåp till köket. Om han lyckligt ovetande fått lägga ut i morgonglittret – bara av att ta tag i årorna dämpas något, den fysiska ansträngningens lisa, fast helt hålls inte tankarna stången. Allt har ju varit i sin ordning! Revisorn har visat hur man flyttar poster inom företaget – Tomas frågade ju rätt ut vid årsskiftet om det var någon fara – och nu påstår han att det inte har funnits utrymme för Tomas att ta ut någon lön, att han har tärt på reserverna – det bästa vore att sälja medan tid är, går det till konkurs kan det ju bli utmätningar på andra tillgångar, fastigheter, bil, båt – han ror plötsligt som i en postrodd mellan Eckerö och Grisslehamn – tänk Engströms stuga, horisonten vid Ålands hav, det är tropisk värme, tjugo grader fast klockan är före sju, bromsen, getingarna – svetten i pannan, på ryggen, bröstet – han stannar, knäpper upp skjortan, kränger den av sig. Han måste vänta med tankarna till Ön. En sak i taget. Nu – ro. Ja, han kan ro runt Ön – det går ju ingen sjö och borde gå fint att lägga till vid Sandviken – *du tänker på fina vikar och allt har gått åt skogen* – han lugnar ner årtagen, det ser väl inte klokt ut att forsa fram – han säljer, med förlust? Hur stor? Hur stor förlust kan han klara utan att… *vem vill köpa en rörelse som inte bär sig?* Han har ju fortsatt att betala Maj samma summa som vanligt varje månad. Man måste ju säga att över tid har det varit en åtstramning. Ändå har han låtsats oförstående när Maj har muttrat över ökande omkostnader och höjda livsmedelspriser. Lasse bidrar ju inte heller för mat och husrum – sparar sin lön till en egen PV. Eller kanske bara någon gammbil han kan rusta upp på egen hand – Lasse och hans kamrater kan sånt. Men ändå. Han har hygglig avlöning och borde kunna betala Maj för maten, att han får tvättat och skjortorna strukna. Och Anitas studier i Lund… det är klart att Tomas vill kosta på sina barn! De känner ju inte till situationen. Anita ska betala tillbaka vartenda öre, så småningom.

Nej. Det ligger redan ett par båtar i Sandviken – och två tält… Idag vill han inte vara bland folk. Nog för att ungdomar ska få campa, men då får han dra på sig skjortan, och bara ta upp båten här. Han greppar ryggsäcken och går upp över den mjuka, ännu morgonfuktiga sanden. De sover visst fortfarande, tvätt hänger på tork – det är inte ens en timmes promenad till middagsviken där man underligt nog brukar få vara för sig själv. Svårt att lägga till förstås, inte långgrunt som vid Sandviken. Han är ju så tidigt ute att han inte behöver jäkta längs skogsstigarna.

Det är dumt att låta ölburkarna bli genomvarma. Han kan ta en, släcka törsten efter roddturen, ja han har visst hållit en bra hastighet här i skogen också utan att han märkt det. När han stannar till dryper han av svett. Han låter det rinna ner, går vidare – känner han dessutom en förförisk lättnad – att slippa stå där i butiken varje morgon, nyrakad, munsköljd – till er tjänst – han är ju inte otränad, men efter att ha stått på stengolvet en hel dag – då värker det i benhinnor, höft, knän, ryggslut... Fast han har aldrig beklagat sig! Inte ens för Helena. *Jag hade valt dig om du valde mig.* Då kommer han att bli hemma i lägenheten med Maj om dagarna. Han får engagera sig i föreningslivet, biblioteket – *vad ska ni leva på?* Det är hett och ingen kan neka honom ännu en kall öl. Han måste hitta ett arbete. Femtioåtta år. Vem vill anställa? Det är ju inte ont om arbete. Om man sköter sig. *Låter bli burkarna.* Denna vackra vik. Havet! Med svag pålandsvind – *i dina drömmar* – han kränger av sig kläderna, vadar ut, slänger sig i. Fast armarna borde ha tröttats ut av rodden vill han bara simma – ganska snart blir det djupt och endast ytvattnet ljummet, undertill kallt, bitande. Vrida huvudet från sida till sida, simma sig utmattad... och när man måste vända tillbaka fattas orken lägligt – inte Tomas. Tomas snor runt på rygg, flyter, reser sig lodrät, trampar vatten, pissar varmt i det kylslagna, simmar mot land. Kaffe, limpsmörgås – sedan öl. Han har notesblocket med, för att göra en handlingsplan, en kalkyl. Om han hade revisorns rapport. Vad kan Maj och han klara sig på? Hur mycket måste de dra in... sälja båt, bil, sommarställe. Byta till mindre bostad. Vad vi bor snyggt, brukar Maj säga när hon kommer in i stora rummet. Hit ut tar han sig om de behåller bilen och båten. Har den i Mattjäl eller Killingsnäs.

Sanden – varm. Filten formas efter kroppen. Först nu känner han av nattens vaka. Det går runt när han ska räkna på kommande utgifter för lantstället, våningen. Om han vilar. Låter bli att gå tillbaka till Sandviken redan nu. De väntar honom inte hemma när dagen är så här grann. Förstår om han blir kvar – kanske förstår de hans behov av vila. Fast Maj… Maj vill att han ska ta hand om huset. Hon säger inte ägna tid och möda, utan *ta hand om*. Som en byggnadsinspektör går hon runt och har hittat brister varje gång han kommer ut. Visst. Åkerlunds helrenoverar, Titti och Georg har bytt ut det mesta, Sundmans har väl fått nytt kök… Men Tomas har faktiskt hört sig för. Om det ska löna sig… vid en försäljning, då ska man göra stora investeringar. Byta värmesystem, tilläggsisolera, dränera, lägga om taket, byta fasadbeklädnad… Ja, dra in vatten och avlopp, vinterbona. I dagsläget vore det bäst… nej, inga fler tankar. Bara blunda, liggande på mage. Lite saliv rinner från mungipan ner längs hakan – ingen ser.

Kalla droppar. Han slår upp ögonen – han har sovit. Har solen gått i moln? När han ledbruten sätter sig upp ser han. Dimman – hur allt är svept i en tjocka han inte sett maken till. Och så Skagsoxen – att fyren inte väckte honom. Han kan inte ens urskilja vattnet. Huttrande känner han att temperaturen måste ha sjunkit flera grader, huvudvärken – den kletiga gommen… skjortan han inte ens brydde sig om att hänga över en gren på tork är fortfarande fuktig när han tar den på sig. Båten i Sandviken – dit tar han sig inte ens till fots i den här dimman.

Anita måste ha gråtit. Hon är svullen över ögonen, och snorig. Men Maj kan ju inte på nytt tjata om ifall det är någon kille som har övergett henne. De har bestämt att de ska gå på stan idag och handla, Anita behöver lite nytt inför terminsstarten nere i Lund.

Det är så jobbigt bara… Vill du inte åka? Anita reser sig från sängen, bäddar snabbt, drar på överkastet. Skulle hon inte säga något mer? Jo, nu tittar hon upp på Maj – jag vet inte. Jag tycker inte att pappa verkar må så bra. Och nu kommer det bli massor att läsa och… det vore mycket roligare om Gerd och Kerstin också pluggade i Lund. Maj plockar en kofta från golvet – men du vet när jag var som du fick jag ett helt nytt umgänge. Ja, eller jag hade ju gift mig med pappa. Men även innan dess – mina gamla bekanta var kvar i Östersund. Sånt kommer man över! Anita vänder sig mot fönstret, tystnar. Maj lägger koftan över stolsryggen. Vi går väl ner på stan snart, säger hon och Anita svarar att hon bara ska göra sig i ordning.

Kan du inte nöja dig med studierna nu då?

Men mamma, det är väl antagligen mest resfeber.

Det har varit lite upp och ner i augusti. Sedan Tomas blev borta i dimman. När han till slut kom tillbaka på kvällen tyckte Maj att han luktade öl under mentolen från munvattnet. Han förnekade, nästan hätskt. Menade att det ju inte var hans fel att tjockan övermannade. Och det har han ju rätt i. Men han for ner till Sundsvall tidigare än planerat, och de har bara hörts som hastigast på telefon.

Ska Anita gå i den där blårandiga farfarsskjortan och smala byxor – på universitetet är det väl inte lämpligt att vara klädd så där? Helst skulle Maj vilja att hon bytte till blus och kjol och ett par snygga pumps – ja kanske ett jumperset – de ska ju gå i en massa olika butiker tillsammans. Även flottare. Men hon vill inte bli osams alldeles innan Anita ska fara. Och nog vore det trevligt om de kunde dricka kaffe på stan – Anna – hon måste gå upp till Anna på lasarettet den här veckan – kan hon ta med sig Anita och gå dit upp idag?

HUR GÅR TOMAS tankar? Han måste ju vara på plats i Sundsvall och ordna om det han förmår. Har han verkligen dragit på sig för stora kostnader? Kontraktet på lokalen, varorna, skulderna... ändå har han ju inte satsat stort. Inte tagit sig vatten över huvudet. Det är en lättnad när han tar bilen upp till Örnsköldsvik på lördag eftermiddag. Han vet att han borde stanna kvar i Sundsvall. Men han måste få samla sig – fara ut på landet ensam. Ja tidigt på söndag morgon kör han dit. En sådan där septemberdag då grönskan ännu är kvar, hallon på sina ställen, är det till och med gott om lingon i år? Tomas har väl noterat det under sina promenader i somras. Blåbären torkade mest bort. Men lingon – skapligt. Fan heller. Tänka på lingon när allt går åt skogen. Och så träffar han den här Zetterqvist. Bara så där. En gladlynt karl. Kan karlar vara gladlynta utan att löjets skimmer sveper om dem? Zetterqvist – Hans – Hasse – tycker att det är alla tiders här ute. Har en verkstad som är underleverantör åt Hägglunds bland andra och nu är det faktiskt så att man expanderar och nyanställer. En stororder, som just gått i lås. Nej Tomas kan inte höra sig för om ett arbete hos Hasse. Men Hasse är väl en sådan man kunde jamma, tjabba, tjöta med på Statt en kväll. Bara så där. En trevlig karl. Åh – säger han – imponerat när Tomas pekar ut sin kåk. Vilket läge! Säg till när du säljer. Ja, han är allvarlig. Så allvarlig att Tomas... ge mig ett bud, svarar han och ja, just nu, i septembersol som snart ska bli grå november och den här Hasse med sin framgångsrika firma. Kanske har han lösningen på allt. Slantar upp och så slipper de oroa sig mer. Eller är det mer av en böljande rörelse. Tennismatch – nej inga hårda servar... de är mer samspelta, samma planhalva. Den här unge, energiske Hasse. Knappt fyrtio. En viss rondör. Ja, har den kroppstypen. Tomas vet att han har begåvats med en atlets kropp. Den turen kan inte alla ha. Fan – vad är en atlets kropp om man inte har en affärsmans huvud. Om man är ängslig och tveksam och velig. Ja – något hos den här rättframme Hasse får Tomas att säga *ge mig ett bud*. Över marknadsvärdet, säger Hasse, så du går liksom i säljtankar? Man får ju en del anbud säger Tomas, och det är väl varken sant eller lögn för det sätts då och då upp lappar vid ångbåtsbryggan där folk söker ställen.

Imorgon, säger Hasse, har du ett bud.

Vad håller du på med? Ja, nu är det uppspelt och lite… brusande inombords. Har han sålt kåken? Maj trivs ju inte. Anita är redan i Lund. Inte kommer hon tillbaka till Örnsköldsvik! Lasse… klart att Lasse kanske har ytterligare några somrar här ute. Blir nog kvar i stan nu när han har bra plats. Fast inte var han ute med dem så mycket i somras. Han jobbade jämt och var borta om kvällarna. Ensam med Maj i huset. Hennes rastlöshet när han är på sjön eller tar promenader. Nej, han kan komma hem – säga att Maj, nu säljer vi.

DET ÄR SÅ overkligt. Tomas skäggstubb – nästan aldrig ser hon honom nykter med stubb på hakan. Kinderna insjunkna, allt lösare hud – gråare än den brukar.

Vi sitter inte i sjön.

Gör vi inte?

Om Tomas inte... Maj drar oavbrutet i bordslöparens fransar, de hänger ner så pass vid hennes plats i matvrån att händerna kan tvinna varptrådarna utan att hon tänker på vad hon gör – jo nu noterar hon det. Men kan inte sluta. Om Tomas inte har pengar – vad ska de då leva av?

Men hur länge...

Det kom som en överraskning för mig också. Att affärens underskott... man har räknat med inkomsterna från lagret i en tidig budget – men det har inte blivit avsålt och nu... ja det är en extra kostnad snarare. Dahlmans har ju en avdelning med bara accessoarer, handskar, skärp – varuhusen säljer som smör för fritids- och arbetsbruk också. Och postordern. Så jag... Ja. Vad ska man säga?

Måste vi gå från hus och hem?

Att det kommer sådana där förberedda fraser. *Vi sitter inte i sjön. Sälja som smör. Gå från hus och hem.* Nej, för tusan. Tomas rafsar fram en cigarrett, tänder. När han drar in ser han rakt avmagrad ut över ansiktet. Äter han inte längre i Sundsvall?

Men det blir svårt att behålla lantstället. Ja – du har ju påpekat det som måste åtgärdas. Allt håller jag inte med om, men tak, dra in för vatten och avlopp, ny elektricitet, vissa saker måste vi ju.

Jo. Maj nickar. Vad känner hon? Sälja sommarhuset – det är

abstrakt. Tomas står helt utan inkomst. Det är också abstrakt. *Abstrakt!* Det är till att svänga sig med finorden.

Jag har fått ett bud. Han blåser ut rök. En händig karl, som kan göra allt själv. För en sån kille är ju inte en takomläggning något. Känner säkert elektriker, rörmokare, byggare – ja genom arbetet.

Men vad ska vi göra på somrarna då?

Tomas skrattar till. Det är ju ingen mänsklig rättighet att ha lantställe. Vi får väl hitta på något...

Anita. Nej – Maj kan inte tänka på hur Anita kommer att reagera. Lasse... Hon har trott att det har hört till arvet. Att Anita och Lasse kommer att ha lantstället kvar och så småningom kunna få en slant för det. En slant! Nej... mycket pengar. Nog är väl ett hus vid havet värt mycket pengar? Fast folk vill ha nytt och lättskött. Gurlis sportstuga, i ett plan, korkoplast.

Men det dagliga – har vi till det dagliga? Tomas kastar oväntat upp armarna, fäster händerna bakom nacken. Vi får loss en summa som ger mig tid att... sondera terrängen. Höra mig för, ja eventuellt starta något nytt. Kanske vi borde slå oss in på fastighetsmarknaden, hyreshus – privata hyresvärdar kan hugga för sig när det är bostadsbrist.

Sa inte Tomas att staten ska bygga bort bristen? Då är det väl inte så lämpligt att ge sig in i den branschen nu... och behöva reparera gammkåkar för att få modern standard. Byta stammar och el och panel och fönster... Georg menar att det är kapitalförstörelse att inte ersätta gamla dåliga grejer med nya, effektiva. Anita säger att sommarhuset är vackrast i original. Att en arkitekt har tänkt – ritat – skapat *harmoni*... med spröjsade rutor och vackert välvda takformer av de enkupiga tegelpannorna. Har hon inte lite näbbigt sagt att man förstör husens *själ* genom att byta ut... Deras hus är ju i original. Fast kakelugnarna har eldningsförbud av sotarmäster, både uppe och nere.

Har butiken fått fordringar, krav... ja är den skyldig?

Det är väl på ett ut, men... ja i slutändan blir det en del. Ja, det är ju förbaskat att man ska behöva betala hyra… du vet jag har tre månaders uppsägningstid om jag inte hittar en ny hyresgäst.

Om Tomas kunde tala klarspråk! Hur ser hennes hushållsbudget ut?

Får vi loss pengar för kåken ser vi till att bli skuldfria på våningen. Maj, du ska inte behöva lämna ditt hem. Bättre kan vi ju inte bo… Nej, kanske det.

Det är synd om Tomas. *Ta ner armarna! Blotta inte strupen! Du är inte en sån som sitter bredbent och visar kuken, och bara pöser med kraftfull kroppshydda. Du har…* Som om han läst hennes tankar låter han sitt ansikte sjunka ner i handflatorna, armbågarna tungt mot bordsytan. Hon reser sig, går fram till honom. Ställer sig bakom hans hukade rygg. Fingrarna får sluta om hans axlar, krama till.

Tomas, du som är så för skärgården och havet och huset. Tomas, jag vet ju det.

Han tar om hennes fingrar, säger inget.

JAHA. VAD SKA Maj säga? Hon vet bara att hon måste vara stark nu. Att det här... kan rasera allt. Anita som kommer hem till allhelgonahelgen när oktober glider över i november – hon svarar knappt på tilltal. Det är inte jag, Anita, vill Maj säga. Inte den här gången. Det var pappas beslut. Inte hans fel heller. Inte egentligen. Men det går inte. Den anklagande blicken, snuvan i näsan. Är du förkyld, frågar Maj, men Anita skakar på huvudet. Tomas – även han är korthuggen, säger att det tar på krafterna att göra avslut på avslut. Menar han affären i Sundsvall? *Eller är det kvinnan?*

Hon skulle bestämt förneka om någon påstod att hon var lättad. Kan hon ens formulera sina motstridiga känslor för sig själv? När Tomas kommer hem på eftermiddagen och säger att kontraktet är påskrivet, att Zetterqvist och han har skakat hand och att fastigheten är hans vid årsskiftet. Ska det vara tömt redan till årsskiftet, undrar Maj – Tomas bockar sig för att ta av galoscherna – det kan vi säkert skjuta på, han behöver väl inte tillträde förrän fram emot vårkanten. Men vetskapen om att pengarna nu finns på banken – det skänker henne – ja ett slags förbjuden rusig förnimmelse av lust. *Vi står inte på bar backe.* För de måste påminna sig om hur huset har slukat resurser. Och Tomas... skrapa färg, måla fönsterbågar, för all del tapetsera om i kammarn – men att byta murkna takstolar, spruckna tegelpannor, hängrännor som vinklats så att vattnet rinner – slås – mot fasaden istället för bort – källarens allt mer fuktigt unkna doft av jord och betong – tycker hon inte att det ska bli lite skönt att slippa? Nu kan de betala sina månadsavgifter, hon kan ekipera sig för vintern, ja kanske kan hon kosta på sig en ny vinterkappa. Hon kan servera kött ett par tre gånger i veckan, kanske kan de investera i en ny spis. Ja – är det inte ett överflöd som kommer sköljande när sommarhusets alla omkostnader har utgått. De måste se framåt. Vad kan de annars göra?

Men Anita gråter inne på sitt rum. Maj vet ju det. Ändå måste hon ha maten klar vid middagstid, få allt att verka – vara – som det brukar. De har ju sett fram emot att Anita ska komma från Lund, både hon och Tomas. När Maj knackar på och öppnar utan att vänta på svar begraver Anita ansiktet i kudden, liggande på mage som en trulig skolflicka – pappa klarar det inte – är det vad hon mumlar mot örngottet – och inte jag heller.

Reparationerna skulle ha kostat oss en förmögenhet, svarar Maj lågt, och pappa är utan arbete. Var ska vi få pengarna ifrån?

Jag får inte Anita att komma och äta. Låt henne vara ett tag, svarar Tomas och lägger för sig potatis och kalvsylta. Om han har gråtit där han sitter vid matbordet så syns inga spår i ansiktets skarpa linjer. Bara det glättiga – jaha, då så var det klart, ja inget kan ju vara för evigt, och Maj som måste bryta in, bryta sig igenom och säga att vi klarade inte upp det, så det var nog bäst som skedde. Den här Zetterqvist – han kanske är vår räddande ängel.

Min fars hus, skrattar han till, du tror väl inte att de river taket redan i vinter?

Taket måste antagligen vänta till våren. Men han vill säkert börja invändigt. Ja, nu blir hon lite olustig ändå. Om de förvanskar huset, gör fula, klumpiga ändringar, hon kan faktiskt förstå vad Anita menar med de spröjsade rutorna och husets *proportioner*. Hon sväljer sin tugga och säger att frågan är hur mycket de måste bryta upp av golv och annat för att dra in vatten – en sån där kille är väl knappast utan moderniteter ens på lantstället.

Då blir tomten uppgrävd och förstörd, hoppas det inte blir olägenheter för grannarna. Tomas röst är orolig nu och Maj vet inte vad hon ska svara. Den kalla kalvsyltan, rödbetorna och potatisen – hon har inte matlust. De har efter omständigheterna fått bra betalt, så får de nya ägarna göra vad de vill. Så måste de väl resonera? Nu lägger vi det här bakom oss, säger hon och tar Tomas tallrik från bordet. Ska vi inte försöka känna tacksamhet för att vi har våningen kvar?

Men Anita tar det så hårt, invänder han, hon är så känslig och igen måste Maj avbryta, sätta stopp – ja men det är ju för att hon tror att du ska dricka igen förstår du väl!

Ja, så var det sagt. Och från köket hör Maj Tomas resa sig från bordet. Sedan – efter en stund av mummel i tamburen – hur ytterdörren öppnas och slår igen. Och fast hon inte vill skyndar hon genom våningen fram till vardagsrummets perspektivfönster – herregud han tog Anita med sig – de går arm i arm, far och dotter. Att de inte sa hej då! Bara gick. Inte kan man tro att Anita tagit studenten och läser på universitet. Nog beter hon sig barnsligt? Hon har god lust att kliva ut på balkongen och skrika ha det så trevligt – men vänder bara hastigt på klacken och går in på Anitas rum för att plocka till. Vrider upp vredet, öppnar fönstret på glänt och plockar kläder och böcker från golvet. Beautyboxen, coldcremen, pennfacket, hårborstar och papiljotter. Teckningar, blyertspennor, kautschuk. Böcker från kursen i Lund. Tar de bilen?

Och med smutsiga underkläder och jumprar i famnen går hon ut ur rummet, in i Lasses. Men där är det fortfarande ordning, han har ju inte varit hemma sedan imorse, kläderna tog hon rätt på då. Vad ska de säga till vänner och bekanta när våren kommer? När de inte ska *fara ut på landet*, utan blir kvar i stan. Ja, hur ska de förklara att de gör sig av med sommarhuset bara så där. Maj prövar *det blev så besvärligt att sköta* – men Tomas är ju inte så gammal. Inte hon heller. Man talar ju inte ekonomi med vänner och bekanta när det ska vara glatt och trevligt och ingen vill ha andras dynga rätt ner i knäet vid desserten. Man talar om vad man *har* – inte vad man saknar. Så hon får väl helt enkelt framställa det så – nu får de ju så underbart gott om tid att resa, *charter* – visst kallas det så – kanske kan de kosta på sig utlandssemestrar – *det begriper du väl att ni inte kan.* Borde hon ta ner gardinerna och tvätta dem? Eller i tanken skriva en lista på vad som ska hinnas med före jul. Frågan är om inte fönsterputsning är en utmärkt syssla för en onsdag i november.

Lasse kommer hem strax efter halv sju. Kunde du inte ha ringt, säger hon och värmer potatisen, tar fram kalvsyltan och rödbetorna igen. Mjölk i glaset. Fortfarande dricker Lasse mjölk, flera gånger varje dag. Och nu kan han få fortsätta med det. Jo, men hon har räknat på mjölkpriset också. Lasse är så stor i maten. Klart att han måste få äta! Men mat kostar.

Nu är kontraktet påskrivet, säger Maj och tummar på kaffekoppens öra. Fast Lasse tittar inte upp, slevar vidare, kalvsylta är ju så lättätet, ja, så sköljer han ner med mjölk och är färdig. Tack för maten, säger han och i andra meningen att han tar ett bad.

Är det en ny flicka, ropar Maj efter honom – men han hör visst inte. Och hon låter bli att resa sig direkt, en kort stund blir hon sittande så, sysslolös, med knäppta händer. Lasses tomma fat, mörkt violett av spadet. Anitas flata tallrik... hon reser sig, dukar undan den också. Åh – att de bara for iväg så där utan att säga vart de skulle... Utan ett ord. Så... tråkigt gjort. Hon kan väl inte rå för att pengarna tagit slut. Att Tomas är utan arbete? Är det hennes fel att det goda livet runnit dem ur händerna och man måste rätta mun efter matsäck. Vända kappan efter vinden. Ur askan i elden – nej men – äsch. Sitta med ordspråk man inte begriper. Ur askan i elden. Cigarrett efter disken. Fast man både vill ha en cigg och något starkt. Och grina. Gud vad hon skulle vilja grina, som Nita, och Tomas. De kan minsann grina. *Som barna.*

Vad är det att diska bort en tallrik, kastrull. Hon slevar upp resterna av middagen i en form, potatisen redan sval nog att ställa i kylen. Småtvätten som säkert torkat i badrummet borde vikas undan. På matbordet fläckarna av mjölk, rödbetsspad. Gråt inte över spilld mjölk. Är det en lukt i trasan? Nej, ingen lukt. Lasse dröjer i badrummet. Än är ju allt som vanligt. De stänger huset för vintern – har alla kalla månader på sig att glömma sommarhus i havsbandet.

DE STÅR PÅ bryggan. Aldrig är havet dystrare än så, novembers mörker, de våta löven, markens vattenmättade väntan på tjäle, och snö, att bli krispig och kall, rimfrostvacker. Nej, ännu är det drypande vått, dunkelt, de nakna träden, till och med huset skäms för sig nu, den gröna färgen har inga lövmassor att vila mot, bara grå himmel, brun jord, nästan svarta granar.

Visst har det varit fint här?

De står i armkrok, Anita och Tomas, kan du förlåta mig, han vill säga det, vill säga så till sin dotter som gråter, näsan röd och rinnande, ögonen kladdiga av smink, är det mamma som tvingar dig pappa, åh... nej – han kramar tag om armen nu, drar henne närmare sig... det är inte som du tror Nita, inte på det sättet... kunde ni inte ha en mindre lägenhet då, jag kan ju hitta något eget efter studierna, lilla vän, säger Tomas, det är slut, huset, du vet taket... bjälklaget... om jag bara kunde skulle jag...

Är det inte så? Att de åker med bilen till huset för att ta farväl, platsen, platsen med sina minnen, hur de sitter tysta i bilen... eller tycker Tomas det är för sent, mörkt, föreslår en promenad ner på stan, av en slump hamnar de utanför Palladium, jo Anita tycker att de ska se Flicka och hyacinter, hon har förstås redan sett den på filmklubb i Lund, men att pappa också ska få chansen nu när de repriserar den i Örnsköldsvik... Att de visar den här gamla filmen – Tomas kan inte minnas att han gick och såg den när den kom fast den blev omtalad. Han kan inte koncentrera sig på bioduken – visst ser han Eva Hennings uttrycksfulla ansikte – det är duktiga skådespelare, men den känns alldeles för tung, svår

340

för en dag som den här, han borde inte sagt ja... men Jungfrukällan tänkte han var ännu värre att se med sin ledsna dotter. Anita verkar ta till sig varje filmscen – är det lämpligt att de sitter och tittar på filmen om den begåvade kvinnans självmord... Anita är vuxen, myndig, hon klarar förstås av den här sortens fiktion. Men just idag? Sakta dras han in i berättelsen, *jag lever i alla fall*, så tänker han, och Anita och Lasse kommer att klara sig själva, ordna sina egna liv.

Vi ska nog greja det, säger han när de står på Storgatan efteråt och Anita ideligen torkar bort tårar mot sina fingervantar, vi ska nog greja det.

Och hemma har Maj gått och lagt sig. Kvart över nio. Det var kanske dumt av dem att bara smita ut så där. Men när hon sa att Anita var ledsen och orolig över att han ska dricka igen – han orkade inte. Husaffären, allt med butiken i Sundsvall. Nya möten med revisorn, banken. Och så rädslan för hur det ska bli, nu? *Helena*. Maj låtsas sova när han kommer in till henne i sängkammaren, luktar det sprit? Vi kan väl ta oss var sin smörgås, säger han till Anita. Mamma är lite överansträngd – han kan ju inte kräva att Anita ska gå dit in nu, be om ursäkt, krypa på alla fyra – var inte för hård mot henne, säger Tomas ändå, och Anita nickar, mumlar att hon tycker att mamma borde kunna förstå att det är svårt för oss, det här. Han hittar bara spisbröd, är råglimpan slut? Men det finns en ostbit, medvurst, ett par skivor kokt skinka. Anita kokar te. Vi dukar i vardagsrummet, viskar han, så stör vi inte mamma. Ja, kanske orkar inte heller han prata nu. Säger lättsamt att det kan vara något trevligt på teve. De sitter tillsammans och knaprar knäckebröd, sörplar te. Håll assietten under, påminner Anita, annars blir mamma sur. Det har du rätt i, svarar han leende, får de gå och sova nu? Anita lägger en pläd över sig, ingen av dem reser sig för att ta ut brickan med koppar, kanna och pålägg. Han ska ta rätt på det, men först ska han röka en cigarrett. Borde han säga åt henne att hon är svart runt ögonen? Bättre att låta henne ta bort det där ögonsminket när hon vill. Och när det ringer på dörren fimpar han motvilligt, reser sig och går för att öppna. Vem kommer så här sent? Håkan – jag hörde av morsan att Anita är hemma på lov, är hon inne? Kom in, jag ska ropa på henne – vad roligt att du kom förbi – Anita, Håkan är här – hon gör en grimas och Tomas måste viska att hon är svart runt ögonen – du får säga att jag ringer honom imorgon, att jag hade somnat... Oj, han får vanka ut i tamburen igen, skicka iväg Håkan i ogjort ärende, det har varit en jobbig dag, hon får berätta själv – vad taskigt av Anita, Håkan som alltid är sprallig och rolig och kanske lite... fäst vid henne? För det är något med ansiktet innan han tar trapporna ner, kom tillbaka imorgon, ropar Tomas efter honom. Du skulle se vad snopen han såg ut, det var väl roligt att han kom förbi säger Tomas, ja men Håkan är ju bara som en lillebror, så han måste väl kunna ta att jag är ledsen och inte vill träffas ikväll. Och vad sent han kom – det är så typiskt Håkan att inte ha en aning om vad klockan är.

Nu har mamma fått som hon ville, suckar Anita sedan, hon som alltid har sagt att hon mår så illa vid havet. Anita..., invänder han. Det är annorlunda för mamma bara, hon har inte haft barndomen ute vid kusten som du och jag. Men innan han somnar – han orkar inte säga något till Maj ikväll, allt är kanske glömt imorgon – tänker han att Anita naturligtvis har förstått lika väl som han att Maj aldrig har trivts på landet. Är det tvångstankar tro, att sugas ut av undervattensströmmar, sjögräs som slingrar och sliter – men snälla – det rör sig om Bottenvikens bräckta vatten. Inga atlantvågor med baksug. Men vid Skeppsmaln, där kan man inte påstå att havet är beskedligt. Maj följer ju heller inte med honom och Anita på utflykter till Skagsoxens råmande fyr.

HAR HAN SÅ bråttom?

Jag vet inte!

Tomas fräser oväntat. Men att mitt i allt julstök behöva ta rätt på ett helt bohag och dessutom skura ut sig. Maj vill faktiskt grina. Här har hon både städat och pyntat, men julmaten är ogjord. Det snöar stora lapphandskar utanför matvråfönstret. Tomas reser sig från bordet, Anita har redan stängt in sig på sitt rum. Ja – då vet vi ju åtminstone vad vi ägnar oss åt i mellandagarna.

Han kunde sträcka sig till trettondagen, säger Tomas när han följer efter henne ut till köket med sin tallrik. Men så generöst! Hur ska de kunna ta rätt på allt? Ska de göra ett stort bål och bara bränna? Inte köksmöblemanget som är så gediget och inte salongens rottinggrupp... Vi får fråga släkten om de kan hjälpa oss att magasinera. Kanske vill de ha något som vi inte har plats för. Allt porslin... mat- och kaffedukar... byffén, bokskåpen... och Maj som förutom maten dessutom har knäcken och skära karamellerna kvar att koka.

Så blir julhelgen bara en förberedelse för det stora arbetet att rensa ut på landet. Efter födelsedagen åker de dit, redan tidigt på morgonen. Lasse slipper, har ju sitt arbete att gå till. Men Tomas, Anita och Maj packar in sig i bilen och Tomas kör långsamt på de hala vägarna vid kusten. De far över Bonäset, och när det vackert vita landskapet passerar utanför rutan kryper tvekan även inpå Maj. Har hon ändå fäst sig vid huset? Hon vill bara att det här ska vara över. Något måste hon hindra från att nå medvetandet – nej hon vet inte vad. Kanske gör det henne ont att se Anitas och

Tomas sammanbitna miner. Att skura ut ett helt liv – femtio år i alla fall – det är ju inget som går smidigt och i en handvändning. Och rart står stället där i vinterskruden. Vänligt, välkomnande – Pettersons har skottat, så de kommer inte ens att behöva pulsa fram i snön för att ta sig in. Tydligen var fru Petterson riktigt ledsen när Tomas berättade för dem om försäljningen, menade att Berglunds hör liksom till här ute, och nu far ni en efter en... Anita blir kvar i baksätet – viftar iväg dem med handen – gå i förväg, jag kommer. Maj skulle vilja hålla i Tomas, men han har redan nått farstubron och stampar snö från stövlarna. De är tidigt ute, för det skymmer ju redan klockan två. Nog för att de har elektriskt, men det går förstås inte att jämföra med dagsljus. Och väl inne i hallen kan Maj inte låta bli att undra om han inte bara hade kunnat vänta till påsken, den där Hasse. Vad ska han hit och göra i vinter?

Tomas suckar, vi har ju fått pengarna så han har trots allt besittningsrätten – tänk – det är inte deras längre. *Vi är här på lånad tid.* Sjöbon, vedbon, dasset – allt måste tömmas och skrubbas rent. Maj kan inte påstå att hon tycker att det verkar vara en så trevlig karl som Tomas menar. Bara här i hallen finns byrå, stolar, litet bord, pall... En del kanske de kan ha i Anitas rum så länge hon är i Lund. Nej – usch. Titti har i alla fall lovat att de kan ställa några sockerlådor med grejer på deras vind. Men alla de stora möblerna... Borde de inte säljas på auktion? Fast folk går inte på auktioner mitt i vintern.

Det är så konstigt. Är det en befrielse eller känns det inte alls bra att göra sig av med det här? Gång på gång når tanken inte längre än att de inte har något val. Klart att stället skulle behållas om Tomas grejat det ekonomiska. Maj går runt och inspekterar – minst hälften måste slängas, helst eldas upp. Sängarna är uttjänta, likaså madrasserna. Fuktluktande kuddar, filtar som kan ha blivit angripna av mal. Sprucket porslin, buckliga kastruller, kökssoffan som förvarat äldre årgångar av veckotidningar, alla gardiner... Nej gardinerna kan hon ju inte kasta. Men hur ska de börja? Egentligen var som helst, de ska tömma alla skåp, lådor, garderober. Kattvindarna. Först måste de få upp värmen! Tomas kommer in med ett stort vedlass, släpper det på köksgolvet. Jag tar och sover över här ute inatt, så kan jag hålla fyr i spisen. Jag också, säger Anita. Ska även Maj? Med var sin potta behöver de förstås inte ge sig ut i vinternatten – men vatten? Tomas ska hämta in ett par spannar åt Maj. De vill nog vara för sig själva, Anita och Tomas. Sörja ihop. Fast då måste Tomas köra extra om Maj ska hem till stan. Kanske är det ingen dum idé att ligga över. Så omfattande arbete som det här är. De kommer att behöva elda mycket om det ska gå att sova.

När de har jobbat ett par timmar och Maj börjar tänka på om hon ska sätta på kaffe kommer Anita in i köket. Jag kan sluta läsa bara vi kan behålla huset! Det borde inte vara så svårt att hitta ett jobb, vad som helst... Anita, säger Tomas som är inne för att fylla på ved, vi har tänkt igenom det här, och det är inget vi gör bara för att det är svårt just nu, även längre fram – vi behövde pengarna, flikar Maj in, pappa var skyldig – Tomas hyssjar henne – men var han inte det? För affären? Som om inte Maj har tänkt på möjligheten att Lasse och Anita skulle ta över huset så som flera av deras kusiner har gjort. Men när de inte har familj, Anita inget arbete... Skulle Tomas ha överlåtit huset på dem hade situationen inte ändrats i praktiken. Det är svårt det här, säger Tomas sakta – ingen av dem orkar vara glättigt energisk eller glad. Vi fick ett bra pris i rätt läge – ja så rätt som det nu kan bli. Det är klart att du ska studera färdigt. Så småningom sätter du bo och hittar ett nytt lantställe. På femtio år så här vid havet hinner mycket bli uttjänt... Nej – Anita går sin väg igen, Maj kan höra hennes snabba steg i trappan.

Gör vi rätt Maj? Tomas sitter på golvet, intill vedspisen.

En fastighet måste repareras och skötas om. Sjöbon är ju helt slut och… taket, fönstren… Ja, men om jag inte är i Sundsvall för jämnan kan jag ju vara här mer och hålla efter. Jag får väl lära mig snickra!

Maj sätter kaffepettern på spisen. Vi kan väl inte riva upp försäljningen nu? Har du inte skrivit på papper på banken… Jo. Jag tänkte inte på hur mycket det här betyder för barna.

Maj ger honom sin hand så att han kan komma på fötter. De har haft underbara somrar här ute i alla år – de måste också bli vuxna. Tomas nickar. Jag vet bara inte om det är värt… jag borde väl ha lagt manken till för att få ett nytt arbete. Nu dricker vi kaffe, säger Maj. Talar du om för Anita att det är färdigt?

Hur många dagar städar de? De hoppar över nyårsaftonen hos Titti och Georg i stan, ber Lasse komma ut till dem istället. Det är ju ingen brist på mat. Sillinläggningar, strömmingslådor, syltor, köttbullar, korv och så skinkan. Gott kaffebröd minst två gånger om dagen. Om man bortser från allt de har att göra så är det ganska trivsamt att arbeta tillsammans. Lasse ska ju hjälpa dem hela nyårsdagen, och Maj slås av att både Lasse och Anita är så förbluffande starka. De bär lådor och möbler som om de inte gjort annat. Maj litar inte riktigt på sin vrist, men tar tag i allt utom själva bärandet. Om det bara inte var så tidskrävande. Så fort ett utrymme är avklarat dyker något annat oväntat upp. Källaren! Den hade hon nästan glömt, med sina syltburkar, saftflaskor och konserver. Snören, stumpar, spånkorgar, verktyg… Och hon måste ju fråga Tomas om vad som ska slängas och sparas. Han är inte direkt sentimental, men arbetet fördröjs eftersom varje föremål rymmer minnen, berättelser. Ja herregud – även hon kan ju komma ihåg alla somrar här ute.

De dukar till nyårsmiddag i köket, tänder ljus. Vid toscapäronen säger Lasse plötsligt att han ska bygga eget och vill ha både köksmöbeln och rottingfåtöljerna i sin stuga. Ska du bygga, frågar Maj och Tomas i mun på varandra – inte nu, svarar Lasse, men i framtiden.

Jag vill aldrig ha något annat ställe än det här, säger Anita.

Det blir tyst runt bordet. Ja det känns som om de tiger ända tills Tomas bryter in med att de måste titta på klockan. Gott Nytt då! Gott Nytt År!

NYA SKRYMSLEN, LÅDOR. Nog kommer de behöva tiden fram till trettondagen. Var det verkligen för mycket begärt att åtminstone få hålla på över tjugondedagknut? Tomas eldar. Anita sorterar. Lasse bär och bär tills han måste åka tillbaka till stan för att jobba. *Kanske har vi aldrig varit mer sammansvetsade än nu?* Anita kommer med uppdelade högar som Maj och Tomas ska ta ställning till. Spara, sälja, bränna upp? Visst är det ett vackert hus. Med sitt mansardtak, den reparerade balkongen och verandan. Gör vi något galet? Även Maj måste trycka undan frågan gång på gång. Men långsamt *anonymiseras* huset. Tomas bokar några flyttgubbar som kommer med lastbil för att köra möbler och lådor som ska till stan. Vissa saker vill syskonen visst ha. Titti vill till exempel gärna ta vara på sängborden från Teas sovrum och ett brunbetsat bokskåp, och det visar sig att Nina alltid har längtat efter barndomens numer lite spruckna soppterrin. Julia vill ha ett tvättfat i porslin att sätta sina begonior i, men Kurre och Dagny kan inte komma på något särskilt som de önskar från huset.

Maj måste klä sig ordentligt när hon ska ta sig an fönstren – i fårskinnspäls, mössa... – herregud, är det den pälsen? Hon blir full i skratt – sedan sätter hon sig, tänder en cigarrett. *Det var pälsen som ändrade allt.* Om hon inte hade lånat pälsen... glömt den på... behövt lämna den till Tomas dagen därpå... Det är en slitstark och varm sak. Lite otymplig att tvätta fönster i, men med ett par plusgrader och töväder på det nya året går det utan att vattnet fryser på glasrutan medan hon håller på. Men vad fingrarna blir kalla! Det värker ända in i märgen. Hon måste ta många pauser, ideligen sätta händerna framför vedspisen som sprakar för jämnan. Någon ved behöver vi inte lämna efter oss, har Maj sagt åt Tomas, och han höll faktiskt med. Trädgårdsmöblerna ska de bära över till Titti. Kanske vill Lennart och Hedvig ha dem till sommaren om det inte är något för Henrik att ha kvar.

Snickerier – dörrar – tak – golvlister – men Tomas får klara sjöbon själv. Det är hans grejer och kallt som sjutton där nere vid vattnet. Anita gör det mesta på övervåningen – hon tar fönster och köket där uppe. De nytvättade trasmattorna kan de ju inte slänga. Inte meddetsamma. De blir väl bra i Lasses stuga. Ja även i nybyggt passar trasmattor, bara det är ute på landet och inte i en lägenhet i stan.

HETER HON MAUD nu?

Lasse tittar upp på henne utan att svara. *Vad dum du ser ut!* Så tänker hon om sin son. Maud? Det var en som ringde och sökte dig förut. Jaha, hon. *Jaha, hon.* Han slevar i sig fläsk och morotsstuvning, dricker mjölk.

Är det en trevlig flicka, undrar Tomas, halvt frånvarande. Äh – vi har setts ett par gånger. Nu reser han sig förstås, går från bordet. Han är länge i badrummet. Maj hinner både stöka bort och duka kaffe i teverummet. Ja – efter flytten från landet flög något i henne, och de flyttade matsalsgruppen till stora rummet och ordnade teverum där de förut hade matrum. En helt egen idé var det inte, både Titti och Gurli har separata platser för tevetittande. Så får salongen fortsätta vara salong, åtminstone för Maj.

Ska du inte ha kaffe? Lasse har en våg i luggen och lite pösiga blå jeans när hon krockar med honom i hallen – Lasse skulle kunna göra reklam för kalsonger lika väl som Tumba!

Lite måste du ju tycka om henne eftersom du anstränger dig så där – hon försöker låta skämtsam. Lägg av, svarar Lasse – men ler samtidigt – och tar sina snabba språng nerför trappan. Hur han faller framstupa, blir liggande, i en omänsklig vinkel på kalkstensgolvet i trapphuset, blod… *Maj, han ska bara träffa en flicka.*

Ann-Kristin, Maud – var ska det här sluta? Maj serverar Tomas kaffe och Tomas tittar upp – tack ska du ha – det är ju inte dumt att se efter i förväg om man passar för varandra. *Som vi aldrig gjorde.* Men du måste prata med honom om… ja hur man skyddar sig. Han får inte göra någon med barn. Tomas sträcker sig

efter en kaka. Ungdomar idag vet säkert sånt. *Som du inte visste.*
Äpplet faller kanske inte så långt från... Inte säger Maj så till To-
mas?

De känner sig ganska vemodiga. Lättnaden över att flytten kla-
rades av i tid har ersatts med en stor tystnad. De många lådorna
på vindskontoret borde hon egentligen gå vidare med, men möb-
lerna får stå där de står. Mot slutet blev Tomas nästan vårdslös.
Eldade som i raseri – en del av värde också.

Det var länge sedan vi hörde av Anita. Vi måste skicka något
till födelsedagen – nej när Tomas tittar på Aktuellt går det inte att
få svar. Det är en knapp månad kvar tills hon fyller. Men ändå.

GUD SÅ RÄDD hon är. De måste ta en bil från stationen. Jag kan inte promenera nu, säger hon till Tomas, *slipper du den här skräcken? Håll i mig, Tomas. Håll mig hårt och släpp inte taget.* Varför vill hon bara skrika åt alla, *att fara åt helvete!* Du ska se att hon blir väl omhändertagen här i stan, med universitetet, du vet doktorerna här, säger Tomas, om han hörde hur falsk han låter. Mamma var ju också nervös, ja nere, i perioder. *Nere. Hon gör det mot mig. Vill att jag ska veta hur illa jag har gjort henne. Anita, om jag bara hade kunnat få älska dig!* Hade det sett annorlunda ut då? Nej. Det är försvarets hårda smattrande. *Mat, kläder, eget rum, allt vad du velat har du fått av mig. Kan jag rå för din rädsla för döden?* Den delar vi, Anita, de svartkantade kuverten, buden, *kan jag rå för att jag som ung och oerfaren blev lämnad med er utan min mamma och pappa?* Kanske inte heller så. De höga löv-träden. Mörkret, leråkrarna, flacklandet. *Skulle du ha älskat flack-landet istället för höga berg och djupa dalar?* Flacklandet är fult. Fast Tomas vet förstås fakta om både domkyrka och universitet. Ändå ser han plötsligt så liten ut, vid stationen där de söker efter en droska. Den skorrande skånskan. Att be dem upprepa – nej – bara nicka och le – att i språklöshet nicka och le – de estniska båtflyktingarna i Folkets park... Anita som har haft allt ett barn kan drömma om! *Utom kärleken från en mor?* Mor är inte rar, mor är en orm. Maria och Jesusbarnet i domkyrkan. Anna själv tredje. Den milda, goda. Men passionen rymmer väl också annat än kärlek? Så ska hon säga till doktorn. *Jag har gjort allt som stått i min makt för att rusta henne för livet!* Allt som står i min makt.

Åh, hon måste snygga till Tomas rock där de står utanför huvud-
entrén. Chauffören brydde sig inte om att prata med dem, själva
satt de tysta där bak. Tomas ger förstås bra med dricks i alla fall.
Hatten, blankputsade skor under galoscherna. Maj nickar, *låt
mig slippa Tomas*. Jo, hon vill springa genom fjolårets bruna löv-
massor, bort från den här byggnaden för dårar... Anita som är
så begåvad, viskar hon. Ja, nickar Tomas, vi vet ju inte vad som
kan ha hänt. Det är någon student förstås, säger Maj vasst, någon
pojke... – tror du inte Tomas – så har hon sett för många filmer
och... hon har alltid haft livlig fantasi. Jo, svarar Tomas, hon har
tyckt om sagor och berättelser. Fast mest det verklighetsnära, eller
hur? Kanske går de bara tysta genom entrén. Söker efter avdel-
ningens nummer på skyltarna.

De måste ringa på. *En låst avdelning.* Vem ska låset skydda? Hur
Maj riktar all sin maktlösa ilska mot det där låset. Tomas, varför
är det låst? De har väl sina rutiner och regelverk att följa, det be-
höver inte betyda... *ja, du vet väl.* En gråhårig sköterska öppnar.
Fröken Berglunds föräldrar, ja men så glad hon ska bli, den här
vägen... korridorer, Maj hänger sig fast vid Tomas, sköterskan
ber dem vänta en bit bort, så ska hon gå i förväg, *och förvarna?*
Det kan hända att hon sover, *sover, klockan två på eftermiddagen*,
nu får vi inte uppröra, säger Tomas där de väntar utanför. Maj
kan höra hur torr han är i munnen. Hon säger att för en norr-
länning kan det här platta aldrig vara bra. Vindarna och det ut-
satta läget, ja också träden får så underliga proportioner. Håller
Tomas med? Kan inte även han känna längtan efter de *vidgade
vyerna*, kunskapen, upplysningen, intellektet, resonerandet, inte
bara detta jordnära, handfasta, tingliga. Hade det inte blivit an-
norlunda om han fått studera? Förstår han inte Anitas lockelse
av baskrarna, de politiska protesterna, poeterna, Jean-Paul Sartre,
Faulkner, Carson McCullers och Freud, psykoanalysen, psykolo-
gin, pedagogiken och socialpsykiatriska experiment – men To-

mas skulle ha velat läsa historia – se bakåt för att bättre förstå det nuvarande. En dos nationalekonomi, antropologi, man måste få drömma Maj, Anita har bara prövat sin dröm, i flacklandet, kanske var kraven för stora, pressen tryckande, man vet ju att studier kan leda den mest förnuftiga till något slags kris… Jag tror inte att kvinnor är, på samma vis som en man kan vara, särskilt lämpade för att läsa. Ja, romaner kanske. Men studera? Säger Maj verkligen så, rätt ut. Kanske inte. Hon behöver ju inte sikta på att bli en ny Alva Myrdal, hade Tomas skojat när Anita for iväg. Och lagt till att Alva trots allt inte är någon okvinnlig kvinna till det yttre, tvärtom. Fast hon talar värre än en lärd man. Kommer syster inte ut? Vad har de för sig där inne, undrar Maj. Om Anita när hon kom hit ner blev blyg och bara höll sig på rummet. Inte alls deltog i diskussioner, fester och poetiska sällskap eller musikaliska aftnar. Undvek demonstrationerna för Sydafrikas folk. Slog ner blicken inför studentskorna från *intellektuella hem*, de som visste att föra sig, klä sig, vara kvickt radikala – de som aldrig skulle tillstå en privilegierad ställning, att de skulle ha fått något till skänks – böckerna, bildningen, att i mötet med andra vila i övertygelsen att man är en *överlägsen sort*. Sedan tar man plats på tidningsredaktionerna, kultursidorna, i politiken, i statliga verk. Ja, i handelsbolag, på ansedda sjukhus. Ännu en tid kan de *obildade* hållas borta.

Ja har Anita blivit skräckslagen av de här ungdomarna som kommer från akademikerhem, konstnärs-, musiker- eller skådespelarhem? Stockholms-, Uppsala-, Linköpings- och Lundahem. Maj och Tomas vet inte. De kommer inte att fråga. De är i tystnaden och viskningarna, *är livet verkligen värt att leva?*

De omfamnar varandra. Fast de inte brukar. Maj känner skulderbladen, hon har magrat igen, åtminstone en del, men lika söt, inte sant? Maj snyter sig när Tomas tar Anita i sin famn, klappar henne på ryggen. Blommor, konfekt, veckotidningar. Det står en bukett på sängbordet redan. Från vem? Maj berättar hastigt om Lasse, hur Maud stått och grinat ute i trapphuset och Maj var ju till sist tvungen att släppa in henne fast Lasse stod och väste låt bli mamma i korridoren – oj vilken cirkus det har varit, säger Maj och kommer på att hon borde ta av sig kappan, ta av dig rocken Tomas, säger hon, Maud som är en så rar flicka lägger hon till, alltid artig och fin, fast Lasse har redan en annan, säger att Maud inbillar sig att han varit så för henne, när det mest är hon som hängt efter honom. *Du är väl oskuld ännu? Du är väl inte med barn? Att det är därför. Din pappa tog sitt ansvar. Ändå blev det så här för oss. Vi kunde ha haft det så mycket värre! Om jag tvingats lämna dig ifrån mig. Jag behöll dig Anita. Kan det inte vara bra nog?*

Nu släpper jag dig aldrig. Jag ska vaka över dig till min död.

Neurotisk depression, säger doktorn. Vi har gjort omfattande testningar och fröken Berglund har... gud så hon svettas. Inte övergångsbesvär igen? Borde hon inte vara helt återställd sedan operationen? Avskiljandet från föräldrahemmet kan utlösa krisartade reaktioner... särskilt om man ännu inte kan härbärgera avskildhet – ja insikten om detta... få se... ja fröken Berglund fick stark ångest och som ett led i denna skräckfyllda förtvivlan var ju suicid... Maj förstår inte. Men Tomas kramar hennes hand hårt. Vacklande självkänsla... narcissistisk kränkning... *Vad pratar han om?* Ångest härrörande ur förlust av bindningsobjektet... ja, nu måste vi främst rikta in oss på att häva det akut depressiva tillståndet, då depressioner i obehandlat skick är direkt livshotande... han tittar bara på Tomas. Jag förordar reservationslöst ett uppehåll i studierna tills fröken Berglund återfått den stabilitet som krävs... vid stark yttre och inre press kan systemet bryta samman... ja det är inget nytt fenomen, studenter har i alla tider drabbats av såväl melankoliska som djupt nostalgiska tillstånd

som hämmat dem i studietakten – men jag är av den uppfatt-
ningen att det kan vara nödvändigt att inte pressa sig för hårt, en
ung människa ska också få utrymme för glädje, skönhet... Var
det inte så Tomas talade om doktor Bjerre? Maj vet inte riktigt.
De har väl aldrig pressat Anita? Inte med studier. Doktorn talar
inte skånska.

Och nu finns det en rad intressanta behandlingsmöjligheter,
psykoterapi, men också farmakologisk och elektromagnetisk...
Bara hon blir bra, säger Tomas, doktorn ser upp, nickar, ja, ja.

Blir Maj anklagad? Att hon varit kärlekslös eller bundit dottern
alltför starkt till sig? Doktorn säger att utslussningen kommer att
ske successivt, men man kan inte utesluta att hemlängtan kan ha
spelat en betydande roll, ja fröken Berglunds inre objekt kunde
inte på ett övertygande sätt försäkra om att ni fanns kvar, på
ett inre och yttre plan... *Vad säger han, Tomas?* Vi kommer att
kontakta Örnsköldsviks lasarett, man kan misstänka en särskild
sårbarhet... goda möjligheter att hämta sig, men man bör inte
utsätta sig för alltför påfrestande... Har hon blivit övergiven av
någon ung man, ja det bara far ur henne, men Maj måste fråga,
vad som har hänt, doktorn harklar sig, inte vad vi vet, det tycks
snarare handla om skilsmässan från er. Hon är starkt bunden till
er, inte sant? Hon är kanske inte så gladlynt, säger Maj, och Tomas
talar om att han på många sätt kan känna igen sig i sin dotter,
leende utanpå och ledsen inuti. Ja – jo – just så – det var en preg-
nant beskrivning. Och går det tillräckligt djupt kan inte ens den
skenbara glädjen utåt upprätthållas. Plågsamt, mycket plågsamt
för patienten. Kan hon sakna en hobby, säger Tomas, doktorn för-
står att jag under en... kris, som ligger långt tillbaka i tiden, kom
i kontakt med professor Bjerre... Ja nu spetsar doktorn öronen,
professor Bjerre höll den skapande potentialen inom människan
högt ja – samtidigt som jag vill påminna om att alltför dystra
skildringar – även om de är stor konst, bör undvikas i nuläget.

Ingmar Bergmans filmer, djupsinniga författare, känsloladdad musik – allt sådant utgör förstås en särskild lockelse på sökande unga människor… måste Maj sitta och höra på allt detta? Jag tror att rutiner och ett visst mått av praktiskt arbete kan vara till stöd om man är uppjagad. Så vågar hon säga! Där har ni en poäng, säger doktorn. Grubblandet… promenader, lägger Tomas till – se där – ni kommer säkert att kunna hjälpa henne.

Hjälpa henne. Hur ska Maj kunna hjälpa henne?

SÅ KOMMER DE alltså att återvända, båda två. Anita och Tomas. *Nu behövs du igen, Maj!* För det går ju inte att slippa undan det här. Hur Anita så småningom kommer hem till våningen. Ja, i nästa vecka ska hon skrivas ut från Örnsköldsviks lasarett. Tomas har fullt förtroende för den ungerske doktorn, bara det att redan behärska språket så pass... Men Maj ber Tomas att gömma tabletter och medicin. Neurosedynet har hon tack och lov slut på och har inte fått nya av Titti. Tomas sitter vid radion, han tittar upp när hon säger att hon känner sig yr, att det kanske är dumt att ge sig av ut på stan i ishalkan. Klart att du ska passa på att träffa Gurli, svarar han. Även du behöver lite frisk luft. Maj nickar. Hon vet att hon måste. Det är inte bra att stänga in sig i våningen. Mycket bättre att komma ut, se lite folk. Prata bort en stund med Gurli. Så synd bara att det blivit köldgrader igen efter tövädret i förra veckan. Hon är rädd att gå i backen ner mot stan. Ja – hon får ta sats innan hon ger sig utför. Det är ju så vackert! Rimfrosten i träd och buskar, isröken över fjärden. Om hon tar myrsteg, och håller sig i järnräcket. Det är vristens fel. Balansen har blivit allt sämre, fast det skulle ju se larvigt ut om hon redan började med käpp. Ändå klarar hon backen den här gången också. Och väl nere har hon inte långt kvar till Stora Torget.

Vem står Gurli och pratar med? Lotten Åkerlund... åh – hon kan inte berätta om Anita för Lotten! Varför? Lotten tycker ju att Anita är så fin... vad skulle hon säga om hon visste? *Vad skulle hon tänka om Maj?* Lotten ser strålande ut i sin pälskappa och passar lika bra i pälsmössa som i hatt. Tvillingarna är ändå fortfarande ganska krävande – är de tolv, eller tretton – men det syns inga spår av trötthet i Lottens ansikte. Gurli ser glad ut och säger du förstår jag sprang på Lotten här och hon är också kaffetörstig... *skärp dig nu, Maj*. Hon har inget emot Lotten. Vad tråkigt att ni har sålt, Maj – vi kommer att sakna er kolossalt där ute är det första Lotten säger till Maj. Ja men man får inte vara rädd för förändringar, flikar Gurli in – det är också arbetsamt med gamla hus som måste skötas om. Jo – Lotten nickar och så pratar de inte mer om det. Så många ämnen att undvika... Ändå frågar Lotten så snart de satt sig vid ett ledigt bord på gamla Ester Dahlbergs hur Anita har det i Lund. Har Lotten fått höra av någon att hon är hemma igen, på lasarettet...?

Maj smuttar på kaffet, svarar att Anita ska göra ett uppehåll den här terminen. Det blev så besvärligt med damen hon hyrde hos förstår ni – jag tror faktiskt att hon blivit undernärd i Lund – hon fick inte äta på rummet och hade inte tillgång till damens kök. Och när det är sådan brist på rum får ungdomarna finna sig i vad som helst...

Hon kan väl titta förbi hos oss en dag, tvillingarna skulle bli överlyckliga om hon hälsade på – Lotten ler och Maj kan inte avgöra om där är medlidande i hennes ögon.

Vad är Lundamiljön för en Örnsköldsviksjänta! Så säger Gurli, och Maj håller med. Nej, jag tyckte inte det var riktigt trevligt när jag var där... Ja, vad har Maj egentligen berättat för sin bästa väninna? Att Anita blev sjuk, men är bättre. Något ditåt. Men inom Maj, i sorlet på konditoriet – *vad var det som hände med min dotter i Lund?* Det är så svårt att fråga rätt ut. Att hitta orden. De riktiga. De riktiga orden har Maj så... ont att få fatt i. Kanske finns de inte. Och hon blir snart rastlös på konditoriet, vill bryta upp, gå tillbaka till lägenheten. Kan inte koncentrera sig på vad Lotten och Gurli säger. Anitas rum måste dessutom vara riktigt rent tills hon kommer hem. Ja, kanske är det den hjälp Maj kan erbjuda Anita. Så tänker hon när hon skyndar hemåt för att fånga dagsljuset att städa i. Hur hon ska ägna eftermiddagen åt att ställa i ordning Anitas rum. Nästan utan att märka det har hon klarat den halkiga branten upp. Kan andas in trapphusets doft, varm och lätt andfådd. Nu ska hon dammtorka, bädda med rena sängkläder – ja täcke, kuddar och överkast får hänga ute på balkongen – frisk luft – rent syre! Är inte studiemiljöer oftast osunda? Mörka krypin, gamla böcker, pappers-, blyerts- och kautschukdamm – kanske intorkad kaffesump, klistrigt socker på botten av tekoppen, halvätna smörgåsar, skrumpnat apelsinskal... Ja, och kladdigt omslagspapper till chokladkakor från Mazetti, smutsiga underkläder, strumpor... Inte undra på att Anita for illa. Här inne kan hon läsa mycket bättre. I deras ljusa och luftiga bostad. Där mattor piskas varje fredag.

DE ÄR RÄTT så nere. När de väl är där i våningen hos henne igen om dagarna. Även om de inte tror det om henne så märker Maj. Tomas... förströdda glättighet. Anitas... hur ska Maj beskriva Anita? Depressiv. Nere. Det är ett okej ord. Man är uppe, man är nere. Den moderna människan lär vara stressad. Fast överlag optimistisk. Maj har som av en händelse den senaste tiden läst flera tidningsartiklar om stress. Ja intervjuer med människor som har drabbats. Det verkar vara ungefär samma som jäkt. Fast kanske lite mer inträngande eller genomsyrande – jäkt är väl mer som julrusch eller att vara rädd att inte hinna färdigt tills främmandet kommer.

Det är så många tankar Maj måste undvika. Hur länge ska Tomas bli sittande sysslolös i sin fåtölj? Fast för tillfället är hon tacksam över att de kan dela på ansvaret för Anita. Kontrollera henne... Anita som är sig i stort sett lik... Till och med mer företagsam än innan hon for söderut? Idag på förmiddagen har hon lånat köket och bakat mandelkubb – det har osat från både hjorthornssalt och bittermandel. Maj berättade att hon fick mandelkvarnen när hon väntade Anita – så den ska du ha. Ja, ärva... sedan. Anita ville inte ens lämna disken till Maj och nu ska de få smaka på bakverken till kaffet. Borde Maj föreslå ett miljöombyte för dem alla tre? Bara Anita återfår hälsan ska hon försiktigt fråga om Tomas inte ska se sig om efter ett nytt arbete. Hon har ju sin hushållskassa, men är det pengarna för huset i skärgården de lever upp nu?

Vi far till Östersund över påsken – ska vi inte ta och göra det. Hälsar på hos Jan och Anna-Britta eller Stig och Inga. De vill säkert att vi kommer och hälsar på. Hon har dukat till eftermiddagskaffe i stora rummet – och både Anita och Tomas har sett upp från sina böcker och gjort henne sällskap vid kaffebordet. Vilka goda kubbar, hinner Tomas vara först med att påpeka och Maj nickar instämmande – en nybakad kubb är inte så dumt. På nytt har det töat där ute och stan ligger inbäddad i ett gråfuktigt dis. Det vore olyckligt om de började tänka på lantstället nu när påsken närmar sig. Då det brukar vara dags för släkten att ge sig dit ut. Inte heller är det lämpligt att stöta på Marianne och Hans-Erik som har det *så skönt* ute på landet hela tiden. Skönt, skönt. Det får de väl ha. Men man kan fara från allt också. Och ingen av dem har ju åtaganden just nu. Roligast vore förstås om även Lasse kunde följa dem till Jämtland. Men han har ju Gun-Marie – Maj tycker faktiskt synd om Maud. Det händer att hon ringer fortfarande. Tigg inte, vill Maj säga till henne – *jag gjorde så och hade inget för det.* Han är inte värd dig! Tänk om det kunde slå ut en ros av kvinnosolidaritet. Kanske är lojaliteten starkast med Lasse, sonen. *Ingen kvinna är god nog åt min son.* Men hur som helst – Mauds oroliga röst väcker upp något hos Maj. Gun-Marie har hon aldrig träffat. Var hon ända ifrån Anundsjö? Mellansel?

Fast när hon beklagade sig över Lasses alla flickor fräste Anita att du borde vara glad över att Lasse inte blir någon gammpojk som aldrig kommer hemifrån. Det har hon kanske rätt i. Men ändå. Hörni, vi har ju inte hälsat på Stig och Inga i Östersund sen jag vet inte när.

En av alla dessa dagar ringer telefonen. Det är Bertil – han berättar att Anna har gått bort. *Då behöver jag inte förklara för Anna varför vi sålde lantstället.* Vilken dum förstatanke! Vill du tala med Tomas, säger Maj, fast Anna var ju hennes goda vän från början. Stum räcker hon luren till Tomas. Men vad säger du Bertil? När då? Hon hade inte ont? Du och Karin var där – kan vi göra något, har du någon hos dig? Karin och Sture – Maj går in i sängkammaren. Anna som inte har fyllt femtio. Först Vera. Sedan Anna. *Det är inte meningen att du ska ha goda vänner, Maj.* Jo! Hon snyter sig – hittar Tomas vid köksbordet. Du som var så för Anna, säger hon och det blir elakt utan att det är meningen – klart att Maj vet att Tomas tyckte väldigt mycket om Anna, men hon behövde ju inte säga det så, just nu.

Anna är död, talar hon om för Anita som sitter med benen i skräddarställning på sin säng, med en veckotidning uppslagen på överkastet. *Man får vara glad och tacksam att man lever!* Så är det ju. Men Anita verkar inte höra på. Först när Maj upprepar att Anna Sundman har gått bort nu tittar Anita upp och svarar är det sant, åh vad tråkigt. Stackars Bertil! *Och jag har förlorat min vän, Anita.* Klart att Maj förstår att de inte utan vidare kan lära sig uppskatta livet genom Annas för tidiga död. Men hon skulle önska hela sin familj *glädjen över att vara vid liv.* Kan hon inte känna så djupt där inne, eftersom hon själv är så förbaskat rädd för döden?

Maj brygger kaffe – kardemummakakan bakade hon redan imorse. Till Bertil är det kanske ingen idé att komma med hembakat. Men köttbullar? Hon skulle kunna trilla köttbullar på ett halvt kilo färs. Hon är säker på att Anna skulle ha tyckt om kakan. Tant Tea skulle ha rapat kardemumma, men Anna var inte rädd för kraftiga smaksättningar. Ibland nästan väl djärva. Just så. Arrak, bittermandel, stark chokladsmak. Om Anita kunde låta bli att bara sitta och smula. Hon tar en så liten bit. Har du ingen matlust? Du som alltid har haft så god aptit.

ANNA ÄR DÖD. Helena har lämnat. För inte var det Tomas som var först med beslutet? De har ju vetat om att Anna var svårt sjuk. Ändå har Tomas inte riktigt velat höra. Först var knölen godartad... nej, det var nog som Bertil hoppades. Sedan opererade de. Och nu... Tomas har bara haft tankarna på Anita. Anitas depression. Varför måste hon brås på honom? Hans... personlighet. Eller kan han tänka att man överlever också det. Med tiden. *Bara man inte hinner döda sig själv.* Om man tvingades välja – ville man då vara utan det känsliga draget? Förmågan att förstå andras... rädslor. Att inte leva sitt liv utifrån principen om föraktet för svaghet. Kanske tänker Tomas så. Där han sjunkit ner i sin läsfåtölj – fortfarande i ett slags tomt läge. En smygande sorg över att han förlorade Annas vänskap för flera år sedan. Att hon blev rädd för honom. Markerade tydligt sin lojalitet med Maj, med Bertil. Och nu sitter han här med det ofrånkomliga kravet att ordna upp familjens ekonomi. Utan att veta hur han ska gå till väga. Man gör så gott man kan! Han vill gå in till Anita och säga så – vi gör så gott vi kan, Anita. Hittills har hon följt med honom på hans promenader. Det har fått bli hans uppgift, att se till att Anita kommer ut på dagarna. Och Maj får en stund att hinna undan. Dammsuga våningen, sätta en deg.

De är stukade båda två. När de promenerar upp mot Skyttis, i det bleka vårljuset. Han har frågor, men kan inte ställa dem. Undrar istället om hon läser något bra. Bara Trenter och Maria Lang, svarar hon, jag orkar inget djupsinnigt just nu. I Lund läste jag Sivar Arnér – han är bra. Tomas nickar. Arnér. Är det inte en av kommunisterna som skriver, ja som tycker att Sverige inte hål-

ler på neutraliteten i förhållande till USA? Klart att Anita har på-
verkats av studiekamraterna i Lund... men kommunist? Han är
lite andfådd efter uppförsbacken – Anitas kondition verkar riktigt
god. Visst tar hon upp studierna när hon har återhämtat sig? Hon
har ju ett akademiskt betyg – i humaniora och allt! Det är synd
att Maj inte uppmuntrar mer. Hon kan inte alls förstå... kan man
kalla det tjusningen med att studera? Eller så vet hon bara inte
vad hon ska säga. Det är annat för honom, som i all anspråkslös-
het – förkovrar sig på egen hand. Kanske är det till och med den
främsta glädjen. Att lära sig nytt – i vitt skilda ämnen. Skulle han
inte passa att leda studiecirklar? Fast han är ju inte ABF:are. Men
Örnsköldsviks historia, eller något ditåt. Frågan är om det lockar
tillräckligt med folk. Samhället av idag? Världspolitik? Ameri-
kanska presidenter – han skulle gärna gå en kurs inom samhälls-
vetenskapen. *Glömmer du att Anna är död? Och vad ska ni leva
av?* De är tillbaka vid porten – borde vi inte gå hem till Bertil?
Anita nickar, lite oväntat, men säger att mamma tycker säkert att
vi ska ha något med oss. Redan i trapphuset känner han doften
av stekt kött, lök – starkare ju närmare ytterdörren han kommer.
Han hittar Maj i köket – vi skulle haft pannbiff till middag, men
jag steker köttbullar åt Bertil. Gå dit du – det kan bli för myck-
et om vi kommer alla. Ja, Bertil kanske har många hos sig nu.
Annas syster Karin och hennes Sture. Bertils släkt är nog där –
det är sedan den stora tystnaden kommer. Anita nickar i alla fall
ute i tamburen, vill följa med honom till Bertil idag.

SOM ATT BAXA en sten uppför en brant. Känner Maj till Sisyfos? Så har det hur som helst varit att genomdriva resan till bröderna i Östersund över påsken. Något måste de ju hitta på. För att muntras upp. Och ett miljöombyte – det är de alla tre i behov av. Men ork kan också ta slut. Man ska ta sig i mål, men hur? Maj har inget annat svar än att göra som hon brukar. Planera, städa, packa – ha telefonkontakt med svägerskorna i Jämtland – i tysthet våndas en smula över att besöket kan bli misslyckat. Men att få komma bort – ja bort från längtan till landet, *ut till fåglarne… Bort från tomheten efter Anna, oron för att Anita ännu inte mår riktigt bra.* Saknar Maj sin hemstad? Med ett hastigt bultande hjärta. Hon vill – men vet att hennes hemstad – barndomens stad – för alltid är förlorad. Några skolkamrater bor förstås kvar, men ingen av dem känner hon så pass att hon kan hälsa på utan vidare. Mamma och pappa – sedan länge döda. Betty – Betty och Sara borde hon ju ha hälsat på. Det är ynkedom att inte hålla kontakt och hälsa på. Maj var ju så för moster Betty som liten. Men de bor ju inte heller kvar i Östersund. Betty i Kramfors. Sara och Knutte i Bräcke. Och om Maj inte ser till att Anita träffar Majs gamla mostrar och syskon – då kommer kontakten dem emellan aldrig hållas vid liv. *Hoppas du på ett möte med Erik?* Så fjantigt. Det här gör hon för allas bästa. Och för att de ska bli varse hur bra de har det, trots allt, i lägenheten. Man kan uppskatta det bättre när man varit borta ett tag. Och hon måste ta vara på sina egna syskon. På Tomas sida… de blir ju alla äldre. Och Tomas tycker om att köra bil. Även om resan till Östersund är ganska dryg och vägarna besvärliga.

MEN HERREGUD VAD Anna-Britta springer! De har klämt sig in i deras tvårumslägenhet på Prästgatan – hur är det för Jan att bo så nära barndomshemmet – och Anna-Britta har att göra i ett. Plockar kläder efter Dan och Kaja – de är ändå nästan vuxna nu – kommer med mjölk och smörgås flera gånger om dagen för att Dan ideligen upprepar att han är så hungrig och Maj vet inte hur hon ska kunna hjälpa till när Jan och Tomas sitter i salen, *vardagsrummet*, och är inbegripna i viktiga samtal. Vad diskuterar de? Jämtlands framtid, massflyttningarna söderut – hotar de här också? Jordbruket, skogen, bolaget, älvarna – är Jan för eller emot kraftbolagens dämning av älvarna – har Maj ens möjlighet att sitta med och delta i deras prat? Det är gruvsamt att se hur Anna-Britta bara jäktar. Ändå har Maj och Anita svårt att vara behjälpliga med annat än disken. *Är det så där jag håller på?* Maj kan inte låta bli att tycka att Anna-Britta har skämt bort barnen. Nog kan de väl ta sig ett glas mjölk och en smörgås själva om de är så svåra på maten. Kaja är kortklippt med pannlugg och måste ha ärvt en lite trubbig uppnäsa från Anna-Brittas sida, för på Majs sida är ju näsorna mer örnlika. *Skulle du vilja ha främmandet inklämt hos dig i en tvårumslägenhet mitt under barnens ungdomsrevolt?* Men nog måste Dan och Kaja ha kommit ur det pubertala trotset? Kaja är bara fjorton. Anna-Britta har en makalös ordning i lådor och skåp. Att hon då tillåter barnen att drälla med sina grejer... Ser Maj desperationen i svägerskans ansikte? Maj hade ändå med sig både en strömmingslåda och sillinläggning. Och en fin liten bit gravad lax. Anna-Britta har bakat sina goda hällabröd och imorgon när Kaja är ledig från skolan ska de fara till Stugun för att fira själva påsken. Kanske – misstänker Maj – vill de hysa Maj med familj i gäststugan. Jan installerade tydligen en gjutjärnskamin vid bygget så att det går att få upp värme redan i april. Ville de egentligen inte ha besök? Maj vet inte säkert. Kanske hade de tänkt fara till fjälls – det går inte att komma ifrån att Anna-Britta får så många fler i hushållet. Alla måltider! När Maj sköter dem själv går det av bara farten. Men att se på hur Anna-Britta... hon dukar fram mycket doppa både på för- och eftermiddagen. Alla tunna, sköra koppar som ska diskas... Och kaffe även till kvällen! Men Maj hade med sig sänglinne, handdukar. Per-Olof och Solveig är som vanligt i Kittelfjäll över påsken. Hon måste fråga om Jan har kvar pappas lillstuga. Där han bosatte sig när pappa gått bort. Nej, Jan skakar på huvudet, säger att han sålde när de byggde gästhuset i Stugun – det är väl mer än tio år sedan. Ja fjorton, Anna-Britta gick ju med Kaja. Varför känns det snopet? Var det helt självklart att Jan skulle få stugan efter pappa? Det blev väl några kronor vid försäljningen. Något annat arv att tala om fanns ju inte. Borde det inte... ha räknats som en laglott? Det är svårt med arv. Men imorgon kommer Stig och Inga med barna. Det kanske lättar upp.

SÅ LOSSAR ISEN. De råkalla dagarna i Örnsköldsvik är över för den här gången. Det har varit en lång vinter, en kall vår. Ja Tomas har i alla fall tyckt att ett grått dis stannat över stan och att kylan dröjt ovanligt länge med att släppa taget. Och att sommaren ska komma, utan lantstället – nej ett är han säker på, och det är att han inte kan bli kvar i våningen de varma månaderna igenom. Redan samma eftermiddag ringer han till Petterson – hinner tänka att det var tur att även de var tidiga med telefon där ute – och frågar om han känner till någon som vill hyra ut en sjöbod eller ett annat litet hus över sommaren eller i vart fall i juli. Petterson är tyst en stund, säger att skullen på sjöbon är ju redan uthyrd, men vi har förstås gammstugan högre upp på Ön – fast det är kanske för... primitivt för Berglunds. Ibland förvånar Petterson. Ja, att han använder ett ord som primitivt, istället för enkelt. Men på söndag kan de komma och titta och bestämma sig om de vill hyra sommarmånaderna där ute på Ön.

Det känns rätt bra att han har båten i Killingsnäs och inte i Mattjäl. För att rakt behöva se sin fars hus, alla somrars hus... det vill han bespara både Anita och sig själv. Men nu när havet är farbart ska det bli roligt att komma ut på sjön. Anita och han har klätt sig bra, packat med matsäck i ryggsäcken – ja Maj gjorde i ordning den – han har förvarnat Anita att stället är väldigt enkelt, men de ska visst få hämta vatten från grannens brunn och så finns det en vedspis eller om det till och med var en gammal bakugn. Anita var först lite tveksam – tyckte att Ön var för nära inpå lantstället, är det inte bättre att hitta något längre bort? Och visst hade man kunnat tänka sig något på Nötbolandet eller längre söderut – men Pettersons är ju bra människor. Att hyra av en helt obekant – ja då vet man ju inte. Sedan kom Anita på att hon skulle kunna försöka läsa ikapp det hon missade under våren där ute och nu är det bara för dem att hoppa i båten eftersom han sjösatte henne redan häromdagen. Hon är vacker, motorbåten! Kanske kan han värdesätta henne än mer nu när huset gått dem ur händerna.

All snö är inte borta här på norrsidan i skogen. Men vår är det, och Petterson kliver före på stigen, säger att det är inte som far dins kåk. Tomas skrattar till, svarar att det är det enkla livet – ångrar sig – vet ju för tusan att skärgårdslivet för en bofast fiskare inte är lättsamt – så han ändrar orden och säger att det bara är för att få komma ifrån, bort från stan. Det förstår Petterson, stan tycker han gör sig bäst på avstånd. Ni får väl se er omkring, säger han när Tomas och Anita tränger sig in i enkelstugan – är det ett brygghus eller en bagarstuga? Eller ett undantag? Den är sliten – men Tomas har noterat att Arnäs socken är full av hus som borde rustas upp – ändå står de där, med sina gistna fasader, omålade fönster. Är det verkligen nödvändigt att göra stora kostsamma reparationer på lantstället i Sillviken? Nog kan huset klara några år till med sina smärre skavanker, skönhetsfläckar kan man nästan kalla det. För inte har folk i gemen råd att renovera. Gammhus och gammgårdar. Lagårdar och vedbodar. Här inne är det skurgolv, enkelfönster. Det är ju ingen sak egentligen att spika på masonitskivor och lägga en korkmatta, säger Petterson, men varken frugan eller jag har ju haft tid att vara här och ställa i ordning.

De tackar för titten – efter att ha bestämt sig på plats säger Petterson att de gör som de vill med nyckeln, om de tar den med eller låter den sitta i. Och lätt upprymda stannar de i den utkylda stugan sedan Petterson gått sin väg – de lovade att komma förbi på kaffe en annan dag. Tomas slår sig ner vid bordet – nog blir det bra här? Anita nickar. Bara man har tak över huvudet. Mamma vill nog inte sova här... men stanna över dagen i alla fall.

Och när de druckit sitt termoskaffe och ätit sina ostsmörgåsar dras stegen ändå mot utkikspunkten där de kan se lantstället på andra sidan viken. Med kikaren – som Tomas trots allt packade ner i ryggsäcken – skulle man till och med kunna se huset från stugan. Men han tar inte upp kikaren bara så där. Det kan göra ont. Man kan överrumplas av åsynen, hjärtat brista... Anita travar på lite i förväg. Hon är rask! Och efter en stund hör han henne, pappa, pappa kom...

Det är så konstigt – jag ser till faster Titti och farbror Georg. Och Åkerlunds – men var är vårt hus? Det kan ju inte ha vuxit upp en massa träd som står i vägen, och vi kunde ju se över hit... Ivrigt kränger Tomas av sig ryggsäcken, plockar fram kikaren. Så kom den till användning i alla fall! För fåglar, säger han liksom ursäktande – det är ju ingen riktig fågelkikare. Han räcker den till henne, hon ställer skärpan. Det är tyst – plötsligt känns det kymigt att stå här bland slyet och spana – det är inte där, säger hon sedan och sänker kikaren. Vad säger du – Tomas ber att få den – titta inte pappa, viskar hon, du vill inte se.

Tittis och Georgs, Julias nymålade gula, Åkerlunds – det är ett hus som saknas där ett ska vara. Ett grönt, vackert... men det är ju borta – Anita – det är bara en husgrund där – och sjöboden, vedbon... det kan väl inte ha brunnit ner, det skulle jag ha hört... Han är tvungen att sätta sig intill Anita, på den nerfallna granen. Det här var magstarkt må jag säga... Han kan inte vara klok, pappa! Om han har rivit... Anita ser upp på honom – han tar fram en cigarrett, får med skälvande fingrar eld – du vet det är hans ställe nu, han gör vad han anser bäst, men nog hade jag trott... varför i hela friden har släkten inte sagt något?

KANSKE HAMNAR ÄVEN Maj i något slags chock. Har hon inte haft barnsliga fantasier om att de ska kunna köpa tillbaka stället – när Anita gift sig rikt och blivit stadgad – *ärbar?* – då skulle de bjuda Zetterqvist bra betalt. Drömma måste man få göra. Nu blir det inget av med det. Men är det inte drastiskt att utplåna? *Jämna med marken?*

Ring och tala med karln, uppmanar hon Tomas när han och Anita sätter sig till bords vid middagen. Hon vet inte vem av dem som är mest tagen. Men då skakar Tomas på huvudet – hädanefter får Zetterqvist klara sig utan mig. Att inte ens kunna vänta… nog hade vi kunnat få tömma stället i lugn och ro när julhelgen var helt över.

Och Maj som har lagat kalvrulader med god gräddsås. Fyllt med ansjovis – men bara till Tomas eftersom både Anita och hon tycker att ansjovissmaken kan bli alltför skarp.

Kommer Tomas klara att låta bli nu? *Var det jag som tvingade honom att sälja?* Blir det ens en fråga. Borde hon inte förkovra sig inom det ekonomiska? Så hon får kläm på hur hushållet på det hela taget har det. Men kanske blir reaktionen att dra sig ännu längre in… Det man inte vet… hur är det nu då? För viss kunskap kan bli så oöverstiglig att smälta. Jordbävningsoffren i Agadir. Har de ens fått tak över huvudet ännu? Har de bostäder, värme, skydd mot hettan? Vinden? Kan läkare arbeta, skolor hållas öppna? Gurli har ett fadderbarn som heter Samir. Det är en åttaårig pojke. De kronor hon betalar bekostar hans skolgång.

Maj – du måste också! En flicka, Malika, som drömmer om att bli veterinär. Eller musikalartist. Eller flygvärdinna. Eller väg- och vatteningenjör.

Det är så mycket med oron för Tomas. Man kan nästan kvävas av allt som måste hållas i schack. Fan för Zetterqvist. Fast om man vänder på det – för Maj måste vrida och vända – inte köper man ett hus – river – om det inte är absolut nödvändigt? Kanske hade takstolarna gett vika? Kanske var virket genomstunget av husbock? Angripet av svartmögel, kanelpudrande hussvamp? Huset var slut, färdigt, *finito...* det ska hon muntra upp dem med. Tala om att det var tur att Tomas hann sälja innan – *allt gick sönder.*

Lite lättare till mods. Det var rätt och riktigt det här. Man får inte fästa sig! Det har hon alltid vetat. Man fäster sig – och det blir sår när saker slits loss. Ska hon påminna Anita om det. *Fäst dig inte!* Att fästa sig i kärlek är det farligaste av allt. Maj – *åh Maj.*

NU ÄR DET för sent att dra sig ur hyreskontraktet med Petterson. Tomas sitter i teverummet med notesblocket i knäet. Och i praktiken förändras ju inget av att lantstället inte längre är där i Sillviken. *Sommarvillan.* Men så sa de väl aldrig. Bara landet. *Ska vi fara ut på landet.* Eller – *till lantstället.* Och även den här sommaren ska han och Anita fara ut på landet, fast nu säger de att de ska fara ut till stugan. Det kändes lite olustigt att betala Petterson hyran i förskott, för han tog verkligen inte mycket betalt, men det skulle ju också verka märkligt om Tomas slantade upp några extra sedlar. Och just för tillfället har Tomas inte råd att låta Petterson göra sig en hacka. Visst har han en frist i och med köpeskillingen Zetterqvist gav för huset – *hur kunde du sälja kåken, Tomas* – det är ju det kapitalet de tullar av nu. Ändå vill han inte riktigt ta in de där siffrorna, eller ens göra en budget i blocket. Maj har påtalat att oms-påslaget verkligen är märkbart på matpriserna och han vet att de borde sätta sig ihop och räkna på utgifterna. Nu när Anita dessutom har flyttat hem… fast hon kommer snart att hitta ett arbete. Det tvivlar han inte på. Georg tycker absolut att Tomas ska ge sig in på hyresmarknaden. Titta efter fastigheter – i Örnsköldsvik är kanske marknaden mättad, men både Umeå och Sundsvall är ju städer som spås god tillväxt. Det är lätt för Georg att säga, som lever upp av… *gambling.* Om han inte var så… sliten. Åren i Sundsvall, oron för Anita… är det inte bäst att de hämtar krafterna i sommar och kommer igen med nya tag till hösten?

Sommaren 1961. En annorlunda sommar. Eva Moberg – hon måste ju in i den här berättelsen. Och Anita skulle mycket väl kunna ta med sig några gamla nummer av Damernas Värld ut till Ön för att ha att bläddra i medan hon solar sig eller innan hon ska somna. Där man under våren på ett lite mer lättsmält vis har återgett Eva Mobergs artikel – Kvinnans villkorliga frigivning. Håller inte Anita med om att en kvinna hellre borde sträva efter att själv bli läkare, än att hoppas på att få vara doktorsfru? *Eller skrämmer henne ändå mest att inte bli gift med en man...* Fast sextiotalet kan aldrig bli femtiotalet på nytt. Hemmafrun aldrig så dyrkat trona i reklam och kampanjer. Bara för Maj och hennes samtida är hon så ohotat önskvärd det där årtiondet. Sysslorna, uppgifterna, arbetet – det ska förstås utföras alltjämt av senare generationer. Men Nancy Eriksson kommer att tvingas strida för henne som bara går hemma, *bara en hemmafru,* när den nya tiden vill att kvinnan ska ut. Till vården, omsorgen, skolköken, kontoren. Till livsmedels- och tekoindustrin. Tvätteriernas kemiska ångor. Och överallt behöver det städas.

DU ÄR SOM *ett gammhus i Arnäs socken, Tomas.* Flyttar dig inte, vittrar sakta. Det är en larvig bild. *Men längre än till en enkelstuga på Ön tog du dig inte.* Midsommar. Var firar de midsommar i år? Hos Titti och Georg förstås. Vi pratar inte om det, viskar Titti när Tomas, Maj och Anita har anlänt till festen. De står lite avskilt ute på gräsmattan, midsommarstången är redan rest och smyckad. Man får glädjas åt det som varit, säger Titti och rösten låter tjock under det ansträngt glada. Tomas spanar ner mot vattnet. Har de kommit någon vart... ja med nybygget? Titti drar efter andan. Vet du – jag bryr mig inte om att gå dit. Det där får ungdomarna sköta. Om de vill umgås... det är säkert inget fel på karln – ja Georg har sådan förståelse för honom – men när jag fick veta att han rivit... du vet för mig har alltid pappas och mammas hus, erat ställe... det är... var – något särskilt. Vi kunde kanske köpt ut dig lillbrorsan! Hon boxar lätt i Tomas mage. Inte som Floyd. Eller Ingo. Kvinnor kan ju inte boxas. Tror att det sitter i händerna när det är fötterna och huvudet. Vill han boxa till Titti? Ja, herregud. Han är fyra – hon sju. Vad har Titti retat honom för i barnkammaren? Han minns inte. Bara att han slår, frenetiskt, hamrar – och hur hon plötsligt grabbar tag i hans fäktande handleder. Höjer dem med ett kraftigt ryck upp i luften – för att sedan lika häftigt dra dem ner. Så att han kommer av sig. Tappar balansen. Börjar grina. Det störtar fram – det som skulle slås undan. Titti skrattar. *Då slogs du som en flicka.* Han har inte orden nu heller. Bara... grät. Kunde Titti ha köpt kåken? Klart att huset är lika förlorat för henne som för honom. Han har inte ens tänkt på det.

Nu festar vi med dom andra! Titti tar honom under armen. Nej

– han vill inte festa. Inte vara glad och sällskapsmänniska. Inte säga att allt går finemang. Anita, huset, rörelsen i Sundsvall… *Helena*. Ändå står du där, glad och trevlig med resten av släkten. *Att lita på i alla lägen*. Anitas kusiner i ljusa A-linjeformade sommarkappor och skor med taxklackar. Det ser väl inte Tomas. Mode lägger bara Maj och Anita på minnet och de kan inte bestämma sig för om det nya verkligen är snyggt.

SÅ BLIR MAJ full. På midsommarafton. Hon har hållit igen, hållit ställningarna under våren – men även för henne att vara här ute så nära inpå... hos Georg och Titti – alldeles i närheten av platsen där hon i över tjugo år, över tjugo somrar – ville hon bli av med stället där Tomas och hon möttes? – trodde hon att de skulle slippa... vad ville hon slippa? Nu är det snapsar, visor. Den farliga midsommarnatten. I urringad klänning och nylagda lockar. Höga klackar istället för de där larvigt taxlikt låga. *Har jag inte snygga ben för att vara över fyrtio?* Säger hon så – rakt ut till Georg? Eller är det Lennart hon jabbar med vid midsommarbordet – gud vad du var tystlåten den där första julen! Kommer du ihåg Lennart, du hade mig till bords och rodnade som en skolpojke – jag väntade ju Anita och du bara lassade in... få se – har du lagt på dig lite nu i alla fall... Blir Lennart besvärad? Plötsligt är de jämngamla på riktigt. Lennart är väl tagen av att pappa Ragnar blivit så dålig. Jo men du är ju inte en kvinna man tränger sig på, Maj. Du vet jag var väl blyg, för Tomas fästmö... Maj griper tag i hans arm – nähä du, fru var jag faktiskt – ja fru eller fästmö, säger Lennart, Maj skrattar, det är viktiga grejer det, och så sträcker hon fram benen – *det går åt helvete i alla fall* – du ska veta vad mamma och pappa är stolta över dig Lennart, jag har ju hjälpt mamma lite – och det är bara Lennart, Lennart. Gå hem till dom ibland, dom behöver dig. Din pappa har kanske inte så långt kvar... Han tänder en cigarrett. Ska hon prata med Georg också. *Titta på mig då! Lite stilig i alla fall?* Fortfarande rena rama ungdomen om man jämför med svägerskorna. Men tant om man ser åt Anitas söta kusiner. Hon borde inte dricka något mer. Fast Titti

har också en grogg – vill inte ha söt likör – låter sluddrig – nej
– inte sluddrig men långsam när hon frågar Maj hur det är med
Tomas. Huset, säger Maj, drar efter andan. Kaputt! Puts väck! Så
börjar hon skratta. Det är så fel. Hon vill ju lipa. Skål Maj, säger
Titti oförståndigt – även hon fnissar – kaputt – jävla Zetterqvist
väser hon – låtsas avfyra en pistol – puts väck – så skrattar de
igen – fast det är lite otäckt – ett hot – vem bryr sig om att två me-
delålders damer låtsas döda någon med en pickadoll – alla pojkar
som i leken dödar – nu måste Maj – poff-puts-väck – pickadoll
inte kaputt – pickadoll pang pang, och så det värkande, *hysteriska*
skrattet på det … Gud vad berusad hon är. De ska få sova i gäst-
stugan – borde hon gå och lägga sig? Hon torkar skrattårar från
ögonen. Lasse flydde fältet, följde inte med dem hit ut. *Ligger väl*
med någon flicka istället. Efter dans och öl på burk. Eller blir han
kär, på riktigt? Åh nej – inte Marianne och Hans-Erik. De kom-
mer mot dem. Hans-Erik håller Marianne om midjan – blir inte
Marianne less på den kladdiga handen? Inte riktar väl Maj picka-
dollen mot dem också – det är ju inte Mariannes och Hans-Eriks
fel att de tvingades sälja – men i ett kort klarsynt ögonblick – är
det genant för släkten att Maj och Tomas dyker upp här ikväll? I
sällskapslivet ska ju allt bara vara underbart härligt och trevligt.
Vem är du Maj, vad har du att komma med i salongerna? Säger fel
saker, gör fel – kramas andfått – där ett fast handslag är det rätta –
men de andra kindpussas ju – ja men fatta… äsch. Nog hade man
tyckt det var mer underligt om Maj och Tomas inte ställde upp
på midsommar. Kanske märker bara Anita och Tomas att Maj
blir för full. Fast hon slår sig loss när de tycker att hon ska gå och
lägga sig. Nu vill hon prata allvar med Georg. Och Georg har fullt
upp med att få hit Åkerlunds och Gurli och Uno fram på småtim-
marna – ja strax efter midnatt är det i alla fall – det telefoneras
och på något vis ramlar idel grannar och bekanta in till festlighe-
terna fast natten lider. Det är väl inte konstigt att man i midsom-
marnatten berusar sig på brännvin. *Fan ta dig Erik – nu tänker jag*

inte på dig! Inte på nakenbad och köttbullar som inte dög för din avsmakande läckergom. Ändå är hon inte äldre än arton. Nitton? Hur ramlade hon ner hit? Säg att jag har snygga bröst och vackra ögon! Garbo, Garbo. Nu bryr sig ingen om Garbo. Garbo är gammal som du. Ingen livmoder. Ingen kåthet? Hördu Georg – ska vi inte dansa? Hon vill dansa med Georg, med Lennart, med… Georg är heller inte nykter. Femtiotalet har blivit sextiotal. *Aldrig blir vi unga mer. Ändå vill vi leva, leva. Med full energi.* Georg, Georg blir ju snart sextio. Han är ganska påsig och mörk runt ögonen. Det kraftiga håret har tunnats. Hostar han också? Ja, inte bryr han sig om Majs ben i alla fall. Man kan bli komplimenterad för sina ben eller det man säger. Det man åstadkommer i sitt yrke eller familjeliv. Men nu har Maj och Tomas varken sommarhus eller inkomst. Är det så underligt att Maj fortfarande vill få höra att hon har stiliga spiror?

DRICKER DU DEN *här sommaren är du en död man.* Inför Anita, sin dotter, kan han inte vara berusad ute i stugan på Ön. Och Lasse som så gärna vill besöka dem på sin semester i juli. Han verkar inte ha någon flicka nu, men har lovat Tomas att hjälpa till att röja lite sly och skräpskog. Det är ju egentligen inget högsommarjobb – med myggen, värmen och alla löven, men när de inte hade tillgång till stugan förrän i maj månad kunde de ju inte göra det arbetet under vintern när det görs bäst. De har Pettersons tillstånd, ja för att bättra på utsikten och få det lite öppet och trevligt runt om. Ordna fram en gräsmatta – ingen stor, bara så pass att man kan ställa ut ett bord och några köksstolar för fikastunder i solen. Så håller man ju sorken borta, om man inte låter gräset växa sig för långt och tjockt. Det är ingen som håller efter och slår lägdan här – bara för något år sedan gick kor på bete, och kanske hade de vallfoder på markerna. Till hösten kan de nog gräva för ett litet pärland, eller till jordgubbar. Ringblommor i kant. Luktärter mot stugväggen. Maj tycker ju så mycket om färska blomster i vaser på borden. Och det är trivsamt. Nu finns det vildväxande prästkragar, blåklockor och rödklöver att plocka in, när säsongen för midsommarblomster, hundkäx och rödblära är över. Renfanan – men det är ju lukten. *Jag måste ha något att tänka på. Påta med!*

Sedan en stund med tidningen, böckerna. Och varje förmiddag promenerar de – två timmar minst om de går hela varvet runt ön. De pratar en del, Anita och han, men är också tysta. Ja, nog oroar det även honom att Anita föredrar ensligheten i stugan här framför nöjesliv och hålligång. Men han tröstar sig med att både doktorn i Lund och Friedrich här i Örnsköldsvik förordade

långsam återhämtning – helst utan några som helst känslomäs-
siga påfrestningar och krav.

Hur mycket måste han ta ut sig på stigarna för att tränga undan
bilderna av Helena? *Minns du den sommar.* Det går inte att sätta
på transistorn utan att få höra den där sången. Läker den, eller
gör det bara ont? En soldisig förmiddag i juli, Anita är snabb
framför honom, ändå löper berättelserna amok genom huvudet.
Eller de spridda fragmenten. Gud vad han kan längta efter He-
lena! Det fanns stunder med henne då han blev sin allra bästa
version. Klart att han förstår att hennes synvinkel var en annan.
Han kom och gick. Hon väntade. Eller gjorde hon det? Han hade
kunnat vara den som väntade. Jo – han kan mycket väl förstå hur
det känns. Ändå vet han att det var riktigt av dem att bryta. *Jag
betalar av ännu, Helena. Kanske kommer jag aldrig på grön kvist.
Jag gjorde Maj med barn och jag är inte en sån som bara sticker.
Som det är nu skulle jag inte klara av att försörja er båda.* Jag vill
aldrig mer se dig Tomas. Så sa Helena, sista gången de sågs. *Men
vem ska bara höra på och förstå, Tomas?* Han slår efter bromsen.
Det är inte förståelse han begär. Bara formuleringarna som gör att
berättelsen går att bära.

Vi promenerar oss nog kärnfriska och starka här, säger han,
halvt på skämt, när de har stannat för en rökpaus uppe på klipp-
hällarna. De talar inte om huset. Visst vet de om att där byggs ett
nytt på *pappas mark*, i tegel eller om det är i spansk vit sandsten.
Anita sätter undan luggen med hjälp av de mörka solglasögonen,
slår armarna om sina knän. Han tar sig lite ovigt ner på hällen,
men fortfarande kan han sitta i skräddarställning utan problem.
Snart slut på cigarretter – då måste han in till stan eller handels-
boden – han tänder, blundar, blåser ut rök.

Varför dricker du pappa, när du mår så dåligt av det efteråt?
Oj – på den frågan är han inte beredd. Han måste ta ett bloss till,
hosta lite. *Ska han mörka? Säga att han inte dricker mer än någon*

annan. Att han inte är alkoholist, och dricker inte alls lika ofta och mycket som Torsten och Georg. Och om han någon gång fått i sig för mycket, så var det länge sedan nu. Fast då blir det bara värre. Hon ställer en uppriktig fråga, han ska försöka ge ett ärligt svar.

Jag tror det började med att jag märkte att spriten kunde förstärka glädjen. Ja, att ett glas – två – allt blev ju roligare då. I sällskapslivet, med kamrater, även i affärslivet. Man kunde som hjälpa känslorna att ta sig ut, komma fram. Blomma, och bejaka livet, tror jag. Men sedan… ganska snart… det blev ju lika mycket för att döva och skärma av. Det blir till slut det enda man kan ta till. När ångesten skenar… att då bara få hugga.

Anita nickar. Spanar mot havsytan. Ska han fråga varför hon inte ville leva, om hon verkligen var beredd på att dö? Nej. Det klarar han inte. Kanske inte ens formulera frågan inombords. Men han säger – du är det finaste som har hänt mig Anita. Hon kisar alltjämt.

Lasse då?

Ja, Lasse med.

Ler hon?

SÅ SITTER HON i framsätet, bredvid Georg, i sommarklänning, sandaletter och bara, bruna ben. De är ensamma i bilen. Men det är för sent. Georg bryr sig inte om henne så, inte nu. Istället måste de till varje pris undvika känsliga samtalsämnen – fast efter en stund frågar Maj rätt ut om bygget där ute framskrider som det ska. Åjo, svarar Georg, det blir flott för dem. Han ska släppa av henne i Killingsnäs, så ska Tomas hämta henne med båten vid bryggan. Maj sitter ju så till att han hur lätt som helst skulle kunna lägga handen på hennes knä. Hon är varm – Georg vill inte ha nervevat, han får visst lätt vaglar i draget – så nu är hon svettig, klistrig mellan låren. Ja, hon sitter ju inte precis och bresar. Håller benen ihop, lite snett – så där som alla mer eller mindre eleganta kvinnor har benen när de förevigas sittande, på ett fotografi. Nykter är Georg oftast tystlåten. Men de brukar ändå hitta ämnen – båda är ju roade av skvaller om gemensamma bekanta eller släkten. Det får bli Maj som för Ragnar på tal – att Ragnar är riktigt dålig. Borde vi hjälpa Nina att få honom till ett hem? Nina är ju snart åttio. Du gör det bra Maj, svarar han, som orkar sitta hos dem. Jag blir för rastlös av att vara där när Ragnar inte hänger med. *Din mamma och pappa, Georg? Har du glömt dem som jag glömde mina? Var inte heller de fina nog för nya släkten? Eller bara alltför tidigt döda…* Hon tackar för skjutsen. I baksätet finns hennes bagage. Mest matvaror, både färskt och specerier.

Ni kommer väl ut till oss när ni vill. Det verkar vara ett riktigt gammhärbre Tomas fått tag i – jag menar våran gäststuga är ju reparerad och snygg. Hon vinkar mot honom där han låter sitt huvud hänga ut genom den nervevade rutan. Hälsa till Titti! Så försvinner hans gestalt in bakom ratten, rutan åker upp, bilen backar, svänger. Lite kymigt är det att Georg far iväg innan Tomas kommit till bryggan. Inte så gentlemannamässigt – något kan ju ha hänt. Om Tomas överraskas av en grynna i för hög fart – landade i vattnet när han skulle lägga ut. Hon har verkligen fin färg på smalbenen. Vaderna är besvärligare, för det är svårt att sola baksidan av benen på balkongen. Hon försöker sitta en stund varje dag vid soligt väder – ja mulet och varmt går också – sitter där i en campingstol och virkar, det behövs ingen lång stund för att färgen ska hålla bra. Är han full? Är det därför han inte kommer? Bara det inte dyker upp någon bekant. Inte ens Pettersons, eller Sjödinspojkarna. Hon har ingen lust att prata. *Jag har faktiskt inte lust!* Men hon vill vara framme på Ön. De sa förstås ingen alldeles exakt tid. Och hon kunde ju inte försäkra sig om tid och plats per telefon tidigare idag. Nog för att hon kan ringa till Petterson eller Wallins ute på Ön, men inte för bagateller. Och visst bestämde de att hon skulle följa med Georg ut på fredag eftermiddag – ja när han gjort kväll på arbetet. Varorna måste snart ner i en matkällare, eller ett kallskafferi, ja kanske finns det jordkällare där ute. Nu kommer det en båt! Hon reser sig från bänken, vinkar halvt – är det Tomas båt? Nej, när motorbåten saktar av in mot bryggan märker hon att det inte alls är Tomas. Ett ungt par med en liten pojke. De hälsar artigt när de går förbi – ska hon bli sittande här hela natten?

Äntligen! Nu känner hon igen siluetten – eller snarare motorljudet. Anita är med, har sjaletten modernt knuten och solglasögonen – hon hoppar före iland och hjälper Tomas att angöra bryggan. Har du väntat länge? Men visst sa vi klockan sex? På armbandsuret ser Maj att hon är fem före. Då är det inte Tomas fel, det var Georg som var tidig. Georg hade bråttom ut, svarar hon, de ska visst ha folk ikväll och han har fridag imorgon. Jag tror att de skulle ställa till med en riktig fest. Att de orkar.

Det är inte en sjöbod. Ja, det har ju inte Maj något emot. Annars brukar Petterson hyra ut skullen på sjöboden här ute – för båtfolk är det tilltalande med ett så havsnära läge. Nu har Tomas bara båten sin där vid bryggan, det är en bit att gå med matvaror och annan packning upp till torpet. Men i sandaletter med klack! Hon lär sig aldrig. En mjuk promenad- eller gymnastiksko hade varit mer passande. Hur är det i stan, frågar Tomas. I motorljudet har de inte kunnat prata. Maj svarar att det är som vanligt, lugnt i huset när vicevärden är bortrest. Man kan tvätta som man vill utan att det blir bråkigt. De verkar båda entusiastiska, vill visa Maj hur fint de har det här. Vant trampar de fram på stigen i uppförslut, obesvärade av tjocka rötter och stenar. Stugan – ja man slås förstås av att den är grå, utan färg. Hon hukar sig när hon kliver in i förstugan – och sedan köket, kammaren. Så här håller ni till. Anita har plockat in blåklockor – det ser rart ut, i skumljuset. Ögonen – det har hon märkt – att det tar längre tid för ögonen att ställa om sig när man kommer utifrån. Det dunkla håller i – i våningen hemma blir det bara så i tamburen och köket. Annars är det gott om dagsljus. Här – brädgolv, trasmattor, en zinkslask. Vatten i hink, med skopan. Är det en riktig bakugn? Nja, Tomas säger att skorstenen visst måste lagas, så järnspisen använder de inte heller. Pärlsponten – en gång måste den ha målats fin, i guldockra. Gulbrunt. Eller är det grön umbra? Jag kan ta kökssoffan mamma, så får du och pappa ligga i kammaren. Har madrasserna... varit här sedan...? Nej då, Tomas skakar på huvudet, de kom Petterson med, fru Petterson hade letat fram dem. Filtarna också. Gud – var kan de ha legat? I vilket uthus eller på vilken vind? *Det är väl fint här – minns du inte stugan på Ulvön* – jo – plötsligt den metalliska smaken i munnen, huvudvärken, blodet i underbyxorna som lurade henne att tro att hon inte väntade barn... Annas och Karins älskade stuga – men den var nog bättre underhållen... Mamma – pappa och jag har städat. Hela dagen! Tvättat fönster till och med. Jag ser ju det, svarar hon

Anita. Så dum hon är. Med sin kritiska blick. En behändig liten stuga… *Barnen. Nog ser du dem, Maj?* Var kommer de ifrån? De många magra barnen, runt grötbordet, blöjtrasorna på strecket, imman från grytan med kokande tyger… värmen när elden brinner, kölden när glöden falnar… kan hon sätta sig en stund, maka sig ner på kökssoffan? *Blunda bort de hålögda ungarna.* Nej först måste hon ta rätt på matvarorna. Kaffebröd, limpa, kaffe, socker, en ostbit, mjölk – grädde i sinnrik tetra – korv, smör – ägg köper de från Wallins – Anita visar matkällaren under en lucka i golvet – men vad är det i den vattenfyllda hinken – spritflaskor? Där guppar både brandy och brännvin – kom Anita, halvviskar Maj – vad är det här? Pappa har det bara att bjuda på, du vet han vill ha något om Sjödinspojkarna kommer förbi, eller Petterson själv. Ja Wallins var här förra lördagen, men de tar bara ett glas, sedan går de. Så säger Anita med högre röst att de har handlat färskrökt sik från Petterson till middag – det vore dumt av Maj att påpeka att Anita i vanliga fall inte är någon fiskätare – nu slår hon sig vant ner på bron med potatisar i en balja, börjar skrapa dem rena medan Maj handfallen ser på. Vi brukar sitta ute vid gaveln där det är kvällssol – båda två är verkligen solbrända, ser friska och fina ut – men Maj känner ingen matlust, blev hon lite sjösjuk på överfärden fast det är vindstilla, så gott som, bara en svag bris. Att hon inte ens fick med sig bättre skor – i farstun står två par stövlar – hon får låna Anitas – bara så att hon har något att gå med i gräset. *Ska du inte vara glad att de grejat husförsäljningen så bra, hur de sitter i slyet och gläds åt en sån här gammstuga – ingen modern och luftig sportstuga eller fritidshus allt i ett – de klarar sig bra utan mig* – men nog kan väl Maj hitta på något här att göra.

Det blir mörkare, konstaterar Tomas, nu på kvällarna, fast det bara är juli – ja Maj har sett att de har fotogenlampa och spritkök, någon el är visst inte dragen hit. Han brygger kaffet här, i melittan, kokkaffe är söligare och Maj ska få sitta när Anita och han dukar av, sätter fram koppar – du är ju främmande – *ja, jag är främmande* – *här hör jag inte till.* Om det bara inte blev yrsel. Hjärtklappning. Var det inte den blödande livmoderns fel? Järn-bristen, hur syret tog slut. Så sitter hon intill stuggaveln och vill bara gå och lägga sig. Disken först. Här gäller det att snåla på vattnet. Hon står inne – trots att Anita mest brukar hålla till ut-omhus. Tur att det är lättdiskat – fast tallrikarna är flottiga av det skirade smöret – när nu Maj hade med sig fint smör kostade hon på dem smält smör och lite klippt gräslök till fisken. Känner hon med handen upptäcker hon smuts, för ljuset i stugan räcker inte riktigt till ens vid fönstret.

Men inte ska Anita behöva flytta på sig – Maj kan gott bädda åt sig i utdragssoffan. Vaknar hon tidigt kan hon ordna om kaffe och ta sig en smörgås utan att väcka de andra.

Snälla mamma, klart att du ska... det blir i alla fall som hon säger. *Varför ska du plåga dig på soffan? Jag plågar mig inte!* Snart ångrar hon sig ändå. När de blir sittande vid bordet, både Tomas och Anita läser i skenet av fotogenlampan, Maj virkar – men det blir fel, hon får riva upp, göra om...

Lakanen, dem har hon tagit med sig hemifrån. Med en hastig – oplanerad? – rörelse tar hon filten mot näsan. Men den doftar bara ylle, kanske en anstrykning av fukt, fast inte annorlunda el-ler värre än filtarna på landet. Golvet är mjukt, skurat grått, lent. Men springorna. Vad kryper i springorna? *Jäser, ruttnar.* Det är varmt i stugan. De har ett myggfönster i kammaren, men det är inte värt att öppna i köket och få in flugor och mygg. Tomas och Anita tar tandborstar och glas med sig ut – Anita tjatar på både henne och Tomas att de inte får slarva med munhygienen – ja snart står även Maj ute och spottar tandkrämsskum i gräset. God natt, säger de sedan – ja hövligt, artigt, som man gör gäster emellan och Maj har ett anständigt nattlinne på, men drog ingen bäddkappa med sig från stan.

Mörkläggningen i köket är väl lite si och så, inga rullgardiner sitter fästade i fönsterkarmen, men Maj drar för de vita, tunna. Är inte det enkla det sköna? En vit gardin är alltid söt förstås. Är det kaffet som gör att hjärtat rusar. Det blev ju drucket lite senare än vanligt, närmare nio var nog klockan. Snart hörs snarkningar från kammaren. Hoppas Anita hann somna först! Ganska knölig är madrassen. Ja, i jämförelse med Dux resårmadrass är en stum soffbotten hård att ligga på. *Men du har en sovplats.* Jo. Man måste tänka med förnuft och optimism. Att dra en kanske lite unken filt men renmanglat linne över sig utan att magen skriker av hunger. Var hon inte alltid hungrig på kvällarna som liten? Hon köjdes av gröten. Nu kan hon äta den, med socker, sirap, eller lingon och mjölk. Men hemma – det blev en ögonblicklig mättnad av kornmjölsgröten, som sedan släppte lika snabbt. Inte varaktig vila i magen som efter riktig mat, fläsk, ägg eller fet fisk och fin potatis. Mamma skulle ha grinat i en sån här stuga. För henne var det så fint att i alla fall få bo inne i en stad. Varför var det finare? Gaspoletterna – hon lagade god mat också, mamma. Mot slutet bidrog bröderna och Ragna med hushållspengar – ja själv kunde hon ju inte för hon hade faktiskt inte mer än att det räckte till uppehället där i personalbostaden på Grand hotell i Åre. Men det var väl därför mamma fick råd att koka dillkött, kalops. Någon söndag i alla fall. Hade hon inte stek till och med? Maj borde laga en god stek en söndag. Det är inte tal om att åka till Stadshotellet nu. Herregud vad de slösade på femtiotalet! *Satte fart på hjulen! Och gungorna, karusellerna!* Vad for det i dem. Tänka uppjagande tankar är dödens när man försöker sova. Lite cognac i varm mjölk. Tomas bjudbrandy. Hon kan ju inte söla på med spritköket nu. Sov – sov. Åh – vad det kliar på benen. Blev hon så myggbiten där ute på gaveln i alla fall? Nej men nu sticker det till ideligen, hon ser ju inte utan taklyse… *vägglössen i pärlspontens skåror.* Slätt! Släta väggar! Inga springor, sprickor, gropar, hål… Ramlar lössen ner över henne nu – går till attack –

sov, Maj, sov! Hon kniper mẹd ögonen. Inte klia. Inte lyssna till hjärtats dunk. Låt vara. Barnen. Nu står de i dunklet och stirrar på henne. Kistan. Den lilla kistan på bordet. Vem ligger i den lilla kistan? Tittar hon på henne? Är det lungsoten som tagit henne, eller spanskan? Ingen jämmer, ingen gråt. Tysta, stirrande, bleka barnansikten. Hur många av dem har dött – i den här soffan? Fötts och dött… Det är ett olyckligt hus! Nu måste hon sätta sig upp. Det står ingen kista på bordet. Bara klockor, blå. Vattnet i spannen – drick ett glas. Hur ska hon kunna somna? Hör inte Tomas och Anita barnens klagan? Eller moderns – som hjälplöst ser barnen gå ifrån sig, ett efter ett. Är hon änka? Sitter hon ensam här sedan fiskaren gått under på havet? En vinter går det inte längre, hon tar barnen och kavar över isen. Nog ska nya köpingen – staden – kunna erbjuda något till en arbetsför änka. Det är för många döda barn. De jämrar i huvudet om nätterna. Smittan i väggarna – *varför kommer du till mig?* I Ängersjö förlorar en torparhustru tolv av sina femton barn vid seklets början. Fast hon hinner dö innan fyra av dem mister livet. Behöver bara bevittna åtta barn i kistan. *Att få vara i livet!* Ja. Nu blir örngottet vått – är det moderns tårar Maj gråter – *jag lever och ändå…*

I gryningen, solljuset och värmen. Det ser ut som om det ska bli en strålande dag. Fast redan ikväll ska hon be Tomas skjutsa henne hem till stan. Eller om hon på något sätt kan passa badbåten från Stubbsand. Nu byter hon vatten på klockorna i vasen, då står de minst en dag till. Får fyr på gasolen, kaffe i filtret. När Anita och Tomas kommer ut till köket har hon första frukost framdukad och färdig. *Ni anar inte. Ni anar inte.*

MED GURLI KAN Maj när hösten kommer låtsas att allt är som vanligt. Tomas och hon talar inte om lantstället mer. Men kanske Tomas upprörda förtvivlan över Hammarskjölds död också är ett uttryck för den personliga förlusten. Maj tror faktiskt det. Är kanske inte av åsikten att man ska älta och gräva ner sig i de privata sorgerna. Bättre då att delta i landets gemensamma förlust av en hjälte. Gurli har inte gjort någon sak av att sommarhuset är sålt – och hon har vid fler tillfällen än ett i alla fall bett Maj att komma ut till deras lantställe över veckoslutet. Men så har något kommit emellan och det har inte blivit av, än. En veckoända i slutet av september kan ju också vara trevlig där ute. Om hon och Gurli kan få till det. Men nu har Maj bjudit hem Gurli på lunch. Kalvrulader fyllda med sviskon. Såsen – ja den har en angenämt syrlig sötma – Maj snålade inte heller på grädden. O så gott Maj, säger Gurli, kan jag få tigga om receptet? Klart att Gurli får. Gurli kommer inte att laga ruladerna, men Maj tycker om Maggie – och kan gärna bidra till hennes receptskatt. Blir hon avundsjuk på Gurli för att Uno ordnar allt så enkelt för henne? Fast det blev mycket jobb för honom när Lyberg förlorade både hustru och son i den där bilolyckan. Menar Gurli i alla fall. Tänk sådan framgång och ändå kan man drabbas av det värsta! *Att förlora ett barn. Anita, hon är kvar hos dig, Maj!* Visst säkerställer Uno det ekonomiska för familjen. Ändå vill ju inte Maj byta med Gurli. Att vara representationshustru på MoDo verkar arbetsamt och stressigt. Rätt vad det är ska det bjudas flott och på det rätta sättet. Det är visst därför Gurli värdesätter Maj och hennes vänskap så högt. Med dig är jag mig själv! Ja, Maj tycker om att vara i lag med Gurli. Då är hon inte så spänd. Uno är sällan hemma. Det nya laboratoriet är en viktig sak för företaget, men Gurli tycker Uno tar ut sig i onödan. Och så Treetexnedläggningen på det. Eller ja, att han ska vara med på för många ställen, att han borde få koncentrera sig på sitt. Han är så stingslig när han kommer hem på kvällarna. Sitt där och sura då, säger jag till honom. Tjurstöt. Så skrattar Gurli, på det där smittande sättet, vid Majs lunchbord. Ska pojkarna fortsätta inom det tekniska? Gurli vickar på huvudet, säger att hon inte får någon ordning på vad pojkarna ska ta sig för. Magnus satte ju plant åt bolaget i somras, och tycker det vore alla tiders att flotta timmer. Tokskalle. Det har de väl slutat upp med vid det här laget. Det ska till en som växt upp med silversked att idylli- sera flottandet på älven... Och Olle har ju inte haft lätt för matte. Anita har fått plats på Skolkontoret, berättar Maj stolt, så nu får jag ha frukost åt både henne och Lasse tidigt på mornarna. *Men Tomas är hemma.* Maj bad honom gå ut en stund mitt på dagen, nu när Gurli skulle komma på lunch, ja så att de åtminstone får en stund tillsammans att prata i lugn och ro. Tyckte att han kunde gå till Arbetsförmedlingen. Men då snäste Tomas av henne med att undra om hon verkligen menar att han ska bli hamnsjåare eller fara ut på sjön.

Det är lite skönt med Gurli som säger att hennes pojkar är bortskämda – tänk de fick gå i nybyggd skola med skolmat varje dag och ändå tyckte de läxorna var besvärliga. Anita klagade ald- rig på läxor, det gjorde hon inte. Visst kunde hon säga att det var mycket att läsa, men det såg ju Maj med egna ögon att det var. Särskilt inför studentskrivningarna. Än har varken Anita el- ler Lasse börjat prata om att flytta hemifrån. Maj och Tomas tar inget betalt för hyra och mat. Tvätt och städning. Hon måste ta upp det med Tomas. Ska hon våga fråga om Gurli och Uno kän- ner till några lediga bostäder i stan? Ja, mer än ett krypin behöver ingen av dem ännu. Men så får de lära sig vad ett boende kostar, på riktigt. *För nu är det bara du som kan ordna upp allt Maj.* Bör hon verkligen berätta för Gurli att Tomas har druckit vid flera tillfällen under sommaren. När han och Anita var ute i stugan på Ön. Uno dricker inte. I alla fall inte mer än att han hanterar det.

MEN VARFÖR SKA Anita betala till hushållet när inte Lasse har gjort det? Maj vet inte där hon sitter i teverummet intill honom. Tomas låter vrång på rösten och Maj svarar att hon är åtminstone myndig. Och Lasse började ju arbeta så tidigt. Fast han har förstås kunnat spara till en bil...

Tomas suckar. Tänder sin pipa. Det blir ett annat sätt att tala när man har blicken fäst vid teveskärmen. Vad är det för program? Inte Ria, kommer Ria i rutan lockas även Maj in i bilden och sitter uppmärksamt och ser på. Inte är det Hyland heller, eller 10 000-kronorsfrågan. Tomas tycker om det, och inom vissa ämnen kan han svara riktigt bra. Nu säger Tomas utan att titta på Maj att de egentligen borde be Lasse om retroaktiv ersättning då. Så formell blir han – och Maj hastigt upprörd. Måste sträcka sig efter cigarrettpaketet – hon har ställt ut skålar med nytt ättiksvatten mot röklukten i lägenheten – nu när Tomas går hemma tycker hon det inpyrda har ökat markant. Så är hans piptobak av ett annat slag än cigarretterna. Han tar sig ofta tid med pipan nu. Men det kan vi ju inte göra, säger hon sakta. Komma långt efteråt, inte har väl Lasse sparade pengar... Situationen var helt annorlunda då han började arbeta. Din inkomst... hon hejdar sig. Sedan – trumfen – Anita har ju fått läsa i Lund. Tomas vrider fortfarande inte blicken från skärmen. Jo men det var för lånade pengar. Hon och jag har upprättat en avbetalningsplan. *Med ränta?* Hon askar, försöker hitta en rimlig nivå i diskussionen. Är det vad de gör nu? Diskuterar. Väger för och emot. Fram och tillbaka. Om vi informerar barnen om familjens ekonomi, talar om att den är ansträngd – nu grimaserar Tomas och för ett ögonblick tror hon att han tänker hålla för öronen – lyssna, lägger hon därför till – vi behöver ju bara säga att vi är tvungna att ta lite betalt för mat och husrum. Mindre än det skulle kostat dem att ha rum på stan, men ändå, en summa. Mat, hyra, telefoni... Herregud – tror du att pappa och mamma försörjde oss när vi började tjäna egna pengar? Ibland är han så dum. Bakvänt generös. Som kan Maj plötsligt inse hur vanvettigt privilegierat hennes barn har växt upp. För att nu återgå till en mer normal – men ändå hygglig – levnadsstandard. För de flesta gällande. *För mycket av det goda skämmer allt.* Man får inte förledas av locktoner i veckotidningarnas reportage. Statliga bostadslån, förmånligt bekostade egnahem. Tänk bara vilka omkostnader det blir! Fyrtio- femtio-sextio- och sjuttiotusen kronor. Vad de unga blir skyldiga. Hur lång tid ska det inte ta innan de kommer på grön kvist. På det ska alla kapitalvaror inhandlas. Televisionsapparat, kylskåp, spis, tvättmaskin och kanske frysbox. Bil! Hela möblemang. Bara för att man råkar vara ung kan man inte räkna med att få allt det där meddetsamma.

Det går ingen nöd på dem, lägger hon till. Tomas måste hålla med. Du ser väl hur Lasse handlar kläder – den där skinnjackan – för du tror väl inte att det var jag som gav den åt honom?

Hon är både lite upphetsad och slut efter samtalet. Det är rakt skönt att lugna ner sig lite med händerna i det heta diskvattnet. Om hon slarvar med att skölja ur tevekannan noggrant kommer en sur lukt av gammkaffe därur dagen därpå. Så det är hon noga med. Att hon tordes lägga sig i det ekonomiska, och på sätt och vis även klara ut det, visa på en riktning. Det är ju – om hon får säga det själv – ett skarpt drag att låta barnen hjälpa till. Vore det ens så konstigt om Anita försörjde dem? Hade folk det inte så, när åldriga föräldrar sattes på undantag, *förgiftades*, *knuffades*, *dräptes*. Äsch. Men Anita skulle ju kunna – till en början – bosätta sig här i lägenheten med en framtida make, Tomas och hon kunde ju ta barnens nuvarande sovrum. Tomas gick väl ändå med på att kräva Lasse och Anita på en fast summa varje månad till sist? Enbart Anita vägrade han, och det hettar lite när Maj ska försöka förklara för sig själv hur hon fick den idén. Men med en fast summa borde det kvitta, eller jämna ut sig från månad till månad, matkostnader, tvätt... Kanske kan det här systemet locka hem Lasse till middagen oftare. Har han väl betalat känns det kanske inte så frestande att lägga ut pengar på mjölkbarer och konditorier.

FICK DE NÅGON frufridag som Hyland ville ge husmödrarna så gentilt? En söndag i månaden får far i huset sköta matlagning och hushåll. *Eller sparar han disken till kärringen?* Fyrtiofem timmars arbetsvecka. Så ska det bli nu, för alla utom hembiträdena. Och Maj som inte arbetar alls! Är det så hon ser på sig själv när industriarbetarens kortade arbetsvecka får lagstadgat stöd. Ja, för även kvinnor kommer att tala om för Maj att en förskräckligt stor del av hennes väl utförda uppgifter är *onödiga.* Överdrivna. Klart att förvärvsarbete och småbarnsår kan förenas! Jo. Med fulltid minst tio timmar borta från hemmet. Gå upp senast sex, till daghemmet sju, på arbetet halv åtta – arbeta – till daghemmet halv fem, handla maten, hemma sex. Laga middag – får aldrig ta mer än en halvtimma, ändå – om det ska smaka gott krävs nog närmare en hel. Duka, äta, diska, stöka, plocka, tvätta, sopa, dammsuga, läsa läxor, trösta, leka, läsa saga. *På natten ligga med varandra?* Maj tycker inte att Anita har något att se fram emot. Hur ska man dessutom hinna sköta sin personliga hygien och hälsa, gymnastisera, lägga håret, smörja med lotion. Måla naglar på fingrar och tår. Och så raka ben och armhålor – men inget mer ännu – för att åtminstone vara lite attraktiv i sällskapslivet. Är det så konstigt att kvinnor väljer deltid? Kvinnofällan. Så många fällor kvinnor kan falla i! Maj vet det. Maj vet nog att Gurli och hon är två helt skilda utfall av en farlig, slukande fälla. Men det kunde ha varit värre, tröstar hon sig med. Kan det inte vara ljuvligt att gå till arbetet och slippa två-, fyra- och sexårstrots? Bara lämna gråtande, skrikande eller glada barn på daghem och slippa, slippa. Samvetet också? Fast valfriheten är ändå bara för vissa. Vissa mammor tvingas lämna innan ordinarie personal har kommit på morgonen och hämta efter det att ordinarie har gått hem. Har inte människor i alla tider behövt arbeta för bröd och uppehälle? Jo. Men i vårt ökade överflöd, vår dignande välfärd... Kanske är det här inte ens något som Maj och Anita diskuterar. Tillvaron koncentrerad till praktikaliteter. Hyra, telefoni, matkostnader, bensin, försäkringar, tandläkare – nya glasögon – så dyrt! – vinterskor, fodrad kappa – även underkläder slits sönder i tvättgrytor eller moderna maskiner.

Men kan du inte pröva att dela lika med Tomas då, Maj? Om det vore så enkelt. För ändå kommer det *kvinnliga* att få en märkligt kladdig konnotation. Vetebrödsdegar, toalettstädning, blöjbyte, mens. Nippriga broderier, mjölksprutande kor. Tvätt och städning och väva i fabrikerna. Ta hand om gammalt och sjukt. Och akta er, läkare, så inte för många kvinnor kommer och smetar ner er kår. Bäst att ni skyndar er att bli specialister, professorer och låt damerna sköta det allmänna, breda, det som saknar spets i kompetensen. Men Maj vill ju inte ha Tomas i köket. Som frågar var allt finns och inte lägger tillbaka redskapen i dess rätta lådor. Ve den som stökar ner i mannens verkstad. Men i ett kök – som genom årtionden av arbete har fått den optimala ordningen – diskbänksmått, lådantal, avstånd mellan överskåp och bänkskåp – en sextiolucka slår i huvudet när man öppnar den – välj par i bredd om trettio eller fyrtio – där ska maken nu visst in och stöka. Maj tycker inte det är riktigt tänkt. *Men släpp till då, Maj!* Nej. Tomas kan få koka förmiddagskaffet och duka fram gårdagens sockerkaka eller några kex, det går väl för sig. Ja, nu när de båda så overksamt går hemma.

Kan Maj bli fluorförmedlare? Gå runt med plastmuggar och ge barnen genomskinlig vätska att sila genom fnissande munnar, tänder? Kanske penslar man med fluorlösning hos tandläkaren, för att bättre kunna stå emot angreppen av kariestrollen. Hennes egna har mörknat, det har väl varit lite si och så med tandborstningen genom åren och hon har tyckt om att ta socker i kaffe och te. Drömmer hon återkommande den där då tänderna går sönder, krasar, lossnar och gommen fylls av en sörja av saliv, krossad emalj och blod? Vaknar svettig, med tungan trevande mot tänder som ännu sitter fast? Nog skulle hon väl kunna gå som fluorhygienist så småningom. Skoja med barnen. Göra nytta. Verka i allmänhetens – ja tandhälsans – tjänst. Nu behöver hon inte vara rädd för att störtblödningar ska avslöjas på den vita rocken. Hon skulle nog kunna mäta upp fluor och bära runt på brickan. Ta tiden, två minuter. Och så uppmana att spotta ut. Allt.

NÄR FLYTTAR LASSE? Plötsligt bor han hos Solbritt, som har ett rum och kök långt upp på Fabriksgatan, på nedre botten, mot gården. Han har i alla fall så mycket takt och ton att han talar om att de har förlovat sig. Tomas menar att Solbritt är en rar jänta. Maj vet inte. Jo – hon verkar lugn, stillsam – Solbritt kan nog ha en positiv inverkan på hennes rastlöse son. När ska ni gifta er då, frågar Maj när Lasse kommer in till henne i köket och säger till om kaffe och doppa till honom och Solbritt. Det ser ju inte bra ut att bo ihop utan att vara gift. Och det var helt otänkbart på min… Du kan väl få fram lite fika, morsan. *Få fram.* Jaha. Det är ju ingen brådska med bröllop, vi får väl ta en sak i taget. Är hon med barn? Han grimaserar – hur ska hon tyda det? Det är hennes hem – kök – och hon bestämmer faktiskt själv när det ska fikas och inte. Solbritt har långt askblont hår som hon sätter upp i valk – hon är väl stolt över det där blanka håret för fortfarande är det ju modernt med ganska kort och vågigt. Tuperat, så att det ska bli stort. Fast mörk som Farah Diba är hon inte. Solbritt tuperar nog för att få till höjden i valken. Egentligen ser hon inte märkvärdig ut, fast Lasse verkar ju förtjust. Maj dukar brickan – men bara för två. Varför ska hon tränga sig ner med dem när de bara har ögon för varandra. Härskna kakor tänker hon åtminstone inte servera. Nej – fint bröd och färskbryggt kaffe. Tunna koppar – vem fick egentligen tants hackeforsare? Var det Titti? Hon dukar fram i vardagsrummet – och ropar sedan in i korridorens mörker att kaffet ni beställde är klart. Strax kommer de utsvassande – Lasse håller Solbritts hand – men ska inte du ha mamma – vi kom ju för att dricka kaffe med dig. På så vis. Ska hon sitta i städrock med bleka läppar och nariga händer – *du har inte städrock utan snäv kjol och snygg jumper och lägg på ett lager läppstift då* – hon tar en kopp och assiett till sig också. Synd att Tomas fortfarande inte har kommit hem efter lunchen med kamrer Wiklund. Vad ska hon säga till Solbritt? Vad roligt att du gör plats för Lasse i din etta, han är stor i maten ska du veta, och ganska besvärlig med vad han tycker om. Nej – det säger hon inte. Men det blir alldeles... tyst. Tills hon hör sig prata om vad Gurlis alla pojkar har för sig, hon hinner inte ens tänka efter om Solbritt vet vilka Gurlis vuxna söner är. Vilka goda kakor, tant Maj, säger Solbritt – åh, hon vill väl inte vara tant Maj. Solbritt är väldigt duktig på att baka, påstår Lasse och lägger armen om hennes axlar – då rodnar hon och skakar på huvudet, *Solbritt förstår att det är otaktiskt och dumt att säga så till en mor när man ska lämna boet och flyga ut, än måste väl Majs kakor få vara heliga, vem bryr sig förresten om bakverk, det finns väl viktigare saker här i världen...* Vilken tur du har med att träffa flickor som är så bra på bakning, Gun-Maries bullar var ju fenomenala. *Det där var för lågt Maj, och drabbar Solbritt mer än Lasse.*

Han ska ta med sig byrån, skrivbordet, golvstaken och fåtöljen. *Men sängen ska ni dela?* Vad ska Maj säga? *Kunde du inte ha för-berett mig? Eller bett om min åsikt ifall Solbritt är den rätta kvin-nan för dig?* Borde de bjuda hem Solbritts familj nu – planera för bröllop? *Jag hade en grå brudklänning med plats för magen. Men den är slängd, så jag ska inte fråga om du vill ha den. Ta det lugnt.* Lasse tar det inte lugnt precis. Stressar iväg och flyttar ihop så där utan vidare. Så nu tänker du försörja henne utan att ha gått till prästen först? Det är väl riktigt att Lasse bidrar ekonomiskt till det gemensamma hemmet. Fast Solbritt har också plats, som kassa-biträde, om det var på Tempo eller i Konsum.

Ta serietidningarna och skolböckerna dina också! Maj vill inte magasinera Lasses saker *när han tänker överge henne för en ny kvinna.* Vad larvig du är. Klart att Lasse som är tjugoett fyllda kan flytta hemifrån utan att det är något att bråka om. Men vad ska de göra av Lasses rum nu då? Hyra ut det? Ja, vilket bra förslag att komma med till Tomas. Några kronor i månaden skulle de säkert kunna få in. Inte sant?

Men bärhjälp får de klara sig utan. Jag bröt foten hemskt illa för några år sedan, och läkarna har förbjudit mig att bära tungt, särskilt i trappor. Läkarna – det var bra att de i ett huj blev flera. Hela ortopedkåren ställde sig upp och förbjöd Maj att flytta ut Lasse. *Ja men jag får kanske aldrig se honom mer. Så lätt blir du nog inte av med honom.* Åh – hon vill dråsa ner på sängen och gråta. Skylla på huvudvärk eller vad som helst. Det har gått för fort… så snabbt försvann Lasse ifrån henne. Har hon inte alltid haft en tröstande tanke om att de ska kunna ta igen allt som missats, vid ett annat tillfälle? När det är lugnare. Inte så mycket med Tomas, städningen, Anita, bjudningarna, lantstället… Och nu… *är det för sent?* Ändå kan hon inte låta bli att fråga Solbritt om de har sänglinne och handdukar så de klarar sig. Solbritt tar glatt emot ett par omgångar av Majs välmanglade, spetsförsedda och märkta. Ja, Maj lät ju inte precis bränna upp lakanen från landet. Visste nog att de skulle komma till användning. Ni får väl säga till om det är något mer ni behöver och vill ha.

KOMMER VÄRLDEN TILL Maj i tevesoffan? Eller stänger hon av, tar disken de stunderna då Aktuellt rapporterar? Algeriet, Kongo, Kuba, Vietnam, Suez. Martin Luther King i Amerika, Sydafrikas uppror. Rymden – Lasse som tyckte det var hemskt att Lajka var ensam där ute, fast han var nästan vuxen när hon for. Vaccinet mot barnförlamningen gläds hon åt, men skräms av asiaten. Flygplansolyckorna! Inte bara krigsflygare som störtar, hela passagerarplan som försvinner, krossas, havererar... Fast kanske är det först efteråt en epok låter sig grupperas, kategoriseras och ordnas om. Eller känner man, på bara huden, när ett samhälle förändras och blir annorlunda till sin form? Mest en dov känsla av att vara efter sin tid. De ungas tid. Omodern. I kläder, möblemang. Inte kan man kasta ut mahogny och betsad björk bara för att teaken blir populär? Släpa tung plyschgrupp från våningen utför kalkstenstrapporna till förmån för galonklädda soffor och fladdermusfåtöljer? Det är väl inte underligt att man håller fast vid ett möblemang så länge det varar. Fast Anita kan förstås sätta upp en eller ett par sektioner String. Nisse och Kajsa – var det Ingegerd som hade Nisses pappa i skolan, lever han måste han vara stolt över att sonen gör så stor succé. Inte tänker Maj något särskilt på Strinnings när hon staplar disken i sitt Elfaställ.

Livet – livet. Klart att tingen har sin plats och särskilt skimrande längtan runt omkring. Fast hur ska Maj och Tomas få plats med nytt, när det gamla från tant ska rymmas och härbärgeras. Lantställets möbler och grejer står där de står. Och i Örnsköldsvikshemmen på femtio- och tidigt sextiotal pågår ingen orgie i Jacobsen, Wegner eller ens String. Det är stadiga trämöbler, äppelserien i ek, Stilmöbler, rejäla slagbord eller mindre för att få plats i de trånga köken. Kökssoffan, den får oftast vara kvar och rymma sängplats eller bråte. Kanske dovt blommönstrade solfjädersfåtöljer, pelarbord och fina tryck på väggarna. Broderade bonader, inramade fotografier på byffén eller skänken. Inte böcker i alla hemmen, men ganska många har en låg blankmålad hylla för boksamlingen. Golvlampor, lampetter, bordsdukar – gärna både en och två och tre på varandra – till vardags, fest och mitt emellan. Gardinerna – ett och annat grågrafiskt mönster smyger sig kanske in på våderna. Och mattorna gör sitt till för att skapa trevnad, rumsväxterna med.

Men när tänker Lasse fria till Solbritt? Maj vill inte ens veta hur det pratas på stan. Bo ihop utan dubbla ringar!

På sätt och vis är det skönt när Lasse äntligen ska göra rekryten. Kanske kommer han ifrån skinnknuttarna då. Raggarna. Det är de väl? Stig-Björn och hans bröder har ju aldrig varit ett lämpligt sällskap. Och alldeles tokigt är det inte att han är utan Solbritt ett tag. I frånvaron prövas kärleken! Ja, men sedan kan de ju vara mer säkra på om de ska gå vidare med varandra. Bara han inte får för sig att fara till Kongo. Så oroligt som det är där. Det är visst några Örnsköldsviksgrabbar som farit dit. Hon har svårt att se att Lasse kommer att trivas med disciplinen som militär, å andra sidan har han bevisat att han är duktig på att arbeta.

Klart att Majs sextiotal inte liknar ungdomarnas, eller studenternas. Majs sextiotal rymmer utmaningar av ett helt annat slag. Övervinna den allt mer återkommande torgskräcken. Mörka Tomas missbruk. Inte tvivla på om Anita någonsin ska bli gift, få make, hem och barn. Inte förskräckas över Lasses alla kvinnohistorier – när kommer han att stamma fram att han har gjort en flicka med barn? Pengarna, räcker pengarna? Samtidigt som hon ska vara lättsam och gladlynt med släkt, vänner och bekanta. Snart är hon väl den enda av släktens kvinnor som kan vara behjälplig med ett handtag. Som ska springa mellan Nina, Julia, Eva och Titti. Dagny klarar sig utan hjälp. Har Marianne som ställer upp. Det är ändå fint att få vara uppskattad!

HON HAR INTE frågat om Tomas tänker hamstra. Men det är nästan så att tidningarna uppmanar folk att köpa sprit. Ändå har konsumtionen bara ökat sedan Brattsystemet avskaffades för flera år sedan. Personalstrejken på systembolaget – tänk att den intresserar allmänheten så mycket. Men det är klart, ingen vet ju hur långvarig den kan bli. Idag har Maj lovat Nina att handla en flaska brandy och själv vill hon nog fylla på några flaskor vin om hon ändå måste besöka bolaget. Skulle Nina verkligen själv gå dit? Det ser rätt så illa ut med kvinnor som gör sig ärenden. Men Gurli tar gärna en liten whisky när hon kommer på besök hos Maj och Titti säger varken nej till vermouth eller cognac. Ja, några riktigt stora inköp har hon inte råd med, men Nina envisas med att sticka till henne en slant när hon är där och hjälper till. Titti ringer just när Maj ska gå ut på stan och är så ledsen för att Henrik har farit till Amerika. Bara flygresan över… jag kunde ju inte sova när jag hade honom farande i luften. Han kommer tillbaka, tröstar Maj, fast Titti menar att han kanske träffar någon och blir fast där. Jag vet inte, säger hon, men han kanske är lagd åt pojkar. Lagd åt pojkar? Då vet inte Maj vad hon ska svara. För det är klart, Henrik har ju inte jagat flickor som Lasse, men det har ju också med mognad att göra. Lasse verkar ju lite väl ombytlig. *Tänk om Henrik flyttar till San Francisco i frigjord lycka.* När de lagt på och Maj på ett aningen bryskt sätt har sagt att hon måste hinna ut på stan innan det blir mörkt kan hon tänka att för Henrik måste det bli en smula instängt med bara mamma och pappa, utan syskon att fördela… ja vad är det man fördelar? Börda, tyngd, ansvar, förväntningar, *kärlek?* I Majs ögon är Titti och Georg ideala föräldrar. Inte larvigt pjoskiga, inte vansinnigt fordrande – de verkar tycka hemskt bra om Henrik, och nog låter de honom vara den han är? Egentligen vet inte Maj. Men kanske kan den glada, lätta, ljusa kärleken också kräva en *sprängande frigörelse*. Kanske misstänker Henrik att det är för hans skull Titti och Georg håller ihop. Att vara någons gemenskap, det förenande kittet... nej det är knappast enkelt.

Att hamstra från bolagets sortiment är heller inte lätt. Man vill inte gärna skylta med de näriga inköpen. Maj har wellpapprullar med sig i kassen för att dämpa klirret från flaskorna. Ja – ingen ska tro att Maj springer här för jämnan. Det gör hon inte. Fortfarande får Tomas oftast ordna om flaskorna, men nu när Nina bad Maj att gå för hennes räkning. Ändå vill Maj liksom förebyggande – för att slippa anklagelser – skylla på att hon ska ordna stort kalas – Tomas ska ju faktiskt fylla sextio! De ska ha en mottagning i april. När de smet från femtio. Det är verkligen mycket folk utanför. Stämningen – nästan hätsk. En lång karl skyndar före i snömodden och tränger undan Maj just som hon ska öppna dörren. Hon som trodde att han tänkte hålla upp porten åt henne! Inne i trängseln, värmen, lukten av tinad snö och fuktigt ylle – och det sura från en krossad flaska rött vin på butiksgolvet – försöker hon memorera vad hon ska beställa. Hon håller blicken rakt fram – man behöver ju inte demonstrativt se sig omkring för att upptäcka bekanta. Men en välkänd gestalt går inte att undvika där hon står och köar – Lasse. *Så träffas vi alltså på bolaget för att bunkra upp.* Åh, nu skäms hon. *Du borde väl föregå med gott exempel.* Och det är förstås dumt att tro att Lasse fortfarande bara håller sig till lemonad.

Nina vill absolut ha en brandy – jag tror hon tar det till natten. Lasse nickar – rodnar han också? – borde Maj gräla på honom för att han går hit? Åh – ska hon be honom hjälpa till att rulla in flaskorna i den bruna pappen när hon fått beställa? Eller ska hon fråga vad han ska köpa med sig? Bara han inte dricker sig berusad inför Solbritt. Ja – det säger hon – du håller väl stilen inför Solbritt. Han svarar inte – kanske har han inte hört – men säger sedan att med den här trängseln får vi nog vara glada om det finns något alls att beställa när vi kommer till kassan.

INGEN AV DEM har lust att gå på Georgs sextioårsuppvaktning i slutet av sommaren. En annorlunda sommar. Anita och Tomas envisades med att på nytt hyra det... *olycksaliga* torpet på Ön. Men bara själva semesterveckorna i juli. De gjorde väl någon bil-utflykt alla tre till Sundsvall, gick och tittade på Dahlmans och Epa, men Tomas verkade spänd och hade bråttom därifrån. Ja hyresfastigheten på Oscarsgatan var i dåligt skick och de skulle ha hutlöst betalt ändå. Tomas sa att det inte ens var att tänka på att försöka få lån för att investera i den. Maj har suttit på balkongen, skött grannarnas krukväxter när de varit bortresta och har inget särskilt emot att det snart är höst.

Och ingen av dem säger rätt ut att de vill avstå firandet dagen det ska gå av stapeln, men där är en oro, irritation – ett orättvist riktat missnöje mot Georg som är så omöjlig att fira eftersom han redan har allt. Ändå behöver de bara bidra till syskonens insamling. Blir det en tavla, någon modern glassak? Skulle han haft festen i stan vore det ju ingen konst att gå dit, men eftersom han är Lejon och augustibarn så ordnas kalaset förstås ute på lantstället vid kusten.

Titti orkar ju inte, säger Maj när hon tar spolarna ur håret. Hon har faktiskt vid flera tillfällen talat om för Maj att hon lovade sig själv att Georgs femtio var sista gången de slog på stort. Men Georg vill inte missa möjligheter till fest. Maj har klämt in sig i sin snäva plommonfärgade fyrtioårsklänning – gördeln är otäck men gör susen, och Tomas har smoking – den sitter fortfarande bra på honom – och de är särskilt tillsagda att inte ha långklän-ning och frack. Det blir så påklätt en sommarkväll, menar Titti, och det kanske är sant.

Anita åker med dem, Lasse och Solbritt far i egen bil. Ilar en snabb tanke att Solbritt nog bävar inför den här typen av festligheter? Söta Ann-Kristin fann sig ju väl till rätta med Georg – ja han brukar plumpt fråga Lasse var han har den lilla mörka nu för tiden. Måtte inte askblonda Solbritt stå intill och höra på. Maj ska då inte vara påträngande med Georg, ikväll har han nog fullt upp med andra som vill uppvakta och gratulera.

Och det finns ju många att prata med. En lång stund blir Maj sittande med Julia – Titti har inhyrd personal och vägrar bestämt låta Maj bistå med ett handtag – och Julia ser verkligen pigg ut. Är det trädgårdsskötseln tro? Brun som en pepparkaka och fortfarande det långa håret i en lite lustig lös knut. Hon är taktisk nog att inte föra lantstället på tal. Men de har ju aldrig varit riktigt nära med Julia och Tyko. Om det är Tyko… som anser att Tomas är en slarver. Det vet hon inte. Plötsligt blir hon ledsen. Insikten övermannar henne så starkt – *du kommer att tala illa om mig med Tyko när ni lämnar festen senare ikväll.* Det blir tyst… och Julia ser sig omkring, säger att hon är lite torr i munnen och ska se efter om det finns några förfriskningar.

KAN MAN SÄGA – *nej tack – jag avstår*. Att Georg och Titti har *haft mage* att bjuda in Hasse Zetterqvist. Tomas vill vända hem på direkten när han upptäcker det. Han har ändå gaskat upp Maj och Anita inför det här, påstått att det kommer att bli jättetrevligt på kalaset när de väl är på plats. Sagt att Georg skulle bli förkrossad om de uteblev, eller om Tomas dök upp ensam. Tack och lov är det så mycket folk att Tomas knappast måste tränga sig fram och skaka hand. Men resten av kvällen är han obehagligt medveten om exakt var den här Hasse håller hus. Även när Torsten maler på om Wennerström måste Tomas ha ett öga på Hasse. Torsten är chockad, talar han om, det är ju en skandal utan dess like. Tomas nickar. Kanske tar det extra hårt på Torsten som har höga tankar om de militära, ja att det var en av deras egna som handlat så falskt. Riskerat rikets säkerhet, på riktigt. Men Torstens enorma brösttoner får Tomas att... ja hans egna första tanke när storspionen avslöjades var – *måtte han hinna ta livet av sig*. Blotta tanken att leva vidare med... men kanske kan Tomas inte jämföra sin personlighetstyp med Wennerströms. De kanske inte upplever skuld och samvete på samma påträngande vis. Kan han ha hotats till livet? Ja att han med ett dödshot hängande över sig levererade all information. Torsten är fruktansvärt chockad hur som helst – att en svensk kan göra något så avskyvärt. *Men du är ju ingen stor människa Torsten.* Nu vänder det sig i magen – *du är lumpen Tomas*. Är Tomas inte lika rädd för ryssen som Torsten? Jo – enligt nyhetsbevakningens rapporter verkar de ju vara ovanligt kallhamrade och hala. Men amerikanernas unge kille tar ju upp kampen på allvar. Är du nykter igen, säger Torsten i den uppståndda tystnaden, tålde du inte ölet numer. Tomas bara reser sig, låtsas inte höra. Om man skulle ta sig en Champis, säger han och Torsten nickar. För sent upptäcker han Georg och Hasse vid groggbordet – han skulle ju inte ta något starkt, bara läskeblask eller sodavatten… vi pratade just om dig, Tomas – Hasse vill så gärna visa sin nya villa – det kan väl vara roligt för dig att se hur det blev? Jag måste säga att bättre hade man inte kunnat utnyttja det där läget, vilka panoramafönster mot havet… de hälsar hastigt – vad fan ska han säga – *jag vill för tusan inte se Zetterqvists skrytbygge* – trevligt, trevligt – jag ska höra med frugan bara – inte brukar han säga frugan men så blev det ändå. Vill du verkligen gå över dit, undrar Maj, är det så klokt… hon är inte helt nykter men inte berusad som på förra midsommaren – nu får ni inte jaga upp er, nån av er, säger hon och tittar strängt på både honom och Anita. Jag säger till Lasse och Solbritt också.

I samlad tropp tar de Georgs motorbåt de få metrarna till deras… Hasses brygga. Anita pratar på med Solbritt – ja Solbritt är väl den enda som den här husesynen inte har någon särskild mening för. Tomas lyckas få eld på en cigarrett innan de lägger ut – något måste han ju ha för händer – sjöboden står kvar, är sig precis lik, allt är så välbekant att… men höj blicken nu. *Hasse – ser du inte hur illa den vita sandstensvillan lyser bland de milt färgsatta sommarhusen? Och vilket fult svart platt tak. Hur ska snön kunna fara från det där taket* – det är en enorm anläggning han fått bygglov för, nog måste han ha nära känningar på kommunen. Vi har ju verkligen gått på det underhållsfria även där det i ett första skede kan vara ekonomiskt oförsvarbart – men här ska vi ju ha vår fritid och frugan är så svag för det kontinentala… Till och med Lasse ser blek ut – hans lyssnande leende mer ett grin än ett verkligt intresse – ja så har vi ju tänkt åldras här ute och valde enplanstypen direkt – rätt vad det är blir det svårt med trappor – är det 300 kvadratmeter eller… man hade fin utsikt från hallen och balkongen på övervåningen, säger Anita då – men Hasse hör inte

– ursäktar halvt att han måste be dem ta av sig skorna – man vill
ju inte repa den nya lacken i onödan – och i strumplästen känner
man sig förstås ännu mer som en *fjant*. Från den tilltagna terras-
sen kommer man rätt in i det enorma vardagsrummet, med den
öppna spisen som centrum och en vitputsad tegelvägg bakom
– det är ett härligt rum – modernt inrett med skinngrupp och
matsalsmöbel – och i köket är det släta luckor i mörk teak och
ingen vedspis – grönkaklat badrum och extra wc – svart stengolv
i hallen, kan det vara skiffer, gråblank kalksten... åt andra hållet
ett rum med biljardbord och bortanför det – en inomhusbassäng!
Hasse skrattar – det är ju så rackarns kallt i havet så jag slog till
på en uppvärmd pool när vi ändå grävde och höll på – ungarna
älskar den – man får ju jaga ner dem på stranden – då får de passa
sig, bryter Maj in, är man blond kan håret bli grönt av klorvatten.
Vilken tjusig villa, lägger hon till – är det bara Tomas som hör
ironin, eller menar hon det hon säger? Hasse hejdar sig en kort
stund – vill ni se oljepannan också?

Lasse drar armen mot näsan – är det Lasse som har svårast att
hålla känslorna tillbaka? Maj går på om att det måste vara lite
svårskött med så ömtåliga material – det blir förstås mycket sand
och grus indraget på parketten – och det är lite ovanligt men trev-
ligt med ett mörkt kök – för det blir väl extra dunkelt då det vetter
mot norr? Vi hade ju så härlig takhöjd i farmors och farfars som-
marnöje – men ni är kanske mer för det här ombonat låga? Klart
att kåken är magnifik. Ett exklusivt permanentboende mycket
mer än ett fritidshus i skärgården. Kanske ser Tomas Hasses allt
mer desperata försök att imponera på sina tillfälliga gäster och
han hummar fram fantastiskt måste jag säga, fantastiskt... tills
Anita stöter honom i sidan och Georg säger att fick jag chansen
att börja om skulle det ju bli ett sånt här ställe. Och sandstenen
vill ju alla ha nu – den kommer fullständigt klassa ut träpanelen.

JA, SÅ ÄR det höst och dags att ta nya tag. Maj får alltid lite extra ork när hösten kommer, det hänger kvar sedan barnen gick i skolan att se till att man har kläder för vintern och... ja bara att man inventerar hur det allmänna läget ser ut. Hon uppmuntrar Tomas att höra sig för om arbete – det blev ju inget av med hyresfastigheten i Sundsvall. Det var kanske bra, men någon förtjänst borde han förstås hitta snart.

Hur har Maj det med besöken hos hårfrisörskan? Hon är fyrtiofem på det fyrtiosjätte och håret har börjat bli ganska grått. Ännu bara som inslag i det ljusbruna – men det är trist att få syn på. *Det där är bara vaneseende, Maj! Tänk en silvrig alfahanne – det kan väl vara snyggt med grått också på en dam?* På andra, ja. Det egna håret blir obekant och *störande* när de vita stråna ska dit och lysa. Sedan operationen – då de tog både livmodern och äggstockarna – tycker hon att håret har blivit kraftigare, men samtidigt torrt. Som tagel. Har hon inte börjat se ut som en häst? En tjurig märr. Nej – faktiskt kan hon tycka att åldern har gett henne viss pondus. Det ska vara ett vackert avelssto då... usch. Men så länge man bevarar hållningen och inte låter komprimerade kotor vinna över magmusklernas stöd. *Vad händer då?* Det vet väl inte Maj. Bara att det trots allt tar emot lite att gå till frissan – för alltid får hon höra att hon inte på det rätta sättet har tagit hand om sitt hår. Topparna ska klippas var sjätte vecka. Förut hade hon inte tid och nu kan hon definitivt inte kosta på sin frisyr putsning så regelbundet ofta. Men efter sommarens blekning av solen är det ju extra viktigt att se om sina strån.

Det är inte gratis att lägga färg på håret heller, men när frisörskan föreslår en tonande gyllenbrun crèmefärg kan hon inte förmå sig att säga nej. Och helt dumt är det inte att sitta och bläddra i en veckotidning medan färgen verkar. Blundade hon skulle hon somna. Det är något med värmen, de skarpa dofterna av permanentvätska, färgmedel, galonklädseln på frisörstolen... och fast nacken värker när medlet ska sköljas ur vill hon ändå inte bli färdig. Vi får vänta med permanenten, annars sliter det för mycket – om man är flitig med spolarna på kvällarna håller sig ju frisyren snygg hela dagen ändå. Vad sägs om en helt ny både lättare och mer hållbar läggningsvätska? Åh – om hon kunde svara att hon inte har råd. Hela kalaset går på mycket mer än hon räknat med. Nog för att det känns lite bättre när spegelbilden visar guld i håret, hon ser piggare ut – men vad ska hon säga till Tomas när det redan så här tidigt i månaden gått så mycket pengar ur hushållskassan igen?

Hon får ge sig ut från salongen med snygg frisyr och dyr läggningsvätska i alla fall. På Centralgatan blir de visst aldrig färdiga med genomfarten. Det är ingen idé att titta förbi hos Lasse och Solbritt, båda är ju på arbetet. Tomas menar att man inte kan stoppa utvecklingen, ingen avstår frivilligt bilen och det vore ju en skam för staden om det blev en stor bromskloss för trafiken på riksväg 13 just här i Örnsköldsvik. Sedan är det väl frågan om Centralgatan prompt skulle breddas med alla rivningar som följd – fast om vägen dragits utanför centrum förlorar ju näringsidkarna spontanbesök och turister. Så har Tomas sagt när de pratat om det där hemma. Men det är ingen hejd! De har rivit på Storgatan för Domus – Julia och Tyko måste ju flytta – och de ska riva Bergströms på berget, har rivit för vägen – det verkar storvulet av stadsplanerare och politiker att till varje pris sätta avtryck i stadsbebyggelsen. Då håller hon nog egentligen mer på politikernas planer att bygga en miljon bostäder på tio år. Även om det är en ambitionsnivå som heter duga. Nog kan de väl få bygga nytt i Örnsköldsvik också, om det inte blev så fult och krångligt under tiden.

Den största fördelen med att komma sig ut om dagarna är att det är så skönt att komma hem. *Jag har i alla fall ett hem!* Nej – hon går inte runt i slappa hemmaklänningar och städrock – terylene, banlon, nylon – det är rätt så poetiskt om man bara hör efter – Maj tycker att det är ett otyg av kvinnor att hasa runt i kippande tofflor – *känner du någon som gör det?* – men en enklare mjuk jumper och mindre åtsittande kjol kan hon klä om till. Undrar bara om Tomas kommer att märka att hon har bytt frisyr.

Anita kommer från Skolkontoret halv fem. Då försöker Maj ha middagen färdig, så blir det utrymme för en trevlig tevebricka senare på kvällen. Ja, på senaste tiden te och smörgås mest, för det tycker alla tre om. Blodpudding, med smält smör och lingon. Fint strimlad vitkål – Anita har läst att vitkålen ska vara så väldigt nyttig riven och rå. Hon ser lite trött ut när hon kommer från arbetet – hon får ju inte helt tappa stilen. Nej – Anita bättrar nog på makeupen innan hon går hem för dagen och stiger in i lägenheten *fräsch som en nyponros.* Ska Anita verkligen behöva bli kvar på glasberget? Till och med Håkan har ju en flicka nu, berättade Jenny när de träffades i tvättkällaren häromsistens. Kvar på glasberget – fy vilken bild. Som om man till varje pris måste fångas in, fastna. Är inte sikten ganska fri där uppe? Fast för Maj och hennes väninnor är det oroande med döttrar som inte visar tecken på äktenskapsplaner när de närmar sig tjugofem. Tjugofem! Barnungar – åtminstone flera år kvar att söka... efter sig själva. Som av en händelse säger Maj vid middagsbordet att Titti väntade alldeles för länge med att få barn. Nu sitter hon och grinar efter Henrik – jag vet ju att hon väntade en liten när jag gick med dig – men det blev missfall. Så dröj inte för länge Anita, om du ska ha många barn. Jag läste hos frissan att Amerikas president – eller var det brodern – har massor av ungar! Man skulle kunna vänta sig en trumpen min eller ett hastigt upprusande från bordet. Men Anita bara ler hemlighetsfullt. Maj häller upp mjölk i Anitas glas. *Kulturredaktören kommer inte att skilja sig – jag vet nog att han uppvaktar dig än.*

JUST SOM TOMAS ska gå ut från matsalen på Statt – Valdemar Wiklund och han har ätit lunch men Valdemar hade bråttom iväg till en körrepetition för seniorer – hejdar hovmästaren honom.

Jag hörde av svågern att det kanske kan vara av intresse med ett påhugg... det är så att vi är utan garderobiär och alltiallo – och så kom jag att tänka på att det kanske skulle kunna vara något... ja som extraknäck för en lämplig person som herr... fabrikör Berglund – man måste ju kunna föra sig och vara serviceminded och liksom en ambassadör för staden så att säga.

Vad säger hovmästaren? Vill han att Tomas ska vara vaktmästare hos dem? *Svara något. Stå inte bara där och stirra på honom. Ser du inte att han rodnar.* Börjar Tomas skratta? Eller blir ansiktet ett ofrivilligt frågande grin – tänk på saken, säger hovmästaren hastigt, jag tänkte mest för att ha något att göra och här händer det ju alltid mycket. *Gör dig inte märkvärdig, Tomas Berglund.* Det kom så överraskande bara. Och han är tacksam att han inte fick frågan när Valdemar var med honom. Att hovmästaren hade den goda smaken att inte erbjuda honom arbetet vid sittande bord! Vad kan Georg ha sagt? Eller är det Tyko? Tomas bugar lätt, tackar för erbjudandet och lovar att återkomma så snart som möjligt.

Ute i den låga novembersolen tar han vägen förbi hamnen. Det blir snart mörkt, han får passa på att fånga de sista bleka strålarna. Kan det vara Tyko som sett sig om efter arbete för Tomas räkning. Georg skulle väl ha berättat i förväg, det vore mer likt Tyko att göra något sådant... bakom ryggen. I smyg. Nog tusan behöver han förtjänsten. Det ska finnas på banken åt både hans och Majs begravning. *Begravning?* Barnen ska inte behöva betala för den. Och det har gått åt en del – han var i alla fall klok nog att se till att de blev fria på våningen. Vad han avundas Valdemar! Som säkert sparat av kamrerslönen och nu har en trygg pension. Stegar glatt iväg till sin körsång… Tomas rättar till halsduken, trycker till hatten en smula. Måste han inte ge det ett försök? Det kanske inte är manna från himlen… men tillräckligt för att han och Maj ska kunna bo kvar? Anita stannar knappast hos dem för all framtid och hon blir inte direkt fet på sin lön. Skulle det inte vara välbehövligt för honom att komma hemifrån ibland? Det är synd att nöta på varandra i onödan. Han märker ju att Maj blir irriterad om han går hemma för mycket. Fast alltiallo… då är det ju inte dumt att vara lite praktisk och händig. Det kanske inte är hans främsta sida.

Ändå kan han inte förmå sig att berätta om jobberbjudandet när han kommer hem till Maj. *Jag ska börja som rockvaktmästare på Statt.* Det kan bli en hel del nattjänstgöring, men det borde han väl klara. Varför säger han inget? Äsch. Klart att han ska tala om det. När han har papper och garantier på att jobbet är hans. Om de skulle finna honom olämplig. Man får inte vara för stolt. Ett påhugg, kneg, knäck… Han frågade aldrig om lönen. Men vilken tur att de inte har lantstället kvar. Då skulle de haft ännu svårare att greja det ekonomiska.

TITTI ÄR SÅ orolig med Henrik borta i Amerika. Han kommer inte ens hem till jul. *Amerka*, säger hon och Maj uttalar det likadant. Det låter lite skojigt och är lättare att säga än när e och i ska kappas om utrymmet. Snart stänger jag av apparaten – de bara skjuter. Man trodde Amerka var ett föregångsland, men var får de alla vapen ifrån? Att inte ens presidenten... Titta på Ria istället, eller Hylands hörna – då mår man bra, säger Maj lite skämtsamt och tar en bit av den frasiga parisaren. Det är Siri som har bakat dem till adventskaffet – men hur gammal är Siri? Över sjuttio? Borde hon inte få pension. Jo – Titti talar om att Siri ska sluta hos henne vid nyår. Då har hon ändå arbetat bra länge på övertid. Titti är lite tjatig om Henrik. Maj tycker Henrik gott ska passa på att leva loppan i San Francisco. Eller var det Los Angeles? Det måste ju vara roligt för en ung man att få vara där det händer. Nog skulle det vara höjden av otur om Henrik hamnade mitt i skottlossningarna, när det bor så vanvettigt många där borta. *Inte säger väl Titti något elakt om negrerna...* Kanske hyser hon stor respekt för Martin Luther King. Ja Titti smular smördegsflagor från fingrarna och säger inte för att jag håller på sossarna, men jag tror att vi kvinnor måste avskaffa vapnen om samhället ska utvecklas till något att ha. Maj blir full i skratt – Titti i demonstrationståg med skrikiga banderoller och fanor – Titti tillägger att den här Ulla Lindström är kanske i djärvaste laget, men nu behöver vi säga ifrån. Och jag tycker faktiskt att Inga Thorsson gör det bra.

Säger Maj ifrån? Mot atomvapen, mot en ökad försvarsbudget som oppositionen kräver. Om man inte var så rädd *att göra bort sig*. För om Maj på ett kafferep berömt Ulla Lindströms eleganta bugning istället för ett nådigt nigande inför Elizabeth från England – skulle hon inte ha mötts av fientlig tystnad? Från kvinnor som håller hårt på etikettsregler och det passande. Många av Tittis väninnor är ju sådana. Gurli – hon är oförutsägbar. Kan hålla på hovet eller Mobergs republik.

SÅ GÅR BJÖRKARNA döden till mötes. *Mordet på en idyll.* Tidningarna får ju till det när det ska sättas rubriker. Men han borde gå förbi och se efter hur det blev efter skövlingen nu på vägen till Statt. Något har äntligen lossnat inombords. Ja – han är lättad över att Maj vet om vad han arbetar med. Till goda vänner säger han att så länge man har hälsan måste man ha något att göra om dagarna. Eller för hans del – kvällarna. Och det tycker de allra flesta är rätt och riktigt. Det är ett glatt gäng han arbetar med på hotellet. Visst är det en viss ordning – hovmästaren och hotell-direktörn har förstås mest inflytande, kokerskan... men kanske får han med ålderns rätt något slags immunitet. Det är en omväg att ta Centralgatan – lite bävar han för att se hur det ser ut. Men Maj har som vanligt sett till att rocken och hatten och halsduken sitter som de ska innan han går hemifrån. Blankat på skorna. För i personalgänget utmärker han väl sig inte som lite bakom, efter... han hänger ju med i tiden! Så vill han se det. Malin, en av de trevligaste servitriserna som arbetar extra, sa till honom på en snabb rökpaus att han påminner om hennes folkskollärare – för att han pratar så fint... och så märks det ju att herr Berglund är allmänbildad. *Eller är det ingen som bryr sig om honom? Behandlar honom som en utböling, lite eljest...* Nej men Tomas kan förstå att krogmiljön – hotell och restaurang – lätt blir en egen värld, lite utanför. Man ser människor... i alla stadier. De som har svårast att acceptera att det är han som tar emot i garderoben är de som känner honom sedan gammalt, som stamgäst. En uppskattad sådan? Alla vill vara omtyckta. Populära. Och det är en tjusig och trevlig byggnad att få arbeta i. Nätterna – de sena passen – man missar en stor del av teveutbudet när man arbetar kväll. Kanske är det därför personalen blir ett särskilt sammansvetsat gäng. Men vilken tur att han inte ska försörja en hel familj på förtjänsten. Ja det är en lättnad att Lasse och Anita båda har arbeten att gå till.

Det är fult utan björkarna. Så där ståtliga exemplar tar ju gott om tid på sig innan de växer upp. För när motorklingan väl har utfört sitt värv kan det inte göras ogjort. Tänk att ingen av de handlingar man utför, ord man uttalar… kan man få ogjort. Men om man jämför med Wennerström så… ska man väl inte klaga. Det är ju inte fel att avsluta sitt arbetsliv i glädjens tjänst. För så är det ju med en krog. Ett hotell. Fest. Affärsuppgörelser. Berusning. Dränka sorger. Förstärka glädjen. Förstöra sitt liv. Det beror på perspektiven. För personalen blir arbetstiden onekligen en smula obekväm. Vid elva – då ser han nästan i kors. Blir den över midnatt går kroppen igång med ny puls.

Det är också en träning i osynlighet. Bullriga sällskap som har bråttom att få av sig sina överrockar, tunga ylleytterplagg eller så har de sådana där poplinrockar – Gandhiskynken – fast vintern har så långt kvar. Han har aldrig sett Lasse gå i en sån. Till en början ville han gärna ha något slags professionell ögonkontakt med alla gäster – nästan ett handslag – fast det passar sig förstås inte, men i alla fall en känsla av att man… tagit notis om varandra. Men ganska snabbt förstod han att om gästerna är inbegripna i viktiga samtal med kunder exempelvis, då kan han inte räkna med någon respektfull nick. Vissa tar av sig ytterrockarna, halsdukarna, handskarna och hattarna och slänger dem liksom till honom, andra kan vilja bli hjälpta av med rocken utan att hälsa. Ja – nog uppskattar han sådana som växlar några ord. Ibland har han märkt – tar han tillfället att briljera. Bara om gästen är överlägset nedlåtande – då tar han till något citat av Engström eller Strindberg och även om vederbörande inte förstår – piken – så blir det en viss… förskjutning. Nog har Tomas alltid hälsat på rockvaktmästaren på Statt?

Vilka är det Georg kommer hit med ikväll? Det är inte någon av Hägglundspojkarna och Ekbergs har ju redan ett bord – från ÖMV, ARI? Nej, Tomas vet inte vilka de här herrarna är. Georg säger tjenare, tjenare. Han är rödblossig – men verkar inte vilja låtsas om att de är nära släkt. Mer som bekanta ute i svängen. Tomas behöver inte bry sig om det. Men Georg har inte kommenterat Tomas nya arbete. Titti sa bara att hon trodde att Tomas skulle vara en verklig tillgång för hotellet – ja så trevlig som du är. Men vad sa de till varandra – Titti och Georg – vid köksbordet på kvällen? *Vad har det tagit åt Tomas?* Samtidigt har han ju förstått tjänstesektorns önskan om anonymitet. Ja, att man kan vilja ha det så opersonligt som möjligt – som personal. *Det här kan du kanske få betala mig för – men inte mer. Du får inte mitt innersta, inte mitt sanna jag.* Tomas är ju liksom hotellets ansikte nu. Så han kan inte vara grinig. Men nog fryser något inombords när man inte ens möts av en blick. Serveringspersonalen – känner de likadant? Fast matsalsgästerna måste väl ändå titta upp när servitören eller servitrisen talar om vad som serveras på tallriken, ja eller går igenom kvällens rekommenderade, kökets special. Just som Georg med gäster ska gå in i matsalen vänder svågern oväntat tillbaka. Till Tomas säger han flinande att han måste på klo. En stund senare kommer han ut från herrarnas och frågar mer personligt hur de mår, Maj och han. Med lägre röst lägger han till att Titti är lite krasslig, men på lasarettet hittar de inget fel. Men något är i olag… Tomas, kan du inte försöka prata med 'na? Hon är liksom nere, så där som Tea brukade vara. Nej – nu måste jag gå till SCA-gänget – trevliga pojkar – men du vet man får kosta på… Han skrattar lite. De hade nog redan värmt upp med något på Georgs kontor. Ha det så trevligt i afton, säger Tomas och Georg höjer handen, med ryggen åt honom. Sjötungan ska visst vara alla tiders ikväll – pröva den! Det sticker lite i halsen. Bara han inte drar på sig en förkylning. Det ser inte snyggt ut om han uteblir från sina pass redan nu.

EN BRYTNINGSTID. EN ny tid. Som om inte alla tider i någon mån är nya. Varje sekund. Men för Maj är sextiotalet så fyllt av... insikten att inget kan tas för givet.

Är det fast anställning eller på timme? Maj rättar till hans halsduk och Tomas skrattar till i tamburen. Hon vill att han ska ha borstad rock och blanka skor. Stilen! Stilen är allt. Vi har väl inte avtalat så där alldeles precist, svarar han. Blir du sen, frågar hon, och då nickar Tomas, sitt inte uppe och vänta. En stund dröjer hon ute i trapphallen innan hon låter ytterdörren smälla igen. Hon vill inte flytta från lägenheten! Den är väl betald? På något taktiskt vis ska hon föra frågan på tal. Har Tomas några fordringar hos Kronofogden? Hon tror inte det, men det verkar lite brådstörtat att ta det här jobbet på Statt. Han som är van vid firman. Fast det är ett bra tag sedan nu. Och hon fick aldrig riktigt kläm på vad han gjorde i Sundsvall. Vilka uppgifter han utförde i affären. Tomas skötte väl allt? Kan det inte vara bäst om hustrun inte alltför näsvist rotar i makens förehavanden. Visar tillit att han ska greja det. Nu är det antagligen det här arbetet han finner lämpligast. Ja, hon har ju själv varit i gebitet. När hon serverade och plockade disk. På Grand och hos Kjellins. Fläskkorv och rotmos. Det är ingen dålig middagsmat. Synd att Anita inte är så för rotmos. Tycker kålroten blir alltför dominant hur liten bit Maj än tar. Kålrot är en bra och redig grönsak i soppa och mos. Prisvärd. Det är tokiga arbetstider Tomas har fått för egentligen borde hon ha middag klockan tre – men då är varken hon eller Tomas hungriga eftersom de som vanligt tar eftermiddagskaffe vid två, ibland halv tre. Och Anita är ju van att få mat klockan fem. Hon ska försöka ha riktigt lagad lunch mitt på dagen – Tomas kan exempelvis få korv och rotmos imorgon lunch. Ja – men vad ska Maj grubbla över då? Det är ett sjå att få vardagslivet att rulla. Och Maj kan inte förneka att hon grunnar en hel del på vad hon skulle kunna tjäna pengar på. Plötsligt är det mesta i garderoben nött och urtvättat. De nya materialen är lättskötta, men det blir fort lukt. Odörer som inte går att tvätta ur. Framför allt i jumprar. Men även underklädeslådan är bedrövlig. Tunnslitna underbyxor, sladdriga Spirellor och strumpebandshållare. Nylonstrumpor det gått maskor på och som är omöjliga att laga snyggt. Det vore roligt att gå på Gummessons och se vad vårsäsongen har att erbjuda! Eller bara få något smått som piggar upp från Tempo. Ett nytt läppstift? Dags att hälla av kokvattnet, men spara så pass att det går att stöta rotsakerna mjuka med stampen. En rejäl smörklick. Det går inte att få god smak med margarin. Det hjälps inte. I limporna och vetebrödet kan margarin passera. Inte i moset. Självklart frågar hon inte Tomas om extra för klädinköp nu. Anita månar om att vara snyggt klädd på arbetet och har en klarröd beautybox på toalettbordet i sitt rum. Oj vad hon lägger på runt ögonen – svarta tjocka linjer – hon säger att hon är tvungen till det på grund av att glasögonen gör ögonen mindre. Grå fläskkorv i sjudande vatten ser inte alldeles aptitligt ut – men huvudsaken att det är gott. Kommer inte Anita snart? Den är tio före fem. Bordet dukat. Borde hon ta upp sin gamla bana och höra efter med Tomas om de behöver en smörgåsnissa eller extra serveringspersonal på Stadshotellet? Äsch. Med sin krånglande vrist klarar hon knappast att springa så många timmar i sträck. På sätt och vis är det väl tur att de inte längre är stamgäster där. Nu för tiden blir ju inte Tomas och hon utbjudna dit. Inte som när Agrells var i stan – ja förr kunde även Georg och Titti vilja att de skulle äta ute istället för hemma om det var deras tur att bjuda hem Maj och Tomas på mat. Men det blir sena kvällar för Tomas och han stiger ju fortfarande upp före sju. Det kan nog både vara jäktigt – och förskräckligt långsamt – på Statt. Så klart tycker hon på det stora hela att det är bra att Tomas har en förtjänst. Att bara börja i en bokhandel, som lärarvikarie eller hos Tore Nordström på Stadsbiblioteket – det begriper hon ju att han inte kan göra helt apropå. Men det är tråkigt att behöva vänta med maten. *Fast Anita är inte sen.* Nej, nu kommer hon ju i tamburen.

Efter maten när hon sitter och virkar – Anita stickar – jumprar och koftor – hon har ju råd att köpa fint garn – då tränger tankarna på igen. När man har spritproblem är väl inte ett stadshotell det rätta stället. Det vet man ju hur det pratas – när gästerna har gått för natten måste personalen få ta sig något för att varva ner. Och plötsligt hör hon sig säga till Anita att pappa tar på sig extratimmar för att ha att göra, i väntan på att något lämpligare dyker upp. Vad han ska bli trött av att behöva vara trevlig hela tiden, svarar Anita utan att titta upp från stickningen i buteljgrönt ylle. Jo men det får väl gå. Allt måste gå. Vad finns det annars att göra?

DET ÄR OLIKT henne, men ibland har man inte så mycket val. Om alla barn i kommunen ska få skölja tänderna i fluor behövs väl fler än en lämplig dam för uppgiften. Borde hon kontakta tandläkaren direkt, eller kan hon gå via rektorn? Perman, är det två år sen han dog, eller tre? Det var ju länge sedan barnen var hos honom. Och Tomas och hon går ju till Bergfors båda två.

Att telefonsamtalen ska vara så gruvsamma. Men det här måste hon klara av på egen hand. Tomas har gått ut på stan och skulle inte komma hem förrän till lunch. Så det är idag det ska göras. Man kan väl inte få mer än ett nej! Ändå går det inte. Hon vimsar fram och tillbaka mellan vardagsrummet och köket, hittar på uppgifter som hon inte behöver utföra precis nu. Blankar speglar, rättar till mattfransar. Hela tiden rusar hjärtat rakt så hon blir rädd. *Nu telefonerar du Maj. Jag ska!* Före elva måste hon ha det bortgjort. Den är en kvart före nu. *Ta dig ett glas.* På förmiddagen? Det får hon inte. *Du vet var Tomas har bjudflaskorna.* Folk har väl i alla tider tagit en sup som medicin. För alla möjliga åkommor. Det är väl inget att bråka om. Nej. Faktiskt inte. Lite i ett dricksglas – att ta fram finglas är ju bara att göra sig arbete i onödan. Inte så mycket att det märks. Förresten kan hon skylla på att hon bjöd Titti sist. Det gjorde hon också, för Titti kände sig uschlig. Och då tog de var sin efter kaffet för att mota influensan i grind. Ja, Maj var lite… inte arg, men Titti kan vara tanklös när det kommer till smitta. Då blir hon extra sällskaplig och tänker inte på att man kan ha annat och göra än att lägga sig sjuk. En hutt – det är snabbt gjort att svälja. Sprider sig inte lugnet ögonblickligen? *Nu ringer du.* Ska hon verkligen tala med rektorn direkt? Ja, det är nog bäst. Trots hutten vill rösten inte riktigt bära när hon prövar. *Magandas! Ge stöd.* God dag – mitt namn är Maj Berglund och jag har hört att man söker en lämplig person för att dela ut fluor till skolbarnen. Jaha, svarar rektorn dröjande, så Maj fortsätter, andfått. Jag skulle vilja anmäla mitt intresse för platsen om den ännu inte är tillsatt… Ja, fru… Bergman sa ni? Fru Bergman får väl komma förbi så får vi talas vid. Det är skoltandläkaren som är ansvarig men om vi säger på torsdag klockan fjorton så ska jag väl ha hunnit kontakta honom också. På mitt kontor.

Kan det vara så enkelt? Hjärtat rusar nästan ännu hastigare när de har ringt av. Bara en liten till. *Det förtjänar du! Du gjorde det! Du är inte klok som ringer till rektorn och stör. Men jag stör inte! Jag ska vara till nytta. Verka i tandhälsans tjänst. Hjälpa barnen att slippa lösgommar och tandlossning.*

Vad tar hon sig för dagarna fram till torsdag. Åh – nu gäller det att vara hel, ren, fin och fräsch. Ordentlig. Rekorderlig. Eller vill rektorn anställa en ung, söt, slank sköterska som… Söta, rara flickor kan säkert vara trevligt, men för att få barnen att skölja munnen är det nog bättre med en erfaren *mor.* Och med diskret makeup och lagt hår ser hon faktiskt riktigt bra ut. Kjol, dräktjacka och blus. Snygga strumpor och en elegant sko. Vårdade, kortklippta naglar – det vackra breda guldarmbandet passar utmärkt till. Det får inte verka som om hon söker platsen för pengarnas skull. Bara i nyttans tjänst. Och på rektorn lät det här mötet mest som något att bocka av i protokollet. Att de framför allt ska gå igenom det praktiska, *formalia.* Det kan ju inte vara så svårt att mäta upp fluor och dela ut.

Nog bör hon ha med sig betyget från Kjellins konditori? Inte skolbetyget… Det är inget att visa fram. Fast kanske ändå bäst att stoppa ner båda kuverten i handväskan. Hon har inget papper från Åre. Åh – det är dumt. När man är ung gör man sådant man får ångra. Kökschefen på Grand blev så sur när hon sa upp sig – menade att han och direktören hade räknat med henne för hela säsongen och genom att sluta så där satte hon hela hotellet på pottan. Fast det var sådan arbetslöshet... hon kan knappast ha varit oumbärlig. Hon ville så förtvivlat gärna bort därifrån. Det måste man väl förstå att man inte kan gå som nissa hur länge som helst när personalmaten inte var bättre. Men det är synd på så många arbetsår. Hos Kjellins blev det ju inte ens ett år. Att gifta sig och få barn är ändå ett giltigt skäl för en kvinna att hoppa av ett arbete. Ja, kunde man inte avskedas om man envisades med att stanna kvar?

Blir det bråttom i alla fall? Det har gått trögt med lunchgröten och senast ett vill hon vara helt färdig så att hon i lugn och ro kan ta reda på var de ska träffas – och hon tänker gå långsamt så att hon inte överraskas av en svettattack eller snavar för att hon måste småspringa i brådskan. Slapp hon det här mötet skulle hon inte sörja. Men hon är tvungen och kan inte göra mer för att se ren och prydlig ut. Ja – lite lagom *attraktiv*. Har hon lagt på för mycket läppstift ändå? Med hatten på – som hon fortfarande inte passar i – ser hon väl ändå ut som en respektabel dam?

Hon får fråga sig fram till rektorns tjänsterum. Och så tidig som hon är blir hon anvisad en stol utanför att sitta och vänta på. Jo – det lockade att ta en hutt hemma innan hon gick hit. Men det förstod hon att hon inte får lukta eller verka det minsta oredig. Det värsta är att nervositet kan få en att verka rörigt bakom och vimsig. Ett glas tar snarare fram ens rätta jag. Det måste vara så Tomas resonerar. Kissnödig. Förbaskade blåsa! Hon var ju på toa innan hon gick. Nu får hon hålla sig. Om rektorn redan är tillsagd att hon är här. Iskalla händer. Trots att hon har behållit skinn- handskarna på. Hon kan ju inte sätta sig på handflatorna för att värma dem, men hon kan förstås skylla de fuktkalla fingrarna på att det är kyligt ute. *Se så – snart är det din tur!*

Så fru Bergman tänker sig att sköta fluorsköljandet här i rektorsområdet? Bergman... har hon möjligen haft sina barn här i skolan? Hon måste påpeka att hon heter Berglund – det hjälps inte. Berglund – jag var nog otydlig på telefon – ja min dotter tog studenten här från halvklassisk linje 1959. Så stiger den heta vågen över Majs kinder. Säkert flammor på halsen – *du har inget att skämmas över* – hon är ju egentligen så stolt över Anitas studentexamen, hennes betyg – det blev bara så abrupt, studierna i Lund – men hon måste tala om för rektorn – dottern heter Anita Berglund och hon har ett fint betyg från Lunds universitet och nu arbetar hon på Skolkontoret. Rektorn ser upp – ja men det är förstås fröken Berglund som är sekreterare där – det är en bra flicka. Lite underfundig humor har jag märkt... Genast känns det lite lättare. Nu kan väl Maj slappna av. Har Anita någon särskild humor? Rektorn ler, då får vi väl ta och bekanta oss med varandra, fru Berglund. Det var ett duktigt gäng som tog studenten från halvklassisk 59, inte var det någon som körde? Maj svarar att Anitas bästa vänner var Kerstin Holm och Gerd Johansson. Kanske minns rektorn inte riktigt vilka de var, men han fortsätter att le. Ja, men om fru Berglund skulle ta och berätta om sig själv. *Om sig själv.* Har hon inte övat? Borde hon inte kunnat räkna ut att frågan skulle komma? Jo, hon har övat. Men tyst i huvudet låter det så annorlunda. Vad berättar man? *Jag är pålitlig, snabb, praktisk, huslig, duglig. Vill du dessutom veta något om oron, ångesten, rädslan, lusten, längtan, drömmarna?* Hon måste tala om att hon har hand med barn och vill göra det rätta. Att tandhälsan förbättras... och kontakten med barnen... jag har ju skött ett hem och hushåll utan anmärkning i över tjugo år. En hel del representation för maken som kommer från fabrikörssläkt – ja rektorn känner kanske till fabrikör Arvid Berglund? Det är makens far. Och innan dess var jag inom hotell och restaurang... var det riktigt att tala om? Låter det lite... lösaktigt? Rektorn nickar uppmuntrande, men sneglar då och då på ett papper han har framför sig. Ja, en känsla för barn och hur man handskas med dem är ju ovärderlig i dessa sammanhang, men vänta... ett ögonblick – nu tar han på glasögon och tittar på sitt papper. Skoltandläkaren har skickat med en lista – viktiga frågor – han borde förstås ha varit med här idag men fick förhinder – vid en eventuell anställning måste vi naturligtvis ha ytterligare ett möte då han är med. Få se... Var fick ni er utbildning till tandsköterska? *Tandsköterske-utbildning?* Jag följer ju de skötselråd som rekommenderas, men utbildning... nej – nu blir rösten svag – rektorn har en undrande rynka i pannan – hon skakar på huvudet, jag har ingen... inte gått skola för att bli tandsköterska. Jag tänkte att det här... var mer att dela ut till barnen... Oj då. Rektorn tar av glasögonen. Ja, när vi talades vid kring det här, skoltandläkaren och jag, så kom förstås vår egen tandsköterska upp som ett förstahandsval, men hon är redan så belastad med arbete. Men en sköterskeutbildning... det handlar ju om läkemedel kan man säga, barnen får på inga villkor svälja ner fluoret, och... det är förstås ett krav att man har adekvat utbildning i tandhälsa och munhygien – ja så kan man slå larm till tandläkaren före årskontrollerna i särskilt allvarliga fall, kan jag tänka mig... han knäpper sina händer och de vilar tungt på skrivbordet. Ja då kan vi tyvärr inte... om inte fru Berglund har möjlighet att läsa till tandsköterska så... han reser sig och Maj märker plötsligt hur blåsan bultar, så hårt har hon pressat sina lår över varandra – hon kniper när hon ställer sig upp – ja, adjö då... han sträcker fram sin hand och Maj tar den, det spelar ju ändå ingen roll att hennes händer är kalla. Det enda hon begär nu är att få komma till en toalett.

Det är inte ens en tanke. Hon tar inte av sig kappan, men byter till pumps och lägger handskarna i korgen. Går sedan raka vägen till köket. Ett glas, en cognac. Ganska mycket. *Du borde väl begripit att man måste ha utbildning och papper.* Hon greppar glaset, vill inte sitta vid matbordet, nej, sjunka ner på plyschsoffans plymåer.

Tända en cigarrett. Kan det verkligen behövas skola för att dela ut muggar med fluormedel till barnen? *Tack och lov att inte skoltandläkaren var där.* Hon sveper det sista. Så reser hon sig för att diska ur glaset.

HON ÄR PÅ lasarettet nu… jag visste ju inte… Titti. *Titti!* Ändå blir han rationell. Vilken avdelning ligger hon på, Georg? Det är väl intensiven… hon är inte vid medvetande, Tomas, jag vet ju inte hur länge hon hade legat – men hon hade puls och ambulansen kom på direkten. De tror inte att hon kommer att vakna ur koman… jag får ju inte tag på Henrik – vad är klockan hos han? Georg, jag och Maj kommer upp meddetsamma.

Titti ligger på lasarettet. Maj tittar inte upp från sin vita virkning, nickar, suckar och säger att Titti har ju varit helt slut så länge – hon är medvetslös Maj, Georg hittade henne på köksgolvet i villan – nu stannar handen, virknålen – är det så illa? Han nickar. Vi måste fara dit genast – Maj reser sig, skyndar ut mot tamburen, tar kappan, kängorna – han får på sig sin överrock – var är handskarna, nej han behöver inga handskar – det är hemskt kallt ute – fast vi tar ju bilen, ta med virkningen om vi måste vänta.

Men de hinner inte. Georg sitter intill henne – det hjälplösa ansiktet när han ser upp på dem, sköterskan, doktorn… Tittis händer på magen – ögonen slutna – *får han aldrig se de där ögonen mer?* – Georg – Georg säger att hon var ju till doktorn flera gånger, jag avrådde henne aldrig från att söka, men de hittade ju inget, hon var så ledsen för Henrik… det bara tog slut – de kopplade bort allt direkt – hon hade inte ont, jag vet inte om de gav morfin, ingen ångest, jag tror inte hon hade ångest, Tomas, vad tror du? Maj sätter sig intill Georg, Tomas på Tittis andra sida. Borde han röra hennes händer? Smeka hennes kind? *Hur ska vi klara oss utan dig?*

Jag vill inte, säger Georg. Jag vill inte vara utan henne.

VAD SKA HON ha med sig? Har han aptit nog för att få ner biff med lök? Nej – i så fall på färs – det måste vara mört och lättuggat – hon vet inte vad de andra har haft med sig till honom, syskonbarnen, i någon mån svägerskor – bara Dagny och Julia har väl hälsa nog att ordna mat till änklingen – spontant och som av sig själv uppstod den här ordningen, släktens kvinnor telefonerade till varandra, gjorde upp tider, dagar. Nu är det Majs tur. Hon var inte beredd på det här! Inte Titti – bortskämda Titti, klämmiga Titti – Titti som trots allt ställde upp, alltid – Tomas älsklingssyster, bara några och sextio. *Min bästa svägerska.* Var det Henriks resa över till Amerika som bröt ner Titti så där, eller Georgs idoga arbete, var det cigarretterna – eller var det bara... slumpen? Den meningslösa döden. Det utmätta timglaset. Tänk vilket liv Titti hade! De gyllene åren. Klarade sig undan Kreuger – och fick en tillvaro som varit få andra förunnad – representationshustru, hemmafru. Med både flott funktionalistisk villa i staden och sommarnöje vid havet. En son som får flyga till *Amerka* och vara med om den nya tiden där. En make som ekonomiskt aldrig gjorde henne besviken. Omtyckt av släkt och vänner. *Herregud, Titti, du hade ju allt!* Där står Maj, med händer klibbiga av köttbullssmet, och tänker att hon kommer få en vidunderlig runa i tidningen, Katarina, tänk att Titti var döpt till Katarina. Så blev hon lill-Titti fram tills Tomas kom. Aldrig efter Anitas sjukdom har Maj sett Tomas så tagen. Ändå kunde han inte stanna hemma från arbetet och gå med henne till Georg. Har kvällsskiftet igen. Hon skulle velat ha honom vid sin sida. Det mesta klarar hon, men hon blir hård när det kommer till människors sorg. *Och din*

egen sorg, Maj. Vad gör du av den? Men var och en är förstås en-
sam i sin hudsäck. Vem sa så?

Går ni på schema? Maj tvekar i tamburen – tänker Georg inte
släppa in henne? Att Siri hann sluta på det nya året – ja på sätt
och vis var det skönt för henne att slippa hitta matmor nersegnad
– på slutet ville Titti klara hushållet själv. Hon var ingen kocka,
Titti – fast inte tänker Maj på det nu. I den eleganta hallens skar-
pa allmänbelysning ser Georg otäck ut med sina orakade, gråvita
kinder. Han skulle inte säga så där nykter. Jag kan gå igen om
jag kommer olämpligt – men jag har med mig lite köttbullar och
stuvade makaroner. Förlåt mig, klart att du ska komma – kom in
– han försvinner iväg – vinglar inte – var det bara ett uttryck för
en kris? Hon hänger av sig kappan, byter om till pumps – aldrig
tassade hon i bara strumplästen hos Titti – gud vad hon vill att
Titti ska stå i stora rummet – välklädd men sällan riktigt elegant
– som låg det inte för henne – hon fäste en blus med en säkerhets-
nål, drog ihop en för vid kjol med ett udda skärp och på nylon-
strumporna fick hon aldrig sömmen att sitta riktigt rakt bak på
vaden. *Nej Maj, inte påpeka att Titti hade kraftiga vader. Det är så
onödigt, betydelselöst...* Det tysta köket med sina solgula luckor.
Marmorbänkarna, den rostfria diskbänken, linoleummattan är
grå. Här är diskat, men någon har lagt en handduk över porslinet
i stället. Diskmaskinen vågade de tydligen inte använda, de andra
släktingarna. Inte Maj heller! Ska hon fråga om han vill äta nu el-
ler senare – var hon snål som inte lät Titti få finservisen från Tea?
Eller förstod Titti vilken trygghet det var för Maj att duka till fest
på det vackra porslinet?

Hon vill inte lämna köket. I fönstret ser hon sin gestalt – det är
så svart där utanför. Men den runda stora ljusgloben lyser upp –
du ser ut som en vålnad i rutan... Larvigt. Hon har inget särskilt
här i köket att göra. Förutom att värma på maten, att bara göra
det meddetsamma och duka fram är kanske lämpligast. Servera

honom i matsalen – var det först på onsdag Henrik skulle komma från Amerika? Bäst att fråga ändå. Men var är Georg? Inte i stora rummet, salongen – sa inte heller Titti salong? Hallå – säger hon, i ett tonfall mitt emellan rop och viskning. Har han gått till biblioteket, där Titti inrett ett teverum? Det var aldrig många böcker där inne, någon gång har hon hört Tomas göra sig lustig över att hans syster började kalla herrummet för bibliotek. Att Anita skulle vara hembjuden till den där arbetskamraten just ikväll. Annars hade hon fått följa med, skulle inte deras småprat ha livat upp? Jo men där sitter han ju, i en fåtölj i teverummet – hon ser inget glas eller någon flaska – kan han ha tagit något piller? Titti som hade brom, veronal. Hon kan väl inte ha något livsfarligt neurosedyn kvar... Så ser Maj att teven visst är på – utan ljud. Georg stirrar på skärmen och de stumma bilderna. Ska jag skruva på ljudet åt dig? Han viftar avvärjande med handen. Har han blivit knäpp? På sätt och vis är det helt logiskt att Georg faller samman av Tittis död. Har hon inte hållit honom, burit honom? Maj kraxar lite, talar om att Tomas inte fick ledigt ikväll, men han kommer så fort han får en frikväll. Georg skakar på huvudet. Hur är det med dig, Georg? Hon måste ju slå sig ner i soffan, göra honom sällskap. Det är ett ganska nytt möblemang. Tänkt att passa Henrik och hans kamrater. Ska hon upprepa frågan? Då formar Georg fingrarna till en pistol, trycker pekfingret mot tinningen. Poff, säger han och skakar på huvudet igen. Men Georg då! Vad ska hon säga? Nu värmer jag lite mat åt dig. Hon reser sig utan att han tar någon notis. Borde hon kontakta lasarettet? Kanske behöver Georg något starkt lugnande de här första dagarna. Åtminstone inte lämnas ensam. Men Maj kan ju inte bosätta sig... tystnaden i villan. Ja – det är befriande att slamra med skåpluckor, kastruller. Tur att Titti har en vanlig elektrisk spis. *Titti har den inte längre!* Nu väller det upp – allt kommer ju skingras när Titti inte längre finns hos dem! Titti med plats för alla – vem ska nu stå för att ordna jul? Ska Maj ha hela släkten på julafton? Eller drar sig var och en undan hädanefter, i sin egen lilla kärnfamilj. Kanske är det doften av köttbullar som skickar iväg Maj till julen redan. *Rör i makaronerna istället, så de inte bränner fast.* Borde hon äta med Georg? Fast hon är inte hungrig. Tog sig en tallrik soppa från igår och en spisbrödssmörgås innan hon gick hit. Ja några köttbullar provsmakade hon. *Tänk att du är en hemsamarit – att Georg är en sjukling.* Är det riktigt? Är det inte vanlig medmänsklighet han behöver? Vill han inte äta ensam kan hon ju ta ett par köttbullar på en assiett. Men nog dukar hon i matsalen – eller brukade Titti och Georg äta i köket till vardags? Tack och lov finns mjölk som smakar bra i kylen. Hon ska servera ett glas mjölk till maten. Ingen pilsner – säkert vill Georg ha pilsner, men ikväll blir det bättre med mjölk.

När hon säger var så god kommer han utan att krångla. Lingon – kanske Georg vill ha lingon till köttbullarna – det finns säkert lingon i kallskafferiet. Hon ska inte ställa fram hela krukan – nej snyggt i en skål, på ett mindre fat, och så skeden. Och när hon väl har ställt lingonen intill hans tallrik tänker hon att Georg brukar vilja ha spisbröd och smör till maten – hon går ut till köket igen. Titti som småpratade hela tiden, för sig själv, eller med Siri – ja var Georg i närheten pratade hon förstås med honom. Men Maj kan inte prata nu – bara ställa fram smör och bröd. *Livets salt.*

Sätt dig! Det är nästan så att hon hoppar till av Georgs bryska kommendering. Fjompigt får hon till ett skratt och gör som han säger, men väljer en stol en bit från Georgs plats. Han ser sig omkring – Maj har inte lagt för honom någon riklig portion – var är servetten? Åh – Maj flyger upp – servetten har hon glömt. Titti och Georg hade ju var sin till vardags – i servettringar av luffarslöjd. Var har Titti servetterna, frågar hon. Jag vet inte, svarar han. Herregud – vet han inte? Vänta då – Maj går ut till köket igen, ser sig planlöst omkring – rullade servetter kan man förstås både ha i matrum och kök. Hon drar i lådorna, öppnar skåpen. Var kan Titti ha sina servetter? Serveringsgången! Mycket riktigt – i en av de lådorna ligger de – är det läppstiftsfläckar från Titti på den ena? *Kan hon ana doften av Tittis eau-de-cologne?* Hon tar den andra och lägger fram den till Georg. Han har inte rört maten. Att Georg var så för etiketten. Nu lägger han servetten i knäet och sträcker sig efter en bit bröd, brer omsorgsfullt smör på. Får hon gå nu? Nej, hon måste förstås ta rätt på disken. Och dricka kaffe med honom på maten, hon har ju inte druckit något kvällskaffe än. Han är obeskrivligt långsam. Och under hela måltiden kommer Maj inte på att säga ett ord. Efter ett evigt tuggande lägger han besticken på tjugo över fyra och Maj kan lättad resa sig och ta hans tallrik. Tack ska du ha, säger han, ja var så god, svarar hon. Har det snurrat för honom? Om bara Henrik var hemma. Kunde han inte komma med ett tidigare flyg? Nej – nu kokar hon kaffe och dukar fram ett par sorter. Så kan de se nyheterna eller om det visas något mer underhållande program. Med ljudet på! Hon glömmer att andas. Vid diskbänken drar hon ett djupt andetag luft. Och så plockar hon rent från diskstället, även om hon inte vet var allt ska vara. Snart är det bortgjort. Då är nästa pass om en vecka – och då måste Anita och Tomas gå med.

Vi tar kaffet i teverummet, säger hon så hurtigt hon förmår. Hon ställer fram koppar, bitsocker, kakfatet. Var håller han hus? Nu spolar det – jaha – han var på wc. Tur – han sätter sig i fåtöljen. Tysta tittar de på Aktuellt. Han tar i alla fall en plättbakelse till kaffet – och efter den en enkel gaffelkaka på ett-två-tre-deg. Så reser han sig tungt – går ut ur rummet på nytt. Har han ont i ryggen eller i ett ben, han liksom linkar fram. Maj passar på att tända smålamporna i fönstret och den som har formen av en häst på den låga bokhyllan, och när hon ändå är igång känner hon efter om krukväxternas jord är torr. Nej – bara på ytan. Längre ner finns fortfarande fukt. *Tittis blommor får du inte vattna ihjäl!* Måste han på toa igen? Georg har kaffe kvar i koppen – men nu vill hon faktiskt få gå hem. Han kommer tillbaka med två glas, en flaska. Det borde hon väl ha kunnat räkna ut. Nog för att hon skulle behöva något lugnande, men Georg… Hon har ingen aning om vilken cocktail han har fått i sig. Det är inte att hon missunnar honom, men man vet ju aldrig hur piller kan verka och om man dessutom tar sprit… Här – han räcker den fyllda cognacskupan åt henne. Det var ingen dålig… försöker hon skämta. Skål på dig Maj – ja hon höjer glaset. Georg verkar få i sig hela i ett svep. Själv smuttar hon bara – du tror väl ändå inte att jag tål så mycket starkt. Han torkar munnen med ryggsidan av handen.

Ska du inte dricka upp? Så fyller han på i sitt glas. Nej, här vill hon inte dricka upp. Hemma, innan hon ska sova. Du måste tända smålamporna i skymningen, Georg – det blir så otäckt för dig att sitta i mörkret. Han frågar om hon vill ha en cigarrett. Jag har egna i handväskan – lämnade hon sin väska i köket – ta här! Jaha. Ja, då får hon väl dra ut en cigarrett ur hans paket – om han ändå kunde bli som vanligt och bara prata på. Maj försöker med något Gurli har berättat om Uno på MoDo – inga hemligheter men ganska intressant om Lyberg och den här påläggskalven Carlgren – men Georg verkar inte lyssna. När hon rökt färdigt måste hon få gå. Inte har de kommit överens om att hjälpa Georg i säng dessutom – ska hon ringa till lasarettet ändå? När Tomas kommer från kvällspasset kanske han kan… nu reser hon sig – går runt bordet till Georg och säger att hon ska göra kväll. Utan att hon vet hur det går till drar han ner henne i sitt knä. Stanna här Maj – men Georg, vad gör du – han håller ett hårt tag runt hennes överarmar – ska hon sparka till honom med pumpsklacken – det luktar om honom, en kemisk, frän doft… snälla Georg, släpp… ett kort tag ger hon efter, sitter blickstilla, känner hur hans panna trycker tungt mot hennes skulderblad. Hur länge? Det känns oändligt. Den häftiga, rossliga andningen. Det hårda trycket från hans armar. Snälla du – jag måste få gå på toa… då släpper han, hastigt, och hon reser sig utan att titta på honom. Hjärtat, munhålan – *bara gå härifrån Maj – ta handväskan i köket – byt inte skor – jo* – hon kan inte höra om han kommer efter henne –

galgens klonkande läte när hon tar kappan – kaffekopparna – hon måste strunta i de odiskade kopparna – *ta bara på kläderna och spring Maj – spring.* Ska hon ropa hejdå från den öppna ytterdörren? Hon vågar inte. Hon måste hem, till lägenheten. Ut i den kalla kvällen – och inte förrän hon nått lägenhetsporten – med det blåsande pipet i bröstet, svedan – ja först när hon är inne i sitt eget hem – han kommer väl inte efter henne? Hopsjunken på pallen i tamburen – hennes formar blev kvar – Tomas får hämta dem. Hänger han sig nu, skjuter sig... Lennart – eller Hans-Erik. Hon får ringa till dem och be dem gå dit.

DET HÄR ÄR svårare. Svårare än pappa, svårare än mamma. Titti – hur ska han klara sig utan Titti? *Är hon den enda som verkligen har trott på dig, Tomas?* Hur hela ens kropp kan vägra smärtan. Inte orka, inte stå ut med att ha så ont. Nu står de här, utanför den röda tegelkyrkan på höjden, i blötsnön, marsslasket, syskonen samlade i svart, och inte talar man om sorgen bara så där. Det är tyst, det pratas om annat. Kanske mumlar Eva lite för högt att det var då för väl att Henrik äntligen kom hem så Titti kan få komma i jorden. Det är inte bra att bara vänta... Nina har lite svårt att gå i trappan och backen upp, men Lennart håller henne under armen. Och Tomas har Maj, Lasse och Anita med sig. Georg som mittpunkt – en bruten man. Maj tror att det har snurrat till för honom, hon var alldeles skärrad när hon hade varit där häromkvällen och sa att Tomas måste se till honom. Men när Tomas gick dit på förmiddagen därpå öppnade han inte, och till sist visade det sig att Georg gått till jobbet som vanligt. Tack och lov har han Henrik och en syster från Stockholm boende hos sig nu. Hon är säkert tio år äldre – Tomas har väl aldrig hört talas om att Georg har haft en halvsyster i Stockholm? Det är otäckt att se Georg så. Han är inte orakad, ändå är hela ansiktet skuggat, kanske av sömnbrist, eller någon medicin. Georg är ju inte en man som bryts ner. *Det var många som höll av dig Titti! På allvar var det så. Här är vi nu – timglaset...* Vem står näst på tur? Nina har kommit till kyrkan utan Ragnar och Lennart säger lågt att pappa är för dålig. Tomas nickar sammanbitet – Dagny, Kurre, Hans-Erik och Marianne – men här finns inte riktigt utrymme för att låta det bli en social begravning, ja som när en åldrad, älskad människa somnar in efter ett långt, rikt liv och jordfästningen blir ett tillfälle för släkten att träffas, minnas, dricka gravöl ihop... Titti har ju ryckts ifrån dem – han ser hur Henrik samtalar lågmält med Ingrid Persson, den kvinnliga prästen som blivit så omskriven i rikspressen – tur att varken Georg eller Henrik satte sig emot att Titti skulle jordfästas av en dam. Nej – Tomas har inget otalt med de kvinnliga prästerna, tvärtom kan han tänka att han hellre skulle bli själasörjd hos en kvinna än en man. Efter Bjerre... det är något med de mäktiga männen som inte känns riktigt bra. Så småningom ska de väl få höra hur Henrik har det i Amerika. Vilken chock för honom! När han for var ju Titti hälsan själv. Det var hon väl? Först efter gudstjänsten ska Tomas och Kurre axla tyngden, tillsammans med Lennart och Hans-Erik. Kommer det inte kännas underligt, att helt koncentrera sig på den tunga trälådan, och så vetskapen att hon ligger där – men nu står kistan ännu smyckad vid altaret. Blommorna, ljusen. Vänner och bekanta som tigande sitter på plats. *Du har så många vänner Titti!* Vilka vänner har Tomas kvar? Anita torkar sig redan med näsduken, men Maj är så där märkligt stel, liksom oberörd. Har hon inga känslor? Jo, det vet han ju att hon har. På sitt sätt. Vad ska han säga till Titti när han går fram? *Du är en fin människa. Du gjorde alltid ditt bästa. Det blir tomt utan dig.* Så platt. *Jag vet hur mycket Maj uppskattade att du tog hand om henne. Titti – hör du mig, Titti? Sitter du i en solstol på ett kryssningsfartyg – eller är du ute på landet? Med en sockerdricksgrogg – ganska svag för annars får du ont i huvet – och en cigarrett? Fick du uppleva kärleken – eller var Georg inte den sortens lycka i ditt liv? Visste du hur beroende han var av dig?*

Han tackar Ingrid Persson efteråt. Att hon gjort ett inhopp efter missivet, det är inte läge att skoja om att Svartviksborna skickat henne tillbaka. Hon har det där respektingivande – ja den där blicken som verkligen ser... inte helt olik Bjerre, som väcks viljan att bekänna, tala om att Tittis död... *är en anledning för mig att supa igen, om jag inte orkar sorgen, jag ville inte förlora Titti – hon var min bästa syster –* men han säger inget sådant – inte heller välkomnar han henne tillbaka sent omsider, talar om att Örnsköldsviksborna ska vara stolta över att få ha haft en präst i tiden, inte bakåtsträvande – han säger bara att det var en fin gudstjänst och Maj som står intill tar Ingrid Persson i hand och niger.

Först ute på kyrkbacken igen upptäcker han att Nisse och Rut har kommit ner från Umeå – Rut säger kort till Tomas att nu får vi väl se hur det blir, Titti är ju den som ändå har hållit kontakten. Klart att vi ska ha kontakt invänder Tomas och klappar henne lite tafatt på axeln, var det verkligen för att Nisse var skolvaktmästare som mamma nästan försköt Rut, eller var det att pojken kom innan de var gifta… det var ett surr runt Rut när han var pojke, men för honom var hon bara ännu en syster som flyttade hemifrån och blev stor. Ja, så har det ju alltid sagts att Nisse inte ville ha med släkten i Örnsköldsvik att göra. Hur är det med… herregud, en kort stund får han inte fram barnens namn – Sverker och Sonja, hur mår de, frågar han. Rut knäpper den översta knappen i kappan och säger att Sonja och Bruno hade svårt att komma ifrån, men snart är jag väl gammelmormor ska du se – nej han får inte veta något om Sverker. Titti sa att han hade spritproblem, men Tomas vet inte. Och att Sylvia inte kommer upp från västkusten, det tycker Dagny är svagt. Ja – vad blev det av Sylvia, Ellen och Sture. Ingen representant har kommit från den familjen – bara en krans. Visst är det en dryg resa upp hit, men även Tomas känner sig upprörd å Tittis vägnar. Hon skulle minsann satt sig på tåget, sovit över i Stockholm och sedan åkt vidare till Alingsås. Och Sylvia fick ju bra betalt för sin del av firman. Där är Tittis alla vänner – skol och läskamrater – Siri – Siri säger till Tomas att det blir skönt för fru Titti att få vila – jag tror inte hjärtat hennes längre orkade med att slå. Oroade sig Titti för honom? Det vet han ju att hon gjorde.

Jordfästningen på kyrkogården norr om stan, så gamla de är hans syskon, gubbar och tanter, de svarta dräkterna och kostymerna gör sitt till, men Maj är ännu som en flicka intill dem, kanske lägger hon färg i håret, det är fortfarande gyllene brunt. Han vill blunda – nej – det går inte att vara fullt närvarande i stunden. *Min syster är redan död och jag kan inte nå henne.*

Tack och lov ska middagen inte vara på Statt utan i en hyrd festvåning. Georg tyckte väl inte att det passade sig med Tomas nya arbete… och i villan blir Tittis frånvaro säkert alltför stark. Ja, det kan nog vara så att Georg inte precis vill möta affärsbekanta i en sån här situation. Anita kommer fram till honom, undrar nästäppt vad som händer härnäst – och Maj tar tag i Tomas arm – det är ju för hemskt att Titti inte fick se att Henrik mår bra. Du vet hon var alldeles fnoskig när han for, sa att nu ser jag honom aldrig mer. Hur kunde hon veta? Och så tystnar de hastigt – Georg som grinar mer än ler med munnen – Tomas, nu är det slut med oss. Oss? Ja, Georg väljer det ordet. Tomas klappar Georg på överarmen. Nu stiger jag av Tomas. Ska du sälja rörelsen eller vad menar du? Georg skakar på huvudet – och Tomas kan inte förneka att han blir lättad när en vithårig dam kommer fram för att beklaga sorgen. Herregud – det är Cissi – han kände inte igen henne. Georg ska ju inte sluta arbeta nu. Då kan det gå illa.

MAN KAN INTE annat än sträva framåt ändå. Det som varit har varit och det gäller att hålla blicken rakt fram. Maj måste tänka så och ska bjuda Gurli, Alice och Lotten Åkerlund på lunch. Det är hennes tur. Och Titti skulle uppskatta att Maj håller ställningarna och stilen. Hon tänker sig bouchéer med sparrisstuvning – det blir för mäktigt med en hel volauvent – och sedan den där härliga räkrätten som Anita bjöd sina arbetskamrater på till sin födelse-dag. Man blir pigg av nya maträtter – ja köttfärslimpan hon först planerade har väl alla ätit till leda. Nej, räkor, ris och tjock vispad majonnäsgrädde som man smaksätter med lite kryddig tomat-sås. Snyggt är det också, att lägga upp hela härligheten på ett fat och bjuda runt. Efterrätten har ännu inte fallit på plats – kanske någon varm fruktvariant efter den kalla huvudrätten och av fisk blir man ju aldrig tung och däst som efter en kraftig köttbit. Man måste gå vidare fast Titti är död. Tomas tar det så hårt. Maj – på ett underligt vis intensifieras livet för henne. De ska ju ändå dö allihopa! Bäst att ta Gurli och Lotten tillvara medan de är i livet. Hon saknar Titti. Hon saknar Anna. Hon saknar Vera. *Saknar hon pappa? Mamma?* Det är områden inuti hon inte går nära. Titti, Anna, Vera. På olika sätt hjälpte de henne igenom… ja bara att de tyckte om henne. *Och du dem?* För dem var hon fin nog. Bra nog? Titti – det onda kommer överrumplande när Maj inser att hon inte kan ringa till Titti och höra om hon tycker att Maj ska smaksätta den spännande såsen till räkrätten med brandy eller halvtorr sherry. *Inga mer bilutflykter, luncher, konditoribesök på stan. Inga fler av Tittis flotta felköp som Maj får ta till en skräd-dare och sy om så att de passar henne.* Har hon redan ersatt Titti

med Gurli? På sätt och vis. Gurli är så kolossalt i livet. Och allde-
les långt bak i medvetandet – nästan inte ord ännu – *nu slipper
Titti få reda på något tråkigt om Georg.* Kanske tyckte Titti det var
hemskt när Georg flirtade med Maj – *och Maj med Georg? Jag
flirtade inte. Det var han som...* Maj måste tala om för Henrik hur
fenomenal hans mamma var. Ja så att han verkligen förstår det
innan han far tillbaka till Amerika.

Sitter hon och gråter över virkningen? Tittis leverfläckade ring-
prydda händer som handarbetade så snabbt. Den stickade ljus-
gröna dressen till Anita som baby. Titti var aldrig medvetet dum.
*Sa jag någonsin till henne att jag hade tur som fick en svägerska
som hon? Sa jag det verkligen aldrig?*

KLART HAN ÅNGRAR lite att han sa att han kunde nöja sig med ett par veckors ledigt över sommaren – och han var ju tvungen att tala om för Petterson att de inte skulle ha möjlighet att hyra på Ön i år. Men när nu Georg bad dem att fira både midsommar och julisemestern ute hos honom – går jag där ensam hela sommaren utan både Titti och pojken så blir jag väl tokig på kuppen – jo, det trodde Maj också att han kunde bli. Vi får väl ställa upp för Georg, sa hon och nu sitter de här ute på Georgs veranda. Maj har solglasögonen på, och själv har han tagit av kavajen, öppnat de översta knapparna i skjortan. Sydvästläget är varmt långt in på kvällen. I en blåskimrande keramikvas slokar en bukett ängsblommor – spridda blad av smörblommor ligger på vaxduken. Det förvånar honom – att Georg gjort sig besväret att plocka blommor – eller har han haft hjälp av någon dam att pynta här ute? Maj och Georg har fått en grogg efter maten – Georg blandade sockerdricka och cognac som Titti ville ha det och det verkar inte som om Maj har något emot att dricka groggen så. Georg har vid flera tillfällen sagt att han borde sälja – varför ska jag sitta här för mig själv när Henrik har sitt i Amerika? Men både Tomas och Maj avråder honom – han ska inte göra något drastiskt förrän han har haft sitt sorgeår. Till Tomas har Maj sagt att hon tycker det är lite märkligt att det inte dyker upp något damsällskap, men Tomas låtsades inte höra. Ja, det går ju inte att ta miste på hur mycket Georg saknar Titti, han förstod väl aldrig riktigt hur beroende han var.

När de går in och sätter på teven visas bilder av Chrusjtjov som ror Erlander. Är det Vingåkersdansen igen, muttrar Georg och sätter sig lite klumpigt i sin fåtölj – att han var en sådan baddare på att ro, skrattar Tomas. Vad fasiken ska man tro när Erlander och Krusse sitter i samma båt – Georg skakar på huvudet. Har man tagit Chrusjtjov i båten får man nog ro honom iland. Tomas invänder vagt att vi måste väl visa att neutraliteten inte bara är tom tunna... Han har onekligen viss karisma. Väldigt jovialisk. Men det är kanske bara ett falskt grin. Georg stryker sig över pannan – först har vi kosmonauten här och nu ledaren... och fan vet hur mycket Wennerström har sålt ut oss.

Snart solnedgång. Fast de sitter här inne med fördragna gardiner. Ja, Tomas reser sig, lämnar Georg och Maj framför teven. Borde han fråga Georg om lov att låna ekan? Inte kan han väl ha något emot att Tomas ror ut en bit i sena sommarkvällen? Så länge sedan... Det är kanske dumt av honom att lämna Maj med Georg. Hon har antytt att hon tycker att Georg inte är sig själv sedan Titti gick bort. Nej – det kan han hålla med henne om.

Han tänker inte ro mot Zetterqvists. Viken – alldeles stilla. Egentligen borde han ha badat. Om han ror över till Ön och går upp och lägger sig i torpet? Nyckeln sitter säkert i och Petterson sa att det troligast skulle stå tomt över sommaren. *Inte bara ryska ledare kan vilja ro ensamma i svenska sommarnatten.* Vad dum han är. Oroa Maj... klart att han inte kan bli borta hela natten utan att säga något. Efter pensionen måste han hyra torpet igen. Bara inte Petterson lovar bort det. Så hostar han plötsligt – ljudet skär genom den stumma kvällen – hur ska han bli av med sin retliga hosta?

MITT NAMN ÄR Anders Skoglund, jag skulle vilja be att få tala med Anita Berglund. Oj – det där var ingen dålig telefonpresentation. Ett ögonblick, svarar Maj, kanske borde hon skojat och sagt var god dröj. Anita – det är telefon till dig! Anita ser lite frågande på henne, sedan tar hon luren och viftar iväg Maj. Vem är nu denne Anders? Ja, Maj blir inte alls upprörd. Anita är ju tjugofem och det är hög tid att hon bekantar sig med någon... som presenterar sig så där snyggt. Är Anita lite extra rödblommig när hon kommer tillbaka till sin stickning i soffan? Tack och lov är det inte kulturredaktören – den onämnbare – i alla fall. Skoglund... hon måste fråga Tomas om de inte känner några Skoglunds. Skogsberg...? Anita berättar förstås inte. Men hon reser sig snart och Maj ropar efter henne, frågar om hon ska ut ikväll. Jaa... hörs inifrån hennes rum – ta på dig något snyggt då – inte den där raka mönstrade klänningen – du ser bättre ut i den grå dräkten, den med klockad kjol! Nej – hon får inget svar. Man ska ju inte klä sig rakare och plattare än man behöver om man ändå har lite kurvor – när man ska ut med en... karl. Ingen av dem kommer förstås i närheten av La Ekberg, men det raka modet är så trist. Både på tanter och unga flickor.

Hej då, ropar Anita från tamburen och dörren slår igen. Maj hinner inte ens ut till hallen för att titta efter hur hon ser ut. Måtte hon inte bli bränd och besviken på den här Anders. Bara för att man presenterar sig snyggt måste man ju inte vara en stjärna. Och Tomas har sent pass ikväll. Ja – då är hon verkligen... gräsänka. Lasse och Solbritt vill väl knappast komma över på kaffe, har väl kamrater hos sig och sitter uppe och spelar kort. Det är bara att plocka fram virkningen igen. Men lite pirrigt är det att Anita äntligen är på en träff. Kan det vara något fel på den här Anders eftersom han inte är stadgad än? Han lät lite äldre, ja närmre trettio i alla fall. Fast alla män är inte solochvårare. Det finns hederliga sorter också.

Är där en svag, knappt förnimbar längtan efter att själv bli uppvaktad? Av en ung och trevlig Anders. Maj upphör med virknålen en kort stund, rullar med axlarna som så lätt blir spända när hon koncentrerar sig på mönstret... det är väl det där med förväntningarna... hur man som ung drömmer om hur det ska *bli* istället för att brottas med vetskapen om hur det *blev*. Kanske tänker Maj med obehag på hur det var att göra sig snygg, gå ut, rädslan att låta dum, larvig, fånig när man pratar – dölja komplex och ha en omsydd gammal kappa – nej – inte är det bara *lust* att gå ut med en man. Fast Frans var trevlig att prata med på Ulvön. Konditorn hos Bertil och Anna. Kanske kan det vara så också. Lättsamt från början. Och Anita behöver inte vara rädd att verka dum. Har språk och skola. *Är en bildad människa.* Glasögonen – men det kan ju inte komma som någon överraskning för Anders om de inte har kontaktat varandra på annons. Han har kanske själv något synfel. Bara hon inte ligger med honom direkt. Även om han försöker... *jag var alldeles för snabb med Erik. Tomas – det var väl Tomas som tog...* nej, vad dumt att gräva ner sig. Det kanske är annat för ungdomar nu. Att man gör det för vänskaps skull – nej – det är obegripligt. Det är väl inte lättare att klä av sig naken inför en vän. Och nog är det flickorna som får betala priset. Har Anita ordnat om p-piller tro? Gurli har varit helt öppen med Maj om att hon tycker att det är en fenomenal uppfinning, men Maj har läst att kroppen kan reagera lite underligt. Som om det alltid är dagarna före mens. Det verkar inte så livat. För Solbritt har det ju i alla fall inte blivit barn än. Det går runt i huvudet. Virknålen – garnet – hon räknar – får repa upp – Solbritt och Anita ska få var sitt överkast i bröllopsgåva! Det blir tungt – stadigt – men ser lätt ut. Skirt. Skira skira sockerdrömmar. Det var länge sedan hon bakade drömmar. Kanske vore det gott med en dröm till kaffet ikväll. Anders Skoglund. *Är du Anitas dröm?* Äsch – drömmar är för andra. Det vet väl Maj att ingen annan kommer och uppfyller några drömmar. Men kan Anders vara... ett gott parti? Är han skötsam utan att vara outhärdligt trist? Lång – längre än Anita allra minst – Erik var inte så lång, men... Tomas är reslig. Det är roddandet. Och promenaderna.

Har hon inte Kronolja hemma blir inte drömmarna av. Hjorthornssaltet – det såg hon i skåpet häromsistens. Och smöret kan få mjukna en stund. *Om jag skulle träffa en annan man nu skulle vi inte kunna få egna barn. Fast adoptera – ta fosterbarn. Klart att jag inte ska ha fler barn.* Det är överstökat. Får Anita och Anders en liten pojke? Med knubbiga armar och kiknande skratt. *Vad du gör dig tankar om Anders!* Socker, smör och olja. Hon rör – varv efter varv tills armen veknar. Då vilar hon – och fortsätter sedan en stund till. Mjöl och hjorthornssalt. Smörja plåtar, rulla kulor.

Kaffe och en krasande sockerdröm. Tandsköterskorna med sina fluormuggar fasar förstås över sockermängden. Ganska snart känner hon att det blir för sött i munnen. Två, tre räcker – de gör sig bäst på ett blandat kakfat med något mer smörsmakande, som en mördegsstjärna med hackad mandel på. Kanske en rustik havrekaka. Faster Nellys hålformar. Åh när bakade hon dem sist? Eller moster Bettys saftiga mandelkrans. Ska hon våga föreslå för Lasse att han och Solbritt kan ha sina bekanta på kortspel här en kväll? Så kan hon bre fina sandwichar och passa upp. Te och en mjuk kaka eller enklare tårta. Kanske blir det snart dags att ordna lysning. Dubbelbröllop! När kommer Anita hem? Nej – den är bara nio. Före elva ska hon nog inte vänta henne hem. Herregud – de kan ju faktiskt dyka upp här på en kopp kaffe – Anita och Anders! Bäst att vädra ut ammoniakångorna från köket. Ja, hon går ett varv i våningen – ser efter att det är snyggt och trevligt. Tänder lampetterna i tamburen och fönsterlampan inne på Anitas rum. Men här inne måste hon plocka till! Att Anita envisas med att hänga kläderna utanpå garderobsdörren istället för att hänga undan dem direkt. Det är bäddat, men några sladdriga jerseyjumprar ligger i en hög. *Anita – så här kan det ju inte se ut om man ska ha herrbesök. Det ska du väl inte ha – än?*

Hon måste snart byta om till nattlinne. Den är över elva – hon brukar ha släckt då. Hur sen tänker Anita bli? Jo – hon unnar visst Anita en trevlig träff. Ändå blir det rasande oro. Om de har träffats på annons kan ju denna Anders vara… Olle Möller. Ja, den typen. På ytan skötsam och sportig. Men egentligen mördare. Rektorn som berömde – det gjorde han väl? – Anitas humor. I bästa fall har Anita fångat en man som fallit för hennes underfundiga humor. Mördare dras nog till mer lättfångade byten. *Jag vill bara Anita det bästa. Och vet att det är svårt.* Men nog verkar han vara bildad, Anders Skoglund?

Nu var det någon i dörren. Strax över halv ett. Då måste hon ha sovit en stund. Hon reser sig till sittande – hon kan inte bara komma ut till tamburen i nattlinne om Anders är med. En hostning – det där var en man i alla fall. Det låter som Tomas. Hon hör inga viskande röster eller hyssjande fniss. Och så spolar det på toaletten och snart hörs steg där utanför i matvrån. Hon lägger sig igen. Kanske borde hon bara försöka sova.

GÅ HEM NU *för guds skull.* Det är ett ynka sällskap som dröjt sig kvar – men Tomas kan ju inte lämna garderoben. Han är för trött för att polera galgar. Numreringsbrickorna är i ordning – det har han kontrollerat. Det är flotta överrockar och pälsar som hänger där. Men har de inget arbete att sköta imorgon? Trötthet gör en väldigt trångsynt. Det enda han kan tänka på är att få göra kväll. Man fryser också. Han borde ha något varmare under. Och är inte takbelysningen tänd är det inte ljust nog att läsa. Han har lov att läsa om vestibulen är tom. Men måste ha ständig beredskap att lägga ifrån sig boken eller tidningen när det kommer gäster. Fast är han grusig i ögonen som ikväll kan han ändå inte skärpa blicken. Äntligen – nu kommer de – självklart hittar de inte sina brickor. Han har god lust att bara hiva fram plaggen, men vet ju att brickorna måste paras som bevis på att de stämmer överens. Och så de tröttsamma artiga fraserna. Han blir led att höra sig själv. Ja – han får inget vidare gensvar heller. Då får det vara. Och han tänker inte ge den där mörkblonda kvinnan i stilig håruppsättning en uppskattande blick. Inte när hela hennes eleganta uppenbarelse kräver det av honom. Han hjälper henne på med pälsen – det är allt. Den andra ser på sätt och vis trevligare ut. Ja, hon behöver kanske ett vänligare bemötande.

God natt mina damer och herrar – sov gott. Äntligen får han hänga de sista galgarna i ordning och gå hem. Om han kunde slippa vakna sex. Han vill så förbannat gärna få sova ut en natt. Åh nej – nu kommer den mindre anslående kvinnan och hennes korpulente make tillbaka. Även Tomas blick blir ibland dömande skarp. Jaha? Min hustru lämnade in en sidenscarf – från Italien –

och nu kan hon inte hitta den i pälsen. Så den måste ha blivit kvar här. Nej – det kan Tomas svara på meddetsamma – någon halsduk lämnades varken in eller blev kvar. Det är ju en yrkesheder att hålla reda på hur många plagg och andra tillbehör – exempelvis paraplyer och galoscher – som lämnas in. Han noterar det till och med i en anteckningsbok – ja om det är något utöver det vanliga. I det här fallet finns ingen scarf uppskriven. Nästan allt det här talar han om för paret. Och så visar han med handen att garderoben är helt upplyst sedan han fått tända upp takgloberna – så ingenting kan ju förbli osynligt där. De ser förresten obarmhärtigt trötta ut – borde han påpeka att de gör bäst i att skynda sig hem och sova? Min hustru är säker på att hon lämnade in sin scarf. Ni förstår väl att ni blir skyldig att betala om den är borta. Skyldig att betala? Vi är naturligtvis inte skyldiga att betala något som inte har lämnats in – nej – i den här frågan kommer han inte att ge sig. Han råkar till och med skratta till, och fortsätter säga att i så fall kan vi ju ha hela stan här som påstår att de har lämnat in persianpälsar och rävstolar. Fast nu rodnar mannen – får jag tala med hotelldirektören. Direktören är hemma och sover vid det här laget – vi kan ju inte störa hans nattsömn för en sån här sak. Har ni verkligen sett efter ordentligt i fickorna – jag noterar ju vad jag får in i boken! Sjalar och halsdukar hängs på ett särskilt sätt. Men nu ler mannen och bockar med en knyck. Säger att det är nog inte sista gången vi har med varandra att göra.

Förbannade scarf! Hängde han in en sidenhalsduk? Det skulle han ha kommit ihåg. Han noterade att den mörkblonda såg ovanligt bra ut redan när de kom – lite Grace Kelly, fast med ojämna tänder. Han måste lägga sig på golvet och se efter om sjalen hamnat bakom eller under något. Här finns för tusan inget sidentyg!

Men hur olust sprider sig. Fäster den vill den aldrig släppa. Och den matas så enkelt – som nu, minsta misstanke som når medvetandet ilar till inombords – kan hon ha lämnat in halsduken utan att han märkte det? Han går hemåt via hamnen och upp Viktoriaesplanaden. Var han inte lätt obehaglig till mods av Grace Kelly-typen och alltför upptagen av att inte behandla henne särskilt servilt. För sjutton gubbar – det fanns ju ingen scarf kvar i foajén när han gjorde kväll! Han tittade ju efter överallt. Självklart kommer den där påstridige mannen kontakta hotelldirektören. Är han utan jobb nu? Ja, olust övergår dessutom lätt i ångest. Även om det här är en rak och okomplicerad händelsekedja – det var förbaskat obehagligt att bli beskylld för något han inte har gjort. Ångesten kan ju vara mera... vag i sitt samband. Antagligen har den där kvinnan ett hav av scarfar där hemma. Han har inte precis skämt bort Maj med siden. Vad kan en så där dyrbar italiensk historia kosta? De finns nog inte att få tag på i Örnsköldsvik. Kanske i Sundsvall. Säkert i Stockholm.

Han skulle haft på sig en gammal fårskinnspäls ikväll. Det är inte minus men fuktigt, rått och ganska blåsigt. Värmen kommer inte ens när han ökar stegen genom parken. På håll ser han att det är tänt i Anitas rum. Men Lasses ruta i den putsade fasaden är helt svart. Han har inte tagit tag i det där allvarliga samtalet som Maj tycker att han ska ha med Lasse. Hon är så bekymrad över att de bor ihop utan att vara gifta, Lasse och Solbritt. Det är klart att det inte ser snyggt ut, men det verkar som om man inte tar riktigt lika strikt på det där med äktenskap bara man är förlovad i alla fall. När det kommer till att flytta ihop. Men han undrar om Lasse menar allvar med Solbritt – om hon är bekväm med att bröllopet dröjer. Sidensjalen – kan han inte få slippa den en stund till? Fast det blev oro av Lasse och Solbritt nu också. Vilken jädra kväll! Han försöker låsa upp dörren så tyst som möjligt. Ja Maj har påtalat att han lever om när han kommer hem, och har hon väl vaknat får hon visst svårt att somna om. Nu är hon knappast vaken. Så börjar han hosta – förstås – den senaste veckan har han besvärats av rethostan nattetid – nu väcker han väl Maj ändå. Han kränger av sig rocken, skorna – kikar in genom den öppna dörren hos Anita på vägen till badrummet – men hennes säng är slätbäddad, tom. Är hon ute så här sent? Som ska upp och jobba imorgon. Kan hon ha somnat på soffan?

Nej – Anita sitter inte uppe i vardagsrummet heller. Och inte i köket. Då är hon ute. Om något var i olag skulle väl Maj vara vaken? Inte somnar hon lugnt ifall Anita är i fara. Det är ovant att Anita är ute om nätterna. *Hon är tjugofem.* Jo. Men det finns ju så många... svin där ute. Tänker Tomas så? Den där sidenscarfen fladdrar framför ansiktet, framfusigt nära. En doft av kvalmig parfym. Han har för tusan inte slarvat bort någon sjal! *Nu har du klantat till det. Inte tolererar direktören sånt här uppträdande mot gäster från sin stab.* Fan också! *Jag var trött, jag tappade tålamodet.* Han var ingen fin människa, Grace Kellys karl heller. Tomas kan inte påminna sig att han har sett dem förut. Vad har de i Örnsköldsvik att göra? De låg ju inte över på Statt. Komma och förstöra hederligt folks liv... *Fast ditt jobb är ju bara att tjäna.*

De står i kallskafferiet. Maj har inte haft invändningar när han har handlat hem ölburkarna. Tar själv en till maten ibland. Axlarna – han har ont, både bak i nackkotorna och över axelpartiet. Magnecyl – det kan hjälpa. Ska han kunna somna borde han både ta brom och magnecyl. Han öppnar ölburken med handen kupad över – det är onödigt att väcka Maj med det pysande lätet. Först nu känner han hur svidande torr i munnen han måste ha blivit av sjalhistorien. Nästan bedövad i gommen. Ställdes han till svars av direktören nu skulle rösten inte bära. Ölets beska, det bubblande skummet – som fylls hela munhålan av nytt liv. En klarare stämma. Det brukar inte dröja länge innan magnecylen dämpar. Vad gjorde människan innan magnecylen? *Brännvin.* Så klart.

Vad gör du?

Han rycker till, vänder sig om – Maj i öppningen in till köket – han ser bröstvårtorna genom det tunna skära nattlinnet – *säg inte det till henne* – säg inte att man ser brösten – nej – klart att

Tomas halvleende svarar att han har värken i axlarna och att han skyndade sig hem och blev törstig av språngmarschen. Det vore dumt att oroa Maj med incidenten ikväll.

Har Anita kommit hem?

Nä – var är hon?

Det ringde en kille – man – Anders Skoglund – han lät då ordentlig – och sedan for hon med väldig fart. Den är ju snart ett. Måtte han följa henne till porten, hon ska ju inte gå ensam ute på stan så här sent. Tomas nickar. Det var lugnt ute när jag gick hem, men… Lägg dig och sov du. Jag behöver en stund att varva ner. Det var lite ruschigt ikväll.

Maj kliar sig i hårbotten, säger att nu kan jag väl inte somna om. Så gäspar hon och går tillbaka till sängkammaren.

Långsamt sprider sig ett lugn. Han tar en öl till. *Du kan söka ett annat arbete Tomas. Får du sparken går de miste om en jädrigt bra rockvaktmästare… låt dom inte sätta sig på dig. Du har för helskotta inte haft bort någon sjalett av siden.*

DET VERKAR FAKTISKT inte vara något fel på Anders. För det går inte särskilt lång tid efter den första träffen – ja den första Maj fick reda på – förrän Anita säger att hon tänker ta med Anders hem på kaffe eller te efter bion imorgon. Anita vill vara i köket nu på kvällen, ska baka något att bjuda på. Nog kan jag väl sno ihop någonting, säger Maj, ska du behöva stå och baka efter arbetet – jag tänkte göra de där mazarinrutorna, säger Anita ivrigt, de är inte så svåra och blir nästan bättre om de står en dag och saftar till sig. Åh – hon verkar så förväntansfull – måtte hon inte bli besviken. Då bakar jag småbullar åt er imorgon, det blir väl bra med bulle och en mjuk kaka? Jag tror nog drömmarna går fortfarande, vi får känna efter ikväll till kaffet så de inte härsknat. Oj så Anita stökar på i köket. Låt mördegen vila svalt, påminner Maj och Anita bara nickar, blir inte sur över tillsägelsen. Han har nog gott inflytande på henne, Anders. Maj har förmanat Anita att sköta arbetet bara, skoldirektören ser säkert inte mellan fingrarna när det gäller förälskad personal.

Det blir liksom extra fart på städningen när det ska komma främmande. Maj jobbar hela dagen med våningen, dammar, blankar, dammsuger och torkar parketten och köksgolvsmattan. Tar pinnstolarna så att det inte är kladd och trycksvärta på dem. Snyggar till på toa – både gäst-wc och badrum – byter de smutsskårade tvålbitarna mot nya. Ja, hon slänger dem förstås inte, när han gått hem ska hon lägga dit de gamla tvålbitarna igen.

Ändå bultar hjärtat våldsamt när Anita ringer en hastig signal på dörrklockan innan hon och Anders stiger in. Hon har snygg kjol, blus och lite läppstift, ja hon vill ju inte att Anitas fästman ska tycka att mamman är sliten och ful. Men Anita skulle skämmas ögonen ur sig om hon målade på sig för mycket makeup eller tog på sig något urringat eller väldigt snävt. Det känns lagom med pärlclips i öronen och breda guldarmbandet – god dag fru Berglund, säger han och bockar när han tar i hand – det där måste vara en snäll pojke – så lång! – lite ärrig hy, men inte alls ful – nog ser han trevlig ut – Anitas hy blir som en persikas intill honom. Tur att en karl kan ha ärr utan att skämmas! Maj skyndar efter en galge åt hans rock – var filmen bra, frågar hon – åjo, den var spännande – Anders tittar försiktigt på Anita och hon nickar, den var bra. Det var inte den där skandalfilmen ni såg, som dom skriver så mycket om, nej då, nej, det var inte den, svarar Anders. Men den är säkert inte så farlig som dom skriver, säger Anita, sedan tystnar hon, ja det var förstås dumt av Maj att dra upp en film där det sägs förekomma tidelag. Ni vill väl ha kaffe, bryter hon snabbt in med istället, det vore gott, svarar Anders och Maj skyndar ut till köket för att brygga det färskt. Bullfatet är redan i ordning, kaffekopparna likaså.

Ja – hon måste ju försöka ta reda på vem han är. De sitter intill varandra i soffan, *de unga tu*, och Maj får veta att hans föräldrar är från Bjästa – han är inte släkt med ordföranden i drätselkammaren, inte ens på långt håll – och han har redan fått tjänst på skolan i Bredbyn. Anita måste förstås ha träffat honom genom sitt arbete på Skolkontoret. Han berättar att han har läst på seminariet i Umeå, för det var något ämne de hade där som de inte ger i Härnösand. Men han är glad att få komma tillbaka till hemtrakten och Ångermanland – det är lite platt där uppe, man saknar bergen och skärgården. Men varför har han inte redan stadigt sällskap? Det kan hon inte fråga när hon bjuder honom att förse sig en andra omgång från kakfatet – han är i alla fall tjugoåtta år. Hon får luska med Anita sedan om han har någon uppslagen förlovning i bagaget. Klart att det inte kommer att bli utrymme för några extravaganser på en lärarlön – men nog måtte det vara tryggt och bra? Ja, Anita har ju inte visat det minsta intresse för sällskapslivet här i stan och då kan man inte heller räkna med att fånga någon blivande doktor, tandläkare eller ingenjör. Tomas verkade faktiskt lättad över att han inte skulle vara hemma ikväll, och har gång på gång upprepat, jaså, det är en magister, ja då är det en bildad människa – Maj var tvungen att fnysa – du som är så för böcker kan väl inte vara rädd för en folkskollärare!

Men Anders tackar då artigt för kaffet och säger att smörgåsarna är goda. Till Anita halvviskar han att han inte visste att hon var så huslig att hon brukar baka... det är jag inte heller, svarar hon rodnande och Maj måste tala om att Anita är riktigt duktig på att hålla ordning och städa. Det är ju inte alla pojkar som tackar så där för sig och han har faktiskt allra mest ögon för Anita. Anders Skoglund från Bjästa är nog inte opålitlig. Anita blir lite larvig – ja som om hon både ser upp till den här killen och ska verka lite... svår. Snäll och glad och lättsam ska man vara för att behålla en man – se mellan fingrarna – inte vara fordrande. Inte efterhängsen. Inte besatt. Inte kåt. Inte likgiltig, men ändå ganska sval. Omtänksam men inte ett plåster. Lite lagom skojfrisk – gärna fuska lite vid sången och baletten. Inte mörk sugande jazz. Mera Lill-Babs eller Siw Malmkvist. Om Anita kunde lära lite av Lill-Babs. Fast Anders har ju tydligen intresserat sig för henne som hon är – nu. Måtte han inte vara en sådan som ska stöpa om en kvinna och förändra. Knåda till den perfekta lilla fästmön. Huvudsaken att han är snäll! Och inte utfattig. Eller super. Drogar. Slåss. Affärar skumt. Anita röker inte – men Maj och Anders tar var sin cigarrett på kaffet. Anita tittar otåligt på – klart att de nykära vill vara för sig själva. Men nog känns det lite roligare med Anders än med Lasses alla olika flickor. Det kan ju hända att Anders är lite händig och kan hjälpa till med ett och annat praktiskt. Med flickorna vet man inte om det är någon idé att fästa sig och göra en verklig bekantskap. Vill du se mitt rum, undrar Anita barnsligt när han har fimpat. Men han nickar bara ivrigt – blir man så där larvig av kärleken? Jag ska väl ta och stöka bort, säger Maj och Anita invänder att hon ska spara disken till henne – jag tar den innan jag går och lägger mig. Pah! Som om Maj någonsin sparar disken. Skulle det vara annorlunda bara för att Anita tar hem sin blivande man?

Fast med händerna i diskhon kan Maj inte förneka att det till största delen känns… bra. Första intrycket av Anders är lovande, han verkar vara en stabil och fin man för Anita. Riktigt än vågar Maj inte ta honom till sig fullt ut – men det kunde ha varit mycket värre.

KAN JAG SLAGGA hemma?

Men var är Solbritt då...? Lasse skrattar, säger att de har en liten fnurra på tråden. Så jag ligger över här inatt – *åh nej*. Har du varit otrogen – Maj ropar det efter honom. Det är en hastigt uppblossande visshet. Hon och Solbritt står kanske inte varandra nära – Solbritt är faktiskt så tystlåten att det är svårt att få kontakt – men det är ingen slarvig flicka. Hon har ordning i lägenheten och sköter sitt arbete som kassabiträde på Tempo. Lasse svarar inte. Men hans säng är inte bäddad på hans gamla rum, så hon måste ändå bistå honom med linne – och det är ju inte trevligt i rummet längre eftersom han har tagit med sig så mycket därifrån. Grejerna dina då? Men lugna ner dig mamma – man kan väl ha en fnurra på tråden utan att man måste vända upp och ner på allt för det... Blir det slut får du se till att ta hem grejerna – ja hur gör vi med farmors lakan som ni fick... måste du vara så besvärlig Lasse?

Hon bäddar, Lasse suckar – det är väl bättre att reda ut saker innan man går till prästen. Och vi har ju ingen unge att... Nej, tack och lov för det! Är hon dum med dig? Hon verkar ju så... anspråkslös. Solbritt vill ha det på sitt sätt och jag på mitt och då blir det bråk... nej, inte bråk, men är det surt håller jag mig hellre borta. Åh – är hon en sån som surar. *Sura flickor är inte söta.* Hon kanske har anledning? Maj drar efter andan, slår sig ner på en stol som blivit kvar. Gör inget du får ångra, Lasse. Gräset är kanske inte grönare... Morsan, jag ska bara slagga här. Det är säkert bra igen imorgon.

Men det blir inte bättre. Redan efter en vecka kommer Lasse hem med sina möbler – och vänsterhandens finger bär inte längre någon ring. Ändå verkar han inte ledsen. Det funkade inte, säger han, som om deras förhållande och förlovning varit en elektrisk apparat eller ett golvur som plötsligt strejkat. Men då anstränger man sig Lasse, för att få det att fungera igen. Lägg dig inte i det du inte vet något om, fräser han. Ska du bo här hemma får du nog anpassa dig efter våra regler, svarar Maj medan hon tittar på hur han lastar in sakerna på rummet igen. Låter det så ska jag nog snabba mig att hitta något eget, svarar han, och flinar. Står han och hånflinar åt henne? Herregud – hon skulle vilja rycka tag i den där tjusarlocken och lugga honom! Utan att tänka tar hon ett hastigt steg emot honom och han ryggar undan – men lugna ner dig. Hon stryker händerna över ansiktet, känner svedan under ögonlocken, i näsan. Kan du inte tänka lite på hur det här blir för mig och pappa? Tror du att du ska få något pris för dina erövringar? Tror du att en familjeflicka vill ha en kille som har nån i varje byhåla? Nu stryker han håret från pannan, flinar igen. Men vem har sagt att jag vill ha en familjeflicka... det är väl just det jag inte vill ha.

Nej – Maj vänder sig om, drämmer igen den blankbetsade dörren. Super han också? *Tar piller?* Har han sitt arbete kvar? Det är inte sunt för en kille att ha det där utseendet. Nästan lite som Elvis. Ja, kanske inte riktigt så... men med det mörka, blanka håret, skinnjackan – hade han varit ful hade han inte kunnat dra fram som en jädra *horbock*. Ja, så var det sagt. Inombords. Hur hon ser på sonen. Hon har tolererat hans affärer länge nog nu. Och vill han inte ha en familjeflicka får han slippa det då. Men Maj tänker inte ta hand om honom.

Fast redan nästa morgon har hon frukost åt honom strax efter sex. Han stjälper i sig kaffe och ostsmörgås – han vill aldrig börja dagen med havregrynsgröt trots att det vore det bästa för honom

– och innan han går till jobbet hasplar han ur sig att det ordnar sig. Jag tycker att du ska låta Solbritt behålla lakanen, säger hon och ger honom unikaboxen. Om det är du som har varit dum så ska hon i alla fall inte bli av med dem för det. Lasse nickar, ser ut att söka efter orden, men han nickar bara på nytt och försvinner iväg nerför trapporna. Gud – så trött hon är. Om Anders gör mot Anita som Lasse… borde Maj varna henne? *Bli inte för kär. Eller fall handlöst i kärlekens lågor.* Usch. Det här har hon svårt att ta upp till och med när hon träffar Gurli. Hon har aldrig hört att Gurlis söner har krånglat med kvinnor som Lasse. De träffar säkert familjeflickor. Borde hon gå över till Solbritt en dag och tacka för den här tiden? Göra klart att hon inte har något otalt med Solbritt. Att hon tvärtom är ledsen över den uppslagna förlovningen. Ja – tala om att hon hade börjat planera för ett dubbelbröllop, att hon är säker på att Solbritt skulle vara en bedårande brud. Nej, men det kan verka hånfullt. Fast hon skulle ha blivit glad om Eriks mamma… Ja, ja. Man får väl låta det bero. Rikta in sig på Anders. Anders är visst förtjust i kroppkakor, så hon har lovat Anita att de ska bjuda hem honom på det.

MOGEN DAM SÖKES till tvättinrättning. Mogen – det är hon. Det
är bara att se ner på sina händer, inte är det några ungflicksfingrar
precis. Hon slätar ut uppslaget och läser annonsen på nytt. Även
om fluoret inte gick vägen så får hon inte ge upp. Tomas förtjänst
räcker inte långt. Allt extra – födelsedagsuppvaktningar, julklap-
par, gåbortgåvor – för att inte tala om kläder, hygienartiklar, skor.
Cigarretter! Tomas har inte så ofta kontanter att avvara. Hon
märker att han har börjat skylla på att han inte hunnit till banken,
eller han glömmer... Och hon kan inte begära mer av Anitas lön.
Nu när hon har Anders vill hon väl spara till hemgift och bröllop.
Ja, inte har man väl hemgift nu, men symboliskt, att ha en slant
till möblemang och husgeråd. Kanske vill de bygga kataloghus
eller så småningom köpa en äldre villa att renovera. Fru Jenny i
porten intill har börjat ta barn hos sig om dagarna. Det ligger inte
riktigt för Maj. Eftersom Tomas oftast arbetar kväll kan ju inte
Maj ha ruschiga ungar i lägenheten om dagarna. Jenny är förstås
van vid sina stojiga pojkar och flickan har också varit ganska ka-
vat. Maj viker ihop tidningen och lägger den i korgen. Tar undan
kaffekoppen, torkar bort smulorna. Hemsamarit – det har hon
funderat på. Både städningen och matlagningen skulle gå galant
– men omvårdnaden, tvätta gamla gubbar... hon sköter ju om
Ragnar en eller ett par gånger i veckan fortfarande, men aldrig
den intima hygienen. Det får Nina ordna om. Fast Nina – Nina är
på bristningsgränsen. Rätt vad det är fräser hon åt Ragnar även
när Maj är där. Hon som brukar vara så... behärskad. Ragnar är
inte mycket till sällskap numer. Det måste vara arbetsamt. Och
Maj är glad att hon kan avlasta Nina, låta Nina gå på kafferep

och luncher. Eller bara till fotvården, hårfrissan, kanske ut för att handla på stan. *Du är ju inte gammal Maj. Fyrtiosju i december.* Nu vill de ha en mogen dam till kemtvätten vid torget. Rymmer inte ordvalet ett förföriskt drag av kontaktannons? Antagligen betyder det bara att de vill ha en kvinna med dokumenterad kunskap om tygers skötsel och kvalitet. Där är hon inte expert. Men inte heller helt bakom – hon är försiktig när hon tvättar – oftast – även om det är trevligare att tvätta tyger i högre temperaturer än att blaska på med ljummet eller, ännu värre, kallt vattenbad. Hur kan det bli riktigt rent – vissa underkläder i de nya materialen ska inte tvättas i mer än trettio grader. Men hon ska ringa det här numret – det måste vara gjort före lunch allra senast.

DET ÄR SVÅRT är att se sig själv som ett lockande erbjudande. *Här står jag nu och erbjuder min tid, min erfarenhet, mina skickliga händer.* Hur lätt det perspektivet faller till förmån för det bedjande, tiggande, vädjande – *har du ett jobb att ge mig? Jag ska göra allt vad jag kan för att vara till belåtenhet.* Idag är hon beredd på utmanande frågor. De vill förstås veta vilken kunskap hon har om arbetet på ett kemiskt tvätteri. Men hon har i alla fall ofta tvättat i de moderna maskinerna i flerfamiljshusets tvättkällare. Strukit, manglat, stärkt. Och erfarenhet från serviceyrken har hon papper på. *Du har servat din familj i snart trettio år. Ta upp det på meritlistan också.* Det kommer nog sist på dagordningen. Om det behövs... som en extra skjuts. Men i fråga om uthållighet vittnar väl alla utförda uppgifter i hemmet om en stor talang. Eller för den delen – en tålmodigt erövrad praktik.

Det är inte utan att riksdagens debatter når även Maj genom radio, teve och Örnsköldsviks Allehanda. Hur en kvinna som går hemma slösar med samhällets just för tillfället stabila – men dock inte oändliga – resurser. Det finns så många omsorger där kvinnor behövs och äntligen kan göra rätt för sig. Visst kan en mor vara hemma under småbarnsåren, men redan i skolåren bör barnen få egen nyckel och klara mellanmålet utmärkt på egen hand. Det är inte en fråga som längre rör Maj direkt, men det är något med tonen i de uppfostrande artiklarna eller debattinläggen som ger en fadd smak hos henne – hon slösade då inte med någons pengar när hon skötte om Anita och Lasse. Och för egen del är hon främst intresserad – eller i behov av – förtjänsten. Det krävs inget snille för att räkna ut att Anita när som helst kommer att flyga ur boet och då förlorar de en ansenlig summa varje månad bara där.

De verkar inte så knussliga, paret som har kemtvätten. Hon får en känsla av att de med en gång tycker att Maj framstår som pålitlig och bra. Det kanske inte är den trivsammaste lokalen så där en trappa ner till källarplanet, men bristen på dagsljus kompenseras med väl tilltagna lysrör i taket. Kanske ser fru Karlstedt att Maj blinkar till i det skarpa ljuset, hon förklarar att de är helt beroende av gott arbetsljus för att utföra sitt arbete till belåtenhet. Vi får ju inte riskera att en kund kommer tillbaka och har sett fläckar vi har missat för att det var för skumt allmänljus. Och de fläckar vi inte får bort måste vi vara helt uppriktiga med – kunden ska veta att vi har gjort allt vi kunnat för att få bort dem.

Det sticker lite i näsan här nere också – men det är ganska angenämt både med värmen och doften av rengöringsmedel och nystrukna skjortor. Fru Karlstedt säger att hon redan nu vill tala om att det är ett arbete som kräver god fysik – en får inte ha värken i händerna, ja åt det reumatiska eller förslitningsskador. Maj nickar – hon behöver ju för den skull inte berätta om sin besvärliga vrist. Man kan ta magnecyl om det kniper. Lustigt nog framstår arbetet här i källaren som rena semestern i jämförelse med att bära flott upplagd mat i bägge händerna och kanske snubbla i matsalen som servitris på Statt. Att stå rätt upp och ner och arbeta har hon ju vana vid. Stå vid diskbänk, stå vid spis. Stå vid bakbord, stå över sängar och bädda. Ståendet ska hon nog klara av. Det är riktigt intressant att få se kemtvätten inifrån, maskinerna, de olika medlen, strykbrädorna, mangelrummet... det kommer att bli mycket att lära sig. Hon kan inte avgöra om hon blir lättad eller besviken när fru Karlstedt talar om att hon inte ska ansvara för kunderna ännu – i receptionen måste man ha god kännedom om vilka fläckar som går bort och inte lova mer än man kan hålla.

Fru Berglund kommer mest att stryka skjortor och pressa byxor. *Hela dagarna?* Mangling av dukar och linne kan tillkomma – men även de uppgifterna kräver en verklig precision. Ett felaktigt veck eller skrynkla på en hemmanglad duk kan man tåla – men tro inte att kunderna tolererar veck på sådant de lämnar in. Ja, och fru Berglund ska få börja på timme, någon fast anställning är det ju inte fråga om. Det passar mig bra, svarar Maj – en fast anställning är ju också ett åtagande – på timme är man mera fri... i fantasin i alla fall. *Kom när jag kallar!* Ja, eftersom frun har stora barn ska det väl inte ställa till bekymmer att gå på timme.

Åh – nu är hon glad. Klart att det pirrar lite – inför det nya och okända. Att lära nytt kan vara tröttande, men också en utmaning att anta. Tänk att berätta vid middagen att Anita och Tomas kommer att behöva ordna sina måltider själva framöver – nåja, hon kan ju se till att de har något gott att värma på. De har fin torsk hos handlarn – då kan hon ha kokt torsk och ägg- och persiljesås till mat idag. Kanske kan hon unna dem en liten mannagryns-pudding med saftsås till efterrätt eftersom hon kokade extra mycket gröt till gårdagens lunch. Tomas har ju ett av sina dags-pass och kommer hem till middagen klockan fem. Det ligger lite arbete bakom torsken också – att få den vit och mjäll och inte torr – och ägghacket måste ha den rätta smuligheten utan att det är alldeles grönt i gulan. Ändå verkar varken Tomas eller Anita sär-skilt glada för hennes skull – några gratulationer får hon inte. To-mas låter nästan lumpen när han frågar vad det ska vara bra för. Det hettar ända uppifrån hårrötterna. Anita säger till slut att det nog blir roligt för henne att få komma ut och se något nytt. Och trots att torsken har fin och vit sälta och potatisen är god har Maj svårt att svälja de sista bitarna. Vill hon grina när Tomas lämnar både potatis och sås på sin flata tallrik? Han brukar inte lämna. Brukar säga att det var gott. Ja – hon vet att det finns makar som aldrig ödslar beröm på hustruns kokkonst – men hon är van vid uppskattning för maten och vill inte vara utan. Hon menar ju inte att vara elak när hon tar det här arbetet. Tvärtom ska hon bidra. Under tystnad dukar hon ut och ljummar på puddingen. Anita skiner upp och säger att det är gott att få något sött efter fisk. Men Tomas talar om att han står över, han har slut på cigarretter och ska gå ut på stan och handla innan de stänger för ikväll.

ÅH NEJ! INTE Georg. Här. I källaren på kemtvätten. *Vad dum du är.* När fru Karlstedt måste springa ut i ett ärende – Maj vet inte säkert om det var ett hastigt inbokat läkarbesök eller bara jul-klappsinköp – tyckte hon att Maj kunde sköta inlämningsdisken ändå. Och nu står en grånad Georg med något under armen som behöver kemtvättas, eller ska han ha skjortor strukna? *Jag vill inte stryka dina skjortor.* Så starkt i henne, hur det känns fel. Ändå ser Georg bara glad ut när han får syn på henne. Ni kommer väl till Mariannes och Hans-Eriks lilla julafton på lördag? Jodå, nickar Maj. Tomas har frihelg, så de har tackat ja. Borde hon tacka för senast på nytt? De hade en liten minnesstund för Titti i november, då hon skulle fyllt sextiofyra. Eller vill Georg inte påminnas? Maj får egentligen inte dröja med kunderna så här – hon kan fråga Georg vad han har i paketet. Några byxor och en överrock – jag måste ju vara proper när jag ska flyga till Amerika. Att Henrik inte får komma ifrån i år heller, säger Maj, de kör hårt med honom. Georg nickar. Han är ju ung förstås, lägger han till, har ork som en annan inte längre… Ska Maj säga att Georg ännu är i sin krafts dagar? *Viril?* Hon plockar bland plaggen, *inte luktar byxorna kiss* – jag ska se till att de kan få gå före, det är fasligt ruschigt så här i december – vilket datum reser du? Tack ska du ha, svarar han men dröjer sig ändå kvar vid disken. Maj skrattar till, viskar att det kan bli avdrag på lönen om jag är för pratsam. Och så kom-mer det något över Georgs ansikte. En plötsligt naken öppenhet innan han höjer handen till avsked. Kom och ät middag med oss en kväll, säger hon med högre röst innan han trycker sig mot den tunga ytterdörren – han vinkar igen och svarar att han lovar att titta förbi. Hälsa Tomas och barna!

Adventsbelysning, snömodd. Mörkret när hon går hem. *Kan du inte känna glädje över den intjänade lönen, Maj? Att ha egna pengar i portmonnän nu när du inte längre får något barnbidrag.* Jo. Men också… en osäkerhet hur mycket hon kan kosta på sig själv. Det mesta måste gå till mat och annat kring uppehället. Såpa, tvättmedel – och så spara det som blir över ifall de skulle behöva ett nytt kylskåp eller en ny spis. Fast visst unnar hon sig något ibland. Ja – bara det att hon utan att behöva be om det kan köpa blommor eller konfekt när hon ska gå bort. Nylonstrumpor, en permanent, kanske tosca goldcream för färg i ansiktet om vintern. Underkläder, ögontusch – *men aldrig en flaska vin?* Det tar emot att gå på bolaget. Det gör det. Stekt fläsk, potatis och morotsstuvning. Hon har allt inhandlat till middagen redan, det är bara att sätta igång när hon kommer innanför dörren. Toabesök, smörja in händerna när hon tvättat dem med tvål. Fast hon arbetar med så starka medel, finns ändå känslan att hon tar med sig smutsen hem. Anita har visst inte kommit från Skolkontoret än. De ska få råskalad potatis – slippa sitta och karva i skalen på de nykokta, varma. Om hon fick vara helledig det här veckoslutet! Det är riktigt av Marianne och Hans-Erik att ställa till stort julkalas för alla syskonen och kusinerna, ja som de bjuder in till redan så här i början av december, men så underligt det blir att festa med släkten utan Titti. Liksom… meningslöst. Hon dukar, hör Anita komma i tamburen, ropar var så god. Doften från det nystekta, salta fläsket. Maj berättar att Henrik inte kommer hem i år heller, när Anita slår sig ner vid matbordet. Jag träffade Georg på tvätten förstår du, och han ska visst fara över dit. Tänker du och Anders vara i Bjästa eller här hemma? Anita skakar på huvudet, vi ska inte fira julen tillsammans. Hans föräldrar vet inte riktigt om... de är lite gammaldags och kyrkliga – ja vi är ju inte förlovade på allvar. Jaha. Maj tar en klunk mjölk. Säger du det. Hon som har trott att Anita ska vara i Anders föräldrahem första julen ihop. Hur är det med Anders som inte ordnar om ringar? Han är så noga, skrattar Anita, tycker att vi måste känna varandra helt och hållet först... Helt och hållet? Vad är det för idéer? Kan man känna en annan *helt och hållet*? Det värker i benhinnorna, fötterna bultar heta. Fast fläsket är gott. Var det känsligt att hon drog upp julen? Anita fortsätter äta under tystnad. Tror du verkligen Georg klarar den långa flygresan till Amerika, frågar Maj. Han ser inte ut att ha återhämtat sig än. Och det verkar ju inte trevligt där borta, de bara skjuter och demonstrerar. Titti gjorde nog rätt i att oroa sig för Henrik, fast jag tyckte att hon överdrev då. Men Georg sa i alla fall att det känns bäst att få fara ifrån allt – Maj drar efter andan, tar en tugga morotsstuvning och potatis. Anita svarar att det nog ska gå bra för morbror Georg att flyga och att i San Francisco verkar det vara *easy going* och lugnt.

Nej, Maj har inte heller någon vidare lust med julen i år. November och december är visst alltid extra ruschiga månader på tvätten. Hon vet med sig att julbestyren ännu mer måste planeras i detalj nu när hon inte kan styra över sin tid. Hur var det på jobbet idag då, frågar Anita lite oväntat. Tänk – ändå har hon ingen lust att berätta. Jag impregnerade poplinkappor i lösningsmedel och tog hand om en sändning tyllgardiner som stank av rök och så har jag strukit flera vitskjortor och stärkt kragar. Vad bra, svarar Anita och ler. Maj berättar inte att fru Karlstedt var jäktad när hon kom tillbaka från sitt ärende på stan – tyckte att Maj måste kunna hinna med fler vitskjortor på en timme. Då blir det ju slarvigt – nej det vågade hon inte säga. Nu ska det handlas mat och julklappar. Städas, tvättas, strykas hemma också. Putsas, blankas och poleras. Maj reser sig och börjar duka undan. Fast häromdagen sa fru Karlstedt att jag är en ängel som kan ta på mig så många extratimmar i december – så det var ju alltid en tröst att få höra. Nog tycker väl Anita det är roligt att få veta det om sin mamma?

Mitt under Aktuelltsändningen dyker Lasse upp. Maj får skynda sig att sätta fram kaffe åt honom också. Han sjunker ner i soffan med skinnjackan på sig – ska du inte ta utav dig, undrar Maj och Lasse knycker lite med axlarna, trummar med handen mot armstödet. Då upptäcker hon att Lasse har ringen på fingret igen – men Lasse är du i lag med Solbritt ändå! En hastig glädje – hon är faktiskt en bra flicka Solbritt – jo Lasse har gjort ett klokt val – han skakar på huvudet. Hon heter Jane och vi förlovade oss på hotell Kramm i lördags. På hotell Kramm? Vad skulle ni dit att göra? Maj är tvungen att dra upp foten och lägga den över knäet, massera fotknöl och vrist – hur länge har du känt Jane då? Några månader, ja något ditåt – *hade du Jane medan du gick med Solbritt* – nej hon orkar inte ställa frågan, men hon vill inte att Lasse ska... vad vill hon inte? Att Lasse ska ha förlovat sig med en Jane som hon och Tomas aldrig har fått träffa. Är det Jayne Mansfield eller? Lasse flinar – nää – Jane är lång och mörk och från Ullånger, ja hon har bott i Örnsköldsvik i flera år men... när får man nöjet att träffa henne då? Ja men jag tänkte att vi kan komma och hälsa på någon söndag, dricka adventskaffe... Så du bor hos henne nu? Han nickar, det är allvar det här mamma, du vet, det känner man.

Hon lägger ikull sig på soffan. Drar över en pläd. Anita skulle träffa Anders, Tomas arbetar och Lasse har redan försvunnit iväg till sin Jane. Hur ofta har hon struntat i disken? Hon låter kaffekopparna vara, assietterna med. *Du dråsar mot farliga vatten, Maj.* Hon vet det, när hon blundar. *Att inte komma sig för är farligt.* Men hon orkar bara inte. Inte än. Måste vänta på verkan av magnecylen. Om hon slumrar här på soffan orkar hon mera sen. Kan ta disken innan natten, blanka diskbänken då.

JANE ÄR ANSLÅENDE. Lång, mörk, kurvig – målad och med höjd på den blanka, lite asymmetriska frisyren – hur blir det så där blankt fast hon tuperar – Maj får inte sitt blankt – Jane är minst lika lång som Lasse. Ja – det liksom gnistrar om henne. Ändå känner Maj att hon inte orkar med en flicka – kvinna – till. Lasse är tjugofyra, Jane ser äldre ut än så. Hon liknar en artist eller schlagersångerska – fast Maj kan inte påstå att hon har en utmanande klädsel eller ser anmärkningsvärt utstuderad ut. Maj har fint bröd att bjuda på – ja de får ju tjuvstarta med julbaket. Det är redan tredje advent. Egentligen hade hon velat få ruscha idag. Arbeta hela dagen med julförberedelser fast det är helgdag – imorgon ska hon vara på kemtvätten redan sju. Det är lite kymigt att servera, för händerna har fått så fula utslag. Sår. Flagnande hud. Eksem, som det inte hjälper att smörja med salva mot. Lösningsvätskorna är naturligtvis starka, annars skulle ju inte fläckar och smuts gå bort. Men det är inte alltid möjligt att ha handskar på. Man blir så klumpig med dem på händerna. Lasse, Lasse liten. Är han ännu lite kärare än vanligt? Det verkar nästan så. Mot Solbritt kunde han vara lite dryg. Ja Maj märkte ibland hur Solbritt sökte stöd hos honom för sina få uttalanden, men han låtsades inte om det. Jane verkar inte behöva den sortens uppmuntran. Hon berömmer Majs bröd. Säger att Maj har det verkligt mysigt här hemma. Tomas intervjuar henne – lite tamt – han ser också trött ut – och Anita och Anders är ovanligt tystlåtna. Anders verkar nästan lite sur. Smörstjärnor, små helenabakelser, chokladlöv doppade i hackad mandel. Bettys krans. Tittis kryddiga korint. Minns ni vad Titti tyckte om dom här? Nej – varken Anita, Lasse

eller Tomas visste nog om att Titti älskade Majs kryddiga korint-
kakor med rutmönster från en korsad gaffel. Vad ska Maj säga till
den här Jane? *Han är ombytlig min son, så lita inte alltför mycket
på hans saliga blickar.* Kanske är Jane en sådan som ser till att få
den uppskattning hon behöver. Ganska snart bryter Anders upp.
Nekar en påtår. Han ska visst köra ner till Bjästa och äta sön-
dagsmiddag hemma, men Anita är inte ditbjuden. Ändå går hon
med honom ut i tamburen – nu skulle Maj vilja vara ensam med
Tomas och få grubbla över hur det kan vara fatt. Men Jane och
Lasse ska stanna på middag också. Hon har en färdig slottsstek
med mustig sås.

DET ÄR INTE meningen att utesluta Majs tid i arbetslivet. Hur hon gör sina timmar på tvätten under vintern, och när det så småningom blir vår. Men känner hon det inte lite nesligt att det är de utförda uppgifterna på kemtvätten som ska räknas som nyttan och prestationen i hennes liv, medan åren i hemmet ses som en slö parentes. Eller har Nancy Eriksson missat något i sin analys över samhällets syn på hemmafruarnas värde? Fortfarande ska väl en mor sköta sina små i hemmets *trygga vrå*, och gå ut i arbete först när de är lite större. *Så många snår att fastna i, för en hemmafru.* Hur ska man beräkna hennes ekonomiska värde – eller är hon enbart en ren förlust? Det är inte helt smärtfritt för Maj att sätta sig in i den här verksamheten med många moment som måste utföras med precision. Doseringen av lösningsmedel, den exakta tiden i reningsbaden, den rätta hettan i strykjärnen. Och så kunskapen om vad de olika materialen kräver för hantering. Inte kan hon begära att herr och fru Karlstedt ska behandla henne som en delägare och jämlike. *Men inte heller acceptera att bli slav.* Äsch. Det blir hon väl inte direkt. Men tigande får hon ta emot tillrättavisningar om hon råkat missa något moment. Stanna kvar och göra om när plagg, mattor och gardiner inte blivit rena till belåtenhet. Och höra att det blir ett stort ekonomiskt svinn om reningsbaden måste upprepas – det förstår nog Maj att hon inte kan få ersättning för de där timmarna hon arbetar över för att hinna färdigt, säger fru Karlstedt med ett ledset leende. Ändå svarar Maj ja till snart sagt allt hon blir ombedd att utföra. Är ju en arbetsmänniska. Som Lasse. Är barnen stolta nu när deras mamma tjänar egna pengar? *Ett hem är ett hem är ett hem.* Som kräver sitt oavsett vad mor i huset har för åtaganden. Till Gurli säger Maj att det är roligt att få komma ut och se något annat. *Du borde ju tycka det, Maj.* Jo. Men så blir det ensamt på kemtvätten också – eftersom herr och fru Karlstedt så tydligt är på... sitt lag. Överordnade. Ihop. Kan skvallra eller klaga på varandra, munhuggas i brådska och stress – men Maj är inte dummare än att hon förstår att hon inte får uttala syrliga synpunkter om de där två. Hon lyssnar, är en medlande diplomat. På en större arbetsplats kan man nog finna ett annat slags tillhörighet, ja att de gemensamma arbetsvillkoren förenar. Vart ska Maj vända sig om hon har klagomål? Hon klagar inte, fast det är klart att eksemen på händerna är rätt så besvärande.

VAD SKA HAN svara? Han är tvungen att slå ner blicken – det är inte ofta Lasse möter hans blick så där intensivt. Runt dem är röster och bestickskrap från de andra lunchgästerna – det är ett litet lån pappa, och du ska bara vara med som säkerhet, du vet sommarstugetomterna vid kusten kommer stiga i värde, alla säger att det är en säker investering, men det är nu de ligger ute till försäljning och först till kvarn...

Den grumliga ärtsoppan i djuptallriken. Mjölkglaset – han tar hastigt upp servetten och torkar sig ifall han lämnat spår av mjölk i mungiporna. Ärter och fläsk ska man äta riktigt varmt, kallnar det blir rätten tjock, sträv och lite oaptitlig – han tittar upp. Klart att jag vill att du ska få möjlighet att ha en stuga någon gång, men är det inte... man brukar ju börja med en fast bostad, en lägenhet eller egnahem – eller har ni tänkt bosätta er där ute? Och ja – jag ska väl inte sticka under stol med att både mamma och jag nog helst hade sett att ni gift er först.

Besvikelsen i hans ansikte. Pannkakorna, gräddklicken och den röda sylten till efterrätt. Med lägre röst säger Tomas att han bara har våningen som möjlig säkerhet – du har ju bilen och båten kvar, flikar Lasse in och han känner vågen av irritation – de stiger trots allt inte i värde Lasse, och går knappast som säkerhet för en tomtfastighet. Du förstår väl att jag inte kan äventyra våningen, för mammas skull.

Lasse skjuter undan pannkakstallriken och tänder en cigarrett. Vi har två inkomster pappa – Jane har en lön från Hägges och jag en. Du skulle bara komma in som en sista säkerhet för banken. Tomas nickar. Jane har en lön nu, men inte för att jag vill lägga mig i – ni ska väl kanske bli fler så småningom…

Den här tomten är min dröm! Du ska inte betala något… går det åt skogen får vi väl sälja.

Som om det bara är att sälja. Ska han påpeka för Lasse att de kan bli tvungna att sälja i ett läge då de inte får tillbaka insatsen. Det vet man inte. Men han säger bara att mamma är lite orolig. Nu när det blev slut mellan Anders och Anita. Lasse gör en ring av rök, säger att det räknade han ut första gången han träffade Anders, att det inte skulle hålla. Hur skulle hon stå ut med honom?

Men mamma oroar sig också över att du och Jane inte är gifta. Hon tror ju att ni ska bryta upp när som helst… vore det inte en bra idé att planera för ett bröllop? Och för att vara helt ärlig – vi måste först höra efter med banken vad jag är god för. Du vet en insatslägenhet är inte samma säkerhet som en villa…

Lasse nickar. Fimpar. Varför känner han sig helt oförmögen att tänka? *Jag vill inte gå in i det här.* Lasse, säger han och försöker låta uppmuntrande – jag är lite överrumplad och behöver fundera på saken en dag eller två – det är klart att jag vill att du ska få förverkliga din dröm.

Klockan är inte ens tolv när de skiljs åt. Om han tar ett par mellanöl nu hinner det… Maj är på tvätten till fem. Bara så att han kan se klarare på det hela. Han känner sig förbaskat spänd. Axlarna… han måste släppa ner dem, låta armarna bli tunga. Missunnar han Lasse lyckan över tomten? Han går in på Konsum som omväxling. Kan köpa deras goda kaffe – Titti köpte alltid kaffe på Konsum – då skulle han överraska Maj, och han kan ta en limpa också, den är bra, och så öl. Skulle han ha bistått Anita och Anders om de hade frågat? I uppförsbacken på väg hem hugger det ilande i knäet. Han får göra i ordning magnecyl när han kommer in – även om det svider lite i magen – så att värken dämpas. Vad är det egentligen Lasse begär av honom – hur mycket har han tänkt låna? Han måste höra med Georg vad han säger om tomterna ute i Gullvik.

Han tar med sig burkarna till sängkammaren. Det känns bättre om han lägger upp det onda knäet. Anita verkar inte ta det så hårt att det är slut med Anders. Var det till och med hon som gick ifrån honom? Det är ju inget han ska lägga sig i. Maj menar att det hände något på folkhögskolekursen han gick söderut – det var visst med kristen inriktning och om han ville att Anita skulle dela hans tro. Det verkar lite märkligt att han inte kunde nöja sig med Hampnäs eller Mellansel, som väl båda vilar på kristen grund. Tomas har diskuterat det nya partiet med honom, och fick en känsla av att han var – hur ska han säga – imponerad av Lewi Pethrus. För hans moraliska hållning – ja om han tänker efter var nog Anita lite vass i en kommentar och Anders verkade ta illa vid sig. Menade att han inte höll med i sak alltid, men beundrade det principfasta. Anita tycks hur som helst inte helt bruten. Snarare samlad. Han var kanske lite torr, Anders. Fast Maj var förtjust i honom. Hotelldirektören har i alla fall inte sagt något om sjalen. Riktigt än har Tomas inte räknat bort det, men det har ju snart gått ett år. De hittade väl sidentyget där på hotellrummet eller var de låg över. Nog kunde de kommit förbi och bett om ursäkt!

Hallå?

Han sätter sig hastigt upp – hallå – ropar han till svar – är det Maj eller Anita som kommer hem – han har sovit i flera timmar... Burkarna. Han öppnar dokumentportföljen, trycker ner dem – glaset, om han skyndar sig ut i köket för att skölja ur det, tömma askfatet – Maj vill inte att han röker i sängkammaren – *du måste ställa upp för Lasse, Tomas* – han måste ha somnat när han försökte hitta en lösning på det.

Där är Anita i öppningen till sovrummet. Han möter hastigt hennes blick. Men hon säger inget, vänder bara och går därifrån.

NEJ, MÄRKLIGT NOG blir hon inte chockad av beskedet om Georgs bortgång. Hur det kommer sent i november, just som hon har accepterat att Anita inte är i lag med Anders längre utan har träffat en ny kille från Hörnefors. Fast han är visst bosatt i Umeå för studier – Maj kan inte lägga sig i det här – Anita blir irriterad bara hon visar sig minsta nyfiken på vem den nya kavaljeren egentligen är. Har hon haft onda föraningar? En hjärtattack. Men Georg har haft ett högt tempo. Lagt på sig flera kilon – inte sagt nej till alkohol. Och sedan han kom hem från Amerika efter förra julen har det mest varit flygande fläng. Involverad i den där Kabbens hockeylag. Alltid i rörelse. Bortrest på ett affärsmöte, han fick åka ambulans till lasarettet i Härnösand. När Tomas berättar att Georg är död kommer genast den påträngande tanken – *så länge klarade du dig Georg, utan Tittis omsorg och stabilitet.* Fast att se honom som ett beroende barn, det har väl Maj aldrig kunnat göra på fullt allvar. Att han mest varit som en liten pojke, son till Titti. Det är ändå att tillerkänna Titti ett inflytande och makt hon faktiskt inte hade. Bara ansvaret. Som om inte avgrunden mellan makt och ansvar kan vara nog så hisnande. Nej, men han behövde Tittis blick i allt sitt görande och låtande. *Jag kommer att sakna dig också, Georg.* Fast är hon inte lite, lite lättad över att slippa den där oron hans närvaro alltid förde med sig? *Nu kan jag bestämma själv, hur jag väljer att berätta om dig, Georg.*

Nej, Georg har nog inte levt helt hälsosamt. Han har kommit förbi hos dem ofta sedan Titti dog – men aldrig stannat så långa stunder. Tomas tror att det tagit på honom att Henrik inte återvände från Amerika för att ta större del i firman – *kanske förlorade slitet med företaget sin... mening?* Men skulle inte Henrik fara hem i år hur som helst, Maj vill minnas att Georg sagt att nog för att det var bra i Amerika, men nästa jul firar vi här i Örnsköldsvik. Och nu måste Henrik komma tillbaka till ett öde hus... Och ta rätt på alltihop. Det är tur att vi inte har något betungande arv att lämna efter oss, säger hon till Tomas när de resonerar om Georg vid adventskaffet en tid efter hans begravning. Fast de vet inte riktigt vad Henrik ska göra av allt nu, och Tomas talar om för Maj att han har erbjudit Henrik att komma till dem – ja att Henrik ska veta att de finns där för honom när helst han behöver. Och jag tror att han tog det bra, lägger Tomas till – även om jag kanske inte kan fungera som rådgivare med det ekonomiska. Är Tomas lite skämtsamt ironisk? Men han berättar med ett allvarligare tonfall vad Henrik sagt – ni ska veta att mamma och pappa uppskattade er båda kolossalt. Fast pappa kanske hade lite svårt att visa det...

Ja, över var sin cigarrett kan de begrunda det. Och att trots Tittis och Georgs alla tillgångar så är det Tomas och Maj som fortfarande är vid liv.

DET ÄR KYMIGT att ringa till Statt och tala om att Tomas blir hemma idag, att han är dålig. Ska hon säga influensan? Ja, det kanske inte är asiaten som går men någon flunsa far ju alltid fram över landet vid den här tiden på året. Februari passerad, nu mars. Men hon måste ta det här samtalet. Hon har stjälpt i sig morgon-teet, brett sig en ostsmörgås. Det är annars en... helig stund. Tän-da lampan i matvråfönstret, lägga smörgåsarna på en assiett, låta teet svalna en aning – en bit socker, extra sömniga mornar två. Inatt var Tomas uppe och stökade till gryningen, hon hörde det pysande lätet när han öppnade burken då han kom hem från sitt sena pass. Vad hon avskyr mellanölet. Nog kan det vara gott att få en pilsner till maten, men att Tomas så *skamlöst* kan handla det starkare ölet ställer till så mycket besvär. Kanske tar han till och med bilen till mindre butiker i byarna ibland, för att inte bli igen-känd av butiksföreståndare och kassabiträden. *Snälla Maj, ring och säg att jag är dålig – det är den där förbaskade torrhostan...*

När hon är borta på tvätten kan hon inte passa honom. Han har drygt ett år kvar till pensionen. På sätt och vis har han gjort det bra. Han är ju ingen ungdom längre och de sena kvällarna är inte så lätta att anpassa sig till – det blir liksom otakt i dygns-rytmen. Men hon tycker att han borde ha kunnat få ett annat arbete. Av kontorstyp. Kanske visar krogmiljön en annan accep-tans... tänk om hon skulle utebli från kemtvätten. Ja, nu får hon sno sig om hon inte ska komma för sent. Det lämnades in en stor sändning plagg strax före stängning igår och hon hann inte ens med den förberedande sorteringen. Fru Karlstedt uppskattar när hon stannar extra och gör färdigt – hon gjorde ofta så i början,

men att alltid komma hem i senaste laget för att påbörja midda-
gen var inte hållbart i längden. Blir hon särskilt ombedd stannar
hon förstås, men inte för att utföra det som ska kunna rymmas
inom arbetstiden.

Det är ljusare på mornarna, även om det fortfarande är kallt.
Om hon skulle kosta på sig en bukett tulpaner i eftermiddag. Nej-
likor står visserligen längre, men bara för att få in våren – *glömma
att Tomas ligger där hemma och blir full.*

Både herr och fru Karlstedt är på plats – Maj föser undan kapp-
ärmen – nej hon är inte åtta än. Det doftar kaffe från pentryt –
kom så får Maj frukost, vi har en sak att berätta... – hon klär
snabbt om, tar den vita rocken över jumpersetet, stryker undan
luggen och fäster snibben på huvudet och byter till de fotriktiga,
sviktande skorna. Fast de är så fula. Fru Karlstedt häller upp kaffe
och herr Karlstedt drar ut en galonklädd stålrörspall – var så god
och ta ett wienerbröd – de var ugnsvarma när jag köpte dem på
Sundmans – kommer de med ett ledsamt eller glatt besked? – fru
Karlstedt har inte riktigt den flacka blicken som hon får när de
har som mest att göra, då hon ger order utan att titta på Maj och
småspringer lätt vaggande mellan arbetsstationerna på tvätten –
mot kund alltid behagligt, nästan en smula underdånigt leende.
Nu nickar hon åt sin man, lite uppfordrande – kommunen ska
lösa ut oss, säger han på en inandning medan han rör med ske-
den i koppen – klonk, klonk säger metallen mot porslinet – nog
har bitsockret löst sig nu – och kanske märker han Majs frågande
ansikte – ja, det är på förslag att både Sundmans och tvätten och
allt här ikring ska rivas för ett stort varuhus eller vad det var... vi
har blivit erbjudna en ny, mindre central affärslokal, bryter fru
Karlstedt in, men i vår ålder orkar man ju inte börja om. Ja, så vi
finner oss i kommunens beslut och drar oss tillbaka.

Så skönt för er, hasplar Maj ur sig – ja hon menar det – de
är ihärdiga båda två och Maj vet hur trött hon själv är när hon

kommer hem från tvätteriet. Eller är de ledsna? Men vad synd för kunderna, en så ordentlig tvättinrättning, lägger hon till. Nu tittar de på varandra och fru Karlstedt säger med lite lägre röst att de ska ge Maj de bästa rekommendationer när hon söker en ny plats. *Du är utan jobb.* Det är inte hon som blir inlöst av kommunen... Vi behöver inte slå igen meddetsamma, säger herr Karlstedt, vi stänger till semestern i juli, det känns bäst så. Om Maj hittar något nytt före sommaren så förstår vi det. *Nytt?* Jag ligger efter med vårkapporna och poplinrockarna – tänk att folk har dem hängande dyngiga hemma hela vintern och lämnar in dem först nu, det var fasligt ruschigt igår alldeles innan stängning.

I blötläggningsrummet gör hon iordning ett bad åt en ömtålig ytterrock – när hon öppnar dunken kommer den hastiga kväljningskänslan från ångorna – *ska det inte bli skönt att slippa lukten från lösningsmedlen...* Man blir immun. Men hon måste hitta något nytt! Tomas... om Tomas inte sköter sig – *du ska få de bästa rekommendationer!* Det är hon glad över. Fru Karlstedt har inte varit direkt frikostig med beröm. Ändå har hon inte tid att tänka mer under arbetsdagen. Det går i ett. Det kan också vara en lisa. Att det går i ett. Men Sundmans också. Att inte Bertil har sagt något. Fast de har ju inte så mycket kontakt.

Tomas sover när hon kommer hem klockan halv fyra. Hon smörjer händerna med receptbelagd salva – det lindrar, men hjälper inte riktigt mot eksemet. Doktorn har tyckt att Maj skulle se om hon kunde få andra arbetsuppgifter. På en kemtvätt! Om hon hade kunnat lära sig att arbeta med gummihandskar. Ja, nu tjänar det väl inte så mycket till. Hon har dem inte på hemma heller. Man blir fumlig och släpphänt, kan inte känna efter med fingertopparna om det är kletigt på porslinet eller rester sitter fast i karotterna. Ska hon steka några korvskivor och koka ett par potatisar eftersom Tomas knappast kommer ut till henne och äter. *Att inte komma sig för är farligt.* Ja. En hafsmåltid är på sätt och vis ett för alltid förlorat tillfälle till vardagsglädje. Det är ju inget större arbete att fylla korvbiten med ost, senap, kanske ett äpple skivat i klyftor. Gratinera i ugn. Och laga ett gott mos. Över cigarretten i matvrån tänker hon så. Det är inte utan att hon är riktigt hungrig. Men hon borde ha kostat på sig tulpanerna. Fast det kändes storvulet när man just fått reda på att man står utan förtjänsten från ett arbete.

Nej, aldrig tänker hon strunta i dukningen och finessen. Kosta på fina råvaror också till sig själv. Hemlagat är hur som helst billigare än färdiglagat och restauranggjort.

HON KAN INTE hjälpa det. Men hon saknar Anders. Det blir säkert bra när hon lär känna Ola. Så naivt förvissad hon var om att Anders skulle bli hennes måg, svärson. Att så börja om med en ny bekantskap – hur ska hon kunna vara säker på att det blir Ola till slut? Lasse håller ihop med Jane i alla fall, men något år ska väl även han klara av att hålla ut. Nu är de bjudna till Olas föräldrar i Hörnefors på annandag påsk. Anita har knapphändigt informerat om att de har ett litet jordbruk, eller om det var torpställe – ska man ta gummistövlar då, frågade Maj halvt på skämt – *vad larvig du är*. Men plötsligt tycks hon befinna sig mitt i ett bakhalt Vasalopp. Hon stakar och stakar utan att komma framåt. Orken – slut. Hon har ingen kraft kvar att ta av. Dagarna på kemtvätten tröga, tunga. Nu när förkovran i de kemiska lösningarna förlorat sin… framåtrörelse, mening. Till sommaren – slut.

De är visst helnykterister, skötsamma, och Anita tycker bra om Olas mor. Har sagt att hon är lite kärv, men klipsk och väldigt allmänbildad. Hur sa Anita nu då? Hon följer verkligen med i nyheterna varje dag – jag begriper inte hur hon hinner. Olas lillasyster och yngste bror bor hemma, systern arbetar i Konsum och brodern på massafabriken. Ja, där ligger Maj visst i lä. Varför blev hon arg i samma stund som Anita berättade det här om sin svärmor? *Ursäkta att jag inte har suttit kloss vid radion eller över morgonbladet. Men ni har alltid haft rent och snyggt och vällagad mat.* Grimaserar hon mot spegelbilden? Hon målar i alla fall läppstift, fäster clips i öronen. Det är samma gamla som hon fick av Tomas första julen. Hon har klätt sig i en ylledräkt och ljus blus. Borde hon ha en klänning? Det är ändå annandag påsk. Det tar så emot att åka upp till Hörnefors för att träffa dem... Maj blir nästan rädd. För sig själv. Vad är det med henne? En skötsam småbru-karfamilj, det är väl inget att skrämmas av. Men om Anita har berättat för Ola om Tomas... spritande. Att bli den sorten som nykterister tar spjärn emot. Fallna människor. Det vore ju mycket enklare om de var sällskapsmänniskor som tycker om festligheter och kalas. Eller? Maj vet inte. Bara att hon är fjantig. Hon kom-mer visst att göra sitt bästa i Hörnefors. Ska Ola och Anita ta över den där gården? Ska Anita bli bondmora? Åh – det är väl ändå det sista hon har hoppats på för Anita. Fast Anita har inte precis påstått att hon och Ola ska bli bönder i en tid när andelen verk-samma inom jordbruket minskar radikalt. Ola går ju och läser till något inom det tekniska, ja kanske är han brevingenjör som lill-Stig. Eller skulle han bli ingenjör inom det elektriska?

Nya E4:an är förstås fin norrut. Så på så sätt bor de bra till. Maj har köpt med sig en tulpanbukett och hoppas att det blir lagom att komma med. Har hon lite sura uppstötningar? *Ge mig styrka.* Varför är just det här något hon inte tror sig klara av. För det skulle ju kunna vara så att hon triumferar i förväg. Känner sig fin – förmer – för att de kommer från *stan*. Mjölkar ingen kossa eller tar hand om blodet från en slaktad gris. Har inga höns och ägg och gödselstack att trampa genom och falla i. Kanske pågår en pendling där emellan som innerst inne handlar om en önskan att Anitas svärföräldrar ska godkänna och acceptera Tomas och Maj. Men inte känns det bättre i bilen på vägen upp av att Tomas säger att nu låter vi dem vara värdpar, vi behöver ju inte bre på om pappas fabrik och umgänge med MoDo – det verkar bara hög-färdigt och skrytsamt. Och det var ju dessutom förr i tiden, så det är inget vi måste dra upp nu.

Den ligger lite ensligt, den vita gården. Med lagård, vedbod och en annan grå stuga på tomten. Lägderna till största delen snötäckta, även om en del snö har smält och brunt fjolårsgräs tittar fram. Björkarna, granarna i hemmanets utkant. Ett torpställe – någon större gård är det inte fråga om. Det är ju inte ett rättarens ställe eller en herrgård. En stor ljusgul hund kommer galopperande när Maj ska stiga ur framsätet – hjälp Tomas, utbrister hon – men snart hörs – Bessie, sitt! – och hunden stannar tvärt, sätter sig lite hukande fast svansen fortsätter vifta. Hon är gla' i folk, säger mannen som kommer gående över grusplanen – en har försökt lära 'na att hon måste vänta tills jag ger klartecken. Bessie, vi måste hälsa fint på främmandet – Valter Lundmark – de skakar hand – Britta och barna är där inne, men välkomna ska ni vara, gick det bra att hitta hit? Tomas berömmer både vägen och gården – Valter nickar, en varm doft av kardemumma i hallen, nygräddat bröd lägger sig över lukten av hund – de hänger av sig – tänker hon inte komma ut och hälsa på dem, Britta, och var håller Anita hus? Jo, men nu ser Maj, en gråhårig kvinna torkar händerna på ett förkläde, där är Anita också – välkomna, välkomna – jag har just satt på pannan – ni vill väl ha kaffe efter resan? Men vilken fin bukett, det var inte alls nödvändigt... Det är en lite satt kvinna som tar emot tulpanerna, helt utan makeup – vad Maj måste likna en prålig fågel – så trevligt ni bor här – åh jo, nog dug det åt oss – de ska visst få slå sig ner i stora rummet, i salen, men måste passera köket, där det ännu syns spår av bakning – på ett stort galler svalnar färska bullar och bakbordet är fortfarande täckt av mjöl – tänk att stök ska få Maj att känna sig så påträngande, ovälkommen – kom de för tidigt – nej men de skulle vara här klockan två. I diskhon trängs bunkar och slevar – hon måste säga åt Anita att hjälpa Britta att diska bort – triumferar hon till och med i tysthet? – *aldrig att jag skulle bjuda på kaffe med degkletiga bunkar och mjöligt köksbord* – fast det dukade kaffebordet i salen är fint. Ola, Valter och Tomas har redan slagit sig ner – men Britta har dukat så att man får ta för sig av brödet vid matbordet intill fönstret. En vacker vävd duk, och så

en broderad kaffeduk i påskens färger ovanpå – och vilka kakfat.
Inte ett – är det tre, fyra – nickelbrickor eller om det är nysilver,
rostfritt stål… – brödkorgar… småbullar, drömtårta, rullrån… en
radiokaka med mariekex och ischoklad – Maj har ju läst om den
men aldrig bakat den, verkar liksom inte vara en riktig kaka, mer
som chokladsnask – och så en randig mjuk kaka i flera färger,
ljus sockerkaksbotten, en av choklad, och så skär och ljusgrön
smörkräm – hur många sorters småkakor har Britta? Nu är Maj
så liten, så liten. Som behövs alla berättelser om fabrikör Arvid
Berglund, Georg, lantstället, motorbåten, våningen – ja allt vad
hon kan ta till. Britta borde ha eget hembageri, säger Anita, det
blir ju lite extra till påsken, svarar Britta – var så goda och förse er,
det finns mer att lägga upp om faten blir tomma… Varför känns
Majs bakande plötsligt som hafsiga hastverk när hon tar för sig
från Brittas bord? Britta är nog lite besvärad hon också – jäktad
– hon bjuder påtår, tretår – uppmanar dem att gå fler vändor till
brödfaten – *beröm kakorna då Maj – du måste* – inte kan hon tiga
och bara ta av en sort, skylla på gallan eller tarmbesvär – men den
randiga kakan är mäktig, och radiokakan kan hon nästan inte få
ner – *men tala för guds skull inte om att du har svårt för kraftig
chokladsmak*. Anita mumsar glatt – tänker hon lägga på sig inför
bröllopet – eller är hon redan gravid? *En cigg och något starkt.
Kan huset erbjuda det möjligen?*

Efter kaffet ska karlarna gå ut och Maj blir sittande ensam i soffan
i salen. Nog kan hon väl få hjälpa Britta att duka ut? Ska de bju-
das på middag dessutom måste det diskas bort först. Men Britta
insisterar på att Maj ska sitta när hon kommer ut till Anita och
hennes blivande svärmor i köket, så Maj makar sig ner i kökssof-
fan intill en sovande katt. Antagligen slår hon sig rätt ner i kat-
tens sängplats – för sent upptäcker hon att dynan är täckt av vita
hår. Om du tar undan brödet Britta så diskar jag, säger Anita och
klappar Britta på ryggen. Inte ska väl du behöva diska på din sista

lediga dag, svarar Britta, men Anita börjar ändå tömma diskstället och spola upp vatten i hon. Vilka gröna fingrar Britta måste ha, säger Maj – hon har verkligen fina blommor, rosa och blå saintpaula i det ena fönstret – knoppande pelargoner och begonior i det andra. Det ligger lite blomblad och skräpar intill ytterkrukorna på fönsterbrädorna. Men i rummet – salen – la Maj märke till piedestalerna med stora kraftiga mönjeliljor och novemberkaktusar i amplar. Britta har visst både handens kunskap och huvudets förstånd. Är hon fem eller närmare tio år äldre än Maj? Hon får fråga Anita. Valter verkar däremot yngre än Tomas.

Herregud vilka präktiga människor, säger Maj när hon proppmätt sätter sig i bilen och drar igen dörren. Tomas hyssjar henne och vinkar glatt åt Valter, Bessie, Britta, Ola och Anita där de tar avsked av dem från bron. Det blir nog bra, säger Tomas när de har svängt ut på landsvägen. Inte för att Valter och jag fann samtalsämnen meddetsamma, fast Gunnar Nordahl blev en fin ingång – Valter är visst aktiv i idrottsföreningen och kände ju Gunnar som grabb. Ja, även bröderna. Men Ola är nog en bra pojk. Ja, det är ju huvudsaken, säger Maj och blundar, hårt för att hindra att det ska komma tårar. Sedan säger hon att måtte inte Britta ha fordringar att Anita ska bli samma matmor som hon, för då får hon det besvärligt. Tomas tänder en cigarrett – Maj ber att få en också – han blåser ut rök och säger att han fick intrycket att Britta var väldigt förtjust i Anita – ja de verkade verkligen komma överens. Maj nickar. Drar ett halsbloss. Men som det såg ut i köket – att inte ens ha torkat bordet när man ska få besök av några man aldrig har träffat förut.

DOM BEHÖVER FÖRSTÄRKNING i kiosken på Villagatan – tror du jag skulle kunna vara där istället? Åh, Tomas. Vad ska Maj svara? Hur det krymper. För all del är det nog mer behändigt att stå i en kiosk. Kundkontakten blir kanske mer kamratligt jämlik. Och inte så sena kvällar. Ändå tycker hon att han ska härda ut på Statt i väntan på pension. Kanske kan han göra några timmar i kiosken sedan... utan papper, om pensionen inte räcker så långt. Ska To-mas jobba svart? Däremot borde hon höra sig för redan nu. Om ett arbete i kiosken. Det är inte riktigt lustfyllt att följa Maj i det här. Att göra sig anställningsbar, pålitlig, strävsam, bra. Allt det är hon ju. Men hur ska hon bära sig åt för att kontakta innehavaren och be om ett påhugg? Förtjänsten är förstås låg. Det rör sig inte om något *kvalificerat* arbete. Och nu har hon faktiskt fått reda på av en bekant till Gurli att man visst söker bland kommunens hemmafruar för att hitta damer som kan dela ut fluor i länets sko-lor. Fast där kommer hon aldrig be om lov att få försöka igen.

Det är spännande att se in i en kiosk, damen som driver rörelsen visar henne. Trångt – men ett litet personalutrymme bakom – var går man på toa? Tidningar, cigarretter, snus, kola, chokladkakor, smågodis, klubbor – tipskuponger, lotter. Magasin för herrar – för damer. Ska hon behöva sälja naket till karlar i stan? Det är en vetskap, kunskap hon inte är riktigt pigg på att förvärva. Frukt – där får man inte ge enbart de bästa exemplaren – då blir det så mycket skämd frukt liggande osåld. Man får vara finurlig och alltid ge kunden exemplar som är på väg att bli övermogna. Ba-naner, äpplen. Päron – päron vill jag helst inte saluföra – så lätt får de stötskador och blir mest mos. Tack och lov är det ingen korvkiosk, men det finns glass.

Har Tomas helt gett upp tanken att han ska försörja mig? En skarpt uppflammande vrede just som han säger att det var väl alla tiders att hon kan arbeta i kiosken på timme – det är roligt att få se lite folk. *Det är väl inte därför jag tar arbeten!* Det är ju för att... Många kvinnor, mödrar, arbetar utanför hemmet. Det vet Maj. Men hon vill plötsligt inte mildra verkligheten för att skona Tomas. Han tog ett arbete de inte kan leva på och Maj vill inte tänka på hur det ska bli vid pensionen.

Ja, hon slamrar i köket, med skåpluckor, porslin. Till och med Ragna får åka utomlands, Edvin har sparat för att de ska kunna flyga till Marbella på hotellsemester – de bestämde till sina fem-tioårsdagar att det var bästa sättet att fira. Det kommer visst gå på över fyratusen kronor allt som allt. Så hiskeligt mycket pengar. *Tänk på hur Anna arbetade hela sitt liv – Vera som längtade ut.* Jo. Det är kanske dumt av henne att vara missnöjd. Och det är ingen hemlighet att Tomas är så pass mycket äldre – hon har ju vetat om att han snart ska gå i pension. De har dessutom möblemang, husgeråd, behöver inte kosta på nytt eller ens ändra något väsent-ligt i våningen. Slitaget – det får hon leva med. Spara till spis och kyl när det måste bytas ut. *Du har det bra, Maj.* Inget krig. Inga verkliga umbäranden. Med Gurli, Lotten Åkerlund och Ragna kan hon inte gärna jämföra sig.

HAN KÖR NORRUT över Nora. Det är en omväg, men när han tvunget skulle ner till Sundsvall över dagen och ta rätt på det som blivit kvar i förrådet till butikslokalen på Tullgatan. Det var kymigt, värden var sur. Han hade ju glömt... ja han mindes inte att han hade lådor med varuprover och annat skräp på vindskontoret. Så här många år efteråt. Nu är det instuvat i baksätet på bilen, Maj blir inte glad över att han kommer hem med det. Det är en omväg, han måste ta färjan eftersom han inte kör över Sandöbron. Men det är en tomt till salu i Bergsnäs, ja den är billig nog att vara ett fynd. Ska ligga vid Vågsfjärden – det är inte öppet hav. Inte som i Sillviken. Men nog kan han fara förbi och titta. När han ändå sitter och bilar från Sundsvall. Mäklaren sa på telefon att det bara är att åka dit och se sig om. Ja det är ju läget man köper och inte kåken! Mäklaren hade skrattat, Tomas också. Det var ju inte roligt direkt. Han tvekar vid avfarten mot Finsvik, kör ändå vidare mot Nordingrå. Men Tomas kan inte tära på Lasse och Jane. Propsa på att få bo i deras lillstuga i Gullvik – de vill väl vara för sig själva medan de bygger nytt. Men om Lasse kunde hjälpa honom att snickra ihop något helt enkelt. Det är ändå en bit att åka. För är han inte färdig med Örnsköldsviks skärgård? Vad kan Tomas få tag på där som skulle motsvara... den här tomten är billig. Ja, och bygga en lättsam sportstuga, han behöver inget avlopp eller indraget vatten, bara någonstans att vara sommarhalvåret. *Hur kunde du vara så dum att du sålde?* Men kåken är ju nermejad nu...

Skylten mot Häggvik, han kör förbi Åsängssjön – tomten ska inte ligga så långt härifrån. Men kanske – han stannar – kliver ut ur bilen för att sträcka på benen, ta en rök – kanske är landskapet för våldsamt. De branta bergen, svarta sjöarna. Lägderna lättar upp – men om solen far bakom ett sådant berg – då är man i mörker. Fast det är vackert så det värker till. Sommartid behöver man inte bry sig om ishalka och backar som antagligen är omöjliga att ta sig uppför. Sladd utför... Kanske Anita kommer och hälsar på. Fast hon har Ola. Ola kanske vill bygga med honom? Nog skulle han kunna dela en stuga med Anita och Ola? Tänk vad en rökpaus kan klara perspektiven. Anita vill säkert ha ett ställe! Ola bor ju lite trångt där uppe i Umeå. Och det är väl inte så långt... tjugo mil, drygt. Det är i mesta laget. Vill de hellre ha något i Holmsund, Obbola eller på Norrbyskär? Han ska i alla fall prata med Anita. Ja – det ska han göra. Och Lasse vill kanske öva sina snickerikunskaper på ett mindre ställe innan han sätter i gång med sin egen fritidsstuga. Mer än säg trettio kvadratmeter behöver inte Tomas. Vill Maj följa med någon gång så får de ju plats ändå, de två. Det är brant när han lämnar Åsängssjön, men skyltat. Bara en aning illa till mods. Klart att mulna dagar alltid är dystrare än soliga. Början av maj här vid kusten är det fortfarande kalt, allt går i brungrått. Han kör långsamt, möter ingen. *Varför vill du dra dig undan? Sitta och öla, gå och lägga dig tidigt.* Det är naturen! Titta på fåglar. Annat vilt. Inte jakt. Jakt har aldrig intresserat honom. Promenader och en trave böcker. Falukorv, smör, limpa eller ett paket spisbröd. Kokkaffe och skorpor. Han behöver ju inte vara borta så många dagar i sträck. *Och när du inte kan köra bilen längre? Om du inte har råd med bilen.* Han bromsar, kliver ur på krönet. Skylten pekar inåt skogen, nerför en brant backe. Man kan säkert köra, fast... ja det är bättre att möta tomten till fots. Blandskogen – redan här uppe borde man avverka för att få se solglittret på sjön. Men den öppnar sig, gläntan. En stor lägda mitt i skogen. Det är en fin tomt. Sjön – vikarna – bergstopp på bergstopp – man ser en kyrka i fjärran – nog är det grant! Kanske lite ensligt. Säkert finns en lanthandel, på somrarna lever väl hela Nordingrå upp. Norrfällsviken, Bönhamn… på kartan ser man att även havet är nära. Frågan är om man tar sig ner till stränder, om det är privat mark. Det är brant, men det är väl bra för avrinningen? Mäklaren sa att det är bonden som styckar av för sommargäster – att det är ett jädra förmånligt pris. *Du kan ju inte bygga, Tomas.* En koja! Ja, men något ditåt. Kan väl inte vara omöjligt att snickra ihop. Med hjälp av sonen och mågen. Nog blir han en måg, den här Ola.

Det är inte kvällssol. Han är van vid kvällssol. Solnedgångar, fjärdglitter. Det är väl inte fel med morgonglitter i en djup sjö? Han sover ju sämre, vaknar i ottan. Att då sitta och se solglitter, kanske stiger dimman över vattenytan, *ett ställe att skjuta sig själv* – fan. Inte såna tankar. Det är ju öppet och fint. Ändå instängt. Kanske bonden inte låter en glesa ur mot vattnet. Och man ska orka avverka också. Då behöver han Lasse igen. Ja mest för säkerheten, att det är bra att vara två. Man ska ha respekt för trädfällning! Pappas alla historier om gubbar som hamnade under fur och gran, fick amputera om de inte gick och dödde… Titti. Titti och han skulle kunnat dela det här, hon som alltid tyckte att hennes och Georgs ställe var för mycket, för stort. Men hon ville ha ett ställe att sitta och sola sig. De skulle haft var sin sovalkov. Gråter han? Titti är död. Georg är död. Och han lever, röker, dricker. Men ingen övervikt och god vigör. Tomas! Kom igen. Han ska prata med Lasse och Anita. Kanske kommer båda att vilja bygga stuga ihop med sin gamla pappa.

LÅT MIG VARA som en mor för dig, Jane. Jane verkar inte vilja det. Fast Maj har hoppats. Nu när hon är med barn. Kanske vore det annorlunda om inte Jane redan hade erfarenheten av att föda. Har ju sonen sedan tidigare, som bor hos mamman och pappan i Ullånger. Det blev visst omöjligt för Jane att sköta arbetet på Hägges och ha sonen hos sig. Maj kan inte lägga sig i. Lasse är så uppenbart... kär. Mödravården är tydligen ett väldigt stöd. En bra barnmorska, regelbundna kontroller. Än syns det inte så mycket – men hon berättar helt öppet hur hon mår när Maj och hon tar en paus i arbetet med att dra ris och slanor på Lasses tomt. Hela tiden jämför hon med sin förra graviditet som visst var ganska lättsam. Nu känner Jane redan av foglossningar – nej Maj kan inte minnas att hon hade besvär av sånt. *Ska det inte bli roligt att vara farmor?* Jo. Det är klart. Men kommer hon ens att få vara med barnet? *Hur ska jag bli som farmor? Kan jag leka, skoja, sjunga barnvisor med min fula röst?* Klart att du kan. Men om Jane tänker ta babyn till sin släkt i Ullånger och mest hålla sig där? Tids nog inser de väl att man behöver tacka ja till all hjälp man kan få.

Nog märks det att de har arbetat ordentligt ute vid kusten! Ser hon inte frisk ut där i badrumsskåpets spegel väl hemma i våningen igen? Hon är solbränd och har blåsor i händerna eftersom hon alltför sent fick på sig arbetshandskarna. Musklerna ömmar när hon kliver ner i badkaret, men det är skönt att tvätta sig och löddra håret med schampo. Hon klipper tånaglar, filar fötterna. Så ska hon lägga upp håret på spolar när det är lagom torrt. En grå utväxtrand är synlig mot hårbotten, men på sommaren syns det liksom inte lika väl. Imorgon förmiddag kommer Magnus och hämtar henne klockan tio och hon ska få åka med honom ut till Gurli på landet. Och det ska faktiskt bli skönt att få en paus från arbetet ute i Gullvik. Det är så svårt att se något resultat, men Lasse har tänkt börja gjuta plintar och få fritidshuset vädertätt innan vintern. Hur ska han hinna? Med arbetet på verkstan och babyn på väg. Han vill nog visa sig duktig inför Jane. *Det är väl bra?* Bara han inte tar ut sig för mycket. Kanske kan hon ta upp lite av sina funderingar med Gurli imorgon. När ska hon överlämna det virkade överkastet till en dubbelsäng om Jane och Lasse aldrig gifter sig? Är det till och med dumt av henne att ge det till Jane, det känns som om det kan bli lite hipp som happ med framtiden när de inte ingått äktenskap… om Jane bara far ifrån Lasse och tar överkastet med sig? Har Gurli samma pirrande oro för hur det ska gå för barnen i framtiden, med försörjning och familjebildning, *med deras lycka i livet…*

Fast Gurli säger vid lunchbordet på verandan att hon tycker att det är alla tiders att Lasse stadgar sig med en kvinna, gift eller ej – mina osnutna ungar tror att det bara är att skaffa sig en fru när man har lust till det och drar ut på studier och ungkarlsliv i det oändliga. Maj vet att Gurli inte menar det hon säger om sönerna. Att hon säger så för att vara snäll. Klart att nyutexaminerade ingenjörer och lantmätare inte kommer att ha svårt att bilda äktenskap när andan faller på. Tänk om äktenskapet inte är allt… Om man kunde leva annorlunda? *Så här?* Två väninnor som turas om att sköta hushållet, att… Men det behövs ju ändå en försörjning. Ja – då skulle även Gurli arbeta på en kemtvätt eller vara kassabiträde. De skulle knappast kunna kosta på ett sådant här sommarställe på de inkomsterna. Nej – är det inte alltför främmande tankar för Maj? Och kollektivboende… Tänk så hon skulle få slita i ett kollektivboende. Gno efter dem som lämnar disk, sopor, smutskläder, könshår i badkaret, tandkrämsspott på tvättstället... Varken Maj eller Anita känner några som bor så. Men bara pröva tanken för en annorlunda livsform? Maj skulle nog kunna tänka sig att vara sällskapsdam åt Gurli i utbyte mot försörjning. Det är väl inte bara Uno som har försett den familjen med pengar. Men skulle Gurli inte delta i hushållsarbetet alls? Det vore skönt att slippa oron för drickandet. Hon kunde gräla lite om Gurli blev alltför slarvig och förväntade sig att Maj alltid skulle gå efter och plocka.

Mitt i livet. Vid snart femtio är den gränsen redan passerad?

ÄR DET HÄR Anita ska sätta bo? Hon har låtit så entusiastisk om den nya lägenheten Ola har fått teckna sig för i utkanten av Umeå – bostadshuset är alldeles nybyggt och här har de alltså fått tre rum och kök. När så många står utan bostad! En helt ny stadsdel ska det bli, med centrum, skola, daghem, bibliotek, förenings-lokaler... Är där fortfarande en lukt av målarfärg? Det är både lite skönt och kymigt att Ola inte är hemma. Det är ändå hans bostad de kliver in i och som Maj nu tigande granskar. Anita hämtade henne vid busstationen och de har promenerat hit. Ganska raskt, och trapporna upp har fått henne att bli andfådd. Det är lite drygt att gå från stan, men enligt Anita nära med cykel. Och visst är bostaden bra! Korridoren med garderober mot vardagsrummet, det smala parallellköket, det smala badrummet, den smala bal-kongen – balkongen är större än hemma hos er, säger Anita – *vilka anspråk du har Maj – ja herregud om man fick ha anspråk* – är det formen på rummen som Anita menar när hon pratar om bostadens själ? Man kan inte säga att här finns någon särskild charm i sig. *Men nog måtte du tycka att det är bra att det är lätt-skött?* Pedagoggränd. Ola har inte så mycket möbler än. Det gör sitt till förstås. Han vill att vi inreder tillsammans, så att det blir vårt gemensamma hem – och det är ju snällt av honom. Nog mår Anita bra nu? Maj vet inte riktigt hur hon reagerade på uppbrot-tet från Anders. De har egentligen inte pratat om det, Maj har försiktigt frågat om Anita har fått reda på hur det är med honom och Anita bara skakade på huvudet och svarade att det inte finns någon anledning för dem att ha kontakt med varandra längre. Och vad skulle Ola säga om jag pratade med Anders? Maj tänker bara att Anita kunde ju råka på Anders via sitt arbete. Och på så sätt få höra. Det verkade så överilat, drastiskt att gå ifrån varandra så där... Men nu är Ola och Anita ihop. Köper man förlovnings-ring så ämnar mannen ändå gifta sig. Hon trodde inte att Anders skulle vara så där opålitlig. Ja, Ola presenterade ju tidigt Anita för sina föräldrar och allt, och de firade en del av semestern där i Hörnefors.

Så det är här du håller till över veckosluten, säger Maj – det är ju gott om utrymme. Anita svarar att det framför allt är student-bostäder som byggs, men också en del för andra. Ska jag sätta på kaffe? Britta har skickat med kaffebröd som vi kan ta... Miss-tycker han inte att vi klampar in så här...? Det blir ju mitt hem också när vi har gift oss.

Maj sätter sig i solfjädersfåtöljen i vardagsrummet. Det är tak-höjden! Här är den låg. Visst är det den som avgör känslan? Och fönstren. Både storleken och placeringen. Hon har aldrig tänkt på att deras gavelläge där hemma ger ljusinsläpp från gryningen i kökets nordostläge till kvällen i vardagsrummets sydväst. Och det är trevligt. Här – ja att stå och titta ut på lervällingen och byggarbetsplatsen. Tänk när Anita får en baby och ska höra på det här bullret hela dagarna! Åh vad hon resonerar bortskämt. Dumt. Klart att det måste få leva om när man bygger. HSB uppför samma hustyp i Örnsköldsvik, rött tegel, trevånings – det gör nog sitt till att balkongen ligger i liv och inte utanpå fasaden – rummet innanför blir en smula mörkt. Fast nu måste hon tänka praktiskt för Anitas del. Ett välutrustat kök och bra badrum. Separat barn-kammare och redigt vardagsrum. Takhöjd, ljusinsläpp och öppna spisar måste väl ändå komma i andra hand.

HUR SKA JAG kunna lämna er här, i det sena sextiotalets betonggrå tillvaro? Fast för Maj är det inte grått. Samma jäktande, färgrika puls – de har ju fått sitt första barnbarn, en flicka – Therése! Jane bjuder inte ofta hem dem. Säger att lilla knytet lätt kan få en infektion. Och så snart julen är över ska det ordnas bröllop för Ola och Anita.

Det är vi som ska stå för det, säger Maj till Tomas över lunchgröten en dag mitt i januaris oxveckor – en prisvärd måltid, och man kan ju lägga till ett hårdkokt skivat ägg eller sardiner i tomatsås på knäckebröd för att få full näringsutdelning dessutom. Hela brödkakor är billigare än skivat, men kanske tar man onödigt stora smörgåsar när man knäcker brödet själv. Soppa på rotfrukter, gröt – ja att äta gröt till lunch är samma måltidsordning som Maj fick under uppväxten, fast tvärtom. Mamma hade ju kvällsgröten som sistamål och middagen mitt på dagen när pappa hade rast.

Mamma och pappa, säger hon och lägger ner skeden – i alla fall mamma, var ju sjuk när vi gifte oss, så det var därför din sida fick ordna om kalaset för dig och mig. Britta och Valter skulle nog tycka att det var besynnerligt om inte vi stod för det.

Tomas suckar – eller drar han bara efter andan – vad kan det gå på då, ett bröllopskalas?

Maj tänker efter, säger att Anita ska ha en anständig klänning, skor, brudbukett, fotograf, inbjudningsbiljetter och så mottagningen – det beror ju på hur stort det ska vara. Om vi håller det för de närmaste så kan vi vara här hemma och behöver inte tinga lokal på stan. Vi måste räkna på det, men jag menar vi ska väl inte ha hummer för hundra på Statt.

Han är blek fast han har skött sig en lång period nu. Hur är det fatt, frågar hon och han svarar att det nog blir bättre när ljuset kommer tillbaka. Hon tar hans djupa tallrik. Sedan säger hon att Anita kanske är med barn. Annars kunde de ju vänta till sommaren.

OM HAN INTE var så trött. Är det bara januari som ställer till det, eller borde han låta undersöka sig? Han sover sällan tillräckligt, inte heller hellediga dagar, men han har börjat med en tupplur innan han går ner på stan för att arbeta. Det säger han till Maj när hon sätter igång att duka ut lunchen, att han lägger sig en stund och smälter maten. Hon verkar inte ha något emot hans nya vana, svarar att hon väcker honom senast till eftermiddags-kaffet klockan tre. Jag ska bara lägga mig raklång en stund, inte sova – tänk vad djupt det sitter i att man inte får sova på dagen. Mamma som inte ens på slutet kunde erkänna att hon somnat till på eftermiddagen... Han klarar passet på Statt bättre om han sover, men sedan kan han inte komma till ro för natten. Trädkro-norna på allmänningen utanför sovrumsfönstret är inbäddade i snö, spåren på Rutberget har säkert fint vinterföre redan. Det var länge sedan han skidade där, måste vara flera år sedan.

Han vänder sig från det snöklädda landskapet. Drar upp filten mot nacken där det glipar. Borde han höra med hotellet om de kan erbjuda något slags personalpris för en bröllopslunch? Det vore väl skönt för Maj att inte behöva stå för allt. En sån här gång hade det varit naturligt att höra med Titti om råd. Via henne få Georgs syn på saken. Om han tänker efter kan han inte på rak arm säga att någon av arbetskamraterna haft personliga festlig-heter på Statt sedan han började där. Kanske är det opassande. Det är fint att de gifter sig. Han har ingen känsla av att Ola är någon opålitlig typ – men det känns tryggare att han också vill ha Anita till sin fru. Det är ändå ett annat... ska man kalla äktenska-pet ett åtagande? Det låter lite tungsint kanske. Lasse påstår att det är Jane som vill att de bara ska vara… sammanboende. Kan det vara för att hon har pojken sedan tidigare? Och nu när de fått sin lilla Therése. Han vet att Maj är lite ledsen över att Jane inte bjuder hem dem oftare, att hon har sin mamma där nästan jämt.

Om han slumrar till en kort stund. Sjunker med kinden, örat, käken mot kudden. Det är en så… genomgripande trötthet. Ett barnsligt motstånd mot att gå till arbetet i eftermiddag. Han har nog något i kroppen. Vet Maj kanske om det är något som går? Hon brukar snappa upp när det är influensatider eller magsjukor i omlopp.

Helena. De har suttit hopkurade intill varandra – *nu är du vaken igen, Tomas* – ja men de har nyss varit på flykt undan en översvämning, jordbävning… ändå var Helena så glad. Log mot honom – tog hans hand. Så satt de – skyddade i ett skjul – och såg katastrofen komma. Har han stånd? De älskade inte, men han var helt… omsluten av hennes kärlek. I drömmen. Maj stökar i köket. Drar ifrån en skåpdörr, skjuter den tillbaka. Skulle han kunna skriva en rad till Helena – det måste vara över fem år sedan… Varför vaknade han? Annars hade de somnat tillsammans. *Dött invid varandra?* Hur kunde de klara sig från katastrofen runt ikring? Han lägger sig på rygg. Armbågen över ögonen, pannan. Blundar. Hoppas att Anita får uppleva den sortens kärlek med sin blivande man.

NU TILLHÖR ANITA *mig.* Säger han det verkligen till henne, Ola? De har suttit intill varandra vid honnörsbordet, pratat, skojat – nog har festligheterna i stort sett gått bra? Det har bitvis sorlat lite för lite runt bordet – när hon har tittat ut över gästerna har samtalen kanske gått väl trögt. Britta och Valter som verkade så trygga och talföra hemma hos sig har varit ovanligt tystlåtna och Olas syskon har Maj inte hunnit prata med. Och nu har de slutligen kalasat på krokanskapelsen, fått kaffe, flickorna som hjälpt till att servera har skött sig hyggligt – kanske säger Ola det inte rätt ut. Eller skojar han med henne? Ska inte en mor, en mamma få ha... anspråk på sin dotter? Ett slags förtur, en direktlinje, en navelsträng, hjärtats samstämmiga rytm... hon har knappt hunnit prata med Anita på festen. Är det alltför sent att komma med förmaningar? Anita har redan talat om att brudbuketten får vara kvar här, de ska skjutsas upp till Umeå av Olas goda vän och ta in på Stora hotellet inatt. Britta och Valter har druckit lättöl och lingondricka, men många gäster har tackat ja till vin, likör... Håller hon på att bli sjuk? Det snurrar. Hon och Ola har ju kunnat vara rättframma och öppna, han har sagt att han tror att det är bra för Anita att flytta hemifrån. Men Anita har varit hemifrån. Ända nere i Lund. Och på Rivieran.

Hur ska man andas när luften tar slut? *Tar den någonsin slut Maj? Du som måste få fatt i den på nytt och på nytt.* Snart går gästerna hem. Nej gästerna stannar – det är ju bröllop – men Anita och Ola far ifrån dem. Maj måste vara kvar och ordna fram vickning, en varmkorv eller Jansson, öl, snaps – har Anita tårar i ögonen när de skiljs åt i tamburen, *det är du som blinkar bort gråten, Maj, när Tomas omfamnar sin dotter i hallen.*

NU STÄLLER JAG bilen. Lasse får köpa den av mig. Eller tror du Ola kan vara intresserad? Stora folkdöden... den ska man väl varken utsätta sig själv eller nån annan för i onödan. *Du kör väl inte när du har druckit öl.* En olustig besvikelse far över henne. Då kan han aldrig bjuda henne på bilturer mer. Det har varit fint genom åren att Tomas har haft bilarna och kunnat köra henne. Alla trevliga turer de gjort om somrarna. Ner till Sundsvall, Härnösand, ja även inåt landet, till Junsele, Sollefteå... Du är ju helt klar i huvudet, säger hon. Och den här bilen har väl varit pålitlig och bra i så många år. Jo men körandet sitter i ryggmärgen och då är det lätt att göra fel – det är svårt att manövrera ett fordon om man ska vara på helspänn hela tiden. Du vet, det har ju varit en avkoppling för mig... Jo – för mig också, svarar Maj och hör att hon låter kort. Innan hon ens fyllt femtio är det slut med utfärderna. Lasse kan hon inte räkna med. Ola och Anita har hon ju inte i samma stad.

Jag är för gammal att lära om. Är Tomas gammal? Du som är så för bilen, säger hon med mjukare röst. Åh – det kan aldrig vara bra för Tomas att förlora bilens möjligheter dessutom. Ibland... som hastiga vassa spjut av sanning... kan hon tänka att Tomas ständigt *realiserar det fruktade*. Med Majs ord – förstör för sig själv i förebyggande syfte. Eller handlar allt om att han måste ge sig själv anledningar att trösta sig med sprit? Fast han håller sig ifrån spriten. Det är ölet.

Nu säger han att det har varit bra år med bilen. Det är inte många i min generation som fått köra så mycket som jag. Att då fortfarande ha anspråk och kanske köra ihjäl en oskyldig människa...

Det har du rätt i, svarar Maj. Tala med Lasse – han kan väl få köpa förmånligt om han åtar sig att skjutsa oss ibland. Det är tur att det går bra bussar till Umeå, säger hon och tillägger att det är nog lite jobbigt för Anita nu, den sista tiden. Ola är ju på utbildningen i Luleå i veckorna. Ska vi inte fara upp båda två och hjälpa henne att få i ordning? Ja, om du har några fridagar snart. Jag har tre dagar ledigt från kiosken till veckan. Men Tomas drar efter andan och säger att han gärna vill hälsa på Anita, dessvärre kan han nog bara stanna en eller två nätter, sedan har han nytt pass.

Men så får hon i alla fall arbetsglädjen tillbaka. Hon ska fara upp till Anita och göra grundligt rent i lägenheten tills babyn kommer. Den är säkert ganska lättskött eftersom allt är så nytt och fräscht i bostaden. Ändå kommer dammråttor förvånansvärt snabbt och hon är inte säker på att Anita orkar gå över socklar och dra fram tunga möbler för att komma åt med dammsugarmunstycket så pass långt gången som hon är. Kanske vill Anita att hon lagar maträtter för det där frysskåpet hon är så glad åt – ja veckotidningarna ger många tips om hur man bäst låter frysskåpet underlätta i vardagen. Baka större satser, laga extra portioner... men kokt potatis och vispad grädde lämpar sig visst inte – skala ett par potatisar ska väl även dagens unga husmödrar mäkta med om de bara kan ta fram och värma något från frysen.

FORTFARANDE ENVISAS ANITA med att de ska promenera från busstationen, ja hon erbjuder sig att bära Majs ganska tunga väska, men Maj avböjer eftersom det är Anita som väntar barn. Ändå tar Anita väskan ifrån henne, börjar gå. Ska vi inte kosta på en droska, försöker Maj men Anita säger att det är så långa väntetider på taxi att de är snabbare framme på Ålidhem om de går till fots. Ja nu får jag nog vänja mig att promenera, för pappa har ställt bilen – går det verkligen bra för dig att bära? Anita svarar inte på det, istället talar hon om att hon inte tänker missa Forsyte ikväll – törs Maj berätta att hon inte har sett ett enda avsnitt?

De har i alla fall köpt lite nya möbler. Anita har redan berättat om när de handlade köksbord, soffa och hyllor på Domus och visst blir lägenheten lite mer hemtrevlig för varje gång Maj hälsar på. Borde Maj föreslå att hon kommer och bor hos dem när Anita är hemma från BB? Kan Anita ens föreställa sig hur... stor omställning det kommer att bli att få en liten? Hon som tycker om att gå undan med sina böcker och göra lite som hon själv har lust. Fast arbetet på Skolkontoret skötte hon. Och Maj kan se att Anita gör vad hon kan för att ordna lägenheten lite trivsam. Men vilka gardiner! Stora skarpa bruna blommor – oj, här inne får nog allt underordna sig det där påträngande mönstret. *Säg inget, Maj. Beröm soffan och att de fått upp några tavlor. Rumsväxterna, golvstaken.* Är det tyget de handlade när de for över till Vasa i somras? Det är nästan så hon blir yr av att titta på det. Anita kanske har det för att slippa se på byggarbetsplatsen utanför. Nog borde de ta fönstren ändå? Anita, när putsade du rutorna sist?

Men mamma – nu låter hon irriterad. Maj vill ju bara vara behjälplig. Bistå med sitt kunnande. Så hon säger att då är det ju ingen fara om hon hoppar över fönstertvätten närmare jul, ja ifall det blir för jäktigt med babyn.

Jag vet inte om det är så klokt att klättra på pallar när man snart är i nionde månaden...

Du har ju inte blivit tung, påpekar Maj.

Lite motsträvigt får hon igång Anita. Det är väl inget arbete att tala om när fönstren är så nya! Karmar, fönsterbrädor, vreden – inget har ingrodd smuts som sitter fast. Och så praktiska vädringsluckor! Surar hon nu? Drar ljudligt efter andan när hon kliver ner från pinnstolen – ni måste skaffa hit en köksstege – be Ola fara och köpa en. Mamma, det är inte bara att fara och köpa! Ola går ju en vidareutbildning och vi måste prioritera saker till babyn. Jaha. Maj står i alla fall nedanför och försöker få syn på fläckar som Anita missar. Har du så besvärligt, säger Maj när Anita blundar och på nytt drar in luft. Det känns lite som teater. När babyn kommer blir det ju snudd på omöjligt för Anita att tvätta fönster. Nog borde det vara skönt för henne att ha det bortgjort?

Du har väl själv väntat barn – fostret trycker mot lungorna – jag får faktiskt inte luft. Maj nickar. Säger att hon hade sår på händerna på kemtvätten men var tvungen att utföra arbetsuppgifterna ändå. Ibland måste man bita ihop. Anita är inte den som kämpar på när det kärvar.

Det kanske inte är förståndigt att ta ut sig så man svimmar – ja med tanke på att man förser barnet med allt också...

Maj doppar trasan och räcker den till Anita – du ska se vad Lasse är bra på att arbeta när han väl har bestämt sig... då släpper Anita diskduken i hinken så att lite vatten skvimpar över, klättrar ner från stolen och lägger fönsterskrapan ifrån sig. Så går hon. Vart ska du? Nej – Maj ropar inte på nytt – hör att hon låser in sig i badrummet. Lite randigt är det på rutan. Och Maj borde torka efter på målningen, fast faran är att hon bara lämnar ludd på glaset... Det finns kanske roligare saker att syssla med än att lirka upp fönsterbågar och torka emellan, men... vad gör hon i badrummet?

Är det dumt av henne att bråka om fönstren? Ibland är det ju bara skönt att ha någon som får igång en. Ja – har inte Maj kunnat sakna det, den där uppmuntrande rösten att hon orkar, lite till, och mer ändå – *men Maj, du vilar ju aldrig.* Kanske är hon rädd för att bli sittande, när ingen tvingar henne att hålla ordning, hålla ställningarna, se till att allt löper som det ska. Nej men nu går Anita in i sovrummet och stänger dörren om sig. Borde Maj sätta på kaffe – fast Anita dricker visst bara på morgonen för halsbrännans skull. Ja de kan lika gärna ta te. Ska de inte slutföra så att de kan stänga fönstren i alla fall! Det är inte så pass varmt ute att det är skönt att ha öppet. *Ställ dig på stolen du då och putsa färdigt.* Om de haft en stege! Men det ska väl gå.

Hur for det, frågar Maj när Anita till sist kommer ut till henne i köket. Barnmorskan har sagt att jag ska vila när jag behöver. Anita spolar upp ett glas vatten och Maj askar sin cigarrett. Vill du att jag ska fara hem? Jag hade tänkt laga lite för frysen din – det lär ju vara bra att ha färdiga rätter på lut där.

TOMAS RESER SIG ideligen ur fåtöljen i Anitas och Olas vardagsrum. Maj vill säga åt honom att lugna sig – det är nervöst att ha honom vankandes av och an – och så tänder han antingen pipan eller tar en cigarrett – ja Maj har ju själv en kall oro i magen och armarna – fast hon gräddar en köttfärslimpa i ugnen och har småfranska på jäsning – ska du dra igång bakning nu om vi måste fara upp akut – det här är mycket värre än med Jane, då deras Lasse bara behövde stå vid sidan och titta på. Eller vänta i rummet utanför. Inte själv föda. Och även om Maj ömmade för Jane – *bar hon inte samma akuta rädsla för att hon skulle mista livet.*

Dig skickade dom hem direkt vi kom in, säger hon – få se om Ola får stanna utanför och vänta i alla fall. Det var ju så på den tiden, svarar Tomas lite vresigt – åh – kan de inte förenas i sin oro för Anitas förlossning?

Hon har haft fina värden hela tiden… och de ska få några skivor av köttfärslimpan till middag, resten kan hon frysa in i portioner. Jo – Maj minns sina egna vistelser på BB. Fast inte glasklart, tydligt… med Lasse gick det lättare, första gången var hon så rädd… det var hon. Med Lasse lite mer beredd. Det blir ofta utdraget första gången, säger Maj – både bestämt och lugnande – när Tomas tittar på klockan på nytt.

Tomas får svara. Hans stela ansikte – *herregud, säg något Tomas* – bröstkorgen som häver sig, handen som inte håller luren fingrar på översta skjortknappen – alldeles stum – leendet – nu nickar han mimande mot Maj – *då måste det ha gått bra* – en flicka – tre kilo och fyrahundrafyrtio gram –

Han kommer mot henne – lägger armen om, en hand kupas över hennes bakhuvud, på de lagda men utborstade lockarna – det har gått bra, nu är vi mormor och morfar Maj – det blev en flicka och hon är visst väldigt fin. Hon lutar sin panna, kind mot hans axel, mumlar.

Är allt som det ska med Anita?

Ola sa att det har gått bra.

KAN DET VARA ersättningen? Att Lisen skriker så mycket? Borde du inte försöka med bröstet, säger Maj när Anita går fram och tillbaka i lägenhetskorridoren med sin tvåmånadersbaby – tror du inte att jag har försökt? Hon gick ju inte upp som hon skulle på bröstmjölk och på BVC tycker de absolut nappflaska om barnet står stilla eller minskar i vikt. Men åt du ordentligt då – så att du hade mjölk till henne – mamma, dom kan det här på barnavårdscentralen. Och antagligen har Lisen känslig mage. Hon har somnat med hakan på Anitas axel nu, Anita håller en stöttande hand runt hennes nacke. Gråter hon? Bäst att inte säga att kusin Therése fick bröstmjölk av Jane till en början, åtminstone vad Maj vet. Anita fortsätter vandra runt, drar in snor. Det verkar bli så besvärligt för dig... Får jag bara i henne ersättningen så ökar hon i alla fall som hon ska, hugger Anita av.

Men även om du inte ammar henne måste du äta – ska du trava runt så här hela dagarna försvinner du.

Hur är det med pappa? Nej – det är ingen idé att prata mer om det. Kanske höll hon på så där också, fast hon har glömt. Var fjärde timme – det minns hon. Anita följer det schemat exakt. Ja, ibland tycker Maj att Lisens skrik låter som desperat hunger. Med pappa, säger Maj – ja han ser nog fram emot pensionen, men han kommer säkert att dricka mer. Det bara far ur henne. Anita vet ju hur det är med Tomas, men det är väl inte rätt tillfälle att ta upp de farhågorna just nu. Han har fått något i höften, lägger hon till – förut var det knäet, höftkulorna kan nog vara utslitna efter alla promenader. Och att stå så mycket i arbetet på det... ja min vrist far illa när jag är i kiosken. Det är inte för att vara värst... eller – mer en påminnelse, *fråga hur jag har det också!*

517

ÅH VAD SYND att inte Anita kan vara med oss nu till lunchen –
Maj slätar ut ett veck på den röda duken i matvrån och hör Tomas
rumstera om i sovrummet. Det ser trevligt ut med en röd rustik
duk här inne, så tar hon vita damastduken på matsalsbordet. De
ska ju inte doppa i grytan vid sittande bord utan ska få ta för sig i
köket och slå sig ner i matvrån – så att det blir så där hemtrevligt
som förr om åren hemma hos Julia och Tyko. Sedan de måste
flytta från fastigheten på Storgatan som revs slutade de helt med
julluncherna för släkten. Snapsglasen – ska hon duka med dem
redan till dopp i grytan? Jane har också körkort, så kanske Lasse
tar en. Hon har fått tunnbröd av Britta i år. Det är härligt – att få
doppa de riktigt hårda kornkakorna.

När Tomas kommer ut till henne från sängkammaren svarar
han att det på sätt och vis är rättvist. Om de firar julaftonskväl-
len med oss. Maj nickar. Det blir dessutom Hedvig, Lennart och
Nina, om hon orkar ikväll – hon kan ju inte sitta ensam på jul-
afton sedan Ragnar gått bort.

Tycker du att Nina verkade senil sist – ja Hedvig är visst orolig
att hon har blivit så glömsk. Vem har inte blivit det, skrattar To-
mas – har du sett mina läsglasögon?

Lite dumt av henne att bjuda in Hedvig och Lennart redan till
eftermiddagskaffet klockan tre – de blir ganska många på kaffe
alldeles innan hon ska ordna fram smörgåsbordet och det kan bli
svårt om Hedvig vill ha sällskap och står och pratar med henne
i köket… och så måste hon ju diska undan efter dopp i grytan
innan kaffebordet dukas. Bäst att hon skalar potatisen till kvällen
redan nu, när hon har en lucka. Så kan hon lägga upp sillarna

och skiva syltorna bara hon förvarar dem svalt. Det är kallgrader, så hon kan inte ställa ut det i lådan på balkongen. Skinkan och korvarna ska hon ha till dopp i grytan, senap, äppelmos... ugns-omeletten efter Teas recept är färdig – eller var det Dagnys – nej hon har väl varit mest för revbensspjällen – hur det än är blir det jäktigt när smörgåsbordet ska ställas i ordning. Det vet hon. Bröd ska läggas upp, smör ska rullas snyggt i en bytta och så julosten – och fatosten. *Det är först ikväll du ska duka fram allt detta.* Hon får inte riktigt till fatosten. Har provsmakat från en av de mindre formarna – ångermanlänningarna ska ju prompt ha den. *Är du inte ångermanlänning nu, Maj? I själen jämtska.* Äsch. Det är väl hon som ska stå för Tomas matkulturella arv.

Kanske lite tokigt av henne att bjuda in Lennarts också, för hon har ju sitt femtioårskalas för släkten i mellandagarna. Men de bjöd nästan in sig själva, och då är det svårt att säga nej. De har tonåringarna med sig också. Hon borde ha sett till att få rå om Lisen i lugn och ro. Ja jestanes, i mellandagarna kommer det bli mycket med förberedelser igen. Om hon får bortgjort så mycket hon kan nu så hon hinner leka med Therése när hon kommer. Och sedan Lisen.

Nej – Jane tycker inte om dopp i grytan. Jag kan ta en sillbit och potatis säger hon, men Maj har ju ingen potatis kokt än – åh, kunde inte Lasse ha förvarnat henne. Han vet ju om att de alltid har dopp i grytan till jullunch. Men har du prövat med riktigt korn-tunnbröd, försöker Maj och Jane säger att det går bra för henne att äta en skinksmörgås och korv. Tessagumman vill väl pröva, ja lillflickan har inget emot blötan när Maj lägger en stor smörklick ovanpå hennes portion. Ryser Jane? Lasse låter Tomas hälla upp en snaps i glaset och Jane ler och säger då är jag chaufför idag. Det blir lättsamt runt Tessan i alla fall. Hon bankar med skeden och gör mmm-ljud med munnen – klart att det sölas på duken, men hon sitter bra i den gamla stadiga barnstolen som Tomas burit ner från vinden. Vi tar väl tomtegubbarna säger Maj, och alla stämmer in och Therése hoppar i takt i stolen och vill skåla sin mugg med alla glas. Och när de har ätit färdigt – lillflickan är den första som visar att hon inte har tålamod att sitta – säger Maj att de kan slå sig ner i vardagsrummet, vi ska väl hinna med några klappar också.

Synd att Maj ska behöva ha ett öga på tiden – kaffegästerna kommer snart. Ni stannar väl till kaffet, Lennarts vill absolut träffa er och så hinner ni heja på Ola och Anita och Lisen. Jane tittar oroligt på klockan – ni ska ju vara hela helgen i Ullånger säger Maj, och Jane avbryter att det inte är så lätt för en ettåring att byta miljö ideligen. Ramlar vi rakt in till jultomten kan det bli kalabalik. Senast fyra måste vi fara – Maj kan inte stå där och dividera med dem, hon måste torka tallrikarna och tömma diskstället – duka färdigt till middagen på matsalsbordet med tants finservis. Ja, så ska hon ställa fram koppar och kaffebröd innan Lennarts kommer.

Hon blir faktiskt glad att se Nina. *Tänk att jag har varit så rädd för dig!* Lennart, Lennart – har du flaskan – Nina räcker över en saftflaska – mammas apelsinlikör du vet – ja hennes recept, hon gjorde ju alltid den till julen. Tack snälla, säger Maj och Hedvig sträcker fram en stor skål ris à la Malta till henne – fast ungarna är så stora kan de inte vara utan den på julafton, ställ den bara i kylskåpet… Ställ i kylen! *Om du visste, Hedvig, hur fullt det är.* Och den tål knappast att stå ute på balkongen där det fryser. Kanske kan hon klämma in den i kallskafferiet, där hon har varit tvungen att stänga ventilen för att inte potatisen ska frysa och bli förstörd. Ändå är kaffegäster på sätt och vis behändigt. Har man bara kokat eller bryggt tillräckligt med kaffe så är resten liksom färdigt. Hon måste fråga Tomas om han har hört något från Anita – kan hon ha ringt medan de delade ut julklappar till Lasse och Jane? Nog bestämdes att de skulle komma till kaffet? Hon har dukat med koppar till dem också.

Morsan, kan vi börja fika? Lasse står plötsligt i köksöppningen – har Jane skickat dig, frågar Maj och skrattar till – ni får lugna er lite, jag kommer med kaffet. Lasse, fråga vad ungdomarna dricker! Kaffe, hör hon Lasse ropa från rummet – skönt – för hon har ingen saft att blanda, Tessan dricker nog mjölk – men Maj har sett hur Jane får springa efter henne i ett. Nog kan Maj ändå tända några ljus? Adventsljusstaken i blankputsad mässing – de runda småljusstakarna i trä – det blir så stämningsfullt – bara alla har försett sig ska hon ta Therése i knäet och låta Jane doppa i lugn och ro. Det är inte som förr. När Titti och Georg gjorde entré – nu märker Maj hur fenomenala de var på att fylla i, fylla ut… där det uppstod – vad är det egentligen som uppstår? Luckor, frågetecken, sprickor… Eller bara tystnader, osäkerhet. Tomas klarar sig fint förstås. Lennart har alltid varit förtjust i Tomas. Maj ser hur uppmärksamt han lyssnar på systersonen – men det är klart, Tomas märker inte om någon behöver en påtår. Kom, säger hon till lillflickan – följ farmor och fyll på kannan i köket – Maj sträcker sig efter kopparpannan – passa så hon inte bränner sig, påpekar Jane – det är väl klart att Maj inte tänker låta Therése bränna sig. Hon tycker det är roligt att hjälpa till, svarar Maj, *att vara till nytta.* Ja hon följer ivrigt med henne. Och Maj kan visst få ge henne en extra pepparkaka så att hon har att göra medan Maj fyller på kaffe. Fast hon dråsar ner på rumpan. Att stå och äta kaka var kanske lite i vingligaste laget. Nog kan man se att flickan är en Berglund? *Eller är det dragen av Olaussons – min pappa?*

Får ungdomarna sätta på teven Maj – ja det kan de väl få göra, fast det är synd att teven ska på när de träffas så sällan, släkten. Nina säger inte så mycket. Och det har hunnit bli helt mörkt utan att Anita dyker upp. Fem i fyra reser sig Jane – Jane är gärna demonstrativ – det skulle aldrig falla henne in att lite diskret dra sig undan från kaffebordet… God jul på er, nu ska vi fara vidare, säger hon med hög och tydlig röst – men Therése vill inte. Gallskriker och bågnar när Jane lyfter henne i famnen och Maj förser sig med ett par pepparkakor till och går efter dem ut i tamburen – var så god, titta vad farmor har till dig – gråten tystnar, blir flämtande hulkningar – och Jane säger tack ska du ha, men vi kan inte muta henne med kakor varje gång hon gråter. Det är ju julafton, svarar Maj, och undviker att se på Jane, låter blicken vara kvar vid dropparna i Theréses ögonfransar. Var är hunden, gula hunden hon fick av Maj och Tomas till julklapp? – Lasse nu måste vi komma iväg, jag vill kunna köra lugnt i mörkret – vänta, tyghunden ligger mycket riktigt på en av småmattorna i vardagsrummet – kom snart och hälsa på farmor… när dörren slår igen kommer en klump av… varför måste Jane missförstå allt hon gör? Lasse och hon öppnade inte ens sina julklappar, så Maj lät sina vara oöppnade också. Var det en så dum present, nyutgåvan av Sju sorters kakor, var sitt exemplar till Anita och Jane. Att ha alla sorter behändigt samlade i en bok. Kommer Jane bara uppfatta det som en pik?

Inte långt efter porten slagit igen nere i trapphuset ringer det på dörren. Tomas reser sig och snart hör Maj honom ropa – nu är dom här!

OM MAN KUNDE släppa allt och bara vara i stunden här med Therése. De har ju roligt! Hon är i en bra bedårande ålder. Drygt ett – och alldeles full av lust att upptäcka världen, språket *och utan tvivel förtjust i sin farmor.* Visst är både Tomas och hon rejält utmattade efter att ha passat henne över natten, men är det så enkelt att barnbarnen är meningen med allt, belöningen efter år av slit... nej, det vore förstås naivt. Therése hade avvaktande kunnat fjärma sig från Majs ivriga vilja att leka, skoja, *få kärlek.* Men de finner varandra. Kanske kommer Maj med tålamod och energi när den tryter hos Jane, hos Lasse. Möjligen anar Maj att det kan komma att storma längre fram. Att de här åren... hon måste ta dem tillvara. Och det finns en – triumf är alldeles för krigiskt – men en stolthet där hon promenerar intill Tomas, med Tessan i vagnen. I norra delen av stan, på väg mot lasarettsområdet, till det nybyggt moderna Örnsköldsgården – Nina ska få besök idag – kanske kan hon piggas upp av att lillflickan är med – det var Lennart och Hedvig som drev igenom att hon skulle ha rummet där, menade att det var farligt för henne att bo kvar hemma, att hon flera gånger glömt plattor på och strykjärn... Möter de aktiva som går med insamlingsbössor för FNL? Hör de ropen skalla? Hos Anita, i Umeå finns de, bland studenterna, de radikala... men Maj har inte hört att Anita umgås med dem. *Det är ju så många som protesterar mot kriget i Vietnam, Maj – ska inte du också?* Hur mycket kan förbli sig förtvivlat likt. I vardagens bestyr. Inom hemmets väggar. Verkar Tomas deprimerad av att sluta sitt arbete? Nu har de båda sin fulla uppmärksamhet på Therése. Fast hon har somnat i vagnen. De är där och fångar upp nappen, lägger filt och tyghund till rätta. Det är kyligt i luften fortfarande, varken buskar eller grässlänter visar tecken på något grönt. Maj har kanske noterat att Tomas har... gett upp? Resignerat? Förlikat sig? En glättig glädje hon inte litar på, men heller inte förmår bryta igenom. Vad tjänar det till att sörja? Han verkar se fram emot att hjälpa Lasse vidare med bygget ute på tomten i sommar – säger att de kan bo i lillstugan och sköta Therése på mornarna, Jane och Lasse har säkert sömn att ta igen. Med en transistor kan man få nyheter, underhållning – fast Maj har märkt att Lasse biter ihop när Tomas inte är tillräckligt händig eller snabb nog med måttstock och verktyg. Inte är det så tokig utdelning, om man tänker efter. Ändå slutar han inte med perioderna. Dövar sig regelbundet med ölet, dricker ute också, säkert på kredit. Och Maj ser till att lägga undan kontanter för att kunna bjuda igen middagsgäster, ha kafferep för väninnorna utan att det får verka alldeles snålt. Gurli och Uno, Lotten och Gustaf, Jenny och Gösta. Släkten. Som om Tomas läst hennes tankar säger han att Gunilla och Tor vill bjuda till kusinträff i sommar, runt midsommar – vill du gå dit, frågar Maj. Det vore trevligt, svarar han och Maj nickar – frågan är om Anita kan komma ifrån med lilla Lisen – ja Gunilla tyckte att vi skulle komma dit ut alla. *Bryr han sig inte längre om det förlorade huset?*

De måste ta med sig vagnen in eftersom Therése sover – och väcker de henne nu kanske hon skriker besöket igenom. Sist Maj hälsade på här överraskade Nina henne med att säga att mamma hade mig före äktenskapet. Att hon aldrig kom över det. Och Tomas har sagt att han har hört att det pratats så, men inte varit säker. Det var ju känsligt på den tiden... *Varför sa du inget Tea? Varför förenades vi inte?* Åh. Som om prat var det enda botemedlet. Som om ord inte också... kan karva mot märgen och göra gropar, fula ärr.

Kan de inte få bort gammlukten i ett så pass nybyggt hus? Tänk att av den vackra våningen – jo men Nina och Ragnar hade ett tjusigt hem, även om det blev lite rörigt och nersölat på slutet – blev det här enkelrummet på ett ålderdomshem eller vad de kallar det nu för tiden. Pensionärshem?

Skynda er, viskar Nina när de stiger in. Gå i skåpet och hämta. Vad ska de hämta? De har inte klätt henne riktigt snyggt – Nina brukade ha ljusa blusar och väst över – nu har hon en rockliknande skarpt grönblå klänning som hon möjligen hade när hon bakade eller skötte om blommor – Maj vill gå i hennes garderob och hämta något trevligare – skynda er! Ta flaskan ur skåpet och häll upp en sup innan de kommer – ett lite krokigt, ådrat finger pekar mot ett tomt hörn av rummet – får hon ta sig något, viskar Maj och Tomas går fram till Nina där hon sitter på sängen och säger högt att de ska få fram kaffe. Vi har Lasses jänta med oss – Nina fnyser, sjunker ihop. Kanske kan de låtsas bjuda henne på starkt. Maj har med sig färsk sockerkaka, bullar och syltkakor – barn är så för syltkakor och Maj har inget emot dem även om de fort blir mjuka i burken – särskilt om man gör wienerstänger med glasyr. Bjud henne på en cigarrett, säger Maj lågt och det gör Tomas. Nina ser ut att… njuta av den i alla fall. Tessan sover i vagnen – men bäst att Maj hinner duka fram fika tills hon vaknar.

Och hon blir skrämd vid uppvaknandet. Gråter, högljutt. Fast Maj tar genast upp henne och Therése borrar hulkande ner huvudet i utrymmet mellan Majs haka och nyckelben – Nina viftar med handen och Maj går ut i korridoren. Såja, säger hon och gungar flickan i famnen. Aldrig, aldrig ska hon låta sig förfalla och lukta gammalt som här. När Therése får tag på hennes pärlhalsband slutar snyftningarna och de kan gå fram till fönstret och titta ut.

MAJ – JAG har ett förslag. Redan i tamburen säger Jane det här till Maj. Blir Jane aldrig blyg inför henne som hon var med Tea? Du vet jag måste ju börja jobba igen till hösten – vi lever redan över våra tillgångar – och Tessan har ingen daghemsplats och jag får inte tag på någon dagmamma. Vad säger du om att ha henne som dagbarn – jag ska ju inte arbeta heltid, men det skulle kanske bli sex timmar om dagen...

Blir Maj först smickrande stolt? *Så bra tycker Jane att det går, trots allt* – fast hon påpekar detaljer kring det mesta Maj gör med Therése – att hon vill att flickan ska få vara hos henne för jämnan. Men dagmamma... jag har ju timmarna i kiosken, Jane och har redan lovat bort mig många extrapass den här månaden – du får ju en ersättning från oss, ja samma som en annan dagmamma skulle ha haft. Jag vet inte exakt hur det går till, om man registrerar sig hos kommunen och de betalar ersättning... men då måste jag nog ha fler barn hos mig, tror du inte? Hon finner sig, svarar inte instinktivt ja – eller motspänstigt nej – säger bara att hon måste få tänka på saken. Och nästan meddetsamma när Jane har tagit Tessan i famnen och Maj har dragit igen lägenhetsdörren – *då sviker jag Anita.* Om hon bokar upp sig med Therése alla dagar i veckan. Hon måste kunna dela på sig, vara hos Anita ibland. Ja, på väg in till köket för att skala potatis och hetta upp smör i stekpannan att steka strömmingsflundror i tänker hon att Lasse måtte kunna försörja Jane. De får väl dra in på ett och annat, snåla lite, båda röker ju... kosta på sig tomt och stuga – ja då krävs förstås en extra inkomst.

Jane blir sur. Hon hör det på rösten i luren när hon tagit mod till sig för att ringa – hon hade hoppats att Lasse skulle svara – fast hon säger helt uppriktigt att hon måste kunna fara upp till Umeå också. Och när de lagt på är det en klump av oro i halsen – parad med lättnad – Jane får väl hitta ett sätt att lösa det på egen hand. Maj vill få rå om Lisen också. Går det för långt mellan besöken är startsträckan lite trög. Fast Anita säger att hon märker på Lisen att hon känner igen Maj. Och Britta har svårt att fara ifrån gården, även om Valter och hon har närmare till Ola och Anita. Ja – Britta har redan flera barnbarn att sköta om.

VARFÖR VILL HON aldrig berätta något om arbetet i kiosken? Säger bara att hon var nissa och sedan servitris ett kort tag på konditoriet. Hon tycker inte att kiosken är något att dra upp. Inte kemtvätten heller. Måste hon verkligen tala om för alla människor hur svårt hon har det med tipskupongerna? Systemen som ska räknas ut – siffrorna liksom hoppar, smiter – det har aldrig varit hennes avsikt att göra fel... Nog är många kunder trevliga. Lättsamma. Dröjer sig kvar lagom länge – medan andra har henne som sin enda kontakt... med yttervärlden. Hon lär sig stamkundernas cigarrettmärken, snus – vem som ska ha Expressen, Aftonbladet eller båda. Men herrtidningarna... att bli indragen i deras *drifter* – hon kan inte tycka att det är trevligt. Att tvingas hjälpa dem att släta över och spela oberörd, ovetande – och efteråt känna hjärtats hastiga dunk av upprördhet. *Hycklare!* Så har hon väl rätt att tänka, hon som vet hur snävt rörelseutrymme flickorna fortfarande har tillgång till. Inte kan hon tro att det har ändrats i grunden bara för att *sexualdriften* ska upp och luftas i alla sammanhang. Knappast för flickornas del i alla fall.

HON HÖR HUR han skrattar i stora rummet. *Om man hade ro att sitta och skratta över en bok!* Han vill gärna höra på humorgängen i radion och menar att Maj kan sitta med och lyssna, Moltas och de andra är ju dessutom med i teve nu – fast Maj tycker nog bäst om Martin Ljung. *Nog kan du unna honom skrattet!* Jo. Man får ta tillfället i akt. Vintersol 1969. Med två små flickor som skiner – Therése ska sova över hos dem imorgon och Anita skickar nytagna fotografier av Lisen. Ibland låter Anita så trött. Maj kan ju inte bara åka upp till Umeå hur som helst, det ska passa med hennes tider i kiosken, och Lasse och Jane är duktiga på att tinga henne som barnvakt. Ändå känner Maj att det är nära Anita hon borde bo! Så att hon kan avlasta henne ibland. Anita hann ju inte få några varaktiga arbetskamrater i Umeå innan Lisen föddes och nu går hon kanske för mycket ensam om dagarna. Det ligger inte riktigt för Anita att bjuda in fruar på kafferep eller söka sig ut i föreningslivet.

I lågt januarisolljus ska man passa på att damma rent. Notera fönsterrutornas status. Men nu hostar Tomas igen – det låter nästan som om han måste kräkas och hon lämnar spegelramen i hallen odammad – hur är det fatt? Du är alldeles röd i ansiktet. Vänta! Hon skyndar sig ut till köket, spolar i ett glas vatten, det skvimpar över när hon småspringer tillbaka genom hallen – ta här – han får visst inte riktigt luft – ska jag dunka dig – nej – han sväljer, torkar tårar från kinden och tar med skälvande hand näsduken ur byxfickan och snyter sig.

Du måste gå till doktorn. Han nickar. Dricker en klunk vatten till – det är rökningen, viskar han. Jag måste sluta med den. Jaa –

både Lasse och Jane bolmar på när jag är hos dem – om vi skulle försöka hålla opp alla fyra. Så kan vi uppmuntra varandra.

Vi skulle spara in bra mycket på din pension om vi la av cigarretterna – det är sant. Men också en smula svårt att ta ifrån Tomas det nöjet också. Fast han har ju inte anlag att lägga på sig om han skulle sluta, den risken är kanske större för Jane. Hon blev lite frodig i samband med graviditeten och har väl inte tappat riktigt allt. För Anita var det tvärtom. Och det kan vara därför hon blir hängig, man måste äta regelbundet och näringsriktigt för att orka. *Orka vad?* Ja, tillvaron på det hela taget. Särskilt med koltbarn. Och tänk när Lasse och Anita var små var det ju kort på allt, fast inte behövde hon gå hungrig? Det kan hon inte minnas. Dåligt med smör och kaffebröd, kött, men det var ju lite extra matfett till barnfamiljer. Och så Titti… som alltid fått något av Georg.

NU SOVER LISEN också. Med nappen i mun, på mage, blöjrumpan i vädret. Maj tar bort täcket så att det inte riskerar att hamna över ansiktet, näsan, munnen. Tessan sover redan, på rygg, fuktig i pannan av svett. Maj drar efter andan, lägger sagoboken på sängbordet. *Min Skattkammare.* De somnar bäst när hon låtsas sova också. Hade hon inte varit så kissnödig skulle hon säkert ha slumrat på riktigt. Hon hör skratt från storstugan. Reser sig till sittande, trevar efter skorna som skjutits in under sängen. Yrseln när hon ställer sig upp. Foten vill inte riktigt bära när hon går över nålfiltsmattan i korridoren bort mot stora rummet.

Ska de bara sitta där? Jane och Anita, i manchestersoffan som Lasse köpt helt ny hit ut till landet. Hur har han råd? Furubordet framför, också för det har han väl fått betala bra. Anita som börjat röka – så larvigt det ser ut när hon blossar på mentolcigarretten. Jane drar åtminstone ordentliga halsbloss. Nästan likadana paisleymönstrade scarfar runt håret, knutna som klutar där bak. Och så solglasögonen, inomhus! Anita har kanske bytt till sina vanliga bågar, men Jane har bara skjutit upp sina sotade i pannan. Långbyxor – nej aldrig att Maj kommer att tycka att långbyxor på en kvinna är snyggt. Det blir så mycket... rumpa och lår och... *blygd*... Minikjolar är för all del inte mycket bättre. Nu brister de ut i gapskratt igen – och skålar.

Kom och slå dig ner, Maj, ropar Jane – *var då, hade hon tänkt?* Ensam i rottinggruppen de fått ta över från lantstället? Nej, Maj vänder om. Lasse, Ola och Tomas sitter ute på altanen – ja det kan hon gott unna dem efter att ha arbetat med uteplatsen på baksidan hela dagen. Nog är han en arbetsmänniska Ola också?

Tomas grävde även han, ja han gjorde det bra. Men Anita och Jane? Efter kafferasten skulle Maj plötsligt passa deras ungar. Så brukar hon ju aldrig kalla Elisabet och Therése. Men det kändes så! Maj höll på att plocka bort kaffebrödet och lägga tillbaka i burkarna efter kaffet när Jane och Anita annonserade att de skulle ta en promenad bort till Gullvik. Då tar man väl barnen med sig! Det vore bra om Tessan sover en stund Maj, ja Lisen är också trött och behöver en eftermiddagsvila. Men inte för länge, då somnar de inte ikväll. Så sa de och där blev Maj hemma med barnen när Jane och Anita klev iväg i sina solklänningar, scarfar och träsandaletter.

Först nu har barnen somnat för natten. Janes pojke Stefan är hos hennes föräldrar. Vad underligt det måste kännas för pojken att mamma blir i lag med en ny karl och bosätter sig med honom, får en baby, bygger stuga där han knappt är välkommen. Om hon skulle ha lämnat Anita hos mamma och pappa. *Fast de dog ju.* De läste inte sagor för Anita och Lasse. Men barnbarnen kappas om att få sitta hos henne. *Visst älskar du dem båda två?* Leendena när de får syn på henne, blöta pussar och valpiga kramar. Men att liksom bara lämnas där i sovhytten med Tessan och Lisen... Maj går ut, upp i skogen, sätter sig på huk i blåbärsriset, kissar. Lasse och Jane vill inte att den nyinstallerade mulltoaletten ska bli full för fort. De borde ha ett vanligt dass. Hon ska prata med Lasse, han som är så händig måste väl snabbt kunna slå ihop ett enkelt dass, *ett skithus.*

Men herregud! Tänkte de göra kväll med ett kök som... Det var Jane som stod för middagen, en kryddstark köttfärsgryta med vita bönor på burk. Fortfarande kniper det i magen av vitlöken. Fast Lasse älskar Janes matlagning och tar gärna extra peppar på gryträtten. Att bara lämna all disk efter sig? Jane bad dem låta porslinet vara på bänken när Anita och hon hjälptes åt att duka ut. Lasse har ju till och med dragit in vatten, så disken borde inte vara så betungande för henne. Han är noga med att Maj inte ska slösa, stänger genast av kranen om Maj skulle låta det stå och rinna. Jaha, då är det väl bara att ta plastbaljan och blöta upp allt ketchupklet. Tog Jane en hel flaska tomatketchup i köttgrytan? Och så de vita bönorna som spänner magen till en ballong. *Be mig vara la med er.* Karlarna på altanen, där har de det skönt. Jo – lite fastbränt i botten. Det var väl när Tessan hade ont i magen och bara skrek som Jane måste gå ifrån spisen. Men det var inte Majs fel att det brändes! Hon slår upp lite vin i sitt glas. De har i alla fall inte tagit flaskan med sig in i storstugan. Anita och Jane verkar ha försett sig, Lasse och Ola har groggar i stora glas. Spisen – hon måste blöta upp den också. Så mycket enklare att torka direkt, innan det klibbar fast på plattorna. Vad skrattar de åt? Är de inte ett dugg rädda att väcka barnen?

Får du inte vila än? Kan jag torka silvret åt dig åtminstone?

Man skulle kunna tänka sig att det blir Tomas som får sig en slev, men Maj ger honom en hastig, blöt klapp på kinden.

Jag tror att vi måste ta en ny kökshandduk. Vänta ska jag hämta... Hon torkar snabbt av sina händer mot förklädet. Det är snyggt i linneskåpet, Jane manglar också. De har en bra tvättstuga i det nybyggda flerfamiljshuset i stan, så det är ju ingen sak. Men visst är det roligare att öppna ett prydligt linneskåp än ett där allt är inslungat – fast veckar örngottsbanden gör inte ens Maj. Nån måtta. Ja. Det får det vara. Tomas är grundlig med torkningen – men hon ska inte påpeka att det tar tid. Han får en bricka med blöta bestick och slevar att börja med. Hon har kastrullerna och stekpannan kvar. Till glasen måste hon byta vatten och helst ha torrt diskställ. Tomas... han har aldrig sagt något rätt ut om Jane. Men hon är nog inte hans typ. *Är du hans typ?* Den frågan är för länge sedan förseglad. Nej usch. Det är enklare att ha barnen hos sig och vara i sitt eget kök. Nu kan det hända att Jane misstycker att Maj diskar bort. Men inte kan man lämna middagsdisken till nästa dag? Det har Maj aldrig varit med om. Anita brukar då inte göra så hos sig i Umeå när Maj är där och hälsar på.

Men gulle dig Maj – du är väl för härlig! Jane – som är så lång – ståtlig – längre än Maj och med klack på skon har hon riktiga spiror – hon tar omkring Maj, sololja, vin, rök – kanske kan Maj inte känna tobaken när hon själv blossar – jag skulle ju ta köket nu! Och så är det färdigt!

Maj fortsätter sopa upp brödsmulor under matbordet på skyffeln – ska hon säga att Jane gott kan torka tomatsåsfläckar meddetsamma?

Anita, tar du en trasa och får bort kletet från golvet, tomat går ju inte bort på vinylmattan – jo men Anita gör det, ställer sig på knä, gnuggar utan att tjura och säga emot. Först när Maj sjunker ner på kökssoffan känner hon av värken i svanken. Du kunde väl ha sagt till, påpekar Anita – är hon full? Maj kraxar till, det blir varken ett skratt eller en hostning. Ikväll får du borsta noga – tänderna är alldeles blå. Hastigt håller Anita handen för munnen, reser sig till stående. Men Nitagumman – det där kunde väl jag göra. Jane tar trasan ifrån henne, sköljer den faktiskt över slasken. Vad gör gubbarna våra? Anita följer fnissande Jane ut.

Och där sitter Maj. Tomas kom inte tillbaka in efter att han skulle gå ut och pinka. Har han redan lagt sig i lillstugan? Hon har nariga händer och kortkorta naglar. De bara skivar sig och vill inte bli långa. Vinet är surt. *Det skiter hon i.* Spanskt lantvin. Hon ska dricka upp, sedan gå och lägga sig, kanske hinna somna innan Tomas snarkar. Imorgon bitti skickar Lasse och Jane Tessan till henne. Säkert långt före klockan sju.

Under just de här högsommardygnen finns det män som stiger iland på månen – och en kvinna som lämnas kvar i en sjunkande bil. För Maj kommer bilden av Mary Jo Kopechnes ensamma död oroa mer än hon kan tjusas av Armstrong och Aldrin. Tomas bjöd henne på åktur i bilen. *Men han lämnade mig inte att dö.*

EN HÖST OCH vinter då Tomas hostar. Och Anita är på nytt gravid! Pratar Tomas och Maj någon gång om hur Anita egentligen mår? Ola är ofta på tjänsteresor, men nog verkar väl Anita trivas hyggligt med sitt nya kontorsjobb? Hon har dagmamma till Lisen för på daghemmet i bostadsområdet var det visst fullt. Tomas vill inte att Maj ska vara olycksbådande och sucka att två små barn som behöver en är något helt annat än ett – nu får vi nog ställa in oss på att fara emellan Lasse och Anita. Tänk om Jane också... fast där har de inte hört eller sett att något skulle vara på gång. Visst håller Tomas med Maj om att det vore bra om Anita och Ola bodde här. Far de till Umeå måste de ligga över och lägenheten är lite trång.

Hur många månader har han förnekat blodet som kommer med hostattackerna? Tänkt att med en så där envis torrhosta kan man riva upp den segaste av slemhinnor, strupar. Finns det något sätt att komma undan, hitta en smitväg... För det är på sätt och vis sköna lediga dagar blandade med olustig oro. Utan vettig orsak. Tomas får i alla fall inte fatt i orons orsak, kärna. Det kan vara de pådrivande uppmaningarna att vid varje obehag ta sig något – öl, kanske magnecyl, något lindrande, ja bara så pass att det går att döva rösterna, tankarna. Det blir smitvägen, flykten. När koncentrationen över boksidorna, tidningsläsandet, radions röster – när den inte räcker till, då är tankarna där och sedan viljan att dricka för att slippa. Måste han inte gång på gång leda sig själv till förlåtandet? Rikta sig mot allt det som han kan känna... tacksamhet för? Vad tjänar det till att göra bokslut över det som inte blev. Det som försvann. Småflickorna finns – Anitas och Lasses barn. De har klarat att bilda familj, fått arbeten, *den rikes missnöje och fattiges fördragsamhet* – men för några ögonblick dämpas ångesten, med Therése eller Lisen i knäet och bilderboken, finns inte ett slags framgång i barnbarnens tillit – de är inte rädda för honom, tyr sig till honom, låter honom och Maj ta hand om dem med samma självklarhet som föräldrarna får – ändå så enkelt att spä på med det andra – *men du då Tomas, vad blev det av dig?*

Och Maj upptäcker blodet i näsduken. Kanske låter han medvetet henne få kännedom om symptomen så. Har du så ofta näsblod, frågar hon en sen vintermorgon strax före jul – eller kommer det från den där elaka hostan? Rösten är saklig – tittar han upp från sängkanten möts han av hennes ljusa blick. Ja hon har dragit upp rullgardinen och nu bländar det bleka vita ljuset hennes pupiller – du ringer till lasarettet idag, annars gör jag det. Du kan ju ha gått och dragit på en lunginflammation – du vet det är inte alltid man får feber. Det vore väl höjden om det skulle vara tuberkulosen, men du låter som mamma när du hackar som värst.

Han lovar att göra det. För det går väl inte bara att hoppa över? Provtagningar, undersökningar, ovisshet. Kan det också vara en lättnad att vara igång, att finna sig, inte fly.

VAD KAN MAN läsa ut av läkarens ansiktsuttryck? Han har fått en tid snabbt och sitter nu med bar överkropp på britsen, han ska andas in, ut, hjärtat… gapa så att doktorn kan lysa ner i halsen. Väl i undersökningsrummet inträder en märkligt foglig inställning – nu kan han bara göra som läkaren säger. Ja stå ut med kväljningskänslor, låta syster ta blodprov – nej han är inte vettskrämd – han är i vårdens våld. Tänker Tomas så? Kanske inte exakt. Men han har ingen möjlighet att neka doktorn de provtagningar han anser nödvändiga. Och ju mer de gör, desto mer kommer de att få reda på. *Tänk om du är av med allt genom en penicillinkur – om du dragits med hostan helt i onödan.* Men nog kan man ana en bekymrad rynka i pannan på doktorn när Tomas talar om att han haft hostan i flera år. Ja, att han har tagit för givet att det har haft med rökningen att göra – men har man ägnat sig åt tobaken sedan konfirmationsåldern är det svårt att ge upp – Tomas skrattar till och säger att jag förstod ju att vilken läkare som helst skulle begära att jag slutade upp med rökat. Det är svårt att lära gamla hundar sitta… En lätt humoristisk udd. Doktorn kan ju ändå inte trolla. Inte ta bort obehaget – oron.

DET VAR OLA… Gud så mörk Tomas är under ögonen. Vad har hänt? Hon tar av sig läsglasögonen, naglar fast honom med blicken, han har munnen lätt öppen – Anita är på lasarettet, han fick ringa efter en ambulans – hon blödde, ja kraftigt, från… Tomas gör en gest med handen – har hon förlorat barnet? Jag tror inte det, Ola fattade sig kort, han måste skynda sig tillbaka till henne, men Lisen, Lisen är hos den här tant Nela – Ola bad oss fara upp… han har inte fått tag på Britta och Valter – åh herregud säger Maj, vi packar meddetsamma – gå efter tabellen och titta när det går en buss!

Busshållplatsen. Turerna till Drömme, Trehörningsjö, Nordingrå. Nej, Maj och Tomas ska kliva på bussen till Umeå. Om de kunde vara framme!

Hur illa är det med Anita? Har hon fått ärva mitt blödande inre? Väl på bussen går de tankarna inte längre att hejda. Maj har adressen till Nela i handväskan och har försökt packa för en vecka minst. Vad kan hon ha glömt? Vi borde haft med oss något till Lisen, säger hon, en present – kanske kan vi köpa en chokladbit från kiosken vid busstation – Tomas nickar – fick du tag på Lasse så att de går upp och vattnar och tar posten? – han lägger sin hand på hennes, säger att det är ordnat. Henny blev nog lite sur över att jag inte kan komma till jobbet – men jag förklarade att Anita fått åka ambulans – det känns otäckt att hon inte verkade tro på mig… Men när de närmar sig avfarten mot Idbyn kommer hon på att hon glömt att kontakta Gurli – på torsdag skulle hon vara hos väninnan på lunch. Påminn mig att ringa till Gurli när vi kommer fram – och Tomas ska just säga något när han får en ny hostattack – nog borde hon kunna lägga band på sig och inte irriteras över hans evinnerliga kraxande. Kunde verkligen inte doktorn ge dig något starkare? Fast hon har sett på flaskan att hostmedicinen innehåller morfin – så mycket starkare kan det kanske inte bli. Men när det inte verkar hjälpa – *minns du när du for med Titti och tant för att hälsa på Tomas på Umedalen?* Hur skulle hon kunna glömma. Om inte annat kommer det hastiga obehaget till henne på den här sträckan norrut – fast alla säger att Umeå har blivit en så trevlig stad. Ja, riktigt snygg kan den ju aldrig bli i det där flacka landskapet. Borde vi fara och hälsa på Rut och Nisse? Tomas torkar sig fortfarande med näsduken kring sina rinnande ögon – tar emot emsertabletterna Maj räcker honom – vi får väl se, svarar han hest, hur det går med allt först.

Nog blir Lisen glad när hon får syn på dem? Fast hon har mycket att visa dem hos tant Nela. Anita måste ha haft tur som har fått tag på henne. En lite mager kvinna med ett ljust förkläde som har stora bandkantade fickor fram och knäppning bak – hon verkar vara vänlig med mycket tålamod. Det är förstås en bit för Anita att gå hit varje dag, ganska nära stans centrum, men Anita har sagt att det möjligen är på eftermiddagarna det kan vara lite krångligt att ta sig upp till Ålidhem igen med vagnen – annars ska ju Anita ändå ner till arbetet på stan om mornarna. Kan Anita ha överansträngt sig av promenaderna? Och indirekt själv förorsakat blödningen… Det är en äldre villafastighet och tant Nela har två små rum och kök på nedre botten in mot gården. En smula ålderdomlig inredning men på det hela taget prydligt. Och när Lisen fått visa knappsamlingen, sagohörnan och var hon får sitta och äta går hon med på att följa dem ut. Nela viskar att hon inte vet om att mamma är på lasarettet – de tackar för sig och talar om att Lisen blir hemma med dem tills allt har ordnat sig. Låt mig veta hur det är med fru Lundmark – och för ett ögonblick kan Maj inte komma på vilken fru tant Nela pratar om – så ovan är hon fortfarande vid Anitas nya namn.

Med ett litet barn hinner man inte tänka efter och grubbla. Eller – hon kan skjuta undan tankarna på Anita och koncentrera sig på allt som ska hinnas med innan Lisen ska läggas för natten. Maj måste liksom skynda sig med kvällsmaten – tack och lov hade hon en korvbit hemma som hon tog med sig och hon kan antingen koka några potatisar eller om Anita möjligen har makaroner hemma, ris... De hämtar nyckeln hos grannen på tre trappor och Lisen börjar med att ta med Tomas och Maj in på sitt rum. De mjuka tygdjuren, lådan med klossar, kritorna, dockvagnen... Läs något för henne, säger Maj och sätter igång i köket, det är nog bra för dem alla tre att få i sig lite riktig mat.

Kom så går vi till mormor, hör hon Tomas säga – det hände visst en liten olycka... ja – nu kommer hon på att Anita har berättat om att de pottränar, men att man måste påminna Lisen – Maj följer henne in i badrummet där det står ett paket med cellstoffblöjor – kanske kan de få sätta på en redan nu bara hon tvättar henne först – om Maj fick ha henne hos sig en vecka skulle de kunna träna på natten också, men här där hon inte kan tvättstugerutinerna än... hon spolar vatten i en hink och lägger ner de våta plaggen där, ställer Lisen i badkaret – vas ä mamma, säger Lisen och tillägger bestämt – mamma hemma. Maj stryker henne över håret och säger att mamma kommer snart, du vet mammas baby... Lisen vill gå sin väg innan Maj har hunnit fästa blöjan ordentligt och lyckas inte dra på henne ett par nya trikåbyxor, nog kan hon vara utan byxor en stund, när blöjan och plastsnibben är på?

Varför ringer de inte? Hela måltiden sitter Maj som på helspänn – klart att hon pratar med Lisen och hjälper henne att få i sig mat – ändå är det så oroande tyst. Hur ska de tolka det? *Försöker de feb-*

rilt rädda hennes liv? Är Ola utom sig... eller föder Anita för fullt,
hur många veckor för tidigt... många veckor, åh hon vill gripa tag
i Tomas hand och säga att det ju inte är dags än på över en månad
– men vet att hon måste behålla det inom sig, inte oroa Lisen –
sent upptäcker hon att de har glömt haklappen och nu vill inte Li-
sen ta den på sig. Nog kan de avsluta måltiden fast Lisen har mat
kvar? Hon har säkert fått både ordentlig lunch och fika hos Nela.
Ja, hon skickar ut Tomas och Lisen i vardagsrummet, barnpro-
grammet börjar snart. Vissa barnprogram är så trevliga att man
lätt kan sitta med och låta sig roas, säger hon uppmuntrande till
Tomas. Lisen kan få en kvällssmörgås senare, kanske varm mjölk.
Välling – Anita har ett paket stående framme på diskbänken. Och
medan Tomas och Lisen distraheras av programmet hinner hon
säkert diska bort och bädda rent. Misstycker Ola om Tomas och
Maj tar dubbelsängen? Han kan knappast tycka att det är lämpligt
för Tomas att krypa ner på golvet och sova på en madrass.

Herregud. *Hade du glömt vad Ola sa när han ringde till Tomas?*
Hur en del av henne vill svimma. Fly. Slippa. De hoptrasslade ge-
nomblodade lakanen. När hon lyfter bland sänglinnet – det ser ut
som... inte några enstaka illvilliga blodfläckar. Stänk. Mer som
slakt... *mord*. Hon måste blunda – det gungar till. *Hur mycket
blod har hon förlorat?* Ola sa ju till Tomas att de for in i ambu-
lans för att Anita blödde... Klart att Ola inte hann ta rätt på det
här – ja Ola var väl på jobbet... Lisen får inte se. Maj måste ta
hand om det. Blod i kallt vatten. *Har Anita överlevt?* Man måste
bli rationell. För Maj gäller – se till att blodet kommer bort. Och
det finns ju ett badkar i badrummet, där skumgummimadrasser,
täcken och lakan kan läggas i isande kallt, renande vatten. Ja –
hon river upp allt. Viker undan för undan över tyg så att blodet i
den mån det är möjligt kan täckas över, döljas. För Lisens skull.
Det har hunnit torka – men var är tvättstugan? Sa inte Anita att
den ligger i ett annat hus? Hon kan ändå inte tvätta det här direkt

i hetvatten. *Ska du inte slänga lakanet, täcket, dynan...* att kasta skulle vara att smita, sticka – det är inte tillfälle för det nu. Det är spola för fullt tryck. Med kran. Med duschmunstycke, hon skulle behövt en vattenstråle med hårt tryck – tack och lov för barnprogrammet – hon lockar inte ens lågt på Tomas för att visa sänglinnet, berätta om blodet – bara spolar, sköljer – hur länge måste man låta vattnet rinna innan fläckarna löses upp? Och hur ska hon kunna kånka den vobbliga madrassen utan att de märker... Rött vatten mot den vita emaljen – eller är karet av plast? Hon gnuggar barntvål på – hon vet hur man ska hantera blodfläckar även utan tillgång till lösningsmedel och riktigt tvätteri – men de här... hur mycket blod kan Anita ha förlorat? *Vi måste åka till lasarettet, Tomas!* Med Lisen? *Om vi förlorar henne – nog ringer Ola så att vi hinner...* Sakta, sakta blir lakanen mer rosa. Hur ska hon få madrassen ren? Går det att ta bort dynans förstörda skydd?

Först när hon reser sig märker hon av smärtan i ryggen – hur hon stått böjd över karet och stelnat – trots att båda armarna, händerna har varit ständigt sysselsatta med att hålla och gnugga de våta tygstyckena, duschmunstycket – blod och blod som tunnas, späs ut – så rädd Anita måste varit att hon skulle förblöda, eller var hon bortom – Maj klarar inte ensam att ta bort överdraget från dynan, att hålla den otympliga madrassen och samtidigt skala av tyget – så knackar det på dörren. Tomas röst – behöver du hjälp? Lisen har somnat i soffan – oj då får vi hoppas att hon ändå kan sova natten igenom – hon öppnar och plötsligt känner hon svedan i näsan, tårkanalerna – ser du Tomas – hon pekar mot madrassen – berättade Ola hur allvarligt... bleknar han? Jag ville inte skrämma Lisen och ropa på dig – Tomas säger att Ola bara sa att hon blödde, att de åkt ambulans – Maj nickar, river av papper från toarullen, snyter sig – borde vi inte vara där, hos henne, om hon... hon måste ta mer papper, trycka mot ögonen och snart känner hon doften av hans tobak, rakvattnet, hans arm om ryggen – hon kan inte vara säkrare än där hon är, viskar han

– vi får lita på att Ola ringer och Lisen behöver oss här. Nu hjälps vi åt med dynan – om du håller den upprätt så gör jag vad jag kan för att dra.

Skumgummit i madrassen har inte sugit åt sig något. Maj tar en fuktad frottéhandduk och gnuggar nästan pliktskyldigt där det borde ha varit rött – och de behöver dynan för att kunna sova inatt. Än ligger Lisen i soffan. Maj och Tomas arbetar vidare med lakan, täcke – Maj hör hur Tomas har svårt att få åt sig andan och han är fuktig i pannan när han reser sig för att sträcka på ryggen. Är där ett pipande blåsljud från hans bröstkorg när de stänger av kranen? Maj går över sängkläderna med duschmunstycket en gång till – snart kommer väl grannarna och undrar varför vi spolar i flera timmar – men de måste få skölja så pass rent att det är någon vits för tygerna att ligga i karet med såpvatten eller tvättpulver över natten. Sedan får de se. Hur de ska frakta de blöta tygstyckena till tvättkällaren.

De låter Lisen ligga kvar. Vill inte riskera att hon ska vara utom sig, otröstlig när hon vaknar och varken mamma eller pappa är hemma. Maj krånglar försiktigt av blöjan, byter till en ny torr – hur ska Tomas och hon kunna somna? Borde de ringa upp till lasarettet... hon måste koka något varmt åt dem, mjölk, te – eller allra helst honungsvatten mot Tomas hosta... sedan ligger de tysta i Anitas och Olas säng. Lyssnar till bruset från vattenledningarna, ett plötsligt hundskall utanför. Tomas harklanden. Är klockan närmare tolv när båda sätter sig upp till ljudet från en nyckel i låskolven?

OLA SER SLITEN ut vid morgonkaffet – men säger att de skulle kontakta honom direkt från lasarettet om läget förändrades för Anita. Redan igår kväll talade han om att hon måste vara helt stilla nu... för både sin egen och fostrets skull. Att de hoppas att hon ska behålla barnet minst fjorton dagar... Och nu upprepar Ola att enligt doktorn – överläkaren kallades in – ska det vara under kontroll. Så jag skulle kunna gå till jobbet idag sa de, så pass stabiliserat... vi hälsar på henne, säger Maj lugnande, och Ola lägger till att han kan skjutsa dem, även om sjukhuset inte ligger så långt härifrån. Och jag följer med upp till Anita innan jag far till jobbet. Maj och Tomas bestämmer sig för att ta Lisen med. Inte lämna henne hos tant Nela när de lovat att vara med henne hela dagen. Får hon inte följa med in på Anitas sal kan de turas om att sitta tillsammans med henne.

Lite onaturligt röda kinder – ändå verkar Anita inte så sjuk... nu blir jag sängliggande – de vill ju helst att jag ska behålla fostret ett tag – det är något med moderkakan. Men jag märkte först inget, sedan... Jag har tagit rätt på det, svarar Maj, och dynan kan nog räddas. Vi har varit lite oroliga, bryter Tomas in och Anita nickar och frågar om det går bra för Lisen att vara utan sin mamma.

NOG MÅSTE MAN säga att Tomas och hon gör det bra här uppe i Umeå. Redan efter en vecka får Ola fara iväg på den inplanerade tjänsteresan till Gävle och Maj och Tomas tar hand om Lisen varje dag. Tomas skjutsar Lisen i vagnen och travar runt i området som fortfarande inte är färdigt, tack och lov för snön som gör att de inte drar med sig lera och grus från byggplatserna runt omkring. Hon har frågat om han orkar med så dryga promenader med sin hosta, men han menar att det blir lite bättre för honom när han får komma ut. Och det är faktiskt lättsammare om de är ute när Maj stökar undan – hon har till och med varit i tvättstugan och fått den nerblodade tvätten ren. Manglat! Som Lisen diskar – Maj ställer stolar vid diskbänken och där kan Lisen stå en bra stund varje dag och plaska. Maj tar skåp för skåp, rum efter rum så att Anita ska ha det riktigt rent när hon kommer hem. Sist de hälsade på henne på lasarettet var hon less både på skonkosten och säng-läget, och på ronden hade hon visst fått löfte om permission och att gå ner en tur på stan.

Nej – Lisen vill inte hålla i Anita – ska gå mitt emellan henne och Tomas och kiknar av skratt när de bär henne så, dinglande, och Anita stöttar sig på barnvagnens handtag. De har åkt buss till centrum, och går försiktigt längs Rådhusesplanaden. Det blåser lite snålt, yrsnö, och Tomas säger att han kan bjuda dem på kaffe på Nya Konditoriet, NK kallas det av Umeborna, har han förstått, och är väl Umeås motsvarighet till Sundmans i Örnsköldsvik.

DET ÄR EN tumör. På lungan. Måste vara. Han bad Lasse att ef-
tersända deras post och igår kom kuvertet från lasarettet. Varför
skulle han annars ha fått en tid på onkologen vid Jubileumsklini-
ken här i Umeå? Har han vetat om det? Värmen och vaniljdoften
inne på konditoriet – Maj håller Lisen i handen och Anita går lätt
bakåtlutad – vore det inte grymt att tala om det nu, här? Han vet
ju inte säkert. Eller? Och Anita får väl på inga villkor oroas? Det
är en fråga om prioritering. Först måste babyn komma. Så de kan
försäkra sig om att det går bra. Ska man ta bort lungan? Stråla
den? *Är båda lungorna angripna?* Han ska få komma till specia-
lister på onkologkliniken. Som kan sin sak? Men om kräftan har
spridit sig? *Har jag till sommaren på mig?* Det beror antagligen på
hur aggressiv tumören är. Hur snabbt växande... napoleonbakel-
sen, han har sett fram emot att klyva lagren med bakelsegaffeln.
Gräddkrämen, äppelmoset. Men han mår illa. Lisen har en mar-
sipanbakelse – fast hon tycker visst inte om grön marsipan. Lång-
samt följer han Anitas och Majs händer, hur de delar på bakelser,
flyttar bitar till Lisens assiett och som med ett ryck – han borde
väl erbjuda Lisen sin bakelse? Men Maj hejdar honom – när vi
inte vet vad du har för hosta är det kanske säkrast... Han kom-
mer inte på något att säga. Börjar förstås hacka, ofrivilligt. Och
Maj räcker honom kaffekoppen – ska jag dunka dig i ryggen? *Jag
har cancer, Maj.*

svarar du, tomas – jag har deg på händerna! Han är redan på väg till telefonen – en västerbottnisk kvinnoröst ber att få tala med Ola Lundmark – och Tomas svarar att han tyvärr inte är anträffbar – vem kan jag hälsa ifrån? Rösten blir lägre, hon säger att det är bråttom, vars kan man få tag på honom – det är syster Mona och jag ringer från kvinnokliniken på lasarettet – men jag är Anita Lundmarks pappa, säger Tomas hastigt – har det hänt något? Så som hjärtat förmår rusa. Hur han håller sig mot väggen, stöter lätt i furuspegeln ovanför hallmöbeln – om jag kan vara säker på att det är fru Lundmarks far – ja hur skulle vi annars ha tillgång till deras bostad, svarar han oväntat bryskt – fru Lundmark är på operation, det blev akut direkt hon var tillbaka från permissionen, blödningarna återkom… maken hennes är i Gävle, säger Tomas – och syster Mona svarar att jag kan tyvärr inte ge mer information än så här eftersom operationen pågår – men det är på det här numret jag kan nå… dig?

Tänk – det känns ändå bra att hon inte säger er. Och Tomas svarar ja – du når mig här och vi vill få all information du kan ge oss, vad som än händer – och nu kontaktar jag mågens arbetsplats och försöker söka rätt på honom. Fortfarande med handflatan mot tapeten lägger han på luren. Hur ska han tala om det? Han kan ju inte säga att Anita föder – det lät inte så, det lät värre än så – en livräddande operation? Kan barnet överleva… vilka fina bullar, säger han när han kommer in till Maj och Lisen i köket – ja Lisen ska hjälpa mig att rulla köttbullar sedan också, eller hur? Mmm, nickar Lisen och spretar med sina kladdiga fingrar – Maj, säger han, de opererar – kan du komma – hon tittar frågande på honom och följer efter ut i hallen – hon började blöda igen, det blev akut när hon kom tillbaka upp… Maj blundar. Stryker en lock från pannan med armvecket. Vi måste få tag på Ola.

MAJ – NÄR *ska du få slappna av?* Men Tomas sköter telefonerandet och till sist lyckas de spåra Ola till ett hotell i Gävle och han ska vända norrut genast – måtte inte snöovädret tillta. Vad kan Maj göra annat än att grädda sina bullplåtar och steka köttbullar i smör. Stuva makaroner och sedan stöka bort. Tomas sitter med Lisen – fast Maj kan både höra och se hur han försvinner i tankar. Och så hostan… Bara han inte smittar Lisen. Det kan väl inte vara tbc? Om han kunde sluta med tobaken, enligt Tomas har doktorn sagt att han måste låta bli tobaken för att bli bra – och så att han väntar på svar från några rutinprov.

Ja, vad tänker Maj där de väntar på ännu ett samtal från lasarettet? Att de är i händelsernas våld? Att hon minns de egna operationerna – bara sövandet och uppvaknandet – men om man redan förlorat en massa blod – Tomas, var det så klokt att låta Anita fara på stan idag? Nej, Tomas skakar på huvudet, det verkar ju underligt med tanke på restriktionerna till en början – hur många timmars väntan rör det sig om? För till slut kommer väl ändå samtalet att barnet är fött. Men babyn är på prematuravdelningen och Anita ännu kvar på operation. *Lever barnet och Anita dör? Har babyn tagit mitt barn ifrån mig?* Kanske är Maj helt rationell. En sak i taget. Klart att de har kvar att göra efter barnet kommit ut om de har förlöst med kejsarsnitt. Allt ska läggas till rätta i buken och snittet sys. Blod – hon måste få blod, lika mycket som hon har förlorat? På sjukhus har man blod att ge. Det vet Maj. Men Tomas kommer inte fram till taxi – det är snökaoset säkert – då får vi klä oss ordentligt och skynda oss dit!

De kan ännu inget berätta om Anita uppe på kvinnokliniken. Men barnet, undrar Maj – det är lite för tidigt att säga något riktigt säkert hur prognosen för flickan är, men tillståndet i nuläget är under kontroll. På prematuravdelningen finns all nödvändig expertis och hon är lagd i kuvös med intravenös näringstillförsel... men riktigt ännu får de inte komma upp dit och dessvärre är inte syskon tillåtna att följa med... Maj och Tomas tittar på varandra och säger att de får turas om. Tomas vill vara kvar och vänta på att överläkaren ska komma upp till avdelningen och informera om Anita, så Maj tar Lisen med sig till kafeterian. Och i jourbutiken köper de karameller, målarbok och kritor – Lisen är förstås för liten för att hålla sig inom de streckade linjerna, men – *kanske är jag din mamma nu Lisen, vi måste klara det – Lisen, det ska gå bra!* Inte sätter hon hårda karameller i halsen, nog är hon tillräckligt stor... Hur väntan... viljan att veta – rädslan för svar... har alla besökare i kafeterian samma oroliga väntan? Hustrur med sjuka makar, föräldrar med barn, makar med en konvalescent fru... de där två, är de systrar, väninnor? En dotter som följt sin åldrande mor. Och den ensamme mannen... En medelålders kvinna i röd basker, med kappan över stolen. Kaffekoppen på brickan i plast. Vicken färg frågar Lisen och plirar mot Maj – Maj väljer ut den gröna kritan, Lisen ruskar på huvudet, nä gul. Törs hon tala om för Lisen att hon har fått en syster? Maj bär bort deras bricka till ställningen för smutsig disk, sedan går de till avdelningen där Tomas väntar.

Hon får inte komma in. Men stå utanför den glasade väggen, sköterskan stannar intill henne. De här för tidiga har ju ett lite annat utseende, säger syster liksom ursäktande – men just nu bryr Maj sig inte om det – hon andas, lever – har hon det bra där inne? Det är varmt, hon får näring, är lite bättre skyddad mot infektioner... Maj måste trycka sig närmare rutan – kanske kan hon ana små rörelser i babykroppen, det ser ensamt ut, hon vill knacka på, säga hej, välkommen – *jag är den första i din familj som ser dig – om något händer din mamma, min dotter, så tar jag hand om dig. Ja, det gör jag.*

DU HAR FÅTT en liten, liten syster, säger Maj till Lisen när hon kommer fram till dem – han och Lisen har gått runt i korridorerna, men nu sitter hon i vagnen och verkar vara på väg att somna. Jag kör henne, säger Maj – jag tycker det verkar bra med babyn, hon är inte fullgången förstås, men – har de sagt något om Anita? Tomas skakar på huvudet. Jag ska gå dit igen nu. Håll er häromkring så ses vi om en halvtimme.

Han har inte kunnat låta bli att märka skylten mot onkologen. Snart ska han infinna sig där. Det vet han. Kommer han ens hinna tillbaka till Örnsköldsvik innan det är dags? Men nu är det Anita. Babyn. Lisen – *och ändå tänker du på att få röka!* Ja, han måste ha något för händerna. Vänder sig lite bort för att slippa prata med de andra rökarna. På avdelningen trodde de att överläkaren skulle vara anträffbar inom en timme, och nu är det tio minuter kvar. Han fimpar, passar på att besöka toaletten. Säger spegeln att han är allvarligt sjuk? Äsch, han vill inte se sig i spegeln. Men han tvålar in händerna, sköljer, sedan går han till kvinnokliniken igen. Borde inte Ola vara här snart? Hur lång tid kan det ta att köra från Gävle?

Överläkaren säger att fru Lundmark inte fick permission med hans goda minne. Det var mycket olyckligt att det fick passera. Tomas vill invända att det är för sent att ångra – hur är tillståndet för Anita nu? Blodförlusten är allvarlig, men så vitt vi kan bedöma inte kritisk – sedan måste man alltid ta med i beräkningen att bukoperationer innebär en risk för infektioner – och patientens tillstånd var inte optimalt med tanke på det som föregått ingreppet... läkaren hejdar sig själv, gör en paus. På sätt och vis är det en fördel för patienten att babyn kommer att behöva relativt lång... omvårdnad i kuvös – på så sätt får modern möjlighet att återhämta sig utan extra belastning. Ett fullgånget foster kräver ju mer från första början.

Hon har fått komma till ett enskilt rum. Sköterskorna – eller biträdena – ställer iordning säng och droppställning. En av flickorna drar fram en stol och pekar åt Tomas att han kan sätta sig där, viskar att hon kommer att vakna och sedan slumra igen ett tag, hon har ju varit sövd... Kalla på oss om hon vaknar och verkar ha ont – vi kommer förstås in regelbundet ändå...

Gör man egentligen avslut eller börjar allt om på nytt och sedan igen? Tomas vet inte. Det är mörkt ute. Snöar. Han räknar ut att det nog tar extra många timmar att köra från Gävle i så våldsam yrsnö, när bara resan mellan Örnsköldsvik och Umeå är ganska dryg.

Så tittar hon. Äntligen. Han öppnar munnen – men hon blundar... kisar. Höjer huvudet knappt märkbart från kudden. Lever...? Tomas nickar, säger att hon överlevde, flickan, men hon är liten. Mamma har sett henne, hon har det lugnt och skönt i en kuvös, på prematuren. Anita sjunker djupare ner mot kudden igen, nickar. Det ser ut som om hon formar ordet bra.

MAJ TITTAR HASTIGT på klockan. När har Tomas sagt att de ska träffas här igen? Den har redan hunnit bli över middagsdags. Lisen skulle förstås ha fått sova en stund mycket tidigare. Nu kan Maj knappast hålla henne vaken i vagnen. Hon har ju inte fått någon riktig mat, bara sötsaker i kafeterian. Borde hon ta på Lisen ytterkläderna redan nu om de ska gå hem i vintervädret om en stund? Nej – Lisen kurar ihop sig, skriker till och tappar sin napp. Maj plockar upp den och Lisen tar den snabbt till munnen, blundar på nytt. Hon hinner kanske vakna tills de ska gå ut om Tomas blir långvarig hos Anita på kliniken. *Nog skulle de hämta mig om situationen var allvarlig för Anita? Om det vore kritiskt?* Så kommer yrseln hastigt när Maj reser sig från det bockade läget över Lisen i vagnen. Det har varit en lång dag. Och hjärtat har bråttom – fast det är kanske inte så konstigt att hon känner sig färdig. Hon styr Lisen i vagnen genom sjukhusgångarna – passerar nya väntrum, lådor med gröna växter – är de konstgjorda? I ett folktomt hörn med några fasta stolar och ett stort fönster stannar hon. Lisen fortsätter sova. Hon är svettig runt hårfästet trots att hon inte har den fodrade mössan på. Maj går närmare glasrutan, ser genom sin spegelbild ut på snöflingorna som virvlar i en tät, ryckig dans. Känner suget från magtrakten. De måste verkligen få i sig något ordentligt när de kommer hem. Tomas och Lisen är säkert också hungriga. Men vad kan hon hitta på åt dem till middag?

SMAKPROV

Läs ett utdrag ur Kristina Sandbergs
kritikerrosade roman *Ta itu* från 2003.

Ta itu finns att köpa som e-bok och print
on demand-utgåva, och kan beställas i din
närmaste bokhandel!

Ta itu *utspelar sig i slutet av 70-talet i en norrländsk kuststad, och det är den deltidsarbetande tvåbarnsmamman Maria som är romanens huvudperson. Hennes berättelse tar sin början i ett akut livsläge, då hon sedan en tid tagit tag i sin dröm att läsa konsthistoria på universitetet. Distansstudierna i Umeå blir inte riktigt den förlösning hon hoppats på, och hon blir alltmer klämd av såväl omgivningens som de egna kraven på att räcka till för arbete, självförverkligande och familj. Vi möter henne här i ett försök att nå sin man Anders, som ställer sig frågande till hennes behov av ett eget rum.*

KRISTINA SANDBERG

Han borde vara hemma vid sex. Jag la listan på köksbordet – riset och räkgrytan färdiga samtidigt. Duka fint, hinna duscha. En plötslig målmedvetenhet, energi. Jag öppnade vinflaskan, en deciliter i räkpannan, ingenting till mig. Fick inte vara berusad, sömnig, domnad när han kom. Inte den här gången.

Halv sex gick jag in i badrummet. Klädde av mig, slängde kläderna i korgen för smutstvätt. Tvålade in armhålor, ben, rakade stubben med en hyvel.

Lite mer smink än han var van vid. Ett mörkare läppstift, mascara också på de undre fransarna. Jag strök håret bakåt, granskade i spegeln, tyckte att jag såg äldre ut så. Kanske gav det ansiktet en tyngd, en riktning. Pannans veck, linjerna från näsvingarna till munvecken.

Vid garderoben i hallen kom tvekan över mig, en snabb rodnad. Jag höll i långklänningen, den mörkblå, kanske var det överdrivet. Men jag ville visa nu, att jag kunde anstränga mig, att jag ville leka.

Tjugo i sju hörde jag hissen stanna på våningsplanet.

– Har det hänt nåt, frågade han och jag skakade på huvudet, sa att jag bara ville fira att han var hemma igen.

Han klev undan, hängde av sig, sa att han var så trött, det hade blivit sent.

– Var är ungarna?

– Hos mamma, sa jag, ville le. Vi är ju aldrig själva. Tänkte att du ville det.

Han nickade.

– Vad du har gjort dig till, sa han och log lite, strök mig över kinden. Jag tar en dusch bara.

Jag gjorde i ordning var sin drink. Inte tappa nu, målmedvetenheten, jag tog en klunk, väntade. Tände ljusen, släckte köksbänkens belysning.

Han kom in i köket, våt i håret, klädd i den gråblå kostymen. Några vattendroppar gjorde mörkare fläckar på skjortan. Jag tänkte att han hade kunnat ta jeansen, den mönstrade tröjan. Han var med, jag räckte honom glaset, isbitarna som klirrade, skål, sa jag, för oss.

– Skål, sa han.

– Jag har saknat dig, sa jag.

– Har du, svarade han. Smuttade, ställde glaset åt sidan, fortsatte:

– Jag köpte lite till barnen. Småggrejer.

Jag nickade.

– Det är tomt utan dom, la han till.

I fönsterrutan kunde man se oss sitta mitt emot varandra. Jag vände mig mot honom.

– Ska vi äta nu, på en gång?

Han svarade att han inte var direkt hungrig, men kunde tänka sig att äta nu ändå. Jag ställde fram karotterna, sallad, det vita brödet. Hällde upp vin. Stod nära intill honom, tänkte att han skulle lägga sin arm runt mig, fatta tag.

Vi började äta. Han sa att det smakade bra. Jag frågade om vi skulle prova vinet, han tog sitt glas, vi drack. Jag var inte hungrig.

När det ringde reste han sig upp.

– Måste vi svara, sa jag lågt.

– Det kan ju vara nåt med barnen.

Jag hörde hans röst från hallen. Det var inte barnen som ringt.

Det dröjde. Jag fyllde på i mitt glas, drack. Började äta igen, det var kallt, men smaken var inte så illa. Anders skratt, lite skrockande, någon viktig person, på skrattet lät det så. Jag tänkte att jag försökte och så här blev det. De ljumma räkorna, det ljumma vinet. Ingen våldsam ilska, vinet dövade den.

Han ropade förlåt från hallen. Spolade inne på toaletten, skyndade sig fram till bordet, satte sig, såg på mig.

– Du. Jag försökte avsluta. Det var Ingemar, han har ju en sån jäkla svada. Dom är på väg hit, nästnästa helg.

– Jag ordnar inte nån middag, sa jag kort.

– Jag har inte bjudit in dom. Jag sa bara att vi måste ses, det var ju så länge sen, vi kanske kan gå ut, eller så fixar jag. Älskade.

Jag reste mig, tog tallriken och började spola varmt vatten i diskhon.

– Jag gör det där sen, sa han.

Klänningens ärmar blev blöta. De högklackade skorna klämde vid tårna, jag hörde honom resa sig, närma sig, ta tag.

Han kramade till, hårt.

– Du har gjort så fint. Kan vi inte försöka?

Vi satt i var sitt hörn av soffan. Anders höll om mina fötter, rörde oavbrutet händerna, fram och tillbaka, jag skrattade till när fingrarna kittlade fotvalven. Han slutade, sträckte sig efter sin kaffekopp.

– Har du sovit bättre inatt?

– Lite, sa jag. Inte direkt bra.

Han ställde tillbaka koppen, tog glaset istället, drack.

– Ska du inte ringa sjukhuset då och höra… jag menar om du känner dig dålig. Du har ju varit lite skakig rätt länge.

Han tittade inte på mig när han sa det. Jag sa att det var mycket bara. Tröttheten mest. Halvtiden som så lätt blev mer.

– Men vad ska det leda till, det där i Umeå?

Jag ville inte svara hårt. Jag ville förklara. Jag ville verkligen förklara. Att det handlade om att erövra något. Något som var mitt. Som inte pressade sig inåt, över. Som istället öppnade, släppte in något annat. Inte bara rädsla.

– Måste allt leda till nåt, svarade jag.

Vi var lugna. Mörkret utanför, men ändå, snart skulle det komma, dofterna av snösmältning, lera, av vår.

– Jag tänker vi, sa han. Familjen. Du och jag. Barnen. Ett hus, en tomt. För oss.

Jag blundade. Det lät vackert när han sa så. Ändå snördes något åt hårt. Som visste vi att det också handlade om vilja.

– Varför tvivlar du, viskade han.

Jag sa inte att jag inte älskade honom. Att jag kanske aldrig skulle älska honom.

Jag försökte låta trevlig. Svarade på tilltal. Kände berusningen när jag gick till toaletten, satte mig på toastolen, drog av mig strumpbyxorna, kissade. Brydde mig inte om att bättra på läppstiftet, men lät klänningen vara på, som en påminnelse. Anders hade lossat slipsknuten, blundade bakåtlutad i soffan. Han såg upp, gäspade, frågade om vi skulle gå och lägga oss. Han var ledsen att han var så trött. De förbannade resorna. Jag tog brickan, placerade glas, koppar och fat därpå, bar den till köket.

Han låg redan i sängen.

– Vad fin du är, sa han lågt.

Jag vände ryggen åt honom, drog ner dragkedjan och klev ur klänningen, knäppte upp behån. Tvekade, behöll trosorna, lät nattlinnet vara kvar på stolen. Gick till min sida av sängen, kröp ner under täcket. Visste inte om hans blick följde mig. Hörde hans andhämtning. Blundade. Det snurrade lätt. Tittade igen.

– Kan du inte lägga dig här? Du?

Han öppnade sitt täcke, slog ut med armen, jag kröp över, la mig på sidan. Tyst började han smeka mina axlar, nacken, ryggen. Han blundade. Jag blundade. Hans läppar, varma, mjuka, motståndslösa, vi kysstes, sedan var det som om han somnade, tungan helt stilla i min mun, jag vände bort huvudet, men han tittade på mig, var vaken.

Jag vet inte om jag var våt när han trängde in. Jag låg på mage, hans kropp var tung över mig, jag kände något, lätt smärta, men också vag lust, ville att han skulle vara intensiv, hängiven. Sedan vred han mitt ansikte mot sig, pressade åter in sin tunga, men jag ville inte, inte ha den i min mun. Han rörde sig, jag kunde inte längre känna något, hörde andetagen, värmen, fukten, han tog på mig, hans finger, jag blundade, flöt bort i något eget, sedan orgasmen, frampressad. Jag viskade att jag kom och han tryckte sig inåt, fortsatte stöta in i mig, jag visste inte om han hade stånd, kanske var det bara vilja, envishet och till slut drog han sig ur. Han föll liksom över mig.

– Det är väl en sån kväll…, viskade han.

Jag nickade. Strök honom över den blanka pannan. Sedan kände jag dem, tårarna, kunde inte hindra dem från att rinna, stilla längs kinden, ner mot nyckelbenens utbuktning.

Jag vaknade av att hans kropp var alldeles nära min. Grått dis genom persiennens glipor. Det måste nyss ha ljusnat. Han sa inget, bara la sig ovanpå mig, smekte, strök håret från ansiktet, pressade på, gled in. Jag vet inte hur länge det varade, hörde andetagen, flämtningarna, det gnyende ljudet. Jag hade hakat fast hans lår med mina ben, höll armarna runt ryggen. Han höll i mig, om mig, drog mig med så att vi låg på sidan. Jag strök oavbrutet över hans hjässa, kanske var hans läppar mot min kind.

Vi hade ätit frukost i sovrummet, läst tidningen, klätt oss. Tagit var sitt glas med Treo. Han spelade sina skivor. Jag sa inte att jag ville ha det tyst, tyckte om tonerna, inte påträngande utan mera förbiglidande, mjuka. Han nickade när jag föreslog en promenad. Jag ville röra mig artigt runt honom, vara i den här stillheten.

Vi mötte änkemannen på fjärde våningen i hissen. Han hade en grön ryggsäck, kylväskan i handen. Log mot oss, sa att det var utflyktsväder. Vi kände honom inte. Inte mer än att han alltid stannade, utbytte några ord, inget allvarligt, alltid vänligt. Och varje gång väcktes något hos mig. Den där lättheten. Den packade kylväskan, bilen i garaget. Jag föreställde mig turer till stugan, hur han hämtade upp väninnan, hur hon fritidsklädd steg in i framsätet. En enkel sportstuga, byggd på 40- eller 50-talet. Då och då mötte jag båda två i hissen. Även hon glad, som om bara den goda delen av förälskelsen hade drabbat dem. Var hon också änka? Svamputflykter, turerna till stugan, två veckor på Mallorca. Jag tänkte att mamma kunde få ha det så. En änkeman som besökte henne, som tog hennes hand när de promenerade.

Jag ringde henne när vi kom hem. Hon lät glad, sa att de spelat kort och ändå hade Siri och Fredrik varit sams.

– Ni kommer väl upp imorgon, sa hon sedan.

Jag sa att jag inte visste och då sa hon att hon så gärna ville ha hjälp med en hylla. Att Anders kunde sätta upp den, hon skulle laga lunch.

Jag såg honom stå böjd över kokboken, han hade ställt fram bunken, vetemjöl och rågsikt.
– Vi kan väl åka dit och hämta dom. Han tittade upp.
Om det är det du vill, svarade han, tog litermåttet och fyllde det med vatten.
– Hon vill ha hjälp med några småsaker.
– Jag trodde du ville läsa. Men det är klart att vi kan åka upp.